ro
ro
ro

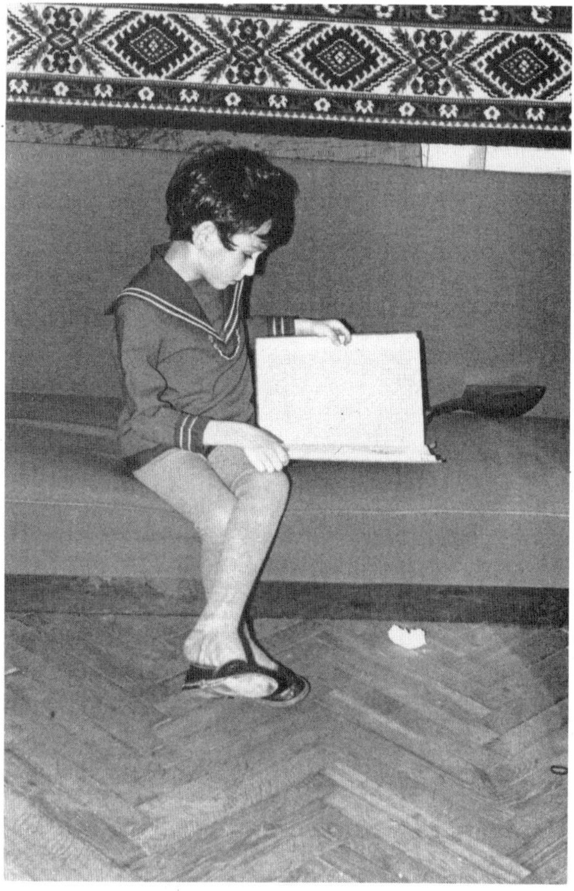

GARY SHTEYNGART

Kleiner Versager

Aus dem Englischen von Mayela Gerhardt

Rowohlt Taschenbuch Verlag

Die Originalausgabe erschien 2014 unter dem Titel
«Little Failure. A Memoir» bei Random House, New York.

Redaktion Mirjam Madlung

Veröffentlicht im Rowohlt Taschenbuch Verlag,
Reinbek bei Hamburg, Januar 2017

Die Übersetzung der auf Seite 238 zitierten Passage aus «1984» von
George Orwell stammt von Michael Walter
(abgedruckt mit freundlicher Genehmigung des Ullstein Verlags).
Die Übersetzung der auf Seite 379 f. zitierten Passage aus «Handbuch
für den russischen Debütanten» von Gary Shteyngart stammt von
Christiane Buchner und Frank Heibert
(abgedruckt mit freundlicher Genehmigung des Berlin Verlags).
Umschlaggestaltung any.way, Hamburg,
nach einem Entwurf von ANZINGER WÜSCHNER RASP, München
Umschlagabbildung mit freundlicher Genehmigung des Autors
Satz Adobe Garamond PostScript, InDesign,
bei Dörlemann Satz, Lemförde
Druck und Bindung CPI books GmbH, Leck, Germany
ISBN 978 3 499 26844 1

Für meine Eltern – die Reise ist nie zu Ende.
Für Dr. med. Dr. phil. Richard C. Lacy

1. Die Kirche und der Hubschrauber

Während einer einsamen Lebensphase, 1995–2001. Der Autor versucht, eine Frau zu umarmen.

Ein Jahr nach meinem College-Abschluss arbeitete ich im gewaltigen Schatten des World Trade Centers in Manhattan, und während meiner ausufernden vierstündigen Mittagspause aß und trank ich mich täglich an den beiden Riesen vorbei – den Broadway rauf, die Fulton Street runter und bis zum Strand Book Annex. Im Jahr 1996 lasen die Menschen noch Bücher, und der legendäre Strand Bookstore konnte sich noch eine Filiale im Financial District leisten. Will sagen, man traute damals Börsenmaklern, Sekretärinnen, Regierungsbeamten – *jedem* – eine Art Seelenleben zu.

Im Jahr davor hatte ich versucht, für eine Bürgerrechtskanzlei als Anwaltsassistent zu arbeiten, aber das war nichts. Die Stelle bedeutete viel Kleinstarbeit, deutlich mehr, als ein nervöser junger Mann mit Pferdeschwanz, minderschwerem Drogenproblem und einem Hanfstecker auf der Pappkrawatte bewältigen konnte. Nie war ich näher dran, den Traum meiner Eltern von einem Anwaltssohn zu erfüllen. Wie die meisten sowjetischen Juden, wie die meisten Einwanderer aus kommunistischen Ländern waren meine Eltern zutiefst konservativ und gar nicht angetan von meinen vier Jahren auf dem liberalen Oberlin College, wo ich marxistische Gesellschaftslehre und Bücherschreiben studierte. Bei seinem ersten Besuch auf dem Oberlin stand mein Vater mitten auf einer riesigen Vagina, die von der Vertretung schwuler, lesbischer und bisexueller Studenten auf den Hof gemalt worden war; das um ihn herum anschwellende Getuschel und Gezischel nahm er gar nicht wahr, während er mir die Unterschiede zwischen Laserdruckern und Tintenstrahldruckern darlegte, vor allem die Preisunterschiede zwischen den Druckerpatronen. Ich glaube, er hielt das Gemälde für einen Pfirsich.

Das Examen machte ich mit Auszeichnung, wodurch mein Ansehen bei Mama und Papa etwas stieg, aber im Gespräch ließen sie deutlich durchblicken, dass ich sie nach wie vor enttäuschte. Weil ich als Kind kränklich war und mir dauernd die Nase lief (auch als Erwachsener noch), nannte mich mein Vater *sopljak* oder Rotznase. Meine Mutter entwickelte eine interessante Mischung aus Englisch und Russisch und bastelte sich den Ausdruck *failurtschka*: kleiner Versager. Ihr Wort schaffte es in das schwülstige Romanmanuskript, das ich damals in meiner Freizeit tippte und dessen Eingangskapitel kurz darauf vom renommierten Studiengang Kreatives Schreiben an der Universität Iowa abgelehnt werden sollte. Was mir zeigte, dass nicht nur meine Eltern nichts von mir hielten.

Als meine Mutter begriff, dass aus mir nie etwas Anständiges werden würde, ließ sie ihre Beziehungen spielen, wie es nur eine jüdisch-russische Mama kann, und besorgte mir einen Job als festangestellter «Redakteur» bei einer Beratungsstelle für Immigranten in Manhattan, wo ich im Schnitt eine halbe Stunde pro Jahr zu tun hatte; meistens musste ich Broschüren korrigieren, die russische Neuankömmlinge über das Wundermittel Deodorant und die Gefahren von Aids aufklärten und für die subtile Befriedigung warben, sich auf amerikanischen Partys *nicht* die Hucke vollzusaufen.

In der übrigen Zeit soff ich mir mit meinen russischen Kollegen auf diversen amerikanischen Partys die Hucke voll. Schließlich wurden wir allesamt gefeuert, aber vorher konnte ich noch große Teile meines ersten Romans schreiben und wieder umschreiben und in einer Kneipe namens Blarney Stone, wenn ich mich nicht irre, die irischen Freuden eines Gin Martini zu Corned Beef mit Kohl kennenlernen. Um zwei Uhr nachmittags lag ich auf meinem Schreibtisch und ließ stolze irische Kohlfürze fahren, benebelt von überaus romantischen Gefühlen. Aus dem Briefkasten des robusten Kolonialhäuschens meiner Eltern in Little Neck, Queens, quollen die Überreste des amerikanischen Traums, den sie für mich geträumt hatten: nette Broschüren für Aufbaustudiengänge, in absteigender Qualität – von der Harvard Law School über die Fordham Law School, die John F. Kennedy School of Government (fast wie ein Jurastudium, aber eben nur fast), das Cornell Department of City and Regional Planning bis hin zur düstersten Aussicht einer jeden Einwandererfamilie: dem Master-Studiengang Kreatives Schreiben an der Universität Iowa.

«Aber was für ein Beruf ist das – Schriftsteller?», wollte meine Mutter wissen. «*Das* willst du werden?»

Das will ich werden.

Im Strand Book Annex stopfte ich meinen Beutel voll mit Taschenbüchern zum halben Preis, stöberte die ausrangierten Rezensionsexemplare durch und hielt dabei Ausschau nach jemandem wie mir hinten auf dem Buchumschlag: junger Flaneur mit Ziegenbart, verzweifelt urban, besessen von allem, was nach Orwell und Dos Passos riecht, bereit für einen nächsten Spanischen Bürgerkrieg, könnten sich die launischen Spanier nur endlich dazu aufraffen. Und wenn ich einen solchen Doppelgänger fand, hoffte ich inbrünstig, dass seine Texte nichts taugten. Denn der Veröffentlichungskuchen gab nicht unendlich viel her. Die blaublütigen amerikanischen Verleger wie jene vom Verlagshaus von und zu Random würden meine übereifrige Einwandererprosa durchblättern und dann einen Trottel von der Brown University begünstigen, dessen Auslandsstudium in Oxford oder Salamanca ihm den blassen Teint beschert hatte, den man für einen gut verkäuflichen Bildungsroman brauchte.

Nachdem ich dem Strand Book Annex sechs Dollar überlassen hatte, rannte ich zurück ins Büro und verschlang die zweihundertvierzig Romanseiten meines Konkurrenten in einem Rutsch, während sich meine russischen Kollegen im Büro nebenan mit ihrer wodkaseligen Lyrik überbrüllten. Verzweifelt suchte ich nach schlampig gebauten Sätzen oder Schreibkursklischees. Nach Beweisen dafür, dass sein Werk schlechter war als jenes, das in meinem Bürocomputer heranreifte (idiotischer Arbeitstitel: *Die Pyramiden von Prag*).

Eines Tages, ich hatte eben mit zwei Portionen Vindaloo von der Wall Street ein Desaster in meinem Magen heraufbeschworen, stürmte ich in die Kunst- und Architekturabteilung des Strand Book Annex. Mein damaliges Jahresgehalt von neunundzwanzigtausend Dollar passte leider nicht zu dem gediegenen Preisschild auf dem Band mit Aktzeichnungen von Egon Schiele. Doch es war kein melancholischer Österreicher, der den besoffenen und bekifften Stadtgorilla, in den ich mich grade verwandelte, völlig aus dem Gleichgewicht brachte. Nicht die attraktiven teutonischen Nackten zogen mich zurück an den trostlosen Ort.

Das Buch hieß *Sankt Petersburg: Architektur der Zaren*, und die barocken Blautöne der Smolny-Kathedrale sprangen mir vom Buchdeckel entgegen. Ein drei Kilo schwerer Hochglanz-Coffeetable-Bildband. Und das war bereits das erste Problem.

Die Frau, in die ich damals verknallt war, kam auch vom Oberlin («Liebe, wen du kennst», lautete meine provinzielle Theorie) und hatte ihr Urteil über den Inhalt meiner Bücherregale bereits gefällt: zu viel Leichtes und zu viel Männliches. Immer wenn sie in meine neue Einzimmerwohnung in Brooklyn kam und ihre hellen Midwest-Augen die Reihen meiner literarischen Armee nach einer Tess Gallagher oder Jeanette Winterson absuchten, wollte ich unbedingt ihren Geschmack treffen – und als Begleiterscheinung den Druck ihres rasiermesserscharfen Schlüsselbeins an meinem spüren. Hoffnungslos bemüht stellte ich meine Oberlin-Lektüre – wie Tabitha Konogos *Squatters and the Roots of Mau Mau* – neben neu entdeckte Perlen feministischer Ethnologie, beispielsweise Lois-Ann Yamanakas *Wild Meat and the Bully Burgers*, für mich der Inbegriff des hawaiianischen Entwicklungsromans. (Irgendwann sollte ich ihn mal lesen.) Würde ich die *Architektur der Zaren* kaufen, müsste ich sie vor dieser jungen Frau in einem meiner Schränke verstecken, gut getarnt hinter Kakerlakenfallen und Flaschen billigen GEOЯGI-Wodkas.

Abgesehen davon, dass ich vor meinen Eltern als Versager dastand und *Die Pyramiden von Prag* einfach nicht fertig bekam, war meine größte Sorge die Einsamkeit. Meine erste richtige Freundin, ein attraktives lockiges hellhäutiges Mädchen aus North Carolina, eine Kommilitonin vom Oberlin, war in den Süden gezogen, um mit einem gutaussehenden Schlagzeuger in seinem Minibus zu leben. Nach meinem College-Abschluss sollte ich vier Jahre verbringen, ohne ein Mädchen auch nur zu küssen. Brüste, weibliche Hinterteile und die Worte «Ich liebe dich, Gary» lebten nur noch in meiner abstrakten Erinnerung fort. Bis auf Widerruf bin ich für den Rest des Buchs in alles und jeden total verknallt.

Und dann war da noch das Preisschild an der *Architektur der Zaren* – von fünfundneunzig auf sechzig Dollar herabgesetzt –; dafür könnte ich mir im Haus meiner Eltern knapp dreiundvierzig Hühnerkoteletts leisten. Wenn es um Finanzielles ging, war meine Mutter herzlich, aber hart. Als ihr kleiner Versager eines Abends zum Essen kam, überreichte sie ihm eine Packung «Kiewer Koteletts» – mit Butter gefüllte Hühnerkoteletts. Ich nahm sie dankbar entgegen, doch Mama teilte mir mit, jedes Kotelett koste «ungefähr einen Dollar vierzig». Ich wollte ihr für die vierzehn Koteletts siebzehn Dollar geben, aber sie knöpfte mir volle zwanzig ab; immerhin bekam ich als Dreingabe noch eine Rolle Frischhaltefolie, um das Geflügel einzuwickeln. Ein Jahrzehnt später, nachdem ich meinen Alkoholkonsum etwas eingedämmt hatte, würde mich das Wissen, dass mir meine Eltern nicht zur Seite standen und ich das Leben grimmig und allein anpacken musste, zu einem beängstigenden Arbeitspensum antreiben.

Ich blätterte die monumentale *Architektur der Zaren* durch, betrachtete die vertrauten Wahrzeichen meiner Kindheit und empfand die vulgäre Nostalgie, die *poschlost*, die Nabokov so verachtete. Da war der Triumphbogen des Generalstabsgebäudes mit seiner gewundenen Geometrie, der zum Schlossplatz mit den cremigen Gebäuden führt. Der Schlossplatz mit dem cremigen Winterpalast, aufgenommen von der glorreichen goldenen Spitze der Admiralität; die glorreiche goldene Spitze der Admiralität, aufgenommen vom cremigen Winterpalast, Winterpalast *und* Admiralität, aufgenommen von der Ladefläche eines Bierwagens und so weiter und so fort, in einer endlosen touristischen Spirale.

Ich sah mir Seite neunzig an.

«Ginger Ale im Schädel», so beschrieb Tony Soprano seiner Psychiaterin die ersten Anzeichen einer Panikattacke. Trockenheit und Nässe gleichzeitig, aber alles an den falschen Stellen, als hätten Achselhöhlen und Mund einen Kulturaustausch vereinbart. Der Film, den man eben gesehen hat, wird durch einen anderen ersetzt, das Gehirn muss ständig umspringen – auf ungewohnte Farben, fremdartige, bedrohliche Gesprächsfetzen. *Wieso sind wir plötzlich in Bangladesch?*, fragt der Verstand. *Seit wann gehören wir zur Marsmission? Warum schweben wir auf einer schwarzen Pfefferwolke dem NBC-Regenbogen entgegen?* Dazu noch die Vorstellung, dass der nervös zuckende Körper nie wieder zur Ruhe kommt oder – im Gegenteil – viel zu schnell die ewige Ruhe findet, sprich, *das Bewusstsein verliert und stirbt* – und schon hat man alle Zutaten für einen hyperventilierenden Kollaps beisammen. Genau das erlebte ich.

Und worauf starrte ich, während mein Hirn in seiner harten Schale herumkullerte? Auf eine Kirche. Die Tschesmensker Kirche an der Uliza Lensowjeta (Leningrad-Sowjet-Straße) im Moskowski-Bezirk jener Stadt, die früher einmal Leningrad hieß. Acht Jahre später sollte ich sie in einem Artikel für die Zeitschrift *Travel + Leisure* folgendermaßen beschreiben:

> Die himbeerrot und weiß gestreifte Konfektschachtel der Tschesmensker Kirche ist ein schrilles Beispiel russischer Neogotik und sticht durch ihre Lage zwischen

dem scheußlichsten Hotel der Welt und einem ganz besonders grauen sowjetischen Wohnblock umso stärker hervor. Das Auge rotiert angesichts der blendenden Selbstverliebtheit, der irren Ansammlung zuckergussüberzogener Türmchen und Zinnen. Zum Reinbeißen. Diese Kirche ist mehr Backwerk als Bauwerk.

Doch 1996 war ich noch nicht in der Lage, geistreiche Prosa zu verfassen. Noch hatte ich keine zwölf Jahre Psychoanalyse mit vier Sitzungen pro Woche hinter mir, die ein geschmeidiges rationales Wesen aus mir machen würde, das fast jeden Schmerzquell zu quantifizieren, katalogisieren und geschickt zu umschiffen weiß – bis auf einen. Ich betrachtete die zierliche Kirche: Der Fotograf hatte sie mit zwei Bäumen eingerahmt, und vor dem putzigen kleinen Eingang lag der schlaglöcherdurchsetzte Asphalt. Sie ähnelte einem Kind, das sich für einen festlichen Anlass zu fein gemacht hat. Oder einem kleinen Versager mit rotem Gesicht und Bauchansatz. Sie sah so aus, wie ich mich fühlte.

Ich versuchte, meine Panikattacke in den Griff zu kriegen. Mit schweißnassen Händen legte ich das Buch zurück. Ich dachte an das Mädchen, in das ich verknallt war – die nicht eben zartbesaitete Zensorin meiner Bücherregale und meines Geschmacks; ich dachte daran, dass sie größer war als ich, und an ihre grauen geraden Zähne, die ebenso entschlossen wirkten wie alles an ihr.

Und dann dachte ich überhaupt nicht mehr an sie.

Die Erinnerungen standen Schlange. Die Kirche. Mein Vater. Wie sah Papa aus, als wir jünger waren? Ich sah die mächtigen Brauen, den fast sephardischen Teint, die gequälte Miene eines Menschen, dem das Leben übel mitgespielt hat. Aber nein, das war ja mein Vater der Gegenwart. Wenn ich an meinen frühen Vater dachte, den *vor* unserer Einwanderung, dann konnte ich mich in seiner bedingungslosen Liebe sonnen. Ich erinnerte mich an einen unbeholfenen, kindlich-fröhlichen Mann, der sich freute, einen kleinen Kumpel namens Igor zu haben (mein russischer Name vor «Gary»), seinen Igorjotschik, der weder Vorurteile hat noch Antisemit ist, einen kleinen Gefährten im Kampf – erst gegen die Erniedrigungen der Sowjetunion und später gegen die der Auswanderung nach Amerika, der großen Entwurzelung aus Sprache und gewohnter Umgebung.

Da ist er, der frühe Vater mit seinem Igorjotschik, und gerade sind wir zu der Kirche aus dem Buch gegangen! Das vergnügte himbeerrote Eiskonfekt der Tschesmensker Kirche, nur fünf Straßen von unserer Leningrader Wohnung entfernt, ein rosarotes barockes Kleinod inmitten der vierzehn Beige-Schattierungen der Stalin-Ära. Zu Sowjetzeiten war es keine Kirche, sondern ein Marinemuseum zu Ehren der siegreichen Seeschlacht bei Çeşme im Jahr 1770 – wenn mich meine Erinnerung nicht trügt (möge sie mich bitte nicht trügen) –, bei der die orthodoxen Russen die türkischen Hurensöhne erledigten. Das Innere des Gotteshauses (heute ist es wieder eine geweihte Kirche) war ein Traum für kleine Jungen – bis oben hin vollgestopft mit Modellen prachtvoller Kriegsflotten des 18. Jahrhunderts.

Lasst mich noch einen Augenblick beim Thema «Der frühe Vater und die Türken» bleiben. Dazu erstmal ein paar grundlegende Vokabeln: *Datscha* ist das russische Wort für Wochenend- oder Sommerhaus, aber aus dem Mund meiner Eltern klang es wie «Gottes barmherzige Gnade». Kaum hatte sommerliche Wärme den Würgegriff des eisigen Leningrader Winters und laschen Frühlings gelockert, schleppten mich meine Eltern von einer Datscha zur nächsten, kreuz und quer durch die damalige Sowjetunion: ein pilzreiches Dorf in der Nähe von Daugavpils in Lettland; das anmutig bewaldete Sestrorezk am Finnischen Meerbusen; das berüchtigte Jalta auf der Krim (wo Stalin, Churchill und Roosevelt eine Art Grundstücksdeal einfädelten); Sochumi, heute ein heruntergekommener Urlaubsort am Schwarzen Meer in einer abtrünnigen Region Georgiens. Mir wurde beigebracht, vor der Sonne auf die Knie zu fallen, vor der Lebensspenderin, die Bananen gedeihen ließ, und ihr für jeden ihrer grausam brennenden Strahlen zu danken. Wie lautete Mutters liebster Kosename für mich? Kleiner Versager? Nein! *Solnyschko.* Kleiner Sonnenschein.

Fotografien aus jener Ära zeigen ein Gruppe müder Frauen in Badeanzügen und einen Jungen, der aussieht wie Marcel Proust und die Warschauer-Pakt-Variante einer Speedo-Badehose trägt (das wäre dann ich); sie starren geradeaus in die grenzenlose Zukunft, während ihnen das Schwarze Meer sanft die Füße kitzelt. Ein sowjetischer Urlaub war beileibe kein Zuckerschlecken. Auf der Krim standen wir in aller Herrgottsfrühe auf und reihten uns in die Schlange für Joghurt, Kirschen und sonstige Lebensmittel ein. Die KGB-Obersten und Parteibonzen in ihren schicken Strandhäusern machten sich ein laues Leben, während wir anderen mit mattem Blick in der elenden Sonne standen, um einen Brotlaib zu ergattern. In dem Jahr hatte ich ein Haustier, einen knallbunten mechanischen Aufziehhahn, den ich stolz jedem in der Schlange präsentierte. «Er heißt Pjotr Petrowitsch *Hahn*owitsch», verkündete ich ungewohnt großspurig. «Wie ihr seht, humpelt er, weil er im Großen Vaterländischen Krieg verwundet wurde.» Meine Mutter befürchtete, es könnten auch Antisemiten in der Kirschenschlange stehen (denn auch die müssen essen), und zischte mir zu, ich solle leise sein, sonst gäbe es nachher kein Rotkäppchen-Konfekt zum Nachtisch.

Ob mit oder ohne Konfekt, mein invalider Vogel Pjotr Petrowitsch Hahnowitsch brachte mich immer wieder in die Bredouille. Er erinnerte mich an mein Leben in Leningrad, das hauptsächlich daraus bestand, allmählich an Winterasthma zu ersticken, wobei ich reichlich Zeit hatte, Kriegsromane zu lesen und davon zu träumen, wie Pjotr und ich in Stalingrad unseren Anteil an Deutschen zur Strecke brachten. Der Hahn war schlicht mein bester und einziger Freund auf der Krim, und niemand konnte uns trennen. Als der freundliche ältere Besitzer der Datscha, in der wir wohnten, Pjotr in die Hand nahm, sein Hinkebein streichelte und murmelte: «Schauen wir doch mal, ob wir den kleinen Kerl nicht repariert kriegen», entriss ich ihm den Hahn und schrie: «Du Fiesling, du Schuft, du Dieb!» Daraufhin flogen wir hochkant aus der Datscha und mussten fortan in einer Art unterirdischer Hütte hausen. Dort wollte ein schwächlicher dreijähriger Ukrainer ebenfalls mit meinem Hahn spielen, was ähnliche Folgen hatte. Diesem Zwischenfall verdanke ich die einzigen ukrainischen Worte, die ich beherrsche: *«Ty chlopez menja bjosch!»* («Du Junge haust mich!») Auch in der unterirdischen Hütte blieben wir nicht lang.

In besagtem Sommer war ich nervlich wohl etwas angespannt, gleichzeitig aber verzaubert und verwirrt von der sonnigen südlichen Landschaft und vom Anblick der gesunden, starken Körper, die in voller slawischer Pracht um mich und meinen kaputten Hahn herumturnten. Ohne dass ich es ahnte, steckte auch meine Mutter mitten in einer Krise; sie rang mit sich. Sollte sie bei meiner kranken Großmutter in Russland bleiben oder sie für immer verlassen und nach Amerika auswandern? Die Entscheidung wurde ihr in einem schmierigen Lokal auf der Krim abgenommen. Über einem

Teller Tomatensuppe erzählte eine stämmige Frau aus Sibirien, wie ihr achtzehnjähriger Sohn nach der Einberufung bei der Roten Armee grundlos grün und blau geprügelt worden war, was ihn eine Niere gekostet hatte. Die Frau zeigte meiner Mutter ein Foto ihres Jungen. Er sah gewaltig aus, wie ein mit einem Ochsen gekreuzter Elch. Meine Mutter warf bloß einen Blick auf diesen gefällten Riesen und einen weiteren auf ihren schmächtigen, keuchenden Sohn, und wenig später saßen wir schon in einem Flugzeug Richtung Queens. Hahnowitsch mit seinem traurigen Hinkebein und dem prächtigen roten Kamm blieb das einzige Opfer der Roten Armee.

Doch wen ich in jenem Sommer wirklich vermisste – deshalb auch meine Gewaltausbrüche gegenüber großen und kleinen Ukrainern –, war mein wahrer bester Freund. Mein Vater. Alle anderen Erinnerungen sind bloß die Souffliérkarten für ein mächtiges Bühnenbild, das sich wie der Rest der Sowjetunion längst in Luft aufgelöst hat. Manchmal frage ich mich, ob irgendetwas davon tatsächlich passiert ist. War das wirklich der junge Genosse Igor Shteyngart, der an der Schwarzmeerküste entlangkeuchte, oder ein anderer eingebildeter Kranker?

Sommer 1978. Damals lebte ich nur für die lange Schlange vor der Telefonzelle mit der Aufschrift LENINGRAD (verschiedene Telefonzellen für verschiedene Städte), um die undeutlich knackende Stimme meines Vaters zu hören, die sich den Weg durch alle technischen Probleme des Landes hindurch bahnte, vom gescheiterten Atomwaffenversuch in der kasachischen Steppe bis zum jämmerlich blökenden Ziegenbock im nahen Weißrussland. Damals verband das Versagen uns alle miteinander. Die ganze Sowjetunion wurde langsam ausgeblendet. Mein Vater erzählte mir Geschichten durchs Telefon. Bis heute halte ich das Gehör für den stärksten meiner fünf Sinne, weil ich mich damals während der

Schwarzmeerurlaube so sehr anstrengen musste, um ihn zu verstehen.

Die Gespräche sind Vergangenheit, aber einen seiner Briefe habe ich noch. Geschrieben in der ungelenken kindlichen Handschrift meines Vaters, der typischen Schrift eines sowjetischen Ingenieurs. Der Brief hat überdauert, weil viele Menschen es so wollten. Wir sind eigentlich kein besonders sentimentaler Menschenschlag, hoffe ich jedenfalls, aber wir wissen fast beängstigend genau, wie viel wir aufheben können, wie viele zerknitterte Schriftstücke ein Wandschrank in Manhattan eines Tages fassen kann.

Ich bin ein fünfjähriger Junge in einer unterirdischen Ferienunterkunft und halte diesen heiligen hingekritzelten Brief in den Händen, die dicht gedrängten kyrillischen Schriftzeichen mit durchgestrichenen Wörtern dazwischen, und während ich sie laut lese, verliere ich mich in der Ekstase der Verbindung.

Guten Tag, mein lieber kleiner Sohn.
Wie geht es dir? Was machst du? Hast du vor, den «Bärenberg» zu besteigen? Und wie viele Handschuhe hast du im Meer gefunden? Hast du schon schwimmen gelernt, und wenn ja, planst du fortzuschwimmen, in die Türkei?

Hier mache ich eine Pause. Keine Ahnung, was es mit diesen Meereshandschuhen auf sich hat, und ich erinnere mich nur vage an den «Bärenberg» (der Everest war es jedenfalls nicht). Aber was soll der letzte Satz? In die Türkei fortschwimmen? Die Türkei liegt zwar jenseits des Schwarzen Meers, aber wir sind in der Sowjetunion und können natürlich nicht dorthin, weder mit dem Dampfschiff noch im Delfinstil. Schwingt da etwas Subversives im Ton meines Vaters mit? Oder spielt er auf seinen sehnlichsten Wunsch an, meine Mutter möge endlich nachgeben und der Emigration in den Westen zustimmen? Oder bezieht er sich unbewusst auf die eben erwähnte Tschesmensker Kirche, die «mehr Backwerk als Bauwerk» ist und an Russlands Sieg über die Türken erinnert?

Kleiner Sohn, in ein paar Tagen sehen wir uns schon wieder, sei nicht einsam, benimm dich anständig, hör auf deine Mutter und deine Tante Tanja.
Küsse, Papa.

Sei nicht einsam? Wie könnte ich ohne ihn denn *nicht* einsam sein? Und sagt er etwa, dass auch er einsam ist? Aber natürlich! Und als wollte er den Schlag abmildern, finde ich unter dem Brieftext das, was ich am allerliebsten mag, noch lieber als Marzipan mit Schokoladenüberzug, das mich zu Hause in Leningrad so begeistert: eine illustrierte Abenteuergeschichte von meinem Vater! Ein Thriller im Stil Ian Flemings, versehen mit ein paar persönlichen Elementen zur Freude eines gewissen kleinen Jungen. Sie beginnt so:

Eines Tages lief in [dem Ferienort] Hursuf [wo ich gerade an Wangen und Armen Farbe bekomme] ein U-Boot namens Arzum *aus der Türkei ein.*

Mein Vater hat ein U-Boot mit Periskop gezeichnet, das auf einen phallischen Berg auf der Krim zusteuert, der wahlweise von Bäumen bewachsen oder mit Sonnenschirmen gespickt ist – schwer zu sagen. Die Zeichnung ist primitiv, aber das ist das Leben in unserer Heimat ja auch.

Zwei Marinesoldaten mit Tauchgeräten verließen das Boot und schwammen auf die Küste zu.

Die Invasoren ähneln aufgrund der breiten Strichführung meines Vaters eher watschelnden Stören, aber die Türken sind schließlich nicht für ihre Leichtfüßigkeit bekannt.

Von unseren Grenzposten unbemerkt, huschten sie in die Berge, in den Wald.

Die Türken – sind es wirklich Türken oder vielleicht amerikanische Spione, die die Türkei nur als Stützpunkt nutzen? (Himmel, ich bin noch nicht mal sieben Jahre alt und habe schon *so viele Feinde!*) – besteigen tatsächlich den sonnenschirmgespickten Berg. Noch eine Anmerkung: «von *unseren* Grenzposten». Ein kleiner Taschenspielertrick meines Vaters; die letzten dreißig Jahre hat er die Sowjetunion so inbrünstig gehasst, wie er Amerika die nächsten dreißig Jahre lieben wird. Doch noch haben wir das Land nicht verlassen. Und ich als glühender Verehrer der Roten Armee, des roten Pionierhalstuchs, überhaupt aller roten Dinge, darf noch nicht wissen, was mein Vater weiß – dass nichts von dem, was mir am Herzen liegt, wahr ist.

Er schreibt weiter:

Am nächsten Morgen entdeckten die sowjetischen Grenzposten frische Fußspuren am Strand des Puschkin-Sanatoriums und alarmierten die Grenzwache, die ihre Spürhündin aussandte. Rasch entdeckte sie die beiden Tauchgeräte unter den Felsen. Die Sache war glasklar: der Feind! «Such!», befahlen die Grenzposten, und die Hündin rannte schnurstracks auf das Internationale Pionierlager zu.

Ach, was gäbe ich nicht für einen kleinen Hund, so einen süßen, flauschigen, wie ihn der Stift meines Vaters jetzt den übergewichtigen amerikanischen Türken auf den Hals hetzt. Aber meine Mutter hat mit mir schon alle Hände voll zu tun, ein Haustier kommt gar nicht in Frage.

Fortsetzung folgt – zu Hause.

Fortsetzung folgt? Zu Hause? Wie grausam. Wie soll ich jetzt erfahren, ob die tapfere sowjetische Grenzwachhündin und ihre schwer bewaffneten Herrchen den Feind aufspüren und ihm verpassen, was ich jedem unserer Feinde wünsche? Nämlich einen langsamen, qualvollen Tod. Nur damit geben wir uns hier in der UdSSR zufrieden. Tod den Deutschen, Tod den Faschisten, Tod den Kapitalisten, Tod den Feinden des Volkes! Wie ich schon in diesem lachhaft jungen Alter koche vor Wut und hilflosem Ärger! Und jetzt spule man bis zum Jahr 1996 vor, zum jungfräulichen Futon in meiner kakerlakenverseuchten Einzimmerwohnung in Brooklyn, zur betrunkenen Beratungsstelle für Immigranten in Manhattan, zum Strand Book Annex, und siehe da: Ich bin immer noch randvoll mit abscheulicher, unanalysierter, entoberlinisierter Wut. Äußerlich ein ruhiges, nachdenkliches Kind, mitteilsam und heiter, aber man kratze an der russischen Oberfläche, und schon bricht ein Dutzend Tataren hervor, man drücke mir eine Heugabel in die Hand, und schon stürme ich auf den Feind im Heuhaufen los, scheuche ihn wie ein Schäferhund heraus und reiße ihn mit den Zähnen in Stücke. Wehe, jemand beleidigt meinen Aufziehhahn! Die Folge: Wut, Erregung, Gewalt und Liebe. «Kleiner Sohn, in ein paar Tagen sehen wir uns schon wieder», schreibt mein Vater, und das ist wahrer und trauriger als alles andere in meinem Leben. Warum erst in ein paar Tagen? *Warum nicht jetzt sofort?* Mein Vater. Meine Heimatstadt. Mein Leningrad. Die Tschesmensker Kirche. Der Countdown läuft schon. Jeder Moment, jeder Meter Abstand zwischen uns ist unerträglich.

Es ist 1999. Drei Jahre nach meiner Panikattacke im Strand Book Annex. Zum ersten Mal seit zwanzig Jahren bin ich wieder in meinem Petersburg, ehemals Leningrad, ehemals Petrograd. Ich bin siebenundzwanzig. In ungefähr acht Monaten werde ich einen Buchvertrag für einen Roman unterzeichnen, der nicht mehr *Die Pyramiden von Prag* heißt.

Aber das weiß ich noch nicht. Ich gehe immer noch davon aus, dass alles, was ich anpacke, zum Scheitern verurteilt ist. Im Jahr 1999 schreibe ich Bittbriefe für eine Wohltätigkeitsorganisation auf der Lower East Side, und die Frau, mit der ich schlafe, hat einen Freund, der nicht mit ihr schläft. Ich bin nach Sankt Petersburg zurückgekehrt, um mich vom Nabokov'schen Strom der Erinnerung mitreißen zu lassen – Erinnerungen an ein Land, das nicht mehr existiert; ich will unbedingt wissen, ob die Metro immer noch so tröstlich nach Gummi, Elektrizität und ungewaschener Menschheit riecht wie damals. Meine Heimkehr fällt in die letzten Zuckungen der Jelzin-Ära im Wilden Osten, als die Alkoholexzesse des Präsidenten und spektakuläre Gewalttaten in den Städten um die Schlagzeilen kämpfen. Es handelt sich mittlerweile dem Aussehen und der politischen Stimmung nach um ein Drittweltland im freien Fall; jede Kindheitserinnerung – und es gab weitaus schlimmere Schicksale als eine Kindheit in der Sowjetunion – wird von der neuen Realität getrübt. Im Gelenk des Ziehharmonikabusses vom Flughafen in die Stadt klafft ein kindergroßes Loch. Ich weiß das, weil um ein Haar ein kleines Kind hindurchfällt, als der Bus ruckend hält. Keine Stunde nach der Landung habe ich schon eine Metapher für meinen gesamten Besuch gefunden.

Am vierten Tag meiner Rückkehr erfahre ich, dass mein Ausreisevisum – Ausländer brauchen in Russland je ein Visum, um ins Land rein und um *wieder raus* zu kommen – ohne einen bestimmten Stempel ungültig ist. Ein gutes Drittel meines Heimatbesuchs verbringe ich mit der Jagd nach dem Gültigkeitsstempel. Auf dem *Moskowskaja Ploschtschad*, dem Moskauer Platz, mitten in dem Viertel, in dem ich aufgewachsen bin, werde ich von den gewaltigen Gebäuden der Stalin-Ära umzingelt. Ich bin mit der Vertreterin einer dubiosen Visumsagentur verabredet. Sie soll mir helfen, einen Hotelangestellten mit tausend Rubeln (damals etwa fünfunddreißig Dollar) zu bestechen, damit mein Visum vorschriftsmäßig gestempelt wird. Ich erwarte die Dame im schäbigen Foyer des Hotels Mir, dem «scheußlichsten Hotel der Welt», wie ich es ein paar Jahre später in meinem Artikel für das Reisemagazin *Travel + Leisure* nennen werde. Das Mir befindet sich, sollte ich hinzufügen, direkt bei der Tschesmensker Kirche.

Und plötzlich kriege ich keine Luft mehr.

Die Welt erstickt mich, das Land erstickt mich, der Pelzkragen meines Mantels drückt mir in mörderischer Absicht die Kehle zu. Statt «Ginger Ale im Schädel» wie bei Tony Soprano explodieren in mir Selters und Rum. Auf wackligen Beinen wanke ich zu einem neuen McDonald's am nahegelegenen Platz, der nach wie vor von Lenins Statue gekrönt wird. Hier, zu Lenins Füßen, habe ich früher mit meinem Vater Verstecken gespielt. Im McDonald's suche ich Zuflucht in der vertrauten fleischigen Midwest-Atmosphäre. *Wenn ich Amerikaner bin – sprich unbesiegbar –, dann lass mich bitte* jetzt *unbesiegbar sein! Mach, dass die Panik aufhört, Ronald McDonald. Bring mich wieder zur Vernunft.* Aber die Realität entgleitet mir weiter, während ich den Kopf auf einen kalten Fastfood-Tisch lege und um mich herum schwächliche Drittweltkinder mit Partyhütchen einen Wendepunkt im Leben des kleinen Sascha oder der kleinen Mascha feiern.

2003 habe ich im *New Yorker* darüber geschrieben und vermutet: «Meine Panik[attacke] war ein Ableger der Angst meiner Eltern zwanzig Jahre zuvor: der Angst, die Ausreise verweigert zu bekommen und ein sogenannter *Verbotnik* zu werden, wie man es damals nannte (wer mit dieser Bezeichnung gebrandmarkt wurde, durfte im ewigen Fegefeuer staatlich verordneter Arbeitslosigkeit vor sich hin schmoren). Ein Teil von mir glaubte tatsächlich, dass ich Russland nicht würde verlassen dürfen. Dass *dies* – ein endloser Betonplatz mit lauter unglücklichen, aggressiven Menschen in grauenhaften Lederjacken – den Rest meines Lebens darstellte.»

Aber so war es nicht, das weiß ich heute. Es ging weder um den Visumsstempel noch um die Bestechung oder den Verbotnik-Status, um nichts dergleichen.

Denn während sich die Welt im McDonald's um mich dreht, versuche ich nur an eines *nicht* zu denken, nämlich an die Tschesmensker Kirche ganz in der Nähe. An die «irre Ansammlung zuckergussüberzogener Türmchen und Zinnen». Ich versuche, nicht wieder zum Fünfjährigen zu werden. Aber warum eigentlich nicht? Schaut uns an, mich und meinen Papa! Wir haben zwischen den Kirchturmspitzen etwas in die Luft steigen lassen. Ja, jetzt erinnere ich mich wieder. Es ist ein Spielzeughubschrauber an einer Schnur, der zwischen den Turmspitzen herumsurrt. Und jetzt steckt er fest! Der Hubschrauber klemmt zwischen den Kirchturmspitzen fest, aber wir sind trotzdem glücklich, denn wir sind gut, besser als das hier, besser als das Land um uns herum! Ich glaube, das ist der glücklichste Tag meines Lebens.

Aber warum kriege ich Panik? Wieso verschwindet hinter

meinen falschen weißen amerikanischen Zähnen eine Beruhigungspille?

Was geschah vor zweiundzwanzig Jahren bei der Tschesmensker Kirche?

Ich will nicht dorthin zurück. O nein, ganz bestimmt nicht. Was auch immer passiert ist, ich darf nicht daran denken. Wie gern wäre ich jetzt zu Hause in New York. Wie gern würde ich an meinem wackligen Flohmarktküchentisch sitzen, die amerikanischen Zähne in Mutters Einsvierzig-Kiewer-Koteletts schlagen und spüren, wie sich überall in meinem dummen kleinen Mund die widerlich buttrige Wärme ausbreitet.

Die Matrjoschka der Erinnerung fällt auseinander, und jedes Einzelteil führt zu etwas immer Kleinerem, während ich immer größer werde.

Vater.

Hubschrauber.

Kirche.

Mutter.

Pjotr Petrowitsch Hahnowitsch.

Türken am Strand.

Sowjetische Lügen.

Oberlin-Liebe.

Die Pyramiden von Prag.

Çeşme.

Das Buch.

Wieder stehe ich im Strand Book Annex auf der Fulton Street, in den Händen *Sankt Petersburg: Architektur der Zaren*, und die barocken Blautöne der Smolny-Kathedrale springen mir vom Buchdeckel entgegen. Ich schlage das Buch auf, zum ersten Mal, auf Seite neunzig. Ich blättere nochmals zu dieser Seite. Und ein weiteres Mal. Die dicke Seite wendet sich in meiner Hand.

Was geschah vor zweiundzwanzig Jahren bei der Tschesmensker Kirche?

Nein. Vergessen wir das. Lassen wir mich erst einmal in Manhattan, wo ich im Buchladen die Seite umblättere, unschuldig und naiv in meinem Büroangestelltenhemd, mit meinem affigen Künstler-Pferdeschwanz, meinen Träumen vom Schriftstellerdasein, meiner Liebe und Wut, die so glutrot in mir lodern wie eh und je. Wie schrieb mein Vater in seiner Abenteuergeschichte:

Fortsetzung folgt – zu Hause.

2. Auftritt Rotznase

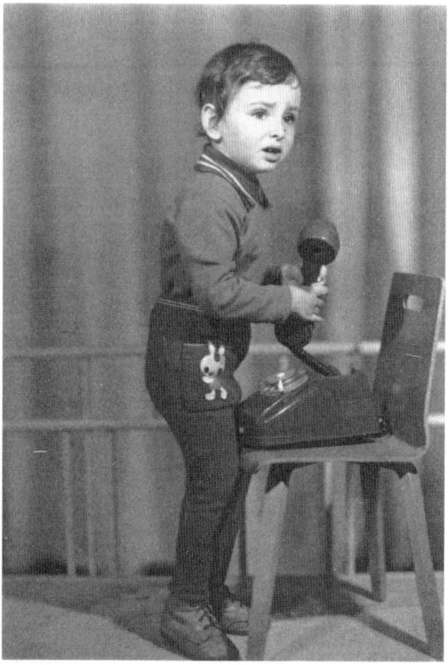

Der Autor erfährt, dass die Brotschlange kein Lieferservice ist.

GEBURTSURKUNDE

IGOR SHTEYNGART

5. Juli 1972

Liebe Eltern!
Wir gratulieren herzlich und freuen uns mit Ihnen über die Geburt eines neuen Menschen – eines Bürgers der Union der Sozialistischen Sowjetrepubliken und Mitglieds der zukünftigen kommunistischen Gesellschaft.

Wir wünschen Ihrer Familie Gesundheit, viel Liebe, Freundschaft und Harmonie.
Wir sind überzeugt, dass Sie Ihren Sohn zu einem gewissenhaften Arbeiter und treuen Patrioten unseres großen Vaterlandes erziehen werden!

Gezeichnet
Exekutivkomitee der
Arbeitervertretung des Leningrader Stadtrats

ICH WERDE GEBOREN.

Meine hochschwangere Mutter überquert eine Leningrader Straße, und ein Lkw-Fahrer hupt sie an, weil man schwangere Frauen nun mal gern erschreckt. Sie fasst sich an den Bauch. Die Fruchtblase platzt. Sie hastet zum Otto-Geburtshaus auf der Wassiljewski-Insel, einem wichtigen schwimmenden Anhängsel auf dem Leningrader Stadtplan, zu demselben Geburtshaus, in dem schon sie und ihre beiden Schwestern das Licht der Welt erblickten. (Russische Kinder werden nicht wie im Westen in richtigen Krankenhäusern geboren.) Mehrere Wochen zu früh purzle ich aus meiner Mutter heraus, Beine und Hintern voran. Ich bin lang und dünn und ähnele einem Dackel in Menschengestalt, allerdings mit einem Riesenschädel. «Gut gemacht!», loben die Krankenschwestern meine Mutter. «Du hast einen ordentlichen *muschik* zur Welt gebracht.» Ein *muschik*, ein stämmiger muskelbepackter russischer Mann, werde ich ganz sicher niemals werden, doch am meisten ärgert meine Mutter, dass die Krankenschwestern sie duzen und nicht siezen. Da ist sie empfindlich. Sie stammt aus gutem Elternhaus und ist keine dahergelaufene Jüdin *(jewrejka)*, die man einfach duzen darf.

Das Otto-Geburtshaus. Für ein «Mitglied der zukünftigen kommunistischen Gesellschaft» ist das jugendstilartige Gebäude ein ebenso guter Ort, um geboren zu werden, wie jeder andere in der Stadt oder im ganzen Land. Unter den Füßen meiner Mutter: ein kunstvoll gefliester Boden mit Wellen- und Schmetterlingsmotiven; über ihr: verchromte Kronleuchter; vor dem Fenster: die mächtigen Kollegiengebäude der Leningrader Staatsuniversität, erbaut unter Peter dem Großen, und ein beruhigendes Aufblitzen von russischem Immergrün inmitten der subarktischen Landschaft. Und in ihren Armen: ich.

Ich werde hungrig geboren. Heißhungrig. Ich will die Welt aufessen und werde nie satt. Brust, Kondensmilch, was immer man mir hinhält, ich nuckle daran, beiße hinein, schlucke es runter. Jahre später werde ich mich unter der Fürsorge meiner geliebten Großmutter Polja in ein Dickerchen verwandeln, aber noch bin ich dünn, schmächtig und heißhungrig.

Meine Mutter ist mit sechsundzwanzig für damalige Verhältnisse eine ziemlich alte Erstgebärende. Mein Vater ist dreiunddreißig und hat die Hälfte des Lebens bereits hinter sich – laut der lokalen Lebenserwartung für Männer. Meine Mutter gibt im Kindergarten Klavierunterricht; mein Vater ist Maschinenbauingenieur. Sie besitzen eine etwa fünfundvierzig Quadratmeter große Wohnung im Stadtzentrum von Leningrad und sind damit privilegiert; privilegierter jedenfalls, als wir es in den USA sein werden, auch wenn uns in den späten 1980ern ein kleines Haus im Kolonialstil in Little Neck, Queens, gehört.

Außerdem, und das werde ich im Laufe meines Lebens erst allmählich begreifen, sind meine Eltern zu verschieden für eine glückliche Ehe. Die Sowjetunion versteht sich zwar als klassenlose Gesellschaft, doch mein Vater ist unter schwierigen Bedingungen in einem Dorf aufgewachsen, während meine Mutter dem Petersburger Bildungsbürgertum entstammt. Das hat zwar seine eigenen Sorgen, aber die sind vergleichsweise lachhaft. Meine Mutter hält die Familie meines Vaters für primitiv und provinziell. Mein Vater findet ihre Verwandten hochnäsig und verlogen. Beide liegen nicht ganz falsch.

Meine Mutter sieht halb jüdisch aus, für damalige Verhältnisse viel zu jüdisch, aber sie ist hübsch, auf eine kompakte, handfeste Weise; über ihrem besorgten Gesicht und dem Rollkragenpullover sitzt die dezent toupierte Frisur, die Mundwinkel sind immer zu einem Lächeln bereit, das meistens ihrer Familie gilt. Leningrad ist ihre Stadt, so wie auch New York es bald sein wird. Sie weiß, wo es manchmal Hühnerkoteletts gibt und vor Buttercremefüllung überquellendes Gebäck. Sie dreht jede Kopeke zweimal um, und als die Kopeken in New York zu Cent werden, dreht sie diese sogar dreimal um. Mein Vater ist nicht groß, aber auf düster-levantinische Art gutaussehend, und sehr darauf bedacht, in Form zu bleiben – seiner Ansicht nach ist körperliche Ertüchtigung die einzige Rettung vor einem Geist, der ständig um sich selbst kreist. Bei meiner Hochzeit viele Jahre später wird nicht nur ein Gast scherzhaft bemerken, wie erstaunlich es sei, dass ein so blendend aussehendes Paar mich hervorgebracht hat. Ich glaube, da ist was Wahres dran. Das Blut meiner Eltern hat sich in mir nicht gut vermischt.

Väter dürfen nicht mit ins Otto-Geburtshaus, doch in den zehn Tagen der Trennung erfasst meinen Vater das starke (wenn auch nicht unbedingt einzigartige) Gefühl, dass er nicht mehr allein auf der Welt ist und dass er in meiner Nähe sein muss. Während meiner ersten Jahre als Erdenbürger wird er diesem Gefühl, nennen wir es Liebe, gekonnt und energisch Ausdruck verleihen. Die anderen Bereiche seines Lebens – eine wenig aufregende Arbeit bei der bekannten Kamerafabrik LOMO, wo er große Teleskope fertigt, und seine zerplatzten Träume von einer Karriere als professioneller Opernsänger – verlieren an Bedeutung, während er versucht, das kaputte Kind in seinen Armen zu reparieren.

Aber er muss sich beeilen!

Im Otto-Geburtshaus werden die Neugeborenen immer noch stramm in Tücher eingewickelt, und meine Dackelgestalt bekommt eine riesige blaue Schleife *(bant)* um den Hals. Als uns das Taxi vom Geburtshaus nach Hause gebracht hat, sind meine Lungen so gut wie luftleer und mein merkwürdiger Riesenschädel fast so blau wie die Schleife, die mich stranguliert.

Ich werde wiederbelebt, aber einen Tag später fange ich an zu niesen. Meine besorgte Mutter (mal sehen, wie oft die Wörter «besorgt» und «Mutter» in diesem Buch dicht beieinanderstehen) ruft in der örtlichen Poliklinik an und verlangt nach einer Krankenschwester. Das Bruttoinlandsprodukt der Sowjetunion beträgt nur ein Viertel des amerikanischen, doch hier machen Ärzte und Krankenschwestern noch Hausbesuche. Eine bullige Frau kommt an unsere Tür. «Mein Sohn niest, was soll ich tun?», fragt meine Mutter kurz vorm Hyperventilieren.

«Sagen Sie ‹Gesundheit!›», rät die Krankenschwester.

In den kommenden dreizehn Jahren – bis zu meiner Bar-Mizwa in einem kratzigen Anzug in der Ezrath-Israel-Synagoge in den Catskill Mountains – leide ich an Asthma.

Meine Eltern ängstigen sich oft fast zu Tode, und ich mich auch.

Aber mich umgibt auch die unerbetene, eigenartig schöne Tröstlichkeit und Geborgenheit, mit der sich ein krankes Kind in eine Festung aus Kissen und Bettdecken hineinsinken lassen kann – diese absurd dicken sowjetischen Decken, aus denen verlässlich die usbekische Baumwollfüllung quillt. Aus den Heizkörpern wummert eine Bullenhitze, und auch meine eigene muffige Kinderwärme zeigt mir, dass ich mehr als bloß ein Behälter für den Schleim meiner Lungen bin.

Ist das meine erste Erinnerung?

Die frühesten Jahre, die wichtigsten, sind die schwierigsten. Aus dem Nichts aufzutauchen braucht seine Zeit.

Daran meine ich mich zu erinnern:

Mein Vater oder meine Mutter wacht die ganze Nacht an meinem Krankenbett und hält mir mit einem Esslöffel den Mund auf, damit ich nicht am Asthma ersticke und Luft in meine Lunge gelangt. Mutter liebevoll besorgt. Vater liebevoll besorgt, aber traurig. Und verängstigt. Ein Mann vom Dorf, ein kleiner, aber kräftiger *muschik*, dem man ein schlecht funktionierendes Lebewesen vorgesetzt hat. Meinem Vater zufolge lösen sich die meisten Probleme durch einen beherzten Sprung in einen eiskalten See, aber hier gibt es keinen See. Seine warme Hand streichelt mitleidig über den feinen Haarflaum auf meinem Hinterkopf, und er kann seine Enttäuschung kaum verbergen, als er zu mir sagt: *«Ach, ty, sopljak.»* Ach, du Rotznase. Da mein Asthma in den folgenden Jahren nicht verschwindet, höre ich die Wut und Enttäuschung aus seiner Bemerkung immer deutlicher heraus und sehe, wie sich seine vollen Lippen verziehen, während sich der Satz in seine Bestandteile zerlegt:

Ach.

Seufz.

Du.
Kopfschütteln.
Rotznase.

Aber noch bin ich nicht tot! Mein Hunger ist groß. Und er verlangt nach Fleisch. *Doktorskaja kolbasa*, ein weicher russischer Mortadella-Ersatz; und als meine Zähne härteren Herausforderungen gewachsen sind: *wetschina*, russischer Schinken, und *buschenina*, gefährlich zäher Schweinebratenaufschnitt, dessen Geschmack einem stundenlang auf der Zunge liegt. Solche Lebensmittel sind nicht leicht zu beschaffen; selbst die Aussicht auf stinkenden, tagealten Fisch lockt Hunderte Menschen in eine Schlange, die sich unter dem glanzlosen rosa Morgenhimmel bis um die nächste Straßenecke zieht. Die optimistische «Tauwetterstimmung» unter Stalins Nachfolger Nikita Chruschtschow ist längst verflogen, und unter der zunehmend starren Führung des komischen Tattergreises Leonid Breschnew beginnt die Sowjetunion ihren rapiden Abstieg ins Bodenlose. Doch ich habe einen unbändigen Appetit auf meine Fleischwaren und dazu mehrere Löffel *sguschtschonka*, Kondensmilch aus den kultigen blauen Konservendosen. «Milch, vollfett, kondensiert, gezuckert» waren vermutlich die ersten russischen Worte, die ich zu lesen versuchte. Nach den berauschenden *kolbasa*-Nitriten spendet mir meine Mutter etwas von diesem süßen Segen. Jeder Liebesbeweis bindet mich an sie, an sie beide, und jeder nachfolgende Verrat und jede Fehlentscheidung festigen die Bindung noch. So sieht das erstickend enge russisch-jüdische Familienmodell aus, das nicht allein unserer Art vorbehalten ist. Doch hier in der Sowjetunion, wo die Freiräume und die Vorräte an Fleischwurst und Kondensmilch begrenzt sind, wird es noch verstärkt.

Ich bin ein neugieriges Kind, und nichts erregt meine Neugier so sehr wie die Steckdose. Für mich ist es das Größte, die Finger in die beiden schmuddligen Löcher zu stecken (gern geschehen, liebe Freudianer) und die Wucht einer Kraft zu spüren, die lebendiger ist als ich. Meine Eltern erzählen mir, in der Steckdose wohne *djadja tok* – Onkel Elektrischer Strom, ein böser Mann, der mir weh tun wolle. *Djadja tok* gehört neben meinen Fleischvokabeln *(wetschina, buschenina, kolbasa)* und *sopljak* zu den ersten Worten, die ich in der mächtigen russischen Sprache lerne. Hinzu kommt mein Urschrei «*Jobtiki matj!*», ein kindlicher Versprecher von *Job twoju matj* oder «Fick deine Mutter!», was ein hübsches Licht auf die Beziehungen zwischen meinen Eltern und ihren beiden Familien wirft.

Meinem Hunger und meiner Neugier stehen ebenbürtig meine Sorgen gebenüber. Erst fünf Jahre später kann ich den Tod als das Ende des Lebens formulieren, aber meine Unfähigkeit zu atmen ist schon mal ein guter Vorgeschmack. Die Atemnot macht mich nervös. Sollte Atmen nicht selbstverständlich sein? Man atmet ein, dann atmet man aus. Dafür muss man kein Genie sein. Und ich versuche es. Aber es funktioniert nicht. Meine innere Maschine quietscht vor sich hin, und es kommt nichts dabei heraus. Andere Kinder kenne ich nicht, ich habe also keinen Vergleich, aber ich weiß auch so, dass mit mir als Junge überhaupt nichts stimmt.

Und wie lang wollen mir die beiden Wesen noch mit einem Esslöffel den Mund aufsperren? Ich spüre, dass sie Höllenqualen leiden.

Es gibt eine Aufnahme von mir mit einem Jahr und zehn Monaten aus einem Fotostudio. Darauf trage ich eine Art Strumpfhose mit einem aufgestickten Hasen auf der Vordertasche, halte einen Telefonhörer in der Hand (stolz präsentiert das Fotostudio diese fortschrittliche sowjetische Technologie) und sehe aus, als würde ich gleich losplärren. Mein Gesichtsausdruck ähnelt dem einer Mutter im Jahr 1943, der soeben ein verhängnisvolles Telegramm von der Front übermittelt wurde. Das Fotostudio macht mir Angst. Das Telefon macht mir Angst. Alles außerhalb unserer Wohnung macht mir Angst. Die Menschen mit ihren großen Pelzmützen machen mir Angst. Der Schnee macht mir Angst. Die Kälte macht mir Angst. Die Hitze macht mir Angst. Der Deckenventilator macht mir Angst; ich pflege dramatisch mit dem Finger auf ihn zu zeigen und in Tränen auszubrechen. Alles, was höher ist als mein Krankenlager, macht mir Angst. Onkel Elektrischer Strom macht mir Angst. «Warum hatte ich vor allem so große Angst?», frage ich meine Mutter fast vierzig Jahre später.

«Weil du als jüdischer Mensch geboren wurdest», sagt sie.

Mag sein. Das Blut in meinen Adern stammt hauptsächlich von den Jasnizkis (meine Mutter) und den Shteyngarts (mein Vater), aber die Krankenschwestern im Otto-Geburtshaus haben dem noch 10, 20, 30, 40 Kubikzentimeter Stalin, Beria, Hitler und Göring hinzugefügt.

Und es gibt noch ein wichtiges Wort: *tigr*. Meine frühe Kindheit wird nicht durch Spielsachen oder Lernspielzeug, wie man es heute nennt, bereichert, aber ich habe meinen Tiger. Das Standardgeschenk für eine junge Mutter in Russland im Jahr 1972 besteht aus einem Stapel Baumwollwindeln. Als die Kolleginnen meiner Mutter herausfinden, dass sie in einem der schicken neuen Häuser am Newa-Ufer wohnt – heute sehen diese Gebäude mit ihren mehrfarbigen drangeklatschten Holzbalkonen aus, als gehörten sie in einen heruntergekommenen Stadtteil von Mumbai –, beschließen sie, dass Windeln nicht angemessen sind. Also kratzen sie achtzehn Rubel für ein Luxusgeschenk zusammen und kaufen einen Stofftiger. Tiger ist vier Mal so groß wie ich, genau richtig orange, seine Schnurrhaare sind so dick wie meine Finger, und sein Gesichtsausdruck sagt: *Ich will dein Freund sein, Rotznase.* Mit allem akrobatischen Geschick, das ein kränklicher Junge aufbringen kann, klettere ich über ihn hinweg, so wie ich noch viele Jahre über den Brustkorb meines Vaters krabbeln werde, und wie bei meinem Vater ziehe ich an Tigers runden Ohren und kneife ihn in die dicke Nase.

Ich würde gern noch mehr Erinnerungen einfangen und hier ausstellen, aber leider bin ich mit meinem Kescher nicht schnell genug. Unter der Aufsicht meiner Großmutter (väterlicherseits) Polja falle ich aus dem Kinderwagen und lande kopfüber auf dem Asphalt. Vermutlich ist das der Grund für meine bis heute andauernden Lern- und Koordinationsprobleme (wer mir auf der Route 9G entgegenkommt, sollte aufpassen!). Ich lerne zwar laufen, aber besonders sicher werde ich nicht. Während eines Sommerurlaubs auf einem Bauernhof in Lettland stolpere ich mit ausgebreiteten Armen auf ein Huhn zu und bücke mich, um es zu umarmen. Tiger ist immer nett zu mir, was sollte mir dieses kleinere bunte Tier also anhaben? Das lettische Huhn schüttelt seinen Kamm, kommt auf mich zu und hackt nach mir. Vielleicht aus politischen Erwägungen. Schmerz und Verrat, Geheul und Tränen. Erst Onkel Elektrischer Strom und jetzt baltisches Geflügel. Die Welt ist hart und rücksichtslos, und verlassen kann man sich nur auf seine Familie.

Und dann strömen die Erinnerungen auf mich ein. Und ich werde der, der ich schon immer sein sollte. Das heißt: ein Liebender. Fünf Jahre alt und bis über beide Ohren verliebt.

Sein Name ist Wladimir.

Aber das muss noch warten.

3. Ich bin immer noch der Große

Ein Familienalbum

1940 in der Ukraine. Der Vater des Autors sitzt in der vordersten Reihe, zweiter von links, auf dem Schoß der Großmutter des Autors. So gut wie alle anderen werden bald sterben.

Thanksgiving 2011. Ein zweistöckiges Kolonialhäuschen in Little Neck, Queens. Was ein klassenbesessener Brite vielleicht als mittlere Mitte der Mittelschicht bezeichnen würde. Meine kleine Familie hat sich um einen orange glänzenden Mahagonitisch versammelt – ein rumänisches Produkt aus der Ceauşescu-Ära, das wir wider jede Vernunft aus Leningrad mitgeschleppt haben –, auf dem meine Mutter gleich einen knoblauchtriefenden Truthahn servieren wird, der bis zum Augenblick der Präsentation unter seiner Frischhaltefolie vor sich hin gurgelt, und einen Nachtisch aus einem

Dutzend Matzen, je einer Gallone Sahne und Amarettolikör und einem Eimer Himbeeren. Ich glaube, meine Mutter hatte einen *mille-feuille* im Sinn, einen Blätterteigkuchen, oder dessen russische Schichtkuchen-Variante: die Napoleontorte. Herausgekommen ist eine vom Pessachfest inspirierte Süßspeisenverirrung. Wegen seiner ursprünglichen Herkunft nennt meine Mutter es gern ihr «französisches Dessert».

«Aber das Beste sind die Himbeeren – die habe ich selbst angepflanzt!», brüllt mein Vater. Mit zurückhaltendem Schweigen kann man in dieser Familie nicht punkten; in unserer Mischpoche reißt immer irgendwer das Mikrophon an sich. Wir sind eine Sippe gekränkter, nach Gehör gierender Narzissten. Wenn überhaupt jemand *zuhört*, dann ich – nicht, weil ich meine Eltern liebe (dabei liebe ich sie, oh, und wie entsetzlich ich sie liebe), sondern weil das meine Aufgabe ist.

Mein Vater hechtet auf meinen Cousin zu, täuscht einen Boxhieb in die Magengrube an und brüllt: «Ich bin immer noch der Große!» Der Große zu sein ist ihm wichtig. Vor ein paar Jahren, noch betrunken anlässlich seines siebzigsten Geburtstags, nahm er meine damalige Freundin (und heutige Ehefrau) mit in den Gemüsegarten und drückte ihr seine größte Gurke in die Hand. «Zur Erinnerung an mich», sagte er und fügte augenzwinkernd hinzu: «Ich bin groß. Mein Sohn ist klein.»

Tante Tanja, die Schwester meiner Mutter, schwadroniert über den Grafen Tschemodanin, der ihrer Überzeugung nach zu unseren Vorfahren gehörte. *Tschemodan* ist das russische Wort für «Koffer». Tante Tanja zufolge war Graf Koffer eine illustre Gestalt im alten Russland: ein treuer Brieffreund seines gräflichen Gefährten Leo Tolstoi (der allerdings selten zurückschrieb), Denker, Ästhet und – wenn schon, denn schon – wegweisender Mediziner. Mein Cousin, ihr Sohn, immer kurz davor, sein Jurastudium aufzunehmen (so wie ich in seinem Alter), den ich wirklich *mag* und um den ich mich sorge, spricht in perfektem Englisch und verwirrendem Russisch erregt über die Aussichten des libertären Präsidentschaftskandidaten Ron Paul.

«Wir sind eine gute, normale Familie», verkündet meine Mutter meiner Verlobten unvermittelt.

«Und natürlich war Graf Koffer obendrein ein brillanter Arzt», setzt Tante Tanja nach, während sie dem «französischen Dessert» meiner Mutter mit einem Teelöffel zu Leibe rückt.

Ich geselle mich zu meinem Vater auf die Couch im Wohnzimmer, wo er Zuflucht vor der Großfamilie sucht. Alle paar Minuten stürmt Tante Tanja mit ihrer Kamera herein und schreit: «Los, rutscht näher zusammen! Vater und Sohn, ja? Vater und Sohn!»

Mein Vater wirkt noch trübsinniger und gekränkter als gewöhnlich. Heute weiß ich, dass ich nicht der einzige Grund für seinen Missmut bin. Mein Vater ist sehr stolz auf seine Figur, bemängelt hingegen meine, doch an diesem Thanksgiving wirkt er nicht ganz so gertenschlank und athletisch wie sonst. Er ist graubärtig und klein, keinesfalls dick, er wiegt, was ein Dreiundsiebzigjähriger, der kein burmesischer Bauer ist, wiegen sollte. Früher am Abend hatte der Schwiegervater meiner Cousine Viktoria, einer der wenigen Amerikaner, die unser durch und durch russisches Familienensemble dankenswerterweise verdünnen, ihn in den Bauch gepikt und gesagt: «Na, Semjon, hortest du da schon deinen Wintervorrat?» Ich wusste, mein Vater würde die Beleidigung hinunterschlucken und innerhalb von zwei Stunden zu Wut verdauen («Ich bin immer noch der Große!»), zu der Wut und dem Humor, die unser Haupterbe sind.

Im Fernsehen läuft der russische Kabelkanal; Werbespots

für dubiose Zahnarztpraxen in Brooklyn und neue Hochzeitssäle in Queens tun alles, um Freude zu versprühen. Ich spüre, wie sich der Blick meines Vaters in meine rechte Schulter bohrt. Ganz egal, wo ich auf der Welt bin, den Blick meines Vaters spüre ich immer.

«Ich habe keine Angst vor dem Tod», sagt er ohne jeden Anlass. «Gott hat ein Auge auf mich.»

«Mhm», muhe ich. Eine neue russische Seifenoper, die in der Stalinzeit spielt, fängt gerade an, und ich hoffe, unser Gespräch in eine andere Richtung lenken zu können. Als wir frisch in Amerika angekommen waren, machte mein Vater mit mir ausgiebige Spaziergänge durch das grüne Kew Gardens in Queens und versuchte, mir die Geschichte russisch-jüdischer Beziehungen anhand einer mehrteiligen Erzählung näherzubringen, die er *Der Planet der Juden* nannte. Sobald ich merke, dass er in den Kaninchenbau der Depression zu stürzen droht – meistens geht dem eine gewalttätige oder phallische Handlung voraus (Stichwort Gurke) –, versuche ich, unser Gespräch in die Vergangenheit zu lenken, als keiner von uns an irgendetwas schuld war.

«Das ist ja interessant», kommentiere ich die Sendung in meinem schönsten amerikanischen Hey-lass-uns-Freunde-sein-Tonfall. «Was meinst du, in welchem Jahr das gedreht wurde?»

«Erwähne in dem Buch, das du gerade schreibst, nicht die Namen meiner Verwandten», sagt mein Vater.

«In Ordnung.»

«Schreib bloß nicht wie ein Jude voller Selbsthass.»

Lautes Gelächter aus dem Esszimmer: meine Mutter und ihre Schwester in ihrem typischen Frohsinn. Anders als mein Vater, ein Einzelkind, kommen Mama und Tante Tanja aus einer verhältnismäßig großen Familie mit drei Töchtern. Tanja neigt zu übertriebener Herzlichkeit und ist der befremdlichen amerikanischen Überzeugung, etwas Besonderes zu sein, aber immerhin wirkt sie nicht depressiv. Meine Mutter besitzt die beste Sozialkompetenz in der Sippe; sie weiß genau, wann sie jemanden in ihren Kreis holen und wann sie ihn wieder loswerden muss. Wäre sie zur richtigen Zeit im amerikanischen Süden geboren worden, hätte sie es bestimmt weit gebracht.

«Da, poschjol on na chuj!», überdröhnt Tanja, die jüngste Schwester, das Dröhnen des Fernsehers. *Ja, soll er sich doch zum Schwanz scheren!* Und meine Mutter lacht dreckig wie ein mittleres Kind, überglücklich, dass ihre Schwester hier in Amerika ist und sie jemanden hat, mit dem sie *chuj* und *job* und *bljad* sagen kann. Die sieben Jahre Trennung – Tanja durfte Russland erst nach Gorbatschows Machtübernahme verlassen – waren für meine Mutter unerträglich. Und da ich während meiner Kindheit eine Art Seismograph für die Ängste, Enttäuschungen und Entfremdungen meiner Eltern war, war die Trennung der Schwestern auch für mich unerträglich.

«Ich habe keine Freunde», reagiert mein Vater auf das Gelächter aus dem Esszimmer. «Deine Mutter will sie nicht hier haben.» Der erste Satz stimmt zweifellos. Der zweite macht mich neugierig.

«Wieso denn nicht?», frage ich.

Statt einer Antwort seufzt er. Er seufzt so viel, dass ich den Verdacht habe, er praktiziert ungewollt seine eigene kabbalistische Meditation. «Möge Gott ihr beistehen.»

Neben meinem Vater liegt eine Videokassette mit dem Titel *Einwanderung: Gefahr für den Zusammenhalt unserer Nation: Teil II: Betrug und Verrat in Amerika*, produziert von einer Gruppe namens «American Patrol» aus Sherman Oaks, Kalifornien. (Warum stehen Rechtsextreme so auf Doppelpunkte?) Ich frage mich, was die schießwütigen Mitglieder

der amerikanischen Patrouille wohl von meinem Vater halten würden – einem semitischen Typen, der wie Osama bin Laden aussieht, im multikulti Stadtteil von Queens auf seiner Couch sitzt und Sozialhilfe kassiert, in dessen Küche es nach Einwandererfisch stinkt und der eine koreanische Familie und einen indischen Clan als Nachbarn hat.

«Wir leben verschiedene Leben», sagt mein Vater weise. «Und das macht mich traurig.»

Mich macht es auch traurig. Aber was soll man tun? Früher habe ich offener mit meinem Vater gesprochen und ihn folglich gehasst. Jetzt weiß ich, wie sehr ich ihn mit jedem veröffentlichten Buch treffen kann – und treffe –, das kein Loblied auf den Staat Israel singt, mit jeder Aussage im öffentlichen Rundfunk, in der ich nicht meinen Bund mit seinem glorreichen Gott beschwöre. Bringt es mich um, frage ich mich, wenn ich ihm hier und jetzt sage: *Du bist immer noch der Große, Papa*?

Ich werde immer der Kleine sein, und du bist der Große.

Wäre dann alles wieder gut zwischen uns? Ich sehe noch, wie er vorhin am Esstisch, bevor seine Depression zuschlug, berauscht von familiärer Verbundenheit und einem Schluck Wodka, zu mir eilte, um mich als Ersten zu bedienen, wie er mir die Pilzsuppe mit besonders viel Zwiebeln auftat, die er extra für mich gemacht hatte. «Saure Sahne?», fragte er mich. «Ja, bitte.» «Brot? Wodka? Gurke?» Ja, ja und ja, Papa. Die übrigen Tischgäste schienen für ihn gar nicht zu existieren.

«Er liebt dich so sehr», sagte eine Freundin, die ich zum Familienessen mitgebracht hatte, einmal zu mir, «er weiß bloß nicht, wie er seine Liebe zeigen soll. Alles, was er tut und sagt, kommt falsch rüber.»

Ich möchte bei ihm bleiben und dafür sorgen, dass er sich besser fühlt. Ich möchte die russische Sendung im Fernsehen zu Ende gucken. Möchte die Gurken aufessen und die

Suppe, vollgestopft mit Pilzen, die er in einem dichten Wald im New Yorker Umland selbst geerntet hat. «Im Geschäft würde jeder Pilz vierzig Dollar kosten!», kreischte meine Mutter, weil mein Cousin nicht von der pilzsatten Suppe probieren wollte. «Und er isst nichts davon!»

Ich möchte eine Familie haben. Ich möchte lachen und begeistert sein von Tante Tanjas postmodernem Thanksgiving-Trinkspruch à la Bringen-wir's-hinter-uns-und-fangen-endlich-richtig-an-zu-trinken: «Gott segne Amerika, *oder wie auch immer.*»

Ich möchte da sein, wenn meine Mutter, die immer alles im Griff hat, sich beim Zubereiten ihres «französischen Desserts» dreimal in den Finger schneidet. Zittern ihre Hände? Sieht sie nicht mehr gut? Sie wirkt heute so müde. Erholt sie sich rechtzeitig zu ihrem manischen Ausbruch von Sorge und Putzwut, der bis in die Nacht andauern wird? Hat Gott ein Auge auf uns?

Ich möchte die Augen schließen und spüren, wie der geballte Wahnsinn um den Tisch herumwirbelt, denn dieser Wahnsinn hat sich auch auf meine Schultern gesenkt.

Aber gleichzeitig will ich nach Hause. Nach Manhattan. In die sorgsam gestaltete, unaufdringliche Wohnung, die ich mir hergerichtet habe, auch um zu beweisen, dass die Vergangenheit nicht die Zukunft ist und dass ich mein eigener Herr bin. Dieses Bekenntnis habe ich mir selbst gegeben: Stunde null. Ein Neuanfang. Den Zorn im Zaum halten. Versuchen, die Wut vom Humor zu trennen. Über Dinge lachen, die nicht dem Schmerz entspringen. Du bist nicht sie. Er ist nicht du. Und jeden Tag, egal ob in An- oder Abwesenheit meiner Eltern, erweist sich mein Credo als Kokolores.

Die Vergangenheit verfolgt uns. Ob in Queens oder Manhattan, sie überschattet uns, boxt uns in den Bauch. Ich bin klein, und mein Vater ist groß. Aber die Vergangenheit – die ist am größten.

Fangen wir mit meinem Nachnamen an: Shteyngart. Ein deutscher Name, dessen wahnwitzige sowjetisierte Schreibweise mit ihrer zu Tränen treibenden Konsonantenballung (fehlt bloß ein *i* zwischen dem *h* und dem *t* für ein schönes «Shit») und allgemeinen Unattraktivität mich viel menschliche Wärme gekostet hat. «Mister, äh, das kann ich nicht aussprechen … *Shit … Shit … Shitfart?*», kichert das reizende Mädchen aus Alabama an der Hotelrezeption. «Genügt Ihnen ein Einzelbett?»

Was glaubst du denn, Herzchen, möchte ich sagen. *Glaubst du vielleicht, jemand möchte sich zu einem Shitfart ins Bett legen?*

Mein ganzes Leben lang habe ich versucht, mir das orthographisch verstümmelte «Shteyngart» nicht als grässlich stinkendes Abfallprodukt der Geschichte vorzustellen. Richtig geschrieben müsste der Name «Steingarten» lauten – ein wunderschöner jüdisch-deutscher Zen-Name, der heitere Gelassenheit und Friedlichkeit suggeriert, wie sie meine jüdischen Vorfahren in ihrem kurzen explosiven Leben sicherlich nie erlebt haben. Steingarten. Schön wär's.

Vor kurzem habe ich allerdings von meinem Vater erfahren, dass «Shteyngart» gar nicht unser Name ist. Ein Schreibfehler aus der Hand eines sowjetischen Bürokraten, eines betrunkenen Notars, eines quasi analphabetischen Kommissars, wer weiß, jedenfalls bin ich eigentlich nicht Gary Shteyngart. Mein Familienname lautet: Steinhorn. Horn aus

Stein. Und da ich eigentlich Igor heiße – Gary haben wir mich in Amerika nur genannt, um mir zumindest ein paar Prügel zu ersparen –, hätte meine Leningrader Geburtsurkunde eigentlich den neuen Erdenbürger «Igor Steinhorn» willkommen heißen müssen. Neununddreißig Jahre lang habe ich nicht gewusst, dass ich in Wahrheit zum bayerischen Pornostar bestimmt war, aber es drängen sich noch weitere Fragen auf: Wenn weder «Gary» noch «Shteyngart» mein richtiger Name ist, warum zum Teufel nenne ich mich dann Gary Shteyngart? Ist jede Zelle meines Körpers eine historische Lüge?

«Schreib bloß nicht wie ein Jude voller Selbsthass», raunt mir mein Vater ins Ohr.

Familie Steinhorn lebte in der ukrainischen Stadt Tschemirowez, wo der Großvater meines Vaters (väterlicherseits) in den 1920ern ohne Grund umgebracht wurde. Die Großmutter meines Vaters musste sich und ihre fünf Kinder fortan allein durchbringen. Es gab nicht genug zu essen. Wer konnte, zog hinauf nach Leningrad, die Hauptstadt des ehemaligen Kaiserreiches und zweitwichtigste Metropole, nachdem die Bolschewiken Moskau zur Hauptstadt bestimmt hatten. Doch auch dort starben die meisten von ihnen. Die Steinhorns waren eine tiefreligiöse Familie, aber die Sowjets nahmen ihnen den Glauben und alles, was dann noch übrig war.

Familie Miller auf mütterlicher Seite meines Vaters lebte im ukrainischen Nachbardorf Orinin, das knapp eintausend Einwohner zählte. Mein Vater reiste in den 1960er-Jahren einmal nach Orinin. Mit ein paar Juden, die ihn gastfreundlich aufnahmen, konnte er über den Völkermord sprechen. Ich selbst habe keine Schtetl-Pilgerfahrt unternommen. Ich stelle mir ein Dorf vor, in dem die guten Zeiten nicht vorbei sind, weil es nie welche gegeben hat; ein postagrarisches, postsowjetisches Dorf mit Schindelhäusern, denen der Großteil besagter Schindeln fehlt, Frauen schleppen eimerweise gelbliches Wasser vom Dorfbrunnen heim, ein Mann zieht einen Eselskarren, beladen mit einem südkoreanischen Fernseh-Video-Kombigerät, hinter sich her, ein Hahn taumelt benommen über eine Durchgangsstraße – die zwangsläufig Lenin- oder Sowjetstraße heißt – auf das ausgedehnte Hügelgrab am Ortseingang zu, wo alle Juden hübsch aufgereiht und sicher begraben liegen und keinen mehr mit ihrem fremdartigen Jiddisch, ihrer düsteren Kleidung und ihren koscheren Schlachtereien belästigen. Aber das ist bloß die Phantasie eines Autors. Vielleicht ist ja alles ganz anders. Vielleicht.

Neben Miller und Steinhorn gibt es noch zwei weitere Namen, die in meiner Familiengeschichte eine Rolle spielen: Stalin und Hitler. Wenn ich meine Verwandten hier der Reihe nach aufmarschieren lasse, dann darf man nicht vergessen, dass ich sie gleichzeitig zu ihren Gräbern hinführe und dass die meisten von ihnen auf denkbar schlimmste Weise ums Leben kommen werden.

Und damit müssen sie gar nicht bis zum Ausbruch des Zweiten Weltkriegs warten. Denn schon in den 1920ern rollen die Köpfe. Während mein Urgroßvater Steinhorn in einem Teil der Ukraine ermordet wird, wird Urgroßvater Miller in einem anderen umgebracht. Die Millers sind keine arme Familie. Eines der größten Häuser im Dorf, das sie zu einer Kutschstation ausgebaut haben, bildet ihre Haupteinnahmequelle. Bauern und Händler stellen dort auf dem Weg zum Markt ihre Pferde und Ochsen unter. Meine Urgroßeltern sind wahrscheinlich so wohlhabend wie keiner auf dieser Familienseite es jemals sein wird, bis ich mir rund einhundert

Jahre später, im Jahr 2013, einen Volvo lease. Als Urgroßvater Miller in einer bitterkalten osteuropäischen Nacht mit sehr viel jüdischem Geld in den Satteltaschen nach Hause reitet, wird er von Banditen, die im Chaos nach der Oktoberrevolution von 1917 in der Ukraine ungehindert umherstreifen, überfallen und ermordet. Die Millers sind ruiniert.

Damit ich geboren werden kann, müssen alle vier Zweige meiner Familie es nach Leningrad schaffen, ihre Dörfchen und Kleinstädte gegen das düstere, kanaldurchzogene Stadtbild eintauschen. Und so kommt es dazu:

Im Jahr 1932 beschließt Stalin, dass die Ukrainer verflucht noch mal verhungern sollen, was den Tod von rund sieben Millionen Einwohnern zur Folge hat – Christen, Juden, jeder, der keinen Roggen in den Magen kriegt, verhungert. Meine Urgroßmutter schickt ihre siebenjährige Tochter Fenja in ein Waisenhaus in Leningrad, um sie vor dem Hungertod zu retten. Fenja und meine Großmutter gehören zu den drei – von ursprünglich neun – Geschwistern der Familie Miller, die den Zweiten Weltkrieg überleben werden. Einige fallen an der Front beim Kampf gegen die einmarschierenden Deutschen, andere werden von der SS und ihren ukrainischen Handlangern ermordet; und mindestens eine Schwester wird «den Verstand verlieren», berichtet mein Vater, und sterben, bevor der Krieg richtig angefangen hat.

Polina, oder Babuschka (Großmutter) Polja, wie ich sie nenne, kommt in den 1930ern mit vierzehn Jahren nach Leningrad. In drei Romanen habe ich über die Immigrations-Erfahrung im ausgehenden zwanzigsten Jahrhundert geschrieben, als besäße ich ein Anrecht darauf. Meine Eltern kamen mit Hochschuldiplom im Gepäck nach Amerika, fest entschlossen, sich die Weltsprache Englisch anzueignen. Von mir als Siebenjährigem wurde erwartet, ungemein erfolgreich zu werden in einem Land, in dem Wunder möglich waren, dessen Einwohner uns aber nicht besonders schlau vorkamen.

Doch meine Großmutter Polja ist damals in den 1930ern eine echte Immigrantin. Sie kommt als Jugendliche nach Leningrad, spricht Jiddisch und Ukrainisch, aber kein Wort Russisch und hat nicht den leisesten Schimmer vom Leben in der Großstadt. Irgendwie ergattert sie die Zulassung für das Pädagogisch-Technische-Institut und macht eine zweijährige Lehrerausbildung. Ein freundlicher Dozent erbarmt sich und bringt ihr die Sprache Puschkins und Dostojewskis bei. Ich dachte immer, meine Großmütter hätten beide mit dem verhassten jüdischen Akzent zu kämpfen gehabt, dem typischen Ch-Laut statt des stark gerollten russischen Rs, aber mein Vater entgegnet mir: «Deine Großmutter hatte *nie* einen jüdischen Akzent.» Und trotzdem denke ich immer, wenn ich mit meinem mühsam perfektionierten Englisch protze, wenn meine neue Sprache aus mir heraussprudelt, an meine Großmutter Polja.

Nachdem sie ihre Lehrerausbildung abgeschlossen hat, bekommt Großmutter in einem Leningrader Vorort eine Stelle in einem Waisenhaus zugewiesen, das euphemistisch als Kinderheim *(detski dom)* bezeichnet wird. Stalins Große Säuberung, ein politisches Blutbad, das in der Geschichte der Menschheit seinesgleichen sucht, erreicht ihren Höhepunkt, viele der besten Leute der Sowjetunion werden gleich erschossen oder in Züge gepfercht und nach Osten in ein Arbeitslager verfrachtet. Andere dürfen in ihrem Zuhause verhungern. Die Kinder der Gefolterten und Ermordeten werden oft in «Kinderheime» geschickt, verstreut über das ganze Land. Großmutter Polja ist im Alter von siebzehn Jahren bereits als Erzieherin und Aufseherin beschäftigt, und mit zwanzig wird sie stellvertretende Leiterin des Waisenhauses. Sie ist so knallhart, wie nur die Tochter eines ermordeten Kutschstationbesitzers es sein kann, aber ich als ihr Enkel kann bezeugen, dass sie Kinder über alles liebte.

Während sich meine Großmutter an das städtische Leben gewöhnt, liefert der große jüdische Express aus dem ukrainischen Hinterland meinen Großvater Isaak Steinhorn, mittlerweile in «Shteyngart» umbenannt, in Leningrad ab. Großvater Isaak stammt aus einem kleinen Ort in der Nähe von Großmutter Poljas Dorf, und die feuchtwarmen Bande des Judentums führen sie 1936 in der kalten «Stadt der Zaren» zusammen. Rund fünfundfünfzig Jahre später sitze ich im Oberlin College an einem Seminartisch. Unser kleiner Kurs, dessen jährliche Studiengebühren sich zusammengerechnet auf 1642800 Dollar belaufen, diskutiert pflichtbewusst über die mühselige Plackerei der mysteriösen, aber glorreichen Arbeiterklasse, von der wir schon so viel gehört haben; aber was mir währenddessen nicht bewusst ist: Mein Großvater Isaak war ein einfacher und ehrlicher Arbeiter, also bin ich der Enkel eines einfachen, ehrlichen Arbeiters.

Ende der 1930er schuftet Isaak in einer Lederfabrik in Leningrad, wo er Fußbälle, Volleybälle und Gürtel herstellt. Er ist Autodidakt, Sozialist, liebt Gesang, Bücher und Polja. Aus dieser Liebe entspringt 1938 mein Vater Semjon, ein Jahr und zehn Tage vor der Unterzeichnung des Molotow-Ribbentrop-Pakts zwischen der Sowjetunion und Nazideutschland.

Die Welt, in die der neue Sowjetbürger Semjon Shteyngart hineingeboren wird, ist drauf und dran, sich selbst in Brand zu setzen.

«Oni menja ljubili kak tschjorty», sagt mein Vater über die

wenigen, flüchtigen Jahre, in denen seine Eltern beide noch lebten. *Sie liebten mich wie die Teufel.* Eine ungelenke Formulierung für einen Mann, der mit der Geschmeidigkeit eines Saul Bellow in Sekundenschnelle zwischen Depression, Wut, Humor und Freude hin- und herschnellen kann. Außerdem ist seine Behauptung nicht überprüfbar. Wie sollte er sich daran erinnern? Sagen wir es so: Es ist ein Glaube, und zwar ein fast heiliger. Und was auch immer ihm in den wenigen Jahren, bevor die ersten deutschen Panzer über die Grenze rollten, gnädig zuteilwurde, auch ich möchte daran glauben.

«Wenn es keinen Krieg gegeben hätte», sagt mein Vater, «hätten meine Eltern zwei oder drei Kinder bekommen.» Sehr selten, aber gelegentlich bricht, was uns unterscheidet, so schnell in sich zusammen wie die Verteidigung der Sowjetunion am 22. Juni 1941. Wie mein Vater bin auch ich ein Einzelkind.

«Deine Mutter und ich hätten noch ein zweites Kind bekommen sollen», sagt mein Vater. «Aber in Amerika haben wir uns nicht mehr verstanden.»

Hitler hintergeht Stalin und überfällt die Sowjetunion. Stalin ist über diesen Bruch der Abmachung zweier Platzhirsche vollkommen außer sich, verschanzt sich in seiner Datscha bei Moskau und kriegt einen Nervenkollaps. Er wird die Sache so sagenhaft vermasseln, dass sechundzwanzig Millionen sowjetische Todesurkunden ausgestellt werden müssen, um die Zivilisation vor dem totalen Zusammenbruch zu bewahren. Auf mindestens zwei Todesurkunden wird der Name «Shteyngart» stehen.

Die Deutschen rücken nach Leningrad vor. Mein Großvater Isaak wird an die Front geschickt, um die deutschen

Truppen zurückzudrängen. Die Blockade der Stadt dauert achthunderteinundsiebzig Tage und fordert mindestens siebenhundertfünfzigtausend zivile Todesopfer; die hungernden Einwohner essen Sägespäne, ihre Haustiere und – im schlimmsten Fall – sich gegenseitig. Hier ist meine Geschichte fast zu Ende. Aber wie bei so vielen von uns Einwanderern, die Queens' oder Brooklyns Subways verstopfen, lässt uns eine winzige Wendung des Schicksals weiterschlurfen. Bevor die deutsche Wehrmacht die Stadt einkesselt, wird Großmutter Poljas Kinderheim aus Leningrad evakuiert. Zusammen mit meinem dreijährigen Vater Semjon und seinen Cousins und Cousinen schickt man sie in ein düsteres, eiskaltes Dorf namens Sakabjakino in der Region Jaroslawl, etwa 650 Kilometer östlich von Leningrad. «Sakabjakino» klingt für einen Russen so gottverlassen wie «Hicksville» für einen Amerikaner, und bis heute bezeichnet mein Vater alle abgelegenen, absurd anmutenden Landstriche – z. B. die Catskill Mountains oder den Staat Ohio – als Sakabjakino.

Die allererste Erinnerung meines Vaters? Die Evakuierung aus Leningrad, verfolgt von der deutschen Luftwaffe. «Wir waren in einem Zug, und die Deutschen bombardierten uns. Wir versteckten uns unter den Bahnwaggons. Die Messerschmitt-Jagdflugzeuge machten so ein Geräusch: SSSUUUU … WUU … WUU.» Mein Vater, ein lebhafter Redner, hebt seine von feinen Härchen bedeckte Hand, lässt sie in einem langsamen, aber entschlossenen Bogen herabsinken, um den Luftangriff nachzustellen, und macht dazu das Messerschmittgeräusch. SSSUUU …

In Sakabjakino haben die Überlebenden der Messerschmittbomben Glück im Unglück: Sie müssen nicht verhungern. Auf dem Land gibt es Milch und Kartoffeln. Außerdem fette Ratten, die nachts, während mein Vater und seine Cousins und Cousinen auf dem russischen Ofen schlafen, zu den mageren Leningrader Kindern kriechen, um sie zu fressen. Auf der Flucht vor ihnen springt eine meiner Tanten aus dem Fenster im zweiten Stock.

Die zweite Kindheitserinnerung meines Vaters: wie seine Cousine auf der Flucht vor den Ratten aus dem Fenster springt.

Mein Vater hat einen gleichaltrigen besten Freund. Ein nichtjüdisches Kind namens Ljonja. Im Alter von drei Jahren stirbt der beste Freund meines Vaters an irgendeiner Krankheit, die mit dem Krieg zu tun hat. Die dritte Kindheitserinnerung meines Vaters: Ljonjas Beerdigung. Im Frühling 2011 erzählte er mir zum ersten Mal von Ljonja. «Ljonja», kurz für «Leonid», ist kein außergewöhnlicher russischer Name, aber in meinem ersten Roman, der 2002 veröffentlicht wurde, heißt der Kindheitsfreund des Protagonisten Wladimir Girschkin zufällig Ljonja, und er ist eine der wenigen wirklich sympathischen Personen in dem Buch (Wladimir und Ljonja teilen sich eine Packung Rotkäppchen-Konfekt, die Wladimirs Mutter ihnen geschenkt hat, und schlafen auf einer sowjetischen Kindergartenmatratze nebeneinander ein). In meinem dritten Roman, der 2010 herauskam, lautet der russische Name eines der beiden Hauptcharaktere, Lenny Abramov, ebenfalls «Ljonja». Ohne zu wissen, wer er war, habe ich Ljonja die Hälfte meines Lebens in meiner Prosa gewürdigt.

Vaters vierte Erinnerung: Februar 1943 – von der Front trifft die Nachricht ein, dass sein Vater Isaak bei Leningrad gefallen ist. Die sowjetischen Streitkräfte, darunter mein Großvater, versuchen mehrfach, die Blockade der zweitwichtigsten Stadt Russlands zu durchbrechen, aber sie sind waffentechnisch unterlegen, und ihre besten Offiziere wurden bereits während Stalins Großer Säuberung erschossen. Wie Isaak Semjonowitsch Shteyngart starb, ist nicht bekannt.

Jahrzehntelang hat man mir erzählt, er sei beim heldenhaften, aber selbstmörderischen Versuch, die Deutschen abzuwehren, in seinem Panzer verbrannt, aber das kann nicht stimmen. Mein Großvater war Artillerist.

Nachdem ihr Ehemann getötet wurde, stürzt sich Großmutter Polja in die Arbeit im Kinderheim und weigert sich, seinen Tod zu akzeptieren. Wie so viele Frauen, die eine Sterbeurkunde erhalten, wartet sie bis nach Kriegsende darauf, dass er zurückkehrt.

Mit fünf Jahren ist mein Vater eines von Millionen russischen Kindern, die nicht verstehen können, warum der Mann im Haus fehlt. Als der Krieg ein paar Jahre später vorbei ist, begreift er es endlich. Er versteckt sich unter dem Sofa, weint und denkt an einen Mann, den er nicht kennt. Später entdeckt er seine Liebe zur klassischen Musik, und während er Tschaikowski hört, weint er ebenfalls. Er liegt unter dem Sofa, lauscht tränenüberströmt Tschaikowskis Musik und schmiedet den Plan, in die Vergangenheit zurückzukehren und Hitler zu ermorden. Noch später heiratet Großmutter Polja erneut; einen Mann, der meinem Vater das Leben zur Hölle machen wird – und mich zu dem, was auch immer ich bin.

Mein Leben beginnt mit einem zigmal vervielfältigten Blatt Papier: «An die Bürgerin Shteyngart P. [Großmutter], BENACHRICHTIGUNG, Ihr Ehemann, Unteroffizier Shteyngart Isaak Semjonowitsch, der getreu seinem militärischen Eid für das Sozialistische Vaterland gekämpft und dabei Heldentum und Mut bewiesen hat, ist am 18. Februar 1943 gefallen.»

Irgendwo im entfernten Jaroslawl wird der kleine Ljonja beerdigt.

Der Leichnam meines Großvaters liegt auf einem Soldatenfriedhof bei Leningrad, was bedeutet: näher an zu Hause.

Die Deutschen rücken unaufhaltsam vor. Stalin verschanzt sich immer noch in seiner Datscha bei Moskau. Und die Messerschmittpiloten kennen ihr Ziel genau. SSSUUUUU… WUU… WUU.

Vater.

Was machst du?

Was sagst du zu mir?

Wer spricht durch dich?

«Im russischen Internet habe ich gelesen, dass du und deine Romane bald vergessen sein werden.»

Wie ein wütendes, verletztes Kind starrt er mich an, dann senkt er plötzlich furchtsam den Blick und richtet ihn auf sein Menü zum Festpreis, das aus irgendetwas Trüffelartigem besteht. Wir befinden uns im Drehrestaurant The View auf dem Dach des Marriott Marquis Hotels mit Aussicht auf den Times Square. Ein Abendessen im Marriott und ein Zweihundert-Dollar-Einkaufsgutschein für die günstige Kleiderkaufhauskette T. J. Maxx – für meine Mutter ein traumhaftes Geburtstagsgeschenk.

«Ja», sagt meine Mutter, «das habe ich auch gelesen. ______ hat das geschrieben.» Sie nennt den Namen eines Bloggers. Meine Eltern haben mein letztes Buch nicht gelesen, aber sie kennen den Namen des Bloggers aus Samara oder Wologda oder Astrachan, der voraussagt, dass ich bald vergessen sein werde.

Willst du, dass man mich vergisst, Vater? Damit ich dir wieder näher bin? Aber ich spreche das Naheliegende nicht aus. «Schau mal», sage ich, an meine Mutter gewandt. «Das ist der Hudson River. Und die Lichter dahinter – New Jersey.»

«Wirklich?» Meine Mutter reckt den Hals. Ihre Begeisterungsfähigkeit ist das Beste an ihr, finde ich. Jedes Mal, wenn ich sie sehe, trägt sie eine jüngere und gewagtere Frisur, manchmal einen Bob, manchmal toupiert, und ihr hübsches Gesicht trotzt seinen siebenundsechzig Lebensjahren mit jugendlicher Aufregung. Sie wird das Leben nicht so leicht loslassen wie mein Vater.

«Das da ist der Four Times Square», sage ich, bemüht, dem schiefen, starrenden Blick meines Vaters auszuweichen. «Das Condé Nast Building. Da drin sind die Redaktionsbüros des *New Yorker* und ein paar anderer Magazine.»

«Im Internet ist ein Ranking von New Yorker Autoren veröffentlicht worden», sagt mein Vater. «Du bist auf dem dreißigsten Platz, und David Remnick» – der Chefredakteur des *New Yorker* – «liegt acht Plätze vor dir. Philip Gourevitch» – einer der begnadeten festangestellten Redakteure der Zeitung – «ist auf Platz elf. Sie liegen beide vor dir.»

«Semjon, hör auf damit», sagt meine Mutter.

«Wieso?», sagt mein Vater. *«Ja schutschu.»* Ich scherze doch nur.

«Schutki!», ruft er. Scherze!

«Deine *schutki* versteht kein Mensch», sagt meine Mutter.

Tanta Tanja will sich für mich starkmachen und tut ihre Meinung kund: «Sie schreiben zwar, dass du bald vergessen sein wirst, aber viele Schriftsteller finden erst nach ihrem Tod Anerkennung.»

Mein Vater nickt. Seine Arbeit ist fast getan. «Und du kannst Remnick ausrichten, wenn er nicht aufhört, in seinen Artikeln über Israel herzuziehen, sehe ich mich gezwungen, dem *New Yorker* einen Brief zu schreiben.»

«Schaut mal», sage ich und zeige auf einen Wolkenkratzer, der gerade vor uns auftaucht. «Der Adler! Das ist die Barclays Bank. Auf unseren ersten amerikanischen Schecks war dieser Adler drauf – wisst ihr noch?»

Der Blick meines Vaters ruht auf mir. Er versucht, meine Reaktion vorherzusagen; überlegt, was er als Nächstes sagen soll.

Hier will ich kurz unterbrechen. Wie ist es, in diesem Moment *er* zu sein? Was sehen seine brauenbefrachteten Augen? Seinen Sohn. Einen Fremden. Der irgendein Trüffelzeug von der Karte bestellt. Mit seinem Obama und seinem Remnick, den Israel-Hassern. Mein Vater war nur sieben Tage in Israel, aber er liebt das Land so gehorsam wie jemand, der seine junge Geliebte nicht ganz versteht, der nur ihre verführerische dunkle Gestalt sieht, die Kurven ihrer Siedlungen. Im zweiten Stock, dem Dachgeschoss, das mein Vater bewohnt – der geräumige erste Stock wurde schon vor langer Zeit meiner Mutter überlassen –, wird sein Lebensrhythmus von den Klassikschallplatten und dem Dröhnen extremistischer Rabbis aus dem Radio bestimmt. Wie konnte sich sein Sohn so weit entfernen? Ist es nicht seine Pflicht, an der Seite seines Vaters zu bleiben?

Jeden Verriss, jede Diskussion über Internet-Rankings und Blogs, jede angeblich im Scherz abgeschossene Beleidigung schließt mein Vater mit den Worten: «Du solltest mich öfter anrufen.»

Mein Sohn, wie konntest du mich verlassen?

Ich beobachte, wie ein Teil des Fußbodens um die Restaurantmitte kreist. Als Physik-Niete habe ich keine Ahnung, wie das funktioniert: warum sich der eine Teil des Fußbodens sanft dreht, während der andere vollkommen stillsteht. Ich stelle mir einen Trupp schwitzender, angeschirrter Immigranten im Untergeschoss des Marriott vor, die das Restaurant in luftiger Höhe zum Drehen bringen. «Die Sopranistin Galina Wischnewskaja ist gestorben», sagt mein Vater.

«Ah.»

«Ich bin in Leningrad auf dieselbe Schule gegangen wie

sie. Sie haben ihre Stimme ruiniert – genau wie meine. Sie haben einen Bass aus mir gemacht, dabei war ich ein Bariton.»

Jetzt geht es um ihn. Seine Opernkarriere, die er aufgegeben hat, um Maschinenbauingenieur zu werden, so wie die meisten männlichen Sowjetjuden. Es geht nicht mehr um mich. Ich atme befreit. Vor kurzem legte mir mein Vater während eines anderen Familienessens den Arm um die Schulter, sein Gesicht kam meinem so nah, dass sein grau-weißer Spitzbart beinahe meine grauen Stoppeln berührte, und er sagte: «Ich brenne vor schwarzem Neid *[tschjornaja sawist‹]* auf dich. Ich hätte auch Künstler werden sollen.»

Am Wochenende nach dem Abendessen im Marriott rufe ich meine Eltern aus dem Landhaus an, in dem ich die Hälfte des Jahres verbringe und zu arbeiten versuche. «Das französische Internet sagt, dein Buch ist eins der besten des Jahres!», schreien sie mir entgegen.

«In Frankreich lieben sie dein Buch!», ruft mein Vater.

Ich will nichts über mich aus dem Internet hören, weder Gutes noch Schlechtes, aber plötzlich lachen wir alle. Wir sprechen über die Mitarbeit meines Vaters bei der Konstruktion des Teleskops, das 1975 das größte der Welt werden sollte und direkt nach seiner Fertigstellung bereits dem Untergang geweiht war – wie die meisten sowjetischen Produkte, egal ob groß oder klein. «Wie viele waren schon als ‹Held der Sozialistischen Arbeit› ausgezeichnet worden wegen dieses verdammten Dings, und dann funktionierte es nicht!», erzählt mein Vater. Das ist unsere kleine Welt, Sowjetsatire, gescheiterte Imperien, alberne Träume. Ich sehne mich nach ihnen, nach ihrer Gesellschaft. Gemütlich eingekuschelt in meine

Bettdecken, lächle ich in mich hinein, während draußen vor dem Fenster der erste Dezemberschnee vorbeifliegt, dicke, saubere Landschneeflocken.

Runter und rauf. Rauf und runter. Man vergisst mich. Man erinnert sich an mich. Ich bin Nummer dreißig. Ich werde in Frankreich geliebt. Was ist das? Das ist Erziehung. Erziehung, wie er sie kennengelernt hat, die er an mich weitergegeben hat. Es ist vertraut und sicher. Sicher für manche von uns.

Ein paar Wochen vorher beugte sich mein Vater bei einem Familientreffen zu der zierlichen Frau hinüber, die jetzt meine Ehefrau ist, und begann einen seiner Monologe über das Leben auf dem Land. «Als ich noch klein, ich töten Schaf. Mädchen sagen: ‹Nein! Ist so süß!› Aber ich – schlitz, schlitz!» Mit der Hand zeigte er, wie er dem Tier die Kehle aufschlitzte. Ich beugte mich zu meiner Frau, um ihr moralische Unterstützung zu bieten, überflüssigerweise, denn so leicht haut sie nichts um. «Dann gibt's zu viele Katzen in Dorf. Also nehm ich Kätzchen und ersäufe. Unter Wasser, unter Wasser.» Dazu untermalende Gestik des Ertränkens. «Und dann kommt natürlich Huhn und –»

Bevor er dem Huhn den Hals umdrehen kann, verständigen meine Frau und ich uns mit einem Blick. Er versucht, sich zu behaupten. Und sie zu erschrecken. Doch unter dem Blut der gemarterten Tiere – mir kommt plötzlich das hebräische Wort für Opfer, *korban*, in den Sinn – liegt eine ganz prosaische Wahrheit. Ich bin jetzt verheiratet, und damit habe ich mich noch weiter von ihm entfernt. Jemand ist zwischen uns geraten.

Der Schafsmörder will seinen Sohn zurück.

«Ich erinnere mich, dass ich, als ich acht war, bei klassischer Musik, besonders bei Geigenmusik, manchmal weinen musste», sagt mein Vater. «Ich habe mich unter dem Tisch versteckt, der Musik zugehört, wurde traurig und musste weinen. Und ich dachte dann an meinen Vater. Erinnerungen hatte ich keine, weil ich ihn ja kaum kennengelernt habe, aber die Traurigkeit darüber hat sich mit der Musik verknüpft. Es gab etwas, was mit meinem Vater zu tun hatte, woran ich mich nicht erinnern konnte. Ich fing an Schallplatten zu kaufen, in einem Nachbarort, keine große Auswahl, aber meine erste Schallplatte war von Caruso, der die Schlussarie aus *Tosca* singt.» Mit gerunzelter Stirn und unter Aufbietung seiner gesamten Traurigkeit und Empathie beginnt mein Vater auf Russisch zu singen: *«Moj tschas nastal … i wot ja umiraju!»*

Verflogen ist die Stunde … und ich sterbe in Verzweiflung!

Es gibt ein Foto, auf dem mein Vater mit vierzehn oder fünfzehn Jahren die Generalsuniform der zaristischen Armee samt Perücke trägt. In seinen Augen leuchtet eine Art friedfertige Traurigkeit, wie ich sie nur aus wenigen russischen Romanen kenne oder nach mehreren starken Cocktails. Er wurde für die Schulaufführung von Tschaikowskis Oper *Eugen Onegin* als Fürst Gremin besetzt. Es ist ein schwieriger Part für einen jungen Bass-Sänger, doch mein Vater ist in seinem kleinen Dorf als Paul Robeson bekannt, nach dem afroamerikanischen Sänger, der die Sowjetunion mit seinem Hit «Ol' Man River» im Sturm eroberte. «In meiner Schule war ich eine Berühmtheit», erzählt mein Vater. «Fast so wie du jetzt.»

In einem Paralleluniversum ist Russland eine freundliche und wohlmeinende Demokratie, mein Vater der berühmte Opernsänger, der er so gern werden wollte, und ich bin sein Sohn und vergöttere ihn.

Unser Thanksgiving-Essen in dem bescheidenen zweistöckigen Kolonialhaus in Little Neck, Queens, neigt sich dem Ende entgegen. Als ich meinen Vater das letzte Mal zu seiner Vergangenheit befragt habe, erzählte er vom Krieg und von der Zeit, als er noch ein kleiner Junge war und sowohl seinen Vater als auch seinen besten Freund Ljonja verloren hatte. «Ich habe irgendwo einen Hund gefüttert», sagt er. «Schreib das besser nicht, denn die Leute sind damals in Leningrad verhungert, aber ich weiß noch, wie ich einen Hund mit einem Butterbrot gefüttert habe, das mir meine Mutter gemacht hatte – was wohl bedeutet, dass wir nicht kurz vorm Verhungern waren.»

«Papa», sage ich, «warum soll ich diese Geschichte denn nicht erzählen?» Rund um den Tisch nickt ihm unsere Familie aufmunternd zu. Es ist eine gute Geschichte.

«Ich habe mich geschämt, weil die Menschen verhungerten und ich ein Butterbrot hatte», antwortet mein Vater. «Aber, stimmt – schreib das ruhig rein.»

Mein Vater sitzt an der Stirnseite des Tischs vor dem Kadaver eines riesigen amerikanischen Truthahns. Er schämt sich für die einzige anständige Tat, die mir in all den Geschichten über meine Familie zu Ohren gekommen ist. Ein kleiner Junge, der seinen Vater und seinen besten Freund verloren hat, beugt sich zu einem Hund hinunter und füttert ihn mit seinem Butterbrot.

Und ich kenne das Butterbrot. Weil er es auch für mich gemacht hat. Zwei Scheiben dunkles, ungebleichtes russisches Brot, das nach schlecht bestelltem Feld und dem Gleichmut eines Bauern gegenüber dem Tod schmeckt. Darauf eine sagenhaft dicke, Fetakäse-ähnliche Schicht aus tödlich cremiger amerikanischer Butter, gekrönt von Knoblauchzehen; der

Knoblauch soll mir Kraft geben, meine Lungen vom asthmatischen Schleim befreien und einen echten, Knoblauch essenden, starken Mann aus mir machen. So wie früher an einem Tisch in Leningrad sitzen wir uns an einem Esstisch in New York, im tiefsten Queens, gegenüber, der alberne Knoblauch knirscht zwischen unseren Zähnen, übertüncht alles, was wir bis dahin gegessen haben, und schweißt uns zusammen.

4. Moskauer Platz

Um später Kosmonaut zu werden, muss der Autor zunächst seine Höhenangst überwinden – auf einer Sprossenwand, die sein Vater extra für ihn gebaut hat. Außerdem sollte er keine Matrosenanzüge mit Strumpfhosen mehr tragen.

ER HEISST WLADIMIR. Niemals Wolodja, die Kurzform, sondern immer Wladimir. Er ist nicht unbedingt ein gutaussehender, aber ein ernsthafter Mann. Vielleicht hat er schon mal gelacht, aber ich habe ihn noch nie lachen sehen. Man ärgert Wladimir nicht. Man macht sich nicht über seine Ideale lustig. Mit vollem Namen heißt er Wladimir Iljitsch Lenin, und ich liebe ihn.

Aus einem Ort an der Wolga kam Wladimir in unser Leningrad. Als exzellenter Schwimmer war er von Anfang an ein großes Vorbild für die Jugend. Während seines ersten Aufenthalts in Leningrad spielte Wladimir ziemlich viel Schach. Der Zar schickte ihn nach Sibirien ins Exil, aber er landete in München und London und dann in Genf und Finnland. Bei Wladimir Iljitsch Lenin weiß man nie so genau, woran man ist. Kaum denkt man, man hat ihn erwischt, *schwupps!*, ist er schon wieder verschwunden, schnell wie der Wind. Wladimir war ein Bolschewik und hasste die Menschewiki, weil er im Gegensatz zu ihnen das liberale Bürgertum nicht mochte. Zu Wladimirs Interessen gehörte es, Schlittschuh zu laufen und ein Bündnis aus Arbeitern und Bauern zu bilden, um den Zaren zu stürzen. Jeder Russe war überglücklich, als Wladimir und sein bester Freund Josef in unsere Stadt zurückkehrten, den Zaren verjagten, ihn etwas später erschossen und das Leben für kleine Kinder wie mich vergnüglich machten. Heute liegt Wladimir in einem Mausoleum in Moskau, aber es fällt mir schwer, das zu glauben, wo doch überall in der Stadt Plakate hängen, auf denen steht: LENIN LEBT EWIG! Ich weiß das, weil ich vor kurzem mit meiner Familie in die Nähe des Moskauer Platzes gezogen bin, der auf dem Weg zum Flughafen liegt, und hier thront die größte Wladimir-Statue von ganz Leningrad über mir und erinnert mich daran, dass ich nicht allein bin.

Moskauer Platz. *Moskowskaja Ploschtschad.* Hier beginnt mein Leben erst richtig. Die Erinnerung an diese Jahre ist deutlich, lebhaft und erschreckend genau. Mein Gehirn hat so viele Klatscher abbekommen, dass massenweise Daten – von der Studienzeit auf dem College bis zu meiner Hochzeit – gelöscht wurden, aber hier gibt es keine Erinnerungslücken. Bis auf eine.

Moskauer Platz. Errichtet im grandiosen stalinistisch-sowjetischen Imperialstil, damit die Bevölkerung die barocken Belanglosigkeiten des alten zaristischen Sankt Petersburg weiter nördlich vergisst. Doch leider weigern sich die verdammten *Leningradtsi* hartnäckig zu vergessen.

Moskauer Platz: Seine Geometrie ist kalt, die Farben gedämpft, die Größe gigantisch, hier und da ein Säulengang und ein paar griechische Schnörkel, um den Platz zeitlos und erhaben wirken zu lassen. Er ist so riesig, dass er sein eigenes Mikroklima zu haben scheint; öliger Regen schliert über die Weite aus Ziegeln und Marmor, und im Sommer brechen inmitten all der Ideologie Veilchen hervor.

Hier steht mein erstarrter Lenin, riesig wie King Kong, meine große Liebe, eine Hand nachdrücklich dem Horizont entgegengereckt, als wollte er ins nahe Finnland hinüberspringen, während sein Mantel aufreizend im Wind flattert. Er wirkt auf seinem Granitsockel dermaßen beweglich, dass Einheimische ihn «Latino-Lenin» getauft haben, als könnte er jeden Moment eine heiße Salsa tanzen oder, noch besser, eine kubanische Rumba. Einem grandiosen Gebäudeklotz gebührt der Ehrenplatz hinter Lenin; auf seiner Fassade marschieren Arbeiter, Bauern und Soldaten feierlich der rosigen sozialistischen Zukunft entgegen. Während der Stalin-Ära wurde der Kasten als «Haus der Sowjets» errichtet, Leningrads Pendant zu einem Rathaus, später fungierte er als Geheimdiensteinrichtung, in der mindestens zwei amerikanische Überläufer (beide Mitglieder des Julius-und-Ethel-Rosenberg-Spionagerings) an militärischen Projekten gearbeitet haben sollen, und heute ist es ein trauriger, öder Ort, an dem man für ein paar Rubel eine Kopie seines Reisepasses bekommt oder sich eine Wehrdienstbescheinigung ausstellen lassen kann. Der dramatische stalinistische Eindruck des Moskauer Platzes wird weiterhin geschmälert durch die Citibank-Filiale an der Straße, einen Ford-Händler ein Stück weiter, ein paar Spielautomaten, die gleich um die Ecke aus dem Boden geschossen sind, und vereinzelte Obststände, an denen leuchtende Importorangen, himmlisch rote Paprikaschoten und Hochglanzbirnen aus einer entfernten Galaxie feilgeboten werden. Und am südwestlichen Ende brummt eine der 4,8 Millionen McDonald's-Filialen Sankt Petersburgs (für jeden Einwohner eine).

Doch als ich hier aufwachse, gibt es nichts dergleichen! Es gibt Lenin, das Supergeheimgebäude der Überläufer und Spione, und auf der gegenüberliegenden Straßenseite befindet sich ein marmornes Gebäude von ebenso beeindruckender Größe, das ein weiteres Herzstück sowjetischen Lebens beherbergt: den *gastronom*. Einen *gastronom* als Supermarkt zu bezeichnen, wäre eine Beleidigung für alle Supermärkte weltweit. Vielmehr ist es ein einzigartiger präkapitalistischer Lebensmittelladen, in dem von Zeit zu Zeit Schinken auftaucht und sehr schnell wieder verschwindet. Der Schinken ist oft nicht wirklich Schinken, sondern das Fett drum herum. Meine Mutter ficht einen allwöchentlichen Kampf mit dem Personal des *gastronom* aus, damit man ihr ein rosiges, essbares Stück von meinem Lieblings-Snack abschneidet. Bei einer schicksalhaften Begebenheit, kurz vor unserer Auswanderung, schreit meine Mutter die Frau hinter der Theke an: «Warum krieg ich hier nichts als Fett?»

Man schreibt das Jahr 1978, den Sowjetjuden wird endlich erlaubt, nach Israel auszureisen oder – was auf größere Begeisterung trifft – in die USA oder nach Kanada. Mutters Kontrahentin trägt einen fleckigen weißen Arbeitskittel, taxiert die Nase und dunklen Haare meiner Mutter und schreit zurück: «Wenn Sie nach Israel gehen, kriegen Sie Schinkenscheiben ganz ohne Fett!»

«Ja», pariert meine Mutter. «In Israel krieg ich Schinken

ohne Fett, aber Sie kriegen hier bis in alle Ewigkeit nichts als Fett!» Die unkoschere Absurdität dieses Gesprächs wäre sicher einen Kommentar wert, aber immerhin waren dies vermutlich die ersten tapferen und aufrichtigen Worte, die meine Mutter in dreißig wachsamen Sowjetunion-Jahren geäußert hat. Zum ersten Mal behauptete sie sich «dem System» gegenüber, denn der *gastronom* verkörpert das System auf einer ganz elementaren Ebene.

Doch damit hole ich schon zu weit aus.

Moskauer Platz. Die Lenin-Statue, das Supergeheimgebäude der Überläufer und Spione, der *gastronom*. Und links von Lenin eine kleine Ansammlung von *jolki* – Fichten. Wenn mein Asthma es mir erlaubt, rennen Papa und ich zwischen den Fichten herum und spielen Verstecken. Ich bin ein winziger vertikaler Dackel und kann mich hinter das dünnste Bäumchen quetschen, und Papa tut eine Ewigkeit so, als sähe er mich nicht, während ich einatme, *richtig tief einatme* – den frisch-würzigen Harzduft des kleinen baumigen Genossen neben mir. In der Nachbarschaft kursiert das Gerücht, ein Betrunkener habe eine der Fichten gefällt, um sie als Neujahrsbaum zu benutzen, woraufhin er zehn Jahre in einer Strafkolonie aufgebrummt bekam. Der Depp! Man fällt nicht direkt vor Wladimir Iljitsch Lenins Nase eine Fichte.

Da bin ich also – verstecke mich hinter einem Baum und zittere vor Aufregung, während der große Papa mich sucht – und tatsächlich nicht findet! Und über mir deutet Lenin besitzergreifend auf Finnland, sein Kopf ist noch kahler als der meines Vaters, dessen Schläfen noch von spärlichem Haar gesäumt werden. Ich verstecke mich hinter einer Fichte, und mein Vater singt: *«Synotschik, Igorjotschik, gde ty?»* (Kleiner

Sohn, Igorlein, wo bist du?), und ich atme verbotenerweise mehrmals tief den eisigen Fichtenduft ein.

Über uns, Lenin und dem Haus der Spione geht die Sonne unter, und schon bald wird die Kälte unserem Spiel ein Ende bereiten. Meine Eltern vertreten momentan die Theorie, dass ich mich beim Spielen überhitze und mein verschwitzter nackter Hals in Kombination mit dem Herbstfrost die Krankheit erneut ausbrechen lässt. Diese Theorie lässt sich, so wie das Fermi-Paradoxon, weder beweisen noch widerlegen, aber sie hält sich hartnäckig, denn Generationen von russischen Frauen haben sie in ihren Küchen, Fabriken und Büros ausgebrütet.

Ich will nicht, dass das Spiel aufhört. Ehrlich gesagt will ich *auch jetzt* nicht, dass das Spiel aufhört. Auch heute noch nicht, am 25. Mai 2012. Weil mein Vater größer ist als ich. Weil er immer noch der Große ist. Und ich sehe ihn dort zwischen den Fichten herumlaufen – in seinem hellen Mantel (der, so wie alles hier, nach gekochtem Kohl riecht) und mit seinem bunten, vermutlich verstrahlten karierten Schal. Er sucht mich. Da ist mein großer Vater, über mir, und über ihm ist Lenin, und das hier ist meine Familie, das ist mein Land. Fühle oder denke ich das? Mit Sicherheit beides. Schon damals wusste ich, wie leicht ein Gefühl zu einem Gedanken wird und umgekehrt.

«Ich habe ihn verloren, ich habe meinen Sohn verloren», klagt mein Vater. «Ich habe meinen kleinen Igor verloren. Wo ist er? Ich finde ihn nicht mehr.»

Macht er nur Spaß, oder ist er ernsthaft besorgt?

Ich will hervorspringen und rufen: «Hier bin ich! Du hast mich gar nicht verloren!» Aber das verstößt gegen die Spielregeln. Der eigentliche Spaß besteht doch darin, *versteckt zu bleiben*, oder nicht? Ich sollte Angst haben, wenn Papa suchend näher kommt und kurz davor ist, mich zu entdecken, aber ich werde trauriger, weil er jetzt von meiner Fährte abkommt. Und wenn er sich wieder nähert, habe ich wieder Angst. Angst, Traurigkeit. Traurigkeit und Angst. Darauf habe ich mich so lange gefreut, als ich im Bett bleiben musste? Nein, darauf: Plötzlich springt Papa hinter einer Nachbarfichte hervor und ruft: «Hab dich!» Ich kreische vergnügt und versuche, ihm zu entwischen. Mit einer einzigen schwungvollen Bewegung setzt er mich auf seine Schultern, und wir spazieren an Lenin vorbei, der sich auch freut, dass ich gefunden wurde, gehen einen gigantischen stalinistischen Häuserblock weiter bis zu unserer Wohnung, wo Mutter Kohlsuppe kocht, heiß und fad.

Wir wohnen auf der Tipanowa-Straße Nummer 5, Wohnung 10. Ein Schild am Anfang der Straße informiert uns: ALEXANDER FJODOROWITSCH TIPANOW (1924–1944) WAR EIN TAPFERER VERTEIDIGER DER STADT LENINS. IM JAHR 1944 SCHÜTZTE ER SEINE TRUPPEN, INDEM ER SICH VOR DAS HERANNAHENDE KANONENFEUER WARF, UND ERMÖGLICHTE SEINEN KAMERADEN EINEN ERFOLGREICHEN VORSTOSS. DER FURCHTLOSE KRIEGER WURDE POSTHUM ALS «HELD DER SOWJETUNION» AUSGEZEICHNET. Ich stelle mir gern vor, dass Vaters Vater, Großvater Isaak, der auch lächerlich jung im Krieg gefallen ist, eine ähnliche Heldentat vollbracht hat, auch wenn er kein «Held der Sowjetunion» war. Ach, was gäbe ich darum, meine eigene Brust vor ein Artilleriefeuer zu halten, damit meine Kameraden vorwärtsstürmen und Deutsche töten können. Doch erstmal muss ich ein oder zwei gleichaltrige Freunde finden, und diese ebenbürtig heldenhafte Leistung liegt noch einige Jahre in der Zukunft.

Während mich mein Vater von den Fichten bei Lenin zur Tipanowa-Straße Nummer 5, Wohnung 10, trägt, kommen wir an einer weiteren wichtigen Institution in meinem Leben vorbei – der Apotheke.

Ein besonders erschreckendes Wort in der russischen Sprache lautet *banki* und bezeichnet normalerweise die Pluralform eines Glases oder Gefäßes; im Wörterbuch findet sich dazu aber auch folgender hilfreicher Eintrag: «(med.) Schröpfglas». Was den medizinischen Teil angeht, habe ich meine Zweifel, denn ich habe noch keinen einzigen Asthma-, Lungen- oder sonst wie Bronchialleidenden getroffen, den diese geisteskranke hinterwäldlerische Behandlung geheilt hätte. Die örtliche Apotheke hat nur wenige nützliche Medikamente im Sortiment, und das mit Abstand nutzloseste von allen ist *banki*. Die Anwendung besagten «Schröpfglases» auf dem zarten weißen Rücken eines keuchenden Leningrader Jungen im Jahr 1976 ist der Höhepunkt von dreitausend Jahren wenig hilfreicher medizinischer Intervention, die mit den traditionellen Praktiken der Griechen und Chinesen beginnt und hier in der Apotheke auf der Tipanowa-Straße endet.

Leider habe ich immer noch äußerst lebhafte Erinnerungen daran: Ich liege auf dem Bauch. Die *banki* werden hervorgezaubert; es sind kleine grünliche Glasbehälter, etwa so groß wie mein Kinderfuß. Meine Mutter reibt mir beherzt den ganzen Rücken mit Vaseline ein. Was darauf folgt, ist selbst für einen gesunden Erwachsenen unsagbar grauenerregend, von einem verängstigten Kind ganz zu schweigen. Eine mit Watte umwickelte Pinzette wird in Wodka oder Wundbenzin getunkt, bis sie sich vollgesaugt hat, und dann angezündet. Die lodernden Zangen werden in die Glasbehälter gehalten, saugen die Luft heraus, damit zwischen Glas und Haut eine Saugwirkung entsteht. Als Nächstes werden die *banki* auf dem Rücken des Patienten aufgebracht – vorgeblich, um den Schleim aus den Lungen zu ziehen, aber in Wahrheit, damit sich der kleine Junge zu Tode erschreckt und seine Eltern für durchgeknallte Feuerteufel hält, die ihm ernsthaft Schaden zufügen wollen.

Ich schließe für einen Moment die Augen. Jetzt höre ich, wie meine Mutter ein Streichholz an der Schachtel entzündet – *ptsch* –, dann lodern die Kneifzangen-Flammen so orangegelb auf wie Leningrads verschmutzter Sonnenuntergang, es folgt das Zischen, mit dem die Luft wie von einer Atombombe herausgesaugt wird, so einer, mit der uns die amerikanischen Imperialisten im Fernsehen bedrohen, und dann spüre ich das Brennen der heißen Gläser auf meinem Rücken. Und jetzt zehn Minuten lang still daliegen wie ein totes Herbstblatt auf dem Grund eines Schwimmbeckens, es sei denn, die *banki* ploppen von meinem Rücken ab, dann fängt die ganze Prozedur von vorne an.

Die erste Etappe unserer mehrteiligen Auswanderung nach Amerika bildet ein einwöchiger Aufenthalt in Wien, bevor wir nach Rom und schließlich nach New York weiterziehen. Ich werde zu diesem Zeitpunkt sechs Jahre alt sein und wegen eines meiner üblichen Asthmaanfälle in ein Wiener Krankenhaus eingeliefert. Der Herr Doktor wirft einen Blick auf meinen mit blauvioletten Blutergüssen überzogenen Rücken und schickt sich an, die österreichische Polizei zu alarmieren, um einen Fall von Kindesmissbrauch zu melden. Nervös erklären ihm meine Eltern, schuld sei nur das Schröpfen, woraufhin er lacht und ruft: «Wie altmodisch!» oder: «Wie idiotisch!» oder: «Ihr verrückten Russen – was habt ihr wohl als Nächstes vor?» Und er gibt mir etwas, was ich in der Sowjetunion noch nie gesehen habe – ein schlichtes kortisonhaltiges Asthmaspray. Zum ersten Mal in meinem Leben genieße ich die beruhigende Gewissheit, dass ich nicht jeden Abend fast ersticken muss.

Aber noch gibt es keine solche Erleichterung. Mein Vater und ich wissen beide, dass der Spaß, den wir eben hatten, als wir zwischen den Fichten hinter Lenin auf dem Moskauer Platz herumgerannt sind, seinen Tribut fordern wird. Heute Abend werde ich krank sein. Wie ich mittlerweile weiß, befehle ich meinen Lungen, noch während wir an der Apotheke mit ihrem hässlichen fetten APTEKA-Schild vorbeigehen, den Dienst zu versagen. Was wir 1979 noch nicht wissen: Asthma ist, zumindest teilweise, eine sogenannte «psychosomatische Krankheit», die durch Stress und Angst ausgelöst wird.

Aber Angst wovor?

Verschwitzt werde ich in die warme kohlduftige Wohnung getragen, und meine Mutter brüllt meinen Vater an: «Warum wart ihr so lange weg? Wie konntest du ihn draußen in der Kälte rumrennen lassen? Er ist völlig überhitzt! Jetzt wird er krank!»

Und er brüllt zurück: «Oi joi joi! Sie weiß mal wieder alles besser! Hält sich für 'ne verdammte Ärztin!»

«Hör auf zu fluchen» – *Ne rugaisja matom* –, «der Junge hört uns.»

Zu mir: «Igor, *ne powtorjai.»* – Nicht nachsprechen.

«Du bist doch die, die flucht!»

«Ich? Ach, scher dich doch zum Schwanz!» *Poschjol na chuj.*

«Fick doch deine Mutter!» *Jobtiki matj.* Ich merke mir die bösen Wörter und wiederhole sie (falsch ausgesprochen) im Stillen.

Damit ist es um das Russisch meiner Mutter geschehen, und sie verfällt in das Urjiddisch ihrer verstorbenen Großmutter aus dem weißrussischen Schtetl Dubrowno: *«Gurnischt! A biter zores!»* Du bist ein Garnichts! Ein Unglück!

Meine Atmung wird flach. Was sprechen sie als Nächstes?

Aramäisch? Ich ziehe mir den Schlafanzug aus und lege mich artig auf den Bauch. Während sich meine Eltern weiterhin zweisprachig anschreien, bereiten sie das Schröpf-Equipment vor und stellen den Franzbranntwein bereit, um die Flamme zu entfachen. Nur ein Jahrzehnt später werde ich einen neuen Ort entdecken, in den ich Alkohol hineinkippen kann.

Aber erstmal werde ich geschröpft.

Danach kann ich nicht schlafen. Mein Rücken ist bedeckt von kreisrunden Quaddeln, und das Asthma ist noch schlimmer geworden. Keuchend liege ich im Wohnzimmer auf der Couch, die mir als Bett dient. Ich greife mir ein Bilderbuch über einen kleinen Jungen und ein Mädchen, die erst auf Miniaturgröße geschrumpft und dann von einem Schwarm riesiger Stechmücken angegriffen werden (warum, ist mir aus heutiger Sicht schleierhaft). Ein geronnener Marmeladenfleck auf einer Buchseite sieht aus wie die zerquetschten Überreste eines besonders fiesen Insekts (im sumpfigen Leningrad sind die Stechmücken so groß wie Lenin). Schlaflos liegt ein leidendes Kind in einer Art vierten Dimension, in der durch seinen winzigen, aber wachsenden Verstand ungebeten Sprache strömt und seine äußeren Sinne dafür schärft, eine Flut von Informationen aufzunehmen. Als da wären: fiktionale Stechmücke, geronnene Marmelade, fieses Insekt, die schwere Umarmung der durchhängenden Couch; auf dem Wandteppich darüber bilden Muster echte arabische Zahlen und unechte tibetische Wörter (ich war neulich im Museum für Völkerkunde), im Zimmer nebenan schlafen Mama und Papa, erholen sich von ihrem letzten Streit und ahnen nicht, was in meinem Kopf alles los ist.

Resigniert hangelt sich die nördliche Sonne auf ihren Platz am Himmel hoch und bestrahlt die Wipfel der Birken und die klotzige Architektur rosa. Im schlaflosen Auge des jungen Betrachters ist dieses Rosa angefüllt von schlierigem Leben, Amöbengestalten, die über und hinter der Landschaft dahinschweben, eine weitere, fünfte Dimension neben der schon beschriebenen geschäftigen vierten. Und zu meinem Altmännerkeuchen kommt Staunen. Man hat mich geschröpft, stimmt, aber ich habe noch eine Nacht überlebt. Die durchgesessene Couch habe ich schon vor langer Zeit in KAISERLICHE ROTZNASE umgetauft; sie ist eine russische Fregatte aus dem achtzehnten Jahrhundert und hat sich durch die neblige Nacht vorwärtsgekämpft – so wie die, die man ganz in der Nähe im Museum der Seeschlacht bei Çeşme in der ehemaligen Tschesmensker Kirche bewundern kann, zwischen deren Türmen Papa und ich gern unseren Spielzeughubschrauber herumfliegen lassen. Endlich fällt der Druck, schlafen zu müssen, von mir ab, es gibt nichts mehr, wovor ich Angst haben, nichts, wofür ich kämpfen müsste, und während die Erwartungen nachlassen, geschieht das Unerwartete: Am Morgen schlafe ich ein, während die Stadt um mich herum hell und lebendig erwacht und Lenin den Schulkindern, Arbeitern, Soldaten und Matrosen in ihren jeweiligen Uniformen die Hand zum Gruß entgegenreckt. Draußen vor dem Fenster flackern sanft zwei Leuchtreklamen, während ich mich in den Schlaf rassele. FLEISCH, ist auf einer zu lesen. Und dann: OBST UND GEMÜSE.

Wörter. Nach ihnen lechze ich sogar noch mehr als nach dem Fleisch und Obst und Gemüse, das sie anpreisen. Falls ich mich gut genug fühle, werden wir am nächsten Tag an meinem Lenin vorbei zur Metrostation am Moskauer Platz gehen, wo es noch mehr Wörter gibt, die ich mir einverleiben kann.

Weliki mogutschi russki jasyk. GROSSE MÄCHTIGE RUSSISCHE SPRACHE – so bezeichnet sie sich selbst. Doch siebzig Jahre Behördenrussisch haben Puschkins Sprache einen guten Teil ihrer Großartigkeit und Mächtigkeit genommen. (Man versuche einmal, möglichst beiläufig das Akronym OSSOAWIACHIM auszusprechen, mit dem die *Gesellschaft zur Förderung der Verteidigung, des Flugwesens und der Chemie* bezeichnet wird.) Doch in den späten 1970ern kann die gequälte russische Sprache einen fünfjährigen Jungen in einer Leningrader Metrostation noch ganz schön beeindrucken. Der Trick besteht darin, riesige kupferne Druckbuchstaben an eine Granitwand zu nageln, um damit zugleich Pracht und Unsterblichkeit zu demonstrieren – ein Lobgesang in Großbuchstaben auf einen zunehmend kleinbuchstabigen Sowjetstaat. Die Station des Technischen Instituts zieren folgende Worte:

> 1959 – SOWJETISCHE WELTRAUMRAKETE ERREICHT MONDOBERFLÄCHE

Friss das, Neil Armstrong!

> 1934 – SOWJETISCHE WISSENSCHAFTLER ENTWICKELN DIE ERSTE KETTENREAKTIONSTHEORIE

Damit hat also alles angefangen.

> 1974 – DER BAU DER BAIKAL-AMUR-MAGISTRALE WURDE BEGONNEN!

Was zum Teufel soll *das* denn bedeuten? Ach, aber Baikal-Amur klingt doch so schön – Baikal, der allseits bekannte (und jetzt bekanntermaßen verseuchte) sibirische See, ein Herzstück des russischen Mythos; Amur *(amour?)* könnte ein weiteres französisches Wort sein, das sich Russland freudig angeeignet hat. (In Wahrheit ist es der Name einer Region im Fernen Osten Russlands.)

Ich bin fünf Jahre alt, Fellstiefel umschließen fest meine Füße und Knöchel, vermutlich trage ich einen halben Bären oder mehrere sowjetische Biber um die Schultern, und ich staune mit sperrangelweit offenem Mund, sodass mein Vater mich wieder einmal warnt: «Da fliegt dir noch 'ne Krähe rein!» Ich bin schwer beeindruckt. Die Metrostation mit ihren endlosen marmornen Verbindungsgängen und den Gemälden der breitschultrigen revolutionären Arbeiterklasse (die es nie gegeben hat), die sich über die gesamte Wandbreite erstrecken, sorgt dafür, dass einem der Mund offen steht. Und die Wörter erst! Ihre Wucht wirkt nicht nur überzeugend, sondern erscheint einem kleinen Jungen, der kurze Zeit später von Science-Fiction besessen sein wird, geradezu außerirdisch. Die weisen Aliens sind gelandet, und WIR SIND SIE. Und das hier ist unsere Sprache. Die große und mächtige russische Sprache.

Währenddessen fährt eine Metro voll schwitzender Genossen in die Station ein, um uns Richtung Norden zur Eremitage oder ins Dostojewski-Museum zu bringen. Doch wen kümmert die bedrückende Wahrheit von Rembrandts *Rückkehr des verlorenen Sohnes* oder eine Ausstellung der Nachttöpfe des großen Schriftstellers, wenn die Zukunft der menschlichen Rasse, aller Mysterien beraubt, direkt hier für jedermann zu sehen ist. SOWJETISCHE WISSENSCHAFTLER ENTWICKELN DIE ERSTE KETTENREAKTIONSTHEORIE. Vergiss die schäbigen polyesterbekleideten menschlichen Elemente um dich herum, das einzigartige Aroma der sowjetischen Metro mit einer halben Million schlecht gewaschener Proletarier, die durch eine gewaltige Marmorröhre gesaugt werden. Da steht es, Junge, in kupfernen Großbuchstaben. Was willst du mehr?

Ich beschließe, Schriftsteller zu werden. Wer täte das unter diesen Umständen nicht?

Mein Wohn- und Schlafraum im Wohnzimmer ist in drei grobe Kategorien unterteilt. Einen Bereich bildet die Technikkommode, auf der ein todschickes neues Wählscheibentelefon thront, das ich mit großem Geschick zu bedienen lerne («Mama, Telefon!»), und ein kugelbauchiger Signal-Fernseher. Der Fernseher bringt die sowjetischen Bürger zur Verzweiflung, weil er regelmäßig explodiert. Einmal heißt es, sechzig Prozent aller Wohnungsbrände in Moskau würden von mangelhaft montierten explodierenden Fernsehern ausgelöst. Schon als Kleinkind durfte ich die Tücken von Onkel Elektrischer Strom kennenlernen, und jetzt erforsche ich die Gefahren, die Vetter Fernseher birgt.

Auf der gegenüberliegenden Seite des Zimmers befindet sich die Trainingsecke. Dort hat mir mein Vater eine Sprossenwand errichtet, die bis zur Decke reicht und dazu dient, dem ans Haus gefesselten Kranken etwas Bewegung zu verschaffen und eine meiner größten Ängste zu überwinden: die Höhenangst. Mein Vater hat die Arbeiter in seiner Fabrik gebeten, jede schmale Strebe einzeln zu schnitzen, und die daraus entstandene Sprossenwand ist vermutlich das hübscheste Stück in unserer Wohnung. Und das beängstigendste. Jeden Monat versuche ich, eine weitere der zwölf Sprossen zu erklimmen, bis ich – schwindelig und mit trockenem Mund –

mit den Füßen mehr als einen Meter über dem Boden schwebe! Noch ein bisschen mehr Mühe und ein bisschen weniger Asthma, dann kann ich später das werden, was jeder sowjetische Junge zwischen drei und siebenundzwanzig werden will: Kosmonaut.

Aber ich habe andere Pläne. Den dritten Bereich des Wohnzimmers bildet die Kulturcouch. Dort finden kulturelle Aktivitäten statt, und dort schlafe ich. (Bis zum heutigen Tag arbeite ich im Bett, mit drei Kissen im Rücken, und habe keine Verwendung für Schreibtisch oder -pult oder ähnlichen Schnickschnack.) Kultur ist von großer Bedeutung. Mein Vater träumte davon, Opernsänger zu werden. Kann eine meiner ersten Erinnerungen sein, wie er mir aus *Pique Dame* vorschmettert, während ich mit asthmatisch geöffnetem Mund zuhöre und sich ein Lächeln auf meinen Lippen ausbreitet? Meine Mutter spielt Klavier. Tante Tanja, ihre Schwester, ist Violinistin. Meine bildschöne Cousine Viktoria, die Tochter von Tante Ljusja, Mutters älterer Schwester, ist nur fünf Jahre älter als ich, hat aber bereits die volle Kontrolle über ihren geschmeidigen, eleganten Körper, hüpft mühelos auf die Kulturcouch und dreht Pirouetten, denn sie möchte einmal Primaballerina werden. Wenn ich mit dieser Familie irgendetwas gemeinsam haben möchte, muss ich ein *kulturni tschelowek* werden, ein kultivierter Mensch.

Also schmeiße ich mich mit meinem kleinen Matrosenanzug in Schale, knote vorn den Kragen zu und schnappe mir eine Kindergeige. Tante Tanja bringt mir bei, wie ich das Dingsda – das strähnige Teil mit den vielen Fäden – über den Korpus des Instruments streiche. Der Kinnhalter liegt samtweich und wohlig an meiner Wange, und auch der Matrosenanzug mit den weißen Strumpfhosen und kurzen Hosen fühlt sich gut an, aber ehrlich gesagt habe ich nicht den leisesten Schimmer, was zum Henker ich da eigentlich tue. Die

Geige wird später von einem weniger geschätzten Instrument abgelöst – der dreisaitigen russischen Balalaika, die ihr Dasein irgendwann in einer staubigen Zimmerecke fristet. In Amerika wird eine vornehme ältere russische Dame versuchen, mir für fünf Dollar die Stunde das Klavierspielen einzuhämmern. Nichts davon bleibt hängen.

Nein – ich habe ganz andere Pläne. Das liebliche Fiepen der Geige ist nichts für mich (bei mir ist sowieso schon eine Violine eingebaut, vielen Dank), ich kann meinen Körper nicht wie meine Cousine Viktoria bewegen oder wie mein Vater lauthals aus *Pique Dame* trällern: «Das Leeeeben gleicht dem Spiiiieeeel!» Ich laufe eher Gefahr, es unserem Signal-Fernseher gleichzutun und zu explodieren. Ich werde zum pathologischen Leser. Das erste Buch handelt, wie bereits erwähnt, von einem Jungen und einem Mädchen, die auf die Größe einer Kopeke geschrumpft werden und gegen riesige Stechmücken und Ähnliches kämpfen müssen. Das zweite Buch, das für alles verantwortlich ist, was mir jemals passiert ist, heißt: *Die wunderbare Reise des kleinen Nils Holgersson mit den Wildgänsen*. In dem Buch wird der Lausbube Nils, der sich einen Spaß daraus macht, die Tiere auf seinem Hof zu quälen, ebenfalls magisch auf Kopeken-Größe geschrumpft, führt fortan mit den Wildgänsen ein abenteuerliches Leben und reist auf ihren Rücken durch ganz Schweden bis nach Lappland und wieder zurück.

Das Buch der Schwedin Selma Lagerlöf – übrigens die erste Frau, die einen Literaturnobelpreis erhielt – wird in seinem Ursprungsland heiß geliebt. Es ist kein Zufall, dass meine beiden ersten Lesebücher von Kindern handeln, die kleingeschrumpft werden, noch kleiner, als sie es ohnehin schon sind, und in einer feindlichen Welt bestehen müssen. Für mich war die Botschaft klar: Lausbuben wachsen nicht. Gemäß dem *Sowjetischen Handbuch für die Entwicklung des Jungen*, das meine Mutter inbrünstig studiert, und den darin enthaltenen Diagrammen und Zeichnungen von nackten Jungen, ihrer stetig wachsenden Körpergröße und Hodensäcke, ist mein Wachstum leider nicht zufriedenstellend – weder das meines Körpers noch das der Säcke. Ich bin in jeder Hinsicht ein kleiner *Knirps* und ein Ausbund an Einschränkungen. Wenn meine Tante Tanja mir mein Lieblingseis mitbringt, stehe ich auf und verkünde ernsthaft: «Nein danke. Das darf ich nicht essen.»

In der Sowjetunion ist *Nils Holgersson* durchaus geeignet für einen Fünfjährigen, während das eng bedruckte hundertsechzig Seiten starke Buch in den USA vermutlich in der fünften Klasse und in manchen Staaten erst auf dem College gelesen wird. Ich bedaure zutiefst, als Kind die Fernsehausstrahlung des sowjetischen Zeichentrickfilms *Der verzauberte Junge* verpasst zu haben, einer sowjetischen Adaption von Nils Holgerssons Reise aus den 1950ern. Zum ersten Mal greife ich zu Papier und Stift und schreibe mit Hilfe meines Vaters einen Brief an den Fernsehsender Kanal Eins – auf eine Seite des teuflisch kleinkarierten Hefts *tetradka*, das jedes russische Kind kennt.

Sehr geehrter Kanal Eins,
ich komme aus Leningrad und bin fünf Jahre alt. Letzte Woche lief auf Ihrem Sender Der verzauberte Junge. Die wunderbare Reise des kleinen Nils Holgersson mit den Wildgänsen *ist mein Lieblingsbuch. Ich habe es so oft gelesen, dass ich es mit Kreppband zusammenkleben musste, damit es nicht auseinanderfällt. Als ich gehört habe, dass Sie* Der verzauberte Junge *schon gezeigt haben,*

musste ich weinen. Bitte, bitte, zeigen Sie den Film noch einmal. Ich möchte ihn wirklich gerne sehen.
Hochachtungsvoll
Igor Shteyngart aus der Stadt Leningrad

Mein Vater und ich gehen an der Apotheke und an Lenin vorbei, um den Brief in einen Briefkasten zu werfen. In diesem Moment fühle ich mich meinem Vater sehr nahe. Ich halte seine Hand und hüpfe vor Aufregung auf und ab, auch wenn ich davon vielleicht anfange zu schwitzen und wieder krank werde. Beim Briefkasten angekommen, faltet mein Vater das Papier mit meiner krakeligen Kinderschrift in der Mitte zusammen und wirft es ein – ohne Briefmarke und Adresse. Zu diesem Zeitpunkt weiß ich und *weiß nicht*, dass der Brief den Kanal Eins in Moskau niemals erreichen wird. Ich bin voller Hoffnung *und* weiß gleichzeitig, dass kein Anlass dazu besteht. Aber was weiß mein Vater? Dass der staatliche Hauptsender die Geschichte von Nils und den Wildgänsen nicht noch einmal ausstrahlen wird, nur weil ein fünfjähriger Junge mit zu kleinem Hodensack ihn darum bittet? Oder dass wir dem Land in Kürze sowieso für immer den Rücken kehren werden und es in der freien Welt keinen Kanal Eins gibt; wie sich herausstellt, gibt es in der Metropolregion New York sieben geheiligte Sender – Channel 2, 4, 5, 7, 9, 11 und 13 –, und wenn wir uns eine UHF-Antenne kaufen, sogar noch mehr.

Zurück ins Jahr 1977 – auf meiner Kulturcouch lese ich asthmatisch Nils und lasse genug Luft in meine Lungen, um mir die Wörter laut vorzulesen, stelle mir vor, sie kämen aus dem Fernseher. Meine Großmutter Galja setzt sich zu mir. Ich habe zwei Großmütter. Großmutter Polja, die Mutter meines Vaters, sitzt gern mit mir zusammen auf meiner Lieblingsbank auf dem Moskauer Platz und füttert mich mit

Fleisch aller Art. Sie begleitet uns nach Amerika und wird für lange Zeit meine beste Freundin sein. Großmutter Galja wird nach und nach in eine vaskuläre Demenz abdriften, aber davon weiß ich noch nichts. Ihretwegen möchte meine Mutter nicht auswandern. In den späten 1980ern wird Großmutter Galja, kaum noch bei Bewusstsein, unter großen Schmerzen sterben. Tante Tanja bleibt bei ihr und kümmert sich um sie, und meine Mutter versucht ein Leben lang, diese Schuld wiedergutzumachen.

Großmutter Galja hat früher als Journalistin und Redakteurin bei der Leningrader Abendzeitung *(Wetscherni Leningrad)* gearbeitet. Sie weiß, wie sehr ich *Die wunderbare Reise des kleinen Nils Holgersson mit den Wildgänsen* liebe; sie kennt das sorgsam aufgeklebte Kreppband, mit dem ich jedes Kinderbuch zusammenhalte, das ich besitze. Als sie einmal auf mich aufpasst, fragt sie: «Warum schreibst du nicht selbst einen Roman?»

Und das ist der Anfang. Ich bin fünf Jahre alt, halte einen dicken stummeligen Bleistift in der Hand, und ein kariertes *tetradka*-Blatt wartet darauf, von mir bekritzelt zu werden. Großmutter Galja ist klug. Sie hat sich aus dem Schtetl hochgearbeitet, auf dem Gymnasium eine Goldmedaille gewonnen und sich bis nach Leningrad geschleppt, um ein kultivierter Mensch zu werden. Sie weiß, was jeder gute Redakteur weiß – du kannst den Leuten nicht einfach befehlen: «Schreib!» Es muss ein Belohnungssystem geben. Großmutter Galja kann mir keinen kalten Schweinebraten bieten, den ich für mein Leben gern esse, dafür aber etwas anderes, sehr Wichtiges: Käse.

Es handelt sich um dicken, harten, gelblichen Sowjetkäse – ein armer Verwandter der orangefarbenen Laktose, mit der die US-Regierung meine Großmutter Polja in drei Jahren in Rego Park, Queens, megatonnenweise bombardieren wird.

Er bildet den Auftakt zu einem Tauschhandel – Waren gegen Wörter –, der mich bis zum heutigen Tag begleitet. Großmutter Galja zerkleinert den Käse in mehrere Dutzend blassgelbe Würfel. «Für jede Seite, die du schreibst», sagt sie, «bekommst du ein Stück Käse. Und für jedes fertige Kapitel mache ich dir ein Butterbrot mit Käse.»

Der daraus entstandene Roman hat meine Großmutter vermutlich hundert Käsewürfel und mindestens ein Dutzend Käsestullen gekostet. Es ist spurlos verschwunden, aber mein Meisterwerk aus Kindertagen begann vermutlich mit folgenden Worten:

Odin den, utrom rano, Wladimir Iljitsch Lenin prosnulsja.

Eines Tages erwachte Wladimir Iljitsch Lenin frühmorgens.

Lenin ist wach und quietschlebendig in Leningrad! Er ist von seinem Sockel am Moskauer Platz heruntergestiegen und sinnt auf Rache. Bevor er die Oktoberrevolution in Gang setzte, hatte er sich eine Weile in einer Jagdhütte aus Zweigen und Stroh (einer waschechten russischen *schalasch*) in Finnland versteckt gehalten. Noch immer weigert sich das bündnisfreie Finnland hartnäckig, Teil der Union der Sozialistischen Sowjetrepubliken zu werden. In meinem umfangreichen Roman *Lenin i ego wolschebni gus (Lenin und seine magische Gans)* wird das unverzüglich behoben.

Nachdem er seinen Granitsockel verlassen hat, begegnet Lenin einer ihm wohlgesinnten, gigantischen, sprechenden Gans, die vermutlich aus Georgien, Aserbaidschan oder Armenien herübergeflogen ist – oder woher auch immer die dunklen Blumenverkäufer auf dem Markt stammen. Lenin und die Gans werden beste Freunde. Sie schließen einen Pakt: *Wir fallen in Finnland ein!*

Lenin schwingt sich auf den Rücken der Gans, sie überfliegen die Grenze zu dem Gebiet, das eines Tages die Europäische Union werden wird, und Lenin bombardiert die unglückseligen Finnen mit unserem dicken Sowjetkäse. Und wenn sie nicht gerade Finnen bombardieren, kuscheln sich Lenin und die Gans in ihrer *schalasch* aneinander und unterhalten sich in Großbuchstaben. Die Gans fragt beispielsweise: «Hast du schon gehört, Wladimir Iljitsch – DER BAU DER BAIKAL-AMUR-MAGISTRALE WURDE BEGONNEN!» Was haben sie's heimelig, Lenin und sein gefiederter Freund, umschlossen von den dicken grünen Zweigen – Fichtenzweigen vom Moskauer Platz, natürlich. Doch Wladimir Iljitsch kann nicht unbegrenzt Finnen mit Käse bombardieren, denn er leidet an Asthma!

Dieser Fakt ist weitgehend unbekannt. Er soll doch so athletisch sein, dieser Lenin, ständig schwimmt er, läuft Schlittschuh und spielt leidenschaftlich Schach, aber nein – er ist ein Leidensgenosse! Alles läuft fünfjahresplangemäß, und die Finnen stehen kurz davor zu kapitulieren, als die geschwätzige Gans, wahrscheinlich ist sie Menschewik, Lenin bei der Finnischen Geheimpolizei verpfeift. Die Gans weiß, dass Lenin dann am verwundbarsten ist, wenn er gerade einen Asthmaanfall erleidet, also rollt sie ihn auf den Bauch, schröpft ihn mit *banki* und ruft die bösen Finnen herbei. Um ein Haar segnet das größte Genie der Menschheit das Zeitliche, doch Lenin schafft es, sich die *banki* herunterzureißen und dem Griff des nordischen Schweinehunds zu entkommen. Er schnappt sich die verräterische Gans, kocht sie in einem roten Topf und genießt gemeinsam mit seinen soeben zum Sozialismus konvertierten Kameraden einen köstlichen Gänseschmaus.

Finis.

In meinem nach Sauerstoff lechzenden Hirn würge ich alles noch einmal hoch – sowohl die schlichte Literatur von Nils' wunderbarer Reise als auch den Hochschund sowjetischer Ikonographie. Doch meine Geschichte ist grausamer als alles, was sich Nils' Schöpferin Selma Lagerlöf in ihrem demokratischen Schweden jemals hätte ausdenken können. Die Botschaft von *Lenin und seine magische Gans* lautet: Liebe die Autorität, aber traue keinem. Dazu kommt noch etwas anderes. Ich schreibe den Roman für meine Großmutter, die zeit ihres Lebens Kommunistin war, und sage damit: Großmutter, bitte hab mich lieb! Diese verzweifelte und gewöhnliche Botschaft richte ich erst an sie und meine Eltern, etwas später an einen Haufen Jeschiwa-Schüler in Queens und noch später an meine Leser in aller Welt.

Die Shteyngarts sollten den Moskauer Platz verlassen.

Alle paar Wochen wird mein Asthma so schlimm, dass ein kreischender Krankenwagen in unseren Innenhof mit dem Bröckelputz einfährt. Dr. Potschewalowa hat mir solche Angst eingejagt, dass ich mich weder an ihr Gesicht noch ihre Gestalt erinnere, sondern nur noch an die abstoßend hässlichen Wörter, die ihr von den gestrengen Lippen glitten. «Lungenentzündung» *(wospalenje ljogkich)* und «Senfwickel» *(gortschitschnyje kompressy)*.

Im Fernsehen strahlen sie *Der verzauberte Junge* nicht noch einmal aus, dafür sehe ich *Planet Andromeda*, einen ungelenken sowjetischen Abklatsch des meisterlichen *Star Trek*. Eine Szene bleibt mir im Gedächtnis: Ein paar Männer – Kosmonauten, nehme ich an – werden vor einem schwarzen Hintergrund mit einer Art Solarstrahl beschossen. Schreiend winden sich die Kosmonauten im Todeskampf.

Im Hof unseres Hauses steht eine Kinderrutsche, befestigt an einer Spielzeug-Weltraumrakete. Über rostige Metallstäbe erklimme ich die Rakete, für mich die «Gute Rakete», und schlittere vorsichtig das vereiste Gefälle hinunter – zwanzig Kilo Kind, dreißig Kilo Mantel. Die Gute Rakete ist zwar verrostet, aber in ihr bündeln sich alle Hoffnungen und Träume einer Nation, die zuerst einen Satelliten, dann einen Hund und als Nächstes einen Menschen in die Leere über uns katapultiert hat, in die Leere, die wir *sind*.

Die Böse Rakete ist ein dreckiges Dampfrohr wie aus einem Dickensroman (seltsam raketenförmig mit breitem Unterteil, kegelförmigem Körper und kapselartigem Kopf), so hoch wie unser fünfstöckiges Wohnhaus, und nachts surrt und vibriert es, als litte es auch an Asthma. Nachdem ich *Planet Andromeda* gesehen habe, rede ich mir ein, dass bald etwas Schreckliches geschehen wird – dass wir jeden Moment vor einem schwarzen Hintergrund mit Solarstrahlen beschossen werden, dass die Böse Rakete Richtung Sterne abhebt, einen Teil unseres Hauses abreißt und mich, Papa und Mama mit sich fortzerrt. Ich beginne, Ideen für ein neues Buch zu sammeln – *Wladimir Iljitsch Lenin erobert Andromeda*. Selbst in den entlegensten Galaxien muss der Sozialismus Einzug halten.

Ohne dass ich etwas davon mitbekomme, steuert die Sowjetunion bereits auf ihr Ende zu. Die Ernten waren entsetzlich schlecht; das Getreide reicht bei weitem nicht aus, um die Massen zu ernähren oder volltrunken zu halten. Gleichzeitig entsteht in den USA eine Basisbewegung zur Befreiung der Juden aus ihrer Polyester-Gefangenschaft. Daraufhin gelingt dem amerikanischen Präsidenten Jimmy Carter ein Deal mit den Russen. Im Tausch gegen mehrere Tonnen Weizen und ein bisschen Spitzentechnologie – wahrscheinlich Fernseher, die nicht ganz so oft explodieren – genehmigt die Sowjetunion einer großen Anzahl ihrer Juden die Ausreise. Russland bekommt den benötigten Weizen und Amerika die Juden, die es braucht, damit es läuft – alles in allem ein ausgezeichnetes Handelsabkommen.

Meine Eltern haben ihre Arbeit gekündigt, unsere fünfundvierzig Quadratmeter große Wohnung verkauft, und mit den restlichen Rubeln verschiffen sie unsere glänzenden rumänischen Möbel und unser Klavier «Roter Oktober» über das Schwarze Meer, das Mittelmeer, den Atlantik, über jedes Gewässer, das gewillt ist, diese seltsame, veraltete Fracht zu tragen. Die zunehmend senile Mutter meiner Mutter, Großmutter Galja, hat die Dokumente unterzeichnet, mit denen sie ihrer Tochter die Ausreise genehmigt (eine weitere demütigende Anforderung des Systems: die elterliche Erlaubnis). In den Reisepässen meiner Eltern befindet sich das richtige Visum – das seltene *Ausreise*-Visum, das Sowjetbürgern ermöglicht, das Unmögliche zu tun: in ein Flugzeug zu steigen und das beste Land der Welt zu verlassen, das Land der Arbeiter und Streber. Wir stehen in den Startlöchern, um zu den Sternen zu fliegen, wir werden Großmutter Galja und ihren Käse zurücklassen, und alles, was bleibt, ist die Erinnerung an eine füllige alte Frau in einem geblümten Rock, an das Geräusch des dicken Bleistifts auf dem karierten Papier und an ihr Lächeln, während sie meine kindlichen Hirngespinste Korrektur liest. Vorbei die Spaziergänge zur Tschesmensker Kirche, wo ich meinen Spielzeughubschrauber zwischen den Spitztürmen herumschwirren lasse, während mich mein Vater, die wandelnde Wikipedia des prädigitalen Menschen, auf die Architektur hinweist und mich in meiner Muttersprache liebevoll belehrt: «Die erste bekannte Kirche, die als Abkehr vom byzantinischen Stil entworfen wurde, war die Sophienkathedrale in Nowgorod, erbaut zwischen 1045 und 1050.»

Und noch jemanden werden wir zurücklassen, der mir lieb und teuer ist.

Lenin, meine Gans, mein kämpferischer Kumpel, mein Visionär. Wovon träumst du wohl jetzt, auf deinem Sockel am Moskauer Platz, in deinem Mausoleum im wirklichen Moskau? Träumst du jemals, ganz vielleicht, manchmal von mir?

5. Artikel 58

Die Mutter des Autors im Alter von elf Jahren – mit dem besorgten Erwachsenenblick, der ihm nur allzu vertraut werden wird. Man beachte die hübsche Schleife in ihrem Haar. Das Foto entstand 1956 in der Sowjetunion.

«Ich glaube, du kennst mich gar nicht richtig. Du siehst mich durch die Augen deines Vaters. Und manchmal denke ich, ich kenne dich gar nicht.»

Meine Mutter hat Geburtstag, und wir sitzen ganz oben im Marriott Marquis Hotel im Drehrestaurant. Mein Vater und Tante Tanja, die jüngere Schwester meiner Mutter, haben schon Platz genommen und warten auf ihre Trüffelsuppe und das Steak medium, aber meine Mutter möchte noch zehn Minuten mit mir allein verbringen. Wir sitzen in der

Nähe der Damentoiletten im mittleren Teil, der sich nicht dreht, und beobachten, wie die Frauen in ihrer gewagten Vorstadtgarderobe vorbeischreiten – viel nacktes Fleisch für einen eiskalten Dezemberabend.

Die Gedankengänge meiner Mutter verwirren mich. Ich weiß, dass sie sich wegen meiner Erinnerungen, die ich gerade aufschreibe, Sorgen macht. Beide tun das. «Na, wie viele Monate bleiben uns noch zum Leben?», wird mein Vater den bevorstehenden Termin der Veröffentlichung kommentieren. Aber wie kann meine Mutter sagen, wir würden einander nicht kennen? Achtzehn Jahre lang haben wir so eng aufeinandergehockt, dass jede nicht jüdische, nicht italienische, nicht asiatische Amerikanerin sich schon nach einer Stunde in solcher Enge die blonden Locken gerauft und gerufen hätte: «Ich brauche meinen Freiraum!»

Kenne ich meine Mutter wirklich nicht? Sie war meine Freundin, als ich ein kleiner Junge war. Andere Freunde durfte ich auch so gut wie keine haben, weil sie in Mutters Augen Krankheitsüberträger waren, die mein Bronchialleiden verschlimmern konnten. Ich erinnere mich noch, wie ich Cousine Viktoria, die Ballerina, damals in Leningrad durch die Scheibe einer Glastür hindurch angestarrt habe, wie wir die Scheibe mit den Handflächen berührt und mit unserem Atem beschlagen haben. Wie gern hätten wir einen Arm ausgestreckt und Händchen gehalten. Auch sie war ein Einzelkind.

Und so stapften Mutter und Sohn zu zweit los, standen Schlange, um Wasser für ihre unterirdische Ferienhütte auf der Krim zu holen und um Schloss Schwalbennest bei Jalta zu bestaunen, gingen Hand in Hand durch unzählige Züge, Bahnhöfe, über Dorfplätze, in Mausoleen – immer in eine Unterhaltung vertieft, denn mein Russisch war fortgeschritten und ich wissbegierig, und sie konnte einen fortgeschrittenen und wissbegierigen Gefährten gebrauchen. In jenen Tagen habe ich sie eher beruhigt als besorgt.

Und was ist mit dem Verdacht, ich würde sie durch die Augen meines Vaters betrachten? Sehr lange habe ich seine Weltverdrossenheit nachgeahmt, seinen Sarkasmus und seine *schutki* (Scherze). Ich habe versucht, er zu *sein*, weil ich ein Junge war und er mir den nächsten Schritt in meiner Entwicklung zeigen musste. «Wen hast du lieber, deine Mutter oder deinen Vater?» Mit dieser unfairen Frage bedrängten mich meine Eltern in Leningrad. Unfair, weil ich meine Mutter brauchte – ihre Gesellschaft, und ihre dunklen Haare, um sie zu flechten, wenn ich schrecklich müde vom Lesen war. Aber die explosive Liebe meines Vaters habe ich *gespürt*, die zentrierende Rolle, die ich in seinem komplizierten Leben spielen sollte. Einer solchen Liebe stürzt man entweder entgegen, oder man nimmt vor ihr Reißaus. Erst kürzlich habe ich beschlossen, keins von beidem zu tun, sondern einfach stillzustehen und abzuwarten, was passiert.

Doch mit zunehmendem Alter habe ich mich für das Leben meiner Mutter entschieden. Für die endlosen Berechnungen, Sorgen, unguten Vorahnungen und, an erster Stelle: die endlose Arbeit. Von Sonnenauf- bis Sonnenuntergang, selbst noch im Rentenalter, hält sie einen davon ab, sich der Vergangenheit zu stellen. Die Hühnerkoteletts, die sie mir für einen Dollar vierzig das Stück verkauft hat, waren der Auftakt zu Tausenden, Hunderttausenden, einer Million solcher Koteletts, alle deutlich mit einem Preisschild versehen. Auch die fanatische Detailversessenheit, die mein Vater garantiert nicht besaß, weder als Opernsänger noch als Ingenieur, habe ich mir angeeignet. So wie die Sorge, die Angst, etwas falsch zu machen, die Furcht vor Autoritäten. Während ich im New Yorker Umland am Hudson River über historisches Gelände spaziere, auf dem die Villa von Roosevelts

Cousine und Geliebter steht, formuliere ich im Geist schon die überaus bedeutsame Frage an die Dame hinter dem Schalter: «Ich habe Karten für die Führung gekauft, aber kann ich vorher mal kurz die Toilette benutzen?»

Der erstickte Ehrgeiz meiner Mutter – fortgespült von Geschichte und Sprache – hat meinen eigenen entfacht. Der einzige Unterschied: Ich habe keinen Gott, keinen Familienmythos, an den ich mich klammern kann, und auch nicht das Zeug dazu, Mythen zu erschaffen – abgesehen von den Lügen, die ich zu Papier bringe.

«Meine Familie war viel netter als die deines Vaters», sagt meine Mutter. «Bei uns gab es Kosenamen und Verniedlichungen – Ninotschka, Tanjetschka. Wir hatten immer Saisonkarten für die Sinfonie.» Wenn der Lobgesang von der «kultivierten, liebevollen Familie» mit solcher Regelmäßigkeit angestimmt wird, klingt er irgendwann genauso wie meines Vaters Loblied auf Israel, das immer heilig und niemals im Unrecht ist. Bin ich verrückt, weil ich glaube, dass das mit der Liebe nicht so einfach ist? Oder fehlt mir schlicht das Gen für unbeschwerte Liebe?

«Und manchmal denke ich, ich kenne dich gar nicht», sagt meine Mutter.

Ich habe knapp zwölfhundert Seiten Belletristik geschrieben, die alle ins Russische übersetzt wurden, dazu kommen Hunderte Seiten nicht fiktionaler Literatur, in der es zu einem guten Teil darum geht, wie es ist, als russisches Kind in Amerika aufzuwachsen – einiges davon steckt in diesem Buch. Und auch wenn die fiktionalen Anteile nicht zu hundert Prozent autobiographisch waren – müssten sie nicht wenigstens teilweise erklären, wer ich bin und warum? Oder haben die *schutki* die bedeutsameren Stellen kaschiert? Oder ist vielleicht – und das wäre noch erschreckender – die kognitive Distanz zwischen Mutter und Sohn zu groß, und die Entfernung von hier nach da, vom Moskauer Platz zu meiner Wohnung in der Nähe des Union Square, zu dem Drehrestaurant am Times Square, kann mit Worten allein nicht überbrückt werden?

Ist das ihre Version – weniger wütend, dafür verwirrter – meines Vaters *Mein Sohn, wie konnte er mich verlassen?*

Wir steuern auf unseren Tisch zu, mein Vater brennt schon darauf, mir endlich seine *schutki* um die Ohren zu hauen – die zehn Minuten, die ich mit meiner Mutter allein verbracht habe, haben seine Eifersucht und seinen Zorn anschwellen lassen –, und ich denke: Was, wenn alles ganz anders wäre? Was, wenn ich in eine amerikanische Familie hineingeboren worden wäre?

Das ist keine müßige Frage. Fast wäre es passiert. In gewisser Weise.

Meine Mutter entstammt zwei sehr verschiedenen Völkern der mächtigen Rus. Der Jasnizki-Clan auf väterlicher Seite geht auf zwölf Generationen russisch-orthodoxer Kleriker zurück, beheimatet in der gottverlassenen Region Kirow, die sich irgendwo in Russlands Riesigkeit zwischen Helsinki und Kasachstan versteckt. Auf alten Fotografien zeigen mein Urgroßvater, ein Diakon, und sein Bruder, Erzpriester eines winzigen Dorfes, einen erheiternden Kontrast zu meinen semitischen Gesichtszügen: Beide sehen aus, als hätte der Heilige Geist persönlich schon vor langer Zeit in ihren durchschimmernden blauen Augen Einzug gehalten; sie sind schön, zufrieden und meilenweit entfernt von dem Säurebad des Grauens, in dem der Rest meiner Vorfahren seine tägliche Morgentoilette verrichten musste. An dem Kreuz, das von Erzpriester Jasnizkis Hals baumelt, hätte man ein mittelgroßes Tier wie einen Foxterrier oder ein junges Wasserschwein kreuzigen können. Das einzige körperliche Merkmal, das meine ungleichen Ahnen miteinander verbindet, ist der üppige Rabbinerbart, den beide Geistliche tragen.

Die Tatsache, dass meine Mutter halb jüdisch ist, bringt Journalisten israelischer oder amerikanisch-jüdischer Literaturzeitschriften oft ins Stocken. «Und», fragen sie dann, «jüdisch von welcher Seite?» Worauf sie hinauswollen: Das Judentum ist eine matrilineare Religion; will heißen, sollte die Mutter meiner Mutter Nichtjüdin gewesen sein, wäre ich nur dem Namen nach ein «jüdischer Schriftsteller». Ich lasse meine hebräischen Gesprächspartner dann gern ein bisschen zappeln, damit das Schlimmstmögliche durch ihren Geist kreuzt (fast im wörtlichen Sinn), bevor ich zur allgemeinen Erleichterung enthülle, dass mein Großvater der Nichtjude war und die Mutter meiner Mutter jüdischer Abstammung.

Und wie sie das war.

Die Familie Nirman stammt aus dem Städtchen Dubrowno im heute unabhängigen, diktatorischen Weißrussland, eingequetscht zwischen Polen und Russland. Die nächste größere Stadt ist Witebsk, Geburtsort und Muse Marc Chagalls. Früher residierten mit Gebetsschals behängte und von Mystik umwitterte orthodoxe Juden zu beiden Ufern des Dnjepr, der Dubrowno wie ein Mini-Mississippi durchzieht. Im Gegensatz zu den Arbeitervorfahren meines Vaters sind die Nirmans Schtetl-Adel, Nachkommen einer langen Ahnenfolge von Rabbinern.

Zwischen den Kriegen reist einer der Bewohner Dubrownos nach Amerika, wo er mit irgendeinem kleinen Handelsgewerbe unweigerlich einen Riesenreibach macht. Er kehrt nach Dubrowno zurück, um sich eine Braut zu suchen, und seine Wahl fällt auf meine Urgroßmutter Seina. Zwischen ihnen knistert es gewaltig, doch dann steckt sich der Schlemihl an einem Freitagabend vor den Augen meines rabbinischen Ururgroßvaters eine Zigarre an. *Du sollst am Sabbat keine Montecristo schmauchen* lautet ein weiteres Gebot unseres überwältigenden Glaubens. «Niemals!», kreischt der Rabbi als Antwort auf den Heiratsantrag und schmeißt den Freier aus dem Haus.

«Wäre die Sache mit der Zigarre nicht passiert», erzählt mir meine Mutter, «wären wir vielleicht beide in Amerika geboren worden und hätten uns den *zores* (jiddisch: «Ärger») in dem Russland da erspart.»

Ich bin mir relativ sicher, dass das mit der Abstammung so nicht funktioniert, aber wäre meine Urgroßmutter Seina mit ihrem Zigarre schmauchenden Freier nach Amerika emigriert, wäre vielleicht irgendwo in Chicago oder Burbank eine andersartige, entfernte Gary-Version zusammengeschustert worden, versiert in Baseballregeln und Steuerstrategien. Sollte an der Viele-Welten-Theorie, an der Wissenschaftler tüfteln, etwas dran sein, könnte jener Gary ja vielleicht einmal mit diesem Gary zusammentreffen, zum Beispiel nach einer Lesung in einem jüdischen Zentrum im Großraum Chicago oder L. A. Vielleicht würde der andere Gary auf mich zukommen und sagen: «Ich bin auch Russe!», und ich würde fragen: *«Ah, wy goworite po-russki?»*, und er würde sagen: «Hä?», und mir erklären, dass er kein Russisch spricht, seine Urgroßmutter aber aus *Dub*-sonst was stammt, einem Dorf in der Nähe von Witebsk. Und ich würde ihm erklären, dass Witebsk eigentlich gar nicht in Russland liegt, sondern in Weißrussland, und dass der andere Gary in Wahrheit ein amerikanischer Jude ist oder, noch treffender: *Amerikaner*, was als Identität absolut ausreicht, ohne dass man etwas Russisches oder Weißrussisches hinzufügt. Und dann würden wir die Kluft zwischen uns überwinden und in einer Tapas-Bar Chicken Wings in Sojateigmantel essen gehen, wobei ich erfahren würde, dass Garys Nichte eine begabte Nachwuchsessayistin ist und sich gerade in meinem Fachbereich an der Columbia beworben hat.

Nachdem Urgroßmutter Seinas Amerikaner mit einer anderen weißrussischen Braut in sein Sternenbanner-Land zurückgekehrt ist, macht Seina beim Eheglücksspiel den zweiten Platz: Sie heiratet den Dorfschlachter. Es folgt ein gutes Leben in einem großen Haus mit Garten, Apfelbäumen und Kinderschar. Großmutter Galja, die mich für meinen ersten Roman mit Käse gefüttert hat, wird um das Jahr 1911 herum geboren. Im Alter von zehn Jahren fällt Galja die Aufgabe zu, nachts auf ihre jüngste Schwester aufzupassen. Das Baby fällt aus der Wiege und stirbt. Um ihr Grauen noch zu steigern, lassen ihre Eltern die Zehnjährige an der Beerdigung ihrer kleinen Schwester teilnehmen. Nie wieder betritt sie einen Friedhof. Den Rest ihres Lebens verfolgt Großmutter Galja die Angst, lebendig begraben zu werden. Und meine Mutter auch. Ich als moderner Mann verwandle diese tiefsitzende Urangst in etwas Alltagstauglicheres: Ich habe Angst, in einem verschlossenen Metallgehäuse begraben zu werden – zum Beispiel in der Metro oder in einem Flugzeug.

Die Zeit vergeht. Die Juden aus der Ahnenreihe meiner Mutter bereiten sich auf den Tod vor oder auf ein Arbeitslager oder auf beides.

Auf Seiten meines Vaters bildet sich ein ähnliches Muster heraus: Eines der Kinder, ein Mädchen, entpuppt sich als eifrige Schülerin und beherrscht die russische Sprache – die

Sprache der Macht (im Gegensatz zu Jiddisch, der Sprache der Juden). Großmutter Galja macht sich mit der Goldmedaille des russischen Gymnasiums und mit dem Traum, Journalistin zu werden, auf den Weg nach Leningrad und schreibt sich an der technisch-publizistischen Hochschule ein. Dort wird sie Dimitri Jasnizki kennenlernen, meinen Großvater, Sohn des russisch-orthodoxen Diakons, einen strebsamen jungen Mann aus der Provinz, der eines Tages am angesehenen Leningrader Bergbauinstitut als Ökonom arbeiten wird, während Großmutter bei der Leningrader Abendzeitung einen Posten als Redakteurin ergattert.

Die Rabbinertochter heiratet den Priestersohn, und schon bald ist meine Mutter unterwegs – in das zertrümmerte Nachkriegsland, das dem ersten Zucken ihrer Augenlider harrt. Dieses Land hat einen Namen.

«Wo kommst'n her, Alter?»

Ich bin für ein Interview bei einem MTV-ähnlichen Sender zu Gast; das Interview wird niemals ausgestrahlt werden.

«Aus der Sowjetunion», antworte ich.

Betretenes Schweigen. Der Interviewer schielt unter seinen Haarsträhnen hervor. «Äh – und was *ist* das?»

Ja, was *ist* die Sowjetunion? Oder besser gefragt: Was *war* sie? Das ist keine abwegige Frage. Diese spezielle Nation ist vor über zwanzig Jahren entschlafen, das ist ein Jahrtausend in unseren rasanten Zeiten. Eine ganze Generation von Russen ist aufgewachsen, ohne zu singen: «Die sowjetischen Panzerfahrer sind zum Kampf bereit!/Treue Söhne des Vaterlands», dafür lernte sie, noch lange bevor alle Welt Yoga machte, dass drei Stunden Schlangestehen für eine Aubergine durchaus eine meditative Erfahrung sein kann.

Um die Sowjetunion zu erklären, werde ich die Geschichte meines Großonkels Aaron mütterlicherseits erzählen. Praktischerweise führt sein beschwerlicher Lebensweg auf die erste Erinnerung meiner Mutter zu.

Als die deutsche Armee auf das Heimatdorf meiner Großmutter zumarschierte – Dubrowno im heutigen Weißrussland (Großmutter Galja war schon lange Zeit zuvor nach Leningrad gezogen) – und begann, die Juden zusammenzutreiben, sahen sich die Eltern des sechzehnjährigen Aaron mit einem besonderen Problem konfrontiert: Ihr Töchterchen Basja konnte nicht laufen. Die Deutschen pflegten alle Invaliden auf der Stelle zu erschießen. Basjas Eltern wollten das Mädchen nicht allein und verängstigt in seinem Rollstuhl sterben lassen, und so trugen sie ihrem Sohn Aaron auf, durch den Gemüsegarten in den Wald zu laufen, während sie mit Basja einen schnellen Tod finden würden. Anstatt einfach nur alle Juden ins Ghetto zu treiben, beschlossen die deutschen Truppen, etwas mehr Einsatz zu zeigen und ein paar Hausbesuche zu machen. Aaron versteckte sich letztlich auf dem Dachboden seines Elternhauses und musste mit ansehen, wie seine Schwester und seine Eltern im Hof erschossen wurden. Seine Erinnerung: das Ticken der Uhr, während die Deutschen ihre Gewehre anlegten, und seine zunehmend tauben Finger, mit denen er ein Stück Holz umklammerte, während er zusah.

Nachdem die Deutschen weitergezogen waren, lief Aaron über die Felder davon, angefeuert vom frenetischen Gesang der Einwohner: «Lauf, Jude, lauf!» Andere, wohlgesinntere Christen gaben ihm zu essen, und schließlich schloss er sich einer weißrussischen Partisanengruppe in den Wäldern um

Dubrowno an. Sein größtes Handicap war, dass er nur einen Schuh besaß; den anderen hatte er bei einem Sprint durch den Schnee verloren. Er wurde zu einem sogenannten «Sohn des Regiments» *(syn polka)*, der Jüngste in einer bunt gemischten Kampfgruppe. Schließlich schlossen sich die Partisanen der offiziellen Roten Armee an und begannen, die Deutschen nach Berlin zurückzudrängen.

Und dann fingen Großonkel Aarons Probleme erst so *richtig* an.

Die Probleme begannen, wie es für Russland typisch ist – mit Gedichten.

Wenn er gerade keine Deutschen erschoss, schrieb Onkel Aaron Gedichte. Wovon sie handelten, weiß kein Mensch, aber offenbar diente ihm die Freundin seines Vorgesetzten, eines Unteroffiziers, als Muse. Als der Unteroffizier Aarons Gedichte zu Gesicht bekam, wurde der junge Poet verhaftet und unter Heranziehung des Artikels 58 des Strafgesetzbuchs der UdSSR wegen konterrevolutionärer Aktivitäten verurteilt; angeblich hatte Aaron die deutsche Technologie verherrlicht. («Er war *wirklich* beeindruckt von den deutschen Panzern», sagt meine Mutter.)

Und so kommt es, dass der Junge, der im Alter von sechzehn Jahren mit ansehen musste, wie seine Eltern und Schwester ermordet wurden, und der mit siebzehn auf Weißrusslands Straßen deutsche Soldaten aus dem Hinterhalt überfiel, im Alter von achtzehn Jahren den Kriegsschauplatz verlässt, um die übliche Belohnung jener Ära einzukassieren: zehn Jahre knochenharter Zwangsarbeit in einem sibirischen *Lagerpunkt* – will sagen, Arbeitslager.

Als Kind war meine Mutter versessen auf gesüßte Kondensmilch *(sguschtschonka)*, eine Verwandte der lateinamerikanischen *dulce de leche*. Von all dem zuckersüßen Kram im russischen Desserthimmel liebte auch ich sie am allermeisten.

In den Arbeitslagern zahlte man mit Lebensmitteln wie *sguschtschonka*, um nicht vergewaltigt oder zu den allerübelsten Arbeiten verdonnert zu werden. Und so karrte mein Großvater bis zu zwanzig der kultigen blauen Dosen mit sowjetischer Kondensmilch zum Postamt und schickte sie seinem Schwager Aaron. Meine Mutter bekam hingegen immer nur einen Esslöffel Kondensmilch vor dem Schlafengehen.

Die erste Erinnerung meiner Mutter: wie sie mit ihrem aristokratisch hageren, ständig kränkelnden Ökonomenvater, dem immer eine Zigarette im Mundwinkel klemmte, durch die zerstörten Straßen im Nachkriegs-Leningrad geht, während er zwanzig Dosen *sguschtschonka* vor sich herschiebt, um sie ihrem Onkel, dem Gefangenen, zu schicken, und wie sie denkt: *Was für ein Glück hat Onkel Aaron, dass er zwanzig Dosen Kondensmilch kriegt!*

Es gibt ein Foto von meiner Mutter aus dieser Zeit. Sie ist etwa vier Jahre alt, so rundlich, wie ich sie nie wieder gesehen habe, und lächelt unter einem braunen Bob hervor. Sie wird einige Monate nach Kriegsende in eine Familie mit anständigen Kontakten und einer anständigen Wohnung hineingeboren und eines Tages dem äußerst flüchtigen Phänomen der russischen Mittelklasse angehören. Das Foto ist eines von vielen, auf denen meine Mutter jung und fröhlich aussieht – beim Thanksgiving-Abendessen geht sie mit mir hoch in mein Zimmer, zeigt mir die Fotos und sagt: «Schau mal, wie glücklich meine Familie im Vergleich zu *seiner* aussieht» – gemeint ist die Familie meines Vaters. Eigentlich ist es ein ganz normales Bild, abgesehen davon, dass die obere rechte Ecke abgerissen wurde und ein Halbkreis aus Nadelstichen erkennbar ist. Warum hat jemand dieses unschuldige Bild mit Nadel und Faden traktiert?

Das Foto war während Großonkel Aarons Zeit in den Arbeitslagern in seine Akte genäht gewesen *(podschito k delu)*. Meine Großmutter muss ihm irgendwann einen Brief mit diesem Bild nach Sibirien geschickt haben, und die Leitung des Arbeitslagers befand das fröhlich strahlende Gesicht einer Vierjährigen für wichtig genug, um es in seine Gefangenenakte zu nähen.

Meine große Frage an das große Land der Sowjets: *Wer hat es hineingenäht?*

Wer hat sich in einem Land, das sich gerade von dem größten Krieg erholte, den die Menschheit jemals erlebt hat, der sechsundzwanzig Millionen Todesopfer gefordert hatte (darunter mein Großvater Isaak), an einem klirrend kalten verschneiten Tag die Zeit genommen, das winzige Foto einer Vierjährigen, meiner Mutter, sorgfältig von Hand in die «Verbrecher»-Akte eines Mannes zu nähen, eigentlich eher eines *Jungen*, nach heutigen Maßstäben, der nur fünf Jahre zuvor seine Familie hatte sterben sehen, der gegen den Feind gekämpft und ihn bis hinter die Grenze zurückgedrängt hatte, der verhaftet worden war, weil er Gedichte geschrieben und einen deutschen Panzer bewundert hatte? Unzählige Informationen sind uns zugänglich, die Vergangenheit liegt offen, ist abrufbar, googlebar, aber was gäbe ich darum, die Person kennenzulernen, die dafür gesorgt hat, dass das Foto meiner Mutter in Stalins Arbeitslagern die Runde machte und schließlich in einem gemütlichen Haus an der Ostküste der USA landete, wie glücklicherweise auch mein Großonkel Aaron, abzüglich der vier Finger an seiner rechten Hand, die während des Jahrzehnts knallharter und sinnloser Zwangsarbeit in Sibirien einer Holzsäge zum Opfer gefallen waren.

Meine Mutter. Mit ihren Albträumen, lebendig begraben zu werden. Mit ihrer akribischen Familienfotosammlung, in der sie einige Bilder unter «Zweiter Weltkrieg» und dem Untertitel «Onkel Simon, Ehefrau, ermordete Kinder» katalogisiert und in ihrer ebenfalls akribischen Handschrift auf Russisch beschriftet hat.

Meine Mutter, wie sie während der verzweifelten ersten Blüte ihrer Jugend mit einem Gesichtsausdruck in die Kamera blickt, den sie als *osabotschena* bezeichnen würde: eine Mischung aus besorgt, mürrisch und vielleicht liebeskrank; eine Sowjet-Ära-Haarschleife krönt ihr aufgedunsenes, volllippiges Gesicht – als wollte sie uns darauf hinweisen, dass der waldige Hintergrund nicht etwa ein sonniges Sommerlager in den Catskill Mountains zeigt. Man schreibt das Jahr 1956. Sie ist elf Jahre alt, trägt ein gestreiftes Sommerkleid und sieht schon jetzt aus wie eine besorgte junge jüdische Frau.

Meine freudestrahlende Mutter mit dem roten Halstuch der Jungen Pioniere, erpicht darauf, dem sowjetischen Staat zu dienen und aus vollem Hals *Allzeit bereit!* zu brüllen. «Ich wollte es gar nicht mehr ausziehen», sagt sie über das rote Tuch. «Nachdem ich bei den Pionieren aufgenommen worden war, hab ich es ununterbrochen getragen. Sogar im Sommer! Ich war eine erstklassige Pionierin!»

Meine Mutter, ernsthaft und verträumt am Klavier. Ihre Mutter bindet sie mit einem Handtuch an der Bank fest, damit sie nicht abhaut, um mit den anderen Kindern, die draußen vor dem Fenster nach ihr rufen, Seil zu hüpfen. Schließlich sickert die Musik in sie ein. Sie wird die Musikschule besuchen und später in einem Leningrader Kindergarten Klavierunterricht geben. Sie heiratet einen Mann, der Opernsänger werden will und auch eine Musikschule besucht hat, von der meine Mutter allerdings wenig hält.

Meine Mutter, diesmal nicht vor der Kamera. In unserer Wohnung am Moskauer Platz wälzt sie sich von einem Albtraum geplagt im Bett, während ich mich nebenan wälze, vom Asthma *und* von einem Albtraum geplagt. Sie träumt, dass sie ihre Noten zu Hause vergessen hat und ein Auftritt der Kindergartengruppe deshalb ins Wasser fällt. Ich träume auch, dass ich etwas Wichtiges vergessen habe – meinen Spielzeug-*Buratino*, den russischen Pinocchio –, ihn auf dem Bahnsteig in Sewastopol auf der Krim liegengelassen habe, wo ein anderes Kind ihn finden und sich freuen wird.

Meine Mutter in unserer ersten amerikanischen Genossenschaftswohnung, mit dunkelbraunen Locken und rückenfreiem Kleid an unserem glänzenden Klavier «Roter Oktober», das wir für viel Geld aus Leningrad hierher haben bringen lassen. Auf dem Klavier steht eine goldene Menora mit einem unechten Smaragd in der Mitte, daneben eine weiße Vase mit kalkweißen Keramikblumen. Meine Mutter wirkt zögerlich, wie sie dort vor den Klaviertasten sitzt. Sie stürzt sich schon in ihre erste amerikanische Arbeit – und wird sich von der Schreibkraft zur Finanzverwalterin einer großen Wohltätigkeitsorganisation in Manhattan hocharbeiten. Unser «Roter Oktober» hat dann ausgedient und wird für einen guten Zweck gespendet – im Gegenzug gibt's einen Steuerabzug von dreihundert Dollar.

«Zwei Mädchen», sagt meine Mutter mit den beiden Fotos in der Hand – auf dem einen sieht man sie als verträumtes, zerstreutes Mädchen in Leningrad am Klavier, auf dem anderen als zielstrebige Immigrantenmutter am «Roten Oktober» in Queens. «Das eine Mädchen war ich einmal, das andere bin ich geworden.»

Ich habe nur eines dieser Mädchen kennengelernt. Meine geliebte Immigrantenmutter, meine besorgte, kämpferische Gefährtin. Die junge Frau, zu der sie geworden ist. Ich habe versucht, auch das andere Mädchen kennenzulernen. Über die Geschichten, die Fotografien, die archivierten Beweisstücke und unsere gemeinsame Begeisterung für Kondensmilch und das rote Pionierhalstuch, zu dem ich zwar nie gekommen bin, das aber ihren Hals so stolz zierte. Kennengelernt habe ich nur eine der beiden. Aber glaubt mir – die kenne ich gut.

6. Meine Madonnatschka

Polja, die geliebte Großmutter des Autors, stößt in Rom zur Familie. Sie hat drei Kilo Seife aus Leningrad mitgebracht. In einer sowjetischen Nachrichtensendung hatte sie gehört, dass Amerika unter Seifenmangel leidet.

Es könnte klingen wie ein Spionagekrimi zu Zeiten des Kalten Kriegs. Sicherheitskontrollen, Ostberlin, sowjetische Zollbeamte.

Es könnte klingen wie ein Spionagekrimi zu Zeiten des Kalten Kriegs, aber James Bond, sprich: ich, kann nicht *kaka* machen.

«Mama! Papa! Oooooooh!» Am Tag vor unserer Auswanderung über Westeuropa nach Amerika hocke ich auf meinem grünen Töpfchen – einen Hundert-Seiten-Roman schreiben: kein Problem; aber ein richtiges Erwachsenenklo benutzen? Ich will da nicht reinfallen – und kriege die *kakaschka* nicht raus.

Staraisja, staraisja, feuern mich meine Eltern an. Fester, fester. *Naprjagis!* Streng dich an!

Später liege ich auf der Kulturcouch, den Bauch immer noch voll von unverdautem Kohl, und kann nicht schlafen. Die Koffer sind gepackt, das Wohnzimmer, in dem ich schlafe, wird von zwei riesigen grünen Armeesäcken beherrscht, vollgestopft mit über Jahrzehnte angehäuftem Leben, insbesondere der dicken Baumwollbettdecke, unter der ich nicht zu ersticken versuche; es ist tatsächlich *alles* fertig gepackt, und statt des gewohnten Gezänks herrscht zwischen meinen Eltern eine Art besorgte Détente, das übliche Scher-dich-zum-Schwanz!, Fick-deine-Mutter! und Hör-auf-zu-fluchen! ist bedrücktem, undeutlichem Geflüster gewichen, während die Böse Rakete draußen ihren Rauch ausrülpst und ich drinnen auf der Kulturcouch vor Kälte klappere. Ich blinzle in die aufgehende Sonne hinaus, zu den Werbeschildern für FLEISCH UND OBST UND GEMÜSE. Alles ist von Frost überzogen. Von richtigem russischem Frost. Jede Schneewehe eine Festung von der Größe des säulenverzierten Michailowski-Palastes, der Schnee ist blass und von der Wintersonne ausgebleicht. Wer solchen Frost kennt, kann sein weichliches westliches Äquivalent nicht ausstehen.

Weder Mama noch Papa haben mir erzählt, dass wir das Land der Sowjets endgültig verlassen werden. Meine Eltern machen sich vor Angst fast in die Hose, weil sie befürchten, ich könnte mich gegenüber einem Erwachsenen in Machtposition verplappern, der uns die Ausreisevisa wieder wegnimmt. Keiner hat's mir gesagt, *aber ich weiß Bescheid*. Und inszeniere meine eigene Form von Protest. Ich lege die bisher schlimmste Asthmaattacke an den Tag, röchle widerwärtig vor mich hin und bin ein solches Ausbund an Hilflosigkeit, dass meine Eltern ernsthaft erwägen, *nicht auszureisen*.

Unsere Wohnung am Moskauer Platz wurde an den Sohn

eines hochrangigen Parteifunktionärs verkauft. Der Parteifunktionärssohn und sein Vater können es kaum erwarten, dass wir endlich unsere jüdischen Ärsche hier rausschaffen, um jeden Quadratzentimeter unseres ehemaligen Eigentums in Beschlag zu nehmen, einschließlich unseres explosiven Signal-Schwarz-Weiß-Fernsehers. Sie kriegen auch die durchgesessene Kulturcouch, auf der ich geschlafen und kultivierte Träume geträumt, mich im Geige- und Balalaikaspielen versucht und mit der Unterstützung meiner Großmutter Galja das Meisterwerk *Lenin und seine magische Gans* verfasst habe. Ebenfalls im Kaufpreis enthalten ist die vom Boden bis zur Zimmerdecke reichende Sprossenwand, die mein Vater gebaut hat, um mir zu helfen, meine Höhenangst zu überwinden, und einen Athleten aus mir zu machen.

Der Parteifunktionärssohn besucht uns mit seinem hochrangigen Vater, der rein zufällig ein abgeschlossenes Medizinstudium vorzuweisen hat. «Wir wissen nicht, was wir machen sollen», erzählt meine Mutter dem KPdSU-Duo. «Das Kind hat Asthma. Vielleicht sollten wir doch besser dableiben.»

Dr. Apparatschik, der will, dass sein Kommunistensohn endlich diese Wohnung kriegt, befindet: «Meiner ärztlichen Einschätzung nach sollten Sie abreisen. Im Westen gibt es für Asthma bessere medizinische Versorgung.»

Womit er voll und ganz recht hat.

Meine Mutter beschließt, wir sollten fliegen. Woraufhin sich mein Asthma verschlimmert. *Ich lasse nicht zu, dass sie mich mitnehmen.* Am nächsten Morgen versuche ich noch einmal mein Glück auf dem Töpfchen, aber nix zu machen, der Kohl in mir kennt unser Reiseziel besser als ich. Er will um jeden Preis in den Westen ausreisen und sein Leben in einem glänzenden Wiener Klo beenden.

Meine Erinnerungen an die letzten Minuten in der Tipanowa-Straße sind verschwommen. Setzen wir uns vor der Abreise einen Moment lang schweigend hin, so wie es in Russland Sitte ist? Aber wozu? Von dieser Reise werden wir ja nicht zurückkehren.

Taxi zum Flughafen. Und dort offenbart sich mir die Wahrheit: Tante Tanja ist da und meine Tante Ljusja, die ein Jahrzehnt später an Krebs sterben wird, den man überall sonst auf Welt hätte operieren können, und ihre Tochter, meine Cousine Viktoria, die Ballerina, deren Hand ich während meiner Quarantäne durch die Glasscheibe hindurch berühren wollte und die meine Mutter anfleht: «Nehmt mich mit!» Alle sind da, bis auf meine Großmutter Galja, die bettlägerig ist. *Nas prowoschajut.* Man sagt uns Lebewohl. Was bedeutet, dass wir nicht nur einen Ausflug auf die Krim oder in die Georgische Sozialistische Sowjetrepublik machen. Das hier ist endgültig. Aber wo geht es hin?

Schluchzend verabschieden sich die Juden vor der Zollabfertigungsschlange von ihren Verwandten – mit ihrer geballten berüchtigten Sentimentalität sagen sie für immer Lebewohl. Es reisen so viele Juden mit dem Flug von Leningrad nach Ostberlin aus, dass Brooklyns Küsten, Queens' baumgesäumte Alleen und San Franciscos neblige Täler schon im Vorhinein ächzen. Mit noch feuchten Augen – heute sind wir alle Rotznasen – werden wir von den Zollbeamten gründlich durchsucht. Ein großer Klops in voller Uniform rupft mir die Fellmütze vom Kopf und stochert mit den Fingern am Saum entlang, auf der Suche nach den Diamanten, die wir illegalerweise darin versteckt haben könnten. In Russland wird Kindern – wie im sozialistischen China auch – eine besondere Behandlung zuteil; in beiden Ländern gibt es üblicherweise einen kleinen Kaiser in der Familie. Aber ich bin kein Sowjetbürger mehr und habe deshalb meinen Anspruch auf besondere Kinderprivilegien verwirkt. Ich weiß es noch nicht, aber ich bin ein Verräter. Und meine Eltern sind ebenfalls Verräter. Und ginge es nach dem Wunsch gewisser Genossen, würde man uns auch wie Verräter behandeln.

Der Zollbeamte gräbt seine fetten Finger in meine Fellmütze, und mein asthmatisches Ich ist so verängstigt, dass es nicht einmal die Geistesgegenwart besitzt, *nicht* zu atmen. Also würge ich die stickige Ammoniak-und-Schweiß-geschwängerte Luft des kleinen internationalen Terminals im zwielichtigen, während der Stalin-Ära erbauten Flughafen Pulkowo hinunter. Meine Eltern sind ganz in der Nähe, aber zum ersten Mal in meinem Leben muss ich ohne sie zurechtkommen, stehe ganz allein einer Autorität gegenüber. Der Zollbeamte lässt endlich von meiner Mütze ab und setzt sie mir mit einer Mischung aus Lächeln und höhnischem Grinsen wieder auf. Ich verlasse Russland, aber er wird niemals ausreisen. Doch mein kindliches Ich kann die immense Bedeutung dieser Tatsache noch nicht erfassen.

Ein Stück weiter vorn in der Schlange haben Zollbeamte unsere Koffer und riesigen grünen Armeesäcke aufgerissen und sind dabei, sie zu inspizieren. Aus dem kostbaren roten Deckbett fliegen die Federn, während ein Sadist in Uniform ohne ersichtlichen Grund aus dem beige-ledernen Adressbuch meiner Mutter die Seiten mit Namen und Telefonnummern unserer Verwandten in Queens herausreißt, als wären wir Spione, die Informationen in den Westen schmuggeln. Was wir in gewisser Weise ja auch tun.

Und dann lassen wir die Formalitäten hinter uns – und unsere Verwandten. Während ich heute hier sitze und schreibe, ahne ich, welches Wort meiner Mutter damals durch den Kopf ging: *tragedija*. Für sie ist es ein tragischer Tag. Ihre Schwiegermutter wird bald in Amerika zu uns stoßen, aber ihre eigene Mutter sieht sie erst 1978 wieder – kurz vor deren

Tod; Großmutter Galja wird dann kaum noch bei Bewusstsein sein und ihre zweitälteste Tochter nicht mehr erkennen. Bis der Reformist Gorbatschow an die Macht kommt, ist es Verrätern der Sowjetunion nicht gestattet, ihre im Sterben liegenden Verwandten zu besuchen. Vermutlich spüre ich ihre Trauer, weil ich, wie meine Mutter so gern sagt, *tschutki* bin – sensibel. Doch um ehrlich zu sein, bin ich nicht *tschutki* genug. Denn ich habe nur Augen für das Aeroflot-Flugzeug, die Tupolew Tu-154. Mein Vater hat mir auf einem der didaktischen Spaziergänge rund um die Tschesmensker Kirche erzählt, dass die Tupolew das schnellste Passagierflugzeug ist, das jemals gebaut wurde – schneller als die amerikanische Boeing 727! Garantiert ist sie schneller als der Spielzeughubschrauber, den wir unter aeronautischen HURRAH-Rufen zwischen den Kirchturmspitzen der Kirche herumfliegen lassen.

Und jetzt sitzen wir in diesem schicken, magischen Flugzeug, das unsere Rivalen im Kalten Krieg so pfeilschnell abhängen kann, und rumpeln über das riesige Flugfeld, vorbei an den kahlen Winterbäumen in der Ferne, an den Feldern, auf denen der Schnee so hoch liegt, dass man tausend Kinder darunter verstecken könnte. Vergiss Asthma. Ich, höchstpersönlich, halte angesichts dieser Wunder den Atem an. Ja, ich habe Höhenangst, aber in dieser futuristischen Tupolew, dem schnellsten Personenflugzeug, das jemals gebaut wurde, fühle ich mich so geborgen wie in den Armen meines Vaters.

Niemand hat mir gesagt, wo die Reise hingeht, aber ich bin trotzdem darauf vorbereitet, mich als erstklassigen Vertreter meiner sowjetischen Gattung zu präsentieren. Unter dem gewaltigen Mantel und dem gewaltigen Winterpullover trage ich ein Hemd, das es nur in der UdSSR zu kaufen gibt – und vielleicht in ausgewählten Läden von Pjöngjang.

Es handelt sich um ein grünes Exemplar mit breitem Kragen, blauen und grünen Längsstreifen und einer Galaxie aus gelben Punkten zwischen den Streifen. Es ist in eine schwarze Hose gestopft, die über die Nieren geht, damit diese während der Reise warm gehalten werden. Ich habe mir eine Anstecknadel ans Hemd gepinnt – das Symbol der nahenden Olympischen Sommerspiele 1980 in Moskau. Ein stilisierter Kreml, gekrönt von einem roten Stern. Die fließenden Linien des Kremls streben auf den Stern zu, weil meine Nation immer nach Höchstleistungen strebt. Unter dem olympischen Abzeichen prangt ein Anstecker mit dem Gesicht eines lächelnden Tigers. In Gedenken an *tigr*, meinen Stofftiger, der zu groß ist, um diese Reise-wer-weiß-wohin mitzumachen.

Ja, *wohin* geht es jetzt eigentlich? Mama und Papa hüllen sich den Flug über in Schweigen und Sorgen. Kritisch prüft meine Mutter das stümperhaft versiegelte Fenster auf Anzeichen von Durchzug. Denn Durchzug, so besagt die russische medizinische Überlieferung, ist tückisch, ja tödlich.

Mit einem deftigen Rums landen wir irgendwo und werden zu einem Terminal rangiert. Ich schaue aus dem Fenster, und *jobtiki matj*, fick deine Mutter, nicht mal das Schild – FLUGHAFEN BERLIN-SCHÖNEFELD – ist noch auf Russisch. Und in der Ankunftshalle, hinter den Beamten in ihrer grünen Montur, wird eine unglückselige Umlautsprache gesprochen – und mir dämmert erstmals, dass die Welt nicht ausschließlich von der großartigen und mächtigen russischen Sprache regiert wird.

«Papa, wer sind diese Leute?»

«Deutsche.»

Aber die Deutschen sollen wir doch töten? So wie mein Großvater es im Großen Vaterländischen Krieg gemacht hat, bevor sie ihn in seinem Panzer in die Luft gejagt haben (eine

Legende aus meiner Kindheit, die sich irgendjemand ausgedacht hat; er war, wie schon gesagt, einfacher Artillerist). Und doch bemerkt sogar das Kind in mir den Unterschied zwischen hier und zu Hause. Ostberlin ist das sozialistische Prunkstück des Warschauer Pakts, und die Wartehalle des Flughafens scheint irgendwo zwischen Russland und dem Westen zu schweben. Hier und da gibt es Akzente aus Chrom, wenn ich mich recht entsinne, und exotische Nicht-Grau-Farben wie Purpurrot oder Violett. Die Männer scheinen von außerordentlichen Kräften angetrieben zu werden; entschlossen schreiten sie streng geradeaus und erteilen in ihrer eigenartigen Sprache bedeutungsvolle Anweisungen. Der Unterschied zwischen ihnen und den Männern meiner Heimat – noch bin ich zu jung, um das zu begreifen – besteht darin, dass die Männer hier nicht allesamt sturzbetrunken sind.

Fick deine Mutter, wohin bitte geht die Reise?

Ein Autor oder überhaupt jeder leidende künftige Künstler hat einfach zu feine Antennen für das menschliche Befinden; das ist das Problem, wenn man ein schon verstörtes Kind nicht nur über Staatsgrenzen schickt, sondern – wie es im Jahr 1978 scheint – über interplanetarische. In den letzten zwanzig meiner mittlerweile fast vierzig Jahre hatte ich keinen einzigen heftigen Asthmaanfall mehr, aber jetzt werde ich allein beim Gedanken an den Flughafen Berlin-Schönefeld schon kurzatmig. Da sitzen wir also, umgeben von unseren Besitztümern – zwei grünen Armeesäcken und einem Trio orangefarbener Koffer aus *echtem polnischen Leder*, das meine Hände nach Kuh riechen lässt. Und da sitze ich – neben Mama, die soeben ihre sterbende Mutter zurückgelassen hat. Hier bin ich – umgeben von unserer Familiengeschichte, die ich noch nicht ganz kenne, die aber genauso schwer wiegt wie unsere beiden grünen Armeesäcke. Hier bin ich und schiebe meine eigene Geschichte durch den ostdeutschen Zoll, eine Geschichte, die noch nicht mal sieben Jahre alt ist, aber schon ihre eigene Masse und Geschwindigkeit hat. Eigentlich sind die beiden grünen Armeesäcke zu schwer für ein Kind – oder eine Mama –, aber ich trete sie immer einen Schritt weiter, um meiner Familie zu helfen, wann immer es geht. Dieser Instinkt, der mich mein Leben lang begleiten wird, rührt sich hier zum ersten Mal: vorwärts, immer voran, geh weiter, tritt weiter.

Und dann rollt ein anderes sowjetisches Flugzeug aufs Terminal zu, die wasserkäferförmige propellerbetriebene Iljuschin Il-18. Ich werde ganz hibbelig, weil wir schon zum zweiten Mal an einem Tag fliegen, selbst wenn dieses kein Flugzeug der Aeroflot-Linie ist, deren Hammer-und-Sichel-Logo von zwei gigantischen gänseartigen Schwingen umrahmt wird, sondern ein ostdeutsches Flugzeug mit dem hässlichen Namen «Interflug» und ohne nennenswertes kommunistisches Logo. Ich werde angeschnallt; das Flugzeug hebt ab und bringt uns in einem kurzen (und durchdringend dröhnenden) Flug Richtung Süden. Gleich werden wir in einer anderen Welt landen, die vollkommen anders ist als alles, was wir uns je hätten vorstellen können. Viele sagen, sie sei frei.

Aber auch die Freiheit hat ihren Preis.

Wien. Bis heute ist es eine bittersüße Erfahrung, diesen schicken internationalen Flughafen zu durchqueren. Es ist der erste Zwischenstopp auf der künftig immer drei Etappen umfassenden Ausreiseroute für Sowjetjuden. Erst Wien, dann Rom, zuletzt irgendein englischsprachiges Land. Oder, für die wahren Gläubigen: Israel.

Neben meiner Anstecknadel der Moskauer Olympischen Sommerspiele und meiner Huldigung an *tigr* begleitet mich ein abgegriffener sowjetischer Atlas nach Wien. Ich liebe Landkarten. Mit ihren Längengraden, die exakt rechtwinklig die Breitengrade kreuzen, mit dem topographischen Gelb der afrikanischen Steppe und dem hellen Kaviargrau des Kaspischen Meers wird mir die Welt, die sich unermüdlich unter unseren Füßen dreht, verständlicher.

Die Zollabfertigung in VIE ist ein Tollhaus russischer Immigranten, die ihre weltlichen Besitztümer zusammenraffen. Einer unserer prallen grünen Armeesäcke platzt im Transitbereich und spuckt hundert Kilo rote Kompasse mit gelben Hammern und Sicheln aus, die wir kommunistischen Italienern verkaufen wollen, wovon ich allerdings noch nichts weiß. Während Mama und Papa auf allen vieren herumkriechen, um alles wieder einzusammeln, *jobtiki matj, jobtiki matj*, unterdrücke ich meine schwitzige Angst, indem ich mit dem Finger sorgsam über die eisigen Ausläufer Grönlands in meinem Atlas fahre – *kalt, kalt, kalt* – und mich dabei wie ein frommer Jude vor- und zurückwiege. Der erste Westmensch, der mir begegnet, ist eine österreichische Frau mittleren Alters in einem scheckigen Pelzmantel, die mich über meine Landkarten gebeugt *dawnen* sieht. Elegant steigt sie über meine Eltern drüber und reicht mir eine Mozartkugel. Lächelnd blickt sie mich aus Augen von der Farbe des Neusiedler Sees an, der auf meiner Mitteleuropa-Karte einer der größten Seen Österreichs ist. Wenn ich jetzt überhaupt an irgendetwas glaube, dann an die Fürsorge dieser Frau.

Aber ich sehe noch etwas: meine Eltern auf den Knien. Wir sind in einem fremden Land, und meine Eltern rutschen auf dem Boden herum, um das fipsige Zeugs zusammenzuscharren, das uns auf unserer Reise über Wasser halten soll.

In dieser Nacht sind wir «sicher im Westen angekommen».

Wir übernachten in einer Wiener Pension namens Pan Bettini, die auch von den Prostituierten der Gegend frequentiert wird. «Diese Nutten haben echt Klasse!», ruft meine Mutter. «Sie fahren Fahrrad. Und sind so schick angezogen.»

«Ich weiß, Schokolade ist verboten», sage ich, «aber darf ich die Mozartkugel essen? Das Papier will ich aufbewahren und damit spielen.»

«Hör mal, kleiner Sohn», sagt mein Vater. «Ich verrate dir jetzt ein Geheimnis. Wir reisen nach Amerika.»

Ich kriege keine Luft mehr. Er drückt mich.

Oder andersrum: Er drückt mich. Ich kriege keine Luft mehr.

Wie rum auch immer – wir reisen zum Feind.

In Wien geht es auf Weihnachten zu, und nur wenige Städte nehmen diese Feiertage so ernst. Papa und ich schlendern über die breiten Habsburger Boulevards – ein Meer aus Neonlichtern, roten Verzierungen, Wolfgang Amadeus Mozarts schmallippigem Antlitz und vereinzelten Krippen mit stillem hölzernem Jesuskind. In meinen dick behandschuhten Händen halte ich immer noch meinen persönlichen Herrn und Erlöser, mein Asthmaspray. Meine röchelnden Lungen sind immer noch geschwollen und verschleimt, aber die Krankheit hat dank des Wunderwerks der westlichen Technologie einen ordentlichen Dämpfer erlitten, dank des uralten Wiener Arztes, den mein Vater mit seinem gebrochenen Deutsch («Asthma über alles!») becirct hat.

Wir reisen zum Feind.

In der Hand hält mein Vater ein weiteres Wunder – eine Banane. Eine Banane mitten im Winter – wo gibt's denn so was? Hier in der österreichischen Hauptstadt kostet das

Wunder nicht mal einen Schilling. Die Schaufenster platzen vor lauter Waren aus allen Nähten – Staubsauger mit Düsen, so dünn und kraftvoll wie Erdferkelnasen; Pappaufsteller von schlanken schicken Damen, die Cremetiegel präsentieren und lächeln, als meinten sie's ernst; Schaufensterpuppen in Gestalt kerngesunder Jungen, lässig winterlich bekleidet mit Wollmützen, schrecklich kurzen Winterjacken (erkältet sich so ein österreichischer *Bub* denn nicht?) und schimmernden Kordsamthosen. Meinem Vater und mir steht vor Staunen der Mund offen, sodass «eine Krähe reinfliegen kann», wie das russische Sprichwort sagt. Wir haben die Oper gesehen und das Wien Museum, aber am meisten beeindruckt uns die furchtbar schnelle schwarz-gelbe Tram, die mit uns durch die Stadt bis an die Donau zischt.

Wir reisen zum Feind.

Unsere erste moralische Zwickmühle: Das Fahren mit der Wiener Straßenbahn basiert auf dem Prinzip Ehrlichkeit – kaufen wir uns von unseren wenigen Schillingen eine Fahrkarte, oder nutzen wir die Großzügigkeit des Westens aus und kaufen uns noch mehr Bananen? Darüber diskutieren wir eine ganze Weile, bis Papa beschließt, dass wir die Österreicher lieber nicht verärgern sollten. Wer weiß, was sonst wieder passiert. Überall um uns herum fegen die neuesten Mercedes-Modelle durch die bunt funkelnden, fast taghell erleuchteten Straßen. An diesem Abend stapfen Tausende von uns Sowjetjuden mit offenem Mund durchs weihnachtliche Wien, durchflutet von Freude und Schrecken darüber, unser Land endlich verlassen zu haben, und wir fragen uns, ob wir den Fahrschein wirklich hätten kaufen sollen. In unseren Hotels werden wir alle damit konfrontiert, dass es im Badezimmer nicht nur eine, sondern gleich zwei Ersatzrollen Klopapier gibt. Angesichts solcher Üppigkeit gerät unsere kollektive sowjetische Ethik schwer ins Wanken. Wir krallen uns das Ersatzklopapier und stopfen es in die heiligsten Gefilde unseres Gepäcks, wobei uns all die Ingenieursdiplome zugutekommen.

Wir reisen zum Feind.

Beladen mit Asthma-Spray und Bananen, steigen mein Vater und ich die Stufen zu unserem Hotelzimmer in der Prostituiertenpension hinauf, wo meine Mutter uns keusch erwartet.

Sie beugt sich zu mir herunter, um sich zu vergewissern, dass das Halstuch noch richtig um meinen Hals gewickelt ist (*ein* Luftloch, und mein Vater kann sich auf was gefasst machen). «Kriegst du genug Luft?», fragt sie mich. Ja, Mama. Ich habe mein neues Spray.

Und zu meinem Vater: «Eine Banane! Wie ist das denn möglich?» Es kommt noch besser, erzählt ihr mein Vater, schleudert ein ganzes Bündel Bananen auf den Tisch und greift in seinen Beutel. *Die haben hier eingelegte Gurken in Gläsern.* Und Pilzsuppe in Pulverform von einer Marke namens Knorr. Auf die freundliche helle Verpackung hat die Firma Knorr eine Horde kräutergespickter Pilze gemalt, die in einer achteckigen Schüssel wie blöd vor sich hin brodeln, und daneben sehr künstlerisch die Zutaten: die kecken kleinen Pilze, bevor sie ins Wasser geworfen wurden, und ein Großaufgebot an erstklassigem Gemüse, das es kaum abwarten kann, gleich zu ihnen in die Schüssel zu hopsen.

Meine Eltern sind ganz berauscht von den *eingelegten Gurken in Gläsern.*

Ich bin ganz berauscht von der Knorr-Tütensuppe, ermahne mich aber, nicht zu sehr aus dem Häuschen zu geraten. Wir reisen zum Feind.

«Iss, mein Kleiner», sagt meine Mutter, «solange die Suppe noch schön warm ist, damit sie den Schleim löst.»

«Schmeckt nicht schlecht, die Suppe, aber kein Vergleich

zu unserer zu Hause», urteilt mein Vater. «*Echte* weiße Champignons aus dem Wald bei Leningrad, in Butter angebraten, und die Suppe aus Sauerrahm und mit ordentlich Knoblauch. Es gibt doch nichts Besseres!»

Da ist sie schon – die Nostalgie. Und der Nachhall des sowjetischen Patriotismus. Irgendwie hat dieses kleine Knorr-Paket genug Suppe für drei Flüchtlinge produziert. Und jetzt? Die Bananen schälen und mitten im Dezember ein unerhörtes Obstdessert genießen! In jeden hungrigen Flüchtlingsmund eine Banane und – *igitt*!

«Die sind verfault! Du hast verfaulte Bananen gekauft!»

Wir reisen zum Feind.

Der zweite Teil der Reise beginnt. Die israelischen Vertreter haben meine Eltern bekniet, ihre Meinung zu ändern und mit der El-Al direkt ins Gelobte Land zu fliegen, wo wir alle GROSSE STARKE JUDEN sein («Nie Wieder!») und uns gegen die Feinde in den karierten Arafat-Fummeln erheben können, doch meine Eltern haben ihnen tapfer widerstanden. Die Briefe ihrer Verwandten aus New York waren überzeugender, wenn auch klischeebeladen: «Hier sind die Straßen mit Gold gepflastert. Wir können auf dem Flohmarkt Lederjacken verkaufen.» Jetzt besteigen wir eine Reihe von Zügen, die uns nach Rom befördern werden, und von dort geht es weiter in ein englischsprachiges Land mit florierender Wirtschaft, in dem dringender Bedarf an sowjetischen Ingenieuren besteht – Amerika oder vielleicht auch Südafrika. Die zwei grünen Armeesäcke und das orange Koffer-Trio aus *echtem polnischen Leder* werden erneut angeschirrt. Wir sitzen in einem gemütlichen europäischen Zug, essen Schinkenbrote und bohren uns durch die Alpen, bis wir auf der anderen Seite wieder herauskommen. Und dann geschieht etwas Unerklärliches: Italien.

Vielleicht ist doch was dran an der Behauptung meiner Tante Tanja, einer unserer Vorfahren, der großartige Graf Koffer, sei in Venedig Abgeordneter des Zaren gewesen. Denn kaum haben wir Italien erreicht, verwandeln wir uns in andere Menschen (aber wer tut das nicht?). Während der Zug weiter Richtung Süden rumpelt, krame ich meinen Atlas hervor, um unsere Reise topographisch mitzuverfolgen – vorbei an den braunen Bergrücken der Ligurischen Alpen, über den Apennin in das satteste Grün. *Grün*? Klar, die Farbe kennen wir auch aus Leningrad – wenn die Sommerhitze den Winterschnee für einen oder zwei Monate weggetaut hat –, aber ein Grün von solcher Farbkraft? Unvorstellbar. Und neben dem Grün, neben dem stiefelförmigen Umriss, das Tiefblau des … *Sredizemnoe More*, des Mittelmeers. Und, fick deine Mutter, es ist Dezember, aber die Sonne scheint mit atomarer Intensität, scheint früh und hell an diesem *Wintermorgen*, während unser Zug in Roma Termini einfährt, einen Bahnhof von faschistisch-riesiger Spannweite, der, um mit meinem zukünftigen besten Freund Walt Whitman zu sprechen, «Vielheit enthält»: eine lärmende Melange aus Russen, Italienern und Zigeunern mit ihren jeweiligen Schlachtrufen. Ja, hier wird es Bananen geben. Bessere Bananen. Und Tomaten, die von der mütterlichen prallen Sonne Italiens gepäppelt worden sind und wie Granaten in meinem Mund explodieren.

Literaturkritiker warnen ja eindringlich davor, über Fotografien zu schreiben. Sie seien ein banaler Ersatz für Prosa, ein schlichtes Schnellverfahren, außerdem lügen sie, so wie alle

Bilder. Was soll ich also tun mit dem Foto von meiner kleinen Familie – Mama, Papa und in der Mitte ich –, auf dem wir auf einer Kammgarndecke in einer verlotterten düsteren Wohnung in Ostia sitzen, einem Küstenvorort von Rom? Mein Vater hat meiner Mutter den Arm um die Schultern gelegt, und ich teile meine Liebe zwischen seinem Knie und ihrem Wangenknochen auf. Sie trägt einen Rollkragenpullover und einen knielangen Rock und lächelt mit all ihren (für eine sowjetische Emigrantin) bemerkenswert weißen Zähnen. Er – in weißem Hemd und Jeans, mit vorstehendem Adamsapfel, italienisch-schwarzem Spitzbart und Koteletten – ringt sich für die Kamera ein etwas verkrampftes Lächeln ab, zwingt seine Unterlippe, die meistens Unmut bekundet – sei es aus Wut oder Traurigkeit –, Freude zu zeigen. Und dazwischen bin ich – mit vor Glück und Gesundheit rosigen Wangen. Ich stecke immer noch in dem albern gepunkteten sowjetischen Hemd, aber zum Großteil wird es von einem neuen italienischen Pullover mit einer Art Epauletten verdeckt, der meinen Traum am Leben erhält, eines Tages der Roten Armee anzugehören. Meine Haare sind ebenso lang und ungebändigt wie der italienische Staat, und die Lücke zwischen meinen krummen Zähnen ist eine komische Oper für sich, aber die Augenringe, die mir das Aussehen eines minderjährigen Waschbären beschert haben, sind verschwunden. Mein Mund steht offen, und durch die Zahnlücke atme ich häppchenweise wohlig warme römische Luft ein. Dieses Foto ist das erste Indiz für uns drei als glückliche, fröhliche Familie. Ich würde sogar sagen, das Bild ist ein erster Anhaltspunkt dafür, dass Freude überhaupt möglich ist und dass sich eine Familie mit aller Hingabe, derer sie fähig ist, lieben kann.

Fünf Monate in Rom!

Die meiste Zeit verbringen wir nach Lust und Laune. Unsere pastellfarbene Wohnung bröckelt vor sich hin, ist aber günstig – gemietet von einem kleinen, aufstrebenden Mafioso aus Odessa, der auf der Suche nach grüneren Weiden bald nach Baltimore aufbrechen wird. Unsere Tage sind angefüllt mit Kirchen und Museen, Kolosseen und Vatikanen, Sonntagen auf dem Porta-Portese-Markt in Trastevere, einem ausgelassenen, beinahe balkanischen Basar an einer Biegung des Tiber. Mein Vater, der leidliche Maschinenbauingenieur und verhinderte Sänger («Was habe ich für Applaus geerntet, wenn ich gesungen habe!»), mausert sich in Vorbereitung auf Amerika zu einem kleinen Geschäftsmann. Angetrieben von Schuldgefühlen wegen ihrer Untätigkeit während des Holocausts, haben sich die amerikanischen Juden ihren sowjetischen Brüdern gegenüber als überaus großzügig erwiesen, und der Löwenanteil unserer fünfmonatigen Wartezeit in Rom – unser Antrag auf Flüchtlingsstatus in den USA ist immer noch in Bearbeitung – wird aus ihren Mitteln bestritten. Doch Papa hat Größeres im Sinn! Jede Woche machen wir uns auf den Weg zur Porta Portese, einen grünen Armeesack dabei, vollgestopft mit sowjetischem Schrott. Darunter befinden sich stapelweise ostdeutsche grüne Notenblätter mit Sinfonien von Tschaikowski und Rimski-Korsakow. Warum Italiener so etwas kaufen sollten, ist mir schleierhaft, aber es wirkt fast so, als wäre mein Vater von der bevorstehenden Reise nicht durch und durch überzeugt und als wollte er sagen: *Ich bin ein ehrenwerter Mensch, der vierzig kultivierte Jahre auf diesem Planeten verbracht hat, und kein dahergelaufener Verlierer des Kalten Kriegs.* Er verscherbelt einen Samowar an ein freundliches italienisches Paar – Ingenieur und Musiklehrerin, das exakte Spiegelbild meiner Eltern. Sie laden uns zu prallvollen Schüsseln Spaghetti ein, und wir wundern uns über eine solche Gefräßigkeit. Wie kann man bloß so viel essen? In Amerika werden wir sehen, wie das geht.

Vor unserer Abreise aus Leningrad hatte uns das Auswanderernetzwerk über eine interessante italienische Marotte informiert. Während der halbe Ostblock vermutlich sofort alles stehen und liegen lassen würde, wenn man ihm anböte, nach Missouri auszuwandern, kriegen die bekloppten Italiener gar nicht genug vom Kommunismus. Dabei werden sie sogar ganz schön rabiat. Die Zeitungen zetern noch immer über die Brigate Rosse, die Roten Brigaden, die kürzlich den Sohn eines Industriellen entführt und ihm ein Stück vom Ohr abgeschnitten haben sollen. Aber Geschäft ist Geschäft, und alles, was russisch ist, geht weg wie warme Semmeln. Eine dicke Ex-Prostituierte aus Odessa mit prallem Dekolleté stolziert in unserem Ostia am Strand entlang, brüllt: *«Preserwatiff! Preserwatiff!»*, und verhökert sowjetische Kondome an liebestolle Einheimische. Angesichts ihrer grottenschlechten Qualität frage ich mich, wie viele ungewollte zukünftige Italienerchen ihre Existenz wohl der Ware dieser Dame verdanken. Währenddessen wagt sich unser Nachbar, ein schüchterner Arzt aus Leningrad, mit einem Packen Medikamente gegen Herzleiden bis zum Pier vor. *«Medicina per il cuore!»*, säuselt er. Die Polizisten vor Ort glauben, er verticke Heroin, und zücken die Pistolen. Der schüchterne Arzt – er besteht vorwiegend aus Brillengläsern und großem Glatzkopf – sucht das Weite, während die Polizisten hinter ihm Warnschüsse abfeuern. Er will sich nicht von dem riesigen Schirm trennen, mit dem er sich vor dem warmen italienischen Regen geschützt hat. Der herzerwärmende Anblick des jüdischen Arztes, der mit seinem Regenschirm vor den *carabinieri* die Mittelmeerküste entlang flüchtet, bietet uns ausreichend Gesprächsstoff, während wir die billige Hühnerleber verspeisen, von der wir uns hauptsächlich ernähren. (Die teuren Tomaten und Mozzarellakugeln gönnen wir uns nur ein Mal pro Woche.)

Ich bekomme ein lukrativeres und legaleres Verkaufssegment zugewiesen: die Kompasse mit Hammer und Sichel in Gelb vor rotem Hintergrund. Auf dem Porta-Portese-Markt laufe ich um das Bettlaken herum – unseren Verkaufsstand –, schwinge einen Musterkompass und brülle den Passanten aus meinen mittlerweile gesunden Kleinejungenlungen zu: *«Mille lire! Mille lire!»* Tausend Lire, weniger als einen Dollar, kostet ein Kompass, und die Italiener sind keine Unmenschen. Wenn sie einen armen Flüchtlingsjungen in einem Hemd mit Punkten und Längsstreifen sehen, geben sie ihm tausend Lire. *«Grazie mille! Grazie mille!»*, bedanke ich mich, während man mir das Geld in die eine Hand drückt und ein kleines Stück Russland meine andere Hand verlässt.

Ein paar der *Mille-Lire*-Scheine, von denen mich Giuseppe Verdis backenbärtiges Antlitz anzwinkert, darf ich behalten. Meine große Leidenschaft sind Reiseführer. Billige englische Reiseführer, deren Buchrücken nur noch aus einem Klecks Kleber und vereinzelten Fäden bestehen, mit verheißungsvoll umfassend informativen Namen wie *All Rome, All Florence* und *All Venice*. Ich errichte einen kleinen Bücherschrein in dem winzigen Zimmer, das wir uns in Ostia teilen, und versuche, die Reiseführer auf Englisch zu lesen – mit mäßigem Erfolg. Das Englisch-Russisch-Wörterbuch und das nicht kyrillische Alphabet betreten meinen Kosmos. Dazu gesellen sich Wörter wie: «Opaion», *baldacchino* und «Nymphaeum». «Papa, was heißt das?» «Mama, was bedeutet das?» Oh, es ist ein Kreuz mit einem wissbegierigen Kind.

Die amerikanischen Juden schmeißen uns das Geld geradezu hinterher (dreihundert Dollar im Monat!), die Hammer-und-Sichel-Kompasse werfen richtig Gewinn ab, und wir investieren unsere Einkünfte in Ausflüge im Touristenbus durch Florenz, Venedig und alles, was dazwischen liegt. Vollgepumpt mit *All Florence*-Wissen, falle ich dem lustlosen russischen Reiseführer in der Medici-Kapelle ins Wort: «Entschuldigung», erklingt meine Streber-Stimme inmitten des Marmors, «ich glaube, das, was du sagst, stimmt nicht, Reiseführer. *Das* da ist Michelangelos *Allegorie der Nacht*. Und das hier ist die *Allegorie vom Tag*.»

Schweigen. Der Reiseführer blättert in seinen Unterlagen. «Ich glaube, der Junge hat recht.»

Ein Raunen geht durch die Reihen der russischen Flüchtlinge, darunter ein Dutzend Ärzte, Physiker und Klaviervirtuosen. «Der Junge weiß einfach alles!» Und dann, noch viel wichtiger, an meine Mutter gewandt: «Ein entzückendes Kind. Wie alt ist er denn?»

Das geht mir runter wie Öl. «Sechs. Fast sieben.»

«Donnerwetter!»

Mutter drückt mich. Mutter liebt mich.

Aber Dinge zu wissen reicht mir nicht. Und Mamas Liebe auch nicht. Im Souvenirladen einer Kirche kaufe ich ein kleines goldenes Medaillon, das Raphaels *Madonna del Granduca* zeigt. Das Jesuskind mit Heiligenschein sieht so feist aus, so rundum zufrieden mit seiner Extraportion schützendem Speck. Und wie glückselig Maria es von der Seite anblickt, ihr Blick voller Hingabe, Schmerz und Verständnis. Was für ein Glückspilz, dieser Jesus! Und was für eine schöne Frau, diese Maria! Zurück in Ostia, entwickele ich ein abscheuliches geheimes Laster. Wenn meine Eltern auf Achse sind, um Tschaikowski-Noten feilzubieten oder um sich mit dem verbrecherischen Leningrader Arzt und seiner jungen kinderlosen Frau zu unterhalten, verschanze ich mich im Badezimmer oder irgendwo in den einsamen Untiefen unseres Zimmers. Ich hole die Madonna del Granduca hervor und weine. Weinen ist nicht erlaubt, weil es 1. unmännlich ist und 2. der Rotz einen Asthmaanfall auslösen kann. Aber sobald ich allein bin, lasse ich die Tränen heiß und ungezügelt aus mir herausströmen, bedecke die glücksstrahlende Jungfrau mit Küssen und flüstere: «Santa Maria, Santa Maria, Santa Maria.»

Die amerikanischen Juden zahlen für uns, aber auch die Christen wollen sich ganze Herden verwirrter post-kommunistischer Juden nicht einfach durch die Lappen gehen lassen. In der Nähe befindet sich ein christliches Gemeindezentrum, das wir zu Ehren der amerikanischen Baptisten, die es betreiben, «Amerikanka» nennen. Sie ködern uns mit Dörrfleisch und Nudeln, um uns einen Film in satten Farben über ihren Gott zu zeigen: Ein verwegener besserwisserischer Motorradhippie verirrt sich in der Sahara, seine Wasservorräte gehen zur Neige, und als er kurz davor ist, den Löffel abzugeben, kommt Jesus vorbeigeschlurft, verteilt wertvolles Wasser und Karrieretipps. Bei mir schlägt der Film voll ein. In unserem Badezimmer wiege ich die Madonna del Granduca in den Armen. «Ich habe gerade deinen Sohn in dem Film gesehen, Santa Maria. Er hat so schrecklich geblutet. Oh, meine arme Madonnatschka.»

In der Woche darauf beschließt die lokale jüdische Organisation, sich ebenfalls nicht lumpen zu lassen, und kontert mit einer Filmvorführung von *Anatevka*.

Meine geliebte Großmutter Polja trifft aus Leningrad ein und begleitet mich mit ihrem spärlichen Haar und ländlichen Lächeln auf Ausflüge kreuz und quer durch Rom, spaziert mit mir in meinem feschen leichten italienischen Mantel am Tiber entlang; wir beobachten, was die Sonne mit dem monumentalen Petersdom anstellt, und bestaunen die Cestius-Pyramide, die aus der altehrwürdigen ockerfarbenenen Aurelianischen Mauer herauswächst. «Babuschka, gehören Pyramiden denn nicht nach Ägypten?» Der Stadtplan von Rom ist so zerfleddert, dass sich anstelle des Kolosseums und der Piazza del Popolo zwei daumengroße Löcher befinden, und die Villa Borghese habe ich vollständig zerstört. Großmutter schwitzt in der ungewohnten Hitze und blickt sich besorgt um. Vor über fünfzig Jahren wurde sie in einem klaustrophobisch kleinen ukrainischen Dorf geboren, und jetzt steht sie hier in *Caput Mundi*. «Babuschka, haben die Römer wirklich in die Caracalla-Thermen gekotzt?»

«Vielleicht haben sie das gemacht, Igorlein. Vielleicht.»

Großmutter hat andere Sorgen. Ihr Mann Ilja, der Stiefvater meines Vaters, ist ein mürrischer Arbeiter, der in Leningrad selbst von seinen besten Freunden «Goebbels» genannt wird. Nach russischem Maßstab ist er kein Alkoholiker, was bedeutet, dass er nicht schon um acht Uhr morgens mit dem Trinken anfängt, bis er zur allabendlichen Komazeit sturzbetrunken aus den Latschen kippt. Trotzdem musste Großmutter Polja ihn schon mindestens einmal aus der Straßenbahn rausschleifen, und mindestens zweimal hat er sich in der Öffentlichkeit in die Hose gekackt. Seit seiner Ankunft zittern die Wände unserer kleinen Wohnung in Ostia von ihrem Gezeter. Eines Tages finde ich bei Großmutter im Treppenhaus ein Schmuckstück – eine mit vermutlich echten Diamanten besetzte Golduhr. Mein Vater bringt sie der italienischen Familie zurück, die einen Stock über Großmutter und Ilja wohnt. Die Nachbarn wollen ihm fünfzig Dollar als Finderlohn geben. Stolzgeschwellt weist mein Vater die astronomische Summe zurück. Daraufhin modifizieren die Italiener ihr Angebot: fünf Dollar und eine Einladung zu Cappuccino und Panini in einem Café um die Ecke. «Idiot!», schreit Ilja meinen Vater an, sein kleiner Kopf bebt, vor seinem Nagergesicht wabert das gewohnte Speichelnetz. «Du Nichtsnutz! Wir hätten reich werden können! Eine Diamantuhr!»

«Gott wird meine Tat sehen und mich belohnen», erwidert Papa großmütig.

«Gott wird sehen, wie dämlich du bist, und dir nie wieder etwas in den Schoß fallen lassen!»

«Halt dein dreckiges Maul!»

«Scher dich doch zum Schwanz!»

«Hör auf zu fluchen. Das Kind kann dich hören.»

Während die Welt der Erwachsenen um mich herum bebt, hocke ich mit meiner Raphael-Madonna im Badezimmer: «Santa Maria, Santa Maria, Santa Maria.» Dann bete ich die Liste der Ruinen im Forum Romanum herunter: «Saturn-Tempel, Vespasian-Tempel, Castor-und-Pollux-Tempel, Vesta-Tempel, Caesar-Tempel.»

Zwei gutaussehende Amerikaner vom CIA kommen vorbei, um Papa zu befragen. Sie wollen Informationen über seine ehemalige Arbeit bei der LOMO-Fabrik (Leningrader optisch-mechanische Werke), die heute die Hipster-Kameras für Lomographie herstellt, 1978 aber auch Teleskope und sensible Militärtechnologien entwickelt hat. Mein Vater ist natürlich nicht einmal *in die Nähe* der sensiblen Militärgeräte gekommen. Er soll auf der Arbeit «aufrührerische prozionistische und antisowjetische Parolen» über Israel und den Sechs-Tage-Krieg von 1967 geschwungen haben; es waren vermutlich die sechs ruhmreichsten Tage seines Lebens, bis sein Chef ihn eines Tages zu sich zitierte und sagte: «Fick doch deine Mutter, Shteyngart, du bist wirklich zu nichts zu gebrauchen! Sieh zu, dass du verschwindest!» Letztlich erwies sich die große Klappe meines Vaters als echter Glücksfall, denn hätte er tatsächlich irgendetwas mit der Militärtechnologie des Unternehmens zu tun gehabt, wäre uns die Ausreise aus der Sowjetunion niemals genehmigt worden.

Die feindlichen Spione ziehen mit leeren Händen wieder ab, aber eines Tages setzt sich mein Vater mit mir zu einem

Gespräch zusammen. Abgesehen vom Mozartkugelpapier und der Madonna besteht mein Spielzeug damals aus zwei Wäscheklammern, mit denen wir unsere Wäsche in der Mittelmeerhitze zum Trocknen aufhängen. Die eine ist eine rote «Tupolew», die andere eine blaue «Boeing». Wenn ich nicht gerade über die Sixtinische Kapelle in Verzückung gerate, beschäftige ich mich mit meinem Jungskram. In Ostias stillen Straßen und an den nahegelegenen kalten Sandstränden veranstalte ich Luftrennen zwischen den zwei Flugzeugen und lasse die Tupolew immer gegen das feindliche Flugzeug gewinnen.

Der Himmel über Ostia ist sonnig und der Maiwind frisch – die perfekten atmosphärischen Bedingungen für ein Flugzeugrennen zwischen den USA und der UdSSR.

Mein Vater und ich sitzen in unserer Wohnung auf der fadenscheinigen Tagesdecke. Ich bringe meine Boeing- und Tupolew-Wäscheklammern in Position. Und er erzählt mir, was er weiß. Es war alles eine Lüge. Der Kommunismus, der Latino-Lenin, die Komsomol-Jugendliga, die Bolschewiken, der fettige Schinken, Kanal Eins, die Rote Armee, der elektrische Gummigeruch in der Metro, die Smog-Dunstglocke über den stalinistischen Konturen am Moskauer Platz, alles, was wir zueinander gesagt haben, alles, was wir waren.

Wir reisen zum Feind.

«Aber Papa, die Tu-154 ist doch trotzdem schneller als die Boeing 727?»

Seine entschlossene Antwort: «Das schnellste Flugzeug der Welt ist die Concorde SST.»

«Eins von unseren Flugzeugen?»

«Sie wird von British Airways und Air France geflogen.»

«Also … das heißt … du meinst …»

Wir *sind* der Feind.

Mit meiner Großmutter spaziere ich über Ostias Strandpromenade. In der Ferne dreht sich das traurige kleine Riesenrad im Lunapark, in das ich mich immer noch nicht hineintraue. Die Tupolew und die Boeing heben ab, ich rattere mit den beiden Wäscheklammern in den Händen über die hölzerne Startbahn und umkreise Großmutter Polja, die in Gedanken versunken vorantrottet und von Zeit zu Zeit lächelt, weil ihr kleiner Enkel gesund und munter mit zwei Wäscheklammern durch die Gegend rennt. Die rote Wäscheklammer, die Tupolew, reckt sich instinktiv gen Himmel, will die blaue Boeing besiegen, so wie die Linien des stilisierten Kremls auf den roten Stern zustreben, weil wir eine Nation von Arbeitern und Strebern sind. *Wir.*

Das Ziel der Politik ist, uns zu Kindern zu machen. Je ruchloser das System, desto zutreffender ist diese Aussage. Das sowjetische System funktionierte am reibungslosesten, solange die Erwachsenen – insbesondere die Männer – dazu ermutigt wurden, auf dem emotionalen Niveau eines nicht besonders hellen Halbstarken zu verharren. Häufig kommt es vor, dass ein männlicher *Homo Sovieticus* beim Abendessen etwas Ordinäres, Verletzendes, Abstoßendes sagt, denn das ist sein Hoheitsrecht als Halbstarker, dazu hat ihn das System erzogen, und seine Frau wird daraufhin sagen: *Da tische!* – Sei still! – und sich beschämt umblicken. Und der Mann wird bitter in sich hineinlachen und sagen: *Nu ladno*, schon gut, und das Gift, das er bei Tisch verspritzt hat, mit einer Geste beiseitewischen.

Die blaue Wäscheklammer überholt die rote, die Boeing ist zu schnell, zu gut konstruiert, um zu verlieren. Ich will kein Kind sein. Ich will nicht im Unrecht sein. Ich will keine Lüge sein.

Wir überfliegen den Atlantik mit der Alitalia – von Rom zum JFK. Die Flugbegleiterin ist ebenso hingebungsvoll und schön wie die Madonna in meiner Tasche – mein Moskauer Olympiaanstecker schwimmt im Mittelmeer – und macht mir ein ganz besonderes Geschenk: eine glänzende Weltkarte und Stecknadeln mit Miniaturnachbildungen der vielen verschiedenen Flugzeugmodelle aus dem Alitalia-Stall. Sie ermutigt mich, die Boeings kreuz und quer in die Weltkarte zu stecken. Hier liegt die riesige rote Terra incognita der Sowjetunion und dort die kleinere blaue Landmasse der USA mit ihrem seltsamen Florida-Zipfel auf einer Seite. Zwischen diesen beiden Imperien befindet sich der Rest der Welt.

Als sich unser Flieger beim Landeanflug zur Seite neigt, füllt plötzlich ein Wirrwarr grauer Gebäude das Fenster aus – unsere Zukunft. Wir nähern uns den letzten zwanzig Jahren des Amerikanischen Jahrhunderts.

7. Wir sind der Feind

Eins der wenigen Bilder, die damals entstanden. Wir waren zu sehr mit Leiden beschäftigt.

1979. Aus einer sowjetischen Kindheit nach Amerika zu kommen ist, als würde man von einer monochromen Klippe in ein knatschbuntes Farbbad springen. Ich drücke die Nase ans Fenster des ausrollenden Flugzeugs: erste Ansichten meines neuen Heimatlands. Oh, diese enorme Gediegenheit! Dieser Schwung der «fliegenden Untertasse» auf dem Pan-Am-Terminal, der weite Himmel darüber, der Queens nicht niederdrückt wie der russische Himmel Leningrad, sondern in Wellen vorüberfließt und jedem der Häuser mit roter Backsteinfassade oder Aluminiumverkleidung, jeder glücklichen

Familie darin ein kleines Stück von sich gönnt. In ihren leuchtenden Livreen drängeln sich die Airliner um die Gates wie hungrige Immigranten, die hineinwollen – Sabena, Lufthansa, Aer Lingus, Avianca.

Die Intensität des Ankommens flaut nicht ab. Alles ist eine Offenbarung. Auf der Fahrt vom Flughafen, zum ersten Mal auf einer Überführung über den Highway, bin ich entsetzt, wie sich das Auto (ein Privatwagen – größer als drei sowjetische Ladas!) in irrsinniger Höhe über dem begrünten Queens in die Kurve legt. Wir schweben durch die Luft, aber *in einem Auto.* Und während ich angeschnallt auf dem Rücksitz bei meinen Eltern sitze, die sich ebenfalls in die fliegende Kurve lehnen, empfinde ich die gleichen Gefühle wie einige Monate später, als ich mich an meinem ersten käsigen amerikanischen Pizzastück verschlucke: Hochstimmung, fieberhafte Aufregung – und Angst. Wie soll ich jemals mit den freundlichen, lächelnden Riesen mithalten, die dieses Land bevölkern, die ihre Autos wie Kosmonauten in den unendlichen amerikanischen Himmel katapultieren und in ihren Palästen auf vierhundert Quadratmeter großen Grundstücken in Kew Gardens, Queens, leben wie Könige? Wie soll ich jemals Englisch sprechen lernen wie sie, so ungezwungen und direkt, aber mit Wörtern, die wie Brieftauben durch die Lüfte kreisen?

Doch neben den Offenbarungen des Ankommens gibt es die Realität meiner Familie. Mein italienischer Pullover mit den Epauletten ist absolut angemessen. Der Alitalia-Flug war zugleich ein Truppentransport. Ich bin in einem Kriegsgebiet gelandet.

Zwei verhasste Worte fassen mein nächstes Jahrzehnt in Amerika zusammen. Das erste lautet *rodstwenniki*, siehe Stichwort «Verwandte». Das zweite lautet *raswod*, siehe Stichwort «Scheidung».

Die ersten Probleme sind geographischer Natur. Meine Mutter will nicht nach New York, das in den 1970ern weltweit als bankrotte, dreckige und hochkriminelle Metropole verschrien ist. Leningrads Kanal Eins hat uns pflichtbewusst Beiträge über die obdachlosen *negry* auf Manhattans Straßen gezeigt, die in Schwaden aus Rassismus und Smog ersticken. Außerdem hat man uns erzählt, dass San Francisco für mein Asthma besser wäre. (Ich kenne mindestens einen russischen Leidensgenossen, der aus ähnlichen Erwägungen mit seinem Asthma im trockenen, sonnenverdörrten Arizona gelandet ist.) Aber Tante Sonja, die Familienmatriarchin väterlicherseits, möchte, dass mein Vater zusammen mit ihrem Sohn Grischa* auf dem Flohmarkt Lederjacken verkauft. Während meine Mutter in Rom die ehrwürdige Hebrew Immigrant Aid Society, die Retter der Sowjetjuden, bekniete, uns nach San Francisco zu schicken, bat drüben Tante Sonja dringlich, uns zu ihnen nach New York zu schicken, damit wir beim Verscherbeln der Lederjacken helfen könnten.

Familienzusammenführung geht vor, und so schickt man uns nach New York statt nach Nordkalifornien, wo sich derzeit haufenweise sowjetische Immigranten meiner Generation im Google-Wirtschaftssektor eine goldene Nase verdienen. Meine Mutter, die ihre eigene sterbende Mutter in Leningrad zurückgelassen hat, wird nun dem Familienclan meines Vaters zum Fraß vorgeworfen, den sie für eine *woltschja poroda* hält.

Eine Wolfsbande.

Wir haben nicht nur Großmutter Galja zurückgelassen, sondern auch zwei wunderschöne europäische Städte –

* Die Namen meiner Verwandten väterlicherseits wurden geändert.

Leningrad und Rom – im Tausch gegen Queens. Dort lebt nämlich die Wolfsbande. Wir sind umgeben von roten backsteinernen Wohnhäusern, in denen sich Menschen verschiedenster Herkunft und Glaubensrichtung irgendwie durchschlagen. Für meine Mutter sieht das alles aus wie ein trostloser Annäherungsversuch an kultiviertes europäisches Leben.

Meine Eltern und ich kommen bei Tante Sonja in ihrer kleinen Wohnung in Forest Hills unter. Zu hören, wie das Wort *rodstwenniki* (Verwandte) aus den Mündern meiner Eltern zischt, hat mir die Vorstellung, Verwandtschaft zu haben, ein für alle Mal verhagelt, und ein spezieller Vorfall aus dem damaligen Zusammenleben hat sich mir besonders tief eingeprägt. Mein älterer Cousin (zweiten Grades) Tima hat irgendetwas ausgefressen – wahrscheinlich hat er beim Lederjackenverkauf irgendwie Mist gebaut –, woraufhin sein Vater Grischa ihn vor der versammelten Familie schlägt. Es gibt eine russische Redensart: *dal jemu po scheje* – jemandem einen Nackenklatscher geben. Mit meinem neuen Spielzeug, einem amerikanischen Kugelschreiber, den man auf- und zuklicken kann, sitze ich, ganz in die wundervolle Klickbewegung vertieft, in Tante Sonjas Wohnung auf dem Boden, als ich dieses Geräusch höre: Eine Handfläche klatscht auf einen halbstarken Nacken. Mein entfernter Cousin Tima ist ein dunkelhäutiger schlaksiger Junge mit einem Anflug von sephardischem Schnauzbart, und ich sehe, wie er sich unter den Schlägen krümmt und kleinmacht. Er steht dort mit rotem Nacken, alle Augen auf ihn gerichtet, als wäre er nackt. Mein erster Gedanke: *Ich bin es nicht, der geschlagen wird!* Und mein zweiter: *Tima wird nicht weinen.* Und tatsächlich vergießt er keine Träne. Er tut es mit einem Achselzucken ab, lächelt bitter und verstaut es irgendwo für einen zukünftigen Zweck. Das unterscheidet meinen Cousin-zweiten-Grades-

Tima oder Dr. med. Tima, wie man ihn heute nennt, von einer Heulsuse wie mir.

Fleißig und schlau, so verdienen meine Verwandten schon jetzt die Art Flohmarktgeld, die sie bald in einen der legendärsten Vororte Long Islands befördern wird – die Art Geld, die viele Nackenklatscher erfordert. Einiges von diesem Geld fließt 1979 in dermaßen monströse Fernseher (25-Zoll-Bildschirme!), dass ich aus Angst, sie könnten nach sowjetischer Manier explodieren und das gesamte Wohnzimmer zerfetzen, lieber nicht mit meinem Stift in der Nähe spiele. Viel Geld wird auch für *stenki* ausgegeben – wörtlich übersetzt: Wände –, ein Regal aus Mahagoni, das fanatisch auf Hochglanz poliert und von den Russen ebenso abgöttisch geliebt wird wie die Lederjacke. Während ich auf dem Boden liegend mein Mahagoni-Spiegelbild betrachte, bin ich überzeugt, dass die lackierten «Wände» und der Fünfundzwanzig-Zoll-Zenith mit Space-Commander-Fernbedienung den absoluten Höhepunkt menschlichen Schaffens darstellen. Wenn wir alles richtig machen, wenn meine Eltern erst den richtigen Dreh beim Lederjackenverkauf raushaben, dann leben wir eines Tages auch so.

Über das weitverzweigte Immigrantennetzwerk findet mein Vater zum redlichen Preis von zweihundertfünfunddreißig Dollar pro Monat eine Wohnung im ruhigen und sicheren Stadtteil Kew Gardens in Queens. In der Zweizimmerwohnung müssen drei Generationen unterkommen: Mama und Papa, ich, Großmutter Polja und ihr streitlustiger Ehemann Ilja – oder Goebbels, unter Freunden. Mit unseren beiden grünen Armeesäcken und den drei orangefarbenen Koffern aus *echtem polnischen Leder* verlassen wir das

Schlachtfeld unserer wölfischen Verwandtschaft und gehen in beengten Verhältnissen zum Nahkampf über, lecken unsere Alte-Welt-Wunden und brauen frische Neue-Welt-Kümmernisse zusammen.

Nachdem wir in unsere eigene Wohnung gezogen sind, sehe ich unsere wölfischen Verwandten kaum noch, dafür höre ich täglich von ihnen. Sie haben meinen Vater angefleht, er solle meine Mutter verlassen und sich eine, sagen wir, flohmarkttauglichere Frau suchen. Je öfter meine Mutter im Wohnzimmer wegen der dauergewellten Tanten weint, desto mehr Tränen vergieße ich im Badezimmer. Zweiundzwanzig Jahre später wird ein erst kürzlich eingewanderter Verwandter, ein Mann mittleren Alters, nebenbei bemerkt noch der freundlichste der Truppe, meinen ersten Roman auf den Boden schmeißen und darauf spucken – vermutlich aus ideologischen Gründen. Wenn ich an meine Verwandten denke, sehe ich sofort diesen dörflichen, emotionalen Exzess vor mir. Das Buch auf den Boden schmeißen – okay. Darauf spucken – bitte sehr. Aber *beides*? Wir sind doch nicht in Bollywood!

Unsere Wohnung liegt abseits der geschäftigen Union Turnpike, nahe der Kreuzung, wo sie lärmend auf den Grand Central Parkway und den Van Wyck Expressway trifft, und gegenüber vom Kew Motor Inn, einer Absteige aus den 1960ern, die sich «das bekannteste und exotischste Motel für Paare in Queens» nennt. Aber wir sind zu «frisch vom Schiff», um das zu wissen. Das Ägypten-Zimmer ist zum schlappen Preis von neunundvierzig Dollar pro Stunde zu haben und besitzt verblüffende Ähnlichkeit mit den spiegelbehangenen, lackierten, kleopatrafreundlichen Zimmern unserer Verwandten. Man braucht sich nur die Lederjacke vom Leib zu reißen, die Nutte zu entlohnen, und schon fühlt man sich ganz wie zu Hause.

Aus unserer Wohnung hat man Blick auf einen hübschen Innenhof mit mehreren Eichen, die von ein paar Eichhörnchen bewohnt werden. Die feisten Geschöpfe mit den buschigen Schwänzen füttere ich mit kurvigen Erdnüssen – ein echtes amerikanisches Wunder: Ein kurzer Druck mit Mittelfinger und Daumen reicht aus, um sie aus ihrer knusprigen Schale heraushüpfen zu lassen. Mit vor Hunger bebenden Wangen blicken mir die Eichhörnchen direkt in die Augen, und als ich mich vorbeuge, um ihnen die Leckerei zuzuwerfen, sind die tollkühnen städtischen Nagetierchen fast zum Greifen nah. Drei von ihnen erkenne ich als Familie – das Ebenbild meiner eigenen engsten Familie: Das erste wirkt besorgt, das zweite unglücklich und das dritte zu jung, um den Unterschied zu kennen. Ich nenne sie Laika, Belka und Strelka, nach den drei Hunde-Kosmonauten, die in den 1950ern und 1960ern ins All geschossen wurden. Ich weiß, dass ich eigentlich nicht mehr in sowjetischen Bahnen denken sollte, aber Belka, der Name des zweiten Hundes, bedeutet auf Russisch «Eichhörnchen» – was bleibt mir also anderes übrig?

Mein erstes bedeutsames Ereignis in Kew Gardens, Queens: Ich verliebe mich in Frühstücksflockenpackungen. Um Spielzeug zu kaufen, sind wir zu diesem Zeitpunkt noch zu arm, aber essen müssen wir. Und Frühstücksflocken sind (eine Art) Essen. Sie schmecken körnig, leicht und locker – mit einem Hauch falscher Fruchtigkeit. Sie schmecken so, wie sich Amerika anfühlt. Ich bin völlig verzückt, denn viele der Frühstücksflockenpackungen enthalten kleine Geschenke – ein unerhörtes Wunder. Du bekommst etwas für gar nichts. Meine Lieblingsüberraschung gibt es in den Honeycomb-

Packungen: Auf der Verpackung ist ein gesunder sommersprossiger weißer Junge abgebildet – nach und nach akzeptiere ich ihn als wichtiges Vorbild –, der auf einem Fahrrad durch die Luft fliegt. (Wie ich Jahre später erfahre, macht er gerade einen «Wheelie».) In jeder Honeycomb-Packung steckt ein kleines Nummernschild, das man hinten an seinem Fahrrad befestigen kann. Diese Nummernschilder sind natürlich viel kleiner als echte, aber sie haben ein richtig metallisches Gewicht. Ich erwische immer wieder MICHIGAN, ein schlichtes Schild mit schwarzer Schrift auf weißem Hintergrund. Mit dem Finger fahre ich über das Wort. Ich spreche es laut – und falsch – aus: MIESCHAGÄNN.

Als ich einen ordentlichen Stapel Schilder beisammenhabe, nehme ich sie wie Spielkarten auf die Hand und fächere sie auf. Lässig schleudere ich sie auf die schmuddlige Matratze, die meine Eltern aus einem Müllhaufen in der Gegend gefischt haben, dann scharre ich die Schilder wieder zusammen und drücke sie mir grundlos an die Brust. Ich verstecke sie unter meinem Kissen und buddle sie wie ein durchgeknallter post-sowjetischer Spürhund wieder aus. Jedes Schild ist absolut einzigartig. Einige Staaten preisen sich als «Amerikas Milchland» an, andere wollen «Frei leben oder sterben». Was ich jetzt ganz dringend brauche, ist ein echtes Fahrrad.

Wenn du in Amerika etwas haben willst, ist der Weg vom Wunsch bis zur Lieferung direkt ins Wohnzimmer nicht weit. Ich will ein Rad haben, also schenkt mir irgendein reicher amerikanischer Nachbar eins (sie sind alle unsagbar reich). Ein rostiges rotes Riesenungetüm, bei dem einige Speichen gefährlich hervorstehen, aber immerhin. Ich befestige ein Nummernschild an meinem Fahrrad und brüte den Großteil meiner Tage über der Frage, welches Schild ich als nächstes anbringen soll – das sonnig-zitronengelbe FLORIDA oder das schneeige VERMONT. Das ist Amerika: Du hast die Wahl.

Was Freunde angeht, habe ich nicht gerade die Qual der Wahl, aber in unserer Wohnanlage gibt es ein einäugiges Mädchen, mit dem ich mich gewissermaßen angefreundet habe. Sie ist winzig, rauflustig und genauso arm wie wir. Anfangs begegnen wir uns noch mit Misstrauen, aber ich bin Einwanderer, und sie ist einäugig, also sind wir ebenbürtig. Das Mädchen fährt wie ich auf einem halbkaputten Rad durch die Gegend, fällt ständig auf die Nase und verletzt sich (angeblich hat sie so auch ihr Auge verloren) und fängt jedes Mal laut an zu heulen, wenn sie sich die Hände aufschürft, den Blondschopf anklagend gen Himmel gereckt. Eines Tages sieht sie mich auf meinem zerrütteten Drahtesel mit dem scheppernden Honeycomb-Nummernschild hinten dran vorbeifahren und schreit: «MICHIGAN! MICHIGAN!» Und voller Stolz auf die englischen Buchstaben, die da unter meinem Hintern baumeln, fahre ich lächelnd weiter und betätige meine Fahrradhupe. Michigan! Michigan! Mit dem bläulich-schwarzen Nummernschild in der Farbe des verbliebenen Auges meiner Freundin. Michigan mit dem köstlich amerikanischen Namen. Was für ein Glück muss es sein, dort zu leben.

Und selbst hier, weit entfernt von den verheißungsvollen Städten Lansing, Flint und Detroit, beginnt für mich so was wie ein Leben. Ich sehe gesünder aus, meine Lungen nehmen den Sauerstoff an und auf, meine Sowjetmanie hält sich im Rahmen, dank der Honeycomb-Nummernschilder und meiner farbenfrohen alten *All Rome-*, *All Venice-* und *All Florence-*Reiseführer – meiner neuen Grundlagenliteratur. Ich darf mir ein Briefmarkenalbum mit dem Konterfei eines verwegenen Piraten auf dem Buchdeckel kaufen und außerdem tausend Briefmarken bei einem Philateliehändler im New Yorker Umland bestellen. Einige der Briefmarken kommen aus der Sowjetunion, kummervolle Erinnerungen an die ewig bevorstehenden Olympischen Sommerspiele in Moskau, aber dafür sind auch wunderschöne goldene Briefmarken aus Haiti dabei – mit Bildern von Menschen, die auf dem Feld arbeiten, Menschen, von denen wir so viel gehört haben, will heißen: schwarze Menschen. (Einige der anderen Briefmarken tragen, aus mir heute unerfindlichen Gründen, die Prägung DEUTSCHES REICH; eine zeigt einen Geländewagen, der von einer Explosion in die Luft gejagt wird. Auf einer anderen beugt sich ein kurz geratener uniformierter Mann mit ulkigem Bärtchen zu einem Mädchen hinunter und legt ihm die Hand auf die Wange, während das Kind ihm einen Korb mit Blumen überreicht; darüber prangt das Datum: 20. April 1940.)

Mein unterbeschäftigter Vater und ich schlendern über die Straße zum nahen Park. Zunächst wundern wir uns über die Jungen, die dort auf einem staubigen Feld herumrennen, nachdem sie ohne erkennbaren Grund mit einem hohlen Aluminiumstock auf einen Ball eingedroschen haben. Also bringen wir *unseren* Ball mit, einen europäischen Fußball, und ein paar ältere Jungs gesellen sich zu uns und kicken mit. Ich bin nicht besonders gut im *futbol*, aber besonders schlecht bin ich auch nicht, nicht mit meinem starken Papa an der Seite.

Doch dann läuft alles furchtbar schief.

8. Die Solomon Schechter School of Queens

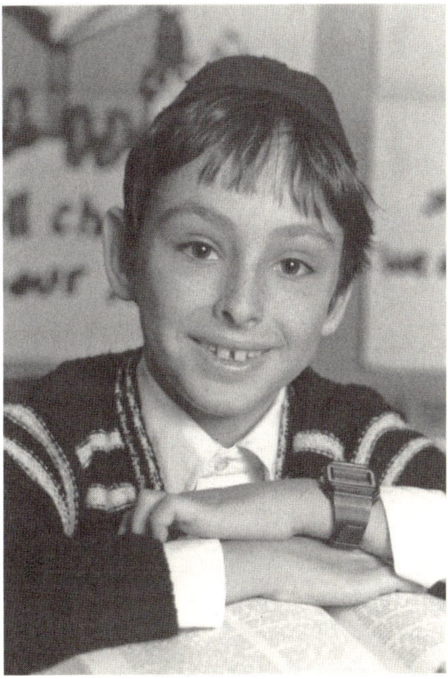

Ein jüdischer Junge lächelt brav fürs Klassenfoto seiner jüdischen Schule. Man beachte die enorme Zahnlücke, die leichten Schatten unter den Augen und die Casio-Musikarmbanduhr. Sie konnte sowohl «The Star-Spangled Banner» als auch das russische «Kalinka» (kleine Schneeballbeere) spielen. Der Autor verabscheute sich dafür, dass er Letzteres lieber mochte.

Ich stehe in einer Schar von Jungen mit weißen Hemden und Scheitelkäppchen und Mädchen in langen Kleidern, die in einer altertümlichen Sprache ein Gebet jaulen. Erwachsene achten darauf, dass wir im Gleichklang singen, und das bedeutet: Das Jaulen zu verweigern ist keine Option. *«Schma Jisrael»*, jaule ich gehorsam, *«Adonai Eloheinu, Adonai Echad.»*

Höre, Israel, der Herr, unser Gott, ist ein einziger Gott.

Ich weiß zwar nicht genau, was die hebräischen Wörter

bedeuten (die englische Übersetzung im Gebetsbuch verstehe ich ja auch nicht), aber der Ton kommt mir bekannt vor. Es ist ein klagender Ton, in dem wir den Allmächtigen beschwören. Ich glaube, wir flehen. Und meiner Familie ist Flehen wahrlich nicht fremd. Wir sind die Weizenjuden, die Jimmy Carter aus der Sowjetunion im Tausch gegen einige Tonnen Weizen und ein bisschen Spitzentechnologie hergeholt hat. Wir sind arm. Wir sind auf die Hilfe anderer angewiesen: Essensmarken von der amerikanischen Regierung, finanzielle Unterstützung von Flüchtlingsorganisationen, getragene Batman- und Green-Lantern-T-Shirts und verschlissene Möbel, die gutherzige amerikanische Juden uns abtreten. Ich sitze in der Kantine der jüdischen Schule, bin umgeben von den Wänden dieser beängstigenden Einrichtung – ein graues Stück moderner Architektur, hier und da durchsetzt von Rauchglasscheiben – mit ihrem großen schwitzenden Rabbi, den jungen unterbezahlten Lehrern und den undisziplinierten lauten jüdisch-amerikanischen Kindern, und im weiteren Sinne umgeben von Amerika: einer komplexen, mediengesteuerten, gerätegeilen Gesellschaft, deren Bilder und Sprache die Lingua franca der Welt bilden und deren blumige Düfte und Lächelbereitschaft mir vollkommen fremd sind. Hier sitze ich, allein an einem Tisch beim Mittagessen, abgesondert von allen anderen Kindern, ein kleiner Junge mit schon jetzt übergroßen Brillengläsern und in immer noch demselben verfluchten gepunkteten und längsgestreiften Hemd, vermutlich einem Produkt der Punktehemdfabrik Nr. 12 aus Swerdlowsk oder, wenn es die Stadt denn gäbe, Hemdsk, und ich führe Selbstgespräche.

Ich unterhalte mich mit mir auf Russisch.

Murmle ich großbuchstabigen Blödsinn, den ich mir vor Ewigkeiten in der sowjetischen Metro eingeprägt habe?

1959 – SOWJETISCHE WELTRAUMRAKETE ERREICHT MONDOBERFLÄCHE? Gut möglich. Summe ich vor Nervosität leise ein altes russisches Kinderlied (das später in meinen erwachsenen Geschichten wieder auftaucht): «Immer scheine die Sonne, immer leuchte der Himmel, immer lebe die Mutter, immer lebe auch ich!» Sehr gut möglich. Denn was ich jetzt an diesem trostlosen, fremden Ort am meisten brauche, ist meine Mama, die Frau, die mir die Fäustlinge an meinem gewaltigen Pelzmantel festnäht (was mir den Spitznamen «Russischer Stinkbär» beschert hat – in Kennerkreisen unter dem Kürzel RS bekannt), weil ich sie sonst verliere, so wie ich schon die Klebertube, das linierte Heft und die Buntstifte verloren habe, die mich in die erste Klasse begleitet haben. «Mamuschka», werde ich heute Abend zu ihr sagen, «sei nicht traurig. Wenn ich den Kleber heute verloren habe, kann ich ihn morgen nicht mehr verlieren.»

Eins ist sicher – neben Mama, Papa und einem netten Kind, dem Sohn liberaler amerikanischer Eltern, die ihn dazu anhalten, mit mir zu spielen, ist die russische Sprache mein Freund. Sie umgibt mich schützend. Sie weiß Dinge, von denen die lauten Blagen um mich herum, die lachend mit dem Finger auf mich zeigen, wenn ich meine slawischen Zischlaute von mir gebe, keinen Schimmer haben. Sie passt zu mir, so wie der grüngraue Stein von Schloss Woronzow auf der Krim, wo wir immer unsere Sommerferien verbracht haben, zu den umliegenden Bergen und Wäldern passt. Sie weiß, wie es sich anfühlt, wenn dich der Zollbeamte am Flughafen Pulkowo in Leningrad durchsucht, dir die Mütze vom Kopf reißt und sie nach geschmuggelten Diamanten abtastet. Sie weiß: 1934 ENTWICKELN SOWJETISCHE WISSENSCHAFTLER DIE ERSTE KETTENREAKTIONSTHEORIE.

Einige Lehrer versuchen einzuschreiten. Sie raten mir, auf meinen riesigen Pelzmantel zu verzichten. Mir die zerzausten, buschigen Haare trimmen zu lassen. Keine Selbstgespräche auf Russisch zu führen. Eben einfach etwas *normaler* zu sein. Man ermutigt mich, mit dem Liberalen-Sohn zu spielen, einem sanften, gut gefütterten Kerl, der sich in der Wildnis des östlichen Queens offenbar verloren fühlt. Wir gehen in eine Pizzeria, ich stopfe mir ein Stück Pizza in den Mund, und ein langes klebriges Stück Mozzarellakäse bleibt mir in der Kehle stecken. Mit allen Fingern gleichzeitig versuche ich, den Käse herauszuziehen. Ich kriege keine Luft. Ich fuchtele mit den Armen. Werde panisch. Muhe unsere Begleitperson, eine anmutige amerikanische Mama, mit einem unverständlichen *Pomogite!* an. Hilfe! Ich bin in einer Welt aus billigem Endlos-Käse gefangen. Vor meinem geistigen Auge sehe ich einen neuen Anschlag in der Leningrader Metro: 1979 – ERSTES SOWJETISCHES KIND ERSTICKT AN KAPITALISTENPIZZA. Als alles vorbei ist, sitze ich zitternd da, die Hände von Speichel und wiedergekäutem Mozzarella überzogen. So kann man doch nicht leben.

Ich tue mich schwer mit anderen. In Leningrad war ich zu kränklich, um in die Vorschule zu gehen. Meine Mutter gab Musikunterricht in einem Kindergarten und nahm mich manchmal mit, wenn meine Großmütter nicht auf mich aufpassen konnten. Dann stellte ich mich vor die Gruppe, vor all die hübschen slawischen Mädchen mit ihren weißen Schleifen und die Xylophone, die feierlich unter dem unvermeidlichen Lenin-Porträt aufgereiht waren, und verkündete in meiner wichtigtuerischen Einzelkindstimme: «Ich habe euch etwas zu sagen! Ich werde heute an keiner Aktivität teilnehmen. Ich werde nur dasitzen und zugucken.»

Doch in der jüdischen Schule schäme ich mich zu sehr,

um auch nur einen Mucks von mir zu geben – wenn ich mich nicht gerade an einer Pizza verschlucke.

Bis auf ein Mal. Wir sitzen im Schulbus, der die Kinder von der jüdischen Schule nach Hause bringt, und bevor er die schickeren Viertel wie Forest Hills anfährt, kommen wir an unserem fünfstöckigen Wohnhaus vorbei. «Da!», rufe ich. «Da drübin! Kuckt! Das iest mein Haus!»

Zum ersten Mal bin ich nicht der Spinner am Mittagstisch, niemand lacht über mich oder zeigt mir einen Vogel. «Das da drüben ist euer Haus?», rufen die anderen. *«Das ist dein Haus? Da* wohnst du? Ihr seid ja stinkreich! Warum musst du dann mein Green-Lantern-T-Shirt aus dem Sommerlager tragen?»

Erst als ich aussteige, kapiere ich. Die Kinder denken, das ganze Gebäude, mit allen fünfzig Wohnungen, gehört uns ganz allein.

In der engen Küche unserer «Villa» fliegen die Fetzen zwischen meinem Vater, meiner Mutter und meinem sturzbesoffenen Stiefgroßvater Ilja. Manche Familienstreitereien nehme ich nur noch als Farben wahr – ich sehe ein stechendes Gelbgrün, sobald ein älterer kahlköpfiger Mann die Fäuste ballt. Niemand flucht so schrecklich und laut wie Stiefgroßvater Ilja. Heute Abend scheren sich alle zum Schwanz, und jedermanns Mutter wird gefickt.

Ich lasse mich auf mein neues Feldbett plumpsen, das zwei junge Juden aus der Nachbarschaft mit den klangvollen Namen Michael und Zev gespendet haben. Aufgrund ihrer Großherzigkeit erscheinen sie mir wie eine Reinkarnation der Frau am Wiener Flughafen, die mir die Mozartkugel in dem wertvollen Einwickelpapier geschenkt hat. An unserem Esstisch erheben die Demokraten Michael und Zev ihre demokratischen Stimmen, und mein Vater pariert in seinem abenteuerlichen Republikanerenglisch – unsere neuen Freunde unterstützen den scheidenden Erdnussfarmer aus Georgia im Weißen Haus, während mein Vater Feuer und Flamme für den kalifornischen Schauspieler ist; am Ende beruhigt immer ein Geschenk die Gemüter, eine Süßigkeit für mich (Milky Way!), die ich aber wegen meines Asthmas leider nicht essen darf, oder etwas Nützliches, was uns noch fehlt, Kleiderbügel oder ein Dampfbügeleisen. Unser Mobiliar wird durch ein Sofa aus der nahen Müllkippe komplettiert, und Bettlakenbündel dienen uns als Kissen.

Wenn mich die jüdische Schule traurig macht, tröste ich mich mit meinem sowjetischen Atlas und einem Eastern-Air-Lines-Spielzeugflieger, den meine Mutter für einen halben Dollar auf der Fourteenth Street erstanden hat, dem Boulevard der Billigträume im fernen Manhattan. Mit Hilfe meines Atlas ermittle ich die Flugzeit nach Rom, dann nach Wien, von da aus nach Ostberlin und zurück nach Leningrad. Ich präge mir die Koordinaten der wichtigsten Flughäfen ein. Der Jet flitzt über die Startbahn unserer vollgestopften Wohnung, dann sitze ich mit dem Flugzeug in der Hand die achteinhalb Stunden, die es nach Rom braucht, da und summe die Motorengeräusche vor mich hin: *«Schhhh … Mmmmmmm … Schhhh … Mmmmmmm …»* Schließlich lasse ich das Flugzeug auf dem grünen Feldbett (alias Leonardo da Vinci Airport) landen, und am nächsten Tag geht die Reise weiter nach Leningrad.

Sowjetische Flüchtlinge verwenden den Begriff «Zwangsstörung» nicht leichtfertig. Ich weiß damals nur, dass mein Plastikflugzeug den Boden *niemals* berühren darf, bevor es Zeit ist zu landen, sonst müssen alle Passagiere an Bord inklusive meiner ganzen Familie sterben. Wenn mein Asthma aufwallt und ich nicht länger *Schhhh* und *Mmmmmmm* machen kann, hänge ich das Flugzeug an einer Schnur ans Bett, sodass es genau genommen immer noch in der Luft ist, bleibe, brav, wie ich bin, daneben sitzen und betrachte es, während um mich herum das Familienleben abhebt und zerschellt.

Meine Reisen werden komplizierter. Ich fliege über Paris, Amsterdam, Helsinki zurück nach Leningrad. Dann geht es über London, Amsterdam, Warschau und Moskau nach Leningrad. Tokio und Wladiwostok. Ich entwickle mich zu einem Experten für Flugzeiten und die Namen wichtiger Weltstädte.

Ungefähr zur selben Zeit beginnt für meinen Vater eine schwierige spirituelle Suche. Zwei Häuserblocks von uns entfernt hat er eine orthodoxe Synagoge entdeckt. Eine richtige Kippa hat er nicht, aber eine bunte Baseballkappe mit einem Seebarsch drauf. Eines Sabbats beschließt er, die Schul zu besuchen, und setzt sich hinten in eine Bank. Zunächst halten ihn die Betenden für «einen betrunkenen Spanischer von der Straße». Dann begreifen sie, dass er einer der mythischen russischen Juden ist, über die das Fernsehen berichtet, ein lang verschollener Glaubensgenosse, und sie überschütten ihn mit reiner Liebe. Einer von ihnen, Anhänger des ultranationalistischen Rabbis Kahane, schenkt meinem Vater zehn Dollar. Am Sabbat sind Geldgeschäfte zwar verboten, aber dafür zu sorgen, dass ein anderer Jude zu essen hat, geht vor. Kaum verdient mein Vater auf seiner ersten Stelle ein bisschen Geld, spendet er zweihundert Dollar an die Kach-Bewegung, Rabbi Kahanes in Israel bald verbotene Organisation, deren Hauptanliegen darin besteht, die Araber ins Meer zu treiben. Als wir uns später eine Wohnung kaufen wollen, wird uns ein anderes Gemeindemitglied, zufällig unser Briefträger, ohne mit der Wimper zu zucken vierhundert Dollar für die Anzahlung leihen. Ich nehme an, das meinen die Leute mit «Gemeinschaft».*

Am Sabbat darauf – und von da an fast jeden Freitag – bringt mich mein Vater in das kleine gelbe «Young Israel»-Gebäude, wo ich mich inmitten der ärmlich gekleideten, aber freundlichen Männer vor- und zurückwiege (die Frauen schickt man auf eine Empore über uns). Sie scheinen mich zu akzeptieren und halten mich nicht für verrückt, wenn mir etwas auf Russisch rausrutscht oder ich die englische mit meiner Muttersprache vermische.

Als die Gemeindemitglieder von Young Israel erfahren, dass meine Mutter in Russland Klavierlehrerin war und mein Vater in der Oper gesungen hat, bitten sie unsere Familie, ein Konzert für sie zu geben. Nach Monaten der Anonymität in einem fremden Land hallt der Bass meines Vaters durch den überfüllten kleinen Raum, und meine Mutter begleitet ihn am Klavier. Papa singt erwartungsgemäß Schaljapins Lied «Otschi tschornyje» (Schwarze Augen) und den jiddischen Standard «Ojfn Pripetschik» («Lernt, Kinder, habt keine Angst/Aller Anfang ist schwer»).

Meine Heldentaten mit dem Atlas und den Neunstundenflügen nach Helsinki sind nicht unbemerkt geblieben. Und so kommt es, dass *ich* als Schlussakt auftrete – der siebenjährige Flüchtlingsjunge, der die Namen aller Weltstädte kennt! Die Anwesenden rufen: «Belgien!», «Japan!», «Uruguay!», «Indonesien!» Aufgeregt, aber freudig nenne ich die Hauptstädte der ersten vier Länder richtig, scheitere aber am Tschad. So kosmopolitisch meine Reisen auch sind, nach N'Djamena habe ich meinen Plastik-Eastern-Air-Lines-Jet

* Das US-Außenministerium wird die Kach kurz darauf als Terrororganisation einstufen, und Rabbi Kahane kommt 1990 bei einem Attentat in New York ums Leben.

noch nie fliegen lassen. Trotz der Blamage belohnt uns die Gemeinde mit zweihundertfünfzig Dollar für unseren Auftritt, die wir in ein Harvé-Benard-Businesskostüm, Größe 36, investieren. Gerade rechtzeitig, so kann sich meine zarte Mutter für ihr erstes Vorstellungsgespräch als Schreibkraft erfolgreich in Schale werfen.

Die Young-Israel-Gemeindemitglieder schlagen vor, mich auf die Solomon Schechter School zu schicken, eine konservative jüdische Tagesschule auf einem tristen Straßenabschnitt am nahen Parsons Boulevard. Mein Vater will unbedingt praktizierender Jude sein. Meine halbjüdische Mutter betet manchmal auf christliche Art – die Handflächen aneinandergelegt – zum Gott der Guten Gesundheit und Steten Lohnerhöhung bei der Uhrenfabrik in Queens, wo sie sich jetzt abrackert, und jubelt, wenn ihr Chef lieber ein Eis ausgibt, anstatt die Klimaanlage anzuwerfen.

Es gibt zwar auch gute staatliche Schulen in Queens, aber wir haben Angst vor den Schwarzen. Wenn zwei sowjetische Immigranten um 1979 in Queens oder Brooklyn die Köpfe zusammenstecken, kommen spätestens im dritten Satz die *schwartzes* oder «die Spanischer mit ihren Transistorradios» zur Sprache, nachdem man sich über Igorleins oder Mischaleins Asthmaspray ausgetauscht hat. Man muss genau hinhören bei diesen Gesprächen. Da gibt es Hass und Angst, klar, aber gleich darunter sitzen Lachen und Erleichterung. Die köstliche Erkenntnis, dass es, so arbeits- und planlos wir auch sein mögen, in unserem neuen Heimatland andere, *noch* Verabscheuungswürdigere gibt. Wir sind Flüchtlinge und noch dazu Juden, was uns schon in der Sowjetunion keinerlei Sympathien beschert hat. Aber wir sind auch, was wir zu Hause gar nicht zu schätzen wussten: weiß.

In den grünen Vierteln von Kew Gardens und Forest Hills fällt der Hass auf Schwarze und Hispanoamerikaner besonders auf, weil es dort praktisch keine Schwarzen oder Hispanos gibt. Die einzige «kriminelle» Handlung, die meine Mutter auf der Union Turnpike je erlebt hat: Ein weißer Riesenkerl hält in seinem Cabrio vor ihr, holt seinen Penis raus und ruft: «Hey Baby, ich hab den Größten!»

Aber jeder weiß, was er tun muss, wenn er einem Schwarzen begegnet: abhauen.

Denn die wollen uns in unseren *echt polnischen* Lederjacken doch nur nach Strich und Faden vergewaltigen. Und wisst ihr, was «die Spanischer mit ihren Transistorradios» außer den Transitorradios noch mit sich rumschleppen? Klappmesser. Und wenn sie auf der Straße einen siebenjährigen russischen Jungen mit seinem Asthmaspray sehen, kommen sie und schneiden ihn in Stücke. *Prosto tak*. Einfach so. Deshalb: Lass deinen siebenjährigen Jungen nie allein auf die Straße! (Bis ich dreizehn bin, muss ich meine Großmutter tatsächlich *an der Hand halten*, wenn wir eine ruhige Straße im friedlichen Forest Hills entlanggehen. Ihr Blick scannt alles im Umkreis von hundert Metern, und sie wird sich schützend über mich werfen, wenn eine Bestie mit Klappmesser uns zu nah kommt.)

Oh, und kaum hast du genug Geld für einen Zenith-Fernseher mit Space-Commander-Fernbedienung zusammengekratzt, kommt garantiert ein muskelbepackter Schwarzer vorbei, schwingt ihn sich auf die Schulter und haut damit ab. Und ein Spanischer läuft mit seinem Transitorradio hinter dem Schwarzen her und spielt dabei seine *cucaracha*-Musik. Einer von beiden sackt vorher natürlich noch deine Space Commander ein, und dann hast du wirklich gar nichts mehr.

Ergo: Wir bleiben sicherheitshalber unter uns.

Ergo: die Solomon Schechter School of Queens.

Oder *Solomonka*, wie wir Russen sie nennen.

Nur: auf der *Solomonka* wird man mich erst recht erledigen.

Ich kann nicht sprechen Englisch so gut – deshalb werde ich eine Klasse zurückgestuft. Statt in die zweite steckt man mich in die erste. Von da an bin ich bis zum Abschlussjahr auf dem College immer von Jungen und Mädchen umgeben, die ein Jahr jünger sind als ich. Und die besonders Schlauen sind sogar zwei Jahre jünger. Auf den alljährlichen Klassenfotos sieht man mich schrumpfen – aus der obersten Reihe mit den größten Kindern nach und nach in die unterste Reihe, denn je älter ich werde, desto kleiner werde ich, relativ gesehen.

Wie kann ich bloß so dumm sein (und so klein)? Bin ich nicht der Junge, der den Unterschied zwischen den Allegorien des Tags und der Nacht in der Medici-Kapelle kennt? Bin ich nicht der Autor von *Lenin und seine magische Gans*, einem literarischen Meisterwerk des sozialistischen Realismus, das ich schrieb, noch bevor ich richtig *kaka* auf dem Klo machen konnte? Kenne nicht ich die Hauptstädte der meisten Länder, vom Tschad mal abgesehen? Doch hier beginnt, mit sieben, mein steter Niedergang: Erst durch die Wunder der jüdischen Schule, dann durch die Kanäle des amerikanischen Fernsehens und der Popkultur und schließlich die Ein-Meter-Bong auf dem Oberlin College hinunter (oder besser: *hinauf*). Meine kindliche Intelligenz und Geistesschärfe schwinden Schritt für Schritt, Schule für Schule. Natürliches Staunen, bereitwilliges Schluchzen über einem Medaillon der Madonna del Granduca, ohne zu wissen, warum, werden abgelöst von Überlebenskampf und Wissenmüssen. Zu überleben bedeutet, die Liebe zum Schönen durch die Liebe zum *Witzigen* zu ersetzen – Humor als letzter Zufluchtsort des bedrängten Juden. Besonders dann, wenn man ihn mit seinesgleichen zusammensteckt.

SSSQ schreibe ich in den kommenden acht Jahren sorgsam oben rechts auf jedes Schulheft. Solomon Schechter School of Queens. Die Abkürzung hat sich in mein Gehirn eingebrannt, SSSQ. Die *S* sind so betrunken wie mein Stiefgroßvater Ilja und purzeln übereinander; das *Q* ist ein *O*, dem man ein Messer in den Unterleib gerammt hat. Oft vergesse ich das *Q* auch ganz, und übrig bleibt nur ein fast faschistisches SSS. Jeder Lehrer notiert beflissen, ich müsse an meiner «Schreibkunst» arbeiten, meiner *penmanship*. Mit *pen* kann ich was anfangen, ich spiele ja am liebsten mit einem Kugelschreiber. Ein *man* ist einer wie mein Vater – stark genug, um eine gebrauchte amerikanische Klimaanlage zu tragen, die er für hundert Dollar erstanden hat. *Ship* ist so was wie die *Aurora*, die in Leningrad angelegt und den schicksalhaften Schuss abgesetzt hat, mit dem die Oktoberrevolution begann. Aber *pen-man-ship*? Was soll das sein?

SSSQ ist meine Welt. Die Flure, Treppenhäuser und Klassenzimmer sind klein, aber das sind wir auch. Vierhundert Kinder, vom Kindergartenalter bis zur achten Klasse, marschieren in zwei Reihen, Jungen und Mädchen, nach Größen geordnet. Es gibt eine Hebräischlehrerin, Mrs. R, mittleren Alters und mit riesigen Eulenbrillengläsern. Sie will uns zum Lachen bringen. Wenn sie vor uns her durch die Schule geht, macht sie aus ihren Händen eine kleine Flöte, durch die sie singt: «Tru-lu-lu-lu.» Sie muss aber nicht nur verängstigte Kinder aufheitern, sondern auch prüfen, ob jeder Junge sein Gebetskäppchen trägt. Die ersten – und fast letzten – hebräischen Worte, die ich lerne: *Eifo ha-kippah schelcha?* (Wo ist deine Kippa?) Das ist der schöne Teil des Tages – von Mrs. R zum Klassenzimmer gebracht zu werden. Aber dann, im Unterricht bei Mrs. A–Q und Mrs. S–Z, ist es nicht mehr schön. Denn ich weiß nicht, was ich tue. Ich verliere nicht nur die Schere, den Kleber, die Buntstifte, die Kippa und das Hemd (mit dem aufgestickten Mann auf einem Pferd, der einen Schläger schwingt – ein *Polo*hemd, wie ich viel zu spät erfahre), sondern ich gehe auch selbst verloren. Dauernd lande ich im falschen Klassenzimmer, worüber sich alle halb totlachen, stehe dort mit offenen Schnürsenkeln und offenem Mund, sehe mich suchend um, während Mrs. A–Q oder Mrs. S–Z den Raum verlässt, um Mrs. R zu holen. Dann steht Mrs. R mit mir auf dem Flur und fragt mit ihrem leicht israelischen Akzent: «*Nu?* Was ist passiert?» «Ich», sage ich. Das ist so ziemlich alles, was ich sagen kann: «ich». Also bückt sie sich, um mir die Schnürsenkel zuzubinden, und wir glauben beide, dass es damit ausgestanden ist. Dann bringt sie mich in den richtigen Raum, die vertrauten Gesichter meiner Mitschüler verziehen sich zum nächsten Lachanfall, und die neue Mrs. A–Z (aber nicht R) ruft das Wort, das der offizielle Wahlspruch der Solomon Schechter School ist: *Scheket*! Ruhe! Oder, etwas flehender: *Scheket bewakascha*! «Ruhe *bitte*!» Dann herrscht wieder das gewohnte Chaos – die Schüler können nicht still sein, die Lehrer können nicht unterrichten, und mir knallt die zweite Sprache, die ich nicht beherrsche und die nicht einmal auf Honeycomb-Packungen auftaucht – Hebräisch –, wie eine Kokosnuss auf den Kopf. Ich sitze da und keuche dem nächsten Asthmaanfall entgegen, der aber erst am Wochenende richtig ausbricht, und frage mich, was wohl als Nächstes passiert, während sich wie von Zauberhand meine Schnürsenkel lösen, und dann ist Pause, und Mrs. R führt uns mit ihrem lieblichen Tru-lu-lu durch die Schulflure, entlang an den Wänden mit Karten von Israel, die gezeichnet wurden, lange bevor der «*farkakte* Carter», wie meine Eltern ihn nennen, mit seinem Camp-David-Abkommen Ägypten die Sinai-Halbinsel überlassen hat, vorbei an den Zetteln, auf denen sich Kinder mit leuchtenden Filzstiften bedanken – bei dem, der über uns wacht, der so besonders ist, dass man seinen Namen nicht ganz ausschreiben darf, der, den sie G-tt nennen oder manchmal, um noch größere Verwirrung zu stiften, Adonai. So wie in *Schma Jisrael, Adonai Eloheinu, Adonai Echad.*

Pause. Auf dem Schulhof unter einem Schild mit der Aufschrift VULKAN GUMMI (beide Wörter werden für mich noch bedeutsam; das erste in meinen Teenagerjahren, das zweite leider erst in meinen Zwanzigern) hüpfen die Mädchen Himmel-und-Hölle, die Jungen laufen lärmend durch die Gegend, und ich sitze am Rand und beschäftige mich mit einem Marienkäfer, wenn es warm ist, wenn nicht, mit meinen Fäustlingen – oder meinen kalten Fingern, falls ich die Fäustlinge an dem Tag schon verloren habe. Ich kann mir die Namen der Jungen und Mädchen immer noch nicht merken. Es sind einfach zu viele vom *Am Jisrael*, vom Volk Israel; die dunkleren, aggressiveren Schüler kommen aus Israel, die helleren, fröhlicheren aus Great Neck. Da kommt der Junge mit den liberalen Eltern, die mich zu sich nach Hause holen, damit ich mit ihm spielen kann, aus eigenem Antrieb auf mich zu. Mir fehlen die Worte, um sein Haus in Kew Gardens zu beschreiben. Zunächst mal ist das ganze Gebäude *seins*, und davor ist Rasen, und dahinter ist Rasen und an den Seiten auch, und es gibt Bäume, die ihm gehören, die sein persönliches Eigentum sind und die er einfach fällen könnte, wenn er wollte, ohne dass man ihn deswegen in ein Arbeitslager schickt. Und was für Spiele es in dem Haus gibt! Brettspiele, bei denen man vier Bahnhöfe und ganze Straßenzüge kaufen kann, und «Actionfiguren» von *Star Wars*, was mir nichts sagt. Irgendein freundlicher Mensch hat mir eine *Star-Wars*-Figur geschenkt – einen großen, stark behaarten Affen, der einen weißen Patronengurt quer über dem Körper trägt und grimmig guckt. Manchmal, wenn ich mich besonders allein fühle, hole ich ihn heraus, und dann schreien die anderen Kinder: «Chewie!» Ich schätze, so heißt der Affe. Dann lachen sie, weil dem Affen der halbe rechte Arm fehlt, sodass man sein schwarzes Gewehr mit dem Bogenaufsatz nicht reinstecken kann. Mein Affe ist also einerseits gut und andererseits nicht gut, weil er kaputt ist. Und dann habe ich noch meinen Kugelschreiber, der *klick* macht, aber für den interessiert sich niemand.

Jedenfalls kommt der Liberalen-Sohn in der Pause auf dem Schulhof zu mir und sagt: «Gary, willst du Flugzeuge spielen?» Zuerst dreh ich mich um, denn *ich* werde wohl kaum gemeint sein, und wer ist überhaupt dieser Gary? Doch dann fällt es mir wieder ein: Das bin ich. Auf einer Familienkonferenz hatten wir uns über meinen Namen Gedanken gemacht – Igor, so heißt Frankensteins Gehilfe, und ich habe weiß Gott schon genug Probleme. Also haben wir mit dem I, G, O und R herumgespielt. Heraus kamen GIRO (toller Name fürs letzte Jahrzehnt des zwanzigsten Jahrhunderts), ROGI (perfekt fürs erste des einundzwanzigsten Jahrhunderts) und GORI. Ganz hübsch, so heißt Stalins Geburtsstadt in Georgien, aber noch nicht perfekt. Da gab's doch diesen Schauspieler, Cooper – wie hieß der noch gleich mit Vornamen? Zwei Vokale werden gegen zwei andere getauscht, und schon bin ich: GARY.

«Ja, ich will Flugzeuge spielen», sage ich. Besser gesagt, schreie ich: «Ich will Flugzeuge spielen!» Ach, warum schamhaft untertreiben? «ICH WILL FLUGZEUGE SPIELEN!» Denn das ist meine Chance, Freunde zu finden. «Nach Jakarta», brülle ich, «du fliegst Gonolulu, Gawaii* oder Guam, Pause kurz, tun Benzol in Flügel, dann Tokio, Stopp Jakarta.»

* Im Russischen wird H oft als G wiedergegeben, daher die berühmte Universität Garvard in Massachusetts oder meine zukünftige Alma Mater, das minimal weniger berühmte Oberlin College in Ogio.

Die Kinder gucken mich mit durchdringender amerikanischer Gleichgültigkeit oder mit brennendem israelischen Zorn an, die stumme Botschaft lautet *scheket bewakascha* oder vielleicht auch nur *scheket.* Jedenfalls: *Halt die Klappe, du bescheuerter Spinner.*

Das Flugzeug-Spiel ist ebenso komplex wie jede andere Interaktion auf der SSSQ. Die Jungen rennen mit ausgestreckten Armen herum und machen «SSSUUUUUUUUUUU», und dann bringen sie sich mit ihren Armen gegenseitig zum Abstürzen. Ich schaffe es nicht bis nach Jakarta. Ich schaffe es nicht einmal bis zum nahegelegenen Flughafen von Philadelphia auf 39°52'19" N, 75°14'28". Jemand haut mir auf den Kopf, ich stürze ab, und alle Passagiere sind tot.

Im Kino auf der Main Street läuft ein französischer Film, und mein Vater ist ganz aufgeregt, weil es bestimmt etwas sehr Kultiviertes ist. Der Film heißt *Emmanuelle: Die Schule der Lust.* Interessant zu sehen, worauf die Französinnen mit ihrem exquisiten kulturellen Erbe («Balzac, Renoir, Pissarro, Voltaire», singt mir mein Vater auf dem Weg zum Kino vor) wohl so alles Lust haben. Die nächsten dreiundachtzig Minuten umklammert Papas haarige Hand meine Augen, und ich widme mich der Herkulesaufgabe, der Umklammerung zu entkommen. Die weniger freizügigen Teile von *Emmanuelle* spielen in einem Bordell in Hongkong oder einem Mädcheninternat in Macao, alles andere spielt sich weiter unten ab. Den immensen Bemühungen meines Vaters zum Trotz sehe ich an diesem Tag ungefähr sieben Vaginas auf der Großleinwand, die letzten sieben für sehr lange Zeit. Natürlich müssen wir die Sache bis zum Schluss aussitzen, schließlich haben wir Eintritt bezahlt. Dazu kommt, dass einer der männlichen

Darsteller, ein Funker, auf den Namen Igor hört («OH, Igor, OUI!»), meinen früheren Namen.

Sprachlos und benommen trotten mein Vater und ich nach Hause. «Nu?», fragt meine Mutter.

Darauf zunächst nur Schweigen, uncharakteristisches Schweigen.

«Nu?»

«Alle drei Minuten gab's eine Liebesszene!», brüllt mein Vater. «Die haben's von allen Seiten getrieben! Erst so rum … und dann so … Und dann haben sie sie umgedreht und –» Ich hoffe, meine Eltern haben die vier Dollar zusammenkratzen und sich den Film noch einmal zusammen ansehen können, und als treue Fans auch die Fortsetzungen – *Emmanuelles Parfüm* (1992), *Emmanuelle in Venedig* (1993) und schließlich das Science-Fiction-Finale im amerikanischen Kabelfernsehen: *Emmanuelle in Space* (1994). Das haben sie sich redlich verdient, die schwer schuftenden Immigranten.

Ich weiß nicht recht, was ich mit dem Wissen anfangen soll, das Emmanuelles liebevolle französische (in Wahrheit holländische) Hände mir vermittelt haben. Ich bin ein kleiner Junge. Immerhin weiß ich jetzt, dass es da etwas gibt, etwas Haariges zwischen den Beinen. Zwischen meinen eigenen zwar noch nicht, aber zwischen den Beinen der anderen.

In der SSSQ finde ich ein Buch auf Englisch über Harriet Tubman, eine ehemalige Sklavin, die Dutzende Afroamerikaner aus einem entsetzlichen Ort namens Maryland gerettet hat. Vielleicht hielt die Bibliothekarin der jüdischen Schule Tubman für eine Jüdin (ihr Codename war Moses).

Das Buch ist schwierig, weil es auf Englisch ist, aber es gibt mehrere aufregende Bilder von Tubman und ihren geretteten

Sklaven, die durch das entsetzliche Maryland nach Kanada laufen. Und ich werde so schrecklich wütend auf die Sklaverei, auf diese grauenhafte Sache, so wütend wie die Leute um mich herum auf die Schwarzen sind, so wütend, dass der neue Präsident Ronald Reagan ihnen «einen Nackenklatscher geben» will, wie wir gehört haben. Während ich auf meiner Armeepritsche liege, Emmanuelle im Hinterkopf, Harriet Tubman vor mir, erschaffe ich mir einen imaginären Freund, einen schwarzen Jungen oder ein schwarzes Mädchen, der oder die gerade aus Maryland geflohen ist. Noch bin ich, was das Geschlecht angeht, ökumenisch eingestellt, also liegt mein neuer Freund/meine neue Freundin neben mir, hat die Arme um mich gelegt und ich meine um ihn/sie, während ich ein ums andere Mal etwas wiederhole, das ich auf der Straße aufgeschnappt habe: «Es wird alles wieder gut, Sally, versprochen.»

Die schnellste Möglichkeit, nach N'Djamena im Tschad zu fliegen, ist über das Air-France-Drehkreuz in Paris. Unter optimalen Bedingungen schafft man es in sechzehn Stunden und fünfunddreißig Minuten. Ich bin immer noch unterwegs.

9. Agoof

Wir spielen das russische Kartenspiel «Durak», Idiot. Am Ende muss man alle Karten abgelegt haben, sonst ist man der «Idiot». Auf dem Foto hat mein Vater die besseren Karten.

Im nächsten Jahr bekomme ich das Geschenk, von dem jeder Junge träumt. Eine Beschneidung.

Auf der Solomon Schechter hat man mir schon einen angemessen aufopferungsvollen jüdischen Namen verpasst: Yitzhak, oder Isaak. Im Coney Island Hospital werden die Messer gewetzt, im angrenzenden Raum *dawnen* orthodoxe Männer einen Segensspruch, man stülpt mir eine Betäubungsmaske aufs Gesicht (ideal für einen asthmatischen Jungen mit Angststörung), und dann weichen die Wände des öffentlichen Krankenhauses – grün auf grün auf grün auf grün – einem Traum, in dem die Männer mit den schwarzen Hüten die gleichen entsetzlichen Sachen mit mir anstellen, die Emmanuelle deutlich liebevoller in einem Bordell in Hongkong erlebt hat.

Und dann der Schmerz.

Mama, Papa, wo seid ihr?

Und dann die Schichten aus Schmerz.

Mama, Papa, Hilfe.

Und dann die Schichten aus Schmerz und Schmach.

Meine Mutter hat ein Loch in meine Unterhose geschnitten, damit mein kaputter Penis das Polyester nicht berühren muss. Man hat mich aus meinem Feldbett ins Ehebett meiner Eltern verlagert. Dort liege ich, das ruinierte Genital der Welt schutzlos preisgegeben, und zu meinem Entsetzen kriege ich auch noch Besuch – die gesamte Verwandtschaft kommt vorbei, um das schreckliche Ding zwischen meinen Beinen zu betrachten. «*Nu*, wie fühlst du dich?», fragen sie wölfisch.

«*Bolno*», sage ich. Es tut weh.

«*Sato jewrejtschik!*», rufen sie anerkennend. Jetzt bist du ein Jude!

Ich errichte mit meinem Buch – *All Rome* – ein schützendes Zelt über mir. Seitdem ich wieder zu Hause bin, starre ich auf ein Ölgemälde von Pietro da Cortona, den *Raub der Sabinerinnen*. Die Frauen werden entführt, von römischen Männern der ersten Generation, zu ihren Füßen schluchzen ihre Kinder, ihre Brüste sind à la *Emmanuelle* teilweise entblößt. Und die Männer mit ihren Tuniken und Helmen sind so stark und dunkelhäutig wie mein Vater. Und ich bin so blass und hilflos wie –

Ich will damit nicht sagen, was ich zu sagen scheine. Nur, dass sich der Kreis hier schließt. Der russische Stinkbär, der zweitmeistgehasste Junge aus der ersten, bald zweiten Klasse auf der jüdischen Schule (zum *meist*gehassten Jungen komme ich noch), liegt mit entblößtem Gemächt im Bett seiner Eltern und spürt wieder und wieder den rasiermesserscharfen Schmerz in seinem Penis. (Muss ich erwähnen, dass die *Behandlung* in dem öffentlichen Krankenhaus nicht gut lief?) In meiner nahen Zukunft werde ich in Horrorfilmen viele Kreaturen sehen, von denen Ridley Scotts skorpionartige Wesen aus *Alien* optisch die gelungensten sind, aber *dieses* barocke Chiaroscuro aus getrocknetem Blut und Fäden bleibt unübertroffen. Bis heute zucke ich beim Anblick einer blanken Rasierklinge zusammen. Ich weiß, was sie einem achtjährigen Jungen antun kann.

Wir haben alles getan, was sein musste, seit wir hergekommen sind. Meine Mutter hat in einer überhitzten Uhrenfabrik in Queens geackert, mein Vater hat mühsam Englisch gepaukt und sich die Programmiersprachen COBOL und Fortran angeeignet. In unserer Wohnung wimmelt es von IBM-Lochkarten aus den Computer-Unterrichtsstunden meines Vaters; ich begegne ihnen mit derselben Faszination wie meinen kostenlosen Honeycomb-Nummernschildern, staune über ihre frische, beige, amerikanische Beschaffenheit und über die Wörter und Sätze, die mein Vater auf ihnen notiert hat – Russisch auf einer Seite, Englisch auf der anderen. Ich erinnere mich an: «Industrie» *(promyschlennost)*, «Teekanne» *(tschainik)*, «Herzanfall» *(infarkt)*, «Symbolik» *(simwolism)*, «Pfand» *(saklad)* und «Farm» *(rantscho)*.

Aber wir sind nicht in dieses Land gekommen, um eines Tages ein *saklad* auf unsere *rantscho* zu nehmen, oder? Es ging nicht *nur* ums Geld. Wir sind hergekommen, um Juden zu sein, stimmt's? Zumindest mein Vater. Ich hatte keine eigenen Vorstellungen, war weder abgeneigt noch wild darauf. Jedenfalls ist es Zeit für *simwolism*. Deshalb hat man mich so brutal verstümmelt – damit ich bin wie die Kinder in der

Schule, die mich hassen, mehr, als man mich in meinem ganzen Leben hassen wird. Sie hassen mich, weil ich aus dem Land komme, das unser neuer Präsident bald das «Reich des Bösen» nennen und damit eine endlose Reihe von Filmen auslösen wird, die alle mit dem Wort «Rot» beginnen – *Die rote Flut, Rote Rennmaus, Roter Hamster.* «Kommi!», brüllen sie und schubsen mich fröhlich gegen eine weiche Wand der jüdischen Schule. «Russki!»

Aber euretwegen hat man mich da unten zerschnippelt!, will ich ihnen zurufen. *Ich habe meinen Lenin auf dem Moskauer Platz verlassen, nur für die Beschneidung. Ich bin Jude wie ihr, ist das nicht wichtiger, als wo ich geboren wurde? Warum teilt ihr euer klebriges Fruchtgummi nicht mit mir?*

Es ist schwer, die Entscheidungen zu hinterfragen, die meine Eltern während der langen seltsamen Einwanderungszeit getroffen haben, und angesichts der Umstände haben sie es, glaube ich, ganz gut gemacht. Aber gestattet, dass ich den Blick zur Decke unserer Zweizimmerwohnung in Kew Gardens lenke, wie ich es während meiner Asthmaanfälle oft getan habe, wenn ich meinem sauerstoffunterversorgten Körper zu entschweben meinte; lasst mich auf den Jungen hinunterblicken, dessen Spielfigur Chewie von *Star Wars* der rechte Arm fehlt und dessen anderes kleines Spielzeug so verstümmelt und verformt ist, dass in den kommenden zwei Jahren jedes Pinkeln zusammengebissene Zähne erfordert, und das von einem genitalgroßen Loch in seiner Unterhose umrahmt wird, und gestattet mir folgende bescheidene Frage: *WARUM, verdammtnochmal?*

Und ich kenne die Antwort meiner Eltern auf Fragen solchen Kalibers. Die einigermaßen vernünftige: «Wir wussten es halt nicht besser.»

Oder die leidvolle der Flüchtlinge, besonders meiner Mutter: «Man hat uns eben gesagt, wir sollten das tun.»

Oder die weniger vernünftige, wie sie mein Vater geben würde: «Aber du musst doch ein Mann sein.»

Das letzte Wort hat Jona Metzger, bis vor kurzem aschkenasischer Oberrabbiner in Israel: «Es ist ein Abzeichen, ein Abdruck auf dem Körper eines Juden.»

In der Schule versucht mein Penis, tapfer zu sein. Er kann niemandem erzählen, was passiert ist, sonst machen sich die anderen über seinen Besitzer lustig – Igor oder Gary oder wie auch immer. Aber wenn sie den Flüchtlingsjungen, früher bekannt als Igor, beim Anstehen in der Essensschlange mit dem Penis voran gegen die Wand schubsen … *autsch!*

Ich selbst versuche ebenfalls, Haltung zu bewahren. Ich verfasse meine ersten Lügen in der neuen Sprache.

GARY SHTEYNGART SSS [SOLOMON SCHECHTER SCHOOL]
31. April [leider hat der April nur dreißig Tage] 1981
Klasse 2c

Aufsatz: FRÜHLING

Der Frühling ist da Das Wetter ist warm und es regnet Vögel kommen von Süden und singen Lieder Im Frühling spiele ich mit meinen Freunden Kickball [Lüge] Ich fahre mit meinem Fahrrad [meistens eher nicht, denn durch den ganzen Stress ist mein Asthma wieder ausgebrochen] fröhlicher Frühling Und ich gehe angeln [mit meinem Vater, der stinkwütend wird, wenn ich den Köder nicht richtig am Haken festmache] Ich mag den Frühling [relativ betrachtet] Ich hasse den Winter [weil ich dann noch kränker bin als im Frühling].

Im Frühling spiele ich Baseball [Lüge, eine Zeichnung von mir, wie ich mit etwas Kettensägenartigem auf einen Ball eindresche] fahre Fahrrad [eine Zeichnung von mir auf einem Fahrrad und etwas, das meinem beschnittenen Penis ähnelt; ein geschwollenes drittes Bein] Friesbie [sic, Lüge, eine Zeichnung, auf der ich einem Jungen ein Frisbee an den Hals schleudere] Fußball [Lüge, auf einer anderen Zeichnung ruft mir ein Junge zu: «Wirf dass (sic) nicht so hoch!», und ich rufe zurück: «Warum ich sollte hören?»]

Oh, wer ist diese Sportskanone, frage ich euch? Dieser Typ mit den coolen Sprüchen, dieses Fußball- und Frisbee-Ass mit dem riesigen Freundeskreis, dessen Antworten locker und unbekümmert daherkommen: *Warum ich sollte hören?* Ein Jahr zurückgestuft, aber Englisch beherrscht er immer noch nicht, so viel ist sicher. In einem Aufsatz über sein geliebtes Italien liefert er eine prägnante Beschreibung des Kolosseums: *Hat kein Dach nicht mehr.* Als ihn der Schuldirektor in sein Büro zitiert, fragt er: «Ich hab getan was Schlechts?» «Nein, Süßer», beruhigen ihn die liebenswürdigen Sekretärinnen, «nein, nein, a *schejner ponim*», «hübsches Gesicht» auf Jiddisch. Sie drücken mir Tüten von Geschäften namens «Gimbels» und «Macy's» mit getragener Kleidung von ihren Kindern in die Hand, darunter weitere T-Shirt-Auftritte des Mannes, der sich in eine Fledermaus verwandelt, mit seinem jungen maskierten Schergen Robin. Als ich wieder oben in meinem Klassenzimmer stehe, die Kleidersäcke zu meinen Füßen, zischen mir die Kinder zu:

«Was hast'n da Schönes?»

«Paar Sachn.»

«Noch mehr T-Shirts? Oh, zeig mal!» Gelächter.

«Dassis für mein Mutter.»

Mrs. A–Z, nicht R: *«Scheket! Scheket bewakascha!»*

«*Dein* Mutter kauft bei Macy's ein?»

«Dassis für mein Mutter die Frauen mir haben gegeben unten.»

Wieder lachen alle, nur nicht der Liberalen-Sohn und ein weiterer Schüler: der Junge, den sie noch mehr hassen als mich.

Er heißt Jerry Himmelstein (nein, tut er nicht). Er kam in den USA als Sohn amerikanischer Eltern zur Welt, mit allen entsprechenden Rechten und Privilegien. Und doch: Er ist der meistgehasste Junge auf der Schechter. Ich muss ihn genau beobachten und gewisse Verhaltensweisen vermeiden, wenn ich meinen Rang als zweitmeistgehasster Schüler behalten will.

Es ist Sabbat, man hat einen der Jungen zum *Abba* (hebräisch: Vater) auserkoren, meistens einen sanften Isaak oder Yitzhak. (Jeder zweite Junge hier, mich mit eingeschlossen, bekommt den hebräischen Namen Yitzhak verpasst; uns fehlen nur die entsprechenden Abrahams, unsere Väter.) Ein Mädchen, eine ebenso sanfte Chava (Eva) ist die *Imma*, die Mutter. Mit lieblicher vorpubertärer Stimme singt sie vor den Kerzen: *«Baruch atah Adonai … le'hadlik ner schel Schabbat.»* Der Anblick des Challah-Hefezopfs und des sauersüßen Kedem-«Weins» sowie die Aussicht auf je zwei Hershey-Schokolädchen, die es am Ende des Rituals gibt, lässt uns das Wasser im Mund zusammenlaufen. Die israelischen Kinder im Hintergrund weihen uns in die Welt der Erwachsenen ein. *Zajin*, sagt einer von ihnen, greift sich in den Schritt und macht mit den Händen eine Challah-Form nach. *Kus*, sagt er und steckt die Finger in eine imaginäre Vagina (ich weiß, was das ist! Oh, Emmanuelle!), dann hält er sich drei oder vier Finger vor die Nase und riecht daran. *Mmmm … kussss.* Während Chava und Isaak schon die Kerzen, das Brot, den «Wein» und die Hershey-Küsschen für den Sabbat koscher machen, genießen wir Jungs in den hinteren Reihen immer noch mit entrücktem Gesichtsausdruck den Wohlgeruch an unseren Fingern, bis Jerry Himmelstein eine seiner Explosionen zum Besten gibt, und das hört sich ungefähr so an: AGOOF!

«Scheket!», schreit Mrs. A–Z. *«SCHEKET, JELADIM!!!»* Ruhe, Kinder!

«Das war Jerry! Das war Jerry!», petzen alle wie aus einem Mund.

«Jerry, schtok et-hapeh!» Halt den Mund!

Und alle lachen, sogar ich, denn dafür ist unser Jerry da.

Agoof ist Jerry Himmelsteins Schlachtruf und sein Identitätsmerkmal; es wird halb gesprochen und halb geniest, und es bedeutet: (1) Ich finde das witzig; (2) Ich bin verwirrt; (3) Ich weiß nicht, wo ich bin; (4) Ich will dazugehören; (5) Bitte hört auf, mich zu hauen; (6) Ich weiß noch nicht, wie ich das ausdrücken soll, weil ich acht Jahre alt bin, meine Familie in Schwierigkeiten steckt und mich die Welt, so wie sie jetzt konfiguriert ist, nicht wie einen Menschen behandelt, mir nicht all die Freiheiten zugesteht, die auf der Unabhängigkeitserklärung, die im Klassenzimmer der 2c an der Wand hängt, versprochen werden, und ich verstehe nicht, warum das so sein muss.

Bedeutet «Agoof» vielleicht auch: Ich hab's vermasselt? Ist es entschuldigend gemeint? Ich werd's nie erfahren.

Jerry Himmelsteins Hemdzipfel hängen vorn aus seiner Hose heraus wie zwei kleine Schwänze, während ich normalerweise nur einen habe. «Jerry!», ruft Mrs. A–Z und deutet darauf. *«Agoof!»* Jerry Himmelsteins Schnürsenkel stehen offen, genau wie meine, aber beim nervösen Zappeln seiner kleinen Jerry-Beine im Unterricht schleudert er manchmal versehentlich einen Schuh in die Höhe und erwischt damit jemanden am Kopf, der – wenn es ein Junge ist – Jerry dafür postwendend in den Bauch boxt. *«Agoof!»* Jerrys braune Haare hängen ihm am Kopf, als hätte ein Italiener eine Schüssel seines Lieblingsgerichts darüber ausgekippt, und seine Zähne leuchten eigelbfarben. Auf der Suche nach potenziellen Feinden schießt sein Blick hin und her. Wenn er im ultimativen *Agoof*-Störmodus ist, überzieht ein Netz aus Spuckefäden sein Gesicht. Das geschieht gewöhnlich auf einer Geburtstagsparty, sagen wir mal: auf seiner eigenen. Eine SSSQ-Schülerin teilt ihm auf die eine oder andere Weise mit, dass er kein Mensch ist. *Agoof!* Dann schubst ihn ein Junge in den Dreck oder zerquetscht die Überreste einer Carvel-Cookie-Puss-Eistorte auf Jerrys Spaghetti-Kopf. *Agoof!* Bei der Auswahl der Spieler für Wiffleball-Mannschaften werde ich als Vorletzter, er als Letzter gewählt. *Agoof!* Und anstatt mit dem Wiffle-Schläger den Wiffle-Ball zu schlagen, brät er sich damit selbst eins über, wälzt sich auf der «Home Plate» und hält sich das Kinn. *Agoooooof!* Und dann kommt ein anderes Mädchen mit einer OSHKOSH-Latzhose – oder später: mit einem Benetton-Pulli – auf ihn zu, und anstatt ihm zu helfen, teilt auch sie ihm mit, dass er kein Mensch ist. Und nach dieser unvermeidlichen *Agoof*-Serie sitzt Jerry da, hält sich das Kinn, hält sich den Bauch, hält sich das Gesicht, hält sich jedes lädierte Körperteil und klagt wie ein Wesen aus der Thora, oder sogar aus der Zeit vor Abraham, als würde die Erde in die Schöpfung hinein explodieren. *Adonaaaaaaaa-*

aaaai! Jaaaaaaaahweeeeeeeh! Und je mehr er klagt, desto mehr lachen wir, die Schülerinnen und Schüler der SSSQ, denn es ist einfach wunderbar – sein Leid –, so wunderbar, wie so etwas sein kann.

Ich nehme meine Rolle als Jerry Himmelsteins Stellvertreter ernst. Auch ich muss gedemütigt und geschlagen werden. Selbstverständlich darf mich jeder schlagen. Dafür bin ich da – um den sonnigen, aufkeimenden Schnauzbart-Hass der zukünftigen Hausbesitzer im östlichen Queens abzupuffern. Eine Schule ohne strengste Disziplin, ohne strengste Führung, ohne strengste *Erziehung*, braucht Bremsschwellen, damit das Ganze nicht außer Kontrolle gerät. Der russische Stinkbär, die Rote Rennmaus springt in die Bresche!

Hinten im Schulbus rammt mir mein Freund, ein anderer Yitzhak, die Faust in den Magen. Yitzi steht in der Hierarchie nur knapp über mir: Er kommt weder aus Forest Hills noch aus Ramat Aviv im schnieken Norden von Tel Aviv; er stammt aus der Georgischen Sozialistischen Sowjetrepublik, und nur seine Mutter kümmert sich um ihn, wo der Vater abgeblieben ist, weiß ich nicht. Ich mag Yitzi ziemlich gern, weil er mich in meiner eigenen Sprache schlagen kann, und wenn ich *bolno!* schreie (das tut weh!), weiß er sofort, was ich meine. Er scheint auch von meiner nigelnagelneuen Beschneidung zu wissen, denn er schlägt nie unter der Gürtellinie zu. Er wohnt auf der anderen Straßenseite, gegenüber von meiner Großmutter, die nach der Schule auf mich aufpasst, und nachdem uns der Schulbus abgesetzt hat, gehen wir zu ihm, um auf einer tragbaren Konsole ein Computerspiel namens «Donkey Kong» zu spielen. Sobald wir außer Sichtweite der anderen Jungen sind, schlägt er mich nicht mehr richtig, deshalb nehme ich an, er tut es nur, um seine Stellung zu behaupten. In einer Kombination aus Russisch und Englisch überlegen wir, wie wir in der SSSQ-Rangordnung aufsteigen können – er Batman, ich sein leicht zu beeindruckender Robin –, während uns seine Mutter köstliche zwiebellastige Knödel nach georgischer Art serviert.

Yitzi ist kein schlechter Kerl (er wird mal ein wunderbarer Mann werden). Er versucht nur, amerikanisch zu werden, weiterzukommen. Zu diesem Zweck besitzt er eine eindrucksvolle Lederjacke mit Reißverschlüssen – nicht aus *echtem polnischen Leder*, sondern aus etwas viel Lässigerem, nämlich aus James Dean, soweit ich das verstanden habe. Jahre später werde ich ganz hinten in einem vollgestopften Minibus, der sich zum Moskauer Platz im heutigen Sankt Petersburg durchschnauft, einer besonders gnadenlosen Variante dieses Yitzi-Geruchs begegnen, einer Kombination aus Leder, Zwiebeln und hinterer Busreihe. Ich rufe: «Entschuldigung, Entschuldigung!», und kämpfe mich durch das vollgestopfte Fahrzeug ins schüttere Sonnenlicht hinaus. «Aber Sie haben doch gerade erst bezahlt», bemerkt der Fahrer ungläubig. «Ich habe was vergessen», erkläre ich ihm. «Ich habe zu Hause etwas vergessen.» Was das Gegenteil von dem ist, was ich meine.

Tot kto ne bjot, tot ne ljubit, sagt mein Vater oft.

Wer nicht schlägt, der liebt nicht.

Oder heißt es: *Bjot, snatschit ljubit?* Er schlägt, also liebt er. Im «Scherz» gesagt über gewalttätige russische Ehemänner.

Im Prinzip hat er's verstanden. Wenn du jemanden dazu bringen willst, dich zu lieben, zum Beispiel ein Kind, solltest du es ordentlich verdreschen. Wenn du von deiner Arbeit als

Ingenieur in einem staatlichen Forschungslabor auf Long Island zurückkehrst, ausgelaugt und schlecht gelaunt, weil du die Sprache nicht beherrschst, weil der jüdische Chef nicht da war und du mit dem fiesen Deutschen und dem stinkenden Chinesen allein fertigwerden musstest und dir nicht mal die portugiesischen und griechischen Ingenieure beigestanden haben, die dir sonst oft den Rücken stärken, und wenn deine Frau eine *suka* ist – mit ihrer beschissenen *rodstwenniki* in Leningrad, ihrer sterbenden Mutter und ihren Schwestern, denen sie gerade ein Paket mit Kleidern und dreihundert Dollar geschickt hat, das Geld, das du noch brauchen wirst, wenn dich der deutsche Chef irgendwann doch feuert, und wenn dir dann dein Kind auf dem Veloursteppich um die Füße krabbelt und mit seinem dämlichen Kugelschreiber oder seinem Eastern-Air-Lines-Flugzeug herumspielt, solltest du ihm unbedingt einen Nackenklatscher geben.

Das Kind erzittert unter deiner Hand. «*Ne bej menja!*» Schlag mich nicht!

«Du hast deine Matheaufgaben nicht gemacht, du Schweinehund *(swolotsch gadkaja)*!» Du hast dem Kind Mathematikaufgaben aus einem sowjetischen Arbeitsbuch gegeben, das altersgerechter ist als der Mist, den man ihm auf der jüdischen Schule beibringt, läppische Aufgaben wie 4+3−2 neben einem Bild mit der entsprechenden Zahl Dänischer Doggen und der Frage: *Wie viele Hunde sind das?*, anstatt:

$$f''(x) = -4 * [\cos(x)\cos(x) - \sin(x)(\sin(x))]/\cos^2(x).$$

Und dann taucht die Schlampe von Ehefrau, von der du dich nach Ansicht deiner wölfischen Verwandten schon längst hättest scheiden lassen sollen, aus der Küche auf. «*Tolko ne golowu!*» Schlag ihn nicht auf den Kopf! *Den braucht er zum Denken!*

«Sakroi rot wonjutschi.» Halt dein dreckiges Maul.

Aber, *suka*, spürst du denn nicht, dass Liebe in der Luft liegt?

Und dann legst du los, eine Ohrfeige links, dann rechts, dann links. Und das Kind klammert sich an den schwindelerregenden Schlägen fest, weil jeder einzelne sagt: *Du gehörst mir* und *du wirst mich immer lieben*, jeder Schlag eine unverbrüchliche Verbindung zum Kind. Und was geht dem Kind sonst noch durch den Kopf, der erst nach rechts, dann nach links und wieder nach rechts geschleudert wird? Mrs. Rs hebräischer Singsang, während sie die Kinder durch die Schulflure führt. *Jamin, smol, smol, jamin*, rechts, links, links, rechts, tru-lu-lu-lu.

Meine Mutter versteht nicht viel von Liebe. Sie schlägt mich fast nie. Sie ist Expertin für die Schweigebestrafung. Wenn ich den Hüttenkäse mit den eingelegten Pfirsichen nicht esse (neunundachtzig Cent beim Grand Union Supermarkt), gibt es kein Gespräch mehr. Such dir deine Liebe woanders. Bis heute erzählt meine Mutter gern eine Kindheitsanekdote. Offenbar habe ich sie nach einer besonders langen Phase, in der ich für sie gar nicht existierte, angeschrien: «Wenn du nicht mehr mit mir sprichst, *lutschsche ne schitj!*» Dann will ich nicht mehr leben! Und dann weinte ich stundenlang, oh, wie ich weinte.

Lutschsche ne schitj!, spielt meine Mutter die Szene beim Thanksgiving-Essen dramatisch nach, die Hände theatralisch wie Hamlet beim Monolog gereckt, vermutlich weil sie sich zum einen königlich darüber amüsiert und ihre zweitägige Schweigestrafe zudem den gewünschten Effekt hatte: Ohne ihre Liebe wollte das Kind Selbstmord begehen. *Ich will nicht mehr leben!*, deklamiert sie über ihrem saftigen Truthahn und ihrem «französischen» Dessert. Doch was die Wirksamkeit ihrer Methode angeht, bin ich anderer Meinung. Es stimmt, ich will eine Weile nicht ohne ihre Liebe, Aufmerksamkeit und frisch gewaschene Wäsche leben müssen, aber dieses Gefühl vergeht schnell. Mit jemandem nicht zu interagieren, ist nicht so wirkungsvoll wie eine ordentliche Tracht Prügel. Wenn du ein Kind schlägst, trittst du mit ihm in Kontakt. Du berührst die Haut des Kindes, seine zarten Flanken, seinen Kopf (mit dem es tatsächlich irgendwann einmal Geld verdienen muss), aber du teilst ihm auch etwas Beruhigendes mit: *Ich bin da.*

Ich bin da und schlage dich. Ich werde dich nie verlassen, sei unbesorgt, denn ich bin dein Herr und Vater. Und so wie ich verprügelt wurde, so werde ich dich verprügeln, und auch du sollst die Deinen verprügeln auf immer und ewig, *we'imru: Amen.* Und sprechet: Amen.

Das Gefährliche ist das Weinen, denn Weinen bedeutet aufgeben. Du musst dich vor den Schlägen in Sicherheit bringen und dir einen ruhigen Ort suchen, und erst dann darfst du weinen. Du musst an das denken, was als Nächstes passiert. Nämlich: Der Schmerz wird dumpf, dann verschwindet er, und am Wochenende wirst du mit deinem Vater ein Brettspiel namens *War at Sea* spielen und den Würfel entscheiden lassen, ob dein britischer Schlachtkreuzer seinem deutschen U-Boot rechtzeitig ausweichen kann oder ob der gesamte Verlauf des Zweiten Weltkriegs umgeschrieben werden muss. Es gibt keinen speziellen Übergang von der Tracht Prügel zum Brettspiel, vom explosiven Wochentag zum gemächlichen Kascha-mit-Würstchen-Wochenendrhythmus. Am Samstag nennt dich dein Vater «kleiner Sohn» und «mein Kleiner», und jeder UN-Beobachter, den man hierher entsandt hätte, um den Waffenstillstand zu überwachen, würde den Helm absetzen, wieder in seinen Geländewagen hüpfen und mit einem positiven Bericht im Gepäck zurück nach Genf brausen.

Aber irgendetwas ist merkwürdig mit den Ohren. Vielleicht kann ein Arzt dazu Stellung nehmen. Wenn du von deinem Vater eins auf die Ohren bekommen hast, fangen sie an zu brennen – beschämend zu brennen –, was nicht nur zur Folge hat, dass deine Ohren für gefühlt mehrere Tage rot sind, sondern dass dir außerdem die Augen tränen, wie bei einer Allergie. Und irgendwann wandert deine Hand ganz gegen deinen Willen zum Ohr, und du schniefst. Und dann sagt dein Vater genau das, was du nicht hören willst, obwohl er es auf freundliche Wochenend-Art sagt: «Hey, du Rotznase.»

Kurz nachdem ich dreißig geworden war, hatte ich die Ehre, den bemerkenswerten israelischen Schriftsteller Aharon Appelfeld kennenzulernen. Unser kleines Turboprop-Flugzeug brachte uns von Prag nach Wien, von einem Literaturfestival zum nächsten; zum ersten Mal, seit er als Jugendlicher das Lager überlebt hatte, betrat Appelfeld deutschsprachigen Boden. Während wir in VIE auf unser Gepäck warteten, wo meine Familie zum ersten Mal mit dem Westen in Berührung gekommen war, erzählte mir der über siebzigjährige Appelfeld von seiner kurzen Zeit bei der Roten Armee nach der Befreiung. Einer der hünenhaften russischen Soldaten beschrieb Appelfeld, wie ihn seine Vorgesetzten behandelten: *I bjut i plakat ne dajut.* Sie schlugen mich und ließen mich dann nicht weinen.

Nach den Schlägen an jenem Tag weine ich in meiner Ecke vorsichtig vor mich hin, ein Schniefen hier, ein kurzes

Tränensprühen da, damit ich nicht auch noch einen Asthmaanfall bekomme. Oder vielleicht wünsche ich mir sogar einen. Und schon kurze Zeit später beugen sich mein Vater und meine Mutter über mich, als wäre eine Stunde zuvor nichts geschehen. Vielleicht ist tatsächlich nichts passiert. Vater packt meinen verrotzten Brustkorb mit der roten Steppdecke schön warm ein, und meine Mutter macht das Asthmaspray startklar: «Eins, zwei, drei, *einatmen*!»

Die Nacht bricht herein; meine Eltern werden in ihren Betten von ihren Albträumen heimgesucht. Die Verwandten, von den Deutschen auf den Feldern Weißrusslands lebendig begraben, steigen zwischen den Alfalfasprossen des modernen amerikanischen Lebens empor. Das Kortison aus dem Asthmaspray hat meinen Köper durchflutet. Im holzgetäfelten Kleiderschrank setzt sich ein Mann zusammen, der ausschließlich aus kleinen Lichtnadeln besteht – der Lichtmann. Er ist kein Phantasiegespinst. Er ist keiner von der SS, keiner von Stalins Handlangern und auch nicht der Zollbeamte am Flughafen Pulkowo in Leningrad, der mir die Fellmütze vom Kopf gezogen hat. Vielleicht war der Lichtmann früher einmal ein Mensch, aber jetzt besteht er nur aus kleinen schimmernden Energiepunkten – wie der Atomstrom in dem furchteinflößenden Reaktorgebäude mit der Silberkuppel, in dem sich das Labor meines Vaters befindet –, und wo die Augen sein sollten, hat er nur die weiße Lederhaut, ohne Iris und Pupille. Wenn ich in Russland nachts die Augen aufgemacht habe, war das Zimmer von zerborstenem Licht durchflutet, Amöbenformen, die sich erst ausdehnten und dann in sich zusammenfielen, wie heimische Supernovas, die für einen kurzen Augenblick sogar das eigenartige nächtliche Phosphorglimmen des Signal-Fernsehers überstrahlten. Aber was mich früher bloß wach gehalten hat, bündelt sich hier in Amerika, um mich zu zerstören. Die Lichtnadeln sind menschlich geworden. Der Lichtmann setzt sich ein ums andere Mal zusammen, erschafft sich selbst, zersetzt sich wieder, wartet auf den rechten Augenblick. Er schiebt sich in meinen Schrank und atmet seinen kränklichen Erwachsenenatem auf mein Hemd und meine Hose. Da er fast ganz aus Licht besteht, kann er sich unter der Tür hindurchwinden; in null Komma nichts huscht er die Wände hoch bis zur Zimmerdecke. Und ich beobachte die ganze Nacht über, wie er mir langsam, aber monströs näher kommt, während mein Rücken so steif wird wie ein Brett und mein geschlagenes, glühend rotes Ohr ihm wie eine Signalleuchte den Weg weist. Meinen Eltern kann ich von dem Lichtmann nicht erzählen, sonst halten sie mich für verrückt, und fürs Verrücktsein ist hier kein Platz. Es wäre leichter, wenn der Lichtmann einfach zu mir kommen und das Schlimmste tun würde, aber sobald er nur noch wenige Zentimeter entfernt ist, demontiert er sich wieder und wird zu einem Bündel aus schwebenden Lichtpunkten und einem Paar augenloser Augenhöhlen. Als wüsste er, dass ich nichts mehr zu befürchten hätte, wenn er sich einmal offenbart hat.

Tags darauf bin ich entsprechend übernächtigt und schlecht gelaunt. Auf der Solomon Schechter School of Queens geht es gewissermaßen um Gedankenaustausch. Jerry Himmelstein sieht, wie ich auf ihn zukomme; der Speichel wölbt sich von seinen Lippen und flattert im Wind. Mit träger Traurigkeit blickt er mich an. So muss es sein, und was sein muss, muss sein.

Ich boxe ihn in den Bauch, in seine weiche amerikanische Plüschigkeit.

Er tritt zwei Schritte zurück und lässt die Luft aus seinen Lungen.

«Agoof.»

10. Schon gewonnen

Die Wohnung in Deepdale Gardens (erster Stock rechts), wo der Autor klein, dunkel und bärtig wurde.

Das Schlimme an den großen Glaubenskonstrukten (Leninismus, Christentum) ist: Sie gehen davon aus, dass eine schwierige Vergangenheit gegen eine bessere Zukunft eingetauscht werden kann und dass jedes Unglück sich letztlich in einen *Triumph* wandelt, spätestens mit dem Bau von Telegraphenmasten (Leninismus) oder nach dem Tod vor Jesu Knien (Christentum). Aber die Vergangenheit kann man nicht einfach durch eine bessere Zukunft ungeschehen machen. Jeder Augenblick, den ich als Kind erlebt habe, ist so wichtig wie jeder Augenblick, den ich jetzt erlebe oder je erleben werde. Ich schätze, damit will ich sagen: Es muss ja nicht jeder Kinder kriegen.

Doch 1981 ist der Triumph zum Greifen nah. In unserem Briefkasten landet ein Brief – MR. S. SHITGART, SIE HABEN 10 000 000,00 Dollar GEWONNEN!!! Zugegeben, unser Nachname ist brutal verstümmelt, aber so dickes Briefpapier lügt nicht, und der Absender ist ein großes amerikanisches Marketingunternehmen namens «Publishers Clearing House». Mit zitternden Händen öffne ich den Briefumschlag, und … heraus fällt ein Scheck.

ZAHLBAR AN S. SHITGART
ZEHN MILLIONEN UND 00/100 DOLLAR

Unser Leben wird sich von Grund auf ändern. Ich flitze die Treppen runter und raus auf den Hof unserer Wohnanlage. «Mama, Papa, wir haben gewonnen! Wir haben gewonnen! *My millionery!*» Wir sind Millionäre!

«Uspokojsja», sagt mein Vater. *Beruhig dich.* «Oder willst du einen Asthmaanfall kriegen?» Doch er ist ebenfalls aufgeregt und voller Vorfreude. *Tak, tak. Dann wollen wir mal sehen, was wir da haben.*

Auf unserem orange glänzenden, aus Rumänien importierten Esstisch breiten wir den Inhalt des voluminösen Umschlags aus. Zwei Jahre lang sind wir brave neue Bürger gewesen, haben nicht jugendfreie Filme gesehen, uns Arbeit als Ingenieur und Schreibkraft gesucht (endlich werden die Pianistenfinger meiner Mutter sinnvoll eingesetzt), haben Treue auf die Fahne der Vereinigten Staaten von Amerika geschworen und auf das Dingsda, wofür sie steht, unvermeidlich, mit Geld für jeden.

«Bosche moj», sagt meine Mutter, *mein Gott*, als wir die Bilder eines Mercedes betrachten, der vom Schiffsdeck einer

Yacht auf unsere neue Villa zuschwebt, zu der ein Schwimmbad mit olympischen Ausmaßen gehört. «Oi, *muss* es denn ein Mercedes sein? Pfui Teufel, so ein Naziwagen!» – «Keine Sorge, den können wir gegen einen Cadillac eintauschen.» – «*Bosche moj*. Wie viele Zimmer hat denn dieses Haus?» – «Acht, neun, zehn …» – «Hast du nicht gesagt, die Kinder aus deiner Schule hätten solche Häuser?» – «Nein, Papa, das hier – *unser Haus*, ist noch viel größer!» – «Hm, so wie ich das verstehe, gehört das Haus nicht zum Gewinn dazu. Wir haben nur zehn Millionen gewonnen, das Haus müssen wir separat kaufen.» – «*Pff*, hier steht überall: ‹wird separat verkauft›.» – «Und vergesst die Yacht, ist zu gefährlich.» – «Aber ich kann doch schwimmen, Mama!» – «Und das Schwimmbad willst du im Winter einfach offen lassen? Da fällt doch Schnee rein.» – «Guckt mal, da stehen Palmen! Vielleicht steht das Haus ja in Florida!» – «Florida ist nicht gut für dein Asthma, bei der hohen Luftfeuchtigkeit.» – «Ich will in Miami leben! Vielleicht gibt es in Miami ja auch jüdische Schulen.» – «Überall in Amerika gibt es jüdische Schulen.» – «Ohne deine wölfischen Verwandten könnten wir längst in San Francisco sein.» – «San Francisco? Aber da gibt es Erdbeben!» – «Mit zehn Millionen können wir uns zwei Wohnsitze leisten!» – «Denk dran, dass wir noch Steuern zahlen müssen, also sind es eher fünf Millionen.» – «Oi, und die Sozialschmarotzer kriegen unsere anderen fünf Millionen, wie Präsident Reagan sagt.» – «Sozialschmarotzer, pfui Teufel.»

Wir setzen uns an den Tisch und machen uns mit Hilfe unseres gemeinsamen 400-Wörter-Wortschatzes daran, die vielen Dokumente vor uns zu enträtseln. Wenn wir den Zehn-Millionen-Dollar-Scheck morgen zur Bank bringen, wie lang dauert es dann, bis wir uns eine neue Klimaanlage kaufen können? Moment, hier steht … ja, wir haben die zehn Millionen Dollar *schon gewonnen*, daran besteht kein Zweifel, aber eine *Jury* muss uns das Geld noch zuerkennen. Zunächst einmal müssen wir das Gewinnformular ausfüllen und fünf überregionale Zeitschriften auswählen, die wir kostenlos zugeschickt bekommen, jedenfalls ist immer die erste Ausgabe umsonst, und dann schicken uns die Amerikaner vermutlich das restliche Geld. Schön und gut. Wir müssen uns schrittweise an den Reichtum gewöhnen, belesener werden. Ich bin stolz auf Papas neues Auto, einen kastigen Chevrolet Malibu Classic von 1977 mit nur sieben Millionen Meilen auf dem Zähler, aber jetzt ist es an der Zeit, sich mit edleren Karossen vertraut zu machen, also bestelle ich *Car and Motor, Motor and Driver, Carburetor and Driver, Muffler and Owner.* Zuletzt wähle ich eine Zeitschrift, in der vielleicht auch mein *Star-Wars*-Affe Chewie auftaucht: *Isaac Asimov's Science Fiction Magazine.*

Wir unterschreiben überall, wo wir sollen, auch wo wir wahrscheinlich nicht sollen. Wir unterschreiben den verfluchten Briefumschlag. «Schreib leserlicher!», ranzt Mama Papa an. «Deine Unterschrift kann kein Mensch lesen!» «Beruhig dich, beruhig dich.» «Hol die Briefmarken!» «Warte noch mit den Briefmarken – was steht hier? Keine *postadsch* erforderlich.» Selbst um dieses Detail hat sich Publishers Clearing House gekümmert. Das hat Klasse.

Feierlich gehe ich zum Briefkasten und werfe unseren Zukunftsanspruch ein. *Adonai Eloheinu*, sage ich zu unserem neuen Gott, bitte hilf uns, die zehn Millionen Dollar zu bekommen, damit sich Mama und Papa nicht so oft streiten und es nicht zu einer *raswod* kommt, und lass uns irgendwo weit weg von Papas wölfischen *rodstwenniki* wohnen, wegen denen wir den ganzen Ärger überhaupt erst haben, und mach, dass sie Mama nicht anschreien, wenn sie das Geld, das wir gar nicht haben, wie Papa sagt, nach Leningrad schickt – zu ihren Schwestern und Großmutter Galja, die immer noch stirbt.

In dieser Nacht taucht der Lichtmann ohne Pupillen und Iris zum ersten Mal seit Monaten nicht in meinem holzgetäfelten Schrank auf. Ich schlafe und träume erstmals seit mehreren Wochen *richtig*: Als Multimillionär schlendere ich in die SSSQ, und das hübsche, von seinen Florida-Ferien immer braungebrannte Mädchen küsst mich mit seinen großen Zähnen (wie Küssen funktioniert, hab ich noch nicht kapiert). Die anderen Kinder machen sich über Jerry Himmelstein lustig, aber ich sage zu ihnen: Er ist jetzt mein Freund. Hier sind zwei Dollar. Holt uns beiden ein Sandwicheis – Carvels Fliegende Untertasse. Das Wechselgeld könnt ihr behalten, ihr *gurnischts*!

Die Sache klärt sich schnell und schmerzvoll. Meine Eltern erfahren auf ihrer Arbeit, dass das Publishers Clearing House regelmäßig SIE-HABEN-ZEHN-MILLIONEN-DOLLAR-GEWONNEN-Schreiben aussendet, die die cleveren Einheimischen eiskalt in den Papierkorb wandern lassen. Schwermut legt sich auf unsere Nichtmultimillionärsschultern. In Russland hat uns die Regierung ständig Lügen erzählt – die Weizenernte ist gestiegen, usbekische Babyziegen geben so viel Milch wie nie zuvor, sowjetische Grillen zirpen zu Ehren von Breschnews Besuch des lokalen Heufelds die Internationale –, aber dass sie uns *hier* in Amerika mitten ins Gesicht lügen würden, hier, im Land der Freien, der Heimat der Tapferen – das können wir uns nicht vorstellen. Also geben wir die Hoffnung nicht ganz auf. Vermutlich liest die Jury unsere Bewerbung genau in diesem Moment. Vielleicht sollte ich ihr in meinem keimenden Englisch einen Brief schreiben. «Liebes Publishers Clearing House, Der Frühling ist da. Das Wetter ist warm, und es regnet. Vögel kommen von Süden und singen Lieder. Meiner Mutter tun vom vielen Tippen die Pianistinnenfinger schrecklich weh, und sie hat nur ein Kostüm für die Arbeit. Bitte schickt schnell das Geld. Wir lieben Euch, Eure Familie Shteyngart.»

Indes stapeln sich in unserer Wohnung *Car and Parking* und die anderen Publishers-Clearing-House-Zeitschriften, verhöhnen uns mit aufreizenden Centerfolds des hüllenlosen neuen Porsche 911, der das offizielle Sportcoupé der exzessiven Reagan-Ära darstellt. Widerwillig kündigen wir nacheinander alle unsere Abonnements – bis auf *Isaac Asimov's Science Fiction Magazine*, ein kleines kompaktes Heft mit einem aufregenden außerirdischen Wesen auf dem Cover, das in der Mauser zu sein scheint und einen Jungen in den Klauen hält.

Aus der Traum vom plötzlichen Reichtum. Aber wir kommen auch so voran. Wir sparen jede Kopeke, die über die Arbeit meines Vaters als Junior-Ingenieur und das Tippen meiner Mutter zu uns gelangt. Ich habe mein Eastern-Air-Lines-Flugzeug, meinen Kugelschreiber, meinen ramponierten Affen, meine Nazi-Briefmarkensammlung, meinen beschnittenen Penis, das Mozartkugelpapier vom Wiener Flughafen, das geheime Medaillon von Raphaels Madonna del Granduca (ob ich von der jüdischen Schule fliege, wenn sie das herausfinden?), *All Rome, Florence* und *Venice*, meinen sowjetischen Atlas und einen Haufen gespendeter T-Shirts. Meine Mutter hat das Harvé-Benard-Businesskostüm in Größe 36. Mein Vater hat sich aus einem Stock eine Angelrute gebastelt. Pfundweise widerwärtiger heruntergesetzter Hüttenkäse und Kascha (Buchweizengrütze) werden uns satt kriegen, bis wir vor Traurigkeit sterben, und wenn ich meinen Teller mit dem warmen pampigen Fraß nicht aufesse, klatscht mir Papas Hand auf die Schläfe (Mama: «Schlag ihn nur nicht auf den Kopf!»), oder Mamas Schweigen lässt mich über Selbstmord nachdenken, zur allgemeinen Belustigung.

Wer sind wir?

Eltern: *My bednyje.* Wir sind arme Leute.

Warum kriege ich keinen Affen mit zwei Armen?

Eltern: Weil wir keine Amerikaner sind.

Aber ihr habt beide Arbeit.

Eltern: Wir müssen ein Haus kaufen.

Ja, ein Haus! Der erste Schritt zum Amerikanismus. Was soll ich mit einem zweiarmigen Affen, wenn wir schon bald ein Haus in der Quasivorstadt haben? Mir ist sowieso nicht klar, warum diese «Action»figuren so wichtig sein sollen, wo mein Kugelschreiber und mein Eastern-Air-Lines-Jet um die ganze Welt fliegen können, wenn ich nur die Augen schließe und es mir vorstelle. «Schhhh… Mmmmmmmmmmmmm.» Wer braucht denn noch mehr *Action*? Aber die Jungen auf der SSSQ holen in der Mittagspause gern ihre Lukes und Obi-Wans und Yodels hervor und stellen sie auf ihre Pulte, bloß um ihre enormen Besitztümer zu präsentieren. Sie unterhalten sich mit ihren schon rauen jüdischen Stimmen: «Meinen alten Yodel hab ich weggeschmissen, weil die Farbe an den Ohren abging, und ich hab zwei neue gekriegt und dazu eine Prinzessin Leh-jaah, damit Hans-Olo es ihr *besorgen* kann.»

Ich: «Wow!»

Aber bevor du deinen Affen oder Yodel herumzeigen kannst, bevor du überhaupt mal jemanden zu dir einladen kannst, brauchst du ein vernünftiges Haus und nicht diese billige Flüchtlingsabsteige mit den Klappliegen und dem betrunkenen Stiefgroßvater Ilja mit seinem schlecht geflickten Loch im Bauch, aus dem es nach irgendeiner irrsinnigen Operation immer raussuppt.

Für ein ganzes Haus wird es nur leider nicht reichen, denn ein *ganzes* Haus kostet in den wirklich weißen Gegenden im östlichen Queens – Little Neck, Douglaston, Bayside – rund

168 000 Dollar (im Jahr 2013 etwa 430 000 Dollar). Die Nuss ist zu groß für unsere kleinen sowjetischen Nagerzähnchen. Doch der gütige Zev, der junge Jude aus Kew Gardens, der als unser inoffizieller Berater fungiert, erzählt uns von einem Genossenschaftsbau in der Nähe des Long Island Expressway in Little Neck namens «Deepdale Gardens» – einer sechzig Morgen großen begrünten Wohnanlage mit bezahlbaren Genossenschaftswohnungen, die in den 1950ern für Kriegsveteranen errichtet wurden. Da Mama, Papa und ich seit jeher im Kalten Krieg kämpfen, sind auch wir kaufberechtigt.

Jetzt wird eisern gespart. Was rede ich da? In unserem Stamm wird seit zweitausend vor Christus eisern gespart. Eine Vierzimmerwohnung in Deepdale Gardens kostet achtundvierzigtausend Dollar, und zwanzig Prozent davon – neuntausendsechshundert Dollar – müssen bar angezahlt werden. Jeder wird zum Helfen zwangsverpflichtet. Unser Postbote, den wir aus der Young-Israel-Synagoge kennen, steuert vierhundert Dollar bei, ohne Zinsen zu verlangen. Die russischen Freunde meiner Eltern greifen uns ebenfalls unter die Arme – tausend Dollar hier, fünfhundert Dollar da, gewöhnlich zu einem jährlichen Zinssatz von fünfzehn Prozent. So funktioniert das System – sie leihen uns Geld, irgendwann leihen wir ihnen welches, und schließlich hat jeder ein sicheres Zuhause in einem minderheitenfreien Stadtteil. Auf der Rückseite des Adressbuchs notieren meine Eltern die Beträge, und ich verfolge ihre Fortschritte. Am 12. März: 6720 Dollar. 6720 Dollar geteilt durch 9600 Dollar = 70 Prozent. Wir haben mehr als zwei Drittel zusammen! Jedes Mal, wenn meine Eltern von einem Besuch bei ihren Freunden zurückkehren, erwarte ich sie mit gezücktem Adressbuch und der Frage: *«Odolschili nam?»* Haben sie uns Geld geliehen?

Leider besteht unsere erste Adresse fast ausschließlich aus Zahlen: 252–67 Sixty-Third Avenue, Little Neck, Queens,

11362; nichts Wohlklingendes wie «Oak Harbour Lane», «Pine Hill Promontory» oder «Revolutionary Road». Doch da es immer nur zwei Wohnungen unter derselben Adresse gibt, eine im Erdgeschoss, eine im ersten Stock, muss man nicht hinzufügen: Wohnung Nr. 2. Immer wenn wir auf der SSSQ unsere Adresse angeben sollen, achte ich darauf, dass die anderen Kinder es sehen. Ich hoffe, sie denken, uns allein gehört das ganze Haus – so wie dem Liberalen-Sohn das Haus mit Rasen davor und dahinter.

Das Schöne ist, dass unsere Wohnung noch ein zweites Geschoss hat, einen Dachboden, den man über eine splittrige Ausziehholzleiter erreicht, die mir Todesangst einjagt und Erinnerungen an die Sprossenwand weckt, die mir mein Vater in Leningrad gebaut hat, damit ich meine Höhenangst überwinde. Da oben riecht es muffig-holzig; ich schließe die Augen und preise den ausgeprägten Republikanismus, Geburtsrecht eines jeden Sowjetjuden zu Reagans Zeiten. Dieser Dachboden über unserer Wohnung, der nasskalte Speicher mit den quietschenden Dielen, gehört ganz allein uns und niemandem sonst. Ich schließe die Augen und spüre die Macht des Eigentums.

Unsers, unsers, unsers.

Es geht bergauf! Wir ziehen vorbei an den Sozialschmarotzern, an den Spanischern mit ihren Transistorradios, weiter hinauf zur weißen katholischen Arbeiterklasse und ihren Yankees-Wimpeln, mit denen unser Hof gespickt ist. *Adonai Eloheinu*, lass uns eines Tages bis zu den Solomon-Schechter-Juden aufsteigen, lass uns genauso viel Geld haben wie sie, damit diese Juden auch unsere Freunde werden und wir alle miteinander Kombis fahren und darüber reden können, welche Lebensmittel koscher und parve sind und welche nicht. Die zehn Millionen Dollar vom Publishers Clearing House haben wir nicht gewonnen. Sie haben uns belogen, und vielleicht sollten wir sie deshalb sogar verklagen. Aber wir haben's auf unsere Art geschafft. Wir haben uns eine Genossenschaftswohnung mit Garten gekauft, und jetzt gehört uns sogar der Dachboden mit dem Spitzdach über meinem Kopf.*

Lasst mich erzählen, was uns sonst noch alles gehört: Es gibt ein Wohnzimmer mit einer Zimmerdecke in Hüttenkäsestruktur und einen kleinen Abstellraum mit einem Bücherregal, das *in die Tür eingebaut* ist! Wir können drinnen Papas selbstgebaute Angelrute abstellen und draußen Bücher einräumen. In dem Regal präsentieren wir die amerikanische Schundliteratur, die wir von der Straße aufsammeln – mit Bildern von Frauen und Männern, die auf Pferden sitzen und sich küssen –, und unsere besondere Hardcover-Ausgabe von Leon Uris' *Exodus*. Unsere Einrichtung besteht aus dem rumänischen Ensemble, das wir aus Russland hierher verschifft haben: der schon erwähnte Esstisch mit Ausziehplatte – falls der gütige Zev oder ein anderer unserer amerikanischen Kapitalgeber vorbeikommt. Es gibt eine ebenfalls orange glänzende Anrichte, und wenn wir jüdischen Besuch bekommen, stellen wir unsere beiden Menoras hübsch hintereinander dort auf – die eine steht sonst oben auf dem Roter-Oktober-Klavier meiner Mutter –, wie um zu zeigen, dass hier das ganze Jahr über Chanukka gefeiert werden kann. Unter unseren Füßen liegt ein roter Veloursteppich, auf dem ich gern mit meinem Kugelschreiber spiele. Leider ist der Teppich ziemlich ausgefranst, und es ragen viele Nägel heraus. Deshalb reiße ich mir beim Spielen oft ein kleines Stück Arm ab, und um größere Verletzungen zu vermeiden, erstelle ich im Geist nach und nach eine Karte des Wohnzimmerfußbodens. Und was fehlt in unserer Wohnzimmer-Ausstattung?

* Genau genommen gehört das Dach der Deepdale Gardens Cooperative.

Der Fernseher. Abgesehen von Leon Uris und seinen Erzählungen israelischer Heldentaten ist unser Haushalt bis auf den letzten Kaschakrümel russisch. Englisch ist die Sprache des Handels und der Arbeit, aber Russisch ist die Sprache der Seele, was immer das sein mag. Und Fernsehen ist, daran besteht angesichts der kreischenden, quäkenden, verzogenen amerikanischen Kinder um uns herum kein Zweifel, der Tod. Nach dem Umzug in die USA verabschieden sich viele meiner anpassungsfähigeren Mitimmigranten schnell von ihrer Muttersprache und singen schon bald die Eingangsmelodie einer Zeichentrickserie, die von einem schwarzen Mann mit angriffslustigem Haarschnitt namens Mr. T handelt. Dass ich immer noch in Russisch spreche, denke, träume und angstvoll zittere, liegt wohl daran, dass bei uns zu Hause nur Russisch gesprochen werden darf. Es ist ein Kuhhandel – während ich auf meinem Russisch hockenbleibe, mühen sich meine Eltern mit der neuen Sprache ab und lassen sich die Chance entgehen, beim Abendessen von ihrem Englisch plappernden Kind zu lernen.

Außerdem können wir uns, nachdem wir uns neuntausendsechshundert Dollar für den Kauf der oberen Etage der 252–67 Sixty-Third Avenue geliehen haben, keinen Fernseher leisten, und anstatt *Ein Duke kommt selten allein* zu sehen, befasse ich mich mit den gesammelten Werken von Anton Tschechow, von denen acht ramponierte Bände in meinem Bücherregal stehen. Ohne Fernsehen gibt es rein gar nichts, worüber ich mit den anderen Kindern aus der Schule reden könnte. Wie sich zeigt, haben diese kleinen Fettmöpse nämlich kein gesteigertes Interesse an «Die Stachelbeeren» oder «Die Dame mit dem Hündchen», und in den frühen 1980ern ist es unmöglich, einen Satz aus dem Mund eines Kindes zu hören, der keine Anspielung auf eine Fernsehsendung ist.

«STREEEEBER!», kreischen die Kinder, wenn ich versuche, ihnen Zugang zu meinem Innenleben zu gewähren.

Und so hat der Rote Streber gleich zwei Handicaps: Weder beherrscht er die eigentliche Sprache der Welt, in der er lebt – Englisch –, noch spricht er deren zweite, ebenso wichtige Sprache: Fernsehen. Den Großteil seiner amerikanischen Kindheit wird der Rote Streber das ungute Gefühl nicht los, Tschechows Fin-de-Siècle-Jalta mit den müßigen schönen Frauen und widerstreitenden lüsternen Männern läge irgendwo hinter dem Toys«R»Us-Markt und dem Multiplex-Kino.

Und jetzt zu meinen Privatgemächern. Unsere Genossenschaftswohnung hat insgesamt vier Zimmer – das sind drei mehr, als wir vor zwei Jahren hatten, nachdem wir am JFK aus dem Alitalia-Flugzeug gestiegen waren. USA! USA!, vermute ich. Die meisten Russen vermehren sich in Gefangenschaft nicht gut, außerdem können sich meine Eltern offenbar nicht besonders gut leiden, jedenfalls habe ich keine Geschwister. Mir passt das gut in den Kram. Aus einem Schulaufsatz mit dem Titel «Ich bin eine Geschichte wert»: «Ich bin gerne Einzelkind. Hätte ich einen älteren Bruder, würde er mich rumkommandieren, beschimpfen, schlagen, treten und verprügeln.»

Meine Eltern haben sich das größte Schlafzimmer ausgesucht. Dort kuscheln wir am Wochenende zusammen in ihrem riesigen glänzenden Mahagonibett, und sie versuchen, nach meinem beschnittenen Penis zu grabschen, um zu sehen, was aus ihm geworden und ob er gemäß den Richtlinien des *Sowjetischen Handbuchs für die Entwicklung des Jungen* gewachsen ist. *«Daj posmotret!»*, rufen sie. *Lass uns doch mal sehen! Warum genierst du dich denn so?* Ich entwinde mich ihrem Griff nach meinem Eigentum, bin bis unter die Schädeldecke angefüllt von dem blöden neuen amerikanischen

Wort: *Privatsphäre*. Gleichzeitig, das muss ich zugeben, freue ich mich über ihr Interesse an mir, obwohl ich aus der SSSQ weiß, dass niemand meinen *zajin* berühren darf. So viel hat man uns irgendwo zwischen Leviticus und den Propheten erklärt.

Also: Privatsphäre. Da es neben dem Wohnzimmer drei weitere Räume gibt und meine Eltern mit einem Schlafzimmer mehr als zufrieden sind, darf ich die übrigen zwei in Beschlag nehmen. Damit sagen sie mir auch: Sie lieben mich so sehr, dass alles, was über das bisschen hinausgeht, was sie selbst zum Leben brauchen, automatisch mir gehört. Ich schätze, in den Steuerjahren 1979–1985 geben sie für ihre persönliche «Unterhaltung» etwa zwanzig Dollar pro Jahr aus, meistens für neue Haken für die Angelrute meines Vaters.

Mein erstes Schlafzimmer, ehemals das Esszimmer und mit billiger Holzvertäfelung ausgekleidet, beherbergt jetzt meine Klappcouch; sie hat einen grün-gelb gestreiften, weichen Samtbezug. Unaufgeklappt könnte sie auch schick in einer Konzernzentrale der berühmten *International Business Machines* stehen, und aufgeklappt fühlt sie sich unglaublich luxuriös an. Erst jetzt fällt mir auf, dass die Couch zwar keine Punkte, aber das gleiche Streifenmuster hat wie mein außergewöhnliches Hemd aus Leningrad. Daneben steht ein Schreibmaschinentisch mit einer IBM-Kugelkopf-Schreibmaschine, die meine Mutter von ihrem Arbeitsplatz hat mitgehen lassen. Zuerst weiß ich zwar nicht so recht, was ich damit anfangen soll, nur, dass der Kugelkopf mit der Aufschrift COURIER 72 irgendwie bedeutungsvoll ist. Also wiege ich ihn eine Weile in beiden Händen. Zwischen meinem Courier-Kugelkopf und dem *Sowjetischen Handbuch für die Entwicklung des Jungen* klafft ein entsetzlicher Abgrund, und ich werde ein halbes Leben brauchen, um ihn zu überwinden.

Auf der anderen Seite der Couch steht unser Bücherregal

aus Mahagoni und Glas, das Herzstück eines jeden russischen Haushalts. Normalerweise gehört dieses Möbelstück ins Wohnzimmer, damit sich Besucher ein Bild von den intellektuellen Vorzügen und Verfehlungen ihrer Gastgeber machen können. Meine Eltern ermutigen mich nicht, Schriftsteller zu werden; jeder weiß, dass Einwandererkinder eine Laufbahn als Jurist oder Arzt einschlagen sollten – oder vielleicht in dieser sonderbaren neuen «Computerbranche». Aber indem sie das Bücherregal in mein Zimmer stellen, geben sie mir unmissverständlich zu verstehen, dass ich die Zukunft unserer Familie bin und dass ich der Beste der Besten werden muss. *Ja, das werde ich, Mama und Papa, Ehrenwort.*

Das Bücherregal enthält Anton Tschechows gesammelte Werke in acht dunkelblauen Bänden mit der seemöwenartigen Signatur des Autors auf dem Buchdeckel jedes Bandes sowie die gesammelten Werke von Tolstoi, Dostojewski und Puschkin. Vor den großen russischen Dichtern steht ein Siddur (das jüdische Gebetbuch für jeden Tag), beschichtet mit unechtem Silber und Diamantenimitaten und geschützt von einer Plastikschatulle. Die Sprache des Siddur versteht keiner von uns, aber es ist so *heilig*, dass es die Puschkins blockiert, die meine Eltern fast in- und auswendig kennen. Auf den unteren Regalbrettern wächst eine kleine Sammlung amerikanischer Kinderbücher heran, die ich inzwischen lesen kann. Darunter eines, das erzählt, wie Harriet «Moses» Tubman die Schwarzen aus Maryland befreit, eine Kurzbiographie über George Washington (wie gut er auf seiner weißen Stute aussieht – ein waschechter *amerikanez*!) und ein Buch mit dem Titel *Der Junge aus dem UFO*: Ein unglücklicher weißer Junge namens Barney, der bei seinen Pflegeeltern lebt, entdeckt in seinem Garten einen außerirdischen Jungen und beschließt, mit ihm zu dessen Heimatplaneten zurückzukehren. Als Barney begreift, dass er seine Pflegeeltern nie wiedersehen wird, lernt er sie zu lieben. Auf dem Cover steht Barney (der in seinem schicken Schlafanzug auch sehr gut und amerikanisch aussieht) auf einem Dach, dem persönlichen Eigentum seiner Pflegeeltern (so wie auch wir jetzt unser eigenes Dach besitzen!), und vor ihm schwebt verheißungsvoll ein kugelförmiger Metallcontainer, das UFO. Ich weiß nicht, warum, aber wenn ich dieses Buch lese, muss ich nachts weinen.

Gegenüber vom Bett steht der Schrank; der Lichtmann mit seinen Augen aus weißer Lederhaut haust darin zusammen mit meinem russischen SSSQ-Stinkbärenoutfit: Hemd, Pullover mit V-Ausschnitt und gelbliche Breitcordhose; verstörenderweise wird diese Art Hose ein knappes halbes Jahrzehnt später auf dem Oberlin College ein Comeback feiern.

Damit der Leser keinen falschen Eindruck bekommt, will ich erwähnen, dass mich Zimmer Nr. 1 völlig von den Socken haut. Hier herrscht das pure Glück. Ein Vorgeschmack darauf, wie es ist, ein Zimmer nur für mich allein zu haben und zu behalten, selbst wenn mein Vater immer mal wieder ohne anzuklopfen hereinschlurft, um Dostojewskis *Erniedrigte und Beleidigte* vom Bücherregal zu nehmen, und meine Mutter regelmäßig vorbeischaut, um mich zu streicheln und sicherzugehen, dass ich noch lebe.

Und als wäre das nicht genug, erstreckt sich mein Königreich auch noch auf Zimmer Nr. 2. Zwar fehlt uns das Geld, um diesen Raum einzurichten, doch das wunderbare amerikanische Schicksal spielt uns wieder einmal in die Hände und beschert uns ein weiteres Sofa. Über dessen rauen Bezug legen wir einen noch raueren roten Teppich, einen wie den, der in Leningrad über meiner Kulturcouch hing. Und schließlich finden wir in der Mülltonne vor unserem Haus auch noch einen kleinen Schwarz-Weiß-Zenith-Fernseher, der einen Ehrenplatz bekommt, und noch später, als ich schon älter bin und stolzer Besitzer eines Sanyo-AM/FM-Stereo-Kassettenrekorders mit Kopfhörern und Anti-Rolling-Mechanismus, sitze ich auf dem rauen russischen Teppich, der das raue amerikanische Sofa bedeckt, höre Annie Lennox in «Here Comes the Rain Again» über das Wetter klagen und brüte und miefe vor mich hin, wie ein Teenager das tut.

Vor unseren Sturmfenstern liegt eine neue Welt. Deepdale Gardens muss irgendwann mal ein hübsches Labyrinth aus zweistöckigen roten Backsteingebäuden und Garagen gewesen sein, aber 1981 ist alles zu einem bräunlichen Farbton verwaschen. Dieses zu Braun verfärbte Rot ist bezeichnend für Queens; es ist ruhig, melancholisch und post-erfolgreich, hat ein gewisses britisches Flair. Aber damals weiß ich nur, dass es Straßen und Kreisverkehre gibt, über die ich mit meinem schrottreifen ausgemusterten Drahtesel fahren kann, und dass das gesamte Gelände der Genossenschaft gehört – und damit, zumindest zum Teil, mir. Es weisen sogar überall Schilder darauf hin, dass Deepdale Gardens Privatgelände ist – im Klartext: *Das hier ist unsere Anlage, also bleib gefälligst draußen, Mister.* Und der Hinweis DIESES GELÄNDE WIRD STÄNDIG VON UNIFORMIERTEN PATROUILLEN UND KAMERAS ÜBERWACHT hält Leute, die anders aussehen als wir, zuverlässig davon ab, unser mit unechten Juwelen besetztes Siddur zu stehlen.

Wenn sich der Abend über Deepdale Gardens legt, schlendern mein Vater und ich durch die begrünten Höfe mit fröhlich blühenden Stiefmütterchen, Hortensien, Lilien und Gänseblümchen wie zwei frischgebackene Könige durch ihr Reich. Während unserer Spaziergänge ist mein Vater sehr nett zu mir, erlaubt sich nur manchmal einen kleinen Spaß, schleicht sich von hinten an mich heran und gibt mir einen *podschopnik*, einen kleinen Tritt in den Hintern. *Autsch, lass das!*, rufe ich, aber es ist schon in Ordnung, weil es ein liebevoller Tritt war und er nicht wütend ist, sondern nur zum Spielen aufgelegt. Und *wenn* er wütend ist, schüttelt er den Kopf und murmelt: *«Ne w soldaty, ne w matrosy, ne podmasywat koljosa»*, frei übersetzt: Du taugst weder zum Soldaten noch zum Matrosen, noch zum Wagenschmierer – das hat Stiefvater Ilja, Goebbels im Freundeskreis, früher oft zu ihm gesagt, als Papa in einem kleinen Dorf außerhalb von Leningrad aufwuchs. Ich glaube, ich weiß, was mein Vater damit sagen will, nämlich dass mir körperliche Tätigkeiten nicht liegen – zum Beispiel mehr als eine Einkaufstüte gleichzeitig vom Grand-Union-Supermarkt bis zu seinem Chevrolet Malibu Classic zu tragen, aber der russische Satz ist so archaisch und verquer, dass er leicht am Ziel vorbeischießt. Natürlich werde ich weder Soldat noch Matrose, noch Tankwart. Ich werde mindestens Firmenanwalt, Papa.

Aber es gibt auch gute Momente, in denen mein Vater aus dem umfangreichen Fundus seiner Phantasie schöpft und mir eine Folge aus seiner Serie erzählt, die er schon vor langer Zeit begonnen hat und die er *Planet der Juden (Planeta Schidow)* nennt. «Bitte, Papa!», feuere ich ihn an. «*Planet der Juden! Planet der Juden!* Erzähl!»

Der Planet der Juden ist eine pfiffige jüdische Gemeinde in der Andromeda-Galaxie. Sie wird von nichtjüdischen Astronauten belagert und von deren Weltraum-Torpedos beschossen, die mit extrem unkoscherem, aber sauleckerem russischem *salo* gefüllt sind, also gesalzenem rohem Schweineschmalz, einem klumpigen Verwandten des französischen Rindernierenfetts. Der Planet wird von dem bekannten jüdischen Dissidenten Natan Scharanski regiert. Obwohl er

Lichtjahre entfernt ist, will ihn der KGB einfach nicht in Ruhe lassen und versucht immer wieder, den Planeten zu torpedieren. Doch jedes Mal, wenn für die Juden das bittere Ende gekommen zu sein scheint – «die Gois haben den Sputnik-Schutzschild durchbrochen und sind in die Ionosphäre eingedrungen!» –, gelingt es den Beschnittenen unter Führung des furchtlosen Captain Igor, ihre Feinde auszutricksen – so wie in der Bibel, so wie in Leon Uris' *Exodus*, so wie in unserer Familie. Denn dies ist, wie könnte es auch anders sein, unsere Geschichte, und ich giere danach ebenso sehr wie nach dem verbotenen *salo*, den man im Grand-Union-Supermarkt sowieso nicht in anständiger Qualität bekommt, giere fast so sehr danach wie nach der Liebe meines Vaters.

Wir haben Deepdale Gardens lang und breit abgeschritten, sind weiter unten an der Straße an der FAA-Flugverkehrkontrollanlage mit ihren fünf wolkenkratzergroßen Antennen vorbeigegangen und am Spielplatz, auf dem mich Papa einen Korb mehr hat versenken lassen, sodass ich nach einem «spannenden Spiel» wieder einmal den «knappen Sieg» davontragen konnte, vorbei an den Hortensien unseres genossenschaftlichen Garten Edens bis zur 252–67 Sixty-Third-Avenue und die teppichbespannten Treppenstufen hinauf. Seit wir von der verbotenen Publishers-Clearing-House-Frucht genascht haben, quillt unser Briefkasten vor Lockangeboten für einen S. SHITGART und seine Familie über – und der aktuellen Ausgabe des *Isaac Asimov's Science Fiction Magazine*. Ein zweites Mal gehen wir ihnen nicht ins Netz, aber in den fetten grellen Briefumschlägen steckt auch unsere Geschichte.

Wir wohnen auf dem Planet der Juden.

Wir haben schon gewonnen.

11. Gary Gnu III.

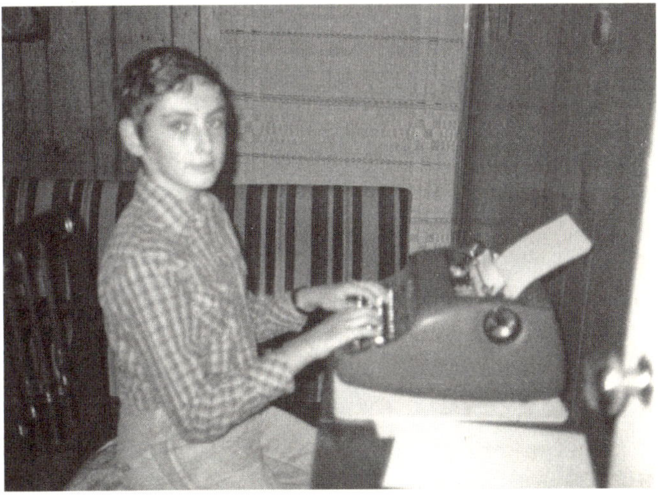

Der Autor in seinem liebsten (und einzigen) Hemd beim Verfassen des Meisterwerks «Bionische Freunde» auf einer IBM-Kugelkopf-Schreibmaschine. Der Stuhl stammt aus Ungarn, das Sofa aus Manhattan.

Kurz bevor es ernst wird mit der Pubertät, entwickle ich eine Dissoziative Identitätsstörung. Sie ist «charakterisiert durch das Vorhandensein von zwei oder mehr unterscheidbaren Identitäten oder Persönlichkeitszuständen, die wiederholt die Kontrolle über das Verhalten der Person übernehmen». (DSM IV)

Mindestens zwei? Ich habe vier! Für meine Eltern und Großmutter Polja bin ich Igor Semjonowitsch Shteyngart, ungehorsamer Sohn und geliebter Enkel, mit Hochachtung. Mit vorzüglicher Hochachtung. Für die amerikanischen Lehrer auf der SSSQ bin ich Gary Shteyngart, der seltsame, von Salamigeruch umwehte Junge mit einer gewissen Begabung für Mathe. Für die hebräischen Lehrer auf der SSSQ bin ich Yitzhak Ben Schimon oder etwas ähnlich Schwachsinniges. Und für die anderen Kinder, meine Mitschüler in ihrem Macy's-Ornat, bin ich Gary Gnu der Dritte.

Hätte mich eine Psychiaterin vor Ort (warum zur Hölle war da keine?) gefragt, wer ich bin, hätte ich ihr zweifellos in meinem leicht polierten, aber immer noch ausgeprägt russischen Dialekt geantwortet: *Frau Doktor, ich bin Gary Gnu der Dritte, Herrscher des Heiligen Gnuischen Kaiserreichs, Autor der Heiligen Gnorah und Kommandant der Mächtigen Gnuisch-Imperialistischen Armee.*

Wie konnte es so weit kommen?

Im Jahr 1982 beschließe ich, dass ich nicht länger ich sein kann. Der Name «Gary» ist ein Tarnname, und in Wahrheit bin ich eine vermaledeite Rote Rennmaus, ein Kommi. Ein Jahr später werden die Sowjets den Flug 007 der Korean Air abschießen, und der immer topinformierte New Yorker Radiosender WPLJ auf 95,5 wird eine Parodie des Hits «Eye of the Tiger» der bedeutenden amerikanischen Rockband Survivor spielen, das Lied aber in «The Russians are Liars» umbenennen, die Russen sind Lügner. («As those Communist killers/try to sleep late at night ...»)

Und so fürchterlich dieser Text auch ist, ich kann gar nicht mehr aufhören, ihn zu singen: beim Duschen unter unserem faszinierenden Milchglasfenster, das zum Parkhaus von Deepdale Gardens hinausgeht, auf dem Weg zur SSSQ in Papas Auto, beide morgenmufflig und unfreundlich, und sogar während meine Klassenkameraden an mir vorbeischlurfen und -streifen. *The Russians are liars, the Russians are liars, the Russians are liars.*

Die sowjetische Regierung lügt; so viel weiß ich mittlerweile. Der Latino-Lenin auf dem Moskauer Platz war nicht immer grundehrlich. Schön und gut. Aber bin ich auch ein Lügner? Nein, ich sage meistens die Wahrheit. Abgesehen von dem Tag, an dem ich meinen Mitschülern nach einer Kommi-Bemerkung zu viel erzähle, ich sei gar nicht in Russland geboren worden. Ja, ist mir gerade wieder eingefallen! Alles ein großes Missverständnis! In Wahrheit wurde ich nämlich in Berlin geboren, direkt neben dem Flughafen Berlin-Schönefeld, von dem habt ihr bestimmt schon mal gehört.

Da stehe ich also in einer *jüdischen* Schule und versuche, *jüdische* Kinder davon zu überzeugen, dass ich *Deutscher* bin.

Warum merken diese kleinen Dreckskerle eigentlich nicht, dass ich Amerika mehr liebe als irgendwer sonst? Ich bin ein zehnjähriger Republikaner. Ich finde, nur die Armen sollten Steuern zahlen, alle anderen Amerikaner sollte man damit nicht behelligen. Aber wie kriege ich es hin, Russe zu sein *und* gemocht zu werden?

Ich fange an zu schreiben.

Papas Weltraumserie *Der Planet der Juden* geistert mir noch durch den Kopf, als ich ein 120 Seiten dickes, breit liniertes Notizbuch mit Seitenrand aufschlage, um meinen ersten unveröffentlichten Roman auf Englisch zu schreiben. Er trägt den Titel *Die Prüfunk* [sic]. Auf der ersten Seite «betanke [sic] ich mich bei dem Buch *Manseed* [vermutlich sic] in dieser Ausgabe von Isac [sic] Isimovs [sic] Sainz [sic] Ficktschn [sic] Magazin. Und ich betanke [sic] mich bei den Erfindern von Start [sic] Treck [sic].»

Das Buch widme ich, ähnlich wie das vorliegende, meinen Eltern: «Für Mom und Dad».

Der Roman – na gut, bei fünfzig Seiten Umfang wohl mehr eine Novelle – handelt von einer «missteriöhsen* Rasse»: «Sie machten sich auf die Suche nach einem Planeten, der der Erde ähnlich ist, und sie fanden einen und nannten ihn Atlanta.»

Ja, Atlanta. Vor kurzem haben uns andere Immigranten erzählt, dass die Lebenskosten in Georgias größter und schnell wachsender Metropole weit unter denen von New York liegen und man für den Preis unserer Wohnung in Queens in den Vororten von Atlanta ein Haus mit eigenem Swimmingpool bekommt.

Gegenüber dem Himmelskörper Atlanta mit der konservativen Politik und dem boomenden Einzelhandel schimmert ein außerirdischer Planet namens Lopes, manchmal auch richtiger «Lopez» geschrieben. «Lopes war eine glühend heiße Welt. Ein Wunder, dass sie nicht explodierte … außerdem lebten dort viele Papageien.» Irgendwie konnte ich mich wohl zurückhalten, den heißblütigen Klischee-Latinos Transistorradios zu verpassen, die sie voll aufdrehen, dafür habe ich aber jedem drei Beine verpasst.

Außerdem gibt es einen boshaften witzelnden Wissenschaftler, der natürlich Dr. Omar heißt. «Hallo», sagt Omar, «ich bin Dr. Omar, es freut mich gar nicht, Sie kennenzulernen, und wenn Sie jetzt die Güte hätten, das klaffende Loch da mitten in Ihrem Gesicht zu schließen, würde ich Ihnen meine Erfindung zeigen.»

Bei Dr. Omars Erfindung handelt es sich um die «Prüfunks-Maschiene», die «vielleicht beweisen wird, welche Rasse die richtige ist»: die Atlantaer mit ihrer Großverdiener-Steuer-

* Von jetzt an wird aus Platzgründen auf das «sic» verzichtet.

befreiung oder die Lopezianer mit ihren Papageien und mäßigen akademischen Errungenschaften?

Während ich *Die Prüfunk* jetzt erneut lese, verspüre ich den Impuls, dem zehnjährigen Verfasser ins Gesicht zu brüllen: *Herrgott noch mal, warum kannst du nicht einfach die Ecken deines Notizbuchs vollkritzeln, von* Star Wars-*Actionfiguren träumen und mit deinen Freunden Mikado spielen?* (Und da liegt vermutlich der Hase im Pfeffer: *welche* Freunde?) *Warum muss es in deinem Alter schon ein Rassenkrieg im All sein, noch dazu ohne den selbstironischen Humor, der Papas* Planet der Juden *auszeichnet? Wovon zum Teufel redest du, der du auf Little Necks wilden Straßen noch keinem einzigen Lopez oder Omar begegnet bist?*

Der Held von *Die Prüfunk* ist ein Weltraum-Kampfpilot namens Flyboy, gestaltet nach dem Vorbild eines neuen Schülers auf der SSSQ, so blond, hübsch und stupsnasig, dass einige von uns bezweifeln, dass er durch und durch jüdisch ist. Flyboys bester Freund Saturn ist ebenfalls Kampfflieger und seine große Liebe eine Pilotin namens Jarda. Selbst zu diesem frühen Zeitpunkt meiner Schriftstellerkarriere durchschaue ich bereits die Bedeutung einer Dreiecksbeziehung: «Flyboy lächelte sein schönstes Lächeln, worauf die beiden anderen eiversüchtick waren. Natürlich mochte [Jarda] ihn am liebsten.»

«O nein», sagt Jarda. «Da kommen noch vierzehn Kampfschiffe von der anderen Seite.»

«Aber guck mal da», sagt Saturn. «Zwanzig Schiffe in Atlanta-Kampfformaziohn. Unsere Leute.»

«Sie haben den elektronischen Scanner-Schaft und alle anderen Scanner und Geräte zerstört.»

«Mann, wie kann man bloß so blöt sein?», fragt sich Flyboy.

Und dann ist die Weltraumschlacht beendet, und *unsere*

Leute haben gewonnen: «Das vierte Raumschiff musste einfach kommen. Auf Atlanta ging es drunter und drüber.»

Ich schreibe beharrlich, aufgeregt, asthmatisch. An jedem Wochenende stehe ich früh auf, selbst wenn mich der Lichtmann die ganze Nacht wach gehalten hat, wenn sich die kleinen Lichtnadeln seiner Hand durch die Ritzen zwischen der Schranktür und dem Türpfosten wanden und nach mir griffen, während ich auf meiner Klappcouch lag und vor lauter Angst keine Luft kriegte. Fünf Jahre zuvor hatte ich den Roman *Lenin und seine magische Gans* für Großmutter Galja geschrieben, die nur noch sechs Jahre von einem entsetzlichen Tod in Leningrad trennen. Aber jetzt weiß ich, wie ich *alles* auch nur ansatzweise Russische vermeide. Mein Flyboy ist so waschecht atlantarikanisch wie Coca Cola. Und seine Jarda, auch wenn ihr Name leicht israelisch klingt (eine Anspielung auf den Jordan?), ist eine scharfe zuverlässige Steuerzahlerin, die einen Lopez oder Rodriguez so sicher aus dem Himmel schießen kann, wie Ronald Reagan bald scherzen wird: «In fünf Minuten beginnen wir, [die Sowjetunion] zu bombardieren.» Großmutter Galja in Leningrad zu bombardieren, meint er, und alle übrigen von uns russischen Lügnern.

Ich schreibe, weil es nichts Freudigeres gibt als Schreiben, selbst wenn das, was man schreibt, verquer und hasserfüllt ist, triefend vor Selbsthass, der Schreiben nicht nur möglich, sondern notwendig macht. Ich hasse mich, ich hasse die Menschen um mich herum, aber ich sehne mich nach der Erfüllung irgendeines Ideals. Das mit Lenin hat nicht geklappt; der Komsomol-Jugendliga beizutreten hat nicht geklappt; meine Familie – Papa schlägt mich; meine Religion – die Kinder schlagen mich; aber Amerika/Atlanta steckt immer noch voller Energie, Kraft und Wut, einer Energie, Kraft und Wut, mit der ich mich bis oben hin volltanken kann, bis ich spüre, wie ich zu den Sternen hinaufsause, zusammen mit Flyboy, Saturn, Jarda und Verteidigungsminister Caspar Weinberger.

Eine neue Lehrerin, Miss S, ist als Vertretung für irgendeine Mrs. A–Z an unsere Schule versetzt worden und wird sich in dem einzigartigen Bildungsumfeld der SSSQ nicht lang halten. Miss S ist genauso nett zu mir wie der Liberalen-Sohn. Wie fast alle Frauen an der Schule hat sie eine üppige jüdische Haarpracht und einen kleinen hübschen Mund. An ihrem ersten Arbeitstag fordert Miss S uns auf, unsere allerliebsten Dinge mitzubringen und zu erläutern, warum sie uns zu dem machen, was wir sind. Ich bringe mein neuestes Spielzeug mit, eine dysfunktionale Apollorakete, deren Kapsel durch Betätigen eines Hebels abspringt (allerdings nur unter bestimmten atmosphärischen Bedingungen; die Luftfeuchtigkeit muss weniger als 54 Prozent betragen), und erläutere, wer ich bin – eine Mischung aus den *Planet-der-Juden*-Erzählungen meines Vaters und den komplizierten Geschichten in *Isaac Asimov's Science Fiction Magazin*e aus der Feder von Autoren wie Harlan Ellison und Dr. Asimov höchstpersönlich, und ich erzähle auch, dass ich sogar einen eigenen Roman geschrieben habe. Diese Bemerkung geht mehr oder weniger unter, während die anderen stolz die neuesten *Star Wars* X-Wing-Starfighter und My Litte Ponys herumreichen.

Zuletzt hält Miss S einen Turnschuh in die Höhe und erzählt, ihre Lieblingsfreizeitbeschäftigung sei Joggen.

«Puh, das stinkt!», ruft ein Junge, zeigt auf den Turnschuh und hält sich die Nase zu, und alle – außer mir – brechen in gehässiges Kinderlachen aus. Jerry Himmelstein *agooft*.

Ich bin schockiert. Vor uns steht eine junge, freundliche,

hübsche Lehrerin, und die Kinder geben ihr zu verstehen, dass ihre Füße stinken. Nur ich und mein Hundert-Kilo-Leningrad-Pelzmantel haben hier das Recht zu stinken! Ich schaue zu Miss S hinüber, zutiefst besorgt, sie könnte in Tränen ausbrechen, stattdessen lacht sie einfach und erzählt, wie gut sie sich beim Laufen fühlt.

Sie hat über sich selbst gelacht und die Sache unbeschadet überstanden!

Nachdem wir alle erklärt haben, wer wir sind, ruft mich Miss S zu sich ans Lehrerpult. «Hast du wirklich einen Roman geschrieben?», fragt sie.

«Ja», bestätige ich. «Er heißt *Die Prüfunk.*»

«Darf ich ihn lesen?»

«Sie dürfen lesen. Ich brinke mit.»

Und wie versprochen *brinke* ich ihn mit und überreiche ihn Miss S mit der besorgten Ermahnung: «Bitte nicht verlieren, Mieß S!»

Und dann passiert es.

Gegen Ende der Englischstunde, nachdem wir ein Buch über eine Maus, die gelernt hat, in einem Flugzeug zu fliegen, aufs gründlichste durchgekaut haben, verkündet Miss S: «Und jetzt liest uns Gary etwas aus seinem Roman vor.»

Seinem *was*? Ach, aber egal, denn hier stehe ich auch schon mit meinem Notizbuch, frisch aus der Schreibheft-Fabrik in Dayton, 45463 Ohio, und werde angestarrt – von den Jungen mit ihren kleinen UFO-förmigen Kippas und den Mädchen mit ihren süß duftenden Ponyfrisuren und sternchengesprenkelten Blusen. Und da ist Miss S, in die ich schon bis über beide Ohren verliebt bin und die, wie ich vor kurzem erfahren habe, einen Verlobten hat (bin nicht sicher, was das heißt, aber bestimmt nichts Gutes) und deren strahlendes amerikanisches Gesicht mich nicht nur ermutigt, sondern meinen Ehrgeiz entfacht.

Habe ich Angst? Nein. Ich bin Feuer und Flamme. Feuer und Flamme, mein Leben zu beginnen. «Einleitung», sage ich. «Die missteriöhse Rasse. Vor den Dinosauriern gab es schon Menschen auf der Erde. Sie sahen genauso aus wie die Menschen heute. Aber sie waren viel intelikenter als die Menschen von heute.»

«Langsamer», sagt Miss S. «Lies langsamer, Gary. Damit wir die Wörter besser genießen können.»

Das lasse ich mir auf der Zunge zergehen. Miss S *möchte meine Wörter genießen*. Dann langsamer:

«Sie bauten alle möklichen Raumschiffe und andere Wunderdinge. Aber damals umpkreizte die Erde den Mond, weil der Mond größer war als die Erde. Eines Tages kam ein gigantischer Komet und sprengte den Mond auf die Größe, die er heute hat. Die Mondstücke fiehlen auf die Erde. Die Menschenrasse bestieg ihre Raumschiffe und hob ab. Sie machten sich auf die Suche nach einem Planeten, der der Erde ähnlich ist, und sie fanden einen und nannten ihn Atlanta. Aber dort gab es einen anderen Planeten namenz Lopes mit dreibeinigen Humanoiden. Kurze Zeit später begann der Kriek.» Gewichtiger Atemzug. «Buch Eins: Vor der ersten Prüfunk.»

Während ich lese, höre ich eine andere Sprache aus meinem Mund kommen. Den vielen Rechtschreibfehlern werde ich auch mündlich gerecht («die Erde um*pkreizte* den Mond»), und mein russischer Akzent ist noch ausgeprägt, aber ich spreche mehr oder weniger verständliches Englisch. Und während ich spreche, höre ich neben meiner seltsamen neuen englischen Stimme noch etwas vollkommen Ungewohntes – anstelle des üblichen Hintergrundgeräuschs der SSSQ aus Gequietsche, Geschrei und *scheket bewakascha!*

höre ich: *Stille*. Die Kinder sind still. Sie hängen mir an den Lippen, folgen den Schlachten zwischen Atlantaern und Lopezianern bis dahin, wo ich in den mir zugestandenen zehn Minuten komme. Und sie hören meiner Geschichte auch über die kommenden fünf Wochen hinweg zu, weil Miss S das Ende jeder Englischstunde zur «*Prüfunk*s-Zeit» auserkoren hat, und schon während der Englischstunde rufen sie immer wieder: «Wann liest Gary denn endlich?», und ich sitze dort auf meinem Stuhl, nehme nichts um mich herum wahr – außer Miss S' Lächeln –, die mich davon freigestellt hat, an der Diskussion über die Maus, die Fliegen lernt, teilzunehmen, damit ich die Worte noch einmal durchgehen kann, die ich meinen hingebungsvollen Zuhörern gleich vorlesen werde.

Gott segne diese Kinder dafür, dass sie mir eine Chance geben. Möge ihr G-tt jedes von ihnen segnen.

Versteht mich nicht falsch – ich bin immer noch ein verhasster Freak. Aber ich tue gerade Folgendes: Ich definiere die Bedingungen, unter denen ich ein verhasster Freak bin, neu. Ich lenke die Aufmerksamkeit meiner Mitschüler von meinem *Russischsein* auf mein Geschichtenerzählen. Und auf die Ideologie der Stärke und des Republikanismus, um die sich das Leben der Shteyngarts beim Abendessen dreht. «Hast du was Neues geschrieben?», ruft mir der Sohn eines Einzelhändlers am Morgen zu, bekannt dafür, dass er kaum lesen und schreiben kann. «Werden die Lopezianer angreifen? Was macht Dr. Omar als Nächstes?»

Ja, was macht er? Ich bin jetzt so meilenweit von Jerry Himmelstein entfernt, dass ich mir nicht einmal mehr die Mühe mache, ihn zu beobachten und seine Sozialpatzer zu vermeiden. Mit meinem frisch verringerten Verhasstsein ist eine neue Verantwortung verbunden, die mich für den Rest meines Lebens verfolgen wird. Die Verantwortung, *jeden Tag* etwas zu schreiben, wenn ich nicht wieder in Ungnade und auf den Rote-Rennmaus-Status zurückfallen will.

Ich muss mein Repertoire erweitern. Und das bedeutet, ich brauche mehr Zugang zur Popkultur. Nachdem ich mit *Die Prüfunk* durch bin, lese ich aus einem anderen Fünfzigseiter vor. Er trägt den Titel *Inwasion aus dem All* und handelt von den Missetaten der Akademie der Araber (Jassir Arafat ist wieder in den Nachrichten aufgetaucht), und auch das kommt ziemlich gut an. Aber was ich wirklich brauche, ist ein Fernseher.

Auftritt für Großmutter Polja.

Hinter jedem großartigen russischen Kind steht eine russische Großmutter, die als Köchin, Bodyguard, persönliche Einkaufsberaterin und PR-Agentin fungiert. In dem ruhigen grünen Viertel Rego Park in Queens kann man sie in Aktion sehen, wie sie mit einer Schüssel voller Buchweizen, Obst oder Hüttenkäse hinter ihrem stumpenbeinigen Enkel herrennt – «Sascha, komm zurück, mein Goldstück! Ich habe Pflaumen für dich!» – oder sich auf dem Queens Boulevard bei Alexander's (heute Marshalls) durch endlose Reihen langer Hosen kämpft, um Sascha für das neue Schuljahr einzukleiden.

Rego Park, Queens. Dorthin gehe ich nach der Schule, während meine Eltern arbeiten. So nah an Little Neck, dass mich mein Vater mit seinem Chevy Malibu Classic dort aufsammeln kann, aber so weit davon entfernt, dass ich meine eigene Persönlichkeit entwickeln kann. Das wohnliche Viertel mit den niedrigen roten Backsteingebäuden wird von den drei knapp dreißig Stockwerke hohen modernen Birchwood Towers überschattet, deren Eingangshallen unterschiedliche

Mottos haben und die kitschigsten an der gesamten Ostküste sind: Bel Air, Toledo und Kyoto, Letztere mit marmornen japanischen Statuetten und herabhängenden Schriftrollen. Die erste Limousine meines Lebens sehe ich auf der kreisförmigen Zufahrt zum Bel Air und nehme mir fest vor, eines Tages selbst eine zu besitzen. Andere, weniger gewaltige Genossenschaftsgebäude werden von hübschen Gärten umringt und tragen Namen wie Lexington oder New Hampshire House. In einem dieser Gebäude schrubbt meine Großmutter – jenseits der sechzig, aber immer noch strotzend vor ländlicher Kraft – bei einer Amerikanerin die Toiletten.

Großmutter wohnt in einem sechsstöckigen Backsteinbilligbau auf der 102–17 Sixty-Fourth Avenue gegenüber einer öffentlichen Schule, die von schwarzen Kindern besucht wird und die wir mit gebührendem Sicherheitsabstand passieren. Draußen auf einer Holzbank hält meine Großmutter Hof und stellt mich ihren russischen Rentnerkollegen vor. Sie fordert die volle Aufmerksamkeit ihrer Zuhörer, wenn sie vom besten, erfolgreichsten Enkel erzählt, der jemals über Queens' Straßen flaniert ist.

Meine Großmutter liebt mich mehr als die Madonna del Granduca ihren Sohn, und wenn ich nach der Schule zu ihr gehe, zeigt sie mir ihre Liebe, indem sie mich drei Stunden lang mästet.

In der Wohnung meiner Eltern genießen wir die russische – oder sollte ich sagen: sowjetische – Kochkunst. Das Frühstück besteht aus einem Teller Buchweizengrütze mit einer Pfütze zerlaufener Butter in der Mitte. Zum Mittagessen gibt es einen Teller mit klumpigem salzigem Hüttenkäse, über dem eine Dose tiefgekühlter Pfirsiche ausgekippt wurde. («Genau so wird es im Restaurant serviert!», frohlockt meine Mutter, als wäre sie jemals in einem Restaurant gewesen.) Gegen 15 Uhr kommt ein Stück gekochtes Fleisch mit fahler Gemüsebeilage auf den Tisch, beides bis zur Unkenntlichkeit zerstampft. «Bitte», flehe ich meine Mutter an. «Wenn ich nur den halben Teller Buchweizengrütze essen muss, staubsauge ich morgen die ganze Wohnung. Wenn wir den Hüttenkäse weglassen können, zahle ich dir einen Teil von meinem Taschengeld zurück. Bitte Mama, gib mir nichts zu essen.» Kaum sieht meine Mutter nicht hin, stürze ich ins Badezimmer, spucke die ungenießbaren Hüttenkäseklumpen ins Klo und sehe zu, wie meine Misere das Wasser milchig weiß verfärbt.

Bei Großmutter ist das Leben anders. Während ich mich wie ein Pascha auf dem Diwan aale, werden mir eilig drei Hamburger mit Krautsalat, Senf und einem Furz Ketchup serviert. Mit zitternden Händen schlinge ich sie hinunter, während Großmutters Kopf schildkrötenartig hinter der Küchentür hervorlugt, die Augen vor nervöser Unruhe geweitet. «Hast du immer noch Hunger, mein Lieblingsenkel?», haucht sie. «Willst du mehr? Dann lauf ich rasch zum Queens Boulevard. Oder zur 108. Straße! Wohin du willst!»

«Lauf, Babuschka, lauf!» Und Großmutter pest durchs Zentrum von Queens, ihre Arme ächzen unter dem Gewicht von Pepperonipizzas, grünlichen Pickle-Scheiben, geräucherter Cervelatwurst von Mischas und Monjas russischem *gastronom*, geriffelten Kartoffelchips, die mit irgendeinem orangefarbenen Mist überzogen sind, mayonnaiseschwerem Thunfischsalat vom koscheren Lebensmittelladen, dicken Brezeln, die ich wie Zigarren schmauche, Joghurtdressings mit vagen Anklängen an unsere früheren Knoblauchexzesse, die es in unserer Wohnung in Little Neck kaum noch gibt, von Paketen schokoladig-cremiger Ding-Dong-Küchlein und

Kartons mit Sara-Lee-Sahnetorten. Ich esse und esse, Transfettsäuren verstopfen meinen kleinen Körper, an den unmöglichsten Stellen bilden sich Fettpolster. Manchmal finde ich Großmutter inmitten einer orangen Landschaft aus «Regierungskäse» an einem Hühnerknochen nagend in der Küche vor, während sie durch ein neues Päckchen Lebensmittelmarken blättert, die ein hübsches Bild von Philadelphias Freiheitsglocke ziert. Großmutter hat die Evakuierung aus Leningrad mit ihrem dreijährigen Sohn, meinem Vater, überlebt, um jetzt in einer Küche in Queens Hähnchenknochen abzunagen. Aber sie wirkt zufrieden mit ihrem mageren Mahl, philosophisch. Hauptsache, sie kann Igorlein (oder Gary, wie ihn die Amerikaner jetzt nennen) weiterhin mit Ding-Dongs versorgen.

Großmutters Zweizimmerwohnung ist ein wahres Wunder. Außer der Hamburger spendenden Küche gibt es meinen Stiefgroßvater Ilja, der am Esstisch finster vor sich hin stiert und sowieso bald sterben wird, teils an Krebs und teils, weil er in Rego Park niemanden gefunden hat, mit dem er einen großzügigen Achtelliter von dem guten Zeug hätte kippen können (alkoholischer Herzschmerz sollte als russische Krankheit klassifiziert werden). Dann gibt es da die leuchtenden Medaillen, die Ilja «für Tapferkeit» während seines Einsatzes bei der sowjetischen Marine am nördlichen Polarkreis verliehen wurden und die ich mir gern an die Brust hefte, denn, tja, auch wenn die Russen Lügner sind, wir haben immer noch den Großen Vaterländischen Krieg gegen die Deutschen geführt und gewonnen … Aber was das Allerwichtigste ist: Es gibt einen Fernseher.

Großmutter hat einen Fernseher.

Der Fernseher gehörte, wie der zerfallende Diwan und die schaurigen Clown-Kinderbilder, schon zur Wohnung, vermutlich weil er sich nur mit Hilfe der dreiundzwanzigsten Division der Sowjetischen Polarstreitkräfte hätte fortbewegen lassen. Der Bildschirm ist nicht besonders groß, dafür von einer Art gigantischem Holzschrank ummantelt (ähnlich dem ungarischen Dreitonnenexemplar, das Großmutter aus Leningrad mitgebracht hat), und die ganze Vorrichtung steht auf zwei stämmigen, abenteuerlich abgewinkelten Beinen. Der Zenith entstammt vermutlich den ausgehenden 1950ern oder den frühen 1960ern. Und wie ein Hund, der zu alt ist, um einem Ball hinterherzurennen, ist der Apparat zu träge, um die elektromagnetischen Signale aufzufangen, die Bild und Ton übertragen. Genau gesagt – er empfängt *entweder* Bild *oder* Ton.

Die einzige Möglichkeit, Ton zu empfangen, besteht darin, die Antenne ganz oben anzufassen und sie an einem ausgestreckten Arm aus dem Fenster zu halten. Auf diese Weise kann man der Handlung akustisch folgen, ohne sie zu sehen. Und wenn ich mich nicht als Teil der Antenne zur Verfügung stelle, sondern dem Zenith gegenüber auf Großmutters Diwan liege, kann ich sehen, was passiert, höre aber nichts als kaltes Rauschen. Sehr bald komme ich dahinter, dass die beliebtesten Serien im amerikanischen Fernsehen häufig wiederholt werden. Ich verschmelze mit der Antenne, um die Handlung zu hören, und in der Werbepause notiere ich in Windeseile so viel wie möglich von den Dialogen. Wenn die Sendung dann ein paar Monate später wieder ausgestrahlt wird, habe ich meine Aufzeichnungen dabei und damit die Dialoge zur Handlung.

Bei dieser Methode klärt sich leider nicht, warum Buck

Rogers im fünfundzwanzigsten Jahrhundert festsitzt oder warum der Unglaubliche Hulk manchmal grün ist und manchmal nicht. Die Serie *Buck Rogers* ist bei den Schulkindern besonders beliebt – alle Jungs sind in Pilotin Wilma Deering verknallt, gespielt von der wohlgeformten Erin Gray in hautengem Overall, aber niemand ist so verliebt in sie wie ich – und erfordert ganz besonderes Geschick, weil sie um 16 Uhr auf WWOR/Channel 9 läuft. Um zwischen 16 und 18 Uhr Sendungen auf Channel 9 zu empfangen, reicht es nicht aus, mich mit der Antenne in der Hand aus dem Fenster zu lehnen. Exakt alle sieben Sekunden muss ich zudem damit winken, als wollte ich die elektromagnetischen Signale in Großmutters Wohnzimmer einladen, um Pilotin Wilma Deering rufen zu hören: «Buck Rogers, ich beordere dich zurück zur Basis! Das ist ein Verstoß gegen alle Prinzipien moderner Luftkampfkunst!», während sie in erotisch gespieltem Entsetzen die blauen Augen aufreißt – und vor Verlangen, wie ich zu erkennen glaube.

Zu einem späteren Zeitpunkt überrede ich Großmutter, meine Eltern zu überreden, ihr einen Neunzehn-Zoll-Fernseher von Hitachi mit begrenzter Fernbedienungsfunktion zu kaufen. Ihnen ist nicht klar, dass ich die drei Stunden bei Großmutter, bis Papa in seinem Schlachtschiffauto heranrollt, ausschließlich damit zubringe, mich von ihr wie eine Foie-gras-Gans stopfen zu lassen und auf ihren Zenith zu starren. Ich lüge ihnen vor, ich würde in der Zeit meine Hausaufgaben machen, und Großmutter hält dicht; sie ist einfach glücklich, mich Doritos mampfen zu sehen, während die Deutschen nicht über die im Hitler-Stalin-Pakt festgelegte Grenze vorrücken. Für die SSSQ-Hausaufgaben brauche ich im Schnitt drei Minuten. Ich soll zusammenrechnen, wie viele Heißluftballons auf einem Foto von New Mexico in der Luft schweben, dann muss ich noch einen Propheten erkennen und kläglich יְחֶזְקֵאל in mein *machberet* kritzeln, mein blaues israelisches Schreibheft. (Mein Vater hat bereits bei der jüdischen Schule angerufen und verlangt, man solle mir schwierigere Matheaufgaben geben. Sie haben kategorisch abgelehnt.) Und wenn ich mit dem Propheten Ezekiel fertig bin, kann ich *Diff'rent Strokes* gucken. Das Problem ist nur, dass *Diff'rent Strokes* trotz meines wachsenden englischen Vokabulars und der exzellenten Bildqualität von Großmutters neuem Hitachi – vordergründig geht es um die Geschichte eines reichen weißen Mannes, der viele schwarze Kinder adoptiert – in kultureller Hinsicht keinen Sinn ergibt. Keine der Serien tut das.

Je mehr ich sehe, desto mehr Fragen tun sich auf. *Was passiert da eigentlich in meinem Land? Und warum unternimmt Präsident Reagan nichts dagegen?* Zum Beispiel:

Drei Mädchen und drei Jungen: Warum sind Mr. und Mrs. Brady ständig so supergut gelaunt, obwohl Mrs. Brady eindeutig schon eine *raswod* hinter sich hat, und jetzt ziehen sie und ihr Exmann Kinder groß, die gar nicht ihre eigenen sind? Und woher stammt ihre weiße Sklavin Alice?

Herzbube mit zwei Damen: Was bedeutet «verkehrt rum sein»? Und warum finden alle das blonde Mädchen so hübsch, wo die Braunhaarige ganz eindeutig die Schönere ist?

Gilligans Insel: Kann es wirklich sein, dass das mächtige Amerika zwei seiner besten Bürger nicht orten kann, die im Meer verschollen sind, nämlich den Millionär und seine Frau? Und obwohl Gilligan ulkig und unbeholfen ist wie ein Immigrant, mögen ihn die Leute? Soll ich mir das notieren und weiter beobachten? Ihm nacheifern?

Planet der Affen: Wenn Charlton Heston Republikaner ist, sind die Affen dann Sowjets?

Nach drei Stunden Fernsehen und Essen (Regierungskäse auf mit Lebensmittelmarken erworbenen Ritz-Crackern) bin ich augenscheinlich so amerikanisch wie alle anderen auch. In der Küche bereitet Großmutter noch mehr Essen für die Enkelfütterung am kommenden Tag vor, und ich frage mich, wie es möglich ist, dass ich sie so sehr liebe, bloß weil sie mir gegeben hat, was alle anderen mir verweigert haben.

Trotz meiner Höhenangst steige ich auf die Feuerleiter und beobachte etwa sechs Stockwerke über den Rasenflächen im Zentrum von Queens, wie die TWA-Flugzeuge im steilen Sinkflug den LaGuardia Airport anpeilen. Bald wird Papa kommen und mich zurück nach Little Neck bringen, in mein echtes Zuhause, wo sich meine Eltern bis 22:30 Uhr wegen der wölfischen Verwandten in den Haaren liegen werden, bis wir alle ins Bett gehen und genug Schlaf bekommen müssen, um einen weiteren schwierigen Tag in Amerika durchzustehen.

Draußen hupen die Autos bis zum Grand Central Parkway, die Leute im Haus nebenan lassen englisch- oder spanischsprachige Radiosender laufen, sind lebendig und frei, und in der Luft hängt der städtische Geruch von Benzin und gebratenem Fleisch, auf ganz eigene Weise köstlich. Wenn ich die Augen schließe, höre ich die süchtig machende süßliche Titelmelodie von *Herzbube mit zwei Damen* («Come and knock on our door/We've been waiting for you») und Werbung für Juicy-Fruit-Kaugummi, die mit solcher Hingabe gesungen wird, dass sie mir Angst einjagt *(«Jew-seh frooooot is gonna moooove ya/it gotta taaaaste that cut raaaaaaght throoo ya-ugh»).*

Noch vor wenigen Jahren war ich viel wütender als heute, und während ich die TWA-Flugzeuge im Landeanflug beobachtete, hätte ich gewünscht, ein paar davon würden abstürzen und auf den kleinen Häusern hinter dem Wirrwarr aus roten Backsteingebäuden explodieren. Aber als Kind denke ich bloß: *Wow*, was sind das für Glückspilze, die irgendwo hinfliegen können! Ob ich wohl irgendwann auch wieder in der Luft bin? Und wo lande ich dann? Berlin-Schönefeld? Oder auf dem Ben-Gurion-Airport in Israel, um gegen Omar und die anderen Araber zu kämpfen? Wird mich mal jemand außer Großmutter lieben?

«Du bist Gary Gnu», sagt ein Kind auf einem öffentlichen, nicht jüdischen Spielplatz zu mir.

Ich: «Was?»

«Du heißt Gary. Also bist du Gary Gnu. Aus *The Great Space Coaster.*»

«Was Kouster?»

«Tu nicht so blöd. Du bist Gary Gnu.»

«Ich bin Gnu?»

Doch bevor ich Gnu werde, lasst mich noch kurz von einer weiteren Fernsehserie erzählen, die ich auf Großmutters Zenith verfolgt habe. Sie heißt *Der Sechs-Millionen-Dollar-Mann*. Fakt ist, der Mann ist teuer. Er kostet nicht zehn Millionen Dollar, die wir beim Publishers-Clearing-House-Gewinnspiel um ein Haar gewonnen hätten, aber beinahe zwei Drittel so viel. Er heißt Steve Austin, und er war Astronaut, bis ihn ein entsetzlicher Unfall mehrerer Körperteile beraubt hat und er auf Kosten der Steuerzahler zu neuem Leben erweckt wurde, um alle möglichen Abenteuer zu erleben. (Berühmte Eröffnungssequenz: «Aber meine Herren, wir können ihn wieder zusammenbauen. Wir haben die Technologie!») So verschossen ich auch in Pilotin Wilma Deering aus *Buck Rogers* bin, der bionische Steve Austin fasziniert mich noch mehr. Denn man muss bedenken – der Mann ist ein Krüppel. Ihm fehlen ein Arm, zwei Beine und ein Auge. Man stelle sich nur vor, ich würde in der SSSQ ohne diese Körperteile auftauchen, mit meinem Spielzeugaffen im Schlepptau, dem auch ein Arm fehlt … die israelischen Kinder würden den Fußboden mit mir feudeln, oder jedenfalls die Teile, die Jimmy und George, die beiden schwarzen Hausmeister, übersehen haben. Und trotzdem fehlt Steve Austin nichts. Manches an ihm ist zwar nicht echt, aber dafür macht er sich die Vorteile seiner neuen Kräfte zunutze. Er ist, um mit den Worten der Sendung zu sprechen, «besser als vorher. Besser, stärker, schneller.» Schließlich sind wir in Amerika, und die Teile an dir, die nichts mehr taugen, kannst du einfach austauschen. Du kannst dich Stück für Stück neu zusammensetzen.

In meinem Roman *Inwasion aus dem All* füge ich ein Kapitel mit der Überschrift «Bionische Freunde» ein – über, nun ja, zwei bionische Freunde. Der hübschen Miss S, mittlerweile leider eine *Mrs.* S, gefällt dieses Kapitel besonders gut, und ich erinnere mich an das Zeigen-und-Erzählen-Spiel, als einer der Schüler auf ihren Turnschuh deutete und rief: «Puh, das stinkt!»

Sie hat über sich selbst gelacht und die Sache unbeschadet überstanden!

Zurück zum Spielplatz. Ich frage: «Wer ist Gary Gnu?»

«Du bist das, du Blödmann. Du heißt doch Gary, oder? Also bist du Gary Gnu, Arschgeige.»

Der Christenjunge hat eine unbestechliche Logik.

Gary Gnu ist eine drollige pelzige grüne Handpuppe mit violettem Rollkragenpullover aus der Kindersendung *The Great Space Coaster*. Alle anderen Kinder aus der SSSQ kennen ihn, aber ich kann *The Great Space Coaster* nicht gucken, weil es morgens läuft, wo ich keinen Zugriff auf Großmutters Zenith habe. «Gnus (Connochaetes) sind eine Gattung stämmiger Antilopen, die zur Gruppe der Kuhantilopen gehören und in Afrika beheimatet sind.» Gnu wird auf Englisch *Nu* ausgesprochen. Gary Gnu hat ganz eindeutig ein Problem mit dem stummen *G* in seinem Namen, denn er besitzt die lästige Angewohnheit, es jedem Wort hinzuzufügen, das mit *n* beginnt: «Aber *gnein*. Du bist eine *Gnervensäge*, die einem *gnichts* als schlechte *Gnachrichten* überbringt.» Sein Motto in *The Great Space Coaster*: «Keine *Gnachrichten* sind gute *Gnachrichten* bei Gary Gnu.» Von alldem weiß ich nichts, aber der kleine Goi auf dem Spielplatz hat gesagt, dass die Antilope so wie ich Gary heißt. Also probiere ich den Namen bei meinen Mitschülern aus. «Ich bin Gary Gnu!»

«Gary Gnu! Gary Gnu! Keine Gnachrichten sind gute Gnachrichten!»

Na, das lief doch schon mal ganz gut. Weder «Kommi» noch «du roter Irgendwas». Und dann fällt mir wieder Thurston Howell III. ein, der Millionär aus *Gilligans Insel* – eine große Inspiration für einen jungen republikanischen Einwanderer. «Ich bin Gary Gnu der Dritte.»

«Gary Gnu der Dritte! Gary Gnu der Dritte! Keine Gnachrichten», etc.

Und dann habe ich eine Erleuchtung. Ich bin kein Russe. Nie gewesen. Ich bin eine Antilope. Immer schon gewesen. Es ist an der Zeit, diese Entdeckung zu Papier zu bringen.

Ich schreibe meine eigene Thora. In Anspielung auf mein neues Gnusein nenne ich sie die Gnorah. Damit sie sich auch wie eine Thora anfühlt, banne ich die Gnorah auf eine richtige Schriftrolle. Ich tippe sie auf einem neuartigen Gerät, das mein Vater von der Arbeit mitgebracht hat – eine Art Computertastatur, die über eine Telefonverbindung Signale empfängt, sie in Punktmatrix-Zeichen umwandelt und dann auf Papier ausspuckt. Um das Ganze thoraähnlicher zu gestalten, lasse ich meinen Vater zwei Stöcke schnitzen, um die Holzgriffe nachzubilden, mit denen eine Thora aufgerollt wird.

Die Gnorah ist eine Attacke gegen alles Religiöse auf der SSSQ – das Auswendiglernen alter Texte, das aggressive Skandieren diverser Segenssprüche vor und nach dem Mittagessen, den gereizten Rabbi, der behauptet, die Juden hätten den Holocaust durch übermäßigen Verzehr köstlicher Schweinefleischprodukte selbst heraufbeschworen. Auf Hebräisch sind die Worte aus dem Alten Testament für uns nur unverständliches Gefasel. *Bereschit bara Elohim* … (Am Anfang schuf Gott …). Auf Englisch sind sie auch nicht viel besser, bilden den Auftakt zu einer langen Lektion in übereifriger Ahnenkunde, die vermutlich dazu dienen soll, uns Jungen die Beständigkeit und Einzigartigkeit unseres Volks zu vermitteln. Man werfe nur einen Blick auf den rothaarigen Einzelhändlersohn, der außerstande ist, zwei zusammenhängende Sätze auf Englisch zu bilden, und vollkommen desinteressiert an allem, was auf der Welt vor sich geht, abgesehen von den Ausgrabungsarbeiten in seiner Nase: *bereschit* in der Tat. Die Gnorah führt das Alte Testament schlicht und einfach auf seinen logischen Schluss anno 1984 zu.

1. Am Anfang war da nichts außer einem Stück Hubba Bubba. 2. Und dann platzte die Kaugummiblase, und es entstand die Erde. 3. Und der Zucker darin wurde zu Staub. 4. Ein einziges Nutra Sweet wurde zu einem Mann.

Gott erschafft Adam (oder besser: Madman) und schenkt ihm einen Garten namens Cleveland. Ich vermute, als ironische Anspielung auf die erfolglose Stadt in Ohio.

In den nachfolgenden Kapiteln finden sich Anspielungen

auf die berühmte *Where's the Beef*-Werbekampagne der Fastfoodkette Wendy's, auf die Kinderserie *Mister Roger's Neighborhood*, auf Sportreporter Howard Cosell, auf den *Playboy* und die Waldbaum's-Supermärkte. Ich verbrate jeden Schnipsel Popkultur, den ich im Zenith oder sonst wo aufgeschnappt habe, und obendrein den armen Jerry Himmelstein. Die Zwölf Stämme Gnusraels vervielfachen sich – «Prinzessin Leia schenkte ihm Schlomo, Schlamassel, Schmock, Nudnik, Dino, Gloria, Dror, Virginia, Jolly und Jim», und statt in Ägypten landen sie irgendwie in Australien.

Der Exodus wird zum Sexodus. Henry Miller wäre stolz auf mich. Moses wird in Mishugana umgetauft, und anstelle des brennenden Dornbuschs gibt es einen brennenden Fernseher. Gott straft die Australier mit zwölf Plagen, die letzte davon ist Rabbi Sofer, der dickwanstige Direktor und führende Kopf der SSSQ, «und die Australier ertrugen es nicht länger und sagten: Macht euch vom Acker, ihr Plagegeister – und nehmt bloß Rabbi Sofer mit.» Die Stämme Gnusraels begeben sich von Australien nach Hawaii, in das Land der Kokosmilch und Honigmelonen. Das fünfte Gebot des Gnu-Gottes lautet schlicht: «Du sollst deine Lehrer entehren.»

> Und G-tt sprach: Scheiß auf die Moral, das heißt aber nicht, führ dich auf wie John McEnroe. Du sollst keine Statuen von Michael Jackson oder Tom Selleck anbeten: Ich bin dein G-tt. Wenn du einen blinden Mann siehst, belüg ihn nicht; verkauf ihm zum Beispiel kein Angel Dust als Kokain. Du sollst nicht beim Namen von Brooke Shields schwören, sonst beleidigst du meinen Namen.
>
> Und G-tt fuhr fort: Egal in welcher Regierung – die Menschen sollen hoch und unfair besteuert werden. Du sollst dich auf keine amourösen Abenteuer mit Boy

> George oder seiner Mutter einlassen. Abtreibung sollst du erlauben, denn sonst könnte jemand wie Jerry Himmelstein dabei rauskommen. In dem Fall haben seine Eltern *Agoof* gemacht. Und was, wenn eine Naturkatastrophe wie Eedo Kaplan [ein israelischer Junge, der die beiden russischen Mädchen auf der Schule belästigt] geboren wird? Denk mal drüber nach. Hier die Wesen, die du nicht kreuzen solltest …

Es folgt eine lange Liste; sie beinhaltet «Ronald Reagan und Geraldine Ferraro» und endet traurigerweise mit: «Gary Gnu und irgendein weibliches Gnu». Dann die Formel, mit der mein Vater immer seine *Planet-der-Juden*-Erzählungen beendet hat: «Fortsetzung folgt».

Als ich mit dem Schreiben fertig bin, lese ich die Gnorah immer wieder durch. Ich kann nicht schlafen. Ich sehne mich so sehr danach, geliebt zu werden, dass es an Wahnsinn grenzt. Am nächsten Tag warte ich in der Schule ungeduldig auf die Pause, dann rolle ich meine Gnorah für ein paar Schüler auf und behalte wachsam Rabbi Sofers dicke Gestalt im Blick. Weitere Kinder scharen sich um mich. Mit jedem neuen Jünger überschreite ich die Grenze vom nicht gesellschaftsfähigen Spinner zum geduldeten Exzentriker ein weiteres Stück. In der letzten Schulstunde hat die Gnorah schon in der gesamten Schule die Runde gemacht. Am nächsten Tag wird sie auf dem Jungenklo, dem Zentrum der Macht, zitiert. Selbst Jerry Himmelstein scheint zufrieden mit meinen abschreckend erbarmungslosen Bemerkungen über ihn. Nicht, dass mich das kümmern würde. Und während wir im Unterricht gebetsmühlenartig wiederholen, was wir über die Propheten wissen und über die Frauen, die sie liebten, während wir Sachen singen, die uns nichts bedeuten, während Rabbi Sofer mit seiner Flüstertüte um uns herumwatschelt und verkündet, was für schlechte Kinder wir sind, feixen wir, ich und meine kleine Schar von – Moment, sind sie wirklich meine *Freunde*? – vor uns hin und ergötzen uns an den Stämmen der Gnusraeliten, an ihrem heftigen, heißen Sexodus aus Australien und ihrer Verehrung der allseits geliebten Brooke Shields, die Gerüchten zufolge Jüdin sein könnte – oder Gnüdin oder was auch immer.

Die Gnorah markiert das Ende des Russischen als meiner Hauptsprache und den Anfang meiner wahren Aneignung des amerikanischen Englisch. Zurück in meinem stickigen Zimmer in Little Neck, notiere ich eifrig die Verfassung des Heiligen Gnuischen Reiches (HGR), die auf soliden republikanischen Prinzipien ruht. Die Liebe zu zwei Ländern, Amerika und Israel, die Liebe zum aalglatten, stets lachenden, unbeschwert wirkenden Reagan, die Liebe zum uneingeschränkten Kapitalismus (obwohl mein Vater für die Regierung arbeitet und meine Mutter für eine gemeinnützige Organisation), die Liebe zur mächtigen republikanischen Partei ermöglichen mir, etwas mit meinem Vater zu teilen. Meinem gründlich durchgeschmökerten *Isaac Asimov's Science Fiction Magazine* habe ich ein Abo des *National Review* hinzugefügt. Auf den Seiten von William F. Buckley Juniors konservativem Magazin tummeln sich zwar vordergründig weniger Weltraummonster als im *Asimov's*, und ich verstehe nur die Hälfte der Wörter von Buckley und seinen Freunden, aber ich nehme durchaus ihre erboste, unzufriedene Rhetorik über einen gewissen Menschenschlag wahr, die unsere eigene exakt widerspiegelt. Auf das Deckblatt der Heiligen Gnuischen Verfassung male ich eine Waage, beschrifte ihre Schalen mit den Wörtern «Sozialhilfe» und «Militärausgaben» und lasse letztere Waagschale weit nach unten sinken. Tja, dumm gelaufen, ihr Sozialschmarotzer mit euren Cadillacs! Und dann eine weitere freudige Überraschung: Mit meinem Abonnement des *National Review* habe ich offenbar die erforderlichen republikanischen Referenzen erworben und erhalte einen dicken Umschlag mit einem amerikanischen Adler, der auf zwei Gewehren sitzt. Obwohl ich zu jung bin, um eine Waffe zu besitzen und in der Subway einen Schwarzen zu erschießen, der mich ausrauben könnte (bisher bin ich vielleicht dreimal mit der Subway gefahren), heißt man mich mit einer gewaltigen Fanfare des zweiten Verfassungszusatzes bei der National Rifle Association willkommen.

Auf der SSSQ erschafft ein weiterer übermäßig phantasievoller Junge namens David das Kaiserreich Davids (KRD), das die demokratischen Ansichten vertritt, zu denen sich die meisten Eltern der jüdischen Kinder aus Queens bekennen. Er nennt sich der Mächtige Khan Cäsar. Selbstredend zieht das Heilige Gnuische Reich gegen Davids Kaiserreich in den Krieg. David und ich handeln Friedensverträge aus und besprechen, wie wir das bekannte Universum unter uns aufteilen werden, so wie Spanien und Portugal die Welt einmal im Vertrag von Saragossa aufgeteilt haben. Während wir die außenpolitischen Angelegenheiten regeln, laufen unsere Anhänger durch die Turnhalle der SSSQ, in der sich Gebetsbücher stapeln und in der wir morgens «The Star-Spangled Banner» singen und – mit einer Inbrunst, die uns fast die Tränen in die Augen treibt – die «Hatikwah», die israelische Nationalhymne. Doch heute schmettern die Schüler nicht über *Nefesch Jehudi* («die jüdische Seele»). Sie singen meine Nationalhymne («Nefesch Gnuschi …») und schwenken meine Fahne, die Zeichnung eines Gnus, das erhaben in der afrikanischen Steppe steht, abgemalt aus dem Merriam-Webster-Wörterbuch.

Bis zur Highschool werde ich nie wieder Gary genannt. Ich bin Gary Gnu oder einfach Gnu. Selbst die Lehrer reden mich so an. Um mal nicht unterrichten zu müssen, widmet eine Lehrerin die Stunden in unserer Klasse der Verfassung des Heiligen Gnuischen Reiches. Ich bin so aus dem Häuschen über die Entwicklung der Dinge, dass ich eine ganze Woche lang schweres Asthma habe. Die Kinder, meine gnuischen Abgeordneten, halten die Stellung, während ihr Gnu-Anführer das Krankenbett hütet, fasziniert zusieht, wie sich in seinem Schrank der Lichtmann erneut zusammensetzt, und einer zukünftigen Welt, einer zukünftigen Persönlichkeit entgegenröchelt.

In drei Jahren werden wir unseren Schulabschluss machen, und zu diesem Anlass wird ein Jahrbuch erscheinen. Zu jedem der Schüler wird darin etwas Humorvolles zitiert – zum Beispiel ein Songtitel, der ihn am besten beschreibt. Die Zitate für die drei anderen russischen Kinder beziehen sich ausschließlich auf ihr Russischsein (z. B. Lieblingslied: «Back in the USSR»), während meine sich um meinen Republikanismus oder meine Eigentümlichkeit drehen *(«They're Coming to Take Me Away, Ha-Haaa!»).*

Besser, stärker, schneller.

Oder auch nicht. Wie jeder sogenannte kreative Geist schnell lernt, ist er dem Rest der Welt im Prinzip völlig schnuppe. Und während der Rummel um mein Gnuisches Kaiserreich abflaut, kommt ein klopsiges Kind, dessen Name auf Russisch zugleich «Eiche» und «Dummkopf» bedeutet, auf mich zugewatschelt und fragt: «Hey, Gnu, was hörst'n da? *Den Klassik-Musiksender*?» Ich protestiere sofort, denn wenn ich eins gelernt habe, dann dass ich in der Öffentlichkeit *niemals* über Hochkultur sprechen oder erwähnen darf, dass meine Eltern beide eine Musikausbildung haben. «Ich hab keine Ahnung von klassischer Musik!», sage ich laut, zu laut. «Ich hab das Album *Seven and the Ragged Tiger* von Duran Duran *und* eins von Cyndi Lauper auf Kassette!»

Aber die «Eiche» und das zierliche hübsche Mädchen mit mesopotamischen Augen neben ihm lachen schon über mein entsetzliches Gebrechen. Wenn sie nur wüssten, was für einen großen Bogen ich um Papas Tschaikowski und Mamas Chopin mache. Wie ich auf dem Rückweg von meiner Großmutter im Auto meines Vaters die Duran-Duran-Kassette so laut aufdrehe, wie er mich lässt, mit dem Gesicht zum Fenster, als beobachtete ich, wie die bezaubernde Betonlandschaft des Grand Central Parkway an mir vorbeizieht, während ich die Wörter in britischem Englisch, deren Sinn sich mir noch nicht einmal ansatzweise erschließt («The re-flex, flex-flex»), lautlos mit den Lippen forme und meinem Mund Thunfischatem entströmt. In forme sie mit jedem Funken Hoffnung, der in mir steckt.

12. Unsterblichkeit

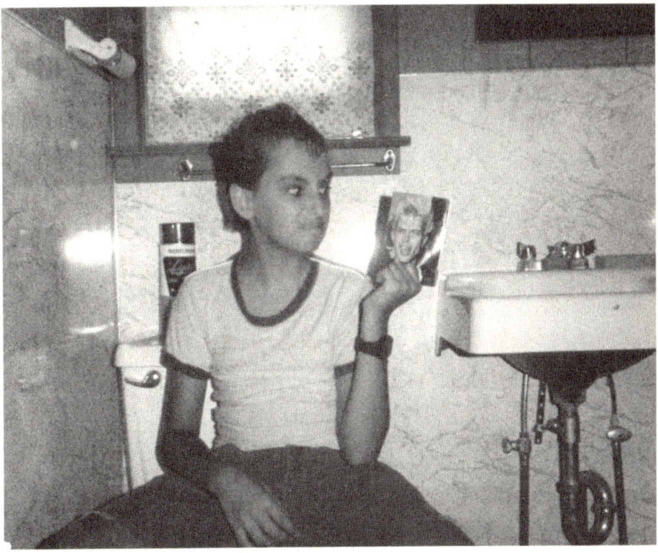

Der Autor posiert auf dem Klodeckel im Familienbungalow als der berühmte Popsänger Billy Idol. Die Pubertät rückt näher, und der Autor wird dicklich.

Sommer 1985. Nach jüdischer Tradition werde ich in Kürze zum Mann. Wie schon in den Jahren zuvor verbringt meine Familie den Sommer in einer russischen Bungalowsiedlung in den Catskill Mountains. Die Siedlung besteht aus einem Haufen sonnenverbrannter Holzhütten, eingequetscht zwischen wenig beeindruckenden Hügeln und einer weitläufigen Baum-und-Bach-Landschaft, die für die Kinder aus Queens genauso gut das Amazonasgebiet sein könnte. Während der Woche sind nur wir mit unseren Großmüttern hier (und ein paar Großvätern, die den 2. Weltkrieg überlebt haben, um unter Amerikas bedächtiger Sonne Schachturniere auszutragen), und unser Leben dreht sich um die stoßweisen Lieferungen alter Backwaren aus dem Kofferraum eines Kombis. «Brot! Gebäck!», bellt uns eine unglückliche ortsansässige Frau mittleren Alters entgegen, und die Großmütter und Kinder rangeln sich um ein eine Woche altes Himbeer-Plunderstück zum Schnäppchenpreis von einem Vierteldollar, das auch nicht schlechter schmeckt als alles andere, was wir kennen. (Ich halte mein Wechselgeld so fest, dass es in meinen Handflächen Rillen hinterlässt.) Ansonsten spielen wir Kinder das simple russische Kartenspiel *Durak*, schleudern mit unseren lädierten Badmintonschlägern Federbälle in die Luft und scheren uns nicht darum, ob sie wieder runterkommen, weil wir entspannt, glücklich und unter unseresgleichen sind.

Meine Großmutter folgt mir wie ein Schatten, lutscht eine Aprikose bis auf den Kern ab, den Blick auf meinen ehemals schlaksigen, jetzt leicht schwabbeligen Körper geheftet. Sie stellt sicher, dass nichts und niemand mir Schaden zufügt. Die anderen Kinder haben ähnliche Aufpasser – Frauen, die unter Stalin aufgewachsen sind und deren gesamtes Leben in der UdSSR darauf ausgerichtet war, Krisenmanagement zu betreiben und dafür zu sorgen, dass die launenhafte Welt ihre Kinder besser behandelt als sie. Meine Großmutter redet in diesen Tagen darüber, in «die nächste Welt» zu gehen, und in diesem Bar-Mizwa-Sommer, in dem ich selbst einen entscheidenden Schritt in meiner Entwicklung mache, beginne ich, sie als alte Frau zu sehen, die nach und nach abbaut, sehe ihre zitternden Hände, die den Aprikosenkern umklammern, höre ihre brüchige Stimme, wenn sie mich bittet, noch einen Happen Wurst zu essen. Sie steht der Ewigkeit ebenso ängstlich und hilflos gegenüber wie alle anderen. Vielleicht liegt es an Amerika. Wenn man nicht mehr ums tägliche Überleben kämpfen muss, kann man nur in der Vergangenheit schwelgen oder sich dem sonderbaren Schicksal der Zukunft stellen. Meine Großmutter will nicht sterben, da kann sie noch so viel über das zukünftige Paradies reden.

An den Wochenenden kommen unsere Eltern aus der Stadt zu Besuch, und freitagabends sitzen wir Kinder wachsam wie Terrier mit gespitzten Ohren am Picknicktisch neben der kaum befahrenen Landstraße, die an unseren Bungalows vorbeiführt, und hoffen, die gequälten Gebrauchtwagengeräusche der Autos unserer Väter zu erkennen. Ich erinnere mich an meine erste Sommerliebe in diesem Jahr – kein Mädchen, sondern der glänzende neue Mitsubishi Tredia-S, den meine Eltern gekauft hatten, ein kastiges kleines Modell, das in erster Linie für seinen geringen Benzinverbrauch bekannt ist. Der beige Tredia-S mit Frontantrieb ist der unumstößliche Beweis für unseren Aufstieg in die Mittelklasse, und wenn mein Vater und ich damit unterwegs sind, jubele ich, wenn ich die schlichtere Ausführung des Tredia sehe (ohne das *S*).

Mein Vater ist jetzt ein Mann im besten Alter; sehr auf den Körper bedacht, verspeist er mit Begeisterung ganze Knoblauchzehen auf dicken Scheiben Brot und ähnelt mit seiner kleinen kräftigen Statur einer Cherrytomate. Er lebt fürs Angeln. Jedes Jahr rupft er mit seiner Angelrute und gruseligem Geschick Hunderte, wenn nicht Tausende Fische aus Bächen, Seen und Ozeanen. Im Alleingang entleert er einen ganzen See nahe Middletown, New York, und lässt nur eine kleine Schar verstörter verwaister Babybarsche zurück. Verglichen mit meinem Vater bin ich nichts. Die Bar Mizwa macht mich vielleicht bald zum Mann, aber wenn wir uns in den verbotenen grashüpfergeplagten Wald nahe der Bungalowsiedlung schleichen und er mit bloßen Händen die saftigsten Würmer aus der Erde gräbt, spüre ich die russische Bezeichnung für «schwächlich» – *slabyi* – durch mich hindurchströmen, ein Wort, das mich fast vernichtet, wenn es aus dem Mund meines Vaters kommt.

«Ach, ty, slabyi.» Ach, du Schwächling.

Wenn wir nicht angeln, vergnügen wir uns in bescheidenen Kinos in Orten mit Namen wie Liberty und Ellenville. Der Kinohit des Sommers ist *Cocoon*. Die Handlung: Aliens, genauer gesagt: Antarier, landen in Südflorida, um einer Gruppe von Altersheimbewohnern ewiges Leben zu schenken, gespielt von Darstellern wie Wilford Brimley und Don Ameche. An diesem Punkt meines Lebens kann Hollywood mir alles verkaufen – von Daryl Hannah als Meerjungfrau über Shelley Duvall als Olive Oyl und Al Pacino als mordlustigen kubanischen Einwanderer. Während ich in der klimatisierten Kühle Kinofilme gucke, bin ich vollkommen gefangen und verliebt in alles, was vor der Kameralinse auftaucht. Ich fühle mich meinem Vater nahe, fernab von Problemen des Würmersammelns, bei dem mich aggressive Grashüpfer angreifen, und befreit von meiner ständigen Angst, mir einen der riesigen rostigen Nägel in den Daumen zu treiben, mit denen mein Vater die Forellen in der Gegend in Angst und Schrecken versetzt. Im Kino sind mein Vater und ich einfach nur zwei männliche Einwanderer – der eine kleiner als der andere, wenn auch bald von dichter Körperbehaarung überzogen –, die schweigend, gebannt und verzaubert dem Spektakel aus der Filmdose ihrer neuen Heimat folgen.

Cocoon hat alles, was ich mir von einem Film erhoffe. Da tanzt der greise Don Ameche Breakdance, nachdem ihm der

Jungbrunnen der Aliens neue Kräfte verliehen hat, während meine Großmutter und ihre Seniorengenossen in unserer Bungalowsiedlung den Hüttenkäsepreis debattieren. Auf der Leinwand gibt es Floridapalmen, Ozeanbrisen und Tahnee Welch – Raquels Tochter –, die sich entblößt, während Steve Guttenberg sich mehr oder weniger selbst spielt und durchs Schlüsselloch späht. Noch nie habe ich eine so unangestrengt hübsche, mühelos gebräunte und neuweltlich bezaubernde Frau gesehen wie die jüngere Ms. Welch. Die Tatsache, dass mein sexuelles Erwachen Steve Guttenberg peripher mit einbezieht, habe ich nach und nach akzeptiert.

Das Thema des Films ist Unsterblichkeit. «Wir werden niemals krank werden», erzählt der Mann, der von Wilford Brimley gespielt wird, seinem Enkel, bevor die Aliens ihn mit in ihr Raumschiff nehmen. «Wir werden nicht älter. Und wir werden niemals sterben.» Währenddessen wirft Wilford Brimley eine Angel in den Atlantik aus, und sein besorgter Enkel sieht ihm dabei zu, ein kleiner Knirps neben einem ausgewachsenen, für seinen Schnauzbart berüchtigten Mammut-Mann. Während mein Vater den Mitsubishi Tredia-S unter dem leuchtenden ländlichen Sternenhimmel nach Hause lenkt und unsere Limousine nach totem Fisch, lebendigen Würmern und männlichem Schweiß riecht, frage ich mich, warum Wilford Brimley seinen Enkel nicht nach Antaria mitnimmt. Wird er seinen Enkel nicht irgendwann überleben? Sind einige von uns nur für ein kurzes Aufflackern körperlicher Existenz bestimmt, während andere wie Supernovas in der kühlen Luft über dem weiten Bergpanorama explodieren? Und wenn das so ist, wo bleibt dann die amerikanische Fairness? Während mein Vater in jener Nacht im Bett neben mir herzhaft schnarcht, meine Großmutter immer wieder aufs Klo rennt und in ihren beachtlichen bäuerlichen Busen hineinseufzt, sinniere ich eingehend über das Nichts, zu dem wir alle irgendwann zerfallen werden, und über das Gegenteil davon: Tahnee Welchs nur spärlich von weißen Sommershorts verhülltes Hinterteil. Ich will, dass Wilford Brimley mein Großvater ist, und ich will, dass er stirbt. Ich denke an das, was er zu Beginn des Films zu seinem obsessiven *slabyi* von Enkel sagt: «Dein Problem ist, du denkst zu viel nach, und davon kriegt man Angst.»

Ann Masons Bungalowsiedlung liegt in der Nähe des Städtchens Ellenville an einem Hügel, nicht weit von den alten Feriensiedlungen in den «jüdischen Alpen». Darunter befindet sich das kreisrunde Heufeld eines fanatischen polnischen Antisemiten, der uns seinen Deutschen Schäferhund auf den Hals hetzt, wenn wir in seine Nähe kommen, zumindest behaupten das unsere Großmütter. Wir teilen unsere gewundene Landstraße mit einem Hotel namens Tamarack Lodge, das schon glanzvollere Zeiten erlebt hat, und einer Ansiedlung freilaufender Chassiden, die mit ihren Gebetsbüchern und Stirnlocken zu unseren Bungalows kommen und versuchen, uns Russen in ihren borstigen Lehren zu unterweisen. Meine Mutter und ich schleichen uns in die Tamarack Lodge ein, wo Eddie Fisher und Buddy Hackett einst gemeinsam auf der Bühne gestanden haben, und bestaunen die gebräunten jüdischen Hünen, die an einem olympisch großen Außenpool auf dem Rücken liegen oder in Pantoffeln zum Auditorium schlurfen, um Neil Diamond in *Der Jazz Sänger* zu sehen. Nach der Vorstellung werden wir alle in einen Speisesaal getrieben, wo den amerikanischen Juden ihr Essen serviert wird – gebratene Hähnchenbrust und eiskalte Cola! –, und als der Kellner unsere Zimmernummer wissen will, sagt meine Mutter schnell: «Zimmer 431.» Mama und ich verschlingen die ergatterten Hähnchenbrüste und machen uns aus dem Staub.

Zurück in Ann Masons Bungalowsiedlung, überleben wir auch ohne Neil Diamond, und in dem Planschbecken tummeln sich ein halbes Dutzend kleiner russischer Kinder. Ann Mason, die Eigentümerin, ist eine betagte Riesin, die mindestens drei hawaiianische Muumuu-Kleider besitzt und aus der das Jiddisch nur so heraussprudelt. Wir Kinder (vielleicht zehn an der Zahl aus Leningrad, Kiew, Kischinew und Wilna) vergöttern Ann Masons Mann, einen lachhaften schmerbäuchigen rotbärtigen Zwerg namens Marvin, der begeisterter Leser des Comicteils der Sonntagszeitung ist, dessen Hosenschlitz immer offen steht und dessen Schlachtruf lautet: «Alle Mann ins Planschbecken!» Wenn Ann Mason genug Lebensmittelmarken zusammengekratzt hat, laden sie und Marvin uns ins Ponderosa-Steakhouse zu T-Bone-Steaks mit Kartoffelpüree ein. Die All-you-can-eat-Salatbar ist die Verschmelzung von Kapitalismus und Völlerei, auf die wir alle gewartet haben.

Diese russischen Kinder sind für mich am ehesten so etwas wie ein Freundeskreis aus Landsleuten. Das ganze Jahr über fiebere ich unserem Wiedersehen entgegen. Einige der Mädchen reifen unverkennbar zu außerordentlichen Schönheiten heran; ihre winzigen Gesichter nehmen eine runde eurasische Gesichtsform an, jungenhafte Körper mit schmalen Hüften werden weicher. Aber am allerbesten gefällt mir der Klang ihrer heiseren, aufgekratzten Stimmen und wie die russischen Substantive den Schwall aus englischen Verben einrahmen oder umgekehrt (*«Babuschka, oni poschli* shopping *wmeste w ellenvilli»*) – «Babuschka, sie waren zusammen in Ellenville einkaufen.»

Beschwingt von meinem Erfolg mit der Gnorah, beschließe ich, Liedtexte für ein Musikalbum zu komponieren –

beliebte amerikanische Songs mit einem Schuss Russisch. Madonnas «Material Girl» wird zu «Matrjoschka Girl». Es gibt Lobgesänge auf Babuschkas, Hüttenkäse, erwachende Sexualität. Wir nehmen die Lieder mit einem Kassettenrekorder auf, den ich in einem Drugstore kaufe. Fürs Coverfoto posiere ich wie Bruce Springsteen auf seinem *Born in the U. S. A.*-Album mit Jeans, T-Shirt und einer roten Baseballkappe, die hinten aus meiner Hosentasche herausguckt. Mehrere Mädchen werfen sich um «Bruce» herum in Pose – im Cyndi-Lauper- oder Madonna-Outfit und mit einer hoffnungsvollen Schicht Wimperntusche und Lippenstift. Wir nennen das Album *Born in the USSR. (Bin gebo-hoorn im kalten Le-nin-grad, a-ha … trug auf'm Kopf 'ne Riesen-Pelz-Schapka, yeah …)*

Sobald unsere Eltern von ihrer Arbeit in der Stadt eintreffen, reißen sich die Männer das Hemd vom Leib und bieten ihre haarige Brust dem Himmel dar; die Frauen versammeln sich in den kleinen Bungalowküchen und tuscheln über ihre Männer. Wir Kinder quetschen uns in einen Kombi und lassen uns in ein nahegelegenes Städtchen bringen, in dem es neben einer wachsenden Population chassidischer Juden ein Kino gibt, in dem für zwei Dollar die Filme vom letzten Sommer gezeigt werden (eine Riesentüte Popcorn mit Butterimitat gibt's für fünfzig Cent). Auf der Rückfahrt zu Ann Masons Bungalowsiedlung sitzt jeder irgendwem fast auf dem Schoß, und wir unterhalten uns über die Feinheiten von *E. T. Der Außerirdische.* Ich frage mich laut, warum der Film sich nie ins All hinausgewagt hat, um uns den Planeten des verschrumpelten Gesellen zu zeigen, seinen Geburtsort und sein wahres Zuhause.

Bis in die Nacht hinein reden wir weiter, während die Sterne das Bullauge des antisemitischen Heufelds beleuchten. Morgen gibt's ein ausgedehntes Freundschaftsspiel Badminton. Tags darauf kommt Marvin mit der Comicbeilage vorbei, und wir lachen über *Beetle Bailey* und *Garfield*, manchmal ohne zu wissen, warum. Manchmal ist das Nichtwissen eine Art Glücklichsein.

Das Mädchen, in das ich verliebt bin, heißt Natascha. Ich weiß, dass es eine Cartoon-Sendung mit zwei Figuren namens Boris und Natascha gibt, die sich über Russen lustig macht, und in der SSSQ würde ich mich niemals mit jemandem blicken lassen, der einen dieser beiden Namen trägt. Das einzige Mädchen, das mit mir zum Schulball gehen möchte, kommt aus Moskau und heißt Irina*, und obwohl ein Teil von mir durchaus begreift, dass sie ein schlankes, attraktives Mädchen ist und weitaus hübscher als die meisten Amerikanerinnen oder Israelinnen, ist der überwiegende Teil von mir enttäuscht, dass sie weder das eine noch das andere ist. Doch hier in der Bungalowsiedlung gelten andere Regeln. Hier sind wir alle gleich, und wir gehen überraschend nett miteinander um.

Ich wiederum bin nicht gerade eine Augenweide. Mein Körper und Gesicht sind dabei, sich zu verändern, und das nicht zu meinem Vorteil. Großmutters Fütterungen in Kombination mit der Pubertät haben mir das beschert, was steroidmampfende Bodybuilder als «bitch-tits» bezeichnen, und die ohnehin schon engen T-Shirts, die mir die Schulsekretärinnen gespendet haben, spannen ziemlich. Über meine rechte Schulter zieht sich das Ergebnis einer vollkommen

* Kurioserweise handelt es sich dabei um die zukünftige Romanautorin und Essayistin Irina Reyn. Eine Abschlussklasse mit nicht mal dreißig jüdischen Schülern hat gleich zwei Schriftsteller hervorgebracht, die beide aus der ehemaligen Sowjetunion stammen.

verpfuschten sowjetischen Impfung: eine riesige fleischfarbene wurstförmige Narbe, über der ich eine teppichdicke Schicht aus Heftpflastern trage. Mein ehemals jungenhaftes und nettes Gesicht nimmt erwachsene Züge an, die wenig Sinn ergeben. Ich werde haariger und hakennasiger; mein Vater nennt mich inzwischen *gubasti*, «Dicklippe», und manchmal kneift er mich ins Kinn und sagt: *«Ach, ty, schidowskaja morda.»* Hey, du Judengesicht. In seinen *Planet-der-Juden*-Erzählungen ist es etwas Positives, ein kluger Jude zu sein, doch mir schwant, dass er sich hier auf die weniger angenehmen Attribute unseres Geschlechts bezieht. Es ist alles äußerst verwirrend.

Aber eins weiß ich genau: Natascha ist wunderschön. Auf ähnliche Art wunderschön wie Tahnee Welch in *Cocoon*. Sie hat sogar den gleichen Kurzhaarschnitt, der ihren schlanken Hals gekonnt zur Geltung bringt, und blaue Augen, die vor Freude funkeln, wenn sie sich mit ihrem Badmintonschläger zum Abschlag bereit macht. Sie ist jungenhaft und athletisch, und meistens sieht man sie mit ihrem braunen Boxer durch Ann Masons Bungalowsiedlung streifen. Leider fällt mir der Name des Boxers nicht mehr ein, dabei war er mir damals so vertraut wie mein eigener.

Natascha ist freundlich und sanft und hat sich vollkommen unter Kontrolle. Sie jammert nicht, sie beklagt sich nicht, und sollte sie irgendwie unsicher sein, wo sie in der Welt hingehört, macht sie das im stillen Kämmerlein mit sich aus. Wenn sie Purzelbäume schlägt oder einen Handstand vor mir macht, dann nicht, um anzugeben, sondern weil sie … glücklich ist? Und wenn sie einen Handstand macht, ihr T-Shirt der Schwerkraft folgt und ich ihren flachen braunen Bauch sehe, bin auch ich glücklich. Natürlich wird sie niemals «meine Freundin» werden, aber sie existiert irgendwo auf der Welt, und das wird mir bis zum College reichen.

Mittlerweile werde ich von allen einfach Gnu genannt (Frage an meine Großmutter: *«Moschet Gnu s nami poigrajet?»* Darf Gnu rauskommen und mit uns spielen?), nur Natascha nennt mich immer Gary. Ich versuche extra, meine Begegnungen mit Natascha so zu timen, dass ich nur jede *zweite* Partie Badminton, Durak oder Speed mit ihr spiele, aber die Kinder durchschauen mich trotzdem – schließlich sind die meisten von ihnen Mädchen, also clever. Natascha und ich sitzen an einem grünen Picknicktisch, und unsere Waden berühren sich siebenunddreißig Sekunden lang (mein Gehirn: «vierunddreißig, fünfunddreißig, sechsunddreißig, siebenunddreißig – Mist, sie hat sich bewegt»), da sagt eins der Mädchen: «Gnu mag Natascha.»

Ich will schon aufstehen, denn mein Selbstmord bedarf gewisser Vorbereitungen, da sagt Natascha: «Ich mag Gary auch. Wir sind Freunde.» Geschickt manövriert sie eine Karte ganz oben auf ihren Stapel und ruft ihrem lahmen Spielgegner zu: «Speed!»

Blitzschnell fallen die Karten auf den Tisch. Und ich verdaue ihre doppeldeutige Aussage. Sie *mag* mich. Also bin ich es wert, gemocht zu werden. Und dabei geht es gar nicht um diesen Gnu-Blödsinn. Denn für sie bin ich Gary. Aber wir sind nur *Freunde*, und diese Aussage ist ebenfalls unumstößlich.

Was bedeutet es, jemanden zu lieben? Auf der SSSQ darf ich mich den gebürtigen Amerikanerinnen nicht nähern, denn ich gehöre zur *dalit*, zur Kaste der Unberührbaren, und könnte sie mit meiner Gegenwart beschmutzen. Aber wie wir in Ann Masons Bungalowsiedlung gesehen haben, darf meine nackte Wade Nataschas glühend warme siebenunddreißig Sekunden lang berühren; und wir sind Freunde, wenn auch nicht mehr. Eines frühen Sommermorgens liege ich im Schatten einer Eiche, lese *Isaac Asimov's Science Fiction Magazine*, niese wegen der satten amerikanischen Pollen und träume von entlegenen allergikerfreundlichen Planeten, als ich in einer Geschichte über folgende Zeilen stolpere: «Ich stand auf und drückte sie in der feuchten Dunkelheit an mich, fuhr ihr mit der Hand über den schmalen Rücken und ließ sie nach vorne gleiten, um eine ihrer kleinen Brüste zu umschließen. ‹Ich liebe dich, Jane›, sagte ich.» Ich schließe die Augen und stelle mir ein kleines rundes Gewicht in meiner Hand vor. *Umschließen*. Man *umschließt* die kleine Brust einer *Jane*. Das also ist Liebe.

Zu Hause gibt es die Liebe zwischen meinen Eltern, und manchmal höre ich, wie sie sich lieben. Meistens aber bedeutet Liebe Streit. Meine Mutter hat ihre Schweigetechnik dermaßen perfektioniert, dass sie mehrere Tage, manchmal mehrere Wochen nicht mit meinem Vater spricht, obwohl sie weiterhin beide in ihrem Mahagoni-Ehebett schlafen. In dem Fall fungiere ich als Vermittler. Meine Eltern vereinbaren Sprechstunden mit mir, um ihren Ärgernissen Luft zu machen und die Wahrscheinlichkeit einer *raswod* abzuwägen. Und so pendle ich zwischen ihnen, erlaube mir gelegentlich, meinem Flehen, sie mögen zusammenbleiben, durch Tränen Nachdruck zu verleihen. «Er entschuldigt sich dafür, Mama. Von jetzt an wird er sich nicht mehr von seinen wölfischen Verwandten beeinflussen lassen.» «Papa, sie weiß, sie hätte dich nicht eine Stunde lang warten lassen sollen, als du sie abgeholt hast, aber man hat ihr auf der Arbeit in letzter Sekunde noch etwas zum Tippen gegeben, und sie wollte sich das Überstundengeld nicht entgehen lassen.»

Der brenzligste Teil des Tages beginnt, wenn mein Vater meine Mutter nach der Arbeit abholen muss, nachdem er mich bei Großmutter aufgesammelt hat, damit wir alle zusammen im Tredia nach Hause ins ferne Little Neck fahren können. Wir warten in der Nähe einer Subway-Station auf meine Mutter, Ecke Union Turnpike und Queens Boulevard, nicht weit vom Strafgericht. An der Ecke steht eine Statue aus den 1920ern mit der Aufschrift *Triumph der Bürgertugend*: Ein nackter Muskelprotz trampelt mit gezücktem Schwert zwei barbusige Meerjungfrauen nieder, die für Korruption und Laster stehen. «Wo steckt sie denn? *Suka twoju matj!*», tobt mein Vater, weil meine *Schlampe von Mutter* zu spät ist, zehn, zwanzig, dreißig, vierzig Minuten, eine Stunde. Und mit jedem Anstieg auf der Verspätungsskala weiß ich, dass ihr Streit auf der *raswod*-Messlatte weiter nach oben schnellt.

Um uns die Zeit zu vertreiben und um seine Wut und meine Angst im Zaum zu halten, spielen Papa und ich eine nervöse Version unseres Versteckspiels um den gut bestückten knackärschigen Gott der Bürgertugend und die bezwungenen Meerjungfrauen herum, und ich nehme die Übelkeit erregende Lektion in Sachen Mann-Frau-Beziehung in mich auf, die die Statue so eindeutig vermittelt. (2012 wurde der *Triumph der Bürgertugend* nach massiven Protesten auf einen Friedhof in Brooklyn verlagert.)

Dann taucht aus der Subway endlich meine Mutter in ihrem Kaninchenfellmantel auf – der einzige Luxus, auf den eine russische Frau nicht verzichten kann –, wir steigen ins Auto, und die Streiterei geht los.

Suka! Suka! Suka!

Scher dich zum chuj!

Schäm dich, vor dem Kind so rumzufluchen! Wie viel hast du deinen Verwandten geschickt?

Ne-twojo sobatsche delo. *Das geht dich einen Hundsdreck an!*

Wo warst du dann, Schlampe?

Meine Mutter ist krank! Meine Mutter liegt im Sterben! Ah, diese Wolfsbrut!

Und dann sagt mein Vater zu mir, leise, aber laut genug, dass meine Mutter auf dem Rücksitz es hört: *Andere Männer schlagen ihre Frauen. Ich hab das nie gemacht. Sieh dir an, was dabei rausgekommen ist.*

Ich lehne den Kopf an die kalte Fensterscheibe, und Murray Heads «One Night in Bangkok» aus dem Nerd-Musical *Chess* dröhnt in voller Lautstärke aus den Autolautsprechern. Ich stelle mir ein asiatisches Mädchen vor – in einem landestypischen Seidenkleid vor einer gewaltigen thailändischen Stupa. Keine Ahnung, was das zu bedeuten hat, abgesehen davon, dass ich mich gerade ganz woandershin wünsche, am liebsten aus dem Auto springen und zum Kennedy Airport laufen würde, der nicht weit entfernt ist.

Eins weiß ich ganz sicher: Eine *raswod* darf es zwischen meinen Eltern *niemals* geben. Warum? Weil wir die *Familie* Shteyngart sind, mit nur drei Familienmitgliedern – zu wenig, um uns zu entzweien. Ganz davon abgesehen, dass wir bei doppelter Haushaltsführung unseren Lebensstandard nicht halten könnten und nicht länger zur mittleren Mittelklasse gehören würden – vielleicht müssten wir sogar den Mitsubishi hergeben, mit dem ich vor meinen unbeeindruckten Klassenkameraden schon geprahlt habe: «Guckt mal! Es ist der Tredia-*S*.» Und sollte einer meiner Eltern noch einmal heiraten (undenkbar), würde ein Blick ihres jeweiligen amerikanischen Ehepartners auf mein Narbengeschwür und das geerbte Batman-T-Shirt vermutlich ausreichen, um mich ganz ohne Familie dastehen zu lassen.

Manchmal werde ich wütend. Im Schulbus auf dem Rückweg von der SSSQ entdecke ich ein israelisches Mädchen, eine Schlomit oder Osnat, die noch unbeliebter ist als ich, und mache mich gnadenlos über sie lustig. Sie hat einen Schnurrbart wie meine Großmutter und trägt einen Sport-BH. Ich setze mich neben sie und witzele über ihren Bart, sie könnte ihn doch mit «Turtle Wax» wegmachen – diese Fiesheit habe ich von einem anderen Jungen im Schulbus aufgeschnappt und finde sie bestens geeignet, um sie diesem kleinen, dunklen, freundlichen Wesen an den Kopf zu klatschen. Ich verspotte sie wegen ihres Sport-BHs und dem, was sich vermutlich darunter befindet und wovon ich nur eine vage Vorstellung habe. Was mir selbst nicht klar ist: Ich bin in das Mädchen verknallt, gerade *weil* es einen Schnurrbart wie meine Großmutter hat und in mir das Bedürfnis weckt, es zu umarmen und ihm alle meine Sorgen zu erzählen. Das Mädchen verpfeift mich bei Mrs. R, der liebenswürdigen Erzieherin, die mir in der ersten Klasse mit den Schnürsenkeln geholfen und *Tru-lu-lu-lu* gesungen hat. Mrs. R nimmt mich vor dem Schulbus beiseite und sagt, ich solle das Mädchen nicht weiter belästigen. Mrs. Rs freundlicher Tadel trifft mich mehr, als es eine zornige Zurechtweisung getan hätte; ich schäme mich in Grund und Boden und erwäge, nicht in den Schulbus zu steigen und stattdessen zu Fuß durch Queens zum Haus meiner Großmutter zu laufen. Ehrlich gesagt weiß ich nicht mal, was *Turtle Wax* überhaupt ist. Und ehrlich gesagt würde ich mich nicht wegdrehen, wenn ihre pelzigen Lippen auf meine zukämen.

Selbst im friedlichen Umfeld von Ann Masons Bungalowsiedlung werde ich wütend. Es gibt dort einen neuen Jungen, den niemand besonders leiden kann. Frisch aus Minsk oder dergleichen angereist, dürr, unterernährt, schwächlich, weißrussisch. Er wohnt bei seiner Großmutter, wo seine Eltern abgeblieben sind, wissen wir nicht. Er sieht aus wie eine junge Version meines Stiefgroßvaters Ilja – die gleichen unglücklichen Augen, die leninistische Stirn –, weshalb ich ihn gleich doppelt verabscheue. Mein Lieblingsbuch im Sommer 1984 und in den beiden darauffolgenden ist *1984*. Die Textstellen, in denen O'Brien Winston schikaniert, lerne ich auswendig. Als der Neuankömmling allein an einem Picknicktisch sitzt und missmutig in ein Comicheft stiert, gehe ich auf ihn zu. Ich setze mich und sage in bedächtigem Tonfall: «Macht ist kein Mittel, *Winston*, sondern ein Endzweck. Man errichtet keine Diktatur, um eine Revolution zu garantieren; man macht die Revolution, um die Diktatur zu errichten. Das Ziel der Verfolgung ist die Verfolgung. Das Ziel der Folter ist die Folter. Das Ziel der Macht ist die Macht.»

Ich rutsche zu dem Jungen rüber. Er duckt sich vor mir weg, was ich gleichzeitig großartig und erbärmlich finde. Er ist ein noch größerer *slabyi* als ich, und das ist gut. Aber ich stehe kurz davor, bei meiner Bar-Mizwa in der Ezrath-Israel-Synagoge in Ellenville ein Stück aus der Thora vorzusingen, und das macht mich wozu? Zu einem Mann. Was würde ein Mann tun?

Bevor er mich bremsen kann, bevor ich mich selbst bremsen kann, greife ich nach seiner Hand. Genau wie in Orwells Buch hebe ich die linke Hand hoch, verstecke den Daumen und strecke die anderen vier Finger aus. «Wie viele Finger halte ich hoch, *Winston*?»

Er versteht mich nicht. Versteht mein Englisch nicht. Weiß nicht, wer *Winston* ist. Ich wiederhole es auf Russisch. «Vier», sagt er schließlich, zittert am ganzen kleinen Sardinenkörper.

«Und wenn die republikanische Partei sagt, es sind nicht vier, sondern fünf – wie viele dann?»

«Vier.»

Ich verdrehe ihm die Finger. Er schreit vor Schmerz. Ich drücke ihn nieder, obwohl ich es abscheulich finde, ganz abscheulich. *«Pjat!»*, schreit er auf Russisch. «Fünf!»

Mir steigen selbst die Tränen in die Augen, und ich versuche, sie zu unterdrücken: «Nein, *Winston*, das hat keinen Zweck. Du lügst. Du glaubst noch immer, es seien vier. Wie viele Finger, bitte?»

Er reißt sich von mir los und rennt über die weite grüne Rasenfläche zwischen unseren beiden Bungalows. *«Baaaaa-buuuuuu-schkaaaa!»*

Später sehe ich durch mein Schlafzimmerfenster, wie seine alte Babuschka mit meiner redet, eine gebückte, matte, ausgemergelte Gestalt, die sich einer dicken, gefräßigen, quasi amerikanischen anvertraut. Gleich werde ich bestraft! Gleich werde ich bestraft! Ich koste es aus. Ich habe etwas Entsetzliches getan, und jetzt werde ich dafür bestraft. Ich renne aus dem Haus, auf Großmutter zu. Seufzend blickt sie mich an. Sie liebt mich so sehr. Warum liebt sie mich so sehr?

«Die Babuschka sagt, du hättest ihren Enkel gehauen», sagt Großmutter.

«Ich hab ihn nicht gehauen», sage ich. «Ich hab ihm aus einem Buch vorgelesen.»

«Hatte er dir was getan?»

«Nein.»

«Mein Sonnenschein», sagt Großmutter. «Ganz egal, was du mit ihm gemacht hat, ich bin sicher, er hatte es verdient.»

Als Großmutter geht, laufe ich ins Badezimmer und weine, weil ich mich in ein Monster verwandelt habe, aber am Tag darauf wiederhole ich die Prozedur. Und dann noch einmal.

Und noch mal. Wie viele Finger, *Winston*? Nach ein paar Wochen verlässt der Junge die Siedlung für immer.

Die Sommersonne geht abends gegen halb neun unter. Großmutter liegt schon im Bett und schnarcht nach Leibeskräften. In dem russischen Roman *Oblomow* von Iwan Gontscharow begrüßt die Landbevölkerung den Einbruch der Nacht mit den Worten: «Na, da haben wir wieder einen Tag hinter uns, Gott sei Dank!», und Großmutters Weltbild sieht ähnlich aus. Leise schiebe ich mich an ihrem Bett vorbei und hinaus in die junge Nacht. Am Himmel formieren sich die Sterne, und in der Bungalowsiedlung ist es ruhig, aber irgendwo höre ich mädchenhaftes Gekicher, und Culture Clubs süßliches «Karma Chameleon» kratzt aus einem Billigradio. Dort draußen sind die anderen Kinder, ins Mondlicht getaucht und überglücklich, mich zu sehen. «Gnu! Gnu!»

«Pscht, Eva … du weckst Babuscka.»

«Selber pscht.»

Natascha sitzt in einem Adirondack-Gartensessel und trägt ihren grünen Lieblingskapuzenpullover, ihr Boxer liegt treu zu ihren Füßen. «Komm her, Gary», sagt sie und deutet auf ihren Schoß. Ich weiß, dass es unmännlich ist, sich einem Mädchen auf den Schoß zu setzen, aber wir sind mehr oder weniger gleich groß, und ich sehne mich so danach, ihre Wärme zu spüren. Beschützend blickt der Boxer auf, als ich mich auf ihren Schoß setze, dann senkt er desinteressiert die schaumige Schnauze. Ach, der ist das bloß. Boy George schnulzt: «I'm a man (a man) without conviction/I'm a man (a man) who doesn't know.» Natascha beugt sich vor, und ich spüre ihre immer noch sonnenwarme Wange an meinem Ohr. «Erzähl uns einen Witz, Gnu», fordert mich jemand auf. Eigentlich möchte ich die Augen schließen, möchte, dass dieser Moment für immer andauert, aber ich weiß, was die Kinder von mir wollen. Ich erzähle den Witz.

13. Neunundsechzig Cent

Disney World 1986. Vater und Sohn auf einer Spritztour. Mütter in ganz Florida sperren ihre Töchter weg.

Mit vierzehn verliere ich meinen russischen Akzent. Theoretisch könnte ich jetzt ein Mädchen ansprechen, ohne dass die Worte «Oh, hi there» aus meinem Mund klängen wie *Ocht Haiser*, vermutlich der Name eines türkischen Politikers. Drei Dinge habe ich mir für meine Neuinkarnation vorgenommen: Ich will nach Florida, wo sich die Besten und Begabtesten meines Landes angeblich ein Paradies aus Sand und Sünde gebaut haben; ein Mädchen soll mir sagen, dass es zumindest halbwegs in mich verliebt ist; und ich will nur noch bei McDonald's essen. Bisher hatte ich noch nicht allzu oft das Vergnügen. Für Mama und Papa sind Restaurantbesuche oder das Kaufen von Kleidern, die nicht auf der Orchard

Street zum Kilopreis verscherbelt werden, nur was für die ganz Reichen oder ganz Verschwenderischen. Doch selbst meine Eltern, die Amerika so unkritisch lieben wie nur Einwanderer es können, widerstehen dem ikonenhaften Sog Floridas nicht, dem Lockruf der Strände und der Mickey Mouse. Und so quetschen sich während der Winterferien auf meiner jüdischen Schule zwei russische Familien in eine große gebrauchte Limousine und fahren über die I-95 Richtung Süden in den Sunshine State. Die andere Familie – drei Personen – ist ein Spiegelbild unserer eigenen, abgesehen davon, dass ihr einziger Nachkomme ein Mädchen ist und sie insgesamt üppiger sind, während meine Familie auf ein Gesamtgewicht von 150 Kilo kommt. Es gibt ein Foto von uns unter der Schwebebahn am EPCOT-Center. Jeder versucht mit einem anderen Lächeln, das Déjà-vu-Gefühl auszudrücken, in der größten Attraktion eines neuen Landes zu stehen; ich selbst ähnle mit meinem Megawatt-Grinsen einem jüdischen Straßenhändler zur letzten Jahrhundertwende, der ein gutes Geschäft wittert. Die Disney-World-Eintrittskarten sind ein Werbegeschenk, für das wir die Verkaufsveranstaltung eines Timesharing-Projekts in Orlando über uns ergehen lassen mussten. «Sie kommen aus Moskau?», fragt der Timeshare-Verkäufer und taxiert den todschicken Polyesteranzug meines Vaters.

«Leningrad.»

«Lassen Sie mich raten: Maschinenbauingenieur?»

«Ja, Maschinenbauer … Ähm, aber jetzt bitte Disney-Karten.»

Die Fahrt über den MacArthur-Damm nach Miami Beach ist meine wahre Einbürgerungszeremonie. Ich will alles davon – die Palmen, die Yachten, die vor den Hartwährungsvillen herumschaukeln, die Glas-Beton-Eigentumswohnungen, die in dem azurblauen Poolwasser darunter ihr eigenes

Spiegelbild bewundern, die implizite Verfügbarkeit von Verhältnissen mit amoralischen Frauen. Ich stelle mir vor, wie ich auf dem Balkon einen Bic Mac esse und lässig ein paar Fritten über die Schulter in die salzige Seeluft werfe. Aber darauf muss ich wohl noch ein wenig warten. In dem Hotel, das die Freunde meiner Eltern für uns reserviert haben, gibt es Pritschen statt Betten und eine fünfzehn Zentimeter lange, hochentwickelte Kakerlake, die uns mit der gereckten Faust zu drohen scheint. Verschreckt verlassen wir Miami Beach und flüchten nach Fort Lauderdale, wo wir im bejahrten Hotel einer Jugoslawin unterkommen; der Strand liegt gleich nebenan, und es gibt kostenlosen UHF-Fernsehempfang. Egal wo wir hinkommen, wir sind immer nur Zaungäste: an der Auffahrt zum Fontainebleau-Hilton-Hotel oder im gläsernen Fahrstuhl zu einem Dachrestaurant, aus dem wir über das Schild mit der Aufschrift *Bitte warten Sie, bis man Ihnen einen Platz zuweist* nur einen kurzen Blick hinunter auf den blauen Ozean werfen dürfen; die Alte Welt, die wir zurückgelassen haben, ist so weit weg und zugleich so trügerisch nah. Für meine Eltern und ihre Freunde ist das jugoslawische Motel das Paradies schlechthin, eine glückliche Fügung in ihrem ansonsten schwierigen Leben. Prächtig liegt mein Vater mit seinem schwarz-rotgestreiften Speedo-Imitat in der Sonne, und ich stakse zum Strand, vorbei an den in der Sonne brutzelnden Mädchen aus dem Mittleren Westen, während meine Wulstnarbe, meine stille Teilhaberin, verborgen unter einem extragroßen Pflaster glänzt. *Oh, hi there.* Die Worte in perfektem amerikanischem Englisch, nicht angeboren, sondern selbst angeeignet, machen sich auf meinen Lippen schon zum Sprung bereit, aber auf eins dieser Mädchen zuzugehen und etwas so Beiläufiges zu sagen, erfordert ein tiefes Verwurzeltsein mit dem heißen Sand unter meinen Füßen, ein deutlich stabileres historisches Fundament als die

Green Card, auf der mein Daumenabdruck und mein sommersprossiges Gesicht prangen. Zurück im Motel, läuft *Star Trek* in Endlosschleife auf Kanal 73 oder 31 oder einem anderen Primzahlsender, dessen verwaschene Technicolor-Planeten mir vertrauter sind als unser eigener.

Auf der Fahrt zurück nach New York stöpsle ich mich entschlossen in meinen Sanyo-AM/FM-Stereo-Kassettenrekorder mit Kopfhörern und Anti-Rolling-Mechanismus ein und hoffe, unseren Urlaub zu vergessen. Nachdem wir die Palmen hinter uns gelassen haben, machen wir irgendwo südlich von Georgia in einem McDonald's Rast. Ich kann sie schon schmecken, die Neunundsechzig-Cent-Hamburger. Den Ketchup, rot und dekadent, mit kleinen Zwiebelraspeln gesprenkelt. Die erhebenden Gewürzgurkenscheiben, den vernichtenden Rausch kalter Coca-Cola, das Kitzeln der Kohlensäure im Rachen, das anzeigt, dass die Tat vollbracht ist. Ich renne in die fleischverräucherte Kühle des magischen Ortes hinein, die größeren Russen folgen, im Schlepptau etwas Riesiges, Rotes. Eine Kühlbox, die vor dem Verlassen des Motels bestückt wurde – von der anderen Mutter, dem liebenswürdigen, rundgesichtigen Äquivalent meiner Mama. Sie hat ein komplettes russisches Mittagessen für uns vorbereitet. Weichgekochte Eier in Alufolie; *winegret*, den russischen Rote-Bete-Salat, der aus einem wiederverwendeten Sour-Cream-Behälter herausquillt; kaltes Huhn, angerichtet zwischen den knackig-weißen Falten eines *bulka*, Brötchens. «Aber das ist nicht erlaubt», flehe ich sie an. «Wir müssen das Essen hier kaufen.»

Ich spüre Kälte, nicht die kühle Klimaanlagenluft des südlichen Georgia, sondern die Kälte eines Körpers, der seinen eigenen Niedergang nahen spürt, die Sinnlosigkeit des Ganzen. Ich setze mich so weit wie möglich von meinen Eltern und ihren Freunden entfernt an einen Tisch und beobachte das Schauspiel – wie die frisch gebräunten fremdartigen Neuamerikaner ihr ethnisches Mahl verspeisen, wie die Kieferknochen mahlen und mahlen, wie die weichgekochten Eier leicht erzittern, während sie zum Mund geführt werden; das Mädchen, meine gleichaltrige Leidensgenossin, zwar ebenso mürrisch wie ich, aber vielleicht eine Spur gleichmütiger; ihre Eltern, die sich die Rote-Bete-Brocken mit Plastiklöffeln einverleiben; meine Eltern, die aufstehen, um sich an den kostenlosen McDonald's-Servietten und -Strohhalmen zu bedienen, während amerikanische Autofahrer mit ihren lärmenden flachsblonden Kindern gut gelaunt Happy Meals bestellen.

Meine Eltern machen sich über meinen Hochmut lustig. Wie ich hungrig und ganz allein da sitze – was für ein merkwürdiger Mensch ich doch werde! So ganz anders als sie. In meinen Taschen habe ich mehrere Vierteldollar- und Zehncentmünzen, genug für einen Hamburger und eine kleine Cola. Ich erwäge, mir meine Würde zu erkaufen, mein Rote-Bete-Salaterbe hinter mir zu lassen. Meine Eltern geben kein Geld aus, denn sie leben in der ständigen Angst, es könnte eine Katastrophe über sie hereinbrechen – dass ein Leberfunktionstest mit bedrohlichem Arztgekrakel zurückkommt oder dass sie ihre Jobs verlieren, weil ihr Englisch nicht gut genug ist. Nach sieben Jahren in Amerika führen wir immer noch ein Schattendasein am Rande der Gesellschaft und kauern uns furchtsam unter einer düsteren Wolke aus Hiobsbotschaften zusammen, die wir niemals erhalten werden. Die silberne Münze bleibt in meiner Tasche, und die Wut gräbt sich irgendwo in mir ein, um in der Zukunft als Magengeschwür zurückzukehren. Ich bin eben der Sohn meiner Eltern.

Aber nicht durch und durch. Im darauffolgenden Sommer verkündet meine Mutter, dass wir nach Cape Cod fahren. Da für mich jede Reise mit meiner Mutter Rote-Bete-Salat bedeutet, frage ich vorsichtshalber, ob wir in einem schicken Hotel unterkommen werden, vielleicht im Days Inn oder sogar im sagenumwobenen Holiday Inn. Wenn es sich stattdessen um irgendeine russische Hütte mit Selbstversorgung auf Hüttenkäsenbasis handelt, möchte ich nicht mitfahren. Ich sehe mich schon nach dem Frühstück zum Strand gehen, wo alle jungen Damen aus anständigen Hotelresorts mit Eismaschinen kommen, und hinter meiner ohnehin schon wenig attraktiven Erscheinung weht ein trauriger Buchweizengeruch her. Ich will vor meinen Altersgenossen nicht geschlagene zehn Tage lang als arm *und* als russisch dastehen. Ich brauche eine Auszeit von der jüdischen Schule, kein Austauschprogramm auf der harten Schule des Lebens. Diesen Sommer bin ich bereit, *Oh, hi there* zu sagen.

«Besser als Holiday Inn», sagt meine Mutter. «Ich glaube, es heißt Hilton.»

Ich lasse mich unsanft auf eine Ausgabe des *National Review* plumpsen. Hilton? Aber wie kann das sein? Wo sind die kleinen Schritte – erst Motel 6, dann Motel 7 und ein paar Jahre später das Hilton?

Ende Juni erreichen wir das milde Cape Cod in Massachusetts. Unsere Unterkunft besteht aus einer maroden russischen Datscha; mehrere Stockwerke Schmutz und blätternde Tapeten, ein Klo, das *in* einem Haus nichts zu suchen hat, und die Gästekonstellation beim Abendessen besteht aus alternden Somnambulen aus Odessa, die zur *schtschi*, einer sommerlichen Sauerkraut-Kaltschale, heruntergeschlurft kommen. Hab ich was vergessen? Rote-Bete-Salat? Und ob!

«Was hast du denn?», fragt meine Mutter. «Ist doch fast wie das Hilton.»

Und dann begreife ich: Während ich für meinen Vater das Objekt einer Hassliebe bin, Freund und Feind zugleich, bin ich für meine Mutter nicht einmal ein Mensch.

Es ist mehr als eine Einsicht; es ist eine Art Neuausrichtung. Meine Mutter stammt aus einem Land der Lügen, und ich bin immer noch Bürger dieses Landes. Sie kann mich anlügen, wie es ihr beliebt. Sie kann mir ins Gesicht lügen, ohne ihre Phantasie bemühen zu müssen. Und ich soll alles, was sie sagt, als Wahrheit akzeptieren – als *doppelplusgut*. Nein, ich kann ihr nie wieder vertrauen. Während ich wutschnaubend am Strand entlanglaufe, sehe ich, wie sich gebräunte Kinder meines Alters vor der prächtigen Treppe eines Mittelklassehotels mit direktem Strandzugang zusammenscharen (unseres liegt an einem Highway), und ersinne meinen ersten Akt der Rebellion.

Tags darauf stopfe ich meine Sommerklamotten und meine *Isaac Asimovs* in zwei gigantische Mülltüten. Ich bitte meinen Vater, mich zur Peter-Pan-Bushaltestelle zu fahren. An den Streit zwischen mir und meiner Mutter, nachdem ich verkündet habe, dass ich abreisen werde, kann ich mich nicht mehr richtig erinnern, nur dass sie keinen Millimeter nachgibt, nicht mal zugeben will, dass das Sauerkrautlager nicht das Hilton ist. «Wo ist denn der Unterschied?», schreit sie. «Nenn mir einen *einzigen* Unterschied!» Es ist ein beängstigender Streit, in dem ihre Scharfzüngigkeit und die Schweigebestrafung irgendwie miteinander verschmelzen. Aber es ist auch ein wichtiger Streit. Ich bleibe standhaft. Ich lasse mich nicht anlügen.

«Ich möchte zu gern sehen, wie du allein zu Hause zurechtkommen willst!», ruft meine Mutter. «Ich will sehen, wie du verhungerst.»

«Ich habe dreiundfünfzig Dollar», sage ich.

Und so chauffiert mich mein Vater, der in diesem speziellen Verbrechen mein Verbündeter ist, mit meinen beiden Mülltüten voller Klamotten und *Asimovs* zur Bushaltestelle. Er küsst mich auf beide Wangen. Er schaut mir in die Augen. *«Bud sdorow, synok»*, wünscht er mir. *Bleib gesund, kleiner Sohn.* Dann zwinkert er mir verschmitzt und zugleich respektvoll zu. Er weiß, dass ich sie besiegt habe.

Aber was habe ich getan? Die Landschaft rauscht an mir vorbei, die Brücken und Wälder Neuenglands weichen dem Grillkäsesandwichgeruch eines Sommers in New York City. Ich sitze allein im Peter Pan, umringt von amerikanischen Erwachsenen und ihren Walkmans. Mutterseelenallein – und was noch? Eigenständig, befreit, beschwingt mit dreiundfünfzig Dollar Taschengeld, mit dem ich eineinhalb Wochen lang auskommen muss.

Am Busbahnhof Port-Authority quetsche ich mich mit meinen beiden Mülltüten durch die Subway-Drehkreuze. Als ich zwei Stunden und etliche Subways später im östlichen Queens ankomme, reißt einer der beiden Säcke. (Unsere Familie benutzt keine erstklassigen Marken-Müllbeutel.) Ich versuche, das Loch zuzuknoten, aber dafür muss man ausgesprochen geschickt sein, und ich bin, da gibt es nichts zu beschönigen, ein Muttersöhnchen, außerstande, die grundlegendsten Dinge zu tun. Ich wickle mir einige der Kleider aus der versehrten Mülltüte in mehreren Schichten um, ein paar T-Shirts binde ich mir um den Hals. Um nicht noch mehr Geld zu verbraten, schleppe ich, in der mittäglichen Frühsommerhitze unter zig Kleiderschichten schwitzend, meine eineinhalb Müllbeutel etwa acht Kilometer weit zu Fuß hinter mir her zu unserer Genossenschaftswohnung.

Im Waldbaum's Supermarkt kaufe ich für vierzig Dollar Swanson-Hungry-Man-Fertiggerichte, ein halbes Dutzend Familienpackungen Dorito-Chips, die wir *niemals* essen (meine Eltern nennen sie *rwota*, Kotze), und mehrere Miniflaschen Cola. In unmittelbarer Nähe gibt es keinen McDonald's, und beim Burger King möchte ich mein Glück lieber nicht versuchen, denn ich glaube, dass der normale Hamburger dort teurer und unauthentisch ist.

Zu Hause angekommen, reiße ich mir bis auf die Unterwäsche alle Kleider vom Leib und schalte für 240 Stunden den Fernseher ein. *Mama, was habe ich dir angetan?*, schluchze ich, während die Morgennachrichten in die Abendnachrichten übergehen und ein Stück der Zeit dazwischen von einer Comicsendung über ein einfallsreiches Waisenkind namens Punky Brewster ausgefüllt wird. *Wie konnte ich nur von dir fortlaufen? Bin ich jetzt überhaupt noch besser dran als dieser mutterlose Punky?*

Mein Vater ruft aus Cape Cod an, um zu hören, wie es mir geht.

«Gibst du mir mal Mama?», frage ich.

«Sie will nicht mit dir sprechen.»

Und ich weiß, was mich erwartet, wenn sie zurückkommt – mindestens ein Monat Schweigen, ruckartiges Kopfabwenden, sobald ich ihr Sichtfeld betrete, und manchmal wedelt sie sogar die Luft vor sich fort, als wollte sie mir zu verstehen geben, dass sie nicht länger gewillt ist, die Erdatmosphäre mit mir zu teilen.

Doch irgendwann während meines zehntägigen Entkommenseins, ganz allein mit meiner Science-Fiction und den verbotenen Doritos, mit wundem Hintern vom Dauersitzen auf dem Schmuddelsofa, die Augen fernsehgerötet, das Gehirn blöd geglotzt, mein Kapital von dreiundfünfzig Dollar auf eine Handvoll Vierteldollarmünzen geschrumpft, denke ich plötzlich: Das ist gar nicht so schlecht.

Eigentlich ist das sogar ganz gut.
Eigentlich ist das sogar große Klasse.
Vielleicht ist das mein wahres Ich.
Nicht unbedingt ein Einsiedler.
Aber jemand, der allein sein kann.

14. Jonathan

Zions Gefangene: Gary und Jonathan lassen einen weiteren Tag in der jüdischen Schule über sich ergehen.

Zurück auf der SSSQ, wo sich seit Jahren die Leichen stapeln – Auschwitz, Birkenau, Treblinka. In der Turnhalle werden uns spezielle Filme vorgeführt; Gebetbücher bilden einen Schutzwall um uns herum, zur einen Seite der Leinwand hängt die amerikanische Flagge, zur anderen die israelische, und dazwischen wird unser unschuldiges Volk dahingemetzelt. Während ich zusehe, wie sich die Öfen öffnen und die Skelette zerbröseln, werde ich wütend auf die Deutschen und auch auf die Araber, die das Gleiche sind wie die Nazis – Judenmörder, verfluchte Mörder, die uns unser Land geraubt haben oder so ähnlich, ich hasse sie.

Dann die anderen Bilder, die uns verstören: Jugendliche, *weiße Kinder wie wir*, stecken sich Marihuana-Nadeln in den Arm. Sie rauchen Heroin-Zigaretten. Erst erklärt uns Lady Nancy Reagan, die an der Seite von Clint Eastwood vor einem trüben schwarzen Hintergrund steht: «Der Kick kann tödlich sein. Die Drogendealer sollen aus unseren Schulen, Wohnvierteln und Leben verschwinden. Sag nein zu Drogen. Sag ja zum Leben.»

Wir Kinder auf der Solomon Schechter School of Queens haben Angst vor den Nazis, und wir haben Angst vor Drogen. Hätte die *Jewish Week* in einem Artikel enthüllt, dass Goebbels im Adlerhorst Marihuana an Hitler vertickt hat, wäre uns die Welt endlich einleuchtend erschienen. Doch bedauerlicherweise werden einige von uns nicht weiter jüdische Bildungseinrichtungen besuchen, sondern auf öffentliche Schulen gehen, wo es Nichtjuden gibt, die ganz versessen darauf sind, Drogen zu nehmen. Und wie sollen wir uns dem Gruppenzwang widersetzen, wenn man uns mit diesen Drogen konfrontiert, die uns einen Kick versprechen? Clint Eastwood meint dazu spöttisch grinsend: «Was ich tun würde, wenn mir jemand *diese Drogen* anbieten würde? Ich würde ihm sagen, er soll sich vom Acker machen.»

Ich stelle mir vor, wie ich an den Schließfächern in der Cardozo High School in Bayside, Queens, vorbeigehe, einer friedlichen öffentlichen Schule, die für mich in Frage kommt. Ein Junge spricht mich an. Er sieht aus wie ein gebürtiger Amerikaner, aber irgendwas stimmt mit seinen Augen nicht. «Hey, Gnu», sagt er, «willst du *diese Drogen*?»

Daraufhin ramme ich ihm die Faust ins Gesicht und brülle: «Mach dich vom Acker! Mach dich vom Acker, du Nazi-PLO-Abschaum!» Und dann versuchen ein paar Schüler, ein jüdisches Mädchen mit ihren Nadeln zu stechen – ich eile ihr mit gereckter Faust zu Hilfe und schreie: «Macht euch vom Acker! Macht euch vom Acker und lasst sie in Frieden!» Und sie sinkt in meine Arme, ich bedecke ihre Nadeleinstichstellen mit Küssen und sage: «Alles wird gut, Riwka. Ich liebe dich. Vielleicht haben sie dir dieses *Aids* ja gar nicht gespritzt.»

Der andere Holocaust, vor dem wir uns fürchten, ist der nukleare. Der ABC-Fernsehfilm *The Day After – Der Tag danach* von 1983 hat uns gezeigt, was den braven Bürgern in Kansas City, Missouri, und Lawrence, Kansas, passieren könnte, wenn die Sowjets die Städte mit Nuklearwaffen dem Erdboden gleichmachten. Außerdem lief auf PBS noch eine BBC-Version namens *Threads*, die, da ist man sich weitgehend einig, realistischer sein soll: Babys und Milchflaschen zerfallen umgehend zu Asche, Katzen ersticken, die Überlebenden müssen sich von rohen radioaktiven Schafen ernähren. («Ist es denn sicher, das zu essen?» «Es hat einen dicken Pelz, der hat es bestimmt geschützt.») Ich präge mir die letzten Szenen ein, bevor die Bombe Yorkshire trifft – ein Dialog zwischen zwei planlosen Bürokraten –, und murmle mitten im erstarrten Gesumme der Talmud-Unterrichtsstunde:

«Bombenalarm Alarmstufe Rot!»

«Bombenalarm? Im Ernst?»

«Todernst!»

Und dann folgt der sachliche Tonfall eines BBC-Sprechers: «Der erste Staub legt sich über Sheffield. Seit dem Bombenangriff sind eine Stunde und fünfundzwanzig Minuten vergangen. Die starke Druckwelle hat in Großbritannien fast alle Fenster zerstört. Viele Häuser haben kein Dach mehr. Der tödliche Staub dringt ein. Zu diesem frühen Zeitpunkt sind die Symptome der Strahlenkrankheit kaum von denen einer Panikattacke zu unterscheiden.»

Ja, sie sind kaum zu unterscheiden. Ich scheiße mir vor Angst fast in die Hose. Das Problem bei *Threads* ist, dass es in den ausgewaschenen Industriefarben seiner Umgebung gefilmt wurde und die Stadt Sheffield *vor* dem Bombeneinschlag kaum von dem Sheffield *danach* zu unterscheiden ist.

Und die rohen radioaktiven Schafe wirken eher wie ein kulinarischer Fortschritt verglichen mit den geschälten Erbsen, die die Familie in der Eröffnungsszene zu Abend isst; zumindest wurden die Hammel nicht zu Tode gekocht.

In *The Day After* wird die Verwüstung wiederum heruntergespielt. Die Welt zerfällt deutlich weniger düster; wie könnte es auch anders sein, wo Steve Guttenberg (guter Gott, er schon wieder!) einen der verstrahlten Hauptcharaktere spielt? Aber was ich an *The Day After* mag, sind die Aufnahmen der hart arbeitenden Bewohner von Missouri und Kansas, die vor dem Bombenangriff in ihrem Kombiwagen-Lifestyle schwelgen. Kinder fahren mit dem Rad über riesige Gartengrundstücke, Erwachsene spielen Hufeisenwerfen, ohne sich den Kopf über Kreditzahlungen zu zerbrechen, an der Börse in Kansas erleben Sojabohnen ein Kurshoch, und im Memorial General Hospital sorgt Dr. Jason Robards dafür, dass man einem Patienten seine Lieblingseissorte besorgt. Vanille. Was wir über die Lebenshaltungskosten in Atlanta, Georgia, gehört haben, scheint auf diesen Ort gleich *doppelt* zuzutreffen. Sofern es nicht zu einer *raswod* kommt, würde das Einkommen meiner Eltern – rund 42 459,34 Dollar im Jahr 1983 – unsere Familie hier in die obere Mittelklasse befördern. Und als die Atomexplosion nach fünfzig Minuten Film die haushohen Kiefern entwurzelt und der Atomblitz eine Hochzeitsgesellschaft in einen Haufen Skelette verwandelt, hat man das Gefühl, dass diese Menschen etwas ganz Besonderes verloren haben.

Trotz seiner Mängel verkörpert *The Day After* das Aufwachsen in den frühen 1980ern. Der Film spricht unsere Sprache. Pershing II. Strategische Luftstreitmacht. Bereitschaftsmodus. «Dies ist das Notfallwarnsystem.» «Sir, wir brauchen nun Zugang zu den Codes und den Anweisungen für den Ernstfall.» «Höchste Vertraulichkeitsstufe. Ich wiederhole: höchste Vertraulichkeitsstufe.» «Bitte um Bestätigung, ob dies eine Übung ist. Ja, ich habe verstanden. Dies ist *keine* Übung.» «Wir haben es hier mit einem massiven Angriff auf die USA zu tun. Mehrere Interkontinentalraketen. Über dreihundert Raketen landeinwärts – sofort.» «Es folgt die Nachricht. Alpha. Sieben. Acht. November. Foxtrott. Eins. Fünf. Zwei. Zwei.» «Wir haben den Durchführungsbefehl des Präsidenten.» «Standby. Entsicherungscode eingegeben.» «Schatz, wir müssen uns daran gewöhnen, dass jetzt alles ganz anders ist. Was zählt, ist, dass wir am Leben sind. Und zusammen.» «Die katastrophalen Ereignisse, die Sie soeben gesehen haben, sind aller Wahrscheinlichkeit nach weniger gravierend als die verheerende Verwüstung, die ein umfassender atomarer Angriff auf die USA tatsächlich zur Folge hätte.» Wenn ich die Augen schließe, kann ich die unheimliche Stille fast *fühlen*, in der Steve Guttenberg in Kansas über eine Landstraße läuft, nur wenige Minuten bevor die sowjetischen Raketen ihr Ziel erreichen. Die Kinderschaukeln sind leer. Eine Krähe schwirrt über den reichen staatlichen Weizenvorkommen.

Meine Eltern werden einen lachsfarbenen Siebenundzwanzig-Zoll-Trinitron-Fernseher von Sony mit einer schnittigen Fernbedienung kaufen, gegen die die Space-Commander-Fernbedienung des Zenith keine Chance hat – gerade noch rechtzeitig, um von Peter Jennings darüber informiert zu werden, dass die Raumfähre *Challenger* ins Meer gestürzt ist. Doch als *The Day After* läuft, haben wir nur unseren kleinen Neun-Zoller aus einer lokalen Müllkippe, den wir zu besonderen Anlässen anschmeißen. Um einen besseren Überblick über die wichtigen Sendungen zu bekommen, abonniere ich die Programmzeitschrift *TV Guide*. Ich darf nicht fernsehen, aber ich darf den *TV Guide* lesen, für uns die amerikanische Version von Literatur. Natürlich gibt es im *Guide* jede Menge Artikel zu *The Day After*. Ich hebe die Ausgabe viele Jahre lang auf, schaue mir ab und zu das Titelbild an – ein Mann, der einen Jungen vor einem Atompilz abschirmt –, und der Lichtmann aus meinem Schrank guckt mir dabei über die Schulter; der Schreck über den entsetzlichen Anblick nimmt ihn derart gefangen, dass er mein verletztes Ohr streichelt. Der Lichtblitz wird den Jungen erblinden lassen, und die Vorstellung, blind in der Post-Atomkrieg-Holocaust-Welt leben zu müssen, erschüttert mich zutiefst. Wichtigste Vorkehrung für den Fall eines sowjetischen Angriffs – denn ich *weiß*, diese verlogenen Bastarde werden angreifen: Bei der Kaufhauskette Stern's in der Douglaston Mall eine richtig gute Sonnenbrille kaufen.

«Wenn die Bomben einschlagen, laufe ich mit meinen Kindern nach draußen, damit wir alle zusammen auf der Stelle sterben», verkündet Mrs. A, Lehrerin für Sozialkunde und verwandte Fächer. Während sie das sagt, wird mir das wahre Grauen des Atomkriegs erst richtig bewusst, denn Mrs. A ist entsetzlich attraktiv mit ihrer schlanken Figur und der krausen aschkenasischen Haarpracht, mit der ihre beiden Töchter aus den unteren SSSQ-Klassen ebenfalls gesegnet sind. Alle coolen Kids auf der Schule und ihre Mütter scheinen Mrs. A persönlich zu kennen, und oft unterbricht sie einen Monolog über die Suez-Krise, um ihre Allzeitlieblingsschülerin zu fragen: «Chawa, weißt du noch …?»

Außerdem erzählt sie uns rasend gern, ihre Tochter sei eine begnadete Ballerina und im Alter von acht Monaten (oder so ähnlich) im Lincoln Center aufgetreten. Die Liebe zu ihrem Kind treibt mir die Tränen in die Augen. Als mein Vater einmal bei einem Elternsprechtag erschien, sagte ein Lehrer zu ihm: «Gary ist sehr intelligent. Wir haben gehört, dass er Dostojewski im Original liest.»

«Pff», gab Papa zurück. «Bloß Tschechow.»

Und nachdem ich *The Day After* gesehen habe, spiele ich Mrs. As Ankündigung, sie werde mit ihren Kindern dem Atompilz draußen entgegenlaufen, immer wieder in meinem Gehirn ab. Wie können die Sowjets bloß jemanden wie Mrs. A und ihre Ballerinatöchter ermorden? Was würde die jüdische Fernsehpersönlichkeit Abba Eban dazu sagen? Vor Mrs. As Aussage war ich nicht völlig gegen den Atomkrieg. Meinen Recherchen zufolge wären zwei der sowjetischen Raketen auf die Flughäfen JFK und LaGuardia in Queens gerichtet. Die SSSQ liegt von beiden Flughäfen gleich weit entfernt. Unter der ersten Druckwelle würde das moderne glaslastige Gebäude vermutlich zerbersten, die Gebetbücher würden wie Blaubeerpfannkuchen verbrennen, und die nachfolgende Strahlung würde mit Sicherheit alle töten, außer den durch seine Korpulenz vollisolierten Rabbi Sofer.

So weit, so gut.

Little Neck hingegen liegt nicht in der Nähe irgendwelcher offensichtlicher Ziele – das nächste wäre das Forschungszentrum Brookhaven im weit entfernten Suffolk County, wo mein Vater schon bald an einer Komponente von Ronald Reagans neuer strategischer Verteidigungsinitiative «Star Wars» werkeln wird; und die Deepdale-Gardens-Genossenschaft ist aus tausendjährigen Backsteinen errichtet, die meiner nüchternen Berechnung zufolge einer Hitzeexplosion von bis zu 607 Grad Celsius standhalten können. Ich brauche einfach nur meine Sonnenbrille griffbereit zu halten, um mich für ein paar Wochen vor der Strahlung abzuschirmen. Danach kann ich in eine Welt hinaustreten, in der es keine jüdische Schule mehr gibt. In dieser Welt werde ich, nachdem ich mich meines russischen Akzents entledigt und mir anhand der sowjetischen Lehrbücher meines Vaters herausragende mathematische Kompetenzen angeeignet habe, eine neue republikanische Zivilisation aufbauen – mit Hilfe meines neuen amerikanischen besten Freundes Jonathan.

Richtig. Ich habe einen besten Freund.

Mrs. A veranstaltet ein sogenanntes «Pilotprogramm» für die schlausten Schüler der SSSQ. Ein ausgesuchter Kreis, der um einen kleinen Esstisch passt. Für eine ganze Schulstunde werden wir Genies von der übrigen Debilität der Schule abgesondert und in ein Lehrerzimmer geschickt, wo es einen Kühlschrank voller trauriger Lehrersandwichs gibt und eine Dunstglocke aus Zigarettenrauch, damit wir uns fast wie Erwachsene fühlen. Worum es bei Mrs. As «Pilotprogramm» geht, ist nicht leicht zu durchschauen. Mit Sicherheit kann ich aber sagen, dass sich der Traum meines Vaters – umfangreiche Aufgaben auf dem Gebiet theoretischer Physik und höherer Mathematik – hier nicht erfüllen wird. Zu den Aktivitäten zählen: Sahnebonbons in *E. T.*-Form herstellen und über den Fernsehfilm *Something About Amelia* diskutieren, in dem Ted Danson mit seiner Tochter Sex hat. Mrs. A ist eine geborene Unterhalterin, und das Pilotprogramm bietet ihr die Gelegenheit, nach Lust und Laune zu reden und dabei zu backen. Als jemand Steven Spielbergs Spielfilm *Der Weiße Hai* erwähnt, erzählt uns Mrs. A eine faszinierende Geschichte über einen israelischen Soldaten, der während des Jom-Kippur-Kriegs von einer Explosion erwischt wurde und anstelle eines Gesichts nur noch drei Löcher hatte. Bedächtig essen wir unsere *E. T.*-Toffees.

Insgesamt fünf Jungen werden auf der SSSQ ausgegrenzt. Zunächst wäre da Jerry Himmelstein, der in eigens für ihn angesetzten Nach-Schulschluss-Specials schikaniert wird und unserem idiotischen Inferno in der sechsten Klasse durch einen Schulwechsel entkommen wird. Dann gibt es Sammy (nicht sein richtiger Name), einen mageren, traurigen hyperaktiven Jungen, der auf uns zuspringt und dabei schreit: «URSCH! UUUUURSCH!» – ein tief sitzender URSCHrei, der weder ins Hebräische noch ins Englische übersetzt werden kann. Außerdem noch David, der Mächtige Khan Cäsar, Herrscher über das Kaiserreich Davids, Erzfeind und gelegentlich Verbündeter meines mythischen Heiligen Gnuischen Kaiserreichs. David ist der schlaue Sohn eines Rabbis, der mitten im Unterricht ein kleines Raumschiff hervorkramt, es vor seinem sommersprossigen Gesicht herumschweben lässt und dazu summt: *«Nuuuuuu… Mmm… Wuuuu…»*, ähnlich wie ich bei meinen Flugunternehmungen mit dem Kugelschreiber. Und dann wären da noch ich – und Jonathan.

Jonathan ist noch nicht so tief gesunken, sich eine Persönlichkeit wie Gary Gnu III. oder der Mächtige Khan Cäsar zuzulegen, aber auch er ist eindeutig nicht für die SSSQ geschaffen. Er hat liebevolle, gutaussehende Eltern, eine hinreißende Schwester und den Collie meiner Träume. Und er lebt mit seiner in meinen Augen perfekten Familie in einem geräumigen schlossartigen Tudor-Haus im Viertel Jamaica Estates. Das Tudor-Haus ähnelt dem Anwesen, in dem Dr. Jason Robards und seine hübsche ältere Frau ihr Leben genossen, bevor es in *The Day After* verglühte. Jonathan ist so klein wie ich, und sein gutes Aussehen versteckt sich teilweise unter einer Schicht Babyspeck. Wenn ein israelischer Junge beim Völkerball mit geballter kanaanäischer Wut auf ihn zielt, wird Jonathan garantiert getroffen, stürzt zu Boden und umklammert seinen Ellbogen – genau wie ich. Ein weiterer Minuspunkt für ihn: Seine Eltern sind zu schüchtern, um im Schtetl-Netzwerk der SSSQ-Eltern mitzumischen, dessen Verbindungen sich in den Freundschaften der Schüler widerspiegeln. Meine eigenen Eltern («Wo ist die Männersklo?») sind natürlich sowieso nicht gesellschaftstauglich.

Obendrein ist Jonathan noch intelligent. Hochintelligent. Und während das alte Klischee von den Juden als Volk des Buches um uns herum einen leisen Tod stirbt, ist Jonathan und mir stinklangweilig. Und jetzt, da mein Akzent verblasst ist und mein Englisch so sicher, dass ich mit einer Geschwindigkeit von einem Stundenkilometer kommunizieren kann, werden wir Freunde und vergessen alles andere um uns herum.

Samstags besuche ich ihn zu Hause, sonntags kommt er zu mir. Oder umgekehrt. Sein Jamaica-Estates-Tudor-Haus mit separatem Computerzimmer oder meine Deepdale-Gardens-Wohnung mit dem tückischen roten Veloursteppich. Sein Apple IIe Computer oder mein neuer Commodore 64 mit Kassettenlaufwerk (dreiundvierzig Minuten, um ein Spiel zu laden). Und wenn die Spieletreffen zu Ende und wir in Papas Tredia-S oder dem AMC-Geländewagen seines Vaters zu unserem jeweiligen Zuhause zurückkutschiert worden sind, stürzen wir zu unseren Drucktastentelefonen und rufen uns an, um neue Strategien für *The Hitchhiker's Guide to the Galaxy* oder *Zork II* von Intercom auszuklügeln, die nerdigen neuen interaktiven Computerspiele, die unser Leben nicht nur bestimmen, sondern unser Leben *sind*; uns schwirrt der Kopf bei der Vorstellung, dass es Probleme auf der Welt gibt, die tatsächlich lösbar sind.

Wenn Jonathans Vater mich nach Hause fährt, fühle ich mich so sicher wie nie. Eines Tages möchte ich einen Sohn oder eine Tochter haben und ihn oder sie in einem robusten Auto wie dem AMC-Geländewagen abholen. Mein Vater ist noch nicht besonders lange auf den Straßen unterwegs und sein Wagen ist bereits über eine Leitplanke hinausgeschossen und in einem Graben gelandet, aber Jonathans Vater ist eindeutig fürs Autofahren geboren. Er stellt mir Fragen über die Schule, und wir lachen über die skurrilen Dinge auf der SSSQ: Über das Pilotprogramm und darüber, wie einfach die Hausaufgaben sind, und wir überlegen, ob Jonathan und ich später besser in Harvard oder Yale studieren sollen (Jonathan geht schließlich nach Yale; ich eher nicht). Wenn mich sein Vater bei meinen Eltern absetzt, verändert sich ihr Gesamtgebaren; sie werden weicher, als würde das Amerikanischsein irgendwie auf sie abfärben. Wie ich erst ein Jahrzehnt später erfahre, steckt die Firma von Jonathans Vater (sie baut in der ganzen Stadt Türen ein) in großen Schwierigkeiten, sodass er das Schulgeld für seinen Sohn teilweise mit Reparaturarbeiten begleicht, während meine Eltern die soziale Leiter zwar langsam, aber stetig erklimmen. Später wird Jonathans Vater an Krebs sterben. Nicht ein einziges Mal bin ich auf den Gedanken gekommen, dass dieser freundliche Mann, diese perfekte Familie etwas Schmerzhafteres durchleiden könnte als meine eigene. Meistens blicke ich so wenig über meinen familiären Tellerrand hinaus, dass ich außer Borschtsch-Suppe nichts wahrnehme. Da bleibt nicht viel Raum für Mitgefühl anderen gegenüber, schon gar nicht für Amerikaner, die «einfach alles haben», wie unser neuer Sony Trinitron behauptet. Manchmal schließe ich mich, trunken von einem dreistündigen Zorkspiel, in Jonathans höhlenartigem Badezimmer ein, lege mich auf die weiche, hundehaarübersäte Matte und atme den blumigen Duft des Raumsprays ein, den ich bis zum heutigen Tag mit zu Hause verbinde. Ich könnte heulen, weil Jamaica Estates so nah am

JFK Airport liegt, und wenn die Sowjets zuschlagen, ist meine neue Familie auf der Stelle ausgelöscht.

Mein Vater ist wiederum für Jonathan wie ein zweiter Papa. Da ist dieser starke, fast übertrieben männliche Mann, der uns zum Angeln an einen Pier in der Nähe des wohlhabenden Vororts Great Neck mitnimmt. Die Hafenbecken sind eindeutig nur für die Anwohner von Great Neck bestimmt, aber mein Vater hat in einem Maschendrahtzaun ein Loch entdeckt, und so huschen wir drei unerlaubterweise hindurch, um am Reicheleute-Pier zu angeln. *«Prochod dlja oslow!»*, verkündet Papa stolz. «Übersetz das, Gary.»

«Das ist der Eselspfad», sage ich zu Jonathan.

Manchmal fallen wir auch auf dem Pier der US-Handelsmarineakademie in Kings Point ein und ziehen zwischen den Bootsrümpfen der Marineschulungsschiffe einen Fang an Land. Mir gefällt, wie sanft mein Vater mit Jonathan umgeht, aber ich bin auch ein wenig eifersüchtig. Stolz, dass mein Vater sich in feindliches Gelände schleicht und mit wenigen ruckartigen Bewegungen seiner Angelrute Marke Eigenbau einen Streifenbarsch schnappt; ich wünschte nur, so wäre er immer, würde so geduldig und liebevoll, wenn auch in fehlerhaftem Englisch erklären: «Das *siend Karrpfn*, und das *siend Flundarn* ... Jungs, zieht *Fiesch niech* so schnell raus! Braucht Zeit, um an Haken kommen, okay?» *Jungs*. Wenn wir mit meinem Papa zusammen sind, sind wir zwei *Jungs*. Mir kommt der Gedanke, dass mein Vater, wäre bei uns zu Hause statt Russisch Englisch gesprochen worden, etwas von seiner natürlichen Grausamkeit verloren hätte, die meine Muttersprache mit sich bringt. *Hey, du Rotznase. Hey, du Schwächling*. Denn nichts würde ich jetzt lieber tun, als mich mit Mama und Papa auf Jonathans Englisch zu unterhalten. Das jetzt auch meins ist.

Aber dafür ist es zu spät.

Um uns herum erwacht die Sexualität auf beängstigende Weise. Ich kann Jonathan auf keinen Fall von Natascha erzählen, meinem russischen Sommerschwarm, weil Gespräche über Mädchen uns bloß an unseren *dalit*-Status erinnern und die Pixelwelt zum Einsturz bringen würden, die wir uns erschaffen haben. Eines schönen Herbsttags mieten die Eltern eines der reichsten SSSQ-Schüler die obere Etage des World Trade Center für seine Bar-Mizwa; ein Cembalist klimpert in der Sky Lobby eine klassische Version von «Hava Nagila», es gibt löffelweise Sevruga-Kaviar, vor den Klos stehen uniformierte Männer, die den Namen des Jungen auf dem Revers tragen, und eine Busflotte chauffiert uns von Queens zu den monströsen Zwillingstürmen.

Auf der Rückfahrt nach Queens rücken zwei der älteren Jungen im Bus dem Mädchen mit den größten Brüsten zu Leibe und holen sich unter ihrem lauten Gelächter einen runter. Die Nachricht dringt bis zu uns in der ersten Reihe vor, und Jonathan und ich sind gebührend schockiert. So etwas passiert in unseren Computerspielen nie. Wir haben Brooke Shields in der Zeitschrift *People* im Badeanzug gesehen und versucht, zwei Panasonic-VHS-Rekorder miteinander zu verkabeln, um die nicht jugendfreie Version von John Boormans Film *Excalibur* zu überspielen, in dem es von frontalen und rückwärtigen Nacktaufnahmen nur so wimmelt (hat leider nicht ganz geklappt). Aber dass zwei Jungen, von denen einer nicht mal Israeli ist, auf den hinteren Sitzen eines Nobelbusses ihre *zajins* herausholen und über einem Mädchen abspritzen, übersteigt unser Vorstellungsvermögen. Wenn ich mich abends in die Geborgenheit meiner roten sowjetischen Steppdecke gewickelt habe, taucht manchmal Papa in meinem Zimmer auf und fragt ermutigend: «Zupfst du an dir rum? Zupf nicht zu doll. Sonst fällt er ab.» Und nachts haucht mir Dr. Ruth Westheimer den Unterschied zwischen klitoralem und vaginalem Orgasmus über meine Kopfhörer ins Ohr, aber diese Wörter muss ich mir für eine andere Lebensphase merken, vielleicht für die nach dem Jurastudium. Erwartet man von mir, dass ich an mir rumzupfe, so wie die beiden Jungen im Bus? Würde ich meine Eltern und Lehrer damit glücklich machen? Mir wird das alles zu viel. Ich spiele lieber Zork – mit meinem besten Freund Jonathan.

```
ZORK I: Das Große Reich der Unterwelt
Copyright © 1981, 1982, 1983, Infocom,
Inc. All rights reserved.
ZORK ist eine eingetragene Marke von
Infocom, Inc.
Revision 88/Seriennummer 840726

Westlich vom Haus
Du stehst auf einer freien Fläche
westlich eines weißen Hauses mit holz-
getäfelter Eingangstür.
Dort gibt es einen kleinen Briefkasten.

>
```

Im schummrigen Licht von Jonathans Computerraum wirbeln vorfreudig seine beiden 5,25 Zoll-Apple-Diskettenlaufwerke. Das > stellt die sogenannte Statusleiste dar, in der die Spieler Anweisungen geben.

```
> W
```

würde zum Beispiel bedeuten, dass der Spieler nach Westen gehen möchte.

Ein weiteres selbsterklärendes Kommando wäre:

```
> öffne Briefkasten
```

Und so reisen Jonathan und ich ohne die in anderen Videospielen übliche Untermalung durch graphische Elemente oder Geräusche in das Große Reich des Untergrunds, das Land der Verliese, Schätze, Trolle, «Grues» und Elbenschwerter und des gefürchteten Hochwasserschutzdamms Nummer 3. Nach stundenlangem > unterbrechen wir das Spiel und taumeln in die taghelle Welt der Union Turnpike hinaus und zum koscheren Kebab-Imbiss Hapisgah (Gipfel), wo uns die israelischen weiblichen Bedienungen ebenso ungeniert ignorieren wie die jungen Mädchen auf der SSSQ, während sie uns für kleines Geld die saftigsten Kebabs von Queens aufhäufen. Das ist der Rhythmus meines neuen Lebens mit amerikanischem Freund: Union Turnpike, Kebabteller mit Hummus und israelischem Salat, Videothek, Mel Brooks' *Die verrückte Geschichte der Welt Teil 1*, Mark Russells harmlose politische Comedysendung auf PBS («Glaubt mir: Es gibt keine neuen Steuern. Glaubt mir: Sie erhöhen einfach die alten!») und das Schwingen unseres gemeinsamen `Uralten Elbenschwerts` gegen große und kleine Feinde.

Auch in der Schule haben wir unser Elbenschwert meistens gezückt. Wir sind unzertrennlich. Natürlich gibt es noch meine übergroße Persönlichkeit Gary Gnu III., die ich manchmal öffentlich ausleben muss, um die Klasse bei Laune zu halten. Als ich für ein Schultheaterstück als Julius Cäsar besetzt werde, stolziere ich umher und hebe die Hand zum Römischen Gruß, der unglücklicherweise mit dem Hitlergruß identisch ist. «Heil Cäsar!», brülle ich, während ich mit ausgestrecktem Arm durch die jüdische Schule laufe. Mrs. A sieht mich angewidert an. «Das ist nicht lustig», sagt sie. «Du glaubst, alles wäre lustig, aber das ist es nicht. Nicht alles ist ein Witz.» Es fühlt sich an, als hätte diese Frau, nach deren Zuneigung ich mich so sehne, mir einen gezielten Fausthieb in meine Gnu-Persönlichkeit versetzt. Ich kriege kaum Luft, als ich sage: «Es ist der Römische Gruß, Mrs. A. Ich habe mal in Italien gelebt.» Aber Mrs. A hat sich bereits abgewandt und redet wieder über die herausragenden Ballettkünste ihrer Tochter und dass sie mit den Familien ihrer Lieblingsschüler unbedingt mal eine Spritztour in die «Berkshires» machen sollte, was immer das auch sein mag.

Es gibt einen Geschichtslehrer, den Jonathan und ich rasend gern mögen – er heißt Mr. Korn. Mr. Korn hat drei Unzulänglichkeiten: (1.) Er stottert entsetzlich («G-g-g-größt-t-ter B-b-bestech-ch-ch-chungs-s-s-skandal …»); (2.) seine Zähne sehen aus wie gelbes Geröll; (3.) er besitzt insgesamt drei Karohemden, jedes fast so sowjetisch wie meins. Mr. Korn *will wirklich*, dass wir etwas anderes lernen als die Geburtenfolge der Jakobssöhne.

Sein Lieblingssatz, durch den er sich nicht hindurchstottern muss, lautet: «Haltet mal kurz inne und denkt darüber nach.» Eine ziemlich große Herausforderung für einen Klassenraum voller Höhlenmenschen, die lautstark über ihre *zajins* und die Import-Export-Geschäfte ihrer Väter herumkrakeelen. In Mr. Korns Unterricht benehme ich mich wie der letzte Arsch, aber ich halte tatächlich inne und denke über das nach, was er sagt. Dass Amerika nicht bloß ein Ort zur Kapitalanhäufung ist, sondern ein Land, das teilweise auf dem Elend anderer errichtet wurde, und dass meine Zukunft nicht zwangsläufig der triumphale Aufstieg eines Einwanderers von den Straßen Queens ins Allerschönste-Tudor-Haus in Scarsdale sein muss.

Als Belohnung dafür, dass Mr. Korn mir Bildung angedeihen lässt, piesacke ich ihn besonders intensiv. Mit Vornamen heißt er Robert, und immer wenn ich in die Klasse stürme, brülle ich: «Hey, Bob!» Oder: «Yessiree, Bobert!»

Wie ich letztes Jahr erfahren habe, ist Mr. Korn vor kurzem an einer wohlbekannten Krankheit gestorben, weil er «ein Mann war, der Musicals mochte», wie es im hiesigen Sprachgebrauch heißt, und dieses Wissen bestätigt einmal mehr alles, was ich über die Funktionsweise des Universums weiß, und dass sich die Waagschale vom Guten und Schwachen stets zum Wütenden und Wuchtigen neigt. Haltet mal kurz inne und denkt darüber nach.

Als meine Ausbrüche schlimmer werden, schickt mich Mr. Korn zum *Direktor für allgemeine Fächer* (der nicht hebräische Teil des Lehrstoffs), ein weiterer relativ humaner Mann mit dem unglücklichen Namen Mr. Dicker, den wir kurz darauf mit einem Herzinfarkt belohnen werden. «Hast du selbst eine Idee, wie du an deinem Verhalten arbeiten kannst?», fragt mich Mr. Dicker. Ich strecke den Arm aus. «Das ist ein Römischer Gruß, kein Hitlergruß, nicht wahr?»

«Ja», sage ich. «Ich bin Julius Cäsar. Heil Cäsar!»

Als ich ins Klassenzimmer zurückkomme, ist Mr. Korn gerade dabei, unsere hirnverbrannten Aufsätze über die zahllosen Sternstunden der amerikanischen Geschichte zu besprechen. Ich lehne mich über das Lehrerpult und rieche seinen Zigarettenatem, der den Fruit-Roll-Ups-Fruchtgummi-und-Carvels-Fliegende-Untertasse-Sandwicheis-Duft unseres SSSQ-Klassenzimmers trübt. Um uns herum kreischen Kinder. Jonathan ist darin vertieft, unseren nächsten Amoklauf durch das Große Unterirdische Reich von Zork zu planen. «Hey, Bob», sage ich.

«Hey, G-g-gnu.»

«Ich finde, wir haben wirklich zu viel für den Kauf von Louisiana ausgegeben. Fünfzehn Millionen für Arkansas?»

«Ich weiß, Gnu.» Und wir lächeln uns an, zwischen uns lauter morsche verkrüppelte Zähne.

In der achten Klasse verabschieden Jonathan und ich uns endgültig von der Solomon-Schechter-Ausbildung. Wir erfinden unser eigenes Spiel namens *Snork II: Ein Snork für immer auf Reisen*. Wir sitzen in der Klasse nebeneinander und versenken uns den ganzen Tag lang in unser Spiel, das mangels Computerbildschirm mit Stift und Papier stattfindet, und tauchen nur zwischendurch kurz auf, um Luft zu holen, wenn Mr. Korn den Klassenraum betritt und stotternd die Tet-Offensive beklagt. Ich bin der Schreiber, Jonathan der Spieler. Seine absurde Aufgabe: die Rettung einer Schiffsladung Spanischlehrbücher – *Español al Día* –, die versehentlich vom sowjetischen Geheimdienst gekidnappt und in einer Leningrader Toilette versenkt wurde. Jonathan ist der Hauptabenteurer, hin und wieder gesellen sich aber Gnu, Sammy «der Uuurscher» und der Mächtige Khan-Cäsar hinzu, also unsere gesamte bedauernswerte Bande. Das Abenteuer startet in Queens, weitere Schauplätze sind Honk [sic] Kong, Kontinentalchina («Willkommen im kommunistischen China, der Heimat des Whoppers!»), der Orient-Express, Venedig, Deutschland, Swerdlowsk (wo Lenin, der irgendwie nie gestorben ist, zu einem drittklassigen Geflügel-Vernehmungsbeamten degradiert wurde) und schließlich Leningrad. Eine Folge aufgezeichneter, sich selbst zerstörender Nachrichten à la *Mission Impossible* treibt Jonathan an, während ich den schrecklich rechtschreibfehlergespickten Text liefere und er die Kommandos in die Statusleiste schreibt (>).

```
Seite 120
Ufer (Leningrad)
P.S. Diese Nachricht wird sich in dreißig
Stunden selbst vernichten.
> Aufnahmegerät zurücklassen.
Du willst das Aufnahmegerät zurücklassen?
> Ja
Bis du sicher?
> Ja
Apsolut?
> Ja
Gans sicher?
> Ja
Ich kann dich nich hören!
> Ja
OK, aber wenn du es dalässt, explodiert es
nach 30 Sekunden und tötet 60 Menschen.
Zufrieden?
> Ja
Ich nicht.
> Geh auf die Party.
Gnu bringt dich zur Tipanowa-Straße …
Zufällig hat Gnu da mal gewohnt. Drinnen
findet eine Party statt, ein Wachmann
bewacht den Eingang.
```

Und so geht es Hunderte bekritzelte Seiten lang weiter, jede Menge Einzeiler im Stil von Mel Brooks oder vielleicht der Marx Brothers. «Ihr seid Staatsfeinde. Welches Staats, wissen wir nicht, aber wahrscheinlich eines dünn besiedelten wie Wyoming.» Anspielungen auf «Kondohme», «Wibratoren» sowie «andere exotische Gegenstände» und gelegentliche Anflüge von Romantik, höchstwahrscheinlich beeinflusst durch unsere kürzliche alberne Lektüre von *Eine Geschichte aus zwei Städten*: «Sie ist wunderschön, zierlich und viktorianisch – was will man mehr?»

Aber ich will mehr als nur Dickens' göttliche Lucie Manette, nämlich Jonathan auf ein Abenteuer in meine Kindheit mitnehmen, und deshalb kann *Ein Snork für immer auf Reisen* nur an einen Ort führen – zurück nach Leningrad, in die Tipanowa-Straße. Zu Hause beobachten meine Eltern und ich mit großem Misstrauen den neuen sowjetischen Reformpolitiker Gorbatschow im Fernsehen. Wird der lächelnde Mann mit dem runden Gesicht und dem riesigen Rotweinfleck auf der Stirn dem ganzen sowjetischen Unsinn wirklich ein Ende bereiten? «Vertrauen ist gut, Kontrolle ist besser», wie unser Held Ronald Reagan so gern sagt. Großmutter Galja, die wir zurückgelassen haben, erwähne ich nur selten, weil ich weiß, dass alles, was mit *rodstwenniki* zu tun hat, Unfrieden stiften kann. Allmählich vergesse ich, wie sie ausgesehen hat, vergesse auch den Geschmack ihrer Käsewürfel, mit denen sie mich für meinen ersten Roman entlohnt hat, und vergesse, dass ich sie lieben sollte, obwohl sie nicht bei uns ist.

Vielleicht will ich deshalb mit Jonathan zurück nach Leningrad reisen. Ihm verrate ich etwas, was ich den Jungen und Mädchen auf der SSSQ niemals verraten würde. Dass ich keine Gary-Gnu-Antilope bin, die sich zur allgemeinen Belustigung zum Affen macht. Sondern ein russischer Junge, der zwar jüdischer Abstammung ist, aber in Russland geboren wurde und die Hälfte seines Lebens dort verbracht hat.

Und Jonathan wird mich dorthin begleiten, weil er ein wahrer Freund ist.

Zufällig hat Gnu da mal gewohnt.

Mein Vater hört auf, mich zu schlagen. Vielleicht weil ich jetzt ein bisschen größer bin und mein wirrer schwarzer Haarschopf nur wenige Zentimeter unter seinen dicken Lippen schwebt. Vielleicht ist der amerikanische Lebens- und Erziehungsstil von Jonathans Eltern allmählich bis zu ihm durchgesickert. Das letzte Mal hat er mir «einen Nackenklatscher gegeben», weil ich mich meiner Großmutter Polja gegenüber angeblich wie ein Grobian verhalten habe. Ich schätze, ich war wirklich grob, weil ich mich nicht von ihr an die Hand nehmen lassen wollte, während wir die gefährlichen Straßen von Forest Hills durchquerten (ich bin fast fünfzehn) und ihre Acht-Gänge-Mahlzeiten nicht mehr so zu würdigen weiß, weil mittlerweile jeder Happen Klondike-Eiskonfekt sofort in meinen Männertitten landet. Aber ich bemerke auch, wie meine Großmutter allmählich abbaut. Jahr für Jahr verkümmern ihre geistigen Fähigkeiten ein Stück mehr, und die amerikanischen Medikamente helfen nicht. Bald wird sie mehrere Schlaganfälle hintereinander erleiden und halbseitig gelähmt im Rollstuhl sitzen. Doch schon bevor das geschieht, will ich mich von ihr zurückziehen. Ich *kann* der Frau, die mich so sehr liebt, nicht erlauben, vor meinen Augen langsam zu sterben. Ich muss weggucken.

Und so gibt mir mein Vater einen Nackenklatscher. In Ordnung. Gut. In meinem Zimmer rege ich mich wieder ab. Jeden Penny, den ich mit Hausarbeiten verdiene, investiere ich in die Dekoration meines Zimmers, sodass es dem Büro von J. R. Ewing gleicht, dem Bösewicht der Fernsehserie *Dallas*. Die passende Holztäfelung ist praktischerweise schon vorhanden, und damit alles noch stimmiger wird, habe ich mein Inventar um einen Desktop-Computer, ein schickes Panasonic-Telefon mit LCD-Anzeige und einen Luxus-Bürostuhl von der Müllkippe erweitert. Zum perfekten Look fehlt mir nur noch das vergoldete Ölbohrturm-Modell. Aber auch ohne Bohrturm stiefele ich, wenn ich niedergeschlagen bin, in mein sogenanntes Büro, schnappe mir das teure Telefon und brülle mit texanischem Akzent (oder dem, was ich dafür halte) in den Hörer: «Hi Schätzchen! Bleib mal kurz in der Leitung, okay?»

Nachdem er mir einen Nackenklatscher gegeben hat, kommt mein Vater zu mir ins Zimmer, und mein Nacken wappnet sich schon für den nächsten Klatscher. «Komm, wir gehen eine Runde spazieren», sagt mein Vater. Er wirkt traurig. Seufzend schiebe ich den Stapel sorgsam getippter Geschichten zusammen, die ich an *Isaac Asimov's Science Fiction Magazine* schicken will, um eine Absage zu kassieren.

Wir spazieren durch die blühende Deepdale-Gardens-Siedlung, an allen Orten vorbei, an denen mich mein Vater mit seinen Erzählungen vom *Planet der Juden* unterhalten und wo er mir die *podschopniks* versetzt hat, die kleinen Tritte in den Hintern. Diese Tritte bedeuteten Spaß und eine lustige Vater-Sohn-Beziehung. Heute aber ist Papa ernst und mein Nacken verspannt. Er lässt sich Zeit mit dem Reden, dabei strömen die Worte sonst in dicken wütenden, schadenfrohen oder philosophischen Schwaden aus ihm heraus. Wir kommen zu den fünf wolkenkratzerhohen insektenartigen Verkehrsantennen weiter unten an der Straße, mit ihrer Furcht erregenden Beschriftung: WARNUNG DIESE ANLAGE WIRD VON DER BUNDESLUFTFAHRTBEHÖRDE DER VEREINIGTEN STAATEN VON AMERIKA ZUR FLUGSICHERUNG EINGESETZT. EINE BETRIEBSUNTERBRECHUNG KANN TÖDLICHE FOLGEN HABEN. JEDER, DER DIE FLUGSICHERUNG BEHINDERT … WIRD GEMÄSS DEM BUNDESGESETZ BELANGT.

Ich will weder vom Bundes- noch vom Familiengesetz belangt werden. Oder vielleicht will ich es doch. «Hör zu», sagt Papa, «ich hätte dich nicht schlagen sollen. Du warst grob zu deiner Großmutter, aber ich hätte dich nicht schlagen sollen. Ich habe mich schlecht benommen.»

Ich reibe mir den Nacken und zucke die Achseln. «Ist schon okay», sage ich. Aber was ich eigentlich sagen will: *Willst du das denn nicht? Willst du mich denn nicht mehr schlagen? Liebst du mich nicht mehr? Oder bin ich so abgrundtief schlecht, dass ich es nicht einmal mehr verdiene, zur Strafe einen Nackenklatscher zu kriegen?*

Du hast dich nicht schlecht benommen, Papa. Nur *ich* kann mich schlecht benehmen. Ich bin das Kind. Du bist der Vater. Wie kannst du so was Furchtbares sagen?

Wir kommen am Basketballplatz vorbei, wo ich wegen meiner mangelnden Zielgenauigkeit unzählige Male das Brett getroffen und den Korb verfehlt habe, mich mit Händen, Armen und Lungen abgemüht habe, für ihn gut zu sein. Wir unterhalten uns übers Angeln, über Autos, über meine Chancen, auf der wissenschaftlich ausgerichteten Stuyvesant High School in Manhattan aufgenommen zu werden, die kein Schulgeld kostet. Mein Vater wird mich weiterhin anschreien. Und mir drohen. Und von mir enttäuscht sein. Aber jetzt, da er nicht länger die Hand gegen mich erhebt, ist es mit unserer Familienromanze vorbei. So wie mit meinem Asthma. Jetzt soll ich der Mann sein. Und lernen, zu schlagen, Geld zu verdienen und anderen Angst einzujagen. Wie viele Finger halte ich hoch, *Winston*?

Die Schüler der Solomon Schechter School of Queens haben sich im Jüdischen Zentrum von Forest Hills versammelt, um meinem besten Freund Jonathan (immer noch ein süßer kleiner Junge in seiner purpurroten Nylon-Robe) zuzuhören, der ein Gebet für den Frieden und gegen atomare Vernichtung spricht. Danach singen wir die israelische Nationalhymne, und damit haben wir die Schule erfolgreich abgeschlossen. Und auch meine Familie kommt eine Klasse weiter – demnächst ziehen wir aus unserer Genossenschaftswohnung in ein richtiges Haus mit zweihundertzwanzig Quadratmeter großem Garten in einem anderen, wohlhabenderen Teil von Little Neck.

Es gibt ein Jahrbuch mit Aufsätzen und Fotos. Auf einer Seite sind neben einer Zeichnung des Sensenmanns die Aufsätze zweier junger jüdischer Mädchen mit den Titeln «TOD», «ANGST» und «DER ENTSETZLICHE SCHMERZ» abgedruckt. Von männlichen Kindern wird erwartet, dass sie ihr Innenleben unter haufenweise Schwachsinn verbergen, aber diese Mädchen haben eine Heidenangst vor dem Tod, vor der Leere, vor dem entsetzlichen Schmerz, der dem Tod in den USA gute 80,3 Jahre vorausgeht. Wer hätte gedacht, dass die allgemeine Traurigkeit und Angst – abgesehen von der pubertären Traurigkeit und der Angst, die das Jüdischsein mit sich bringt – Solomon Schechters schmale Flure und hübsche *Bionic-Woman*-Brotdosen durchdrungen hat?

Auf einer anderen Seite prangt das Foto eines lächelnden israelischen Jungen, der so tut, als würde er mir mit der Faust ins Gesicht schlagen und mit der anderen Hand die Luft abdrücken, während ich in gespieltem Entsetzen das Gesicht verziehe. Daneben ein Foto des bärtigen Mr. Korn in hitverdächtigem gelbem Karohemd, der gerade dazu ansetzt, mir mit einer zusammengerollten *Times* eins überzubraten. Der Ausdruck auf meinem Gesicht sagt: *Ich liebe diesen Mann.*

Fünfundzwanzig Jahre später werden Jonathan und ich erneut Freunde, nachdem wir uns auseinandergelebt haben, so wie gute Kindheitsfreunde mit traumatischen Schulerfahrungen es häufig tun. Wir werden zu unserer Alma Mater zurückkehren, die geschrumpft zu sein scheint. Jetzt kommen mehr als zwei Drittel der Schüler aus der ehemaligen Sowjetunion, in erster Linie bucharische Juden aus Usbekistan, die sich in diesem Teil von Queens angesiedelt haben. Mrs. A arbeitet immer noch dort und sieht bemerkenswert jung und frisch aus. Sie erinnert sich an Jonathan und ganz besonders an seine hübsche Mutter, aber nicht an mich. «Sie sind Autor?», fragt sie mich. «Und sonst machen Sie nichts?» Sie verabschiedet sich von uns mit dem Auftrag, die Solomon-Schechter-Schule weiterzuempfehlen. «Beweisen wir denen, dass unsere Absolventen keine Axtmörder sind!»

Ich besuche die Fünfundzwanzigjahrfeier der SSSQ im Jüdischen Zentrum in Forest Hills. Es hat sich kaum etwas verändert. Es gibt eine Menge glatzköpfiger *Macher* in Begleitung ihrer strahlenden Frauen, Tische, an denen ausschließlich Hebräisch gesprochen wird, Lehrer, die uns ermahnen, still zu sein, eine «chinesische Auktion» mit chagallesken Gemälden und einen angeheuerten Komiker, der Witze über Latinos und Iraner reißt. «Wir haben euch das Chumasch* gelehrt», brüllt uns eine neue, aber vertraut klingende weibliche Autoritätsperson entgegen, «aber offenbar haben wir euch keine Manieren beigebracht. Ruhe jetzt! Was für ein undankbares Publikum!»

Während ich den Blick über meine ehemaligen Klassenkameraden schweifen lassen, kommt mir ein Gedanke: *Das also ist eine Gemeinschaft.* Diese Menschen kennen sich, verstehen sich, sind zusammen erwachsen geworden. Sie wurden durch Sippschaft und ähnliche Anschauungen verbunden, wie zuvor schon ihre Eltern. Und davor deren Eltern. Mütter ba-

* Die Thora in Buchausgabe

cken in modernen Öfen Rugelach, Väter tauschen sich über den Benzinverbrauch ihrer neuen Lincolns aus, und alle lauschen dem einschläfernden hypnotischen sonntäglichen Summen der Kantoren und Rabbiner. Was hier passiert ist, ist niemands Schuld. Wir sowjetischen Juden wurden schlicht zur falschen Party eingeladen. Und dann waren wir zu verängstigt, um einfach wieder zu gehen. Weil wir nicht wussten, wer wir waren. In diesem Buch versuche ich zu erklären, wer wir waren.

> «Lieber Gnu, du bist ein merkwürdiger Republikaner, der sich in ein paar Jahren in einen Demokraten verwandeln wird. Fuck Reagan! Jesse [Jackson] an die Macht! Viel Spaß mit den chinesischen Überfliegerkids*. Alles Liebe … Rachel W.» – Eintrag einer Klassenkameradin in meinem SSSQ-Jahrbuch 1987

> «Lieber Gary, nur eine Frage: Hast du schon mal geweint?» – Von einem anderen Mitschüler

> «PS Jedem erwirtschafteten Vermögen liegt ein Verbrechen zugrunde.» – Mr. Korn

> «Genug, Gnu. Fang von vorn an.» – Ein besorgter Kunstlehrer

Bei unseren Computerspielen gibt es eine Kommandofolge, die der Spieler in die Statusleiste tippt, wenn er sich in einer ganz neuen Umgebung befindet.

* Auf der Stuyvesant High School, die ich als Nächstes besuchen werde.

> Gucken. Hören. Tasten. Riechen. Fühlen.

Alle meine Bücher sind für unseren Umzug in das neue Haus-mit-Garten eingepackt. Der holzgetäfelte Schrank ist leer. Ich öffne ihn mit dem üblichen Gefühl der Beklommenheit, aber der Lichtmann kauert zitternd in der Ecke, kleine Lichtnadeln fallen von seinem Körper herunter. Jetzt, da ich kein Asthma mehr habe, kann ich tief durchatmen und ihm zusehen, wie er verschwindet. Leider ist dies kein kathartischer Moment für mich. Keine Metamorphose. Ich habe die Fäuste immer noch geballt, obwohl mein Peiniger bereits in der Dunkelheit ertrinkt, die ihn umgibt. «Du Hurensohn», beschimpfe ich ihn in meinem jetzt perfekten Englisch. *Du Hurensohn.*

15. Take the K-Train

Nie hat die Großmutter ein Wort über das sagenhafte Hemd des Autors verloren. Sein schönstes Lächeln galt immer ihr.

Während meiner ersten Jahre in Queens, Amerika, habe ich keine Ahnung, wo Manhattan ist. Dort, wo die Union Turnpike auf den Queens Boulevard prallt, gibt es zwei oder drei Hochhäuser mit etwa zwanzig Stockwerken – *das* halte ich für Manhattan.

Schließlich werde ich zu den Schnäppchentempeln auf der Orchard Street auf der Lower East Side mitgeschleppt und bringe den Großteil des Tages damit zu, wie ein neugieriges Ferkel die Kleiderkörbe zu durchwühlen, ziehe Unterwäsche und Gürtel, Socken und Hosen heraus und eine Winterjacke, deren Kapuze für den Schädel eines städtischen Goliaths gedacht ist, nicht für einen Hänfling wie mich. Die ganze

Gegend wirkt irgendwie, als würde ich sie durch eine verdreckte Linse betrachten; im Gegensatz zu den parkartigen Anlagen im östlichen Queens erinnert Manhattans Farbgebung an eine sowjetische Nachrichtensendung – Traktorbraun, Rote-Bete-Rot, Kohlgrün. Mama und ich biegen von der Orchard Street auf die Delancey ein, wo der Stahlkessel der Williamsburg Bridge das Stadtbild beherrscht, und ich frage mich besorgt, was mit den Autos passiert, die zwischen den gigantischen Trägern verschwinden. Und plötzlich – ein lauter Knall. Schüsse! Ich greife nach der Hand meiner Mutter und verstecke mich unter ihrem Mantel. Die gewalttätigen, unglücklichen Manhattaner schießen auf uns! Ein paar Passanten schreien auf, doch kurz darauf weicht die halbherzige Todesangst Lachen und spanischem Stimmengewirr. Was war das? Ein Auto mit Fehlzündung, sonst nichts.

Als Schüler einer jüdischen Schule träume ich davon, eines Tages in den vorörtlichsten aller Vororte zu ziehen, wo ich nie wieder in ein unbekanntes Gesicht blicken muss – oder am besten in gar keins mehr. Ich sehe mich als erfolgreichen Republikaner, der wie ein Eremit auf seinem Gartengrundstück lebt, das sich über einen Hügel erstreckt, einen ehemals öffentlichen See verschlingt und in einem wehrhaften Stacheldrahtgestrüpp endet, an dem ein Schild mit der Aufschrift PRIVATEIGENTUM prangt. Eine angemessene Art, die 1980er zu verbringen. Junger Immigrant an Stadt: *Verpiss dich!*

Und dann bekomme ich eine Zusage für die Stuyvesant High School für Mathematik *und* Naturwissenschaften auf der Fifteenth Street, zwischen First und Second Avenue und den gefährlichen Vierteln East Village, Greenwich Village, Union Square, Times Square und Ladies' Mile.

September 1987. Manhattan Island. Der Wagen, voll beladen mit Verwandtenbesuch, fährt mit mir und meinem Schulranzen über die Second Avenue. Besorgt betrachten unsere Verwandten aus irgendeiner zweitrangigen amerikanischen oder kanadischen Stadt die geschäftige schmutzige Metropole. «Lass ihn hier raus», sagt meine Mutter. «Igorjotschik» – Igorlein –, «schaffst du's allein über die Straße?»

«Ja, Mama.» Wir befürchten, das wenig eindrucksvolle Auto unserer Verwandten könnte mir, wie auf der jüdischen Schule, Probleme mit meinen neuen Mitschülern bereiten. Uns ist nicht klar, dass mehr als die Hälfte der Schüler auf der Stuyvesant genau wie wir aufstrebende Einwanderer der Unter- bis Mittelschicht sind und dass Chinas Provinz Fujian, der indische Bundesstaat Kerala und die russische Oblast Leningrad einfach nur in anderen Ecken desselben Kontinents liegen. (Die Schule ist für ihr hartes Auswahlverfahren bekannt; um aufgenommen zu werden, muss man einen Mathetest mit Bestnote bestehen, was Schüler aus den Streberländern mühelos schaffen.)

Was mir auch nicht klar ist: Bald beginnt der Rest meines Lebens.

Einige Wochen bevor ich auf der Stuyvesant anfange, setze ich mich mit meiner Mutter zusammen und erkläre ihr, dass ich bessere Kleider tragen muss als auf der Solomon Schechter. Ich erzähle ihr nichts von den acht Jahren meiner Existenz als Nicht-Mensch auf der jüdischen Schule, denn das käme einer Beleidigung der Juden gleich, wäre Hochverrat, ein Kapitalverbrechen. Meine Eltern haben alles aufgegeben, damit ich hierherkommen, frei und als Jude leben kann, und diese Lektion habe ich mir hinter die Ohren geschrieben. Ja, ich mag in der Vergangenheit meine frevelhafte Gnorah verfasst haben, aber vor gerade mal einem Jahr habe ich meine Eltern zu einer irrsinnigen Hetzjagd nach Chametzkrümeln veranlasst (das gesäuerte Brot ist am Pessachfest verboten), sie wegen ihrer Nachlässigkeit heftig getadelt und auf meiner frenetischen Suche nach monatealten Bröckchen litauischen Roggens um ein Haar den Veloursteppich zerfetzt. Ich weiß, dass ich beim Pinkeln nicht an einen der Namen von G-tt denken darf, sonst wird Er mich bestrafen und mir abhacken, was noch übrig ist, obwohl ich dieser Tage nicht umhinkann, einen Strom von *JahweJahweJahwe* zu vergießen, gefolgt von Stunden tiefen, existenziellen Leids.

«Mama, ich muss mich besser anziehen.»

Schon möglich, dass ich in meinem Ersuchen um Kleidergeld ebenfalls erwähnt habe, dass bessere Kleidung eine Grundvoraussetzung für die Aufnahme auf einer Eliteuni ist. Diese (Beinahe-)Lüge mag dazu beigetragen haben, dass sich der Griff um ihr Portemonnaie ein wenig gelockert hat, denn auf eine erstrangige Universität zu gehen ist das erste, zweite, dritte und wichtigste Bestreben aller Stuyvesant-Schüler und deren Mütter seit Gründung der High School im Jahr 1904 und wird es auch immer bleiben – bis der neue Hafen-Campus im Jahr 2104 den klimawandelbedingten Riesenwellen zum Opfer fällt.

Daher ist meine erste Erinnerung an die Schulzeit auf der Stuyvesant ein Besuch bei Macy's. Meine Mutter und ich durchkämmen den innerstädtischen Irrgarten nach den derzeit angesagtesten Marken – Generra, Unionbay, Aéropostale. Ich will mich so anziehen wie die reichen Mädchen auf der jüdischen Schule; also probiere ich lässig weit geschnittene T-Shirts und Sweatshirts an, die praktischerweise meine Titten verbergen und sich sanft über die rosa Wulstnarbe legen, die auf meiner rechten Schulter hockt. Niemand kann so einkaufen wie meine Mutter. Mit einem knapp bemessenen Budget ersteht sie ein T-Shirt für jeden Wochentag und Hosen und Pullover für jeden zweiten. Sobald ich die Umkleidekabine verlasse, drückt Mama mir die T-Shirts an den Körper und zieht sie straff, um sicherzugehen, dass ich sie obenrum nicht ausbeule, und wenn ich eine Jeans anprobiere, prüft sie, ob ich wenigstens andeutungsweise einen Arsch in der Hose habe. Bis mich in meinen Dreißigern eine Reihe von Freundinnen kreuz und quer durch die Umkleidekabinen in Manhattan und Williamsburg begleiten, besteht darin meine Erfahrung von weiblicher Beratung.

Als wir Macy's mit zwei prallgefüllten Tüten unter dem Arm verlassen, spüre ich die Opferbereitschaft meiner Mutter mir gegenüber deutlicher, als wenn sie darüber spricht, was sie in Russland zurückgelassen hat. Ich liebe meine Mutter aufrichtig, aber ich bin ein Teenager. Die Tatsache, dass Mama gerade aus Leningrad zurückgekehrt ist, von einem Besuch bei meiner sterbenden Großmutter Galja, die nicht mehr sprechen konnte und sie nicht einmal mehr erkannt hat, während der Rest ihrer Familie frierend und hungrig stundenlang in der Schlange stand, um eine verschrumpelte, ungenießbare Aubergine zu ergattern, bedeutet mir hingegen viel zu wenig.

Ich höre nur das elektronische Rattern – *tttrick* – der 39,99 Dollar teuren Generra-Hemden, die an der Kasse eingescannt werden, sehe die grünen Dollarzahlen, die auf der Anzeige addiert werden – und dann die letzte Demütigung: die New Yorker Mehrwertsteuer, die die Zahlen zum Schluss noch einmal in ungeahnte Höhen hinaufschnellen lässt. *Es tut mir so leid, Mama, dass ich unser Geld auf diese Weise verschleudere.*

Auf der Solomon Schechter mussten wir Jungen Hemden mit Kragen tragen, weil Jahwe es so wollte, aber auf der säkularen Stuyvesant gibt es keine Kleiderordnung, und so investieren wir in farbenfrohe OP-T-Shirts. «OP» steht für «Ocean Pacific» und ist eine kalifornische Surfermarke. Ich bin selbstredend der begnadetste Surfer von ganz Kalifornien. («Boah, Alter, was für ’n Riesenbrecher! Ich bin so was von angefixt!») Aber auch ohne Surferqualifikationen sind diese T-Shirts einfach wunderbar: Großzügig bedecken sie meinen verunsicherten Teenagerkörper, und die strahlenden Gesichter der Surfer lenken ein wenig von dem hervorstehenden Adamsapfel ab. Auf einem der T-Shirts stehen drei Omis in gepunkteten Kleidern neben einem langhaarigen Surfer, der sein Boogie-Board trägt; ich nehme an, das entspricht dem lässigen kalifornischen Sinn für Humor, aber es erinnert mich auch daran, dass mitten in Queens, weit weg von der beängstigenden Welt Manhattans, meine Großmutter lebt, die stolz auf mich ist, weil die renommierte Schule für Mathematik und Naturwissenschaften mich aufgenommen hat.

In meinem OP-Omi-Hemd spaziere ich mit vor Nervosität schweißnassen Händen durch den Stuyvesant Square Park. Ich weiß, dass ich nicht länger Gary Gnu sein kann, aber was soll ich stattdessen sein? Ein ernsthafter, strebsamer republikanischer Junge auf dem besten Weg nach Harvard, Yale oder, im schlimmsten Fall, Princeton. Das bin ich. Ich werde nur lustig sein, wenn ein Anlass dazu besteht. *Keine Clownereien mehr.* Ich werde den Mund halten. Vor kurzem habe ich mir mit meinen Eltern Oliver Stones *Wall Street: Geld schläft nicht* angesehen, und die Botschaft war eindeutig: Vertraue keinem Außenseiter. Lass dich nicht erwischen. Konzentrier dich einzig und allein aufs Geldscheffeln. Gier ist gut. Und ich glaube, einen Trumpf im Ärmel zu haben – das 280 000-Dollar-Kolonialhaus, das meine Familie gerade in Little Neck gekauft hat. Für alle Fälle habe ich in meiner Schultasche ein Ingenieursgutachten über den Wert des Hauses dabei, dessen Südseite von einer Reihe Hyazinthen begrenzt wird, inklusive eines Fotos von unserem Anwesen in der Morgensonne. Bei jedem Schritt auf dem Weg dorthin –

von der Auswahl des Hauses aus einem großen Angebot fast identischer Kolonialhäuser bis zur Kalkulation der Kreditraten war ich obsessiv dabei. Ich habe sogar extra ein Computerprogramm auf dem Commodore 64 namens FAMILIEN-PROJEKT-HAUSKAUF-KALKULATOR erstellt, um uns einen Überblick über unseren Abstieg in die institutionelle Verschuldung zu verschaffen. Ich frage mich, was Kinder reicher Eltern mit ihrer Freizeit anfangen.

Außerdem möchte ich einen neuen Freund finden. Jonathan ist auf die Ramaz School verschwunden, eine jüdische Schule auf der Upper East Side. Die zahlreichen Schüler dort erfreuen sich eines Reichtums, der meine ehemaligen Solomon-Schechter-Schulkameraden erbleichen lassen würde. Der Unterschied zwischen Stuy und Ramaz ist zu gravierend, die Erinnerung an unsere gemeinsame Leidenszeit noch zu frisch, und so siecht unsere Freundschaft schnell dahin. Jetzt gibt es niemanden mehr, mit dem ich Zork spielen oder saftige koschere Kebabs essen kann, keine täglichen Telefongespräche, keine Autofahrten mit einem freundlichen amerikanischen Vater, und nachdem ich einen echten amerikanischen Freund gehabt habe, wird mir klar, dass mir Freundschaft fast so viel bedeutet wie der Erwerb erstklassigen vorstädtischen Eigentums. Da ich mich auf der Stuyvesant nicht mit Hilfe meines Humors profilieren kann, muss ich mir etwas anderes einfallen lassen, damit mich die Leute mögen und Zeit mit mir verbringen wollen.

Da stehe ich also in meinem Ocean-Pacific-Omi-T-Shirt vor der Stuyvesant High School. Ein muskulöses Jugendstil-Gebäudemonster, fünf steinerne Stockwerke schulischer Glanzleistungen, die dem Jungen aus Little Neck einen Mordsschrecken einjagen. Doch meinen Mitschülern, die heute auch ihren ersten Tag hier haben, scheint es keinen Deut besser zu gehen. Die meisten Jungen sind so groß wie ich oder vielleicht ein Stückchen größer, hager und blass, sie verströmen einen eigentümlichen ethnischen Geruch und betrachten die Welt um sich herum durch Brillengläser, die so dick sind, dass sie Solarenergie erzeugen könnten. Unsere natürlichen Feinde sind die richtigen Stadtkinder aus der leistungsschwachen Washington Irving High School ein paar Blocks weiter, die uns bestimmt windelweich prügeln werden (in meinen vier Jahren auf der Stuyvesant begegne ich keinem einzigen von ihnen). Der Bildungsausschuss hat beschlossen, ab der Haltestelle First Avenue der Linie L eine spezielle «Sichere Subway» einzusetzen. Sie verkehrt mit vollem Polizeischutz, um zu gewährleisten, dass unsere zukünftigen Einsteins nicht von Schlägern angegriffen werden, wenn sie beispielsweise in die Linie 7 Richtung Flushing, Queens, umsteigen. Nachdem ich den jüdischen Benetton-Vorführraum hinter mir gelassen habe, bin ich nun offenbar in einem Auffangbecken für multinationale Streber gelandet.

Womit ich bei meiner nächsten Beobachtung wäre.

Etwa die Hälfte der Schüler sind «Chinesen». Man hatte mich schon im Vorfeld über diese interessante Wendung informiert und mir diverse formale Strategien für den Umgang mit den Kindern Ostasiens ans Herz gelegt, schließlich könnte ich mich später mal bei ihnen bewerben. Während es allgemein als Tatsache gilt, dass schwarze und lateinamerikanische Schüler gewalttätig sind, sollen die chinesischen Kinder intelligent und höflich sein, wenn auch ein wenig weltfremd, weil ihre Kultur so ganz anders ist als die normale. Ein hilfreicher Hinweis, den ich irgendwo auf Queens' Straßen aufgeschnappt habe: Bezeichne die chinesischen Schüler nie als «Chinesen», denn manche von ihnen sind Koreaner.

Drinnen regiert das Chaos. Die Flure der alten Stuyvesant – heute befindet sich die Schule in einem luxuriösen Miniwolkenkratzer in Battery Park City – wurden um die vorletzte Jahrhundertwende für eine Handvoll Jungen angelegt. 1987 quetschen sich knapp dreitausend Musterschüler beiden Geschlechts in das Schulgebäude. Als Orientierunghilfe für die neuen Schüler gibt es stapelweise Ausdrucke, reihenweise Vorkalkulationen, Vollkalkulationen, Nachkalkulationen und Metakalkulationen neben tödlichen Dosen Biologie, Physik und Chemie. Ein dickes blau-weißes Handbuch gibt einen Vorgeschmack auf das, was uns in den kommenden vier Jahren erwartet: eine «Tabelle der Universitäten mit dem Höchsten Notendurchschnitt bei einer Ablehnung und dem Niedrigsten Notendurchschnitt für eine Aufnahme» (HöNoNieNo-Tabelle), die wir schon kurze Zeit später in- und auswendig kennen werden. Die Zahlen sind erdrückend. Ohne einen Mindestdurchschnitt von 91 % liegt selbst das bescheidenste Elite-College außer Reichweite.

Meine Mutter und ich haben einen Schlachtplan entworfen. Weil Manhattan so gefährlich ist, wird sie sich nach Schulschluss vor dem Haupteingang der Stuyvesant hinter einem Baum verstecken, und wenn ich zum Tor herauskomme, bietet sie mir bis zur Subway-Station Geleitschutz und von da weiter bis zu unserem sicheren Heimathafen in Little Neck. Nach meiner Flucht aus dem Sauerkrautlager in Cape Cod habe ich diese lange Reise mit der Subway allein bewältigt. Aber damals schleppte ich zwei Müllbeutel voller Klamotten und Bücher mit mir herum und wirkte so abgerissen, dass selbst ein potenzieller Straßenräuber mitleidig den Blick abgewandt hätte.

Es ist beschlossene Sache: Ich brauche einen Subway-Gefährten. Aber unser Plan geht – zumindest für Mama – übel in die Hose. Denn nach meinem ersten Schultag auf der Stuy und stundenlangen Vorträgen über die verschiedenen Studienmöglichkeiten auf der Cornell University (falls man es nicht schafft, zum Studium der «Künste und Wissenschaften» aufgenommen zu werden, bietet der Studiengang «Industrie- und Arbeitsbeziehungen» eine gute Alternative, sofern man das Aufnahmekomitee von seiner Arbeitswut überzeugen kann), habe ich schon einen neuen Freund gefunden, und er ist … schwarz. Mit präzise kurzgestutzten Haaren und einer urbanen Uniform aus No-Name-Jogginghose und No-Name-Sweatshirt … schwarz. Und mein neuer Freund hat mich gefragt, ob ich mit ihm in den Central Park kommen will, um etwas namens «Ultimate Frisbee» zu spielen – mit ihm und ein paar anderen Stuyvesant-Schülern … schwarz.

Ich sitze in einer entsetzlichen Zwickmühle. Lasse ich Mama im Stich, die sich hinter einem Baum versteckt und besorgt nach mir Ausschau hält, während Scharen chinesischer Kinder auf dem Weg zur «Sicheren Subway» an ihr vorbeiströmen? Gehe ich mit diesem Schwarzen in den Central Park? Ich entscheide mich für eine neue Freundschaft. Und habe schreckliche Gewissensbisse, weil meine Mutter mir doch gerade erst all diese schönen Klamotten gekauft und unsere Shoppingtour uns zusammengeschweißt hat. Mama ist meine Freundin und engste Vertraute, nachdem Jonathan aufs Ramaz verschwunden ist, und sie wartet hinter dem Baum auf mich. Es ist erst drei Jahre her, dass ich sie in Ann Masons Bungalowsiedlung über die bis dahin wichtigste Entwicklung in meinem Leben informiert habe: «Mama, wir haben Wahrheit oder Pflicht gespielt, und Natascha musste mich küssen.»

Was soll ich bloß tun?

Der junge Mann und ich nehmen den Hinterausgang, und ich lege mir schon mal ein paar Ausreden für meine Mutter zurecht: Wir hatten doch über möglichen Gruppenzwang gesprochen und waren uns einig, dass es strategisch geschickt sein kann, ihm manchmal nachzugeben. Außerdem ist mein neuer Kumpel gar nicht schwarz, er ist Chinese.

Und wir sind in den Park gegangen, um uns über die HöNoNieNo-Tabelle zu unterhalten. Und dieser Junge, Wong, wird mich bis zur Wirtschaftshochschule Wharton begleiten, und mit ein bisschen Glück brüten wir im selben Brokerhaus über Zahlen, rechtzeitig zu Dan Quayles erster Amtszeit als Präsident im Jahr 1996.

Mein neuer Freund läuft durch die Waggons der Subway, und das meine ich wörtlich: Er läuft einfach *durch sie durch*. Schilder auf den Türen warnen ausdrücklich davor, das zu tun, aber dieser Großstadtjunge gleitet einfach geschmeidig von einem Waggonende zum nächsten – hüpft vorweg, mich im Schlepptau. *Ein* Tritt daneben, und man landet in dem Loch zwischen den halbmondförmigen Plattformen, aber das ist diesem Jungen völlig egal! Er pfeift sogar, während er sich durch die Waggons schiebt, und hält mir lächelnd und mit einem Kopfnicken die Tür auf. (Ich, ängstlich, durch die Zähne: «Danke, *Alter.*») Unsere Bahn ist eine altertümliche silberne Bestie auf einer Subway-Linie, von der ich noch nie gehört habe. Anders als die relativ saubere, moderne Linie F, die gemächlich bis zur Endhaltestelle in der Nähe von Jonathans Haus und dem koscheren Hapisgah Kebab-Imbiss zuckelt, schießt diese Linie B oder T oder P pfeilgerade das schlanke Manhattan Island hinauf und kommt nicht einmal in Queens vorbei.

Bin ich ein schlechter Junge? Ein gefundenes Fressen für Taschendiebe? Ich habe vergessen, eine «Räuberbörse» einzustecken, in der nur ein Fünf-Dollar-Schein für den Straßenräuber steckt, und das übrige Geld in meinen Socken oder «Tighty Whities» zu verstauen (sogar meine Unterhose äußert sich zur Rassenfrage).

Wie auch immer, es fühlt sich jedenfalls nicht schlecht an.

An der Seventy-Second Street klettern wir aus dem Subway-Schacht hinaus in die Sonne. Ich frage mich, was mein neuer Kumpel an mir findet, warum er mich gefragt hat, ob ich mit ihm in den Park fahren will. Wahrscheinlich liegt es an dem Ocean-Pacific-T-Shirt und meiner freundlichen Surfer-Art. Zielstrebig läuft der Junge durch den Central Park zu einer Grünfläche, die wie ein zwischen den Wolkenkratzern verlegter Teppich wirkt. Zweihundert Tage später, im nächsten Frühling, wird mir diese Rasenfläche als «Sheep Meadow» wohlbekannt sein. Doch jetzt beäuge ich sie misstrauisch. Wie hat sich dieser saubere Flecken Schönheit hierher verirrt, ins Zentrum der nach Beirut gefährlichsten Stadt der Welt? Und das viele Grün, die ruhigen, zufrieden auf dem Bauch liegenden Früher-Feierabend-Parkbesucher, denen der Spätsommerwind unter die Baumwoll-T-Shirts fährt.

«Shit», sagt mein neuer Amigo anerkennend.

Mein Vater flucht gern auf Englisch. Jede Begegnung mit einem Haushaltsgerät oder Kraftfahrzeug löst eine Flut von «Schieeet» und «Faaack» aus, manchmal in einem opernhaften «Faaack Schieeet Faaack, Faaack Faaack Schieeet» gipfelnd, das meinen Oberkörper immer in höchste Alarmbereitschaft versetzt hat, bevor er aufhörte, mich zu schlagen. Aber auf der jüdischen Schule kamen die meisten Flüche aus dem Mund der israelischen Jungs, und zwar auf Hebräisch. Womit ich bei der nächsten Frage wäre: Wie redet man mit einem Nichtjuden?

«Shit», sage ich – lässig und locker.

Mein neuer Kumpel hält sich eine braune Hand als Sonnenblende vor die Stirn und sucht den Horizont ab. «Fuck», sagt er dann.

«Yeah», sage ich. «Fuck.» Fühlt sich gut an, richtig und stark, und auch wenn mir das Wort noch nicht völlig vertraut ist, habe ich das Prinzip schon kapiert: Es fühlt sich *cool* an. Mein Kumpel entdeckt die Kids, mit denen wir Frisbee spielen wollen, und wow – sie sind so was von *nicht* jüdisch. Gois aus China, Indien, Haiti, aus der Bronx, aus Brooklyn oder Staten Island. Und obwohl sie keine Juden sind, ist von Anfang an klar, dass sie mich weder ausrauben noch heroinieren werden. Sie wollen nur mit einem verfluchten Frisbee spielen.

Ich bin zwar kein Ass im Ultimate Frisbee – einer Mischung aus Diskuswerfen und American Football (allerdings ohne gelegentliche Querschnittslähmungen) –, stelle mich aber gut genug an, dass niemand über mich lacht. Und während ich mit gereckten Armen über die Sheep Meadow renne und versuche, das Frisbee zu fangen und in die «Endzone» zu schleudern, fiebere ich auf den Moment hin, wo wir mit dem Rennen aufhören, damit ich alles richtig in mich aufsaugen kann.

Wo bin ich? Ich bin in Manhattan, dem wichtigsten Stadtteil von New York, Amerikas größter Stadt. Wo bin ich nicht? Ich bin nicht in Little Neck; ich bin nicht bei meiner Mutter und meinem Vater.

Der Park bildet eine Unterbrechung im Raster der Stadt. Dahinter umringen mich Gebäude von heroischen Ausmaßen, Gebäude, die mich zum Zwergen machen und wissen lassen, dass ich gar nichts Besonderes bin, und trotzdem jagen sie mir keine Angst ein. Was, wenn …, schießt es mir durch den Kopf. Was, wenn ich eines Tages selbst in so einem leben würde?

Ich bin umringt von schönen Frauen. Sie sind nicht auf die mir bekannte Art schön, weder besitzen sie die idyllischen Proportionen der Jungfrauen aus meinen Computerspielen und Fantasybüchern, noch entsprechen sie dem in der Jeschiwa propagierten Ideal von vollbusigen Frauen mit gebärfreudigem Becken, aber sie sind auf andere Art schön – wie sie mit ihren schlanken Körpern auf Decken daliegen, über dem BH blitzt ein klitzekleines bisschen Brustansatz hervor, ein kleiner Streifen Weiß, ein kleiner Streifen Braun, starr nicht so hin, guck weg.

In Henry Roths Immigrantenroman *Nenn es Schlaf*, der zu Beginn des zwanzigsten Jahrhunderts spielt, verlässt der junge jüdische Protagonist David Schearl gemeinsam mit einem polnischen Jungen die vertrauten Gefilde seines Ghettos in Brownsville. Bewundernd denkt er über seinen neuen Freund: *Keine Angst! Leo hatte keine Angst!* Und da stehe ich – nur wenige Stunden, nachdem ich mich aus dem liebevollen Griff meiner Mutter gelöst habe – in der großen schrecklichen Stadt und habe keine Angst.

«Auszeit, Auszeit», sage ich und schaffe es sogar, meinen Spielkameraden mit dem richtigen amerikanischen Zeichen zu signalisieren, dass ich eine Atempause brauche. Ich setze mich ins Gras, und meine blaue Guess?-Jeans bekommt die grünen Flecken, vor denen ich sie eigentlich schützen soll, weil sie Mama bei Macy's selbst im Schlussverkauf noch fünfundvierzig Dollar gekostet hat. Lustvoll atme ich ein. Spätsommergras. Sonnencreme auf weiblichen Rücken. Hot Dogs für fünfundsiebzig Cent, die in dreckigem Wasser brodeln.

Ich sauge alles in mich auf.

Letzten Endes werden die Frisbeespieler um mich herum nicht meine Freunde werden. Auf der Stuyvesant gibt es zwar keine coole Elite, weil dort jeder im Grunde seines Herzens ein Streber ist, aber die Jungs, die ich heute auf der Sheep Meadow kennenlerne, werden die sportlichsten und «beliebtesten» Schüler sein, falls diese Bezeichnung überhaupt angemessen ist. Ein paar von ihnen kommen sogar mit Skijacken zur Schule, an denen noch der Skipass baumelt. Während ich zusehe, wie sie im Park ihrer wertvollen Wurfscheibe hinterherrennen, bedauere ich nicht, was ich jetzt schon sicher weiß: Wir werden keine engen Freunde.

Mir stehen noch jede Menge grauenhafte Prüfungen in Mathematik und Naturwissenschaften bevor, aber die wichtigste habe ich an meinem ersten Schultag bestanden. Ich habe mich integriert. Ich bin herumgerannt. Ich habe geschrien und wurde angeschrien. Ich habe ein Frisbee gefangen. In letzter Sekunde ist es mir aus der Hand geglitten, und ich habe «FUCK!» gebrüllt. Ich bin auf einen Jungen draufgefallen, ein anderer ist auf mich draufgefallen, ich habe den Schweiß gerochen, mit dem wir alle getränkt waren, und keinen besonderen Unterschied bemerkt. Heute war ich nicht russisch. Einen späten Nachmittag, einen frühen Abend lang war ich bloß ein fünfzehnjähriger Junge; ich war bloß ein fünfzehnjähriger Junge, bis ein paar der asiatischen Mitspieler sich auf den Rückweg nach Flushing machen mussten und wir «Game over» gerufen haben. Dann bin ich zurück zur Subway gegangen, im Bauch einer Linie B oder P oder T verschwunden und einmal durch alle Waggons durchgelaufen; ich habe die Türen hinter mir zuschlagen lassen, und die Fahrgäste, die *New Yorker*, an denen ich vorbeikam, haben mich ohne Liebe, ohne Hass, ohne Vorwurf angesehen. Das ist mein neues Glück. Ihre völlige Gleichgültigkeit.

16. Kleiner Versager

Kein Kommentar.

In meinem ersten Jahr auf der Stuyvesant wird mir etwas klar, was meine Familie niemals erwartet hätte.

Ich bin ein grottenschlechter Schüler.

In der Grundschule hat mich mein Vater aus fortgeschrittenen sowjetischen Lehrbüchern unterrichtet. Damals habe ich versucht, die Mathematikaufgaben auf den hinteren Seiten meiner Schreibhefte zu lösen, in denen ich *Die Prüfunk, Inwasion aus dem All* und meine anderen Science-Fiction-Romane verfasst habe. Für einen Drittklässler sieht das algebraische Gekritzel recht beeindruckend aus, aber über die Matheaufgaben habe ich, so, dass mein Vater es sehen konnte, geschrieben: JA NITSCHEWO [sic] NESNAJU, ich hab keinen blassen Schimmer. Und an einer anderen Stelle auf Englisch: «Alles falsch.»

Der Schulstoff ist mir immer leichtgefallen. Auf der jüdischen Schule musste ich mich nur mit meinem besten Freund Jonathan, David dem Mächtigen Khan-Cäsar und vielleicht drei Mädchen messen. Auf der Stuyvesant gibt es zweitausendachthundert Schüler, die deutlich begabter sind als ich, und die Hälfte von ihnen stammt aus Gegenden östlich von Leningrad. Im Unterricht hängen sie wie menschliche Architektenlampen über ihre Schreibtische gebeugt und summen verhalten, verrückt vor sich hin wie Glenn Gould beim Klavierspielen, auf ihrem Kinn glänzen kleine Spuckebläschen, in den Augenwinkeln hängt noch das bisschen Schlaf, das sie überhaupt bekommen, während ihre Stifte routiniert das Zauberwerk verrichten und den Gleichungen zu Leibe rücken. Woher rührt ihre Hingabe? Wer hält zu Hause die Stellung? Was passiert, wenn sie versagen? Ich dachte immer, Papa hätte mich zu oft geschlagen, aber was, wenn er mich nicht oft genug verdroschen hat?

Ich habe Angst. In der jüdischen Schule dachte ich, ich könnte meinem Nicht-Menschsein durch bloße Willenskraft entwachsen, indem ich mich in eine Elite-Uni hocharbeite und von da in die verheißungsvolle Oberschicht. Mit Hilfe meines *sechel*, meines mächtigen jüdischen Verstands, wollte ich (im Jaguar) an meinen Klassenkameraden vorbeiziehen. Das war mein Fluchtweg. Nach zwei Wochen auf der Stuyvesant kapiere ich, dass mir dieser Weg für immer versperrt sein wird. So schnell weißt du auf der Stuyvesant Bescheid, ob du im Leben Erfolg haben wirst oder nicht.

Unsere Lehrerin – eine Afroamerikanerin in heller Designerbluse mit makellos frisiertem Dutt am Hinterkopf –

tippt fragend mit der Kreide an die Tafel, und die Einwandererschüler liefern die richtigen und passenden Antworten. Sie ruft die Fragen in den Raum und die Schüler die Antworten. Alle bis auf einen – Achselschweißwellen wogen unter seinem Ocean-Pacific-T-Shirt, und er starrt mit leerem Blick an die Tafel, während man ihm von allen Seiten die neue Sprache um die Ohren haut: Sinus, Kosinus, Tangente. Die Schüler, die die Antwort nur *teilweise* richtig wussten, züchtigen sich selbst, hauen sich unerbittlich die Hand vor die Stirn. «Na prima!», sagt einer immer wieder sarkastisch zu sich selbst. «Na prima!»

Kann mich bitte irgendwer zurück in die jüdische Schule bringen? Ich werde auch alles mitmachen, alles glauben! Ich lerne die Pessach-Haggada in- und auswendig. Ich schmettere das ganze Geschwafel aus vollem Hals. *Baruch atah Adonai, Eloheinu melech ha parabola.* Aber holt mich hier raus! Bitte lasst mich wieder ein guter Schüler sein, damit meine Eltern wenigstens *das* haben.

In Biologie muss ich mit einem vietnamesischen Mädchen zusammenarbeiten, das etwa fünfundvierzig Kilo wiegt – das meiste davon Gehirnmasse; in Windeseile seziert sie einen Frosch und beschriftet alle Organe auf Englisch und Latein. «Und du machst *gar nichts*?», fragt sie, während ich mit meinem erigierten Skalpell impotent dastehe. «Bist du zurückgeblieben oder so was?»

Ich war einmal die Rote Rennmaus; ich war einmal Gary Gnu. Man konnte mich anspucken, mir mit einem spuckebesudelten Carvel-Eis eins auf die Rübe geben oder mich nicht zur Bat-Mizwa auf eine Rollschuhbahn in Great Neck einladen, aber niemand konnte mir vorwerfen, ich wäre dumm. Und jetzt bin ich es. So dumm, dass ich um ein Haar aus dem Spanischkurs geflogen wäre. So dumm, einen halben Tag auf ein Geometrieheft zu starren mit der einzigen Erkenntnis, dass Dreiecke drei Seiten haben. Und hätte ich in Biologie kapiert, was eine negative Rückkopplung ist, würde ich verstehen, warum ich, je dümmer ich mich fühle, umso dümmer werde. Die Angst schwillt an und verstärkt sich selbst. Die Prüfungen – und es gibt täglich welche – werden immer schwieriger statt leichter. Und mit jeder Woche, mit jeder Prüfung, rückt *es* immer näher.

Es ist das Schulzeugnis. *Es* teilt dir mit, wo dein Platz im Leben ist. Denn die Einwandererkinder auf der Stuyvesant haben keinen Plan B. Wir können nicht in der Firma unseres Vaters aushelfen oder ein Freiwilliges Soziales Jahr in Laos machen. Einige von uns *kommen* aus Laos.

Die Zeugnisse auf fadenscheinigem Matrixdrucker-Klopapier werden uns in der ersten Stunde im Klassenzimmer ausgehändigt. Sofort schnellt unser Blick über die Einzelnoten zur letzten Zahl, dem prozentualen Durchschnitt.

Ich weine schon, bevor ich die vier Ziffern überhaupt sehe.

82,33.

Befriedigend.

Harvard, Yale, Princeton?

Lehigh, Lafayette, *vielleicht* Bucknell.

Was bedeutet es für ein Einwandererkind mit ehemals Bestnoten, auf die Bucknell Universität zu gehen?

Es bedeutet, dass ich als Versager dastehe. Sowohl vor meinen Eltern als auch vor mir selbst. Ich habe mir die Zukunft versaut. Wir hätten gar nicht erst herzukommen brauchen.

1987 erinnert Stuyvesant an ein Lower-East-Side-Mietskasernenviertel aus der vorigen Jahrhundertwende: Die rotzfarbenen Flure sind zum Bersten voll; zentrale Durchgänge werden zu dicht gedrängten Broadways, kleinere Flure zu großen

Durchgangsstraßen. Die neuen Schüler tun sich mit denen zusammen, die aussehen wie sie selbst, und sind fortan in Grüppchen unterwegs. Es gibt Klein-Taiwan, Mini-Macao, Mikro-Port-au-Prince und Liliput-Leningrad. Trotz meines Erfolgs vom ersten Schultag – meinem Ultimate-Frisbee-Spiel mit einigen der zukünftigen Sportskanonen – bin ich noch immer viel zu schüchtern und unsicher, um mich wirklich mit jemandem anzufreunden, und verstecke mich die halbe Mittagspause auf dem Schulklo, wo eine Triade knallharter Chinesen sich gegenseitig den Rauch ins Gesicht pustet.

Dienstags und donnerstags begleitet mich ein philippinischer oder vielleicht auch mexikanischer Junge zu einem Sandwich-Laden namens Blimpie, wo ich mir ein Sandwich mit paniertem Hühnerfleisch kaufe, das eigentlich zu groß für mich ist; aber weil es 499 Cent kostet, esse ich es auf. Meine Eltern geben mir jeden Tag sechs Dollar fürs Essen mit, was mich vergleichsweise reich macht, aber das Schuldgefühl, mit meinem Lehigh-Durchschnitt ein teures paniertes Hühnchen zu essen, ist erdrückend.

«Hey, Mann!»

«Wie läuft's?»

«Was hast du für 'nen Durchschnitt?»

«82,33.»

«Shit.»

«Weiß ich.»

«Und wo kannst du damit hin?»

«Lehigh.»

«Fuck.»

«Vielleicht Bucknell.»

«Geh doch auf die SUNY in Albany, spar 'n bisschen Geld, schneid richtig gut ab und wechsel dann auf 'ne bessere Uni.»

«Haverford hat 1984 jemanden von der SUNY mit einem Notendurchschnitt von nur 3,78 aufgenommen.»

«Alter, das war '83. Seitdem haben die ihre Auswahl verschärft.»

«Ich dachte, die sind bei *U. S. News & World Report* auf Platz neun gefallen.»

«Und danach? Medizin oder Jura?»

«Jura.»

«Dann Hastings College in Kalifornien. Ist zwar verschnarcht, aber die nehmen 'ne Menge SUNY-Studenten auf.»

«Ich hab gerade die *Erfolgreichen Bewerbungsaufsätze für die Law School* gekriegt.»

«Meine Mutter hat mir auch einen von der Duke School of Law unters Kissen gelegt, mindestens dreimal mit Textmarkern angestrichen.»

Ein ganz alltägliches Gespräch zwischen zwei fünfzehnjährigen Jungs mit grässlichem Bartansatz; der eine der ziemlich verwöhnte Sohn eines russischen Ingenieurs, der andere versucht, sich aus dem Lebensmittelgeschäft seiner Eltern hochzuarbeiten.

Einfach zwei Jungs, die ein bisschen quatschen.

Es ist kalt geworden. Mein erster Winter in Manhattan. Schneewehen bilden sich um die Psychiatrie des Beth Israel Hospitals, wo schon bald zwei meiner Klassenkameraden landen werden, einer davon, weil er sich mitten in einer eisigen Winternacht im Central Park ein Iglu gebaut hatte. Auf dem Treppenabsatz im Zwischengeschoss unseres neuen Kolonialhäuschens in Little Neck beobachte ich durchs Fenster, wie der Schnee die Stelle aufhübscht, an der zukünftig Papas ertragreiches Himbeerbeet sprießen wird. (Dank der wöchentlichen Angelausflüge meines Vaters und seiner gedeihenden Obst- und Gemüsebeete werden wir schon bald komplette Selbstversorger sein!) Das nächste Haus liegt dann schon in Great Neck. Little Neck ist Mittelklasse, Great Neck ist *reich*. Das nächste Haus war der Plan für mich. Bis jetzt.

«Hurensohn!», brüllt mein Vater aus dem ersten Stock. «Er hat versprochen, die Treppenstufen zu saugen! Guck dir mal an, wie debil der da rumsteht – mit offenem Mund.»

«Ich denke über die Hausaufgaben nach», lüge ich. Und füge mit einem Hauch meiner neu erworbenen Highschool-Coolness hinzu: *«Otstan ot menja.»* Lass mich in Ruhe.

«Ich geb dir gleich *otstan ot menja*!», tobt mein Vater. «Ich versohl dir den Hintern!»

Tut er aber nicht.

Mit meinem Biologietext lasse ich mich aufs Bett plumpsen. *Wie ermöglichen die strukturellen Merkmale eines Pantoffeltierchens (Paramecium) ihm das Überleben in seiner Umgebung? Wie ist das Herz an seine Funktionen angepasst?* An einer Zimmerwand habe ich ein Poster mit den Truppenuniformen der NATO-Nationen aufgehängt, das ich über ein antikommunistisches Survival-Magazin bestellt habe. Über meinem neuen Farbfernseher hängt ein CIA-Rekrutierungsposter. An einer dritten Wand: ein efeuberanktes Gebäude der Universität Michigan, die ich als neues Ziel anvisiere. Meine Eltern abonnieren jetzt den *Playboy*, und wenn sie die Themen in ihrem Schlafzimmer abgearbeitet haben, staple ich die Hefte offen neben meinem Bett. Und so liegen die *Erfolgreichen Bewerbungsaufsätze für die Law School* schon bald neben einem *Playboy*, auf dessen Cover Michael Jacksons Schwester La Toya barbusig posiert, während sich eine Schlange um ihren glänzenden Hals windet. Mein alter Freund Tschechow vergilbt derweil in einem Bücherregal auf dem Treppenabsatz.

Meine Ocean-Pacific-T-Shirts sind von einem schwarz-beigen Unionbay-Sweatshirt abgelöst worden, mit dem ich mich unwissentlich klar als Nicht-Manhattaner zu erkennen gebe. Als es noch wärmer war, hingen die Schüler der Stuyvesant High School in Trauben vor den Vorder- und Hinterausgängen und warteten auf den nächsten unangekündigten Test – wie Astronauten auf den Countdown. Jetzt warten sie im riesigen Auditorium der Schule. Einige von ihnen sind vom vielen Lernen so erschöpft, dass sie auf ihre Rucksäcke gestützt schlafen, als hätten sie gerade eine entsetzliche Naturkatastrophe überlebt und in einer FEMA-Notunterkunft Zuflucht gefunden. Ein paar der asiatischen Kinder schlafen, rührend vertraut, auf dem Schoß ihrer Klassenkameraden. Wir haben fast alle Kopfhörer auf, fusselige Ungetüme, die wir in eine klitzekleine Belohnung für unsere harte Arbeit einstöpseln – das neueste Walkman-Modell von Aiwa mit Equalizerfunktion, mit der man sich fast wie ein DJ fühlt.

Zu Hause in unseren stickigen Zimmern findet unsere Außenseiter-Angst Ausdruck in den «Eurotrash»-New-Wave-Songs, die ein Radiosender mit dem Namen WLIR (später umbenannt in WDRE) aus Long Island sendet, aus dem Herzen der Vorstadt, aus Garden City. Wir – und mit «wir» meine ich junge, picklige Russen, Koreaner, Chinesen und Inder – irren zwischen zwei Welten umher. Wir gehen in Manhattan zur Schule, aber unsere Immigranten-Enklaven Flushing, Jackson Heights, Midwood, Bayside und Little Neck liegen zu nah an Long Island, als dass wir dem Reiz von WLIR widerstehen könnten, dem Weckruf quietschender Synthesizermusik, narkoleptischer Gothic-Outfits und asymmetrischer Stachelhaare. Die üblichen britischen Verdächtigen beherrschen den Äther: Depeche Mode, Erasure (ihr ekstatischer Hit «Oh l'Amour» ist eine Inspiration für alle Ungeliebten) und natürlich die Prinzen der gegelten Haartollen: The Smiths.

Wer rettet uns vor uns selbst? Wer bringt uns bei, welche Drogen die richtigen sind und welche Musik angesagt ist? Wer integriert uns in Manhattan? Dazu brauchen wir die gebürtigen Amerikaner.

Sie lungern an der Südseite des Auditoriums herum, nur ein paar Reihen über dem Orchestergraben, in dem die Streicher ewig ihre Instrumente stimmen. Sie kommen aus Manhattan oder den eleganten Sandsteinhäusern aus Brooklyn. Die Jungen sind Hippies, Kiffer, Punks oder bloß Jugendliche mit übergroßen Persönlichkeiten und Interessen, denen aber die Arbeitsmoral fehlt, um es mit Stuyvesants grimmigen akademischen Kriegern aufnehmen zu können. Die Mädchen tragen lange wallende Röcke, Batikhemden mit Pferdebildern oder Mandala-Mustern, zerrissene Jeans, Flanellhemden, grüne Armeejacken und Nickitücher und scheinen eine vernünftige Balance zwischen Selbstverwirklichung und schulischem Erfolg gefunden zu haben. Will heißen: Sie werden eines Tages aufs College gehen. Es herrscht eine durch und durch unmaterialistische Stimmung. Als ich den Beweis für das 280 000-Dollar-Kolonialhaus meiner Familie in Little Neck zücke, reiben mir die Mädchen netterweise nicht unter die Nase, dass die geräumigen Altbauwohnungen ihrer Eltern auf der Upper West Side viermal so viel wert sind.

Im Gegensatz zu Haverford und dem UC Hastings College of the Law haben diese Teenager flexible Aufnahmekriterien.

Vielleicht werden sie meine Freunde.

17. Stuy High 1990

Abschlussball im Alleingang?

Am Wahltag 1988 betrete ich den Ballsaal des Marriott Marquis Hotels und denke: Das ist der Tag. Der Tag, an dem ich endlich Sex haben werde.

Ich habe mich als ehrenamtlicher Helfer für George Bush seniors Wahlkampf der verbrannten Erde gegen den glücklosen Michael Dukakis gemeldet und über Bushs rassistische, völlig überzogene Willie-Horton-Wahlkampagne mit den Anspielungen auf den liberalen Griechen aus Massachusetts gelacht. Mitgefühl ist schließlich eine Tugend, die sich nur reiche Amerikaner leisten können, Toleranz die Domäne schneidiger Manhattaner, die schon alles haben, was ich will.

Ich rackere mich in Bushs Hauptbüro in New York ab; die Besetzung der Telefonzentrale besteht aus zwei älteren Damen in Mänteln mit Pelzkragen und mir. Unsere Aufgabe besteht darin, die republikanischen Getreuen anzurufen und um Unterstützung zu bitten. Meine Kolleginnen, die trotz ihrer Kluft in der nachklingenden Sommerhitze nicht einen einzigen Schweißtropfen zu vergießen scheinen, haben beim Telefonieren einen Mordsspaß, lachen und flirten mit ehemaligen Klassenkameraden und Exfreunden, während ich mit zitternden Händen den Hörer umklammere und die Vorstadthausfrauen säuselnd über die zwei Geißeln Steuern und Sowjets belehre. «Glauben Sie mir, Mrs. Sacciatelli, ich bin in der Sowjetunion aufgewachsen, diesen Leuten *kann* man einfach nicht trauen.»

«Aber was ist mit Gorbatschow? Was ist mit Glasnost?», will Mrs. Sacciatelli aus Howard Beach wissen. «Hat Ronald Reagan nicht gesagt: ‹Vertrauen ist gut, Kontrolle ist besser›?»

«Ich würde niemals anzweifeln, was ‹The Gipper› sagt, Mrs. Sacciatelli. Aber wenn es um die Russen geht, können Sie *mir* glauben – das sind Bestien. Ich weiß, wovon ich spreche.»

Am Wahltag bin ich zu einer republikanischen Feier eingeladen – man geht davon aus, dass es eine Siegesfeier wird –, die im Marriott Marquis Hotel stattfindet, einem hässlichen Klotz am Times Square, in dessen Drehrestaurant meine Mutter später ihre Geburtstage feiern wird. Die Einladung schmückt ein satirischer Cartoon des großohrigen Dukakis, der den Kopf aus einem M1-Abrams-Panzer steckt (das unglücklichste Foto seiner Kampagne), und ich mache mich darauf gefasst, einen Abend mit überheblichem Triumphgeheul zu verbringen und, an die Brust meiner republikanischen Gefährten gedrückt, einen protestantischen Reigen auf dem Grab des amerikanischen Liberalismus zu tanzen.

Ja, heute ist ein besonderer Abend. Heute Abend werde ich ein republikanisches Mädchen aus gutem weißen Hause kennenlernen. Sie wird Jane heißen. Jane Coruthers, sagen wir mal. *Hi Jane, ich bin Gary Shteyngart aus Little Neck. Meine Familie besitzt ein Kolonialhaus im Wert von zweihundertachtzigtausend Dollar. Ich habe den* FAMILIENPROJEKT-HAUSKAUF-KALKULATOR *ausgeklügelt. Ich gehe auf die Stuyvesant High School, habe leider nicht ganz so großartige Noten, hoffe aber, dass mich die Universität Michigan auf ihrem Honors College aufnimmt. Ich schätze, heute Abend macht der Gouverneur von «Taxachusetts» einen Abgang, hi hi.*

Ich betrete den Ballsaal – ein dunkler, zahnlückiger Einwanderer mit Tennissocken und braunen Collegeschuhen in seinem besonderen und einzigen Anzug, einem hochentzündlichen Polyesterexemplar. Ich bahne mir den Weg durch den Saal voller gelackter Angelsachsen, die ein Glas Single-Malt schwenken und mich gekonnt ignorieren, kein freundliches blaues Augenpaar spiegelt den grauen Glanz meiner nigelnagelneuen Nylonkrawatte wider, die ich für zwei Dollar bei einem Straßenverkäufer auf dem Broadway erstanden habe. Während George Herbert Walker Bush auf dem Bildschirm über uns einen Staat nach dem anderen abräumt, während Jubelrufe und Gelächter den extrem hässlichen Ballsaal erfüllen, stehe ich allein in der Ecke, nage an meinem Plastikbecher mit Ginger Ale und haue nach den bunten Ballons, die offenbar eine Schwäche für meinen statisch aufgeladenen Polyesteranzug haben, bis sich zwei blonde Teenager-Schönheiten, die Mädchen, auf die ich mein Leben lang gewartet habe, mit lüsternem Lächeln nähern und die eine mich zu ihnen herüberwinkt. Ich bin so aus dem Häuschen, dass ich für einen Moment vergesse, was ich bin – ein zu kurz geratener Jugendlicher, geboren in einem zum Scheitern verurteilten Staat, der in einer metallisch glänzenden Zwangsjacke steckt und das schwärzeste Struwwelhaar im ganzen Raum hat, noch schwärzer als Dukakis' hellenische Haarpracht.

Welche von den beiden ist meine Jane? Welche von ihnen wird mit ihren reinweißen Fingern über mein w-förmiges weiches Kinn streicheln? Welche nimmt mich mit auf ihr Boot und stellt mich ihrem Millionärsvater und seiner Frau vor? *Weißt du, was, Daddy? Gary hat das kommunistische Russland überlebt, nur um der Grand Old Party beizutreten. Das ist sehr heldenhaft, mein Sohn. Hast du Lust, nach den Cocktails mit mir und Jack Kemp 'ne Runde American Football zu spielen? Stell deine Segelschuhe einfach im Schmutzraum ab.*

«Hey», sagt eine der Schönheiten.

Ich, charmant-unbekümmert: «Hey.»

«Für mich bitte einen Cuba Libre mit ganz wenig Eis und einer Limette. Mandy, du wolltest kein Eis, oder? Für sie bitte Cola Light mit Limette, kein Eis.»

Sie halten mich für den Kellner.

Nach und nach stirbt der Rassismus in mir einen zähen, schwelenden Tod. Auf andere herabzusehen hat mich jahrelang über Wasser gehalten – der tröstliche Gedanke, dass ganze Menschengruppen weniger wert sind als meine Familie, als ich. Aber New York City macht es mir schwer. Stuyvesant macht es mir schwer. Was soll man sagen, wenn der klügste Schüler palästinensischer Abstammung ist und in Südafrika geboren wurde? Zufälligerweise heißt er Omar, so wie der böswillige Wissenschaftler in meinem Pubertätsroman *Die Prüfunk*. Und wie sollte mir nicht auffallen, dass das mit Abstand hübscheste Mädchen auf der Stuyvesant (ein Blick auf ihre durchtrainierten beminirockten Beine im Physikunterricht, und mein Semester-Durchschnitt sackt um

1,54 Punkte ab) Puerto-Ricanerin ist? Und dass die Massen um mich herum, die sich den schlaflosen Weg zum Albert Einstein College of Medicine bahnen, eindeutig nicht weiß sind?

Wenn der Rassismus geht, hinterlässt er eine große Leere. Schon lange wollte ich kein Russe mehr sein, aber jetzt, ohne den wütenden, rechten Fanatismus, *bin* ich wirklich kein Russe mehr. Beim Abendessen irgendwo an der Ostküste konnte ich mich mit einigen *rjumotschki* (Gläschen) Wodka zu öligem Stör zurücklehnen, in die Hasstiraden einstimmen und mich einer Sache zugehörig fühlen, die größer war als ich selbst. Zwei Jahrzehnte nach George Bush seniors Wahlkampagne gegen Dukakis höre ich aus dem Mund einer Verwandten – auf Englisch, damit auch die wenigen Nicht-Russen sie beim Thanksgiving-Mahl verstehen: «Ich finde, Obama *sollte* Präsident werden. Aber in Afrikaland. Das hier *weiße* Land.»

Nur ist es plötzlich gar kein weißes Land mehr. Oder, was mich betrifft, keine weiße Stadt. Keine weiße Schule. Die abscheulichen Wörter kommen mir zwar nach wie vor über die Lippen, doch jetzt sollen sie nur noch provokativ und aufmüpfig sein, oder vielleicht auch lustig. Wohlfahrtsstaat blabla. Trickle-Down-Effekt etc. Als sich der giftige und überspannte rechtsgerichtete Kritiker Glenn Beck vor einigen Jahren selbst als «Rodeo-Clown» bezeichnete, fand ich sein Rezept durchaus einleuchtend: halb Clown, halb Kämpfer. *Wie viele Finger, Winston?*

Nach dem Debakel auf Bushs Siegesfeier schreibe ich eine fünfzig Seiten lange Novelle für den Sozialkundeunterricht, die im damals fernen Jahr 1999 in der Unabhängigen Republik Palästina spielt. Die Novelle trägt den vollmundigen Titel *Mit Gummi Schleudern* [sic] *auf Sterne schießen* und enthält meine bis dahin notgeilste Zeile, irgendwas mit «weiche

Weiten ihrer Schenkel, Brüste und Schultern». Aber *Gummi Schleudern* ist, für meine Verhältnisse, zugleich erstaunlich unvoreingenommen. Sechs Jahre nach meinem irrsinnigen intergalaktischen Rassenwahn in *Die Prüfunk* sind hier die Palästinenser, wie mein Mitschüler Omar, menschlich. «Hinter deiner materialistischen Fassade verbirgt sich eine sensible Künstlerseele», schreibt mein weißbärtiger linksliberaler Lehrer – und daneben die Note 1+. Ich konzentriere mich auf die Note, dank der mein Durchschnitt gemäß der HöNoNieNo-Tabelle leicht an Michigan vorbeischießt, und hebe mir die Beschreibung meiner sensiblen Künstlerseele für das College auf. Insbesondere für eine Frau namens Jennifer.

Doch zurück zu den «weichen Weiten ihrer Schenkel, Brüste und Schultern». Mein dahinsiechender Republikanismus und Provinzialismus sind nicht das einzige Hindernis. Ich kann nicht mit einem Mädchen sprechen, ohne entweder vollkommen übers Ziel hinauszuschießen *(Hey, Baby, willst du was auf meinem neuen Aiwa-Walkman hören?)* oder über meine eigene Zunge zu stolpern. Im zweiten Jahr auf der Highschool findet meine Zunge den Weg in den Mund einer anderen Person, eines blonden, batiktragenden Mädchens aus einer Klasse unter mir – auf einer Bank im westlichen, gepflegteren Teil des nahen Stuyvesant-Square-Parks, für uns einfach *der Park*. Ich bin zu erschrocken, um wirklich auszukosten, was geschieht – dass ein Mensch, den ich gerade erst kennengelernt habe, seinen Mund mit mir teilen möchte. Ich achte mehr auf meine neuen Kiffer-Freunde, die von der Nachbarbank «Wu-huu!» und «Los, weiter, Shteyngart!» rufen.

Hätte ich an dem Abend doch nur innegehalten und wirklich hingefühlt, es genossen, lebendig und mit einem anderen Menschen zusammen zu sein, der genauso jung ist wie ich und glücklich, bei mir zu sein – zumindest nehme ich das an. Ihre zarten schmalen Beine, ihre ungelenke Umarmung, die Ernsthaftigkeit, mit der wir bei der Sache sind: mein erster richtiger Kuss, vielleicht auch ihrer. Wie dem auch sei – als ich die junge Dame am nächsten Tag in der Schule sehe, tauschen wir nur verlegene Blicke aus, sonst passiert nichts weiter. Vergiss es, Jake, wir sind auf der Stuyvesant. Sie kehrt zurück zu ihren Freunden und ihrem Schulstoff und ich zu meinen «Tallboy»-Riesenbierdosen und meinem Haschisch mit Goldsiegel.

Es ist ein Uhr nachts im Park. Wisst ihr, wo euer Kind ist?

Ich bin betrunken und bekifft. Ich bin seit drei Jahren betrunken und bekifft.

Ich habe den Stundenplan meines letzten Schuljahrs manipuliert, sodass ich an «Meteorologie» teilnehmen kann, einem faszinierend schwachsinnigen Fach, das von einem Mr. Orna unterrichtet wird, einem Mann mittleren Alters und persönlichen Helden von uns ausgebrannten Schülern. Er wirft mit unsinnigen, selbst erfundenen pseudo-jiddischen Ausdrücken um sich – «Ooooh, *macha kacha!*» und «Oh *schrotzel!*» –, macht mit uns Ausflüge in den Park, um Wolken zu beobachten, kontrolliert die Anwesenheit im Semester nicht fortlaufend und *schreibt den Abschlusstest für uns*, womit er mir meine einzige erstklassige Note auf der Stuy sichert. Zwischen Mr. Ornas Meteorologie und seinem anderen Fach, Ozeanographie – Unterwasserabenteuer à la Jacques Cousteau –, habe ich zwei Mittagspausen hintereinander eingebaut. So habe ich vier Schulstunden Zeit, um high zu werden, «Tallboys» zu kippen oder mit meinen Freunden durch die Stadt zu ziehen. Gegen 14 Uhr schaue ich in der einzigen Stunde vorbei, die mich sonst noch interessiert – Metaphysik. Den Unterricht erteilt Dr. Bindman, ein Psychoanalyse-Guru, den wir alle anhimmeln, dessen Bewertungskriterien aber deutlich unerbittlicher und metaphysischer sind als Mr. Ornas: Ein Münzwurf entscheidet über unsere Noten. Ich nehme an Dr. Bindmans Unterricht teil, weil ich bei ihm eine Tantra-Sex-Demonstration zum Besten geben darf. Wir lassen die Jalousien herunter, entzünden Duftkerzen, und meine Stirn darf die eines der vielen Mädchen berühren, in die ich verknallt bin.

Sie heißt Sara, ist halb Philippinin und hat beängstigend aufrichtige haselnussbraune Augen und eine Lunge, die eine Ladung Cannabisrauch eine ganze Mittagspause lang halten kann. Näher als bis zum gemeinsamen Nippen an einem Becherrand komme ich ihren möwenförmigen Lippen nicht. Wir kaufen einen Haufen Pappkaffeebecher (auf denen in pseudogriechischer Schrift WE ARE HAPPY TO SERVE YOU steht) und füllen sie mit Kahlúa-Likör und Milch, damit die Aufsicht es für Kaffee mit einem Schuss Sahne hält. Mit vier Bechern Kahlúa und Milch im Bauch berühre ich also in Dr. Bindmans Metaphysik-Stunde bei heruntergelassenen Jalousien Saras warme Stirn mit meiner und konzentriere mich darauf, sie nicht komplett nass zu schwitzen, während meine Klassenkameraden um uns herum fröhlich *om*-en. Wie nicht anders zu erwarten, ist Sara nicht in mich verliebt, sondern in Dr. Bindman, in sein freundliches amerikanisches Gesicht, seine beruhigende Stimme und seinen prächtigen Bart.

Ich bin wieder im Park und trage immer noch meinen idiotischen, bis zu den Knien reichenden Unionbay-Pullover – eine Art Huldigung an die Mädchen der Solomon Schechter School –, aufgepeppt mit einem ledernen Nietenarmband ums linke Handgelenk, und meine Füße stecken in topmodischen knöchelhohen Reebok-Sportschuhen mit Pumpsystem. (Wenn man auf einen orangeroten Mini-Basketball an der Zunge drückt, pumpen sie sich auf.) Einer meiner hirnverbrannten Anmachsprüche: «Hey, Baby, willst du mich aufpumpen?»

Oder, in Anspielung auf einen angesagten Rap-Song und die aktuellen Fernsehnachrichten: «Frieden im Nahen Osten, Gary aus dem Ghetto, kein Ausverkauf!»

Oder, während ich meine Discover Card zücke, die sich neuerdings anstelle des Mitgliedsausweises der National Rifle Association in mein Portemonnaie kuschelt: «Dinner geht auf mich. Es lebe die jüdische Finanzmacht!»

Ich bin eine Art Witzfigur, die Frage ist nur: was für eine? Ich muss die anderen weiter rätseln lassen. Denn ich liefere teils Aktionskunst, teils sprachlich ungelenke Hilferufe, teils unverarbeitete Vorstadt-Aggression und teils persönliches Arschlochverhalten. Nichts davon bringt mich dahin, wo ich hinwill, nämlich erbärmlicherweise schlicht in die Arme eines Mädchens. Jedes Jahr am Valentinstag kaufe ich in einem Blumenladen auf der First Avenue drei Dutzend Rosen, eine für jedes der sechsunddreißig Mädchen, in die ich verknallt bin – mein stiller Tribut an die Tatsache, dass irgendwo tief unter dem schwarz-beigen Unionbay-Pullover ein Mensch ist, der sich wünscht, was alle anderen sich wünschen, der es aber nicht zu sagen wagt.

Meine betrunkenen bekifften Lippen zeigen ein Lächeln, das ich als deprimiert, aber optimistisch beschreiben würde. Es stammt, schätze ich, aus der mütterlichen Linie, aus der

Zeit vor Stalin, aber nach den Pogromen, als die Äpfel noch prall von den Ästen weißrussischer Bäume baumelten und die koschere Schlachterei der Familie meiner Großmutter ihre Blütezeit erlebte. Bald werde ich vollkommen verblüfft in mein Stuy-Jahrbuch starren. Eines der Mädchen aus unserer Clique hat auf eine freie Fläche geschrieben: «Wusst ich's doch, dass sich hinter deinem albernen Grinsen ein echter Schatz verbirgt.»

Die Park-Mädchen sitzen im Halbkreis um uns herum und unterhalten sich über das Grinnell College und die Wesleyan University, sie sind allesamt lieb und nett, aber im Widerspruch zu den gängigen Teenager-Regeln – oder vielleicht auch in Übereinstimmung mit ihnen – interessiere ich mich für die Jungs. Zu ihnen zu gehören, zu dieser Gruppe aus Kiffern und Freaks, ist zum erklärten Ziel meiner Teenagerjahre geworden.

Zu meiner Linken befreit Ben seine verchromte «Proto Pipe»-Haschpfeife von Harzrückständen; er ist halb Vietnamese, halb Finne, groß und breitschultrig mit Rockstarfrisur und lässigem Lachen. Er trägt einen dramatischen deutschen Militärmantel, aus dessen Tasche ein Buch herausguckt, *Siddhartha* oder *Zen und die Kunst, ein Motorrad zu warten*, das keiner von uns jemals zu Ende lesen wird – und das, soweit ich weiß, niemand jemals zu Ende liest. Die Mädchen legen Tarotkarten mit Ben oder lehnen sich an seinen starken Rücken, wenn sie jemanden zum Anlehnen brauchen.

Ben kann mich zuerst nicht leiden. Ich bin eine harte Nuss: ein vermeintlicher Republikaner, der sich über Ayn Rand und die angebotsorientierte Wirtschaftspolitik in Rage redet. Als wir uns zum ersten Mal begegnen, zückt Ben eine große Wasserpistole, die er für solche Notfälle im Rucksack trägt, und sprüht mich gründlich ein, woraufhin mein Pullover die gesamte Chemiestunde über wie ein nasses Schaf stinkt. Doch auf einer Party in einem weitläufigen Sandsteingebäude in Park Slope entschuldigt sich Ben auf Geheiß seiner nicht festen, bezaubernden Freundin bei mir für sein fieses Verhalten. «Du bist zu bemüht», sagt er, während er mir versöhnlich seine Proto Pipe reicht. «Das merkt jeder sofort.»

Über zwanzig Jahre später nehme ich am Schauspielunterricht von Louise Lasser teil, die durch die Fernsehserie *Mary Hartman, Mary Hartman* bekannt wurde (und Woody Allens zweite Frau war). Ms. Lasser macht uns Schülern angesichts unserer gefühlsduseligen Schauspielbemühungen die Hölle heiß und bringt mehrere junge Frauen für geschlagene anderthalb Stunden zum Schluchzen. Nachdem ich mich stümperhaft an der Meisner-Technik versucht habe (Schauspieler 1: *Du* trägst ein blaues Hemd; Schauspieler zwei: *Ich* trage ein blaues Hemd), herrscht sie mich an: «Weißt du, was dein Problem ist, Gary? Du bist unecht und manipulativ!»

Am liebsten würde ich antworten: *Ja, aber wir sind in New York. Wer ist denn hier* nicht *unecht und manipulativ*?

Du bist zu bemüht. Das merkt jeder sofort.

Doch zurück zur Parkbank: Rechts von mir sitzt Brian und knutscht gründlich mit seiner Freundin. Brian sieht auf jungenhafte Art gut aus, ist halb jüdisch, halb schwarz, und seine femininen Lippen haben schon die meisten Mädchen um uns herum geküsst. Er ist im Gegensatz zu uns anderen einigermaßen adrett gekleidet und kommt dem Elite-Uni-Look damit noch am nächsten – weißes T-Shirt unter einem Oxfordhemd, das in der Hose steckt, dazu eine Khakihose; das Ganze verwirrenderweise durch eine Lederjacke mit braunem Kunstfellkragen konterkariert. Brians Hübscher-Junge-Lippen sind vollständig mit denen seiner bekifften blonden Freundin verschmolzen, und seine Hände sind überall. Es versteht sich von selbst, dass Ben und Brian die Crème de la Crème unserer Clique sind und dass alle weiblichen Mitglieder sowie aller Ruhm ihnen vorbehalten sind. Sollte einer der beiden von oben herab mit mir reden, würde ich es ihm nicht übel nehmen, sondern mich freuen, dass er überhaupt das Wort an mich richtet, und mir bereitwillig hinter die Ohren schreiben, was ich besser machen kann. *Zu bemüht? Meine Herren, ich werde mich noch mehr bemühen.*

Auf etwa ebenbürtigem Niveau mit Ben und Brian gibt es einen anderen groß gewachsenen Jungen mit umwerfendem Äußeren und einem ähnlich komplex durchmischten Ahnenstamm. Ich kann mich nicht ausführlich über ihn auslassen, denn er schwebt zu weit außerhalb der Galaxie, die ich bewohne – und letzten Endes bin ich Autor und kein Astronom. Außerdem bringt mich die beeindruckende und kosmopolitische Abfolge ihrer Freundinnen zum Seufzen. Ich sehe blaue Augen und bekifftes Lächeln von unübertrefflicher Friedfertigkeit. Ich rieche Patschuli. Ich höre Deee-Lites «Groove Is in the Heart». Ich spüre die Leichtigkeit und Glückseligkeit dieser jungen Frauen in der Welt.

Ein Stück entfernt von Ben, Brian und dem *anderen* Typen sondern ein Dutzend Halbstarke unterschiedliche Rauchduftnoten ab. Auf etwa einer Stufe mit Ben und Brian, aber nur mit halbem Mitgliedsrecht in ihrer Kaste, sitzen John und meine Wenigkeit. Als Leidensgenossen aus dem östlichen Queens sind John und ich die Barbaren, die versuchen, durch das Tor hineinzugelangen – mit ihren laminierten Monatskarten der Long Island Rail Road und ihrer Bereitschaft, einfach alles zu tun; John trägt für die Dauer einer Privatparty einen Lampenschirm auf dem Kopf. Mein Kumpel ist ein bulliger behaarter Legastheniker mit Hawaiihemd und Filzhut und wie ich angehender Schriftsteller und Wichtigtuer. Obwohl er mich meistens mit «du Depp» anspricht, ist John mir lieb und teuer. Ich weiß nicht, ob er vollkommen wahnsinnig ist oder ein Genie. Was er schreibt, kann auf pubertäre Gonzo-Art zum Schreien komisch sein (wahllose städtische Gewalt, deutscher Zwergenporno, explodierende Nutten aus Saigon, New Yorker Promenadenmischungen auf der Suche nach Liebe) und bewegt sich ganz langsam in Richtung unserer gemeinsamen Traurigkeit – der Traurigkeit darüber, ohne Lampenschirm nicht mit anderen kommunizieren zu können.

Doch Johns tiefes Bedürfnis, mir zu erläutern, dass «die westliche Literatur der Post-Aufklärung um den Illusionismus herum entstanden ist», geht mir um vierzehn Uhr, nach dem Genuss einer halben Kiste Bier und den Elementarteilchen aus Bens Proto Pipe, doch zu weit. Da schmiege ich lieber im Metaphysikunterricht meine Stirn an Saras. Und nachdem John vier Jahre später die sogenannte «Humorforschung» entdeckt hat, bleibt mir nichts anderes übrig, als ihn mitten in meinen ersten Roman hineinzukatapultieren.

Jetzt lasst uns ein Stück herauszoomen. Eine Bank im östlichen Teil des Stuyvesant Square, einem damals heruntergekommenen Park, der durch den kreischenden Verkehr der Second Avenue zweigeteilt wird. Ein Haufen Jungs sitzt auf einer Bank, mehrere muffeln nach indonesischen Djarum-Nelkenzigaretten und ungewaschenen Haaren. Ab und zu raffen wir uns auf, ein bisschen Sport zu treiben, und spielen Dschihad-Ball mit einem Koosh-Ball aus Gummifäden.

Die Regeln sind denkbar einfach: Du schnappst dir den Ball, zielst damit auf jemanden und brüllst: «Ich erkläre dir den Heiligen Krieg!» Dann bewirfst du dein Opfer mit dem Ball und siehst zu, wie sich deine Freunde auf ihm stapeln. Ben und John lassen die Proto Pipe rumgehen und sprechen, so wie wir alle, superschnell, superschnell, superschnell über

Freud, Marx, Schubert, Foucault, Albert Einstein, Albert Hall, Fat Albert, Fats Domino und die Domino Sugar Refinery in Brooklyn. In einem anderen Teil der zementenen Weite, nur einen Dschihad-Ballwurf entfernt, sitzen zahllose asiatische Mädchen und stochern eifrig in ihrem Schnellgebratenen herum, gedünstete Mandu-Teigtaschen und in dicke Scheiben geschnittene Gimpab-Gemüserollen in weißen Styroporbehältern. Sie leben, zumindest theoretisch, den Stuyvesant-Traum von guten Noten und einer aussichtsreichen beruflichen Zukunft. Ein Teil von mir wünscht sich, zu ihnen zu gehören, aber ein noch größerer Teil wünscht sich zu verstehen, wer sie eigentlich sind.* Als das Abschlussjahrbuch erscheint, bekomme ich wenigstens einen klitzekleinen Einblick in ihre Herzen:

> «Ihr Kinder, gehorchet euren Eltern im Herrn, denn das ist recht. Epheser 6:1. Ich liebe dich, Mama, ich liebe dich, Papa.» – Kristin Chang
> «Ich bin mit Christo gekreuzigt, und nicht mehr lebe ich, sondern Christus lebt in mir. – Umarme das Kreuz.» – Julie Cheng

Brians Lippen kleben an denen seiner Freundin, wie ich neidisch erspähe, und meine kleben an einer Tallboy-Dose in einer braunen Papiertüte. Seit ich angefangen habe zu trinken, habe ich angefangen zu *trinken.* Kahlúa und Milch mit Sara, Screwdriver-Longdrinks in einer Rooftop-Bar in der Fifth Avenue mit Alana, einem anderen Mädchen, in das ich keusch verknallt bin, Wodka mit Tonic, Wodka mit Grapefruitsaft, Wodka mit Wodka, krügeweise Hard Cider nach-

* Später werde ich mich dieser Aufgabe ein ganzes Jahrzehnt lang widmen.

mittags im Life Café an der Ecke Tenth Street und Avenue B. In wahrer Alkoholikermanier unterteile ich die Tage in Saufquadranten; Sonnenauf- und -untergang werden von hellen und dunklen Spirituosen bestimmt. Alkohol hatte ich schon vor der Stuyvesant probiert – ich komme schließlich aus einer russischen Familie –, aber hier im Kreis meiner Außenseiterfreunde entfernt mich jede Riesenbierdose ein Stück weiter von den Träumen, die ich nicht mehr erfüllen kann. Während ich mich im Park zudröhne, befindet sich meine Mutter in der Höhle des Stuyvesant-Jugendstil-Löwen, steht ganz vorn in einer langen Schlange aus ähnlich aufgelösten asiatischen Müttern und fleht den Physiklehrer an, mich nicht durchfallen zu lassen, erklärt ihm in ihrem entzückenden, aber noch unausgereiften Englisch: «Mein Sohn er hat Schwierigkeit sich anzupassen.»

Alkohol. Er beruhigt. Oder er macht mich überdreht. Sucht's euch aus. Wenn ich jetzt lache, höre ich mein Lachen, als käme es von weit weg, von einer anderen Person. Ich höre mein helles, irres Gelächter, und dann höre ich, wie es sich mit dem hellen, irren Gelächter meiner Kumpel vermischt, und spüre unsere Bruderschaft. *Ben! Brian! John! Anderer Typ! Ich erkläre* euch *den Heiligen Krieg!*

Wäre es skandalös zu sagen, dass Alkohol zu diesem Zeitpunkt meines Lebens das Beste ist, was mir passieren konnte?

Absolut. Es wäre skandalös. Denn schließlich gibt's ja auch noch Cannabis.

In dem Bestreben, mich für den Gruppenzwang zu wappnen, haben mir Mama und meine frisch eingewanderte Tante Tanja beigebracht, wie man an einer Zigarette zieht und den Rauch unauffällig zum rechten Mundwinkel wieder ausströmen lässt, ohne zu inhalieren. Zu dritt stehen wir im Garten hinter unserem Haus in Little Neck, unter unseren Füßen raschelt das Herbstlaub, und wir tun, als würden wir rauchen, geben uns dabei so lässig wie in einem Kinofilm. *«Wot tak, Igorjotschik»*, sagt Mama, während ich den Rauch aus dem Mundwinkel strömen lasse und meine Nase sehnsüchtig dem süßen, verbotenen Geruch nachschnuppert. So geht das, Igorlein. Jetzt kann ich so tun, als würde ich genau wie die coolen Kids Zigaretten oder Pot rauchen. Mein frisch erworbenes Wissen wende ich bei den ersten fünfzig Begegnungen mit dem bösen Kraut an und gebe mich zudem deutlich zugedröhnter als die anderen, krakeele meine Blödsinnssprüche: «Frieden im Nahen Osten! Gary aus dem Ghetto! Kein Ausverkauf!» Doch beim einundfünfzigsten Mal, irgendwann zu Beginn meines dritten Highschool-Jahrs, vergesse ich, den Rauch unauffällig ausströmen zu lassen.

Alkohol schaltet mich aus, Pot schält mich. Runter bis auf den Kern. Die letzten 316 Seiten hat es nie gegeben. Keinen Moskauer Platz, keinen *Lenin und seine magische Gans*, keinen Buck Rogers im fünfundzwanzigsten Jahrhundert, kein «Aber meine Herren, wir können ihn wieder zusammenbauen. Wir haben die Technologie», keine Gnorah, keine Mama, keinen Papa, keinen Lichtmann, keine Kirche und keinen Hubschrauber. Wie gesagt, bis auf den Kern. Aber was, wenn auch der Kern schlecht ist?

Das Kifferlachen rollt langsam und vorsätzlich aus mir heraus, fängt in den Zehen an und hört in den Wimpern auf. Während es sich durch meinen Körper windet, kitzelt es den Kern, und dabei spielt es keine Rolle, ob er gut oder schlecht ist, nur, dass er da ist, sicher verstaut für einen zukünftigen Zweck.

Wie wird man vom republikanischen Streber zum radikalen Kiffer? Ich werde nie richtig in die Clique aufgenommen werden, so wie ich mir nie den Text von Creams «Sunshine of Your Love» merken werde. Mit viel Glück werde ich immerhin auf jede *dritte* Party eingeladen, und die hübschesten

Mädchen halten weiterhin Abstand zu mir. Aber die «Hippies», wie sie genannt werden, sind für mich noch am ehesten so etwas wie enge Freunde. Wenn ich auf einem der vergammelten Schulpulte eingeritzt «Fahrt zur Hölle, ihr Hippies, Gideon, geh duschen» lese, werde ich wütend auf den Verfasser und habe außerdem das eigenartige Bedürfnis, auch schlecht zu riechen. Könnte ich nur das Gegenteil von dem sein, wozu man mich erzogen hat! Könnte ich bloß so unbefangen sein wie besagter Gideon, dessen Vater zufälligerweise ein amerikanisches Genie auf irgendeinem Gebiet ist und dessen Familie in einem weitläufigen Penthouse im West Village wohnt.

Sosehr ich die Jungs mag – mein bester Freund ist Manhattan. Als ich eines Freitagabends über die Second Avenue schlendere, komme ich an einem Mann und einer Frau in billigem knappem Fummel vorbei, die sich mitten auf dem Gehsteig weinend in den Armen liegen. Horden von Teenagern schlängeln sich behutsam an ihnen vorbei, nicht aus Entsetzen über das Schauspiel, sondern aus Respekt vor der hemmungslosen Gefühlsäußerung. Einen ganzen Block lang schweigen alle betroffen. Ich werfe noch mal einen Blick zurück auf die beiden. Das Gesicht der Frau ist kaum zu erkennen, aber als sie sich ein Stück zurücklehnt, sehe ich ihre asiatisch angehauchten Gesichtszüge, den Schwung ihrer langen Wimpern, die rauen roten Lippen. Sie ist wunderschön. Aber das sind alle anderen hier auch. Es ist schwer, von der «Sicheren Subway» auf der Fourteenth Street bis zur Schule auf der Fifteenth zu gehen, ohne sich unsterblich zu verlieben.

Und ich lerne Folgendes: Männer und Frauen – in vielfältigen Geschlechterkonstellationen – tauschen mit ihren

Blicken winzige Häppchen sexueller Informationen aus und biegen dann um die nächste Straßenecke, als wären sie sich nie begegnet. *Ja*, sagt mein Blick zu fast jeder Frau, die an mir vorbeikommt, aber sie guckt mich bloß finster an und wendet den Blick ab *(nein)* oder lächelt und guckt woanders hin *(nein danke, aber nett, dass du an mich gedacht hast)*. Schließlich, eines schwülheißen Sommertags, zieht eine junge Frau, die vor mir hergeht, ihre Shorts so weit herunter, dass der Ansatz ihres Hinterns zu sehen ist. Sie dreht sich um und wirft mir ein kurzes, zahnlückiges Lächeln zu. Dann geht sie schneller. Ich komme kaum hinterher. Mittlerweile sind ihr mehrere Männer auf den Fersen, die meisten von ihnen junge Berufstätige in Anzügen; schweigend und lechzend setzen wir ihr nach. Alle paar Blocks zieht sie ihre Shorts ein Stück weiter runter und entlockt ihren Verfolgern ungläubige Ausrufe. Plötzlich rennt sie über die Straße, verschwindet in einem Hauseingang und knallt uns lachend die Tür vor der Nase zu. Als wir uns umsehen, stellen wir fest, dass wir auf der Avenue D gelandet sind, umringt von bedrohlich wirkenden Wohnanlagen. So weit war ich noch nie von Little Neck entfernt, und hier werde ich nie wieder herkommen.

Die größten Lügen unserer Kindheit sind die, die uns weismachen wollen, bei wem wir in Sicherheit sind. Hier umschlingt mich alles Übel einer ganzen Stadt mit hässlichen feisten Armen. Aber – bei allem Gerede über Straßenräuber und Messerstecher – hier wird mich niemand überfallen. Denn wenn es hier eine Religion gibt, dann die von uns selbst erschaffene. Ihr Eltern, gehorcht euren Kindern im Herrn. Denn das ist recht.

18. Der lange Weg nach Oberlin

Der Autor wurde mit Fug und Recht zum König des Mittelalters gekrönt. Links seine errötende Königin.

Meine Eltern in Queens spüren, dass ich allmählich durchdrehe, aber sie gehen verhältnismäßig entspannt damit um. Geduldig erklärt mir mein Vater anhand einer Zeichnung die Funktionsweise eines Verbrennungsmotors, damit ich in Physik durchkomme. Meine Mutter legt bei meinen Lehrern mehr als ein gutes Wort für mich ein. Beide tun alles dafür, dass sich meine Noten noch rechtzeitig zum Jurastudium erholen. Und auch wenn meine Mutter nicht begeistert ist, wenn ich um drei Uhr morgens betrunken nach Hause komme – «Wieso rufst du denn nicht an, wenn du neun Stunden zu spät kommst?» «Ich hatte kein Kleingeld mehr, Mama!» –, verstehen meine Eltern, wie das Leben eines Jugendlichen läuft, schließlich sind sie beide in Russland groß geworden. Die wenigen Male, die ich nach einem keuschen Abend mit einem Mädchen nach Hause komme, hält mein Vater beim Schneiden seiner gepriesenen Ochsenherztomaten am Küchentisch inne und fragt mich: «*Nu*, bist du jetzt ein Mann?» Er beugt sich zu mir herüber und durchschnuppert die Luft um mich herum. Und ich sage seufzend: *«Otstan ot menja»*, lass mich in Ruhe, und stampf-stampf-stampfe die Treppe hoch zu meinen *Playboys* und den *Erfolgreichen Bewerbungsaufsätzen für die Law School.*

Die Elite unter uns Schülern ist praktisch mit nichts anderem beschäftigt als *damit.* Ständig findet irgendwo eine Party statt. Ich besichtige eine Manhattaner Luxus-Immobilie nach der anderen: Lofts auf der Mercer Street, ehrwürdige Altbauwohnungen entlang der Amsterdam Avenue, ein Penthouse auf der West Tenth Street mit Rundumblick auf das immer noch lebendige, immer noch atmende Untier Greenwich Village. Eine Wohnung in Battery Park City, so nah am World Trade Center, dass ich nach ein paar Joints mein Spiegelbild in der Glas-und-Stahl-Fassade zu sehen glaube (unmöglich). Es wimmelt von knutschenden Teenagern. Warum auch nicht? Weit und breit keine Spur von den erwachsenen Bewohnern der Wohnungen. Die Eltern sind ausgeflogen. Konstruieren in fernen Ländern Raketentechnik, beraten das kroatische Verfassungsgericht, bauen im Hochland von Kigali Kaffee an. Die erfolgreichen Erzeuger dieser wunderschönen jungen Leute sind allesamt mehrere Zeitzonen entfernt. Mir kommt nie in den Sinn, dass es irgendwie besser sein könnte, trottelige Einwandereltern im uncoolen Little Neck zu haben, als in den verwilderten Umständen vieler meiner Altersgenossen aufzuwachsen.

Und so findet in einem Dutzend leerer Wohnungen unter Dutzenden haarigen Leuten ein munterer Austausch von Körperflüssigkeiten statt, an dem man mich nicht teilhaben lässt. Als ich angenehm bekifft zum Bad schlurfe, höre ich aus einer Richtung leises Stöhnen und Kichern und aus der anderen quietschende Bettfedern. Angetörnt und verstört zugleich, stehe ich vor der Tür und versuche, mir mein Dr.-Ruth-Wissen ins Gedächtnis zu rufen. Das klang nach einem vaginalen Orgasmus. Und der da war eindeutig klitoral. Draußen auf der Terrasse geht über dem flammend roten Feuermeldeturm des Jefferson Market die Sonne unter, Leidensgenosse John zerlegt ein Truthahn-Sandwich und spült es mit etwas Bierähnlichem runter. «Jude, *wakka-wakka*», sagt er. «Hermeneutik.» Und in dem Stil geht es eine ganze Weile weiter, bis wir mit der Long Island Rail Road nach Hause fahren.

In wen bin ich verknallt? Ich muss die Mädchen gerade mal durchzählen. Zehn? Fünfzehn? Zwanzig? Ich liebe wahllos und unverhohlen. Ein groß gewachsenes, klassisch schönes Mädchen mit Schatten unter den Augen. Meiner Vorstellung von Romantik entsprechend, lade ich sie zu einem Zoobesuch im Central Park ein. Sie bringt eine Freundin mit. Und fügt mir mit einem ihrer langen, alternativen Fingernägel versehentlich einen fiesen Kratzer zu; die Narbe auf der Hand habe ich heute noch. Als Nächstes schwärme ich für eine dralle Blondine mit Rapunzelhaar und hellblauen Augen, die mit ihrer geschiedenen Mutter in einem Stadthaus in Greenwich Village wohnt. Die Mama öffnet mir die Tür, schätzt mich sofort als harmlos ein, und ich darf Rapunzel zu einem Date in den Bronx Zoo ausführen, wo ich ihr einen Elefanten kaufe, den wir Gandhi nennen. Danach lade ich sie in ein französisches Restaurant in Midtown ein. «Lass uns gute Freunde sein.» Und dann gibt es natürlich Sara, mit der ich im Metaphysikunterricht Tantra-Sex habe. Außerdem ein hochgeschossenes koreanisches Mädchen namens Jen, dem ich die Füße massieren darf. «Du musst gierig, egoistisch und unmoralisch sein, um in diesen Zeiten zu überleben», postuliert der Spruch in Jens Jahrbuch. Meiner lautet: «Die Tugend ist eine Eigenschaft, die nie so angesehen war wie das Geld – Mark Twain.» Mein Seelenverwandter. Dann wäre da noch die zierliche Alana (nicht ihr richtiger Name) mit Lockenschopf, deren Wohnung auf der Fifth Avenue und freizügige Eltern ich kurze Zeit später meinem ersten Roman einverleiben werde. Ich verbringe viele Nächte mit Drehwurm im Kopf auf ihrem Gästesofa, direkt neben dem Badezimmer, das durchdringend nach Katzenklo riecht – und nach zwei echten Katzen, Midnight und Cinnamon. Nach Mitternacht, wenn Alana irgendwo anders bequem in ihrem großen Bett schlummert, starre ich liebeskrank aus dem Küchenfenster neben meinem Sofa auf den Spitzturm einer gotischen braunen Kirche. Von einem gemeinsamen Freund weiß ich, dass Alana meine Nase zu groß findet, also kann ich mir das mit ihr auch abschminken. Die Bemerkung über meine Nase ist interessant; mein Vater hat mich zwar immer «Judengesicht» genannt, aber seiner Ansicht nach waren meine Lippen das Problem. Jetzt ist meine Nase also auch noch eins. Jedenfalls befinde ich mich neben dem Katzenklo in einer Wohnung voll blitzgescheiter Manhattaner, draußen schwebt der Mond über der Kirche und dem breiten Ende der Fifth Avenue, wo sie auf den europäisch anmutenden Triumphbogen Washington Square Arch zuführt. Die berühmte Straße ist leer, bis auf ein schrottreifes altes Taxi. Bald wird es schneien.

Doch es gibt jemanden, der mich liebt. Er heißt Paulie*. Er ist um die vierzig. Ich habe neuerdings nach der Schule einen Nebenjob in seiner _____**-Firma im Meatpacking District, wenn auch schwer zu sagen ist, worin eigentlich meine Aufgabe besteht. Um mich in seine Midlife-Crisis-Klauen zu kriegen, hatte Paulie am Schwarzen Brett der Stuyvesant einen Aushang gemacht, wo er pfiffigen Studenten sechs Dollar die Stunde versprach. Er heuerte mich zusammen mit einem russischen Mädchen an, aber die junge Russin roch nach Fleisch und Schweiß, sodass sie sich nur ein paar Tage dort halten konnte. Auf meinen Rat hin stellt Paulie auch Alana ein, aber auf sie hat er es gar nicht abgesehen! Sondern auf mich! Die Hälfte meiner Arbeitstage heize ich mit ihm in seinem Auto durch die Stadt, während er sich aus dem Fenster lehnt und den Frauen auf dem Gehweg in seinem _____***-Akzent zubrüllt: «Hey, Süüü-ßeee! Was für 'n Knackarsch! Kannste mir glauben!» Unsere Erfolgsquote über den Zeitraum einiger Jahre liegt bei: null Prozent. «Ich bin keine Schwuchtel», beteuert Paulie, während er sich die lockigen Reste seiner gefärbten Haare aus dem Gesicht streicht – aber er spricht davon, wie gern er mich über seinen Schreibtisch werfen würde, um mit meinem Hintern _____ und _____ anzustellen.

* Nein, tut er nicht.

** Sagen wir einfach, es ist eine Firma, die vom Schweiß vieler muskelbepackter Männer mit Führerschein für Nutzfahrzeuge angetrieben wird.

*** Sagen wir einfach, es handelt sich um einen gewissen Inselstaat.

Paulies Aufmerksamkeit schmeichelt mir ungemein. Obwohl er deutlich älter ist als ich, beabsichtigt er ebenfalls, irgendwann Schriftsteller zu werden und seine Flucht aus ______* auf einem Floß mit Hilfe der CIA zu Papier zu bringen. Auf der Arbeit bin ich dafür verantwortlich, das Mittagessen für die ganze Crew zu besorgen, meistens Burger aus Hector's Cafe oder *arroz con pollo* vom Dominikaner. Paulie brüllt mich an, wenn ich was vermassele, aber wenn ich was hinkriege, nennt er mich «Prinz Ananas» und bedenkt mich mit ein paar Happen Spanisch. «Gut gemacht, Prinz Ananas, *puto maricón.*» Ich grinse danach eine geschlagene Stunde vor mich hin. Einmal nimmt Paulie mich mit auf einen Kurzurlaub nach Florida, und unsere Spritztour inspiriert mich zu einem ausgedehnten, beängstigenden Kapitel in meinem ersten Roman. Am Morgen vor unserer Abreise setzt sich mein Vater neben mich aufs Sofa, während meine Mutter in der gepackten Tasche wühlend prüft, ob ich auch ganz sicher Asthmaspray und Sonnencreme dabeihabe. «Dein Chef …», setzt mein Vater an. Er seufzt. Ich wackle mit meinen weißen Winterzehen. *Ahnt Papa, dass mein Chef mich durchorgeln will?* «Manchmal», fährt mein Vater fort, «bin ich richtig eifersüchtig auf Paulie, weil er dir mehr ein Vater zu sein scheint als ich.»

«O nein», protestiere ich, «Aber nicht doch. *Du* bist mein Vater.» Ein paar Tage später sitzen Paulie und ich in unserem Buick-Mietwagen vor einem Deluxe-Apartment in Sarasota, seine Hand liegt auf meinem Knie. Paulie deutet auf das Apartment. Er wirkt erschöpft von seinen Anbaggerversuchen bei mir, so erschöpft wie ich es wäre, wenn ich in seinem Alter alle Mädchen auf der Stuy anbaggern würde, in die ich verknallt bin. «Schau mal», sagt er. «Die Wohnung da oben

* Wieder der gewisse Inselstaat.

könnte dir gehören. Deine Familie könnte dort jederzeit Urlaub machen. Überleg mal, wie glücklich du deine Eltern damit machen würdest. Ich will nur …» Und seine Hand kriecht meinen Oberschenkel hinauf.

Ich lache so, wie die Mädchen lachen, wenn ich mich an sie ranzumachen versuche, und nehme seine Hand von meinem Schenkel, spüre ihre Hitze und ihr Gewicht. Ich bin ein bisschen beunruhigt und auch ein bisschen beglückt, dass mein zweiter Vater solch ein Interesse an mir zeigt. Wenn ich doch nur ein ganz klein wenig angetörnt wäre. Es ist wie in einem Tolstoi-Roman: X ist in Y verliebt, Y aber in Z.

Es gibt ein Foto von diesem Kurzurlaub, auf dem mir jemand den Arm um die Schulter gelegt hat. Nicht Paulie, sondern die Königin. Mit lockigem Haar, einem Pullover, der einer mexikanischen Decke ähnelt, und mit meiner Mittelalter-Pappkrone auf dem Kopf stehe ich in dem Event-Restaurant «Medieval Times» in der Nähe von Orlando. Die Königin geht gerade noch als Teenager durch und trägt volles Mittelalter-Ornat. Paulie steht feixend am Rand und bedeutet mir mit gewissen Gesten, was ich mit Ihrer Königlichen Hoheit anstellen soll. Ich habe die Schultern hochgezogen, die Arme baumeln herunter, weil ich es nicht gewöhnt bin, dass mich eine Frau berührt, aber mein gräulichweißes sowjetisches Lächeln verrät mir, dass ich geliebt werde. Es ist einer der glücklichsten Momente in meinem bisherigen Leben.

Die Zeit rast. Das College steht vor der Tür. Fast ein verfluchtes Drittel unserer Abschlussklasse hat beim Westinghouse Talentwettbewerb für junge Wissenschaftler Forschungsarbeiten eingereicht. Ich habe nach wie vor weder auf noch unter, noch hinter einer Frau gelegen. An einem der wenigen Abende, an denen ich nicht um die Häuser ziehe, um mich mit Ben, Brian und John mit Alkohol und anderen Rauschmitteln zuzudröhnen oder mein Glück bei Sara, Jen, Rapunzel o.a. zu versuchen, liege ich von farbenfrohen amerikanischen College-Broschüren umringt in meinem Zimmer. Unten braut sich eine *raswod* zusammen. Tante Tanja ist mit ihren Kindern nach Amerika gekommen. Meine hübsche gelenkige Cousine Viktoria, die Ballerina, teilt sich in echter Flüchtlingsmanier schon seit über einem Jahr mit meiner Mutter ein Bett, während mein Vater auf seinem Dachboden vor sich hin brütet. Beide Elternteile meiner Cousine sind gestorben, meine Mutter hat also ihre ältere Schwester Ljusja verloren, und die zweiundzwanzigjährige Viktoria sitzt bei uns fest, bis sie sich irgendwann etwas Eigenes leisten kann. Mein Vater gibt ihr einen wertvollen Tipp: Bei ihrem Aussehen sollte sie in einem Strip-Club arbeiten. Schüchtern schiebe ich mich auf der Treppe an Viktoria vorbei oder sehe sie verstohlen über den Esstisch hinweg an, verängstigt und verwirrt über ihre Anwesenheit. Ich möchte mit ihr reden, habe aber Angst, damit für meine Mutter oder meinen Vater Partei zu ergreifen und zwischen die Fronten zu geraten. Es ist ein bisschen so wie damals, als wir noch klein waren und ich sie durch die Glastür unserer Leningrader Wohnung angesehen habe, sie aber nicht berühren durfte, weil meine Mutter Angst vor *mikrobi* hatte. Aber es gibt noch eine andere Komponente – die letzten zehn Jahre habe ich mich fast krankhaft bemüht, Amerikaner zu werden, und jetzt ist da auf einmal dieses russische Mädchen in unserer Mitte aufgetaucht und erinnert mich an das, was ich einmal war. In dem Zimmer, das sie sich mit meiner Mutter teilt, hört Viktoria den Countrymusik-Sender im Radio, weil die Wörter sanft und langsam herausschwappen und sie so mehr Englisch aufschnappen kann. «Countrymusik ist *scheiße!*», belehre ich sie und verdrehe die Augen, ganz der hilfreiche großstädtische Cousin. Ganz der Abgesandte meines Vaters.

Denn jetzt herrscht der totale Krieg. Mit einem Mal sind mein Vater und seine wölfische Verwandtschaft von den Neuankömmlingen zahlenmäßig übertrumpft worden. Da wird es Zeit, dass zwischen meinen Eltern mal ein offener Meinungsaustausch stattfindet. *«Satkni swoi rot, suka!»* Halt's Maul, Schlampe!

Aber geistig bin ich schon woanders. Ich lese einen Artikel über das «Absolventennetzwerk» der Universität Cornell und sinne über die Wunder einer Welt nach, in der ich als Absolvent mit anderen Absolventen und vielleicht sogar einer attraktiven Absolventin in einem College-Club vor dem Kamin sitzen und wie verrückt netzwerken kann. Cornell hat harte Aufnahmekriterien, aber es besteht die Chance, dass man mich in den Studiengang für Hotelverwaltung aufnimmt, weil Paulie mir bei einem seiner Freunde ein Empfehlungsschreiben besorgt hat, das mich als Weltklasse-Pagen in einem repräsentativen Manhattaner Hotel ausweist. Die freundliche Broschüre des progressiven Grinnell College in Iowa bringt mich buchstäblich zum Weinen – all die glücklichen moralisch gefestigten Jungen und Mädchen, die vielen internationalen Flaggen inmitten der gotischen Architektur! Ich rolle mich unter meiner alten sowjetischen Bettdecke zusammen, während Mama und Papa unten weitere Salven abfeuern. Was für ein Mensch wäre ich wohl, wenn ich auf ein College wie Grinnell ginge? Was, wenn ich alles Bisherige über Bord werfen würde – Einwanderer, Gnu, Möchtegern-Gordon-Gekko? Wenn ich noch mal ganz von vorn anfinge? Weine ich wegen der *raswod* im Erdgeschoss? Weine ich, weil ich endlich wegen des winzigen Kerns in mir geliebt werden will, was auch immer in ihm steckt? Oder weil ich weiß, dass ich dabei bin, mich in gewisser Weise umzubringen – ein Prozess, der erst nach meinen Zwanzigern und Dreißigern, nach einem ganzen Jahrzehnt der Psychoanalyse abgeschlossen sein wird?

Zuerst bekomme ich eine Zusage für Michigan. In einem roten Jeep, der reichen Freunden von Ben und Brian gehört, schießen wir über den West Side Highway, und von der Rückbank brülle ich den Transvestiten im Meatpacking District zu: «Miii-schiii-gännn!» Später reihere ich in der Penn Station in einen Mülleimer, während in meinem Kopf David Bowies «Space Oddity» in Endlosschleife läuft. Noch später, nachdem ich im Suff in den falschen Zug Richtung Port Jefferson gestiegen und damit rund zwei Stunden durch Long Island gegurkt bin (Little Neck, wo meine Familie wohnt, liegt auf der Strecke Port *Washington*, nicht Port Jefferson), taumele ich über einen mir unbekannten Bahnsteig, bis ich stürze und mit den Beinen über den Schienen baumle. Ein gelangweilter Schaffner rettet mich und trägt mir auf, Kaffee zu trinken. «Michigan», sage ich zu ihm. «Ich geh aufs College.»

«Go Blue», sagt der Schaffner.

Letztendlich werde ich nicht auf die Universität in Ann Arbor gehen. Und auch nicht auf die Hotelfachschule des Cornell College, wo man mich schockierenderweise aufgenommen hat. In meinem Abschlussjahr auf der Highschool habe ich mich wieder verknallt.

Sie ist ein zierliches jüdisches Mädchen, das süchtig nach Büchern ist, märchenhaft rote Haare hat, schmale Lippen und wie ich ein fliehendes Kinn. Sie kommt aus dem alternativen Teil von Queens, in dem der Radiosender WLIR alles rücksichtslos mit Depeche Mode und The Cure beschallt. Sie heißt Nadine (nein, heißt sie nicht). Sie ist klug und weltgewandt und gehört nicht zu unserer Kiffer-Clique. Ich schnappe irgendwo auf, dass ihre Eltern oder Großeltern Holocaust-Überlebende sind, und habe keine Ahnung, was ich damit anfangen soll. Jedenfalls ist Nadine zäh und stark und besitzt diese besondere Mischung aus Jungenhaftigkeit und Weiblichkeit, die ich an Natascha so geliebt habe, meinem ersten großen Schwarm. Wenn sie mir am Telefon mit ihrer sexy zigarettenruinierten Stimme «Gary» ins Ohr haucht, bin ich selig, dass mein amerikanischer Name nicht «Greg» lautet.

Sind wir ein Paar? Nicht so richtig. Aber wir halten gerne Händchen. Und singen «I Touch Myself», den Überraschungshit der australischen Band Divinyls von 1991. So schlendern wir also händchenhaltend durch die Flure der Stuyvesant High School und singen «I don't want anybody else/When I think *about* you/I touch myself». Genau das hab ich mir immer gewünscht: jemanden, mit dem ich Händchen halten und über weibliche Masturbation singen kann, während die anderen zugucken. Jetzt bin ich endlich ein richtiger Mensch, oder?

Bei ihr zu Hause liegen wir nebeneinander, ich versuche, sie kurz zu küssen, oder streife wie versehentlich über die kleinen Brüste unter ihrem dicken Pullover und bemühe mich, die Brustwarze auszumachen. Oder wir gucken uns *Terminator 2: Tag der Abrechnung* an, unsere Hände sind 139 Minuten lang fest ineinander verschlungen (wir bleiben noch während des Abspanns sitzen), dann schlendern wir, immer noch zusammen, hinaus in die Sommerhitze. Oder wir gehen in einen Buchladen in der Penn Station, der wie so viele andere heute nicht mehr existiert, wo ich mir schüchtern ein anspruchsvolles Buch aussuche.

An schlechten Tagen sagt Nadine: «Du weißt, dass du deprimiert bist, wenn du's dir nicht mal selbst besorgen kannst.»

Nadine wird auf eine Universität für schüchterne Menschen namens Oberlin in Ohio gehen, die auf der *U. S. News & World Report*-Liste einmal den dritten Platz unter den amerikanischen Top-Colleges der Freien Künste belegt hat, aber in letzter Zeit ist es auf besagter Liste mit dem Oberlin deutlich bergab gegangen. Es gibt dort ein gutes Programm für Kreatives Schreiben, und ich könnte einen Doppelabschluss in Politikwissenschaften machen, fürs nachfolgende Jurastudium. Oberlins niedrigster prozentualer Durchschnitt für eine Aufnahme liegt etwa 5 Punkte unter meinen momentanen 88,69, also müssten sie mich mit Kusshand nehmen, und ich hoffe, es springt auch noch eine ausreichende finanzielle Unterstützung dabei raus, um meine Eltern nicht in den Ruin zu treiben. Und wenn ich auf die kleine Uni in Ohio gehe, habe ich von Anfang an jemanden zum Händchenhalten – meine süße Nicht-Freundin mit der verr(a)uchten Stimme. Damit habe ich einen Vorsprung.

«Ich bin sicher, du und Nadine heiratet mal», schreibt mir ein Schulfreund, ein gutaussehender dunkelhäutiger Grieche, den ich kürzlich mit Marihuana bekannt gemacht habe (Gutes muss man weitergeben), in mein Stuyvesant-Jahrbuch. Sein abschließendes Urteil über meine Lebenschancen: «Viel Glück, Gary. Du wirst es brauchen.»

19. Komm, gib mir deine Hand

Links ein Bild aus den ersten Tagen des Autors auf dem Oberlin College. Rechts eins aus den letzten.

Das Oberlin College wurde 1833 gegründet, damit Menschen, die woanders keine Liebe finden – die emotional Invaliden und Elefantenmenschen dieser Welt –, dort fündig werden. Es war, was man ihm hoch anrechnen muss, eines der ersten im Land, das afroamerikanische Studenten aufnahm und an dem Frauen ihren Abschluss machen konnten. 1970 schaffte es das Oberlin auf die Titelseite von *Life*, indem es das Zeitalter der gemischtgeschlechtlichen Studentenwohnheime einläutete. 1991 beschloss ich, dass von allen in Frage kommenden Colleges das Oberlin mir am ehesten ermöglichen würde, meine Jungfräulichkeit auf minimal erniedrigende Weise an eine gleichermaßen behaarte, bekiffte und betrübte Person zu verlieren.

Und nicht zu vergessen, der Hauptgrund für meine Entscheidung zugunsten von Oberlin: Hier werde ich vom ersten Tag an jemanden zum Händchenhalten haben, meine Nicht-so-ganz-richtige-Freundin Nadine. So wie ich damals mit einem Ingenieursgutachten über das 280 000-Dollar-Kolonialhäuschen meiner Familie in die Stuyvesant School marschiert bin, wird meine Geheimwaffe auf dem Oberlin ein abgemagertes jüdisches Mädchen mit einer erotischen roten Haarmähne sein, das eine Schachtel Kippen am Tag raucht.

Der Ford Taurus meines Vaters ist bis unters Dach mit Asthmasprays und Apple-IIc-Zubehör vollgestopft. Meinen zukünftigen Zimmergenossen habe ich schon vorgewarnt, er solle sich auf das Partytier schlechthin einstellen, das ihn ununterbrochen mit *Little Creatures* von den Talking Heads beschallt. Besagter Mitbewohner – er stellt sich als unglaublich spießig und lerneifrig heraus, macht einen Doppelstudiengang in Wirtschaftswissenschaft und Deutsch und kommt aus einem ruhigen Vorort von Washington D. C. – wird dank mir das wahre Oberlin kennenlernen; eine Erfahrung, die 1995 einhunderttausend Dollar wert ist.

Der Taurus schlängelt sich vom kampferprobten Little Neck auf das akademische Finanzhilfebüro zu, wo wir einen Termin haben. Ich spreche mit meiner Mutter oder mit meinem Vater, aber miteinander sprechen sie nicht. Über den Asthmasprays und dem Apple IIc schwebt eine unausgesprochene Traurigkeit – die Traurigkeit darüber, dass meine Eltern, wenn sie zurück in New York sind, definitiv eine *raswod* beantragen werden. Daher passt «Road to Nowhere» von den Talking Heads, das aus den ersterbenden Lautsprechern des Taurus dröhnt, ziemlich gut. Seit wir vor zwölf Jahren nach Amerika gekommen sind, habe ich versucht, meine Eltern zusammenzuhalten, aber heute bin ich mit meiner Diplomatie am Ende.

Während wir Pennsylvania hinter uns lassen, wo sich die gleichnamige Eliteuniversität sowie das angesehene Haverford und Swarthmore College befinden, und auf Ohios ebene Landschaft zusteuern, kann ich nicht umhin zu denken, dass es nicht zu dieser *raswod* käme, wenn ich ein besserer Schüler gewesen wäre. Könnten Mama und Papa richtig stolz auf mich sein, würden sie zusammenbleiben, und sei's nur, um sagen zu können: «Unser Sohn geht aufs Amherst, laut *U. S. News & World Report* das zweitbeste College für Freie Künste.»

Nadine und ich haben beschlossen, im selben Wohnheim unterzukommen.

Ich war noch nie weit von der Ostküste entfernt, und die flache, wasserarme Gegend mit ihren Feldern (Weizen? Mais?) und Buschlandschaften macht mich nervös. Ich begreife diese neue Umgebung nicht, und ich weiß nicht, wo mein Platz darin ist. Wie der Würgegriff einer Python schlängeln sich die amerikanischen Highways hindurch, und hier und da ragen hutförmige Leuchtreklameschilder drittklassiger Fastfood-Restaurants wie «Arby's» auf. Aber da ich jung bin, habe ich trotzdem die Hoffnung, dass mir etwas Gutes widerfahren wird, *raswod* hin, *raswod* her.

Das Oberlin College liegt südwestlich der deprimierenden Stadt Cleveland, in der Nähe der noch deprimierenderen (Klein)Städte Lorain, Elyria und, grausamerweise, auch Amherst. Der ganze Stolz des ebenfalls deprimierenden «Stadtzentrums» (eine Art Anhängsel des College-Campus): das Apollo-Kino in einem Art-déco-Gebäude. Zum Unmut der jüdischen Studenten und Lehrkräfte säuselt das Städtchen die gesamte Weihnachtszeit über «Stille Nacht». Passend zur

Weihnachtsmusik, gibt es ein Billigwarenhaus und das unbestimmte Gefühl, dass die Zeit hier stehengeblieben ist. Junge Kleinbauern und unterbeschäftigte Arbeiter aus den Farmen der Umgebung fahren in ihren Pick-up-Trucks die North Main Street rauf und runter und brüllen: «Homoberlin College! Ihr seid 'n Haufen verfickter Demokraten.»

Die Architektur des College ist wie geschaffen für Experimente mit LSD und psychedelischen Pilzen, denn sie ergibt nur dann einen Sinn, wenn sie verschwimmt. Überall wurden schwere Sandsteinblöcke aus Ohio verbaut – angefangen bei der türmchenbespickten gotischen Eingangshalle bis zur mediterranen Kapelle mit roten Dachziegeln. Innerhalb dieser ikonoklastischen Strukturen befinden sich ein verloren geglaubtes Terminal des Newark Airport, umfunktioniert zu dem selbstmordbegünstigenden Wohnheim «Süd», und das Musikkonservatorium von Minoru Yamasaki – von ihm stammt auch der Entwurf des ursprünglichen World Trade Centers –, das unheimlicherweise wie eine dreistöckige Version jenes dem Untergang geweihten Gebäudes aussieht. Es gibt zwei Jahreszeiten: Winter und Sommer. Wenn sich die Blätter während des zwanzigminütigen Ohio-Herbsts bunt färben, sieht das wild zusammengewürfelte Ensemble so schön aus wie der Rest der Welt.

Zwischen diesen Giganten aus Sandstein und Zement wandeln die menschlichen Elemente umher – miesepetrige Veganer, die entweder an Minderwertigkeitskomplexen leiden oder an vollkommen überzogenem Selbstwertgefühl. Ein Kerl in kariertem Hemd und mit quietschbunten Vans kommt vorbeigelatscht; er trägt einen Propeller auf seiner roten Papstmütze, und wenn du ein Foto von ihm und seiner Mütze machen willst, wirft er dir angesichts dieser Anmaßung einen verächtlichen Blick zu und verspottet dich vor seiner weiblichen Begleitung, deren Jeans eine Nummer schlanker ist als sie selbst. Und wenn du keine Fotos mehr von ihm machst, verhöhnt er dich, weil du so unverschämt bist, ihn nicht zu beachten. Lermontow hat dieses Phänomen in *Ein Held unserer Zeit* ausgiebig beschrieben.

Die ersten beiden Seiten der *Oberlin Review* vom 5. April 1991 tragen folgende Schlagzeilen: «Fund von Marihuanapflanzen führt zu Festnahme», «Kundgebung der Pro-Marihuana-Aktivisten», «Porno, Tagesordnung der Vorstandsvorsitzenden Nichtehelicher Lebensgemeinschaften». Ein vierter Artikel mit der Überschrift «CF [College Fakultät] diskutiert über Zulassungsstatistik» bezieht sich auf die Tatsache, dass in dem Jahr meiner Aufnahme auf dem Oberlin 67 Prozent aller Bewerber vom Zulassungsbüro durchgewinkt wurden. Ich hätte für mein Leben gern das übrige Drittel Bewerber kennengelernt, das diesen rigorosen Zulassungskriterien nicht gewachsen war. Ich zitiere ein Fakultätsmitglied aus dem Artikel: «Das Anforderungsniveau ist beschämenderweise gleich null.»

Hier bin ich genau richtig.

Die Subarus der Eltern trudeln in Scharen ein. Noch bin ich mir der Bedeutung dieses linksgesinnten Ostküstenautos nicht bewusst. Und mir ist auch nicht klar, dass viele der Eltern selbst Akademiker sind, finanziell weich gebettet dank der Familien-Treuhandfonds, die auch ihren Kindern den Weg in die Zukunft ebnen werden. Es gibt so viele Dinge, die ich nicht weiß, abgesehen von der Tatsache, dass die Ehe meiner Eltern bald in einer *raswod* enden wird. Ich drücke ihnen also einen kurzen Abschiedskuss auf (Papa zitiert Lenin: «Du musst lernen, lernen und nochmals lernen, mein Kleiner»), und dann machen sie sich zurück auf den Weg nach

Little Neck – mit einer Zwischenübernachtung im preisgünstigen Motel 6. Dort werden sie – so stelle ich es mir zumindest vor – so weit wie möglich voneinander entfernt im Bett liegen, zwischen ihnen eine eigenartige jüdisch-russische Stille und ein paar Oberlin-Werbebroschüren mit Bildern von bunt gekleideten Hippies, die auf einem bemalten Felsen herumknutschen. In meinem Zimmer im Studentenwohnheim packe ich in Gegenwart meines emsigen, vollkommen nüchternen, durch und durch unkünstlerischen neuen Zimmergefährten, der aufgrund seiner Arbeitsmoral sofort den Spitznamen «Büffler» verpasst bekommt, den Apple IIc und den Nadeldrucker aus, fühle mich allein (und zwar nicht auf die gute Weise wie nach meiner Flucht aus dem Sauerkrautlager) und sehne mich nach Nadines Hand.

Noch etwas entzieht sich meiner Kenntnis, und ich erfahre erst Wochen später davon: Auf dem Rückweg nach New York raufen sich meine Eltern wieder zusammen. Tatsächlich verändert sich nach meiner Abreise die gesamte Flugbahn ihrer Ehe. Sie werden so viel Liebe und Glück miteinander erleben, wie es Menschen ihrer Herkunft möglich ist. Die Frage, die sich mir stellt: *warum*? Warum geschieht das, wonach ich mich meine gesamte Kindheit über gesehnt habe – Frieden zwischen Mama und Papa –, erst, als sich unsere Wege trennen? Wollten sie mit ihren täglichen und nächtlichen Streitereien bloß meine Aufmerksamkeit und Anteilnahme gewinnen? Haben ihnen meine diplomatischen Vermittlungen gefallen? Mein tränenreiches «Papa liebt dich wirklich, und er verspricht, von jetzt an ein besserer Ehemann zu sein», oder mein pragmatischeres Plädoyer «Mama hat ihre Mutter und ältere Schwester verloren, deshalb müssen wir jetzt ganz besonders nett zu ihr sein und ihr erlauben, jeden Monat bis zu fünfhundert Dollar nach Leningrad zu schicken». Oder, was wahrscheinlicher ist: Hat der Umstand, dass sie in diesem Land nur wenige Nahestehende hatten – wenige amerikanische oder russische Freunde oder anständige, nicht wölfische Verwandte –, ihnen letztlich keine andere Wahl gelassen, als sich einander wieder zuzuwenden? Vielleicht ist ihnen ohne meine Gegenwart endlich bewusst geworden, was sie am anderen einmal geliebt haben: den Intellekt meines Vaters und die Schönheit und Willensstärke meiner Mutter.

Werden sie einsam sein ohne ihr Igorlein? Ich will es hoffen. Denn die Alternative hieße: Sie wären ohne mich schon immer besser dran gewesen. Ich war nie Teil der Familienromanze. Sondern bloß ein Hindernis.

Die Antwort kennt nur das Doppelbett im Motel 6.

Aber jetzt wird es Zeit für meine eigene Romanze. Nadine-zum-Händchenhalten ist hier, hübscher denn je in ihrem neutralen grauen Sweatshirt und Jeans, während ich um sie herumschwirre, in hässlichen Khakihosen und einem Batik-T-Shirt, das ich mir auf der Florida-Spritztour mit Paulie, meinem Möchtegern-Liebhaber mittleren Alters, im Themenpark der Universal-Studios in Orlando gekauft habe. («Guck dir mal dieses T-Shirt hier an, Prinz Ananas, *maricón*!») Darauf ist die lächelnde Marilyn Monroe aus *Das verflixte 7. Jahr* zu sehen, und ich trage es in der Hoffnung, dass mich die Retro-Sexbombe auf meiner Brust irgendwie verwegen oder interessant macht (keine Chance). Bei einem Poster-Ausverkauf des Studentenwerks erstehe ich Edvard Munchs *Der Schrei* und *Biere aus aller Welt*. Freudestrahlend führe ich sie der absolut unbeeindruckten Nadine vor. Sie steckt sich eine Mentholzigarette an, lässt den grünen Rauch seitlich aus ihrem strammen kleinen Mund ausströmen, und wir gehen zurück zu unserem Wohnheim, einem neo-georgianischen Grobian namens «Burton Hall», der den nördlichen Teil des Campus mit seinen beiden Seitenflügeln umschlingt. Liebeshungrig wie eh und je, ergreife ich Nadines Hand und summe «I touch myself» von den Divinyls.

«Weißt du, was?», sagt Nadine. «Vielleicht sollten wir lieber nicht Händchen halten.»

Sofort schlackert vor Schreck der Gummibund meiner Unterhose: «Und warum nicht?»

«Hier laufen einfach 'ne Menge potenzielle reiche Ehemänner rum.»

Sie lacht verhalten.

Ich lache auch, ein bisschen. «Ha-ha.»

Wieder allein in meinem Zimmer – der Büffler ist auf Achse, um seinen ohnehin schon viel zu vollen Stundenplan mit weiteren kniffligen Fächern zu überfrachten –, lege ich mich auf das harte Bett und erleide eine heftige, ungebremste Panikattacke von echtem Oberlin-Kaliber. Ich habe einen Büffler als Zimmergenossen, Einwanderereltern, die sich scheiden lassen, und niemanden zum Händchenhalten im nordöstlichen Zipfel eines Staats, dessen unironischer Touristenslogan lautet: «The Heart of It All».

Auf dem Oberlin gibt es weder Bruderschaften noch Studentenverbindungen. Obendrein liegt es in einem ausgesprochen trockenen Landstrich. Diese und andere Faktoren tragen dazu bei, dass es den meisten Studenten hier schwerfällt, *nicht* unfassbare Mengen von Bier und Marihuana zu konsumieren (wem das nicht reicht, der kann auf einen beachtlichen Vorrat an Heroin und Kokain zurückgreifen). An meinem ersten Abend auf dem Oberlin rauche ich sechs Joints und trinke *Biere aus aller Welt* – jedenfalls einen Sixpack *Milwaukee's Best*, das brutal harntreibende lokale Gesöff. Im Halbkoma halte ich Händchen mit dem hübschesten Mädchen im Raum, obwohl es bereits hemmungslos mit einem heißen Studienberater rumknutscht und alle mich auslachen – den bemitleidenswerten Besoffenen, der sich an die Schönheit klammert, während sie ihr ästhetisches Äquivalent küsst, einen Mann mit langem Haar, das so weich und wallend ist wie ihr eigenes. Zugedröhnt umklammere ich die wohlige Wärme ihrer Hand und vergesse, wem sie gehört – Nadine? Meiner Mutter, die sich scheiden lässt? –, bis ich in einem Zimmer aufwache, das nicht mein eigenes ist, bekleidet mit einer Art peruanischem Poncho und überzogen von irgendjemands Sabber. Im kommenden Jahr werde ich trinken und kiffen, kiffen und trinken, stolpern und fallen, fallen und stolpern, bis mir die endlosen alkoholischen und narkotischen Heldentaten meinen Oberlin-Spitznamen bescheren: Gruselgary.

Als in Oberlin die Nacht hereinbricht, dimmen Gruselgary und der Büffler das Licht. Sofort beginnt der Büffler, erschöpft vom vielen Denken und Lernen, wie ein Berserker zu schnarchen, doch Gruselgary geht wegen einer Besonderheit des College der Arsch auf Grundeis. In der Burton Hall gibt es Unisex-Toiletten.

Für mich ist jede Oberlin-Frau schon ein Engel, ein äußerst wohlriechendes Wesen mit dem Potenzial, betrunken meine Hand zu halten – und jetzt soll ich in der Nähe eines solchen Engels meine Notdurft verrichten? Doch das Essen in der Mensa – eine hinterhältige Version von Rindfleisch-au-jus, ein faseriger Salat aus zerfetzten Blättern und eine postapokalyptische Taco – macht es unumgänglich. Wenn ich weiterleben will, muss dieser Mist *sofort* aus mir raus, als wäre ich die Reinkarnation von Frank Lloyd Wrights Haus «Fallingwater», wovon ich mir besser ein Poster hätte kaufen sollen als von Munchs klischeehaftem *Schrei*. Die ganze Nacht über lungere ich vor den Klos herum in der Hoffnung, dass sich eine günstige Gelegenheit auftut und ich ungestört einen abseilen kann. Als ich um drei Uhr morgens höre, wie eine Angehörige des schönen Geschlechts lauthals *Milwaukee's Best* auskotzt, schlüpfe ich in die übernächste Kabine, um so weit wie möglich von ihr entfernt zu sein, öffne verschämt meine Hose und versuche loszulassen. Genau in diesem Moment schieben sich die todschicken Stiefel des Mädchens, dessen Hand ich gehalten habe, während es mit einem anderen rumknutschte, in die Kabine zwischen mich und die Kotzende. Ich zurre eine rektale Schraube in mir fest, breche die Angelegenheit ab und rase zurück in mein Zimmer. Und diese Scheißzeit des Nicht-Scheißen-Könnens bestimmt im Wesentlichen mein erstes Jahr auf dem Oberlin.

Die Toiletten sind zwar gemischt, aber die Duschen auf meinem Stock bleiben morgens den Männern vorbehalten. Es gibt keine abgetrennten Kabinen, nur einen großen Duschraum, und so stehen wir nackt beisammen – wie im Gefängnis oder bei der Marine.

Ein Mann kommt herein, mit einem Spielzeugeimer und einer Schaufel, wie sie Kinder am Strand benutzen. Fröhlich singend seift er sich ein. Sein Penis ist gewaltig; selbst in nicht erigiertem Zustand beschreibt er im dichten Ohio-Wasserdampf einen beeindruckenden Bogen. Ich suggeriere dem meinen, ein wenig zu wachsen, solange dieser Kerl anwesend ist, um nicht allzu mickrig zu wirken, aber seiner Donnerlunte kann keiner das Wasser reichen. «A mulatto, an albino», trällert der riesenschwänzige Kerl vergnügt – im Jahr 1991 entstammt so gut wie jedes Zitat Nirvanas *Nevermind*, und in jedem Schlafraum steht mindestens ein Exemplar des Kultalbums mit dem tauchenden Baby, das auf einen Dollar am Haken zuschwimmt.

Männer mit kleineren Schwänzen betreten den Duschraum. Und das Gejammer beginnt.

«Wir müssen viel zu viel für Englisch lesen.»

«Ganzel hat uns dazu verdonnert, *ein ganzes Buch* zu lesen.»

«Ich musste in einer Woche *zwei* Aufsätze schreiben.»

Der Stuyvesant-Absolvent in mir ist belustigt. Meine größte Aufgabe während des ersten Semesters auf dem Oberlin bestand darin, mir Ridley Scotts *Blade Runner* anzusehen und einen Aufsatz über meine Gefühle dabei zu schreiben. Studenten, Leute aus der Kleinstadt und andere auserlesene Versager dürfen im Rahmen des sogenannten «Experimental College» in Oberlin unterrichten. *Diese Unterrichtsstunden werden einem tatsächlich angerechnet.* Der nette Hippie aus dem zweiten Studienjahr von nebenan gibt einen Einführungskurs über die Beatles, der darin besteht, *Revolver* zu hören, einen Riesenkohldampf zu entwickeln und bei Lorenzo's eine Pizza Hawaii mit Schinken und Ananas zu bestellen (oh, die magenknurrenden dreißig Minuten, bis das verflixte Ding endlich geliefert wird). Manchmal fahren wir uns LSD ein und versuchen, «And Your Bird Can Sing» zu interpretieren, während wir auf verschiedene Gebäude zuwanken und uns dagegenlehnen.

Ich brauche bloß ein paar Wochen, um zu begreifen, welch beängstigende Perspektive sich mir hier eröffnet: Während ich auf der Stuyvesant einer der schlechtesten Schüler war, kann ich auf dem Oberlin einen fast perfekten Notendurchschnitt halten und gleichzeitig den ganzen Tag betrunken und berauscht sein. Sobald ich mein erstes Zeugnis in den Händen halte, stürze ich zum Telefon.

«Mama, Papa, ich habe einen 3,70!»

«Was ist das – ein 3,70?»

«Ein Einserdurchschnitt. Damit komme ich problemlos auf die Fordham Law School. Und falls ich mit summa cum laude abschließe, vielleicht sogar auf die NYU [New York University] oder die University of Pennsylvania.»

«Semjon, hast du gehört, was Igorlein gesagt hat?»

«Sehr gut, sehr gut», höre ich die Stimme meines Vaters durchs Telefon. *«Tak derschat!»* Weiter so!

Intensive Kiffergefühle der Liebe durchströmen mich. *Tak derschat*! So was hat er schon seit einem halben Jahrzehnt nicht mehr zu mir gesagt. Ich weiß noch, wie ich als Neunjähriger in unserer Deepdale-Gardens-Wohnung seinen behaarten Bauch hinaufgeklettert bin, ihm das Brusthaar gekrault und glücklich gegurrt habe, während er entspannt die Intelligenzija-Einwandererzeitschrift *Kontinent* las. Ich nenne ihn *djadja som* (Onkel Wels). Er ist mein Papa und zugleich mein bester Freund. «Was hast du im Mathetest bekommen?», fragt er mich. *«Sto, djadja som!»* («Hundert Punkte, Onkel Wels!») Ein kratziger Kuss auf die Wange. *«Tak derschat!»*

Ist es wirklich wichtig, dass Nadine eine Etage über mir mit einem Typen Händchen hält, der aussieht wie ein berühmter Schauspieler (Dauergast in einer Entzugsklinik, wenn er nicht gerade auf Polizisten schießt)? Ist es wirklich wichtig, dass draußen vor dem Fenster ein Haufen Hipster mit Propellermützen einen «Hacky Sack» herumkicken – Oberlins Hauptsportart –, ohne mich zu fragen, ob ich mitspielen will, weil sie meinen erbärmlichen Hintergrund irgendwie *wittern* können, mein Praktikum bei George H. W. Bush während seiner Wahlkampagne, meine langjährige Regentschaft des Heiligen Gnuischen Kaiserreichs?

Mutter: «Und wie haben deine Kommilitonen abgeschnitten?»

«Die Leute reden hier auf dem Oberlin nicht über ihre Noten, Mama.»

«*Wie bitte?* Was ist denn das für ein College? Das ist ja Sozialismus!»

Sozialismus, Mama? Wenn du wüsstest. Hier gibt es eine studentische Essens-Kooperative, die die Verwendung von Honig verbietet, weil für dessen Erzeugung die Arbeitskraft der Bienen ausgenutzt wird. Aber ich antworte bloß: «Ja, das ist albern, aber gut für mich. Weniger Konkurrenzkampf.»

«Mir ist aufgefallen, dass es dort nicht besonders viele asiatische Studenten gibt.»

«Stimmt», sage ich glücklich. «Stimmt!»

Vater: «Mama und ich waren gestern Abend in der Oper. Puccini.»

Mein Vater hat *tak derschat* gesagt, und meine Eltern haben sich zusammen Puccini angehört. Das heißt, es wird keine *raswod* geben. Wir bleiben eine Familie.

Als ich aufgelegt habe, entfache ich genüsslich mein silbernes Graspfeifchen und räuchere den Büffler ein, bis er in die Bücherei flüchtet. Von seiner rothaarigen, sommersprossigen, lerneifrigen Gegenwart befreit, kann ich zum Klang von «Baby, You're a Rich Man» mein letztes verbliebenes Bedürfnis befriedigen. Auch dafür gibt's auf dem Oberlin Punkte.

Ich gehe gern zum Unterricht, weil ich da eine Menge lernen kann. Über die Studenten, meine ich. In den kleinen Klassenzimmerschachteln erklingen die großen egozentrischen Arien – weit theatralischer als Puccinis «O mio babbino caro» –, während die Dozenten begierig unsere Entwicklung zu sozialen Wesen und meisterlichen Dauernörglern fördern. Und ich lerne, mich in meinem neuen Milieu adäquat auszudrücken. Ich beherrsche die bewährte Oberlin-Technik des «Ich als».

«Ich als Frau finde …» «Ich als Farbige nehme an …» «Ich als nicht farbige Frau vermute …» «Ich als Hermaphrodit.» «Ich als Bienenbefreier.» «Ich als wiedergeborener Beagle.»

Nur was soll *ich* sagen? Für wen möchte ich sprechen? Ich hebe die Hand. «Ich als *Einwanderer* …» Gebanntes Schweigen. Alle Blicke sind auf mich gerichtet. Wir sind hier nicht auf der Stuyvesant; auf dem Oberlin sind Einwanderer eine rare, exotische Spezies, selbst wenn die wenigen, die es auf dem College gibt, in der Regel Eltern haben, denen halb Lahore gehört. «Als Einwanderer aus der ehemaligen Sowjetunion …» So weit, so gut! Aber wie mache ich jetzt weiter? «Als Einwanderer aus einem Entwicklungsland, das vom amerikanischen Imperialismus zerstört wurde …»

Während ich spreche, blicken mich die anderen – damit meine ich die Mädchen – an und nicken. Ich habe meine Rollen als Nervensäge der jüdischen Schule und als Klassenclown der Stuyvesant School vollständig abgeschüttelt. Was ich jetzt im Unterricht sage, soll nicht mehr lustig, satirisch oder ironisch sein, sondern meine eigene Wichtigkeit zelebrieren, geschmiedet im Schmelztiegel unserer gemeinsamen Wichtigkeit. Auf dem Oberlin ist kein Platz für Späße. Alles, was wir tun, muss die Menschheit voranbringen.

Und Folgendes geschieht mit mir: Ich lerne. Die nackte Wahrheit ist, dass ich nicht einmal in die Nähe einer derartigen Einrichtung hätte kommen dürfen. Oberlin ist eine Gefälligkeit, die man seinem Kind erweist, wenn man reich ist. Oder zumindest wohlhabend. Wenn ich jemals eine amerikanische Tochter haben sollte, würde ich sie freudig aufs Oberlin schicken. Soll sie sich ruhig an den Früchten meiner Arbeit laben. Soll sie sowohl klitorale als auch vaginale Orgasmen in einer glutenfreien Kooperative erleben dürfen. Aber ich? Ich bin immer noch ein hungriger, von Krakauerwurst angetriebener verkorkster Einwanderer. Ich muss immer noch in diesem Land ein Haus bauen und mir ein Auto mit Allradantrieb kaufen, das ich davor stelle.

Mein Problem ist, ich lerne zu langsam. Es gibt einen äußerst beliebten Studenten im Abschlussjahr, der ein Hausmeisterhemd mit dem Namenszug BOB auf der Brust trägt. Vor meiner Zeit auf dem Oberlin habe ich auch schon einmal als Hausmeister gearbeitet. Mein Vater hatte mir in seinem Labor einen Job besorgt, und ich durfte in einem ehemaligen Nuklearreaktor die Böden schrubben. Für zehn Dollar fünfzig die Stunde habe ich mehrere Hektar radioaktiver Böden gewienert und musste die ganze Zeit über einen Apparat bei mir tragen, der verblüffende Ähnlichkeit mit einem Geigerzähler hatte (was sich im derzeitigen Zustand meines Haaransatzes widerspiegelt). Ich habe den ganzen Sommer gearbeitet, um genug Geld für Pot, Bier und chinesisches Essen zu verdienen, zu dem ich eine zukünftige Händchenhalterin einladen könnte, aber meine Eltern haben mir immer ausreichend Hemden und Hosen gekauft. «Armer Bob», sage ich. «Er hat bloß *ein* Hemd. *Ich als Einwanderer* weiß, wie sich das anfühlt.»

«Wer ist Bob?»

«Der da drüben.»

«Das ist John.»

«Und warum steht dann auf seinem Hemd ‹Bob›?»

Mein Hipster-Gesprächspartner guckt mich an, als wäre ich ein Vollidiot. Was ich vermutlich bin.

Ich als Einwanderer habe die Aufgabe, verflucht noch mal zu lernen. Und Oberlin kann mir beibringen, wie man in einer Handvoll amerikanischer Städte Teil der Kulturindustrie werden kann. Wie man nach Williamsburg, Brooklyn, oder in San Franciscos Mission District zurückkehren und innerhalb einer ausgewählten Gruppe aus Doppelgängern einen gewissen Bekanntheitsgrad erreichen kann. Wie ich den Vorschuss für die serbischen Übersetzungsrechte meiner Autobiographie dazu nutzen kann, eine Mordsparty zu veranstalten, bei der der zweitschlechteste Banjo-Spieler der Welt und der weltschlechteste Schlangenbeschwörer auftreten. Während eines Wirtschaftsseminars bei meinem marxistischen Lieblingsdozenten klopft es an der Tür. Ein Paket mit Käse ist aus Frankreich eingetroffen. Wir nennen ihn den *Volkskäse.* Der Volks-Volvo. Der Volks-Audi-TT-Roadster. Man kann auf andere Arten toll sein. Arten, die ich mir zwischen den vierhundert Quadratmeter großen Grundstücken im östlichen Queens nicht hätte vorstellen können. Du musst bloß voll und ganz von dir selbst überzeugt sein. Du darfst deine Wünsche und Ziele nicht offenbaren. Du musst einer Band beitreten, wo du dich als Huhn verkleidest. Du musst den kürzlichen Zusammenbruch der Sowjetunion beklagen, auch wenn deine Eltern ihn gerade feiern. Du musst einen Spielzeug-Eimer und eine Strandschaufel zum morgendlichen Duschen mitbringen. Du musst in deinem dritten Studienjahr mit einem Mädchen ausgehen und es wieder loswerden, wenn du die Nase voll von ihm hast, und dann musst du dich darüber *beschweren,* dass dich ein menschliches Wesen tatsächlich geliebt hat.

Die Wahrheit sieht so aus: Die Reichen regieren selbst an einem Ort wie Oberlin, wo Leute ihres Schlags eigentlich nichts zu suchen haben. Sie verbiegen das Machtgefüge einfach so, dass es ihren Interessen dient. Sie werden immer die Oberhand haben, komme, was wolle. Stuyvesant war hart, aber hoffnungsvoll; Oberlin führt mir wieder vor Augen, wie die Welt wirklich funktioniert. Vermutlich wird es deshalb als Studium bezeichnet.

Meine Haare werden länger, kringeln sich zu Locken und wachsen auf meinen Hintern zu; meine Hemden werden flanellartiger, wie die von Kurt Cobain. Ein Kind Lenins wird im «Rostgürtel» der USA in Marxismus unterrichtet – von Lehrkräften, deren Türschilder sie als OFFIZIELLES MITGLIED DER BÜRGERRECHTSORGANISATION ACLU ausweisen oder fordern: LOBOTOMIEN FÜR REPUBLIKANER: SO WILL ES DAS GESETZ.

Ich studiere immer noch Politik im Hauptfach, halte nach wie vor die Träume meiner Eltern von der Law School in Ehren, aber ich tue auch etwas, was Oberlin in Ehren hält.

Ich schreibe wieder.

20. Jennifer

Mein erstes Weihnachten in den Südstaaten. In Jennifers Arm der temperamentvolle Tally. Ich bin so randvoll mit Hushpuppies und Maisgrütze, dass ich kaum den Kopf heben kann.

«Autsch, deine Zähne tun mir echt weh, Gary. Können wir das ein bisschen anders versuchen?»

Ich habe eine Freundin.

Sie heißt Jennifer, besser bekannt unter ihren Initialen J. Z.

Ich liege neben ihr. Ich bin zwanzig Jahre alt. Damals auf der Stuyvesant habe ich mehrere Nächte neben Nadine in ihrem Zimmer in Queens verbracht; wir lagen beide mit geschlossenen Augen da, zwischen uns eine Distanz von achtzehn Jahren, ich träumte von ihrem knochigen Körper, sie vermutlich vom knochigen Körper eines anderen, geräuschlos maß eine Digitaluhr neben ihrem Bett die Zeit, die verschwendete Zeit.

Könnte ich die unerwiderte Liebe der vergangenen zwanzig Jahre komprimieren, käme vermutlich Kunst dabei raus. Aber die Art Künstler will ich nicht werden. Ich möchte die Welt kennenlernen, anfassen, schmecken und nie wieder loslassen. Mit meinen zwanzig Jahren, post-Leningrad, post-jüdische-Schule, post-Kindheit, post-Gott, bin ich ein besitzloser Materialist. Ich glaube nicht an eine russische Seele. Das Herz ist ein wichtiges Organ, aber es ist bloß ein Organ. Du bist nicht das, was du willst. Du bist das, was dich ebenfalls will. Alles beginnt mit ihr. Alles beginnt in der Nacht, in der ich neben ihr in einem Gebäude mit dem klangvollen Namen «Keep Cottage» liege, einem großzügigen Studentenwohnheim aus Holz und Stuck, das an ein Herrenhaus erinnert und in dem eine der berühmten Wohn- und Speisekooperativen von Oberlin haust, in der Bienen vor Ausbeutung sicher sind und wo ein einsamer Terrorist, bekannt als «der Schinkenbomber», im Schutze der Nacht den Hummus-Vorrat für den folgenden Tag mit ebenjenem Fleischprodukt durchsetzt, dem er seinen Spitznamen verdankt.

Ich habe eine Freundin. Ich kann sie zwar noch nicht anständig küssen, aber ich habe eine Freundin. Danke, Oberlin College. Ohne deine uneingeschränkte Akzeptanz aller Durchgeknallten und Unausgegorenen, ohne die bodenlose Angst, die jeden erfasst, der unter deinem Memorial Arch durchgeht, und die zu dem unglückseligen Sexualverkehr führt, auf den deine Studenten ihr ganzes jämmerliches Teenagerdasein hingefiebert haben, ohne all das hätten meine pentagonförmigen sowjetischen Stoßzähne vielleicht bis in meine Dreißiger hinein keine Frau demoliert. Möglich ist auch, dass ich es ohne dich auf die Fordham Law School geschafft hätte. Doch dazu später mehr.

Ich bin zwanzig Jahre alt. Es ist Frühling, und ich bin in meinem zweiten Studienjahr. Eigentlich sollte ich erst neunzehn sein, doch da ich kein Englisch konnte, als wir nach Amerika kamen, hinke ich immer ein Jahr hinterher. Jennifer liegt in meinen Armen, ihre weichen, nicht eckigen Formen, ihre Wirklichkeit und meine Wirklichkeit. Wir schweben durch Raum und Zeit. Das trifft auf alle Menschen auf diesem Planeten zu, aber besonders auf die, die zum ersten Mal nachts beieinanderliegen, die Augen geschlossen, halb schlafend. Außerdem liegt – nur zur Orientierung – noch ihre Mitbewohnerin im Zimmer, auch eine Jennifer, der wir bald den Spitznamen «Arierin» verpassen werden (sie kommt aus North Dakota und hat farblose Augen), schnarcht mühsam vor sich hin und schreit gelegentlich schreckliche Sachen im Schlaf. Immer wenn ich einschlummere, reißt mich das Leid von Jennifers Mitbewohnerin wieder aus dem Schlaf und erinnert mich an das, was ich den Großteil meiner Existenz über ebenfalls war – ein unglücklicher Mensch, der irgendwie klarkommt.

Aber wie ist dann die Jennifer in meinen Armen zu erklären und der warme Abdruck, den ihr Kopf an meinem Hals entstehen lässt? Wie ist die Anwesenheit einer anderen Person in meinem Leben zu erklären und dieses Gefühl, das ich nur als Nicht-Alleinsein beschreiben kann?

Und noch etwas möchte ich euch erzählen. Es ist Morgen, als ich Keep Cottage verlasse. Ich bahne mir ein gutes Stück Weg über den Oberlin-Campus, vorbei am neuen Betongebilde der durchfallfördernden Mensa und an Abertausenden alter und neuer Fahrräder, die für die Oberlin-Studenten ein zusätzliches Körperteil darstellen und zu den wenigen Dingen gehören, die man ohne ideologische Bedenken besitzen darf, bis zu der Grünfläche, auf der mein Nordflügel steht, in dem mich mein neuenglisch dekoriertes Zimmer und meine beiden Mitbewohner erwarten und unsere gemeinsame Ein-Meter-Bong meiner Liebeserklärung harrt.

Spulen wir meinen Spaziergang über den Campus auf sieben Achtel der Strecke zurück; drücken wir zwischen Keep Cottage und Mensa die Stopptaste. In Zeitlupe, mit den Fingern noch vor der Nase, drehe ich mich um und sehe zu den zahlreichen Erkerfenstern des Keep Cottages hinauf, die zurückstarren. Ist sie dort, und guckt sie zu mir hinunter? Und wenn nicht, was bedeutet das?

Es ist Frühling, richtig Frühling, was in Ohio bedeutet: Ende April statt März. Ich stehe auf einem Parkplatz, der mit von Eltern vermachten Subarus und Volvos gesprenkelt ist. Und ich blicke zurück zu Jennifers Fenster, während die Verzückung über unsere Vereinigung schon mit dem Augenblick unserer zukünftigen Trennung verschmilzt – denn irgendwann *müssen* wir uns doch schließlich trennen, oder nicht? Und irgendwo inmitten der Frühlingsfreude des mittleren Westens, zwischen Wiedergeburt und Osterfest, ahne ich schon unser Ende, das Ende von etwas, was mir noch nicht zusteht, wie ich weiß. Meine Zähne tun ihr wirklich weh. Können wir etwas anderes versuchen? Ja, versuchen können wir's. Aber ob das hilft?

Wir lernen uns während eines meiner legendären Gruselgary-Momente kennen, an die ich selbst nur verschwommene Erinnerungen habe. Ich werde von einem Haufen ebenfalls betrunkener und bekiffter Feierfreudiger, von denen ich der allerbetrunkenste, allerbekiffteste und natürlich allergruseligste bin, durch den Nordtrakt getragen. Drei Versionen dieses Vorfalls sind mir zu Ohren gekommen – Variante 1: Ich werde *aus* meinem Zimmer *hinaus*getragen, weil ich eine wilde Party gefeiert und meinen Mitbewohner Büffler verärgert habe, der mich rausgeschmissen hat, damit ich woanders weiterfeiere. Variante 2: Ich werde *in* das Zimmer *hinein*getragen, hinein in die Höhle des wutschnaubenden Büfflers, und störe mit meiner trunkenen Horde seine rothaarigen Studien oder seinen rothaarigen Schlaf. Variante 3 (folgt ihrer eigenen rekonstruierten Oberlin-Logik): Ich werde erst in mein Zimmer hinein- und dann wieder hinausgetragen.

«Party auf meinem Zimmer!», brülle ich. «Ihr seid alle eingeladen! Burton Hall, Raum 203!» Zu jenem Zeitpunkt trage ich meinen ersten Ziegenbart und einen peruanischen Poncho mit einem Hanfblatt-Anstecker über dem Herzen. Während ich von mehreren schwächlichen Oberlin-Armen auf- und abgeschaukelt werde, denke ich über das Buch nach, das ich gerade lese – Nabokovs *Erinnerung, sprich* –, in dem Wladimir Wladimirowitschs adliger Vater von den Arbeitern auf seinem Landsitz feierlich in die Luft geworfen wird, nachdem er einen Streit zwischen ihnen zur allgemeinen Zufriedenheit geschlichtet hat. Ja, das ist vermutlich genau das, woran ich gerade denke. Denn allmählich sickert die Literatur in meinen Ziegenbart ein – so wie Milwaukee's Best und das widerwärtige buttrige Frittierfett, mit dem die Kartoffelkroketten in der Cafeteria überzogen sind. In unserem Zimmer brütet der Büffler, der, wenn ich mal einen Schritt von meinem wachsenden Snobismus zurücktrete, eigentlich ein netter, aufgeweckter Kerl namens Greg ist, über seinem Wirtschafts-Arbeitsbuch, während ich mein silbernes Graspfeifchen zücke, während sich dreißig Lungen bereit machen, während dieselbe Anzahl knochiger Zeigefinger Bierdosenverschlüsse aufzieht und mein Nachbar aus dem zweiten Studienjahr, der Dozent für Beatles-Studien, das CD-Laufwerk öffnet – wisst ihr noch, wie das klingt, dieses mechanische *Wuuusch* eines aufschwingenden CD-Spieler-Deckels? – und *Rubber Soul* einlegt.

Irgendwo in der Menge entdecke ich ein Gesicht, ein blasses Oval, das von pechschwarzem Haar umrahmt wird, ein Kinn mit einem perfekten Grübchen. In dem überfüllten, marihuanarauchgeschwängerten Zimmer sind mindestens ein Dutzend Frauen anwesend, und meine Liebe umgibt jede von ihnen mit einem Glorienschein, auch wenn ich mich bemühe, die Anzahl meiner Angebeteten auf eine zu reduzieren. Die wöchentliche Mission besteht darin, eine unerwiderte Schwärmerei zu entwickeln und sie mittels Cannabis und Alkohol zu überwinden. Heute Abend kehrt mein Blick immer wieder zu dem Heiligenschein aus Dunkelheit zurück und zu dem, was darunter liegt: ethnisch braune Augen und dichte Augenbrauen. Sie hat ein lautes, aber brüchiges Lachen, das schnell verklingt, und wirkt leicht verunsichert, als wäre sie hier irgendwie fehl am Platz. Nicht auf die Art, auf die eigentlich die meisten Leute nicht nach Oberlin gehören, sondern auf die Art, auf die *ich* nicht nach Oberlin gehöre. Bald werde ich erfahren, dass keiner von uns beiden richtig versteht, warum sich eine Band als Hühner verkleiden muss. Und unsere Herzen schlagen zumindest teilweise für den Schinkenbomber und seine Sabotage der Hummus- und Erdnussbuttervorräte der College-Kooperativen. Und mit den Herzen sind wir zumindest teilweise in Russland oder Armenien, woher die Familie ihres Vaters stammt, und in den amerikanischen Südstaaten, wo das schwierige Leben ihrer Mutter seinen Anfang nahm.

Ich versuche charmant zu sein. Auf die Art charmant, die

ich mir kürzlich angeeignet habe – so sturzbetrunken, dass mich nur drei Sekunden von der Bewusstlosigkeit trennen, so sturzbetrunken, dass ich mich zu «Nowhere Man» vom *Rubber Soul*-Album wiege und dabei meinem eigenen Rhythmus folge, so sturzbetrunken, dass ich jedem, der mir nicht schnell genug entflieht, Unmengen ulkiges intellektuelles Gewäsch um die Ohren haue. Bla bla, Max Weber, bla bla, ein Protestanten-Witz, bla bla, irgendeine Anspielung auf Breschnew. Diejenigen, die meinen ersten Roman gelesen haben, kennen die Leier in- und auswendig.

«Darum beneide ich dich ganz besonders –», schreibt Jennifer mir kurze Zeit später in einem Brief, «um deine Fähigkeit, die Leute zum Zuhören zu bringen und sie zu fesseln.»

Ja. Die vielen Jahre auf dem Abstellgleis – als stummer Beobachter hinter einer Sprachbarriere, als Lauscher an der Wand des angrenzenden Schlafzimmers meiner Eltern, versunken in Überlegungen, wie die Wogen zu glätten wären – haben ein berechnendes, aufmerksamkeitsheischendes Säugetier hervorgebracht, das seinesgleichen sucht.

Und in einem späteren Brief schreibt sie: «Ich habe eine Art Verzweiflung an dir wahrgenommen, eine Traurigkeit, die ich für Oberlin empfand, bevor wir zusammengekommen sind.»

Sie ist mit ihrem Freund Michael gekommen, einem jüdischen Sprachgenie aus dem New Yorker Umland und mit Abstand intelligentesten Studenten des Oberlin-Jahrgangs 1995 (nach dem Abschluss macht er sich mit einem Marshall-Stipendium auf direktem Weg nach Oxford). Er wird auch einer meiner besten Freunde werden. Ich sitze neben Michael, dessen Brillengläser so dick sind wie die suppenschüsseltiefe Wölbung meiner Kontaktlinsen, und wir fangen an, auf Russisch zu reden – mein bis dahin ungezwungenster und ehrlichster Austausch auf dem Oberlin. Vielleicht über den russischen Sänger Wladimir Wyssozki? Oder den Zusammenbruch der Sowjetunion vor wenigen Monaten? Beseelt von der vulgären Nostalgie, die Nabokov *«poschlost»* nennt, die wir uns als neunzehn- und zwanzigjährige Jungen aber nicht nehmen lassen wollen? Während wir unser Russisch ausspucken, strömen weitere Partygäste ins Zimmer; die Düfte aus meinem Graspfeifchen haben sich bis in die darüber- und darunterliegenden Stockwerke ausgebreitet. Aber heute kümmere ich mich um niemanden sonst, abgesehen von einem blödsinnigen «Hey Mann, was geht? Bier ist im Kühlschrank!».

Manchmal lacht sie, manchmal blickt sie verunsichert starr geradeaus, und manchmal wirft sie den Kopf in den Nacken und kippt einen langen, ausgiebigen Schluck Milwaukee hinunter. Schon bald werde ich mich brennend für jedes Detail ihrer Herkunft interessieren, werde jede ihrer Angewohnheiten mit geradezu mikroökonomischer Detailbesessenheit studieren, die meinen ehemaligen Mitbewohner beeindrucken würde. Aber jetzt gehört die Bühne mir. Ich stehe vor meiner toten Großmutter Galja auf der Bühne und singe ihr aus *Lenin und seine magische Gans* vor. Ich bin nicht so arrogant, zu der Frau vor mir zu sagen: *Du wirst dich in mich verlieben.* Aber ich bin so arrogant zu sagen: *Warum denkst du nicht zumindest darüber nach, dich in mich zu verlieben?*

Es dauert etwa ein Jahr, bis sie darüber nachdenkt, denn erstmal werden wir enge Freunde. Aber neben meinem Charme erlerne ich die Kunst der verzweifelten Verführung. Um mit Louise Lasser zu sprechen: «Du bist unecht und manipulativ!» Und letzten Endes lasse ich ihr gar keine andere Wahl.

Sie heißt Jennifer, ihr Nachname beginnt mit «Z» und endet auf dem typisch armenischen patronymischen Suffix *-ian*. Meist wird sie nur mit ihren Initialen angeredet, J. Z. In der Rangordnung der amerikanischen Namen, die ich heiß verehre, spielt das ökomenische Jennifer in einer Liga mit Jane und Suze, den typischen WASP-Namen, ebenso wie die Variante Jenny und das stark verkürzte, aber liebevolle Jen. Doch dass eine Frau sich nur mit ihren Initialen anreden lässt, hat etwas Starkes und Ungewöhnliches an sich, selbst für eine Oberlin-Studentin. Nachdem wir uns getrennt haben und ich wieder zurück nach New York ziehe, kann ich mir den Subway-Plan kaum noch angucken, weil es darauf vor J- und Z-Zügen nur so wimmelt; fröhlich schlängeln sie sich von Manhattan nach Brooklyn und Queens, durch alle Bezirke, die ich kenne und liebe.

J. Z. kommt aus einem Vorort nordöstlich von Raleigh in North Carolina. Sie spricht mit leichtem Südstaatenakzent, ihre Eltern sind keine Akademiker, und sie wird nicht mit Geld zugeschüttet. Die Kombination dieser Faktoren führt dazu, dass sie anders ist als der klassische Obie.

Ihr Freund Michael hebt sich auch ab – angesichts seiner Mehrsprachigkeit und kosmopolitischen Art fällt es schwer zu glauben, dass er in der Kleinstadt Plattsburgh, New York, aufgewachsen ist, und im Martini-Schütteln und im Umgang mit Cocktail-Bitter ist er ebenso versiert wie im umgangssprachlichen Jiddisch. Lasst mich an dieser Stelle über meine herzerwärmende Menagerie aus Freunden während meines zweiten Studienjahrs (1992/1993) berichten. Ich habe zwei neue Mitbewohner. Irv (nicht sein richtiger Name, eigentlich schade) hat wunderschöne C-Körbchen-Brüste und eine japanische Freundin, die auf das Musikkonservatorium geht. Er ist noch dauerbekiffter als ich und verbringt die meiste Zeit des Tages damit, mit großem Feingefühl am Daumen zu nuckeln. Einem Trio Hippie-Mädels wirft er zur Begrüßung weltgewandt zu: «Hab gehört, bei euch steht morgen Abend 'ne Runde Rudelbumsen an.» Mein zweiter Mitbewohner ist Mike Zap, der mich mit der Musik und dem Gedankengut des damals mega angesagten Rappers Ice Cube bekannt macht. Viele Abende fangen mit dem schwungvollen Schlachtruf «*Po*-lice eat the dick straight up!» an, entliehen aus dem Album *Death Certificate* von The Cubes. Mike ist gebürtiger Pittsburgher, schreibt die Sportreportagen für *The Oberlin Review* (die undankbarste journalistische Aufgabe auf unserem unkoordinierten College) und bildet mit seiner Freundlichkeit und verhältnismäßigen Normalität den ruhenden Pol unserer verkorksten Truppe. Als ich ihn in Pittsburghs jüdischem Viertel Squirrel Hill besuche, kommen Erinnerungen an meinen Freund Jonathan aus der jüdischen Schule auf – der geschmeidig dahinfließende Alltag einer funktionalen Familie mit nicht ständig streitenden Eltern, die hier von den beiden genialsten Haustieren zusammengehalten wird, die ich jemals kennengelernt habe: einem schwarzen Dackel namens Rudy und einem karamellfarbenen mit Namen Schultz.

Zusammen bilden wir fünf – J. Z., Michael, meine Mitbewohner Irv, Zap und ich – das, was ich mir immer gewünscht habe: eine Gemeinschaft, in der ich mich nicht minderwertig fühle. So verliebt ich in J. Z. bin, so verliebt bin ich auch in die Tatsache, dass wir unsere besten Freunde miteinander teilen. In der zweiten Woche unseres zweiten Studienjahrs lockt die gigantische himmelblaue Ein-Meter-Bong in unserem Zimmer Horden von Studienanfängern herbei, die von ihrem legendären Rauchausstoß gehört haben. Das Beste an Big Blue ist, dass aufgrund ihrer Größe mehrere Personen vonnöten sind, um sie zu handhaben, und so geben sich abwechselnd der vollbusige Irv und der neuerdings borstenbärtige Zap mit seinem bezaubernden glockenhellen Lachen die Ehre, entzünden den Kopf und bedienen das Kickloch, während ich mich zurücklehne und mit Lachen und Wahnsinn anfülle. «*Po*-lice eat the dick straight up!» Widerwärtige schmutzige Ohiowinde rütteln an den Erkerfenstern von Noah Hall, aber wir hier oben sind glücklich kiffend vereint. Und dann schließe ich, erfüllt von Rauch und Freundschaft, die Augen und träume nur von ihr.

Ich umwerbe sie auf die einzige Art, die ich kenne. Unecht und manipulativ. Ich beleidige sie. Mache irgendeine Bemerkung über ihren sommersprossenübersäten Ausschnitt – Sommersprossen, die ich für mein Leben gern küssen würde. Als echte Südstaatlerin schreibt sie mir daraufhin einen schnörkellosen Brief: «… Lass den Scheiß! Du hast selbst ein paar Komplexe, um die du dich kümmern solltest.»

Was? Ich? Komplexe?

Sie schließt mit der Anweisung: «Bring deine Gefühle unzensiert zu Papier», daneben prangen ein dickes Herz und ihre Initialen, J und Z.

Ich wittere eine Gelegenheit und packe sie beim Schopf. Ich schreibe auf, was ich fühle. Ich schreibe und schreibe und schreibe und schreibe und schreibe, eine Flut von liebeskranken Endlosbriefen, wie ich sie nie wieder in meinem Leben verfassen werde, weil meine nächste Beziehung, ganze acht Jahre später, bereits im E-Mail-Zeitalter stattfindet. Selbst als wir uns nach dem Oberlin-Studium trennen, flattern vierzehnseitige Briefe von New York nach North Carolina, und vierzehnseitige Briefe flattern zurück zu mir. Wir schreiben uns sogar, während wir *auf dem Oberlin* sind, beide ängstlich, beide voreinander auf der Hut, weil keiner von uns gewohnt ist, den Mund aufzumachen und zuzulassen, dass die Gefühle den Klang unserer Stimme verändern. Wo wir herkommen, gelten Gefühle als Charakterschwäche. Und als der Sommer eine Oberlin-Pause einläutet und wir die meiste Zeit voneinander getrennt verbringen, schreiben wir uns während unserer Ferienjobs; ich arbeite für acht Dollar fünfundzwanzig die Stunde bei einer Beratungsstelle für Immigranten, sie sitzt – für den halben Lohn – an der Kasse eines amerikanischen Autoteilehändlers namens Pep Boys.

Etwa ein halbes Jahr nach Beginn unserer Beziehung finde ich auf einem einfachen weißen Briefumschlag die schönste Ansammlung aus Buchstaben und Zahlen, die ich je gesehen habe:

RESEARCH TRIANGLE AREA
RALEIGH DURHAM CHAPEL HILL
FRÖHLICHE FEIERTAGE!! 29.12.92 PM RAL NC #1

RAL NC #1. Jemand aus Amerika, aus dem echten Amerika, hat mir geschrieben. Vor meinem Elternhaus, mit dem spärlichen Verkehr von Little Neck im Rücken, öffne ich ihren Weihnachtsbrief, und die echte Welt um mich herum verstummt. Ihre schmalen roten Lippen sprechen zu mir, und die lärmenden Worte meiner Eltern – «Igor! Rotznase! Zeit zum Staubsaugen!» – verblassen hinter dem schleppenden, südlichen Sprechrhythmus zu russischem Nonsens. Ich schlürfe den Brief in mich hinein, sowohl ihre Liebe als auch ihre Beklemmung (denn so wie ich ist auch sie kein ganz glücklicher Mensch), schließe mich im oberen Badezimmer ein und lasse das Wasser laufen. Und dann beginne ich – ohne gesaugt zu haben und während auf den makellosen Fußböden meiner Mutter winzige Staubpartikel ihre geordnete Welt immer noch gefährlich ins Wanken bringen – zurückzuschreiben.

J. Z. –

Die Vorstellung, mit dir zusammen zu leben, zu arbeiten, Gedichte zu schreiben, Maisgrütze und Okraschoten zu kochen, ist einfach zu verwirrend, um sie in Worte zu fassen.
Ich mache gute Fortschritte darin herauszufinden, wie ich ticke, bin endlich froh, Gary zu sein, und das nur, weil ich endlich eine Freundin habe, mit der ich alles teilen und über alles reden kann.
Mein ganzes Leben lang hatte ich ein ungutes Gefühl, was die Bibel betrifft.
Ist unsere Gesellschaft nicht zum Kotzen?
ICH HASSE MEINE HAARE!
Ich sehe aus wie eine bucklige jüdische Ziege, deren Zähne Sarajewos Skyline nach dem Krieg ähneln.
Ich respektiere deinen Pessimismus.
Rückt dir dieser Jason [aus North Carolina] immer noch auf die Pelle? Ich nehme dieses Auf-den-Hals-Geküsse nicht auf die leichte Schulter, weißt du?
Warum verlieben sich so viele Männer (und Frauen) so schnell in dich?
Du bist meine beste Lehrerin – du hast mir beigebracht, was an mir bewunderns- und liebenswert ist.

An mir, na klar. Ich bin vollauf damit beschäftigt, Dinge über mich zu lernen, an mir zu bewundern und zu lieben. Aber was ist mit *ihr*? Ich bin noch völlig überrumpelt von dem schockierenden Szenario, IHR FREUND zu sein, und lebe in der ständigen Angst, dass ihr Verehrer aus North Carolina namens Jason sie während meiner Abwesenheit weiterhin auf den Hals küsst, überlege ununterbrochen, was ich tun kann, damit sie mich noch mehr liebt – nehme ich das traurige, hübsche Mädchen vor mir überhaupt richtig wahr, ihre gesamten ein Meter sechzig? Sie ist ein Scheidungskind, ihre Familie wäre ein verzerrtes Spiegelbild meiner eigenen, wenn es zur *raswod* käme. Der verdrossene armenische Vater, ein Genie in irgendeiner Computerwissenschaftssparte, der einsame Streifzüge durch die Landschaft des Research Triangle unternimmt und seine Kinder ermutigt, es später einmal zu nichts zu bringen. Die Südstaaten-Mutter in ihrer kleinen modernen Ranch, die ihre Zeit mit Essen, Schlafen, Weißweintrinken und Bridgespielen verbringt. Die unterkühlte, zornige Halbschwester, die aus Fort Worth bei Dallas Negativität versprüht. Der jüngere Bruder, der sie aus irgendeinem Grund «Nate» nennt, seine Fürze anzündet und auf North Carolinas knochentrockenem Teer Beschleunigungsrennen fährt.

Auf einer Postkarte von ihr aus North Carolina mit dem Foto von Yoko Onos und John Lennons berühmtem «Bed-in» steht in ihrer schönen Schrift: «Das machen wir auch bald!»

Aus anderen Briefen:

> *Ich sehe aus wie ein armenischer Marshmallow.*
> *Ich fange JETZT erst an, dir voll und ganz zu vertrauen, Gary. Der Teil von mir, der immer auf der Hut ist, entspannt sich endlich bei dir.*
> *Ich schicke dir demnächst eine Aufnahme vom [neuen] David-Byrne-Album.*
> *Ein Kollege hat mich gefragt: Du bist 'n Mischling, oder? Ich meine, du bist doch nicht ganz weiß?*
> *Ich habe auf dem ganzen Weg von der Arbeit bis nach*

Hause geweint … Mein Großvater hatte nämlich einen Herzinfarkt. Ich liebe den alten Kerl. Er ist echt ein guter Mensch.
Gary, wir sind im besten Alter unseres Lebens – und das sollten wir genießen –, der Oberlinstress ist nicht gut für uns!
*Ich kann nicht fassen, wie oft deine Mutter an dir rumnörgelt. Sie sagt nie etwas Nettes, zumindest habe ich das noch nie gehört. Stört dich das nicht?**
Ich wünschte, ich könnte zum Shteyni-Haus fliegen und dich retten.
Kannst du Nina [meine Mutter] bitten, für meinen Großvater zu beten?
Kannst du dir unsere Hochzeit vorstellen? Juden, Armenier und Südstaatler auf einem Haufen.
Am Mississippi versteht man keinen Spaß, Mann!
Ich liebe dich, Gary.

Ich muss diese letzten Worte noch mal tippen, denn als ich sie zum ersten Mal gelesen habe, habe ich sie nicht nur ein Mal gelesen.

«Ich liebe dich, Gary.»

* 2004 fragt mich eine zukünftige Freundin in einem Hotelzimmer in Prag oder Wien (es wird immer schwerer, die beiden Städte auseinanderzuhalten), nachdem sie meinen Eltern zum ersten Mal begegnet ist: «Warum sind die so gemein zu dir?» Ich: «Ach, das ist kulturell bedingt.» Sie: «Junge, das riecht aber schwer nach Ausrede.» Ich: «Fangen wir gar nicht erst damit an, okay?»

Das Flugzeug landet auf dem Flughafen Raleigh-Durham. Sommeranfang, Oberlin hat seine Tore erst vor wenigen Wochen zu Desinfektionszwecken und zur ideologischen Wiederauffrischung geschlossen, aber wir können es keinen Tag länger ohne einander aushalten. Ich bin in ein kariertes Secondhand-Hemd gehüllt, *très* Keep Cottage, wo wir uns zum ersten Mal geküsst haben, das ich tagein, tagaus trage, weil ich mich darin lässig fühle und wie jemand, der eine Freundin hat. Um meinen Hals baumelt eine Schnur mit einer murmelartigen blauen Kugel daran, die ich nicht mehr abzulegen wage, nicht einmal unter der Dusche, weil sie ein Geschenk von Jennifer ist. Noch die kommenden fünf Jahre werde ich die Kugel immer, wenn ich aufgeregt bin, zwischen Daumen und Zeigefinger hin und her drehen. Selbst als sie schon nicht mehr meine Freundin ist. Da erst recht.

Ich habe im Flugzeug drei Bloody Marys zu mir genommen, weil man das als echter LaGuardia-Raleigh-Jetsetter nun mal so macht. Und auch weil ich mittlerweile keine paar Stunden mehr ohne einen Drink durchstehe. Draußen nehme ich bereits eine andere Welt wahr, ihre Welt. Ich schaue aus dem Fenster und sehe nichts als North-Carolina-Grün. Wald an Wald, gesegnet von der milden südlichen Sonne, durchzogen von Siedlungsausläufern, wie sie angeblich die Nordstaatler mit sich bringen, wenn sie in Durham, Chapel Hill oder anderen umliegenden Universitätsstädten einfallen.

Da steht er, hinter der Gepäckausgabe, mein halbarmenischer Marshmallow, von zuvor erwähnter Sonne leicht gerötet, so wie ich von zuvor erwähntem Wodka gerötet bin. (Ich bin jetzt einundzwanzig, und mein Kampftrinken ist legal.)

Sie trägt die grün-goldene, asiatisch anmutende Seidenbluse im Vintage-Look, die ich ihr zum Zwanzigsten geschenkt habe. Ich umarme sie. Und wie.

«Ruhig, ganz ruhig, Struwwel-Shteyni.» Struwwel-Shteyni ist mein Spitzname, den nicht nur J. Z. benutzt, sondern auch unser Freund Michael, mein vollbusiger Mitbewohner Irv und mein freundlicher rappender Mitbewohner Zap.

Und ich denke:

Oh, mein Gott, ich bin nicht allein.

Meilenweit von meinen Eltern entfernt halte ich meine Freundin in den Armen, und verteilt über die Ostküste sind meine Freunde – Zap nur einen kleinen Hüpfer landeinwärts im Hinterland von Pennsylvania.

Ganz ruhig, Struwwel-Shteyni.

Sie fährt ein Oldsmobile 88, ein riesiges rotes Südstaatenmonster, und während sie am Steuer sitzt, lehne ich mich zu ihr hinüber und küsse sie auf den Hals. Sie trägt das Lavendelparfüm, das wir bei einem Straßenverkäufer in der Nähe der Fourth Avenue erstanden haben. Ich bin mit Drakkar Noir oder Safari for Men oder einem ähnlich penetranten, betäubenden Duft durchtränkt. Irgendwas muss schließlich darauf hindeuten, dass ich immer noch ein russischer Einwanderer bin.

Denn das bin ich doch, oder?

Als ich nach meinem ersten Schultag auf der Stuyvesant School die Sheep Meadow im Central Park betreten habe, dachte ich, in mir wäre etwas gekappt worden. Eine Verbindung zur Vergangenheit. Die direkte Verbindung von Onkel Aarons Arbeitslagern und den Messerschmittbomben zum schwungvollen Schlag der Hand meines Vaters und den scharfzüngigen Worten meiner Mutter zu dem Jungen, der «Gary Shteyngart» und «SSSQ» auf seine Hausaufgaben für die jüdische Schule schreibt. Vielleicht ist die Verbindung doch nicht gekappt worden. Vielleicht hat sie sich bloß verbogen. Und jetzt in J. Z.s Auto verbiegt sie sich ein Stück weiter. Die Vergangenheit, die sich endlos hinter mir ausdehnt, und die Zukunft, die sich im Idealfall noch über weitere fünfzig Jahre erstreckt, halten sich die Waage. Nichts in meiner genetischen Programmierung hat mich auf jemanden wie sie vorbereitet – auf die bedingungslose Wärme ihrer interethnischen Nase, auf «Am Mississippi versteht man keinen Spaß, Mann!» und auch nicht auf die tiefe existenzielle Melancholie, die so drückend auf uns beiden lastet wie die Hitze des schwülen Südstaatensommers.

Das Haus ihrer Mutter ist im Gegensatz zu dem meiner Mutter ungepflegt, die schweren Möbel versinken in tiefen Teppichen, jeder Quadratzentimeter wird von einem pelzigen Welsh-Corgi namens Tally bewacht, der, sobald er meinen Drakkar-Noir-Mief wittert, frenetisch zu bellen beginnt. Zu meinem äußersten Entsetzen fische ich nach drei Minuten meines Besuchs eine Albino-Kakerlake an einem ihrer Fühler aus dem Waschbeckenabfluss, in der Annahme, es wäre ein Haar von mir, das verfrüht weiß geworden ist.

Aber ihre Mutter ist herzlich und interessiert und sieht mich gut gelaunt und frühabendlich beschwipst durch ihre große Goldrandbrille an. Sie ist eine hochgewachsene Frau mit einer Vorliebe für die Farben Purpurrot und Lavendel, die sie gern kombiniert. Und von dem Moment an, wo ich über die Schwelle trete, ist klar, dass ich hier willkommen bin, willkommen, von ihrer Tochter geliebt zu werden.

Als J. Z. mich im vorigen Sommer in Little Neck besuchte, zerschlug sie aus Versehen die Schreibtischlampe meiner Mutter, und meine gnadenlose Mater stellte uns den Schaden prompt in Rechnung. (Wir haben uns die achtzig Dollar geteilt; kein Pappenstiel für zwei Studenten, die von Beihilfe leben.) Dieser Vorfall und der Anblick meines Vaters, der die

Treppe herunterstapft, in knappen Fußballshorts, aus denen seine glänzenden Hodensäcke beidseitig herausbaumeln, haben J. Z. einen kurzen, aber aussagekräftigen Einblick in das Familienleben der Shteyngarts vermittelt.

Hier unten bleiben Hodensäcke vor der Öffentlichkeit verborgen. Tatsächlich gibt es sogar eine Südstaaten-Regel, nach der ein Mann, der sich ein Zimmer mit einer Frau im zarten Alter teilt, immer einen Fuß auf dem Boden haben muss. Diese verkrampfte kleine Vorsichtsmaßnahme ist das wundervollste Gebot im Christentum, denn sobald ihre Mutter das Haus verlässt, stürmen J. Z. und ich auf ihr Zimmer, fallen übereinander her und reißen uns mit wenigen Handgriffen die hässlichen Oberlin-Klamotten vom Leib, während David Byrne singt:

And she was lying in the grass.
And she could hear the highway breathing.
And she could see a nearby factory.
She's making sure she is not dreaming.

Ich weiß, dass er über J. Z. singt – über die Rosigkeit ihres Körpers, die weiche Festigkeit ihrer Schultern, den ernsthaften Ausdruck ihrer Augen. Er singt über sie, nicht über mich; damit ich aus mir heraustreten und ganz bei ihr sein kann. *And she was.*

Nachdem wir uns im beengten Badezimmer kurz abgeduscht und wieder in North Carolinas Schwüle hinausgewagt haben, unterhalten wir uns über den Tod. Zu meinem einundzwanzigsten Geburtstag hat J. Z.s Mutter mir auf meinen Wunsch hin ein Buch mit dem Titel *We Don't Die: George Anderson's Conversations with the Other Side* geschenkt, eine nette kleine Reklameschrift über ein menschliches Medium, das mit den Verstorbenen kommuniziert. Seit meiner ersten atemlosen Begegnung mit Asthma habe ich immer wieder gespürt, dass der Vorhang zwischen unserer Welt und der Nichtexistenz so dünn ist wie eine Kopeke. Aber jetzt, wo ich auf einem rüschigen Bett in Raleigh in Augen von unendlicher Tiefe sehe, bricht mir der Gedanke an das Ende das Herz. «Ich will dich nicht verlassen», sage ich zu J. Z. und meine damit, dass ich sie in fünf Tagen nicht verlassen will, wenn ich zurück in den Norden reisen muss. Aber was ich wirklich meine, ist, dass ich sie niemals verlassen will, weder sie noch die schönen Dinge, die wir gerade getan haben, und auch nicht David Byrnes eigenartige Stimme und die Erinnerungen, die wir jeden Tag entstehen lassen. Nach dem College werden wir nach New Mexico ziehen, beschließen wir. Dort werden wir Marihuana rauchen und uns zwischen den Kakteen lieben. Jennifer will irgendeine Art Heilerin werden. Ich weiß, dass ich schreiben möchte.

Ihr Großvater ist Südstaatler durch und durch, vornehm und volkstümlich – «Er ist nervöser als eine Katze in einem Raum voller Schaukelstühle» –, in seiner Räucherkammer in Fayetteville baumelt ein Reh, er besitzt ausreichend Autorität, um im Haus seiner Tochter an der Stirnseite der Tafel zu thronen, und die Güte, einen vollkommen Fremden aus New York an seiner Seite Platz nehmen zu lassen und wie einen alten Freund zu behandeln. Er spricht das Tischgebet und erwähnt dabei Jesus Christus, Unseren Herrn, woraufhin J. Z. und ich uns ein kurzes Oberlin-Lächeln zuwerfen. Großvater, er ist *jü*-disch.

Doch nach dem Abendessen kommt Großvater zu uns in die Küche und sagt: «Klasse Arbeitsaufteilung habt ihr da. Sie spült, und du trocknest ab. Ihr beiden passt gut zusammen.» Am liebsten würde ich J. Z. auf der Stelle heiraten – und ihre ganze Familie gleich mit, mitsamt den angezündeten Fürzen etc. Und als ihr Großvater ein paar Jahre später an einem

Herzinfarkt stirbt, spüre ich Jennifers Schmerz, spüre ihn wie eine Verlängerung meines eigenen Schmerzes, weil meine Großmutter so schwer krank ist.

Wir streiten. Die Wahrheit ist, ich kenne mich mit gar nichts aus – ich weiß nicht, wie man Auto fährt, ein Ei brät, ein Mann ist –, und so fortschrittlich wir auch sind, Jennifer wünscht sich trotzdem einen starken Mann an ihrer Seite. Als wir von North Carolina zu ihrer Schwester nach Dallas in Texas fahren, soll ich ans Steuer, und irgendwo in Alabama setze ich ihr Oldsmobile 88 direkt vor die Wand eines Shoney's-Restaurants. Dafür ernte ich J. Z.s Lieblingskommentar, begleitet von dem gekonnt finsteren Blick mit einer gelben Stichflamme in den dunklen armenischen Augen: «Also, das ist *echt* lächerlich.»

Doch anstatt Reue zu zeigen, gehe ich in die Offensive. Ich bin schließlich New Yorker. Warum sollte ich auch in der Lage sein, ein Oldsmobile von Raleigh nach Dallas zu steuern, ohne damit vor die Wand eines widerwärtigen Südstaaten-Schnellrestaurants zu brettern? Außerdem wurde mein Automobilangriff auf das Restaurant sogar mit einem typischen Monte-Cristo-Sandwich belohnt («Ihr seid bestimmt ganz schön erschöpft»). Hat Jennifer sich denn nicht mit mir und ihrem Freund Michael Woody Allens *Manhattan* angesehen? Hat sie sich nicht Michaels Martinis und Whiskey Sours hinter die Binde gekippt, während er und ich unsere jüdischen Witze über den Künstler Sol LeWitt gerissen haben? Ist das denn nicht das Leben, das sie gewählt hat – an der Seite eines künftigen New Yorker Intellektuellen?

Offenbar nicht. Denn hier hänge ich nun in den Seilen und versuche, die steile Felswand von North Carolinas «Grandfather Mountain» zu erklimmen, kraxle über Leitern, kralle mich mit Hilfe von Drahtseilen an dem verfluchten Felsen fest, während *unter* mir die Wolkendecke wabert und einen wahrhaft unsanften, scharfkantigen Tod verheißt, falls ich das Seil loslasse. Ich bin ein klassischer Höhenphobiker – ich befürchte, dass ein Teil von mir das Seil loslassen *will.* Doch mir ist klar: Wenn ich schon nicht imstande bin, Auto oder Fahrrad zu fahren oder mit einem übellaunigen Welsh-Corgi Apportieren zu spielen, sollte ich wenigstens einen Berg mit dieser flinken Landfrau besteigen, die gerade geschickt wie ein Puma die Felswand hinaufhüpft.

Oder, wie ich ihr schreiben werde, nachdem ich wieder in Little Neck bin: «Ich kann mich nicht gut an eine neue Umgebung anpassen, besonders wenn ich das Gefühl habe, ich könnte dich verlieren, indem ich etwas falsch mache.»

Oder, wie ich ihr nach unserer Trennung schreiben werde: «Wenn ich an die wichtigsten Momente unserer Beziehung denke, sehe ich mich auf das Armaturenbrett deines Autos starren.»

Ja, vom Beifahrersitz starre ich auf den klickenden Meilenmesser in dem ausladenden verchromten Armaturenbrett, auf die vorbeiziehenden Bäume, Hügel und Blue Ridge Mountains, starre in die Landschaft des Landes, das mir auf meiner Einbürgerungsurkunde versprochen wurde. Und da ist sie, chauffiert mich, eine Hand am Lenkrad, während die andere den Strohhalm zum Mund führt, den schwitzenden transparenten Becher mit Südstaaten-Eistee, der – für die Noch-nicht-Kenner – der beste Eistee der Welt ist.

Und nachts liege ich in irgendeinem Nationalpark im halb zusammengesackten Zelt (ich habe beim Aufbauen versagt), unsere Mägen sind randvoll mit Hushpuppies, Maisgrütze und gebratenem Schellfisch; im Licht der Taschenlampe lese ich *We Don't Die: George Anderson's Conversations with the*

Other Side und klammere mich an die Hoffnung, dass nicht alles, was man mir auf der Stuyvesant und dem Oberlin über die Immaterialität unserer Persönlichkeiten und die Kürze unserer Zeit auf dieser Welt beigebracht hat, hundertprozentig stimmt.

21. Sign Your Name (Across My Heart)

Herzschmerz, ich bin bereit.

Inmitten der ganzen Jenniferzeit gibt es noch ein Geschehen, etwas, was man wohl «College» nennt. Wenn ich die Augen schließe, sehe ich mich über die Rampe zur Campusbibliothek namens «Mudd Center» laufen, eine Art postmoderne akademische Festung, inklusive Burggraben; mein Rucksack ächzt unter der Last der Statistiken über die Getreideernte während der Chruschtschow-Ära. Meine Abschlussarbeit in Politik wird die Überschrift «Back in the USSR: Die Entwicklung gegenwärtiger Reintegrationsverfahren» tragen –

Hauptsache, ich kann irgendwie in das Land zurückkehren, das vor kurzem so unsanft zerfallen ist. Wenn ich die Augen noch ein paar Takte länger geschlossen halte, sehe ich Big Blue vor mir, unsere Riesenbong, an der ich athletisch ziehe, während Ice Cube sein nicht existentes weibliches Publikum belehrt: *«Bitch … you should have put a sock on the pickle.»* Während einer weiteren Sekunde mit geschlossenen Augen (ich mach sie gleich wieder auf, versprochen) bin ich wieder mit meinem Mitbewohner C-Körbchen-Irv in der Wohnung seiner Eltern im West Village, wo wir uns Zauberpilze einwerfen und die Arbeitsoberfläche seines Macs anstarren, auf der faszinierende neue Fraktalmuster erblühen und ersterben.

«Alter, dieser Typ aus dem Kon[servatorium] hat mich gefickt», lässt Irv mich wissen.

Ich, vorurteilsfrei und mittlerweile an alles gewöhnt: «Cool. Und wie hat sich's angefühlt?»

«Ziemlich gut. Als hätt ich 'n Stück Scheiße im Arsch.»

Irgendwo führt das alles hin.

Jetzt, wo ich echte Freunde habe, die mir anvertrauen, was in ihrem Arsch so vor sich geht, und in der Lage bin, mit einer Frau, die mich liebt («Ich liebe dich, Gary», um erneut aus ihrem Brief zu zitieren), offen und ehrlich über das zu reden, was in mir vorgeht, kann ich endlich ernsthaft darüber nachdenken, was ich mit meinem Leben anfangen will. Und diese Ernsthaftigkeit wird mich nicht auf die Fordham Law School führen, wo ich vermutlich die ersten zwei verzwickten Jahre nur herumclownen würde, um im dritten einen verheerenden kokaininduzierten Totalabsturz zu erleiden. Für mich kann das nur eines bedeuten, denn es gibt nur eine Sache, die ich zielstrebig und leidenschaftlich verfolge: Schreiben.

Lasst es mich noch mal wiederholen: Ich kriege nichts hin. Kann kein Spiegelei braten, keinen Kaffee kochen, nicht Auto fahren, kenne keine juristischen Kniffe, weiß weder, wie man einen Scheck ausstellt, noch, wie man ein Fatherboard auf ein Motherboard lötet oder dafür sorgt, dass ein Kind nachts warm und geborgen ist. Dafür hatte ich noch nie eine «Schreibblockade». Mein Gehirn rattert in schlafloser Geschwindigkeit. Die Sätze purzeln aus mir raus wie Soldaten beim Weckruf aus ihren Feldbetten. Man setze mich vor eine Tastatur, und ich kleistere den Bildschirm zu. Was willst du? Wann brauchst du's? Jetzt sofort? Schon erledigt.

Eine Geschichte die Woche, oder ein Stapel Gedichte. Ich schreibe, sobald ich aufwache, während im versehrten vorderen Teil meines Gehirns noch der Alkohol pocht, und zum *Schwäckä-schwäckä* von Irvs energischer Morgenmasturbation. Ich schreibe noch vor dem ersten Kaffee; ich schreibe, während Big Blue in der Ecke gurgelt; ich schreibe wie ein Kind, das etwas beweisen will. Das Institut für Kreatives Schreiben auf dem Oberlin heuert mich an, holt mich ins Boot. Dort gibt es eine große, eindrucksvolle Dozentin namens Diane Vreuls (welch handfester holländischer Nachname), die aufs Rentenalter zugeht und versteht, was ich schreibe. In ihrem winzigen vollgepfropften Büro im Untergeschoss des Gebäudes, das den ersten drei Etagen des World Trade Centers ähnelt, spricht sie mich auf eine Passage an, in der eine meiner Figuren durch den Wald kriecht. «Wie genau kriecht er, Gary?», fragt sie. Sie lässt sich auf alle viere hinunter und kriecht mit ihren mehr als hundertachtzig Zentimetern und einem Glorienschein aus langen grauen Haaren kreuz und quer durchs Zimmer. Und ich begreife. Begreife, wie es funktioniert. Wie die Wörter die Welt vermitteln – die, die mich umgibt, und die, die in mir gefangen ist.

Ich laufe übers Wasser. Ja, Schreiben macht das möglich.

Ich laufe schräg über den Atlantik, schlängele mich den Ärmelkanal hinauf, zertrample die dänischen Inseln, schlittere über die Ostsee, rutsche den Finnischen Meerbusen runter. «Well, we know where we're going», singt David Byrne in der Stereoanlage, «but we don't know where we've been.»

Ich spaziere zum Moskauer Platz, zur Tipanowa-Straße, aber noch weiß ich nicht, wie ich jenseits des Hofs meiner Kindheit mit der rußigen schwarzen Röhre und der rostigen Rakete gelangen soll.

Zur Tschesmensker Kirche. Zum Hubschrauber-Startplatz. Hoch, hoch in die Luft und zwischen die Turmspitzen.

Ich schreibe, J. Z. sitzt mir gegenüber im Schneidersitz auf dem Bett, das von Statistiken und Psychologie-Lehrbüchern übersät ist. Jahre später wird sie tatsächlich Ärztin werden und Menschen heilen, so wie sie es sich vorgenommen hat.

Ich versuche verzweifelt, eine Geschichte zu haben, eine Vergangenheit. Ich durchflute mich mit Erinnerungen, Melancholie und Wahrheit. Jede Erinnerung, die in der Solomon Schechter School of Queens, wo ich mich als guter Ostdeutscher ausgegeben habe, unterdrückt wurde, kehrt jetzt zurück. Ich beschreibe, wie ich mit meiner Mutter neben der Meerjungfrauenskulptur in Jalta *pelmeni*-Teigtaschen gegessen habe. Ich schreibe über den mechanischen Hahn, mit dem ich auf der Krim gespielt habe. Über das einäugige Mädchen in unserer ersten Wohnung in Amerika, das mit mir und meinen Honeycomb-Nummernschildern gespielt hat. Stolz benutze ich Wörter, die ich gerade erst aufgeschnappt habe, Wörter wie «Aubusson», und setze daneben in Klammern «französischer Teppich». Ich verwende den Teppich für eine Art literarische Actiongeschichte mit dem Titel «Sonnenuntergang im Café International», in dem «pechschwarze Sikorski-Hubschrauber» vorkommen. Fünfzehn Jahre später weite ich diese Erzählung zum Roman *Snack Daddys abenteuerliche Reise* aus.

Manchmal schreibe ich grottenschlecht, aber manchmal strebe ich nach der Wahrheit, und es funktioniert. Meine Eltern streiten sich über mehrere Seiten hinweg. Ich lerne Englisch. Ich lerne, zweitklassig zu sein. Ich lerne *Adonai Eloheinu, Adonai Echad.* In einer amerikanischen Pizzeria «fordert mich meine Mutter auf, eine Pizza mit Fleisch zu bestellen, damit ich eine anständige Mahlzeit bekomme». Und meine Phantasie darf in alle Richtungen ausschweifen, selbst in die, die zu nichts führen (*ganz besonders* in die). Ich reiche eine äußerst eigenwillige Charakterstudie über Nikita Chruschtschow ein, der einen einsamen siebzigsten Geburtstag auf einer Kolchose verlebt. Ich schreibe über das fiktionale Treffen meiner Großmutter mit Papst Johannes Paul II.

Und dann kommt alles zum Stillstand.

Oberlin importiert eine scharfe junge Dozentin, die beim Guru-Lektor Gordon Lish höchstpersönlich gelernt hat, bekannt für seine Bearbeitungen von Raymond Carvers Werken und seine strapaziösen zweitausendsechshundert-Dollar-Schreibworkshops an der Ostküste. Ausnahmslos jede Geschichte, die ich einreiche, bekomme ich mit dem Kommentar zurück: «Gary, ich weiß genau, was Gordon über diese Erzählung sagen würde, die 2600 Dollar kannst du dir also sparen.» Zunächst geht mir am Arsch vorbei, was Gordon sagen würde, und angesichts Oberlins saftiger Studiengebühren haben meine Eltern (und die Bundesregierung der Vereinigten Staaten) ohnehin deutlich mehr als zweitausendsechshundert Dollar für diesen Kurs hingeblättert. Aber die Dozentin trägt knappe Klamotten – ein winziges geblümtes

Spaghettiträger-Top mitten im Ohio-Winter – und bricht unsere Flanellherzen mit jedem Workshop ein Stück mehr. Ich will sie um jeden Preis zufriedenstellen. Also beginne ich, in dem prägnanten, unverständlichen möchtegern-mysteriösen Stil zu schreiben, den Gordon Lish irgendwo in Manhattan offenbar von mir fordert. «Der *schuka* ist im Topf.» Was auch immer das heißen mag. Mehrere meiner Kommilitonen beschließen, das Schreiben nach dem Semester an den Nagel zu hängen, was vermutlich das unterbewusste Ziel des ganzen Gordon-Lish-Programms darstellt – die Anfänger zu einem Häuflein Elend zusammenzustauchen, das Feld von denen freizuräumen, die es wagen, sich dem Meister zu widersetzen. An manchen kalten Tagen murmle ich auf dem Weg zum Unterricht unbeabsichtigt ein Gebet aus der jüdischen Schule, wiege mich hin und her, um mich warm zu halten, und singe: «*Schma* Oberlin, Gordon Lish *Eloheinu*, Gordon Lish *Echad.*» (Höre, O Oberlin, Gordon Lish ist unser Gott, Gordon Lish ist der Einzige.) Hilft aber nicht. Die Spaghettiträger-Dozentin teilt mir mit, was ich schreibe, sei keine Literatur, obwohl bei mir noch größere Hoffnung bestünde als bei den anderen Studenten, weil «ich bessere Grammatikkenntnisse besitze».

Die Lish-Dozentin ist nur ein Semester lang da, danach kehre ich zurück zu Diane. Ich brauche eine Weile, um mich zu erholen. Diane ist streng mit mir, aber auch geduldig und freundlich. Noch viel wichtiger ist, sie kann mit jeder Faser ihres mehr als hundertachtzig Zentimeter großen holländisch-serbischen Körpers lachen, ein albernes, osteuropäisches Lachen. Leute, die glauben, Literatur müsse ERNSTHAFT sein – ein Bauplan für eine Rakete, die niemals abheben wird –, sind im besten Fall bösartig, im schlimmsten Fall antisemitisch. Unter Dianes warmherzigen Fittichen schreibe ich nicht länger «Der *schuka* ist im Topf». Ich wende mich wieder der Aufgabe zu, die vor mir liegt. Napoleonesk bahne ich mir den Weg zum Moskauer Platz und von da nach Moskau selbst.

Es gibt ein Austauschprogramm mit dem Moskauer Institut für Internationale Beziehungen, einer staatlichen Kaderschmiede, in der früher die zukünftigen Diplomaten der Sowjetunion ausgebildet wurden. Moskau ist nicht Sankt Petersburg (patriotische Einwohner behaupten sogar, es sei das komplette Gegenteil), aber es ist das *echte* Russland, und damit meine ich: Asien. Das ist meine heilige Wahrheit.

Ich stehe quasi schon in den Startlöchern, um im dritten Studienjahr nach Moskau zu gehen und den kleinen Igor in mir zu neuem Leben zu erwecken.

Aber die Frauen in meinem Leben machen mir einen Strich durch die Rechnung.

Russlands politische Unruhen im Jahr 1993 jagen meiner Mutter Angst ein. Jelzins Panzer feuern auf das Parlamentsgebäude. Tschetschenien rüstet sich zum waschechten Krieg. Feuergefechte auf offener Straße. In dem gesamten Jahrzehnt seit unserer Auswanderung haben meine Eltern nicht ein gutes Wort über das Land verloren, abgesehen von ihren Huldigungen der vielen bärtigen Schriftsteller und des sahnigen Eskimo-Eises. Das Internet existiert noch nicht in der Form, wie wir es heute kennen, stattdessen hält Mutter mir die Kopie eines Telegramms unter die Nase, demzufolge ein unglückseliger Student aus dem Fenster seines Wohnheims einer Moskauer Universität geworfen wurde und dabei ums Leben kam.

Ich schreibe eine Geschichte mit dem Titel «Drei Aussichten von der Karl-Marx-Allee», eine ernsthafte Hommage an meinen Onkel Aaron und die Arbeitslager. Meine Dozentin ermutigt mich, die Erzählung an den *New Yorker* zu schicken, woraufhin ich vor lauter Freude einen halben Herzinfarkt kriege. Bin ich wirklich so gut? Meine Mutter liest die Geschichte, seufzt und sagt: «So war das doch gar nicht.» Die Details sind alle falsch.

Ich bin am Boden zerstört. Eigenartigerweise schmerzt es mich ähnlich wie damals, als man mich auf der jüdischen Schule Rote Rennmaus genannt hat. Damals wurde ich verspottet, weil ich kein echter Amerikaner war, und jetzt wirft man mir vor, kein richtiger Russe zu sein. Noch ist mir nicht klar, dass ebendieses Paradox das zentrale Thema sogenannter «Immigranten-Fiktion» darstellt. Als mir der unvermeidliche Ablehnungswisch vom *New Yorker* ins Haus flattert, beschließe ich, dass ich nach Russland zurückkehren muss, um die Details geradezurücken.

Aber es gibt ja noch eine Frau in meinem Leben.

J. Z. versteht, dass ich Russland für meine Geschichten brauche. Aber sie will mich nicht für ein ganzes Jahr verlieren. Wir stehen doch gerade erst am Anfang unserer Beziehung. Wir sind bis über beide Ohren verliebt. Und so muss ich mich entscheiden: fürs Schreiben oder für meine Freundin.

Die Entscheidung liegt auf der Hand.

Scheiß auf Russland. Ich werde mit J. Z. ein Semester im damals angesagten Prag verbringen.

Binnen Minuten tauchten Stein und Mörtel zu beiden Seiten der Straße auf wie ein großes Schild mit der Aufschrift ZU WLADIMIRS KINDHEIT – DIE NÄCHSTEN EINHUNDERT AUSFAHRTEN: eine endlose Ausdehnung heruntergekommener Gips-Mietshäuser aus der Sowjetära, ausnahmslos abblätternd und voll feuchter

Flecken, in denen ein phantasievolles Kind die Umrisse von Tieren und Sternbildern hätte entdecken können. In den Lücken zwischen diesen riesigen Mammuts befanden sich die winzigen Grünflächen, wo Wladimir manchmal gespielt hatte, ausgestattet mit einer Handvoll Sand und ein paar rostigen Schaukeln. Gut, dies war Prawa und nicht Leningrad, aber andererseits bildeten diese Häuser eine lange irrwitzige Linie von Tadschikistan bis Berlin. Dagegen war kein Kraut gewachsen.

Diese Sätze tauchten in meinem ersten Roman *Handbuch für den russischen Debütanten* auf. Überflüssig zu erwähnen, dass Prawa Prag ähnelt und der Protagonist Wladimir mir. Als ich diese sowjetischen Plattenbauten, *paneláks* auf Tschechisch (wörtlich: Fertigteilhaus), auf der Fahrt vom Flughafen durch das Busfenster sehe, Jennifers Hand in meiner, weiß ich, dass ich einen Roman schreiben will, und ich weiß auch schon, wovon er handeln soll. Wenn man einundzwanzig Jahre alt ist, gibt es nur ein Thema. Es taucht jeden Morgen im Spiegel auf, mit der Zahnbürste in der Hand.

Das Semester in Prag war eine Erkundungsreise. Gelernt habe ich dort praktisch nichts, nicht einmal Tschechisch, was einem russischen Muttersprachler eigentlich ziemlich leichtfallen dürfte. Vielleicht habe ich gelernt, dass es mich glücklich macht, ein halbes Pils auf einen Teller mit Zwiebeln und Käse zu schütten und das Ganze mit dickem Bauernbrot aufzusaugen.

Unterwegs ist einiges von dem, was in meinem Roman vorkommt, wirklich passiert. In einem kleinen Ort nördlich von Prag haben mich tschechische Skinheads um ein Haar zu Klump geschlagen, weil sie mich für einen Araber hielten. Gerettet haben mich mein New Yorker Führerschein und meine American-Express-Karte, die meine nicht arabische Herkunft bestätigten. (Im Roman kriegt mein Held Wladimir die Prügel ab, die mir erspart blieben, und noch einiges mehr.)

Und dann gab es noch ein paar Vorfälle, die sich *fast* so zugetragen haben wie in meinem Roman. Aus Eifersucht, weil J. Z. mit einem Australier oder einem Israeli getanzt hatte, soff ich mich um den Verstand und krabbelte über die Tramschienen in Richtung unseres Studentenwohnheims; mein Überleben verdanke ich nur dem rabiaten nächtlichen Rattern der Tramlinie 22 und einem genauso besoffenen tschechischen Polizisten.

Und einiges kommt in dem Roman gar nicht vor. Auf dem Budaer Berg mit Blick auf Ungarns knolliges, überladenes Parlamentsgebäude starrt J. Z. in meine Kamera, ihre schwarzen Haare flattern im Wind, die Mischung aus armenischen und amerikanischen Gesichtszügen hat sich mittlerweile zu etwas unverkennbar Osteuropäischem entwickelt – eine blasse Schönheit mit amerikanischem Lächeln.

Ein kalter, verregneter, düsterer Tag Ende Mai. Die Abschlussfeier des Oberlin College 1995. Zwei Drittel des Manuskripts, das zu meinem ersten Roman heranreifen wird, habe ich bereits in der Tasche. Ich bin glücklich und verängstigt. J. Z. und ich werden uns trennen. Niemand hat Schuld daran. Sie möchte zurück nach North Carolina. Ich will wieder nach New York und nehme fälschlicherweise an, dass mir dort bald eine neue Liebe in die Arme sinken wird.

Aber hier möchte ich meine Oberlin-Geschichte nicht beenden. Spulen wir ein Jahr zurück. Es gibt ein Wohnheim namens «Süd», das wie bereits erwähnt einem ehemaligen

Terminal des Flughafens Newark ähnelt. Dort hatte ich vor kurzem einen Asthmaanfall, den ersten seit fünf Jahren und bisher heftigsten meines Lebens.

Vor einigen Wochen wurde ich aus Oberlins erbärmlicher Krankenstation entlassen, vor einigen Wochen klemmte sich J. Z. den Telefonhörer ans Ohr, während meine Mutter ihr meine Krankenversicherungsdaten durchgab und ich in meinem stickigen kleinen Studentenlager um Atem rang; die beiden Frauen in meinem Leben, ihre russischen und Südstaaten-Akzente, die grauenerregende Genauigkeit meiner Mutter, J. Z.s Liebe und Angst.

Sie hat mich wieder aufgepäppelt, jede Stunde an meinem Krankenbett gesessen. Die Schatten unter meinen Augen sind größer als gewöhnlich. Wegen des Asthmas habe ich seit Wochen kein Pot geraucht, und ich bin reizbar und ausgelaugt. Zu den vielen Dingen, die ich nie gelernt habe, gehört Tanzen. Heute will J. Z. es mir beibringen. Sie legt Terence Trent D'Arbys «Sign Your Name (Across My Heart)» auf, den Schmusehit aus dem Jahr 1988, der die komplette Kurt-Cobain-isierung unserer Stereoanlagen irgendwie überlebt hat. Sie legt mir die Hände auf die Hüften, und ich lege meine auf ihre. Ich schließe die Augen. Langsames, rhythmisches Atmen. Das hässliche Studentenwohnheimzimmer, das traurige College, die unglücklichen Studenten. Ich wiege mich in eine Richtung, dann in die andere. Was mache ich falsch? Ich will nicht noch einen Asthmaanfall kriegen. Meine Hände liegen auf den Hüften meiner Geliebten, und ein Teil von mir hat, vermutlich wegen des jüngsten Asthmaanfalls, meinen Körper verlassen. Was ich noch nicht weiß: Es war tatsächlich mein *allerletzter* Asthmaanfall. Doch noch sind wir beide dort und wiegen uns zu Trent D'Arbys aufrichtigem Schmachtgesang.

«J. Z.», sage ich, «ich kann das nicht.»

Ihre Hände bleiben auf meinen Hüften. Ihre dunklen Haare mit den helleren braunen Strähnen fließen über meine Brust.

Und plötzlich kann ich's doch.

22. Der Wohltäter

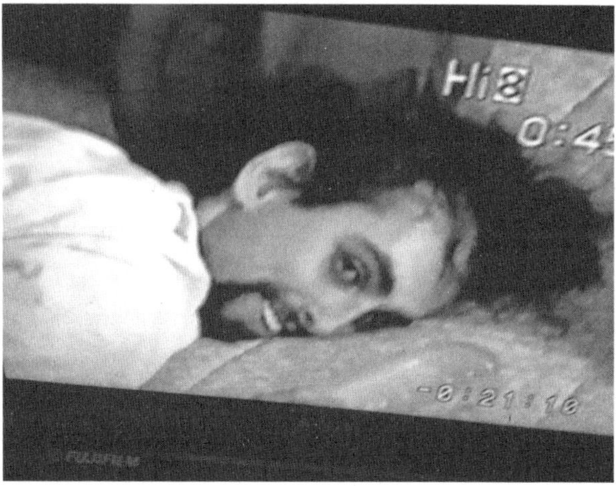

Der Autor auf einem Zauberpilz-Trip. Sein neuer Freund John filmt ihn dabei für seine Dokumentation über Einzelkinder.

Auf der neunstündigen Rückfahrt von Ohio, das Abschlusszeugnis in der Tasche, machen meine Eltern und ich mittags bei McDonald's Rast. Bemerkenswerterweise ist der Preis für die Hamburger in den letzten Jahren nicht gestiegen, also bestelle ich mir gleich drei, dazu eine Cola Medium und eine mittelgroße Portion Pommes, während meine Eltern sich jeweils einen Hamburger genehmigen, ein wenig von meinen mittleren Fritten mitessen und ihre eigene kleine Cola trinken. Wegen meiner guten Noten, meines bevorstehenden Postens als Anwaltsassistent und des voraussichtlichen Aufstiegs auf eine Law School sind wir eine glückliche Familie, und fünfmal neunundsechzig Cent für die Hamburger plus drei Dollar fünfzig für das Hamburger-Zubehör erscheinen uns angemessen. Das haben wir uns verdient. Über den Gang hinweg erspähe ich eine der hübscheren Oberlin-Absolventinnen, ein Mädchen, das Lippenstift benutzt, und wir werfen uns einen Blick zu und verdrehen die Augen, wie um zu sagen: *Das darf doch nicht wahr sein, dass man uns zu McDonald's schleppt!* Ich wünschte, ich könnte ihr sagen, wie viel mir jeder einzelne Bissen mit meinen Eltern in Wahrheit bedeutet.

Außerdem bin ich aufgeregt, weil ich auf dem Rückweg nach New York bin, wo ich den Rest meines Lebens verbringen möchte. Jetzt, da J. Z. nicht mehr meine Freundin ist, bedeutet die Rückkehr nach Hause nur noch eins: Ich kehre zu meinem besten Freund zurück.

Gestattet mir eine Rückblende ins zweite Studienjahr.

Mein College-Mitbewohner C-Körbchen-Irv wohnt mit seinen Eltern im Washington Square Village, einem Wohnkomplex der New York University in schillernder Warschauer-Pakt-Architektur, der sich um einen ansprechenden Park gruppiert. Auf dem Flur ihm gegenüber wohnt ein Tonredakteur, der mit dem ehemaligen Chefautor der Seifenoper *Jung und Leidenschaftlich – Wie das Leben so spielt* befreundet ist. Gern würde ich schreiben: John, der Seifenoper-Autor, ist soundso viel Jahre alt, aber in den zwei Jahrzehnten, die ich ihn mittlerweile kenne, hat er sein Alter nie preisgegeben. Nicht, dass er schummelt. Er verrät nur einfach *niemandem*, wie alt er ist. «Zu traumatisch», flüstert er, wenn man ihn darauf anspricht, und sein Gesicht nimmt den Ausdruck einer gramgebeutelten jüdischen Schildkröte an, den mein Volk Gesprächen über seine eigene Vernichtung vorbehält.

In Johns Wohnung habe ich einmal ein Foto von seiner College-Abschlussfeier entdeckt, auf dessen Rückseite das Datum vermerkt war. Er schoss quer durch den Raum auf mich zu, riss es mir aus der Hand, zertrümmerte unterwegs einen Wohnzimmertisch und wand sich vor Schmerzen schreiend am Boden, umklammerte dabei triumphierend das Abschlussfeierfoto. Wie alt ist John also? Da man das Alter von Amerikanern nie exakt bestimmen kann, weil sie in ihrer eigenen Zeitrechnung aufs Nichtsein zusteuern, halten wir einfach fest, dass er 1993, als ich ihm zum ersten Mal begegne, alt genug ist, mir als Vaterfigur zu dienen, und jung genug, um gleichzeitig ein Freund zu sein.

1993 hat John die Welt der Seifenopern hinter sich gelassen und arbeitet an einem Drehbuch über einen Jugendlichen im College-Alter, der seine Eltern ermordet. (Ganz passend, angesichts der Tatsache, dass ich zu jenem Zeitpunkt ebenfalls versuche, meine Eltern auszulöschen, oder zumindest die ersten einundzwanzig Jahre meines Lebens, die ich mit ihnen zusammen verbracht habe.) Sein Freund, der Tonredakteur, schlägt einen geeigneten Kandidaten aus meiner Generation vor. Auftritt für meinen Oberlin-Mitbewohner Irv, den stolzen sexuellen Allesfresser und Hüter von Big Blue, unserer Ein-Meter-Bong. Und Auftritt für Maya (Name geändert), ein liebenswertes, vom Leben versehrtes pummeliges Mädchen, das im «Vault», New Yorks führendem Sado-Maso-Club, als Domina arbeitet. Auch sie werde ich dem wahren Leben entreißen und unter geringem Blutvergießen im Schaukasten meines knospenden ersten Romans aufspießen – als Challah.

Auftritt für mich.

John möchte sich mit mir treffen. Ich bin so beeindruckt, einen echten Drehbuchautor kennenzulernen, dass ich John überschwänglich zum Essen einlade. Ich gehe mit ihm in ein schickes indisches Restaurant namens Akbar zwischen der Park Avenue und Fifty-Ninth Street, wohin mich Paulie, mein lüsterner Chef aus Highschool-Zeiten, öfter ausgeführt hat. In dem Restaurant gibt es Buntglasdecken, die meine Little-Neck-Augen blenden, und die Kellner scheinen sehr stolz auf den leistungsfähigen Tandoor-Ofen zu sein, der mein erstes Naan-Fladenbrot ausspuckt; magisch steigt der Dampf zwischen meinen Fingern empor, als ich es entzweireiße.

Noch weiß ich weder, dass dies das letzte edle Mahl sein wird, für das ich in den kommenden fünf Jahren selbst aufkomme, noch, dass ich den einen Wohltäter gegen einen neuen eintausche, der nicht das Bedürfnis verspürt, mich über seinen Schreibtisch zu werfen und durchzunudeln. Der Schriftsteller Chang-rae Lee (später mehr zu ihm) wird einmal anmerken, dass es sich bei meinen Figuren meistens um Söhne handelt, die auf der Suche nach einem Vater sind. Das kann ich nur schwer abstreiten.

Beim Essen sitze ich einem Mann gegenüber, dessen gelocktes Haar sich zu lichten beginnt und der eine Brille mit Drahtgestell trägt; ein buschiger Bart verbirgt einen Teil seines Gesichts, das schicke Frank-Stella-Hemd steckt in seiner Jeans. Genau so stelle ich mir die coolen kultivierten Väter der Oberlin-Studenten vor, die abseits des Campus wohnen – in Häusern mit ulkigen Namen wie «Banana House» oder «Eek-a-House!» – und in einer Band spielen oder zumindest sehr gut mit einem Bandmitglied befreundet sind.

Und das sieht John ihm gegenüber am Tisch im Akbar sitzen: einen zwanzigjährigen Jungen mit arschlangem Zottelhaar, skandalös kümmerlichen Sowjetzähnen, die nicht mal einem Appalachen-Biber schmeicheln würden (bis mir meine Eltern in einem Jahr Kronen spendieren, halte ich mir beim Sprechen wie ein schüchternes japanisches Mädchen die Hand vor den Mund), und den Stolz meiner Garderobe: eine seidene Sommerjacke, so wie sie der Schauspieler Don Johnson in der Fernsehserie *Miami Vice* trägt, deren Ärmel ich selbst im Januar halb hochgekrempelt habe.

John nimmt diesen einzigartigen Anblick gut gelaunt in sich auf, während meine kieferorthopädische Katastrophe und ich ihn über das Leben eines Drehbuchautors ausquetschen – besonders beeindruckt mich, dass er auch für *Unter der Sonne Kaliforniens* geschrieben hat, einen Ableger meines geliebten *Dallas*. Ich hatte ihm einen Teil meiner Arbeit aus Oberlin geschickt, insbesondere ein kurzes Theaterstück, das er sowohl mit ermutigenden Bemerkungen («lustig», «gute Passage») als auch mit deutlicher Kritik («da musst du präziser werden», «ungelenker Satz») kommentiert hat. Beim Abendessen sprudeln die Fragen, die sich in mir angestaut haben, nur so aus mir heraus. *Wie* kann ich diesen ungelenken Satz bestmöglich hinbiegen? *Was genau* meint er mit «präziser werden»?

John ist waschechter Manhattaner, so kompliziert und lokalpatriotisch, wie man nur sein kann, bestens bewandert in Sachen Restaurants und Theater, und er kennt einen Markt namens Fairway auf dem Broadway, Höhe Seventy-Fourth Street, wo es Lebensmittel gibt, von denen ich bislang nur geträumt habe: Zitronensardellen, römische Artischocken, Idiazábal-Käse aus dem Baskenland. Und er hat keine Kinder, eine glückliche Fügung für mich, wenn auch vielleicht nicht für ihn.

Nur wenige Monate nach unserem Abendessen im Akbar wird die Don-Johnson-Jacke verschwunden sein, eingetauscht gegen einen abgelegten Armani-Blazer von John.

Nur wenige Monate später telefonieren wir fast täglich miteinander, und ich bedränge ihn mit kleinkindhafter Ungeduld wegen der aktuellsten Fassung einer meiner Geschichten oder Gedichte, als drehte sich seine ganze Welt nur um meine kreativen Bedürfnisse. «Hast du sie gelesen? Ja? Ich kann nicht *noch* länger warten. Sprich mit mir, *Haimosaurus*!» (John ist nicht groß, aber seine Präsenz und sein Gang haben etwas Kolossales und dabei «Haimisches» an sich, wodurch er auf mich wie ein mächtiger hebräischer Dinosaurier wirkt.)

Nur wenige Monate später überlege ich ernsthaft, auf die Columbia University in New York zu wechseln, oder – die angesichts meiner akademischen Leistungen etwas realistischere Variante – auf die NYU, um meinem neuen Vorbild näher zu sein. Einzig meine erblühende Beziehung mit J. Z. hält mich auf dem Oberlin.

Nur wenige Monate später lädt John mich, J. Z. und Mitbewohner Irv zu meinem einundzwanzigsten Geburtstag ins River Café ein, und ich stehle mich mit meiner Freundin davon, um sie draußen auf dem Parkplatz vor der imposantesten Skyline der Welt so lange zu küssen, wie ein medium gebratenes Filet Mignon braucht, um kalt zu werden.

Nur wenige Monate später kommen J. Z. und ich in Johns leer stehender neuer Wohnung unter und schlafen auf dem blanken Parkettboden miteinander.

Nur wenige Monate später wirft er die Idee für sein Drehbuch über Bord und beginnt stattdessen, an einem Dokumentarfilm über Irv, Maya, die Domina, und mich zu arbeiten, den er *Einzelkinder* nennt, weil er und seine drei Studienobjekte eine interessante Eigenart gemein haben: den Mangel an Geschwistern.

Und wenige Jahre später treibe ich ihn vollends und unwiderruflich in den Wahnsinn. Und er setzt mich im Gegenzug vor dem New Yorker Institut für Psychoanalyse ab.

John bemerkt ziemlich schnell, was für ein Charakterschwein ich bin. Es passiert, während er mich, Irv und dessen Eltern in ihrer Wohnung im Washington Square Village beim Abendessen filmt. Ich liebe Irvs Wohnung heiß und innig, weil sie im Zentrum von Manhattan Island liegt, wo ich selbst gern leben möchte, und weil elterliche Regeln, so wie ich sie kenne, hier nicht gelten. Auf den Regalen thronen ohne ersichtlichen Grund Abfalleimer, und die meisten Gegenstände stecken in wulstigen Tüten der Duane-Reade-Apotheke. «Sie sollten hier der Erwachsene sein!», schreit Irvs Mutter John an, während sie an die Tür zu Irvs Zimmer hämmert. Wir drei hocken dort drin einträchtig beisammen, rauchen einen Joint und haben ein Handtuch vor die Tür gestopft, die Irvs Mum gerade zu demolieren versucht. Hastig drückt Irv den Joint aus: «Einen Moment noch, Mum! Wir sind bei der *Arbeit*!» Und dann müssen wir alle, auch Irvs Mutter, über Johns unerwachsenes Verhalten lachen. Im Wohnzimmer zeigt John uns die Filmaufnahmen von Maya-der-Domina, der er in seinem unendlichen Mitgefühl demnächst eine Wohnung zur Verfügung stellt, weil sie obdachlos zu werden droht.

Und ich hole zum verbalen Schlag aus. Hinter meinen russischen Hasenzähnen bricht ein Schwall Hass aus mir hervor, der vollkommen fehlgerichtet ist – Hass auf ein Mädchen, dessen Leben gerade aus den Fugen gerät, das mir nichts Böses getan hat und mir ähnlicher ist, als ich mir eingestehen will. *Sie ist fett. Provinziell. Ungebildet.* Und das behauptet einer, der gerade «Aubusson» in sein Schriftstellertagebuch gekritzelt und ganze drei Mal unterstrichen hat.

«Wie kannst du so was sagen?», fragt John.

Aber ich komme gerade erst richtig in Fahrt und hetze weiter über die Frau mit den klirrenden Ketten über dem Ausschnitt, eine Frau, die sich bei ihrer Arbeit in einem Manhattaner-SM-Schuppen gerade mit einem Stock verprügeln lassen musste, obwohl sie an Anämie und einem blutenden Magengeschwür leidet, die zwischen Obdachlosenheimen und psychiatrischen Kliniken hin- und hergependelt ist, seit ihre Familie sie im Alter von sechzehn Jahren im Stich gelassen hat.

«Es gibt unzählige Leute, die ins East Village ziehen, nur um da genau das Gegenteil von ihrem spießigen Vorstadtleben zu leben», versprühe ich mein Gift in die Kamera. «Das ist so *klischeemäßig*. Wenn sie ihre Figur interessant gestalten will, muss sie bezaubernd und intelligent sein.»

«Sie ist keine Figur!», brüllt John mich an.

Angefeuert von Irvs japanischem Pflaumenwein (eigenartigerweise das In-Getränk jenes Sommers), rede ich mich weiter in Rage, fummle dabei ununterbrochen mit meinen billigen neuen Kontaktlinsen herum und qualme vor Wut, weil John die fette Vorstadtdomina in Schutz nimmt. *Du kannst sie nicht adoptieren*, möchte ich zu ihm sagen. *Du musst mich adoptieren!* Weil niemand mehr Schmerz in sich trägt als ich.

Darum geht es im College-Alter zum einen – sich in allem als Experte aufzuspielen. Zum anderen sage ich genau das, was meine Eltern über Maya sagen würden. Verzogene amerikanische Göre. Hat nicht das durchgemacht, was wir durchmachen mussten. Verschwendet ihr Leben. Tatsächlich gehe ich mit meinem dichten neuen Strubbelspitzbart und meinem fröhlichen Sarkasmus als perfektes Double meines Vaters durch. Fehlt nur noch ein Schild auf meinem Schreibtisch mit der Aufschrift: Republik Vaterlandia – wie bei einem UN-Abgeordneten.

Eines Abends während meiner Oberlin-Sommerferien, nachdem ich John ein Abendessen in Le Bernardin, La Côte Basque oder einem anderen netten kleinen Lokal auf der East Ninth Street aus den Rippen geleiert habe – mit perfekten butter- und knoblauchdurchtränkten Schnecken, die Art Mahlzeit, von der ich nur träumen konnte, während ich *Dallas* geguckt und Mutters Hüttenkäse mit Dosenpfirsichen gefuttert habe –, finden wir uns in einer Subway-Station wieder. Ich bin so froh, wieder in Manhattan zu sein, so froh, mit meinem neuen besten Freund zusammen zu sein, so froh, auf seine Kosten so fürstlich gespeist zu haben, dass sich jeder Hundertdollarschein, den er für mich ausgibt, wie eine neue Liebe anfühlt. Selbst die Linie 1, die gemächlich vom unteren Teil Manhattans über Midtown Richtung Uptown rattert, selbst ihre überfüllte Melancholie, macht mich ungemein zufrieden. Ich muss etwas sagen, um diesen Augenblick zu verewigen.

«Ich kapier einfach nicht, warum sich Leute für Verlierer starkmachen», deklamiere ich.

Und John sieht mich nur an. Meine Zahnlücken. Meine Don-Johnson-Ärmel. Er will nicht aussprechen, was er denkt. Dass ich in seinen Augen ein Verlierer bin. Dass er weiß, wer ich bin. Dass er sich Sorgen macht, was aus mir werden könnte. Dass seine eigene Mutter ihm in seiner Kindheit immer wieder gesagt hat: «Wenn du nicht wärst, würde ich mich von deinem Vater scheiden lassen.» Dass er auf der Salem High School in Oregon Klassensprecher war, der Junge, der die Schönheitskönigin gekrönt, sich in der Mittagspause aber weiterhin mit seinem Butterbrot in die Bücherei verkrümelt hat. Dass er vor seinen Eltern als Versager dasteht, weil er kein Anwalt geworden ist, so wie ich in den kommenden Jahren vor meinen Eltern als Versager dastehen werde.

Er ist eine Vaterfigur für mich. Und so seltsam das klingen mag, diene ich ihm umgekehrt ebenfalls als Vaterfigur. Zornig, herrisch, versunken in dem monströsen Narzissmus, den jemand entwickelt, der als Kind nicht ausreichend Zuwendung erfahren hat, unfähig, sich von Geld zu trennen: Wie vertraut ich meinem neuen Freund erscheinen muss. Als Johns Mutter im Sterben lag, weigerte sich sein Vater, ein erfolgreicher Geschäftsmann, das Auto auf einem Krankenhausparkplatz abzustellen, der einen Dollar kostete. «Wie kann er einen Dollar ausgeben», sagte Johns Analytiker zu ihm, «wo er so viel verliert.»

Und so lautet Johns Mission: Wie kann er mich davor bewahren, wie mein Vater zu werden? Der erste Teil seines Plans besteht eigentümlicherweise darin, die Liebe zu meinem Vater zu verstehen und anzunehmen, ebenso wie das Bestreben meiner Kindheit, ihm in allem nachzueifern.

Während meines ersten Jahrs auf dem Oberlin habe ich ein Gedicht mit dem Titel «Mein Spiegelbild» verfasst – über einen Ausflug, den Papa und ich zusammen unternommen hatten, um einen entfernten Verwandten in Florida zu besuchen. Als mein Vater in einem Autobahnrestaurant aufs Klo verschwunden war, vertraute mir die Kellnerin an, er sähe umwerfend aus, weil sie ihn für meinen Bruder hielt. Kaum war mein Vater zurück, huschte ich zum Klo und versuchte, vor dem Spiegel wie er zu posieren, überglücklich, dass er so jung aussah und deshalb vielleicht nicht vor mir sterben würde. «Ich habe fünf graue Haare auf meinem Kopf entdeckt», lautet die Schlusszeile des Gedichts.

Als Teil seines Dokumentarfilms und seiner Bemühungen, dem Publikum zu zeigen, dass ich kein Vollzeit-Arschloch bin, lässt John mich durch die Stadt spazieren und «Mein Spiegelbild» an unterschiedlichen Orten laut vorlesen. Er nimmt mich mit zum Meatpacking District, der damals noch genauso blutüberströmt war, wie der Name andeutet, und trägt mir auf, das Gedicht an eine Wand gelehnt vorzulesen. «John, diese Wand ist unhygienisch», protestiere ich. «Sie stinkt nach Hummer, John.»

«Lies einfach das Gedicht.»

«Aber es klingt, als hätte ich es auf der Highschool geschrieben», jammere ich. «Es ist einfallslos. Ich habe mich nie so stark mit meinem Vater identifiziert. Ich wollte einfach nur ein herziges Vater-Sohn-Gedicht schreiben. Es klingt wie ein Grußkartenspruch.»

John, immer bereit für eine Auseinandersetzung mit dem Sohn, den er nie hatte, sagt: «Wenn du es nicht gefühlt hättest, hättest du es nicht schreiben können.»

«Aber ich bin nicht gut in diesem Mist.»

«Es trifft einen wunden Punkt. Es offenbart etwas über dich, das du nicht offenbaren möchtest. Zärtlichkeit, Mitgefühl und eine Verbindung zu deinem Vater.»

«Es ist konstruiert. Mein Vater und ich haben uns schon seit Jahren nicht mehr richtig unterhalten.» John und ich streiten uns etwa eine Stunde lang, bis ich mich mit den Worten «Steck dir doch deine Kamera in den Arsch» aus dem Staub mache. Aber das geht zwischen uns als freundliches Geplänkel durch, und John folgt mir unbeirrt mit seiner Kamera über einen verrottenden Pier, der in den Hudson hineinragt. Ein Schild warnt: GEFAHRENZONE: NICHT BETRETEN. 1994 ist fast ganz New York eine Gefahrenzone, also ignorieren wir den Hinweis geflissentlich. Ich setze mich auf den morschen Pier und sehe zu, wie die Sonne über Jersey untergeht.

«Lies das Gedicht», sagt John.

«Du bist so ein Arschloch!»

«Lies das Gedicht», sagt er.

«Ich hab die Schnauze voll. So kann man doch nicht leben.»

«Lies das Gedicht, Gary.»

Später am selben Tag trinke ich vor dem Abendessen in Johns Wohnung ein Glas Beaujolais. Wann immer John einen Anruf erhält, husche ich zu dem Dell-Computer, dessen gigantischer Korpus praktisch in den Fischgrätboden seines Arbeitszimmers eingelassen ist, öffne irgendeine Datei auf seinem Monitor und schreibe, was mir gerade in den Sinn kommt, mitten in eines seiner Word-Dokumente hinein, z. B.: «Ein weiterer erquicklicher Abend hier auf Château le Kretin», wie ich Johns Wohnung zu nennen pflege. Menschen, die so enorme Angst vor dem Tod haben wie John, dokumentieren gewöhnlich mit haarsträubender Genauigkeit jeden Aspekt ihres Lebens, und so stolpere ich über eine Datei mit der kompletten Playlist eines Konzerts von Tony Bennett. Mit John kommt es mir manchmal so vor, als würde ich meine Kindheit noch einmal erleben, jedenfalls versuche ich, mir vorzustellen, wie eine Kindheit an diesen Ufern wohl ausgesehen haben könnte. Zwischen die Stücke «Tangerine» und «The Best Is Yet to Come» tippe ich «Duett mit Gary».

Ich bin zu jung, um die Bedeutung meiner Worte zu begreifen. Mein verzweifeltes Bedürfnis nach einem erwachsenen Freund und Vorbild, die Erleichterung, jemanden gefunden zu haben, der zu meiner Tonhöhe und Lautstärke passt, meinen Gesang versteht.

Duett mit Gary. Bin ich jemals so aufrichtig gewesen? Werde ich es jemals wieder sein?

Während ich nach meinem Oberlin-Abschluss mit meinen Eltern nach New York zurückfahre, denke ich an John und unsere gemeinsamen Abendessen in La Côte Basque und die ungezwungene Kultiviertheit und Kameradschaft, die mich erwarten. Im gleichen Augenblick nimmt er mehrere hundert Meilen weiter östlich den Begleitkommentar zu seinem Dokumentarfilm auf, um mich den Zuschauern vorzustellen.

«Bis heute faszinieren mich Garys Intoleranz, Boshaftigkeit und Selbstsucht», spricht der Mann, der eines Tages mein Trauzeuge sein wird, ins Mikrophon. «Ich weiß nicht, ob ich mich trotz oder gerade wegen dieser Charakterzüge so eng mit dem feindseligen Russen angefreundet habe wie mit niemandem zuvor, obwohl unser Altersabstand so groß ist, dass ich ihn besser gar nicht erst erwähne.»

Der feindselige Russe befindet sich auf dem Rückweg nach Hause. Er sitzt auf dem hohen Ross und sonnt sich noch im Lob der Fakultät für Kreatives Schreiben des Oberlin College. Gerade haben ihn seine Eltern zu einem Mittagessen bei McDonald's eingeladen, dem letzten Genuss dieser Art für die kommenden Jahre. Weitaus tragischer aber ist, dass ihm nicht mal in den Sinn kommt, er könnte versagen.

23. Aus dem Tagebuch der pelzigen Riesenschlampe

Der Autor auf einer Party während seiner ersten Verabredung mit Pamela Sanders. Er ist so sternhagelvoll, dass er sich kaum auf den Beinen halten kann. Man beachte das desolate weiße Halstuch. Armer Autor.

Kehren wir noch einmal zum Anfang zurück. Zum Strand Book Annex in Manhattan. Zu meiner Panikattacke. Zu dem Bildband. *Wieder stehe ich im Strand Book Annex auf der Fulton Street, in den Händen* Sankt Petersburg: Architektur der Zaren, *und die barocken Blautöne der Smolny-Kathedrale springen mir vom Buchdeckel entgegen. Ich schlage das Buch auf, zum ersten Mal, auf Seite neunzig. Ich blättere nochmals zu dieser Seite. Und ein weiteres Mal. Die dicke Seite wendet sich in meiner Hand.* Was geschah vor über zwanzig Jahren bei der Tschesmensker Kirche?

Als Jonathan und ich damals nach der jüdischen Schule unser Zork-Computerspiel gespielt haben, gab es ein einfaches

Kommando – *I* –, das für «Inventar» stand. Es verriet einem, wie viele Schwerter, Feldflaschen und magisches Raubgut man momentan besaß. Interessanterweise nutzen auch Psychologen ein «Persönliches Inventar» oder «Persönlichkeitsinventar» (Skalen über Erregbarkeit, Gehemmtheit, Aggressivität etc.), um die mentale Verfassung eines Probanden zu bestimmen. Das nur am Rande.

Wenn ich 1997 im Strand Book Annex in Lower Manhattan den Befehl *I* eingäbe, wie sähe dann mein Inventar aus?

1. Da wäre zunächst einmal «Ich». Pferdeschwanz, von einem mädchenhaften Haargummi zusammengehalten. Geheimratsecken. Dauerrotation von Ficusbäumen mit geringer Lebenserwartung. Mit fünftausend Dollar bei Chase Visa in der Kreide. Kleiner Versager erster Güte.
2. Dann meine neue Einzimmerwohnung im babyüberfluteten Park Slope. Achtundzwanzig Quadratmeter mit Blick auf einen feuchten Innenhof. Kakerlaken aller Größen und Farben durchkrabbeln die Küche, ein Präsent der alten Frau, die in der Wohnung über mir quälend langsam dahinsiecht. Kein Baby.
3. Mein Roman, den ich beendet habe, aber hasse. Irgendwann beschließe ich, die fünfhundert Seiten der letzten Fassung wegzuschmeißen. Als anständiger Oberlin-Absolvent recycle ich den ganzen Schrott, aber da ich pleite und verschuldet bin, kann ich mir nur die billigsten Recycling-Mülltüten leisten. Als ich abends nach Hause komme, sehe ich, dass die Beutel geplatzt sind und mein Roman wie ein Schneesturm über die Seventh Avenue gefegt ist, die Champs-Élysées des Park-Slope-Viertels; auf jeder Seite prangt mein Name, und meine Freunde krümmen sich vor Lachen über die zufälligen Kostproben meiner Prosa. «Wer ist denn dieser *Wladimir?*»

4. Mein Freund, Feind und Vorbild John. Der Schlüssel zu meiner künftigen geistigen Gesundheit.

Zorks Inventarfunktion hat eine Schwachstelle: Sie zeigt nie, was dir fehlt. Was du dir wünschst. Was du noch brauchst.

Ich habe keine J. Z. mehr. Sie ist in North Carolina. Ihr jetziger Freund ist Schlagzeuger und lebt in einem Minibus. Nach fast drei Jahren mit jemandem an meiner Seite, jemand, der mich bei meinem letzten Asthmaanfall ins Krankenhaus gefahren hat, jemand, mit dem ich mir im Café der Studentenvertretung ein aufgeweichtes Thunfisch-Sandwich teilen konnte, bin ich allein.

Meine Großmutter Polja. Ihr Sterben zieht sich grausam in die Länge. Ich besuche sie in verschiedenen Krankenhäusern, dem Mount Sinai in Manhattan und einem kleineren in der Nähe ihrer Wohnung in Queens, aber es ist hart, an ihrem Bett zu sitzen, neben den grünlichen Monitoren, die ihr zunehmendes Entschwinden aus dieser Welt graphisch darstellen. Sie stirbt schrittweise, so wie die meisten von uns. Schichten hart erkämpften Erwachsenseins blättern von ihr ab. Die Liebenswürdigkeit ist aus ihrem Gesicht gewichen, die Liebenswürdigkeit, die sie früher ausschließlich für mich reserviert hatte, und zurück bleibt eine gequälte sowjetische Grimasse. Ich weiß nicht, was ich tun soll. Ich füttere sie mit Erdbeeren. Sehe meinen Vater vor Wut und Traurigkeit heulen. Im Bestattungsinstitut küsse ich sie auf die Stirn, sie fühlt sich kalt und hart an wie ein Ziegelstein, leblos. So viel zu George Andersons *We Don't Die.*

Ich sehe zu, wie ihr Leichnam in einem Kleinbus statt einem richtigen Leichenwagen nach Long Island gebracht wird, und wünschte, ich hätte das Geld, um ihr eine letzte Reise in der ersten Klasse zu spendieren. Der Leichnam der

Frau, für die ich kein kleiner Versager, keine Rotznase und kein Schwächling war, ist mit Erde bedeckt, die wir mit bloßen Händen auf sie geworfen haben, so wie es der jüdischen Sitte entspricht.

Und die letzte Sache, die mir fehlt: *Sankt Petersburg: Architektur der Zaren*. Nachdem meine Panikattacke ausgestanden ist, lege ich das Buch zurück und verlasse den Strand Book Annex. Eile nach draußen, einem kühlen Mittags-Wodka im Blarney Stone entgegen. Keine Tschesmensker Kirche für mich. Und auch kein Hubschrauber.

Doch vier triste Jahre nachdem ich J. Z. endgültig zum Abschied geküsst habe, wird es einen neuen Menschen in meinem Leben geben.

Jemand Besonderes, wie man so schön sagt.

Sie heißt Pamela Sanders*. Wir lernen uns auf einer Konferenz Freier Träger kennen, bei der es um die Umsiedlung von Flüchtlingen aus Hmong oder dergleichen geht. Sie ist eine ernsthaft wirkende Person und arbeitet als Spezialistin für Programmentwicklung bei der gemeinnützigen Organisation, die mich gerade gefeuert hat. Stattdessen schreibe ich jetzt Bittbriefe für ein Gemeinwesenzentrum auf der Lower East Side, meinen neuen Arbeitgeber. Mein offizieller Titel lautet «Senior Grant Writer», aber manchmal nennt man mich auch «Señor Grant Writer» und lässt mich wissen, dass ich kein Team-Player bin.

Nach vier einsamen Jahren ohne J. Z. bin ich bereit, jede Frau zu mögen, die mich nur berührt, aber Pamela zeichnet mehr als diese dankenswerte Eigenschaft aus. Beginnen wir

* Tut sie nicht. Nicht mal ansatzweise.

mit ihrem Aussehen. Sie hat zwei Körper. Eine aristokratische obere Hälfte, die meine Petersburger Vorfahren vermutlich als «kultiviert» bezeichnet hätten – winzige Schultern, die in meine hohle Hand passen, ein wohl proportioniertes Angelsachsengesicht (geradliniger Stängel von Nase, minimalistische Andeutung von Ohren); gekrönt wird der angenehme Anblick von einem halben Meter vollem, flachsblondem Haar. Doch der Kerzenschein enthüllt noch einen weiteren Körper, so lehmig und bodenständig wie unser Landesinneres: kräftige, sehr kräftige Beine, die die Hügel Brooklyns, wo sie wohnt, mühelos bezwingen (Cobble und Boerum Hill, um genau zu sein); Hüften, so breit, dass sie Josephs gesamte Nachkommenschaft hätten gebären können; ein Gesäß, in dem man sich verirren kann, eine wellenförmige, furchige, rosaweiße Ode an die unkomplizierte Seite der Lust. Und wenn sie diese zweite Hälfte aus einer engen Jeans herausschält, ringen mein animalisches und mein kultiviertes Ich miteinander – soll ich ihren Hintern packen oder sie auf die niedliche Nase küssen? Halte ich auf den goldenen Haarschopf zu, oder versenke ich mich in den verheißungsvollen Tiefen ihrer Schenkel? Nachdem wir uns ein paar Wochen kennen, nachdem ich mich unsterblich in sie verliebt habe, fühle ich mich wie in einer Dreiecksbeziehung zwischen mir und diesen beiden Pamelas gefangen. Und dann wird unsere Ménage-à-trois erst *richtig* kompliziert. Sie erzählt mir, dass sie einen Freund hat.

Er heißt, sagen wir mal: Kevin, ist ein dreißigjähriger Dichter, der bei seinen Eltern in New Jersey lebt, dubiose Verse über griechische Götter verfasst und im Wochenrhythmus im Haus meiner Geliebten in Brooklyn einfällt. Sie sind schon mehr als ein halbes Jahrzehnt zusammen, die Telefonrechnung läuft auf seinen Namen, und der Anrufbeantworter informiert den Anrufer, er habe «Kevins Nummer gewählt». Auf Fotos sieht er selbst wie ein griechischer Gott aus, ein dunkler Hipstergott, dem Zeus einen kleineren Bezirk unterstellt hat – Trendios, der Gott von Williamsburg. Wenn sich sein Spruch auf dem Anrufbeantworter verallgemeinern lässt, spricht er mit aufgesetztem aristokratischem Akzent. Außerdem werkelt er gern mit Holzlatten. Trotz dieser Neigung hat er schon eine ganze Weile keinen Sex mehr mit meinem Zuckerpüppchen gehabt.

Das ist meine Aufgabe. Zu diesem Zeitpunkt lebe ich in einer knapp zwanzig Quadratmeter großen Mietwohnung abseits der Delancey Street auf der Lower East Side (weniger winzige Kakerlaken als in meiner Brooklyn-Behausung, dafür mehr riesige fliegende Wasserwanzen). In der Wohnung nebenan stöhnt ein Pärchen so laut, dass man die stündlichen Orgasmen mit Parabeln und Gauß'schen Glockenkurven darstellen könnte. Pamela beginnt einen Wettstreit. Beim Sex brüllt sie, als stünde mein Wohnhaus in Flammen (was es oft genug tut), und spornt mich an, es ihr gleichzutun. «Wir zeigen denen mal, wer hier *richtig* Spaß hat!», sagt sie. Wenn wir uns ausgetobt haben, ruft sie ihren anderen Freund an und versichert seinen Eltern, dass sie am Wochenende wie versprochen nach New Jersey kommt, um eine schöne Zeit mit der Familie zu verbringen. Ihr Tonfall ist gedämpft, familiär, fügsam.

Einmal rufe ich sie in ihrer Wohnung in Brooklyn an, als Kevin *in situ* ist, woraufhin er Pamela mitteilt, er wolle nicht, dass «dieser Mann» – damit bin ich gemeint – noch einmal dort – bei ihr zu Hause – anruft. Das erschwert unsere Kommunikation.

Ich liebe Pamela. Auf sie habe ich mein Leben lang gewartet. Auf die Möglichkeit, mich vollständig zu erniedrigen, auf die Möglichkeit, jemanden beständig um Liebe anzuflehen und zu wissen, dass es hoffnungslos ist. Nachdem ich während unserer ersten Verabredung erfahren habe, dass sie einen

Freund hat, schreibe ich ihr eine E-Mail und schließe mit den galanten Worten: «Ich bin für dich da, missbrauch mich nur nicht!»

Nur dass ich versehentlich geschrieben habe: «Ich bin für dich da, missbrauch mich nur!»

Im Gegenzug für meine Unterwürfigkeit schenkt sie mir Michel Leiris' Autobiographie *Mannesalter*.

Sie ist Ende zwanzig, und um ihre blassgrauen Augen bilden sich schon Krähenfüße. Aber es ist nicht bloß ihr Gesicht. Ihre Persönlichkeit ist alt. Laut Selbstaussage ist sie eine Großstadt-Eremitin und unverbesserliche Ladendiebin. Als ich krank werde, gefällt ihr die Vorstellung, ich wäre ein fiebriges kleines Kind aus dem neunzehnten Jahrhundert und sie meine notgeile Pflegerin. Als sie bemerkt, dass ich Lever-2000-Pure-Rain-Seife benutze (neunundvierzig Cent im Laden um die Ecke), befindet sie, die sei schlecht für meine Haut, und besorgt eine edle Olivenöl-Seife. Sie spielt bis zwei Uhr morgens auf dem Computer Schach. Sie nimmt sich eine Woche frei und verheißt mir das «Fickfest '99». «In meiner Körpermitte kribbelt's schon», lässt sie mich wissen. Sie nennt mich Dope, Mr. Shygart, verklemmtes Muttchen, Poochie (nach der Simpsons-Folge *Poochie, der Wunderhund)*, Pussycake und Pelzige Riesenschlampe.

«Du darfst mir diesen Mist nicht durchgehen lassen», sagt sie zu mir, nachdem sie mir weiteres verletzendes Zeug um die Ohren gehauen hat.

Andererseits wird sie wütend, wenn ich ihr sage, dass ich sie liebe. Sie sagt, sie habe mich «sehr gern», aber diese ganze «Liebe» könne sie nicht erwidern – wegen Kevin. «Ach, was ist das moderne Leben doch kompliziert!», schreibe ich ihr. «Bei der Riesenauswahl an treudoofen ernsthaften Mittelschicht-Kerlen.»

Da liegt das Problem. Pamela und ich wollen beide Schriftsteller werden, wollen beide offizielle Mitglieder der Ostküsten-Intelligenzija werden, halten uns aber beide für Hochstapler. Ich bin ein russischer Immigrant (vor dem Boom russischer Immigrantenliteratur in den frühen 2000ern), und sie kommt aus der Arbeiterklasse. Aus einer zerrütteten Familie im Bundesstaat Washington, ihr Vater arbeitet bei Boeing, bangt ständig um den nächsten Gehaltsscheck und fürchtet den nächsten Gewerkschaftsstreik.

Kevins Familie *ist* ihre neue Familie – liebevolle, in Amerika geborene, gebildete Vorstadtjuden. Wenn sie das Wochenende bei ihnen verbringt, schläft Kevin neben ihr auf dem Fußboden, und sie tun so, als wären sie noch in jeder Hinsicht ein Paar. Keiner von beiden möchte aufhören, ihren Adoptiveltern diese Farce vorzuspielen.

Und das ist der Punkt, der mich wirklich verletzt: Eine solche Familie kann ich ihr nicht bieten. Nicht mit den Greenhorn-Shteyngarts in ihrem Little-Neck-Gehege. Nicht mit der kalten Kohl-Borschtsch-Suppe meiner Mutter mit dem surreal kolossalen Klumpen Sour Cream, nicht mit ihrer republikanischen Einstellung, nicht mit ihrem veralteten Ford Taurus, der vor der Arbeiterklasse-Einzelgarage friedlich vor sich hin leckt.

Wenn ich meine Eltern durch Pamelas Augen betrachte, liebe ich sie noch mehr. Weil ich weiß, dass sich hinter ihrem Akzent, ihren ängstlichen, zornigen, konservativen Ansichten eine Kultur verbirgt, von der Pamela nur träumen kann, die Kultur einer Supermacht, die zwar auf dem Abfallhaufen der Geschichte gelandet ist, aber immer die Kultur von Puschkin, Eisenstein, Schostakowitsch und Eskimo-Eis bleiben wird, von Windeln, die man waschen und zum Trocknen aufhängen muss, von Schwarzmarkt-Grundig-Radios, die verzweifelt versuchen, Voice of America und BBC zu empfangen. Aber vielleicht bin ich übertrieben sentimental.

«Lass dir von diesem Dreckskerl Tolstoi nicht das Leben versauen», lautet Pamelas Rat.

Ähnlich wie Pammy führe auch ich ein Doppelleben. Bei ihr bin ich die Pelzige Riesenschlampe. Meinen Freunden gegenüber gebe ich mich selbstbewusst und lebensbejahend, stolz, eine Freundin zu haben (die meisten wissen nichts von Kevin), stolz, der Welt der Fruchtbaren wieder anzugehören. Ich gebe mich gutem Essen und Cocktails hin, bis sich Pamela irgendwann beschwert, ich würde über nichts anderes reden als über den überteuerten Mist, den ich mir in den Mund stopfe. Mein gemeinnütziges Gehalt geht drauf für Gin Fizz im Barramundi oder im Ludlow, Wasserpfeifen im Kush oder im Orchard, Austern im Pisces auf der Avenue A und gebratene Ente mit Süßkartoffeln im Le Tableau auf der Fifth Street. Im Anschluss an unsere Fressorgien fallen meine Freunde und ich in meiner Wohnung ein und lauschen MC Solaars französisch-senegalesischen Beats auf meiner neuen TEAC-Stereoanlage, singen bei «Prose Combat» und «Nouveau Western» mit. Eine typische E-Mail an Pam aus dieser Zeit: «Wir waren im Xunta *exzeptionelle* Tapas essen – *chorizo, morcilla*, mit Anchovis gefüllte Oliven, Ziegenmilchkäse, *patatas bravas* und natürlich die omnipräsenten Knoblauch-Garnelen.» Oh, diese *exzeptionelle morcilla*. Oh, diese *omnipräsenten* Knoblauch-Garnelen.

Da bin ich also, prahle vor Pam mit meinen gastronomischen Exzessen und vor meinen Freunden mit meinem Pam-Liebesleben. Und hier liege ich in meinem Bett in meiner Einzimmerwohnung auf der Lower East Side, während mein Futon sanft über den schrägen Fußboden gleitet, bis ich mit dem Kopf voran ins Bücherregal krache und pelzige Poochie-

Tränen vergieße, weil Pam bei Kevin in New Jersey ist – oder, noch schlimmer, in ihrer Wohnung in Boerum Hill, wo sie einträchtig ihr legendäres Lamm mit Ofenkartoffeln verspeisen, wie das Ehepaar, das sie sein sollten.

«*Wenn du nicht mehr mit mir sprichst, will ich nicht mehr leben!*», habe ich meine Mutter angeschrien, wenn sie mich als Kind mit Schweigen bestraft hat. Jetzt bin ich laut Pam ein verklemmtes Muttchen, Mr. Shygart, der auf die dreißig zugeht, eine halbe Freundin hat und einen Job als Señor Grant Writer, der ihm fünfzigtausend Dollar im Jahr einbringt. Aber trotz dieser bescheidenen Erfolge sehne ich mich nach dem Schweigen meiner Mutter. In Wahrheit fehlt sie mir fast so sehr wie Pam. Ich schluchze allein vor mich hin und schmiede finstere Rachepläne – *so* fühlt es sich an, zu Hause zu sein. Es ist tröstlich und vertraut. Fehlt nur noch der Lichtmann aus dem Kleiderschrank meiner Kindheit.

Verzweifelt schreibe ich ihr: «Ich wünschte, Kevin und ich könnten Freunde sein und wir würden alle Zeit miteinander verbringen.»

Und noch verzagter: «Vielleicht können wir ja so was wie eine unkonventionelle Familie werden, als wären wir in Marin County.»

Ich scheine damals falsche Vorstellungen von Marin County in Kalifornien gehabt zu haben.

Schließlich gehe ich noch einen Schritt weiter. Ich darf mich nicht in der Nähe ihrer Wohnung aufhalten, wenn sich Kevin aus New Jersey die Ehre gibt, doch eines Nachts finde ich mich in der Brooklyn Inn wieder, einer in die Jahre gekommenen, aber urgemütlichen Kneipe auf der Hoyt Street mit großen Bogenfenstern und einer langen dunklen Holztheke.

Kevin und Pammy lieben die Inn, weil hier häufig ein Publikum geschniegelter Literaten verkehrt, zu denen sie selbst einmal gehören wollen. An der Bar stürze ich einen Wodka Tonic hinunter, dann noch einen, noch einen, noch einen, noch einen, noch einen und noch einen. Wie viele waren das? Meine Mathe nicht so gut.

Der Weg von der Brooklyn Inn zu Pamelas Haus dauert in nüchternem Zustand rund fünf Minuten. Die größte Gefahr für mich ist jetzt die Atlantic Avenue. Ich muss mehrere Fahrspuren überqueren, mehr als zwei auf jeden Fall. Ein japanischer Kleinwagen schert in den Verkehr ein und erwischt mich etwa auf Hüfthöhe, aber das ignoriere ich einfach, bedeute dem Fahrer winkend, er solle sich keine Sorgen machen. Schließlich biege ich in die prächtige begrünte State Street ein, Pams Straße, und krieche auf allen vieren auf ihre Klingel zu. Auf der letzten Treppenstufe breche ich zusammen und hole kurz Luft, bündle meine Wut. Das letzte Mal, dass ich jemanden geschlagen habe, war in der Datscha im New Yorker Hinterland – den Jungen, den ich mit der Folterszene aus Orwells *1984* gepeinigt habe. Worauf ich jetzt eindresche, ist allerdings nicht Kevin. Nicht einmal Orwells bemitleidenswerter Winston. Sondern eine Tür. Pamelas Haustür.

Es gibt ein Problem, wenn ich den erbärmlichsten Augenblick in meinem Leben erzählen soll: Ich erinnere mich an fast nichts.

Nur das weiß ich noch:

Ich hämmere gegen die Tür. Die robuste Brooklyn-Tür, die wahrscheinlich zu Walt Whitmans Zeiten gefertigt wurde, bewegt sich keinen Millimeter. Stattdessen verfärbt sich meine Hand erst rot, dann violett. Ich spüre nichts. Vielleicht tut mir vom Zusammenstoß mit dem Auto auf der Atlantic Avenue ein bisschen die Hüfte weh.

Dann bin ich im Haus, weil jemand (Pam?) die Tür aufgedrückt hat, und stürme nach oben, um meinem Erzfeind entgegenzutreten. Dummerweise sieht Kevin wirklich ausgesprochen gut aus. Er hat einen kräftigen Kiefer, eine ernsthafte Nase und schmale kluge Augen unter dichten Augenbrauen. Ich sehe sofort, dass ich ihm nicht das Wasser reichen kann.

In den folgenden Sekunden, Minuten oder Stunden passiert (glaube ich) Folgendes: Ich schreie und schluchze, so was wie: «Ich halt das nicht mehr aus, ich halt das nicht mehr aus! Ich will nicht mehr leben!», und Pammy schreit und schluchzt mit mir. Kevin bleibt, soweit ich mich erinnere, relativ reglos und ungerührt. Ab und zu sagt er etwas, vermutlich: *Tut mir leid, dass es so sein muss.* Doch das wirklich Bemerkenswerte an dieser Szene ist, dass Pamela und ich für Kevin eine richtige Show aufführen. Die beiden Außenseiter, der eine sternhagelvoll, die andere deprimiert und dauerhaft haltlos, tanzen und singen und heulen für Kevin, unseren Gott. Die Choreographie zu Pamelas Tanz kriege ich nicht mehr zusammen, aber an den Text meines Gesangs erinnere ich mich nur allzu gut. Er ist natürlich auf Hebräisch, und ich habe ihn 1979 auf der jüdischen Schule in Queens gelernt.

Jamin, smol, smol, jamin, rechts, links, links, rechts, *tru-lu-lu-lu*.

Pamela begleitet mich nach unten, meine Hand pocht mittlerweile so stark, dass mir ganz andere Tränen in die Augen steigen. Sie kommt nur mit bis zur Tür, an der ich meinen Frust von siebenundzwanzig Jahren ausgelassen habe und die sie hinter mir zuknallt. Zornige, anklagende E-Mails von ihr erreichen mich bei Tagesanbruch. Offenbar habe ich durch meine Begegnung mit Kevin gegen die Spielregeln verstoßen.

Draußen ist es warm – auf sanft ausklingende Herbstart

oder verzückend zarte Frühlingsweise. Da stehe ich und halte meine schmerzende Hand, als ein bärtiger Mann, wohl Akademiker, eine Schar Welsh-Corgis auf der State Street spazieren führt und mich an eine frühere Zeit erinnert, an einen früheren Ort – meine Sommerferien in North Carolina. Das hätte dem frühen Nabokov gefallen.

Drei Jahre später studiert Pamela Sanders an der University of Florida Kreatives Schreiben. Eines Nachts sieht sie ihren aktuellen Exfreund, einen Englisch-Doktoranden, der ihr, Gerüchten zufolge, etwas Schreckliches angetan haben soll, auf der Terrasse eines Pubs in der Market Street sitzen. Als er aufsteht, folgt Pamela ihm durch das Lokal bis auf die Toilette. Sie trägt einen Zimmermannshammer bei sich, dessen Kopf mit Plastikfolie umwickelt ist. Als ihr Ex pinkelt, versetzt Pamela ihm mit der Hammerklaue mehrere Schläge auf den Hinterkopf. «Ich bring dich um!», soll sie laut Polizeibericht geschrien haben. «Du hast mein Leben ruiniert!» Er windet ihr den Hammer aus den Händen, sie rennt aus dem Market Street Pub, und ihr Opfer taumelt zurück in den Gastraum – mit mehreren Platzwunden und Prellungen am Kopf.

Pamela flieht aus dem Staat Florida; sie wird wegen versuchten Mordes angeklagt. Schließlich kehrt sie zurück und stellt sich. Die Anklage wird auf gefährliche Körperverletzung mittels einer Waffe abgemildert, und Pamela bekommt ein Jahr im Bezirksgefängnis aufgebrummt.

Ich höre 2004 zum ersten Mal von diesem Verbrechen – auf einem Schriftstellerkongress in Prag, an dem ich nach Erscheinen meines ersten Romans teilnehme. Mein bierbechernder Gesprächspartner erzählt mir die Anekdote mit einem Lächeln auf den Lippen, was darauf hindeuten mag, dass er über unsere ehemalige Liaison im Bilde ist. Ich kann mir lebhaft vorstellen, wie rasant und schadenfroh sich eine solche Geschichte in der Universitätsstadt verbreitet. Wie schnell der Begriff «Hammer-Pam» geprägt wird. Schon vor dieser Geschichte war sie den meisten ihrer Kommilitonen und Dozenten ein Rätsel, trotzdem stellten sich die Frauen aus dem Studiengang Kreatives Schreiben fast geschlossen hinter sie; eine nahm sie angeblich sogar bei sich zu Hause in Gainesville auf, nachdem Pamela mit vierzehn Jahren Bewährung entlassen wurde. Wenig später kehrte sie zurück nach New York City.

«Der Typ, dem sie den Schädel eingeschlagen hat», erzählt mir mein Trinkgefährte in Prag, «sah dir irgendwie ähnlich! Er hatte auch einen Bart!»

Später erfahre ich, dass Pam vor ihrer Attacke schriftstellerisch in Bestform war, was mich nicht wundert, denn ihre Texte waren immer ausgesprochen eindringlich. Sie hat sich vielleicht nur ein wenig zu sehr vor der Wahrheit gefürchtet, die sie auf dem Papier zurückließ. Aber für eine solche Arbeit braucht man eine andere Art Mut als dafür, einem Menschen auf einem stinkenden subtropischen Herrenklo mit einer Hammerklaue immer wieder auf den Schädel zu schlagen.

24. Raswod

Der Autor posiert für seinen ersten Roman. Was er an Lesern gewinnt, verliert er an Haaren.

Ein Buch voller Dysfunktionalität und Hammerattacken braucht einen Erwachsenen vor Ort. Jemand muss die Bühne von links, von *ganz weit* links betreten, um unserem irregeleiteten Helden zu sagen: *So kannst du nicht weiterleben.* Jemand, der zwei Quäntchen Lebensweisheit und mindestens so viel Liebenswürdigkeit besitzt, muss das Leben unseres Helden verändern. Wie romantisch wäre es, wenn es sich dabei um eine gertenschlanke amerikanische Blondine oder eine kesse Brooklyner Göre handeln würde. Nix zu machen. Wir wissen alle, wer es sein wird.

Gott sei Dank gibt es diesen Jemand überhaupt. Nein, ich will es ausdrücklicher sagen: Gott sei Dank gibt es *ihn*.

Nach meinem Abschluss auf dem Oberlin ist John der

Mittelpunkt meines Lebens und meiner Beschimpfungen. Ich hasse ihn leidenschaftlich, weil er einer wohlhabenden amerikanischen Familie entstammt, weil er älter ist als ich und ein Herz für Maya hat, die dank seiner großzügigen Unterstützung jetzt in der ersten anständigen Wohnung ihres Lebens wohnt und nicht mehr in Manhattans Sado-Maso-Club Geschäftsmänner auspeitschen muss. Und ich hasse den kleinen Muskel unter seinem linken Auge, der zuckt, wenn wir uns im Lincoln Plaza Cinema einen traurigen Film angucken, der Muskel, der der schimmernden Flüssigkeit erlaubt, sein unteres Lid zu benetzen, der Muskel, der davon zeugt, dass er menschlich ist und empfänglich für den Schmerz seiner Mitmenschen. Das ist für mich und meine Herkunft unverzeihlicher als alles andere. Ich reagiere darauf, indem ich seinen Dokumentarfilm sabotiere, ihm nichts anderes biete als clownesken Gesang und alberne Akzente, sobald er die Kamera einschaltet. Ich will John dafür bestrafen, dass er hinter meinen Ziegenbart und meine spitze Zunge blicken möchte. Ich will ihn für sein Interesse und seine Liebe büßen lassen.

Aber trotzdem will ich sein Leben führen. Ich schaue im Frank-Stella-Laden auf der Columbus Avenue vorbei, wo John seine Hemden herhat, die er so leger in Restaurants wie Le Bernadin oder zu einer Aufführung von Mamets *Oleanna* trägt. Ich bin von dem klassischen Mittelschicht-Laden so geblendet wie von einer funkelnden Schatzkiste. Gerade von der Schlichtheit, dem Mangel an Überheblichkeit, dem Fehlen des Stuyvesant-Strebens, immer der Beste sein zu wollen. Könnte mein Auge nur zucken und weinen. Taute die stumme Kälte in mir doch auf. Hätte meine Wohnung bloß grüne Seidenvorhänge, eine weinrote Mohair-Couch aus den 1920ern und einen Brief von Bette Davis, in dem sie sich für die Blumen bedankt, die ich ihr schickte, als wir im selben

Hotel in Biarritz abgestiegen waren. Könnte ich doch jeden Tag ein paar Gläser weniger trinken.

Als ich nach einem Tag Arbeit als Anwaltsassistent die größte Wasserwanze der Welt durch meine Wohnung flattern sehe, greife ich zum Telefon und flehe John an, vorbeizukommen und sie zu töten. Das tut er zwar nicht, aber es hilft schon, dass ich ihn anrufen und ihm etwas erzählen kann, was sonst niemand wissen darf. Dass ich Angst habe.

John ackert sich geduldig durch zig Manuskriptfassungen meines ersten Romans hindurch, wofür ich ihn mit fünf Jahren Spott entlohne. «Die Challah-Figur [sprich: Maya, die Domina] muss noch ausgearbeitet werden», rät er mir.

«Ach, was weißt du denn schon?», zische ich ihm wie ein kleiner Samowar von seiner vornehmen Mohair-Couch zu. «Du bist bloß Fernsehautor. Du hast noch nie einen Roman geschrieben.» Was ich eigentlich zu ihm sage: *Warum muss ich mich so schrecklich anstrengen, warum muss ich diesen Scheißroman immer und immer wieder umschreiben, nur um ein Fitzelchen Lob von dir zu bekommen? Warum vergötterst du mich nicht einfach, so wie meine Großmutter damals?*

Wenn ich mit meinen richtigen Eltern zusammen bin, unterhalte ich sie mit kuriosen Geschichten über John, den reichen Amerikaner – «jede Woche kommt eine Frau vorbei, um seine Wohnung zu putzen, und er bezahlt sie äußerst großzügig!». Ein verschwenderischer Kindskopf, ein alberner Mensch, auf den wir sicher herabblicken können. Doch obwohl oder gerade weil er so typisch amerikanisch ist, haben wir gleichzeitig Achtung vor ihm. Während der Familienessen an Thanksgiving versucht John, meine Eltern von ihren Träumen von mir im Rechts- oder Rechnungswesen abzubringen, indem er ihnen von seiner langjährigen Arbeit als Fernsehautor erzählt. «Und wie viel haben Sie mit diesem Schreibkram verdient?», will mein Vater wissen.

Er verrät es ihnen. «Oooooh.» Es ist eine hübsche Summe. «Gary ist sehr talentiert», erzählt John meinen Eltern. «Er kann es schaffen als Schriftsteller.» Ich werde rot und winke ab. Aber ich bin ihm dankbar. Ein freundlicher Amerikaner mit einer Wohnung, deren Wert meine Eltern und ich auf knapp eine Million Dollar (Stand 1998) geschätzt haben, hält ein Plädoyer für mich.

Später wird mir klar, dass ich John vor meinen Eltern, Freunden und mir selbst als wohlhabender und großzügiger darstelle, als er ist – so wie ich in der Highschool versucht habe, das kaum vorhandene Vermögen meiner Eltern künstlich aufzublasen. Ich versuche, in John einen Vater zu sehen, der mich sofort von einer Schule wie der Solomon Schechter herunternehmen würde. Der Vater, der sagen würde: «Wir finden bestimmt was Besseres für dich.» In Wahrheit gehörte Johns Vater nicht halb Salem (Oregons prächtige Bundeshauptstadt, aus der er stammt), wie ich anderen gegenüber gern behaupte. Er hatte eine Eisenwarenhandlung. Und für seine Wohnung auf der Upper West Side hat John Mitte der 1990er nicht eine Million, sondern zweihunderttausend Dollar bezahlt. Der einzige Armani-Blazer, den er besaß und mir vermacht hat, war meilenweit von dem Gatsby-Schick entfernt, den ich ihm angedichtet habe. Und auch die Ausflüge ins Le Bernadin und La Côte Basque waren rar. Deutlich öfter gab es Zuckerrohr-Garnelen vom vietnamesischen Imbiss bei ihm um die Ecke. Aber ganz ehrlich, wen kümmert's? Mir war nur wichtig, mit ihm zusammen zu sein.

Nein – das sichere Polster von Johns imaginären Reichtümern soll mich vor den mütterlichen Ein-Dollar-vierzig-Kiewer-Koteletts retten. «Wenn du für alles bezahlen musst, begreifst du, wie hart das Leben ist», sagt meine Mutter, als sie mir das Paket mit buttergefülltem Geflügel und eine Rolle Frischhaltefolie für glatte zwanzig Dollar verkauft.

Und mir wird der grundlegende Unterschied zwischen John und meinen Eltern bewusst. Wir sind in Amerika, und das Leben hier ist, ehrlich gesagt, *gar nicht besonders hart.* Sie muss es sich schwerer *machen.* Für sich. Für mich. Weil wir Russland niemals wirklich verlassen haben. Die orangen rumänischen Möbelstücke, die Holzschnitzerei der Peter-und-Paul-Festung in Leningrad, die brisanten Kiewer Koteletts. All das bezeugt: Die Weichheit dieses Landes hat meine Eltern nicht weicher gemacht.

Beim Essen in Little Neck am Abend der Kiewer Koteletts überlegen John und meine Eltern, wie die Inschrift auf dem Grabstein meiner Großmutter lauten soll. Seit ihrem Tod ist ein Jahr vergangen.

Mein Vater plädiert für die englische Transkription einer russischen Inschrift, die sich in etwa mit «Ewig trauernder Sohn» übersetzen lässt.

«Aber Sie werden nicht ewig trauern», sagt John. «Sie werden sie immer vermissen, aber nicht ewig trauern.»

Mein Vater quittiert Johns Äußerung mit entsetztem Blick. *Er wird sie immer vermissen?* Was für ein amerikanischer Schwachsinn ist das denn? Seine Mutter ist gestorben, also muss er buchstäblich ihr *ewig trauernder Sohn* sein.

Meine Mutter hat einen anderen Vorschlag für den Grabstein. «Ewig leidender Sohn.» Unserem amerikanischen Gast erläutert sie: «Garys Vater glaubt, er müsse sich für immer quälen. Diesen Schmerz für immer spüren. Manche Menschen» – damit meint sie uns – «wollen sich immer schuldig fühlen.» Ihr fallen noch ein paar weitere Inschriften für den Grabstein ein: «In ewiger schmerzhafter Trauer»; «Stets schmerzhaft trauernd».

Mein Vater nimmt John mit in seine Mönchskammer auf dem Dachboden, um meinem Freund die Kulturgüter seines Heimatlands zu präsentieren. «Hier habe ich mein Sony-Radio. Und da sind Werke von Tschechow und Tolstoi. Und hier sind Puschkins Briefe.» Überglücklich beobachte ich, wie sich die beiden wichtigsten Männer in meinem Leben unterhalten, wie sie die zeitliche und kulturelle Distanz überbrücken und Kumpels werden. Das eine Wort, *Sony-Radio*, reicht, um mir kotelettdicke Sohnes-Tränen zu entlocken. John tut es schon wieder; er weicht meine Familie ein bisschen auf, mir zuliebe.

Schließlich spricht mein Vater in Johns Kamera, draußen in seinem wuchernden Gemüsegarten mit den Ochsenherztomaten und Gurken, während hinter ihm die Sonne untergeht: «Als Gary sechs Jahre alt war, ist er auf der Straße herumgetollt, hat mich geküsst und umarmt. Jetzt will er mich nicht mehr umarmen – er glaubt, es wäre nicht mehr nötig. Aber ich brauche das. Ich fühle mich verloren. Nicht nur, weil ich meine Mutter nicht mehr habe, sondern weil mich niemand mehr so sehr braucht, wie sie mich gebraucht hat.»

John und ich unterhalten uns ständig über unsere Eltern; wenn er erzählt, höre ich nur halb oder viertel hin, er hingegen vertieft sich ganz in meine Geschichten. Er weist mich auf etwas hin, das ich vor lauter Wut und Liebe gar nicht mehr wahrnehme (die beiden Gefühle sind irgendwann untrennbar miteinander verschmolzen): Meine Eltern haben mir das College bezahlt; sie haben mir neue Zähne spendiert, damit ich lächeln kann. Wenn Johns Vater, ein erfolgreicher Geschäftsmann aus Salem in Oregon, nicht bereit war, einen Dollar Parkgebühr zu zahlen, was soll man dann über meine Mutter sagen, eine Frau, die ein Jahr nach dem Ende der Belagerung Leningrads geboren wurde?

Einfühlungsvermögen ist der erste Schritt meines Elternprogramms.

Und dann ein gesunder Abstand.

Die Jahre vergehen. 1999. Ich habe immer noch ein Verhältnis mit Pamela Sanders, schluchze über Kevins Existenz und seine mächtigen Werkzeuge. Ich schreibe zig Fassungen meines Romans, eine nach der anderen. Irgendjemandem muss ich die Schuld für das alles in die Schuhe schieben, und da ich weder meinen Eltern noch Pamela die Stirn bieten kann, muss John herhalten.

Seit Jahren versuche ich, ihn auszunehmen. Für meine Freunde, die ihn nie persönlich kennenlernen, ist er der Wohltäter, der Benefactor Benny. Mehrere tausend Dollar, die er mir schon geliehen hat, sind in meinen Kaviar-Party-Fonds geflossen. Mehrmals im Jahr stopfe ich meine Einzimmerwohnung mit Gästen voll und lasse sie edlen Champagner und silbergrauen Beluga-Kaviar verschlingen, erstanden in einem fragwürdigen Laden in Brighton Beach. Die Anlässe für diese Partys sind meistens nebulös. Mein Friseur zieht nach Japan. Mein Friseur kehrt aus Japan *zurück*. «Kaviarspende von meinem Benefactor!», brülle ich über MC Solaar und das fröhliche Gekicher meines Friseurs aus Osaka hinweg. «Da hat mich jemand richtig gern!»

Und dann ist es zu Ende. John hat die Schnauze voll.

Vor Beginn des E-Mail-Zeitalters hebe ich fast alle Briefe und Postkarten auf, die ich bekomme. Vermutlich eine Angewohnheit, übernommen von meiner Mutter, die nichts wegschmeißt. Oder das Erbe eines totalitären Staats, in dem alles als Beweismaterial verwendet werden kann. Wie dem auch sei, Johns Briefe liegen ganz oben auf dem Stapel. Die letzten, die er mir geschrieben hat, bevor er die Schnauze voll hatte, sind vierundzwanzig Seiten lang und schildern mein damaliges Leben treffender, als ich es kann.

Du bist kein Kind, und ich bin nicht dein Vater.
Deine Entwicklung entspricht in keinster Weise der eines Autors. Mit deiner akuten und immerwährenden Angst wärst du als Buchhalter oder Produzent besser aufgehoben – den Blick stur auf das Endresultat gerichtet und ohne Verständnis dafür, wie Künstler ticken – anstatt als junger Autor, der versucht, einen ersten Roman zu schreiben und an seiner Karriere zu basteln. Kurz, du bist genauso gemein und geizig zu dir wie deine Eltern; das haben sie dir erfolgreich beigebracht.
Du bist nicht mehr zwanzig wie damals, als wir uns kennenlernten. Du gehst auf die dreißig zu. Aus dem verletzten Kind mit wütender Abwehrhaltung ist ein erwachsener Mann geworden, der sich und anderen Schmerz zufügt. Noch stehst du nah genug am Beginn des Erwachsenwerdens, um dich ändern zu können.
Willst du dein Leben als verängstigter zorniger Mensch verbringen, der seine größten Ängste und Probleme an Unschuldigen und an sich selbst auslässt? In fünf oder zehn Jahren könntest du schon Vater sein und deinen Kindern das gleiche Elend zufügen, in dem du dich jetzt suhlst. So funktioniert das.
Dein mangelndes Mitgefühl erschwert es dir, dich in deine Figuren einzufühlen.
Du musst beschließen, dich selbst ernst zu nehmen – nicht auf unechte, selbstmitleidige Art, sondern auf ernsthafte, würdige Weise.
Es ist unmöglich, diese Themen anzusprechen, ohne die Rolle des Alkohols zu erwähnen. Ich denke an dein Geburtstagsessen im letzten Frühling, als du im Danube eine

Flasche Wein und im Rio Mar einen großen Krug Sangria ausgetrunken hast. Während der zweiten Hälfte des Abends hast du nur noch zusammenhangloses, unverständliches Zeug vor dich hin genuschelt. Der Höhepunkt war ein wirrer Monolog darüber, dass du kein Alkoholproblem hast.

Wann erreichst du endlich den Punkt, an dem du weniger labil bist und mehr als deinen eigenen Schmerz sehen kannst?

Wann hörst du auf, der bemitleidenswerte Gary zu sein, der sich auf dem Schulklo der Stuyvesant versteckt, und entpuppst dich als erwachsener Mann, stellst dich den inneren Dämonen, die dich antreiben?

Als ich diese Zeilen zum ersten Mal lese, flammt eine Wut von Pamela-Sanders-hafter Intensität in mir auf. Scheiß John. Was weiß der schon übers Schreiben? Er ist bloß Fernsehautor. Außerdem bin ich zu alt, um eine Vaterfigur zu haben. Ich «gehe auf die dreißig zu», wie er mir soeben in Erinnerung gerufen hat – der Mann, der von seiner eigenen Sterblichkeit besessen ist. Aber die Vorstellung, alles im Alleingang bewältigen zu müssen, während mich nichts anderes erwartet als das kostspielige Kiewer Kotelett in Little Neck, lässt meine Wut in Verzweiflung umschlagen. Ich muss mir etwas Neues einfallen lassen, um John zu manipulieren, damit mein Kaviar-Fonds nicht gefährdet wird und er beim Duett mit Gary weiter mitsummt. In einer versöhnlichen Geste lade ich ihn ins Barney Greengrass zum Stör- und Kaviaressen ein. Erst bin ich ganz beseelt von dem Vorhaben, eine große Schuld bei John abzugelten, indem ich ihm an einem müßigen Sonntagnachmittag ein paar tierische Fette spendiere; vielleicht ist es der russischen Herkunft des Störs geschuldet, dass meine Laune von der eines großmütigen

Restaurantbesuchers auf der Upper West Side in die eines waschechten Leningrader Bürgers um 1979 kippt. Als uns der Kellner die Rechnung über 47,08 Dollar auf den Tisch knallt, schlägt meine Gesichtsfarbe von Räucherlachs zu Weißfisch um, und ich werde von einer Panikattacke ergriffen. *Nein! Nein! Nein! Mein amerikanischer Papa muss das bezahlen, nicht ich. Wenn er nicht zahlt, bleiben mir nur noch meine echten Eltern!* Ich renne aus dem Restaurant, irre Tränen trüben mir die Sicht, und John bleibt nichts anderes übrig, als wieder mal die Rechnung zu begleichen.

Und dann kommt, nach all dem Bargeld, den Mahlzeiten, Gegenständen und Dienstleistungen und nachdem ich ihn ein weiteres Mal um Geld angepumpt habe, dieses Schreiben:

Die beiden unterzeichnenden Parteien erklären sich mit allen im Folgenden genannten Bedingungen einverstanden.
Gary leiht sich von John einen Betrag von 2200,00 Dollar.
Die Dauer des Darlehens beträgt zwei Jahre.
Am 27. jedes Monats wird Gary John jeweils 50,00 Dollar der Gesamtschuld zurückzahlen.
Außerdem wird Gary John vierteljährlich, am 27. jedes dritten Monats, ein Drittel der jährlichen Zinsen auf die verbleibende Schuld zahlen. Die Höhe der Zinsen orientiert sich an dem zum jeweiligen Zeitpunkt gültigen Zinssatz für eine zweijährige amerikanische Staatsanleihe.
Gary bestätigt weiterhin, dass das Darlehen unter anderem dem Zweck dient, eine Psychotherapie oder Psychoanalyse bei einem ausgebildeten Therapeuten zu beginnen, idealerweise bei einem Psychiater oder Psychoanalytiker.
Hiermit versichert Gary, dass dies keine List ist, um sich das Darlehen zu erschleichen, sondern dass er ernsthaft beabsichtigt, seinen Plan in die Tat umzusetzen.

Es wird einfacher.

Schon sehr bald wird es einfacher.

Heutzutage ist es angesagt, die Psychoanalyse zu diskreditieren. Die Couch. Die vier oder fünf Stunden narzisstischen Gegrübels pro Woche. Den Griff zum Papiertaschentuch aus der wattierten Kleenex-Box unter dem afrikanischen Pietà-Dings. Freuds Penisneid, der all dem zugrunde liegt. In meinem Roman *Snack Daddys abenteuerliche Reise* habe ich mich höchstpersönlich darüber lustig gemacht – wie mein übergewichtiger, zügelloser Protagonist Mischa Vainberg, Sohn eines russischen Oligarchen, ständig seinen Seelenklempner auf der Park Avenue bemüht, während um ihn herum die Post-Sowjetunion-Welt zerbricht und Menschen sterben.

Die Wahrheit ist: Eine Analyse zu machen ist nicht für jeden was. Für die meisten Menschen ist es nichts. Es ist ein schwieriges, schmerzhaftes und mühsames Unterfangen. Zu Anfang fühlt es sich an, als würde man endgültig aller Macht beraubt, obwohl man sich sowieso schon machtlos fühlt. Es schröpft das Bankkonto und stiehlt einem mindestens vier Stunden pro Woche, die man ergiebiger mit Ego-Googeln zubringen könnte. Und ziemlich oft wirkt eine einzelne Sitzung so sinnlos, dass das tagelange Talmudgebüffel auf der jüdischen Schule vergleichsweise sinnvoll erscheint. Aber.

Es rettet mir das Leben. Das spricht wohl für sich.

Ich schlage vier Mal die Woche auf der Couch auf. Und das meine ich wörtlich. Ich springe auf diese Couch; ich höre den Aufprall meines Körpers darauf, als wollte ich dem Analytiker, der mir teilweise als John-Ersatz dient, sagen: *Du kannst mich mal. Ich brauch das hier nicht. Ich bin echter als dieses* Gelaber. *Ich bin echter als dein* Schweigen. Ich hasse meinen Seelenklempner leidenschaftlich. Den selbstgefälligen schweigenden Fachmann, der mir pro Sitzung fünfzehn Dollar in Rechnung stellt. Das Geld, das Geld, das Geld. Ich bin ganz der Buchhalter. Und werde es auch immer sein.

«Ich glaube, Sie berechnen mir zu viel», sage ich in sein Schweigen hinein.

Er zockt mich ab, kein Zweifel. Der grauhaarige graubärtige gebürtige Amerikaner knöpft mir Geld ab, jedes Mal fünfzehn Dollar. Meine Mutter hatte immer recht. Dieses Land wurde mit dem Geld von Trotteln wie mir aufgebaut. «Versteck deine Vierteldollar», warnte sie mich jedes Mal, bevor mich meine Kommilitonen besuchen kamen.

Rums, die wütende Antwort meines Körpers auf seiner Couch.

Tja, ich werde mich nun mal nicht verändern. Ich werde nicht wie diese Leute. Die Haustierstreichler. Die Lächler. Die Helfer. Die Wohltäter. Die Butterbrote-für-Obdachlose-Schmierer. Hören Sie auf, mich zu bedrängen. Hören Sie auf, mich mit Ihrem Schweigen zu bedrängen.

«Was fällt Ihnen dazu sonst noch ein?», fragt mein Analytiker, nachdem ich mich beruhigt habe.

Was mir dazu sonst noch einfällt? Ich will aufspringen und dich schlagen, so wie du mich damals geschlagen hast. Ich will Macht über dich haben. Ich will so groß sein, dass du unter meinen Schlägen den Kopf einziehst und mir deine hübschen Öhrchen darbietest.

Du mit deinem unschuldigen Schweigen. Glaubst du, ich spüre deine Wut nicht? Sie steckt in jedem von uns. Jeder Mensch, jeder Junge besitzt die Macht, jemand anderen mit seiner Kraft zu demütigen.

«Ich glaube, Sie berechnen mir zu viel», sage ich.

Vier Mal die Woche habe ich mittags eine Verabredung mit der Realität. Ich rede, er hört zu. Später erfahre ich, dass er wie J. Z. zur Hälfte Amerikaner und zur Hälfte Armenier ist, und frage mich, ob die Gegenwart eines Menschen, der zumindest teilweise die gleiche Nukleinsäure besitzt wie sie, beruhigend auf mich wirkt. Sie ist inzwischen ebenfalls Ärztin geworden.

Realität. Ich lerne zu unterscheiden, was wirklich wahr ist und was nicht. Sobald ich etwas laut ausspreche, sobald ich es in den Orientteppich-Äther der Park Avenue aussende, wird mir klar, dass es nicht wahr ist. Oder: dass es nicht wahr sein muss.

Ich glaube, Sie berechnen mir zu viel.

Ich bin ein schlechter Schriftsteller.

Ich sollte mit einer Frau wie Pamela Sanders zusammen sein.

Ich habe kein Alkohol- oder Drogenproblem.

Ich bin ein schlechter Sohn.

Ich bin ein schlechter Sohn.

Ich bin ein schlechter Sohn.

Normalerweise hinkt das Handeln der Einsicht hinterher. Aber ich bin schnell.

Ich trenne mich von Pamela Sanders, bringe mich vor ihrer Wut und ihrem Hammer in Sicherheit. Vorher biete ich ihr noch die Möglichkeit, ihre Beziehung zu Kevin zu beenden. Sie sagt, sie hätte das Gefühl, Kevin und ich würden ihr beide die Pistole an den Kopf halten.* Stimmt, möchte ich antworten, aber nur *meine* Pistole ist geladen und gespannt.

Es naht der Silvesterabend 2000, und Pamela ist noch zu keiner Party eingeladen worden. «Was machst du denn an Silvester? Irgendwas geplant?», fragt sie mich ungewohnt schüchtern. Ich maile ihr, dass ich tatsächlich etwas vorhabe, schreibe das nur ungern, weil ich weiß, wie es ist, an einem wichtigen Datum allein zu sein, und weil ich sie immer noch liebe. Sie kauft mir ein sehr verspätetes Geburtstagsgeschenk, ein Buch.

Es heißt *Sankt Petersburg: Architektur der Zaren.*

Einige Monate nach Beginn meiner Therapie tue ich, was mich geängstigt hat, seit ich im dritten Studienjahr das Austauschsemester in Moskau abgeblasen habe. Obwohl meine Mutter darauf beharrt, ich würde dort direkt vor der Eremitage umgebracht und gefressen, buche ich einen Flug, der mich zurück nach Sankt Petersburg in Russland bringt. Und so stehe ich, unter meiner Polyester-Skimütze schwitzend, vor der Tschesmensker Kirche, vor ihren «zuckergussüberzogenen Türmchen und Zinnen», und versuche, nicht in Ohnmacht zu fallen. Den Grund dafür verstehe ich immer noch nicht, aber immerhin bin ich hier. Immerhin versuche ich es.

Nach einem halben Jahr Psychoanalyse bewerbe ich mich an mehreren Universitäten für den Studiengang Kreatives Schreiben. Iowa lasse ich außen vor, denn deren schmerzhafte Absage habe ich noch nicht verwunden, aber ich bewerbe mich bei fünf anderen Unis. Und bekomme von allen

* Das Bild von Pamela Sanders in Kombination mit einer Waffe, die auf einen Kopf gerichtet ist, bezeichnet man in Kursen für Kreatives Schreiben als «dramatische Ironie».

eine Zusage. Am vielversprechendsten erscheint mir Cornell College, weil dort nicht nur die Studiengebühren und Unterrichtskosten abgedeckt werden, sondern auch ein beachtliches Stipendium von zwölftausend Dollar im Jahr dabei rausspringt.

Glücklich rufe ich meine Eltern an, um zu verkünden, dass ich auf einer Elite-Universität aufgenommen worden bin, deren Schwerpunkt nicht auf Hotelverwaltung liegt. Zum Spaß habe ich mich auch für den neuen Studiengang Kreatives Schreiben am Hunter College beworben, der von Chang-Rae Lee unterrichtet wird, einem meiner Lieblingsautoren zeitgenössischer Literatur. Sein Roman *Native Speaker* hat meine Vorstellung davon, wie Immigrantenliteratur aussehen kann und wie nicht, ernsthaft erschüttert. In *Native Speaker* gibt es Szenen, die nicht mit albernem Gelächter und haarigem ethnischem Geheul abgepuffert, sondern voller Wut und Resignation gen Himmel gebrüllt werden, Szenen, die mich mit meinem vergleichsweise bedeutungslosen, «komischen» Roman hadern lassen, der immer noch *Die Pyramiden von Prag* heißt.

Chang-Rae ruft mich an, teilt mir mit, ich sei aufgenommen worden, und lädt mich in sein Büro in einem der beiden Hochhäuser ein, die den Großteil des ungeniert städtischen Campus des Hunter-College ausmachen. Im Aufzug riecht es nach den Pommes frites aus der Cafeteria im zweiten Stock – das ganze Gebäude scheint von dem köstlichen Fett angetrieben zu werden. Die Angst davor, einen meiner Lieblingsautoren zu treffen, wird unwesentlich gedämpft von der Cornell-Zusage, die ich wie einen Talisman zusammengefaltet in der Hemdtasche trage. In den Jahren vor meiner Psychoanalyse wäre ich spontan an einer Magen-Darm-Grippe oder Gelbsucht erkrankt, um meinem Literaturhelden nicht begegnen zu müsssen. Und hätte ich es bis ins Gebäude des

Hunter College geschafft, wäre ich spätestens im Frittenmief des Fahrstuhls ohnmächtig geworden.

Die furchteinflößende literarische Größe, die ich erwartet habe, entpuppt sich als schmächtiger koreanisch-amerikanischer Mann, der mich um maximal zehn Zentimeter überragt, nur sieben Jahre älter ist als ich und Jeans und ein unprätentiöses kariertes Hemd trägt. Vermutlich ist Hemingway, dieser Mistkerl, für meine Vorstellung von einem männlichen Autor verantwortlich – als einer Granate, die soeben gezündet und auf den Boden geschleudert wurde. Die Schriftsteller meiner Generation sehen zum Großteil aus wie der Rest der Menschheit. Trotzdem stehe ich demütig schwitzend vor meinem Idol.

Wir setzen uns und quatschen. Er erzählt mir, dass er diesen Studiengang auf dem Hunter gerade erst ins Leben gerufen hat und gute Studenten wie mich braucht. Er hat die ersten dreißig Seiten meines Romans gelesen und ist beeindruckt. Ich erzähle ihm vom Cornell College und den umwerfenden Fördermitteln, die mich in Ithaca erwarten. Er stimmt mir zu, dass das Angebot zu gut ist, um es auszuschlagen. Ich hole ein Exemplar seines neuen Romans *Fremd im eigenen Leben* hervor, das er mir mit «Herzlich und voller Bewunderung» widmet – diese vier unerwartet anerkennenden Wörter hauen mich um. *Er* bewundert *mich*? Als ich aufbrechen will, fragt er mich, ob er noch eine Sache tun könne, die mich vielleicht, ganz vielleicht dazu verlocken könnte, doch aufs Hunter zu gehen anstatt nach Cornell.

Zwei Wochen später treffe ich mich in einem Restaurant mit Namen Cub Room in SoHo mit Cindy Spiegel, Chang-Raes Lektorin bei Penguin Putnam und neuer Stern am Verlagshimmel. Ich habe eine Rede vorbereitet. Ich weiß, dass mein Roman noch nicht gut genug ist. Aber ich bin bereit, hart daran zu arbeiten. Ich arbeite jetzt schon seit fast sechs

Jahren daran, zuerst auf dem Oberlin und dann mit meinem Freund John. Ich kann noch mehr arbeiten. Wirklich gar kein Problem. Ich habe eine Arbeit, aber ich kann ja nach der Arbeit arbeiten. Ich kann während der Arbeit arbeiten. Ich kann aufs Frühstück und die Arbeit verzichten. Ich kann aufs Schlafen und die Arbeit verzichten.

Bevor ich meinen gut geprobten und patentierten Stuyvesant-Immigranten-Worksong anstimmen kann, bevor die Vorspeise überhaupt serviert wird, bietet Cindy mir einen Buchvertrag an.

Kleine Unterbrechung an dieser Stelle. Ich würde für mein Leben gern wiedergeben, was Cindy über meinen Roman gesagt hat und wie ich mich in den ersten Minuten gefühlt habe, als mir klarwurde, dass mein Lebenstraum und die Realität plötzlich aufeinanderprallten. Aber mir ist von diesem Nachmittag nichts in Erinnerung geblieben. Nur dass ich aus dem Cub Room in einen dieser irrwitzigen Frühlingstage hinaustrat, einen dieser Tage, die New Yorks Hitze und Kälte beiseiteschieben und das Leben viel zu leicht erscheinen lassen. Und ich weiß noch, dass ich den Geruch eines aufblühenden Baums einatmete, dessen Namen ich nicht kannte, und wie ich durch diese honigsüße Duftwolke spazierte. Was war mir da gerade widerfahren? Etwas, was das genaue Gegenteil von Versagen war. Etwas so Riesiges, dass mein Englisch nicht ausreicht, um es in Worte zu fassen.

Als Dozent für Kreatives Schreiben – fast so verschmäht wie Psychoanalyse – blicke ich oft von meinem Pult auf und sehe mich selbst im Alter von etwa achtundzwanzig Jahren. Ein verzweifelter junger Mann, am Ende seiner Möglichkeiten, verunsichert, nach Anerkennung lechzend, der alles, seine literarische Zukunft, seine *romantische* Zukunft auf sein Werk setzt.

Im Jahr 2000 ist es noch möglich, ein Mädchen mit einem Buchvertrag zu becircen. Und ich ziehe alle Register. Das wirklich Erstaunliche aber ist, wie schnell ich Erfolg habe. Wie schnell gleich mehrere warmherzige, attraktive Frauen darauf brennen, Hand in Hand mit mir über die Straße zu laufen oder sich mit mir *Das Pulverfass* oder irgendeinen ausländischen Blödsinn im Film Forum anzuschauen, ohne dass ein zweiter, holzschnitzender Freund auf ihrem Sofa in Brooklyn auf sie wartet. Schon bald entscheide ich mich für eine interessante Frau, eine Oberlin-Absolventin mit Vorliebe fürs Jet-Setten – eine unserer ersten Verabredungen findet in Portugal statt. Praktischerweise gibt es in Lissabons Flughafen ein Geschäft mit Verlobungsringen, und meine neue *sposami subita* mit den schönen dichten Wimpern und ihrer erotischen Art, einen Kapuzenpullover zu tragen, ermutigt mich, ihr noch an Ort und Stelle einen Verlobungsring zu kaufen (sie entstammt einem gewissen asiatischen Kulturkreis, in dem die Ehe von großer Bedeutung ist). Ich bin ernsthaft versucht, aber eine dezente Panikattacke bewahrt mich davor, meinen Kreditscore ganz auf null zu setzen.

Es ist meine bis dato glücklichste Panikattacke. In der Hinsicht bin ich nicht bescheuert. Ich weiß schon, dass ich à-la-carte auf die meisten Frauen wenig attraktiv wirke. Aber mir wird auch klar, dass ich dank Chang-Rae nie wieder in ein leeres Bett steigen muss. Von nun an werde ich Liebe bekommen, wann immer ich Liebe brauche.

Meine Vorfreude und später die Freude über die tatsächliche Veröffentlichung lassen sich mit nichts in meinem Leben vergleichen. Es hat etwas unerhört Einfaches, sich einem Ziel entgegenzurecken, so wie eine Pflanze auf die Sonne zustrebt oder ein Erdhörnchen die locker knirschende Erde unter seinen Pfoten erforscht, und dann *genau das zu bekommen, was man haben wollte* – die Sonne oder eine wertvolle Wurzelknolle.

Meine Möchtegernbraut und ich leben jetzt in einer kleinen, dafür bezahlbaren Maisonettewohnung im Far West Village – sie hat einen einzigartigen Riecher für Immobilien. Meine Psychoanalyse läuft gut, auch wenn ein Teil von mir den Schmerz einer Pamela-Sanders-Beziehung vermisst. Aus alter Gewohnheit halte ich meiner neuen Freundin jeden Tag die Wange hin, damit sie zuschlagen kann, und jeden Tag bleibt ihr Schlag aus. «Ich kann dich gar nicht genug verwöhnen», sagt sie zu mir, während wir im Bett liegen, umringt von Popeyes Fried Chicken, Doritos Tortilla Chips mit Cool-Ranch-Geschmack und von nicht zuckerfreier Cola, unserer spontanen Mahlzeit. Es stimmt nicht, was sie sagt. Ich lerne sehr schnell, ein verwöhnter kleiner Scheißkerl zu sein, aber wenn sie sagt, sie könne mich gar nicht genug verwöhnen, verziehe ich mich kurz ins Badezimmer, um ein paar Freudentränen zu vergießen.

Und jeden Tag mache ich mich auf den Weg zu einem der Internationale-Presse-Shops auf der Hudson Street, die mit einer kompletten Palette aktuellster albanischer und eritreischer Zeitungen aufwarten. Ich schnappe mir zig Publikationen und verschlinge die fast ausschließlich positiven (!) Vorabrezensionen meines ersten Buchs. In Orten, von deren Existenz ich bis dahin kaum wusste – Boulder (Colorado), Milwaukee (Wisconsin), Fort Worth (Texas) –, gibt es Menschen, die nicht nur alle vierhundertfünfzig Seiten meines mäandernden Manuskripts gelesen haben, sondern auch noch gut finden, was ich zu sagen versuche.

Nämlich? *Das Handbuch für den russischen Debütanten*, das demnächst in den *Barnes & Noble*-Buchläden liegen und auf einen gewissen kommerziellen Erfolg hoffen wird, ist die nicht tatsachengetreue Nacherzählung der ersten siebenundzwanzig Jahre meines Lebens. Darin finden sich Nat-Sherman-Zigaretten, Guayabera-Hemden und Hausmeisterhosen, Wörter wie «klein, krumm, kränklich», Katzen namens Kropotkin, sterbende, geliebte Großmütter, osteuropäische Burgen, die oberhalb einer Stadt auf Hügeln thronen, studentische Panikattacken im Mittleren Westen, fleißige jüdische Mitbewohner aus Pittsburgh, ausladende amerikanische weibliche Hinterteile, freudlose sowjetische Cartoon-Krokodile, Augenbrauen-Waxing, reifer Balsamico-Essig und uralte Fragen, wie: ob es besser ist, ein Alpha- oder ein Beta-Immigrant zu sein, und ob es in Ordnung ist, Kinder in die Welt zu setzen, wenn man mit sich selbst nicht im Reinen ist. Es ist ein Verzeichnis der Sitten und Gepflogenheiten einer speziellen Ära, aufgezeichnet von einem Außenseiter, der sich schnell zu einem Insider entwickelt. Es ist ein sehr langer Bericht, in dem ein verstörter junger Mann zu sich selbst spricht. Es ist eine Sammlung zunehmend verzweifelter Witze. Bis heute sagen mir Leute, es sei mein bestes Buch, was impliziert, dass es von da an mit meiner Arbeit bergab ging. Nachdem ich das Buch beendet hatte, das ihr jetzt in den Händen haltet, las ich meine drei früheren Romane nochmals – und war entsetzt, wie sehr sich Fakten und Fiktion überschnitten, wie freizügig ich mit den wahren Begebenheiten aus meinem Leben umgegangen war, als wäre es ein Ausverkauf – alles über mich muss raus!

Immer wieder habe ich mich in meinen Romanen einer bestimmten Wahrheit angenähert, nur um mich schnell wieder abzuwenden, mit dem Finger darauf zu zeigen, zu lachen und schleunigst in sichere Gefilde zurückzuhuschen. In *die-*

sem Buch, so hatte ich mir geschworen, würde ich nicht mit dem Finger darauf zeigen. Ich würde nicht unentwegt lachen. Es sollte ein Buch ohne Netz und doppelten Boden werden.

Im Frühjahr 2002 steht mein erster Roman kurz davor, das Licht der Welt zu erblicken, und ich spüre, wie sich mein Leben unwiderruflich verschiebt; alle tektonischen Platten, die sich zuvor gegenseitig zum Beben gebracht haben, richten sich endlich bündig aus und bilden eine beständige Oberfläche, auf der ich Pflanzen anbauen und Vieh hüten kann. Es wird einfacher. Doch mein Analytiker weiß schon was, was ich nicht weiß: Die helle Freude hält nicht lang. Schon stehen mir die inneren Mechanismen wieder zur Verfügung, um mich zur Gemeinheit, zum Unglücklichsein und zum Trinken zurückzuziehen. Schließlich erreicht mich ein besonders grausamer und persönlicher Verriss von der Westküste, und *das* ist die Rezension, die ich gierig aufsauge, die mir Trost spendet, die ich auswendig lerne. Und es wird bei weitem nicht die schlechteste Kritik bleiben.

Das Telefon klingelt in meiner West-Village-Maisonettewohnung mit dem albernen Triptychon des Kosmonauten Juri Gagarin auf einer ganzen Wand und der Atmosphäre eines glücklichen jungen Paars, das sich im Zusammenleben versucht. Vorhin ist eine weitere enthusiastische Vorabrezension auf meinem Laptop gelandet, und heute Abend gehen wir in mein Lieblings-Sushi-Restaurant auf der Hudson Street, um zu feiern. Tags zuvor hatte mich David Remnick, Redakteur des *New Yorker* und zukünftiger Erzfeind meines Vaters, persönlich angerufen und gefragt, ob ich für sein ehrwürdiges Magazin einen Artikel über Russland schreiben könnte.

Ich nehme den Anruf entgegen, begierig zu erfahren, was die Welt sonst noch für mich in petto hat.

«*Mudak!*», ertönt die Stimme meines Vaters. Der Rest des Gesprächs wird vom Geheul meiner Mutter bestritten.

Das russische Wort *mudak* stammt von einer alten Bezeichnung für «Hoden», und landläufig ist damit ein kastriertes Ferkel gemeint. In seiner moderneren Bedeutung entspricht es am ehesten dem Wort «Arschloch». Im Wortarsenal meines Vaters kommt es einer Atombombe gleich, und so fühlt es sich auch an: als wäre ich in *Threads* oder *The Day After* hineinkatapultiert worden. Der Wind heult durch die toten Bäume um mich herum; vor meiner Haustür schmilzt eine Flasche Milch. «Bombenalarm Alarmstufe Rot!» «Bombenalarm? Im Ernst?» «Todernst!»

Mudak. Als Zugabe zu Rotznase, Schwächling und Kleiner Versager dürfte das wohl der Sargnagel unserer Beziehung sein. Denn noch während mir der Schmerz in den Ohren wummert – *warum kannst du im glücklichsten Moment meines Lebens nicht stolz auf mich sein?* –, liege ich auf der Couch meines Psychotherapeuten und übe die neuen Wörter, die ich mir gerade beigebracht habe.

Ich bin kein schlechter Sohn.

Durch das Geheul, das mir über den East River entgegenschwappt, dringt die Ursache für die Wut meiner Eltern zu mir vor, ihre *mudak*-induzierende Pein. Die Reporterin einer jüdischen Tageszeitung hat meine Eltern in ihrem natürlichen Umfeld besucht und in dem danach entstandenen Artikel angedeutet, meine Eltern besäßen Ähnlichkeit mit den Eltern meines Romanhelden.

«Wir wollen nie wieder mit dir sprechen!», brüllt meine Mutter.

Wenn du nicht mehr mit mir sprichst, will ich nicht mehr leben!

Das sind die Worte, die traditionell von mir erwartet werden. Stattdessen sage ich: *«Nu, choroscho. Kak wam lutschsche.»* In Ordnung. Wie ihr wollt.

Das setzt dem Geheul ein Ende. Und lässt sie ein Stück zurückweichen, auch wenn sie sich nicht entschuldigen. Aber dafür ist es ohnehin zu spät. Die *raswod* ist bereits unterzeichnet und notariell beurkundet, nicht zwischen meiner Mutter und meinem Vater, sondern zwischen meinen Eltern und mir. Ich werde sie weiterhin sehen und lieben und jeden Sonntagabend anrufen, wie es das russische Gesetz verlangt, aber ich lasse nicht mehr zu, dass ihre Meinungen über mich oder die schwelenden Verletzungen ihrer eigenen Kindheit meine Welt in Schutt und Asche legen und dazu führen, dass ich in die nächste Bar stürze oder es an der Frau auslasse, mit der ich das Bett teile.

Aber es gibt noch eine andere Komponente: Meine Mutter, Finanzverwalterin bei einer New Yorker gemeinnützigen Organisation und der arbeitsamste Mensch, den ich kenne, geht mit mir am Telefon pflichtbewusst einen Brief durch, während ich im Oberlin bin, um sicherzugehen, dass alle arglistigen Artikel auch da stehen, wo sie hingehören. «Igor, heißt es ‹Wir haben Budgetplan für das dritte Quartal im Steuerjahr 1993 vorgelegt› oder ‹Wir haben *den* Budgetplan für das dritte Quartal im Steuerjahr 1993 vorgelegt›?»

«*Den* Budgetplan vorgelegt», sage ich, verdrehe buchstäblich die Augen und halte den Hörer von mir weg, als spräche ich mit einer jüngeren Version von mir selbst. «Ich muss jetzt Schluss machen, Mama. Irv ist hier. Wir wollen [einen Joint rauchen und] einen Film gucken.» Aber wie sollte ich, die Rote Rennmaus aus der Solomon Schechter School, nicht nachfühlen können, dass man sich für das schämt, was aus dem eigenen Mund kommt, oder im Fall meiner Mutter, für das, was sie mühevoll unter den Briefkopf ihres Arbeitgebers schreibt? «Mama, dein Englisch ist hundertmal besser als das deiner amerikanischen Kollegen», sage ich. «Du brauchst meine Hilfe wirklich nicht.»

Doch, das tut sie. Und jetzt habe ich ein Buch veröffentlicht, das sich mehr oder weniger liebevoll über Eltern lustig macht, die meinen eigenen nicht ganz unähnlich sind. Wie mag sich das für sie anfühlen? Wie fühlt es sich an, ein Buch oder einen Artikel in einer jüdischen Zeitung zu lesen und die Feinheiten nicht zu verstehen, die Ironie, die Persiflage der darin beschriebenen Welt? Wie fühlt es sich an, nicht in der Sprache kontern zu können, in der gespottet wird?

Und wie kann ich, während ich meine Scheidung einreiche, meine Ex-Eltern nicht gleichzeitig feiern? Schließlich konnten sie nicht wissen, dass ich die ganzen Jahre über mit dem Einzigen, was mir zur Verfügung stand, dort gesessen habe, dem Einzigen, was wirklich mir gehört: meinem Notizheft. Und mir Notizen gemacht habe. «Wenn ein Schriftsteller in eine Familie hineingeboren wird, ist die Familie erledigt»* – Czeslaw Milosz.

Der Lieblingssatz meines Vaters mir gegenüber: «Vielleicht kommst du, wenn ich tot bin, an mein Grab und pinkelst darauf.» Es soll sarkastisch klingen, aber was er wirklich meint, ist: «Lass nicht los.»

«Lass mich nicht hängen.» Denn manchmal sieht es vielleicht so aus, als täte ich das. Weil er statt Abwehr, statt Entrüstung nur noch mein Schweigen hört.

* Dem möchte ich hinzufügen: Und wenn die Familie nicht erledigt ist, dann ist es der Schriftsteller.

Als er über eine meiner Freundinnen nach der Collegezeit sagt, sie sei so fett, dass er sich von ihrem Gewicht persönlich angegriffen fühle, obwohl er ihr «Recht zu existieren» durchaus respektiere, erntet er Schweigen.

Als mich meine Mutter vor meiner Reise nach Indien vor Schutzimpfungen warnt, «weil man davon Autismus kriegt» – eine populäre Falschmeldung der extremen Rechten –, kommt nur Schweigen.

Schweigen anstelle der gebrüllten Zurückweisungen, dem Aufs-Grab-Pinkeln, woran sie gewöhnt sind, was sich vertraut und pisswarm anfühlt. «Mir wäre lieber, du hättest mir erzählt, dass du schwul bist», lautete die Reaktion meines Vaters auf meine Mitteilung, dass ich eine Psychoanalyse begonnen habe. Hinter dem post-sowjetischen Misstrauen gegenüber dieser Praxis – in der Sowjetunion wurden Regimekritiker in Nervenheilanstalten gesteckt – lauert eine andere Angst: Mit einem schwulen Sohn kannst du dich streiten, ihm an den Kopf knallen, er sei eine Schande. Und er wird sich wehren, um deine Liebe betteln. Aber wie willst du dich mit jemandem streiten, der einfach schweigt?

Und in diesem Schweigen steht die Zeit still. In diesem Schweigen hängen die Wörter in der Luft, flattern auf Kyrillisch herum, nicht völlig schmerzlos, aber ohne die Macht, das kleine, bedingungslos ihrer Gnade ausgelieferte Kind heraufzubeschwören.

Lass dich nicht impfen. Davon kriegst du Autismus. Schreib nicht wie ein Jude voller Selbsthass. Sei kein mudak. *Bald wirst du vergessen sein.* Wie sollte ich den Schmerz nicht heraushören? *Seinen* Schmerz? *Ihren* Schmerz? Wie sollte ich diesen Schmerz *nicht* veröffentlichen?

Und wie sollte ich nicht – über acht Zeitzonen hinweg – zu seinem Ursprung zurückreisen?

25. Die Kirche und der Hubschrauber

Die Enthüllung

Der Autor und Lenin lassen ihre Bruderliebe auf dem Moskauer Platz in Sankt Petersburg wieder aufleben.

Ich bin wieder in Russland. Es ist der 17. Juni 2011, das Wetter kalt und trüb, aber durchzogen von seltsam warmen Wallungen. Mit anderen Worten: Die Temperatur und die Gefühle gegenüber meinem Geburtsland sind identisch. Seit meinem ersten Besuch in Russland 1999 bin ich fast jedes Jahr hingeflogen, habe beflissen alles aufgeschrieben, was ich gesehen habe, jedes Körnchen Buchweizen und jede blasse Salamischeibe kategorisiert und mich selbst herausgefordert: Ich habe mich in die Tschesmensker Kirche hineingewagt, wo Modelle stattlicher türkischer und russischer Schlachtschiffe aus dem achtzehnten Jahrhundert endlose anatolische Gefechte austragen. Ich habe mit weinenden Polizisten am Petersburger Heumarkt Wodka gekippt, bin unzählige Male auf Glatteis ausgerutscht, wurde um ein Haar von einem georgischen Grobian aufgeschlitzt, habe also alles getan, was man normalerweise mit einer Reise in die ehemalige Sowjetunion verbindet.

Ich sitze morgens im ersten Hochgeschwindigkeitszug von Moskau nach Sankt Petersburg. Der Zug heißt «Sapsan», benannt nach dem mythischen Wanderfalken, dem schnellsten Tier der Welt, und wurde von den gleichermaßen mythischen Ingenieuren der Siemens AG entworfen. Ich bin so verkatert, dass mir selbst das sanfte deutsche Schaukeln des Falken heftige Übelkeit verursacht. In den vergangenen Jahren habe ich mich mit dem Trinken zurückgehalten. Aber am Abend vor meiner jetzigen Zugfahrt von Moskau nach Petersburg habe ich mich, angespornt vom trinkfestesten aller Lebewesen, einem alternden russischen Intellektuellen, dermaßen betrunken, dass ich mich in einer Moskauer Bar in einen Schrank hineingezwängt habe. Ich erinnere mich, dass ein netter junger Mann vom amerikanischen Fernsehen, der an einem ominösen internationalen Projekt arbeitete, zu mir sagte: «Alle Achtung, Sie trinken ja *wirklich* wie ein Russe.»

Danach – Filmriss, bis auf das kurze Aufblitzen eines Hipster-Hotels auf der angesagten Bolotny-Insel gegenüber dem Kreml, eine Hundert-Dollar-Taxifahrt zum Bahnhof in letzter Minute, und hier sitze ich nun in der *biznes*-Klasse des Falken – ein achtunddreißigjähriger Mann, der demnächst seine Lebenserinnerungen aufschreiben wird. Das ist auch der Grund für meinen diesjährigen Besuch in Sankt Petersburg. Und während ich mir den Weg zwischen den beiden größten Städten Russlands bahne, kommen meine Eltern quer über den Atlantik geflogen. Meine Mutter war seit dem Tod ihrer Mutter vor vierundzwanzig Jahren nicht mehr hier, mein Vater seit zweiunddreißig Jahren nicht – seit er die Sowjetunion 1979 verlassen hat.

Wir kehren alle heim.

Gemeinsam.

Ein Windstoß schubst den Falken in den Bahnhof. Es ist Frühsommer, doch der Himmel über Sankt Petersburg ist grau. Grau wie der Winterhimmel von Upstate New York. Die Tage sind jetzt fast am längsten, das Licht ist glanzlos und grausam; es gibt keinen richtigen Sonnenuntergang. Nachts, bei Mondschein, sendet eine Meeresbrise die finnischen Wolken auf geheime Erkundungsmission über die Stadt.

Gegenüber dem Bahnhof, in der Nähe des Wosstanija-Platzes, habe ich zwei schicke Hotelzimmer für meine Eltern und mich gebucht, aber als ich hundemüde und zerschlagen von meinem schlaflosen Abstecher nach Moskau (Anlass war übrigens ein Artikel über die Moskauer Zeitschrift *Snob*) dort eintreffe, ist mein Zimmer noch nicht vorbereitet. Zur Erschöpfung gesellt sich eine Spur Angst. Was, wenn ich bis zur Ankunft meiner Eltern gar nicht mehr zum Schlafen komme? Sie sind auf meine Bitte hierhergereist, in ein Land, an das sie sich eigentlich gar nicht mehr erinnern wollten. Ich bin derjenige, der in den letzten Jahren immer wieder hier war und viele albtraumartige Szenarios über diesen Ort geschrieben hat, und jetzt bin ich derjenige, der sie beschützen muss. Aber wovor? Vor der Erinnerung? Vor den Skinheads?

Vor dem tückischen Wind? Ich weiß nur, dass ich für sie in Topform sein muss. Meine Mutter ist Mitte sechzig und mein Vater Anfang siebzig. Nach russischen Maßstäben sind sie längst im fortgeschrittenen Rentenalter. Nachdem man mir endlich den Zimmerschlüssel ausgehändigt hat, strecke ich, umgeben von billigem hellem Holzmobiliar, alle viere von mir. Auf dem großen Fernsehbildschirm leuchten Bilder der vielen Niederlassungen der Hotelkette auf, die, der Globalisierung sei Dank, ihren Hauptsitz in Minneapolis hat, aber aus Brüssel verwaltet wird. Zwei reinweiße Ativan-Pillen zergehen auf meiner Zungenspitze, und es nähert sich der gewohnt unruhige, unbefriedigende chemische Schlaf.

Die scheußliche Marimba-Melodie des Handyweckers. Das Tasten nach der Zahnbürste. Der Fahrstuhl fährt mit einem Teil von mir nach unten. Und dann stehen sie vor mir, in der belebten Lobby, zwei schlanke Personen, eingeengt zwischen fetten Provinztouristen aus aller Herren Länder. «Hey!», rufe ich, bereit für eine Umarmung.

«Kleiner Sohn!», ruft meine Mutter. Und schon bin ich ein Stück kleiner.

«Kleiner», sagt mein Vater. Und noch ein Stück kleiner.

«Welcome», begrüße ich meine Eltern eigenartigerweise auf Englisch. Und füge dann auf Russisch hinzu: «Seid ihr müde?» Und sobald die ersten russischen Wörter – *Wy ustali*? – meinen Mund mit einem Ausreisevisum verlassen, schrecke ich entsetzt zurück, weil ich in Gegenwart meiner Eltern automatisch meinen albernen postpubertären Bass angestimmt habe. Dazu kommt, dass ich mit meinem immer deutlicher hervortretenden amerikanischen Akzent nicht wie ein Muttersprachler klinge, wenn ich mit Taxifahrern, Hotelangestellten oder selbst mit guten Petersburger Freunden *goworju po-russki.* Aber jetzt hört es sich an wie bei einem Kind, dem mühsam die ersten russischen Wörter über die Lippen kommen. Oder liegt es daran, dass ich versuche, meinen Eltern erwachsen und kompetent zu begegnen? Sozusagen – wider besseres Wissen – auf Augenhöhe?

In den letzten zwölf Jahren habe ich endlos viel Zeit damit zugebracht, kreuz und quer durch diese erschöpfte, melancholische Stadt den elterlichen Spuren zu folgen, als könnte ich sie dadurch zu meinen eigenen machen. Und in dem Moment, in dem die ersten russischen Wörter aus meinem Mund kommen, begreife ich die Wahrheit. Ich kann mir ihr Leben nicht aneignen. Solange meine Mutter und mein Vater hier sind, ist dies *ihr* Land. Entsprechend nimmt meine Verantwortung ab. Ich bin der Pflicht enthoben. Und mir wird klar, dass meine Aufgabe in der nächsten Woche darin besteht, meinem albernen russischen Bass keine Beachtung zu schenken und einfach zuzuhören.

Der Minnesota-Ordnung ihres Zimmers hat meine Mutter ihre eigene hinzugefügt – ein unendlich komplexes Kofferpacksystem, mit dem sie fast den kompletten Inhalt ihres zweistöckigen Hauses komprimiert und auf magische Weise in ihre alte Heimat verfrachtet hat. Unterwegs birgt jede Plastiktüte eine weitere, werden Regenschirme, Regenjacken, Kappen und Portemonnaies hervorgezaubert sowie Joghurts, schwere Wasserflaschen und eine Auswahl energiespendender Snacks vom Frühstückstisch. Sie verlässt das Hotel, verproviantiert wie ein Astronaut, der zu ersten Erkundungen auf einem unwirtlichen Planeten aufbricht. Vielleicht ist es irgendwo tief in ihr doch noch ihr Land. Aber sie berührt es nicht mit den Händen, so wie ich – in dem Bemühen, den Schmutz und Verfall in Text zu verwandeln.

Meine Mutter trägt ihre graue Vorstadt-Jogginghose und wuselt durchs Hotelzimmer; noch liegen mehrere Stunden Vorbereitung vor ihr, bevor wir zum Abendessen aufbrechen. Mein Vater trägt sein RETTET-DIE-STREIFENBARSCHE-Käppi, eine neue Jacke von Banana Republic und eine fesche Sonnenbrille. Er wirkt überraschend westlich in seinem Eastern-Queens-Look. Nur die Kombination aus schwarzen Socken und Ledersandalen gibt ihn als echten Landsmann zu erkennen.

Ihre Ausdauer beeindruckt mich. Nach zwei Flügen von insgesamt fünfzehn Stunden Dauer und nachdem sie ihr beträchtliches Gepäck in Bus und Metro durch die halbe Stadt geschleppt haben, weil sie nicht einsehen, Geld für ein Taxi auszugeben, sind sie immer noch quietschfidel und bereit, im Metropol-Restaurant am Prachtboulevard Newski Prospekt, der Hauptverkehrsader der Stadt, einen Viertelliter Wodka hinunterzustürzen. Sie besitzen die übermenschliche Immigranten-Vitalität, doch wehe dem allzu menschlichen Nachkommen, der im Schatten ihrer Superkräfte lebt. Wehe dem sensiblen Sohn, der sich ein Milligramm Benzodiazepam einfahren muss, um nach der Zugfahrt an Bord des Wanderfalken über wenige hundert Kilometer noch ein bisschen schlafen zu können, während seine Eltern in der Economy Class von British Airways viele tausend Kilometer zurückgelegt haben.

«Gut siehst du aus, Igor», sagt meine Mutter. «Gar nicht müde.»

«Das würde ich so nicht sagen», grätscht mein Vater schnell dazwischen; im Licht der beginnenden Dämmerung ragt aus seinem Hemd das Fell heraus. Eine ganze Weile hat er meine Kleider aufgetragen, meine gebrauchten Sachen aus der Stuyvesant-Zeit, die ganzen geckenhaften Unionbay- und Generra-T-Shirts, die an seinem muskulösen Körper winzig und fadenscheinig wirkten. «Er hat schreckliche Ringe unter den Augen», sagt mein Vater, während er mich eingehend mustert. «Und was ist das da auf deiner Stirn? Diese beiden Linien?»

Die nennt man Falten, möchte ich sagen, aber ich will ihm nicht vor Augen führen, dass ich sterblich bin. «Ich hab mich im Zug an den Sitz vor mir gelehnt», lüge ich.

Während unserer Reise erhasche ich in den Schaufensterscheiben, an denen wir vorübergehen, immer wieder einen Blick auf unsere Familie – meine Eltern sehen jünger aus, als sie sind, jünger als viele der Menschen um uns herum, ich dagegen mindestens zwei Jahrzehnte älter, als ich bin, mit meinem toten grauen Haar, den eingesunkenen Augen und den vielen Spuren der Jahre extremen Lebens, von denen die beiden Falten auf meiner Stirn zeugen. Wie kann es sein, dass ich im Gleichschritt mit den Bewohnern von Sankt Petersburg gealtert bin, der Stadt, in der meine Eltern selbst das mittlere Alter erreicht haben, während sie die Zeit anscheinend zurückgedreht haben – so wie echte Amerikaner?

Meine größte Angst: vor meinen Eltern zu sterben. Als Heranwachsender war es genau umgekehrt. Ich konnte mir nicht vorstellen, wie ich ohne sie auf dieser Welt leben sollte. Aber immer wenn ich in ein Flugzeug steige, um zu einem entlegenen Ziel zu kommen, spüre ich in der Luft um mich herum ihre Angst aufsteigen und die «Autismus»-Impfungen durch meinen Blutkreislauf strömen.

«Ich wasch mich nur rasch unter den Armen», verkündet mein Vater, während sich meine Mutter endlos weiter aufhübscht und verkündet: «Schönheit braucht ihre Zeit.»

Mein Vater macht es sich mit seinen sauberen Achselhöhlen gemütlich, die lange Reise liegt hinter ihm, und er beginnt fröhlich, beinahe glücklich über seine Rückkehr «nach Hause» zu reden: «Weißt du, kleiner Sohn, du könntest ein ganzes Buch über mich schreiben. Ich bin zwar kein außergewöhnlicher Mensch, aber weil ich so viel erlebt, so viel gelernt und an unterschiedlichen Orten gearbeitet habe, ist mein Leben ziemlich interessant.

Wie du ja weißt, kleiner Sohn, bin ich genau wie du ein von Natur aus einsamer *[odinoki]* Mensch. Damit will ich nicht sagen, dass ich die Einsamkeit mag. Manchmal mag ich sie und manchmal nicht.»

Das wäre vielleicht der passende Zeitpunkt, um ihm zu sagen: *Ich liebe dich.* Oder, noch besser: *Ich bin du.* Vielleicht ist das die Kehrseite meiner neuen Schweigekunst – die Unfähigkeit, das zu sagen, was gesagt werden muss, bevor es zu spät ist.

Meine Mutter steckt den Kopf aus dem Badezimmer heraus. «Hey, ihr zwei!», ruft sie vergnügt. «Ich sah vielleicht schrecklich aus! Aber jetzt fühl ich mich erfrischt!»

Wir gehen den Newski Prospekt hinauf. Der breite Boulevard verläuft als nordwestliche Tangente durch Sankt Petersburgs Zentrum, als wollte er den Weg nach Skandinavien weisen. Zu Gogols und Puschkins Zeiten spielte sich hier so gut wie alles ab – vom Handel über die Liebe, von in Cafés gekritzelter Dichtung bis zur Auswahl von Sekundanten für ein Duell. Auch heute ist der Boulevard noch wie gemacht für einen ausgedehnten Bummel vom Wosstanija-Platz mit seinen günstigen Mietwohnungen bis zum Mittelpunkt der Stadt, dem Schlossplatz, auf dem der zarenlose Winterpalast betrübt in seiner provinziellen grünen Aufmachung dahockt. Auf dem Newski Prospekt gibt es Hühnchen auf Kentucky-

Art und Geschäfte wie H&M und Zara, die frischgebackene Mittelschichtsmenschen gegebenenfalls von der *schapka* auf dem Kopf bis zu den Galoschen einkleiden.

Sankt Petersburg ist ein trauriger Ort. Seine Traurigkeit liegt in einem Massengrab in den nordöstlichen Vororten, Seite an Seite mit den siebenhundertfünfzigtausend Einwohnern, die während der achthunderteinundsiebzigtägigen Belagerung, die 1941 begann, an Hunger gestorben oder dem deutschen Geschützfeuer zum Opfer gefallen sind. Petersburg hat sich nie wirklich davon erholt. Es ist mir unmöglich, über den Newski Prospekt zu laufen – ob allein oder mit meinen Eltern –, ohne die bedrückende Geschichte zu spüren, die auf unserer eigenen Familie lastet und auf jeder anderen, die ab 1941 innerhalb der Stadtgrenzen lebte. BÜRGER!, verkündet ein Schild am nördlichen Ende des Boulevards, BEI ARTILLERIEBESCHUSS IST DIESE STRASSENSEITE AM GEFÄHRLICHSTEN. So ist es.

Wir schlendern an Restaurantterrassen voller Sushi und Sonnenschein vorbei. Die Frauen sind schon für die sanfte Juniwärme passend gekleidet, wirken ebenso paarungsbereit wie ihre Gegenstücke in New Jersey, unterscheiden sich von jenen nur durch die orthodoxen Kreuze um die hübschen nackten Hälse. Kamerabewehrte Inder drängen sich an uns vorbei, bannen jeden Sims und Säulengang auf ihre sagenhaften Zip-Archive.

«Diese Stadt macht einen immer traurig», sagt meine Mutter. «Wir Kinder waren früher alle traurig, als wir hier lebten. Es wurde viel geträumt.»

«Auf der Rubenstein-Straße wohnte meine erste Liebe», sagt mein Vater. «Direkt da drüben.»

So wie es mir zum Glück nie an Schreibstoff fehlt, ist meine Mutter nie um ein abwegiges Gesprächsthema verlegen. «Bevor wir Amerika verlassen haben», sagt sie zu mir, «wollte ich im Jelissejew-Laden Hühnerkoteletts für dich kaufen. Aber dort gab es nichts zu essen. Sie haben mich zu einem Geschäft für Kindernahrung geschickt. Da stand ich zwei Stunden in der Schlange, und dann wurde mir vor der Nase das letzte Kotelett weggeschnappt. Und als ich nach Hause kam, hatte ich nichts für dich.»

Ich versuche mich an damals zu erinnern, als es keine Hühnerkoteletts für mich gab. Aber ich sehe nur meine Großmutter Galja vor mir, die wir in Russland zum Sterben zurückgelassen haben, wie sie mich pflichtbewusst mit Käsewürfeln füttert, während ich an *Lenin und seine magische Gans* arbeite und ihre Knollennase über meinen literarischen Ergüssen schwebt.

«Das Coliseum-Kino», verkündet meine Mutter. «Hier habe ich zum ersten Mal Sophia Loren gesehen! Die Schlange ging bis um den Block. Und *Scheidung auf Italienisch* hab ich auch gesehen. Stefania Sandrelli spielte mit, deshalb waren nur noch diese kleinen Ausklappsitze frei. Ich bin vor Lachen tatsächlich vom Stuhl gefallen. Stellt euch das mal vor! Ich hab mich kaputtgelacht. Marcello Mastroianni in seiner Paraderolle. Ich war sechzehn. Kaum zu glauben, oder? Das ist fast fünfzig Jahre her.»

«Wenn wir den Liteiny Prospekt erreichen, gibt es ein ernsthaftes Gespräch», kündigt mein Vater an.

Ich war noch nie ein Fan von «ernsthaften Gesprächen».

Wir nähern uns dem Liteiny Prospekt.

«Kleiner Sohn, lass uns hier einmal um den Block gehen. Es ist ein sehr trauriger Augenblick.»

Entschlossen lotst mich mein Vater an einer hübschen jungen Frau vorbei, die nach Gänseblümchen duftet. Wir nähern uns dem cremefarbenen Eingangsportal des zweihundert Jahre alten städtischen Mariinski-Krankenhauses, eines der größten der Stadt.

«Hier war ich mal eine Zeitlang», sagt mein Vater. «In der *nerwnoje otdelenije.*»

Ich verarbeite die russischen Wörter in meinem Gehirn. Der Himmel drückt wie ein schwerer grauer Deckel. In der Abteilung für *Nervenheilkunde*? Was genau will er mir sagen? Mein Vater war in der Klapse? Zum ersten Mal während dieser Reise spüre ich Gefahr. Ein Reisender in Gefahr. Wie im Jahr zuvor, als ich in Bogotá ins falsche Taxi gestiegen war, das nicht zu meinem Hotel, sondern in die entgegengesetzte Richtung raste.

«Wie alt warst du damals?», fragt meine Mutter.

«Mal überlegen. Meine Mutter war …» Erst wenn er weiß, wie alt sie war, kann er sein eigenes Alter bestimmen. *Ihr Kinder, gehorchet euren Eltern im Herrn, denn das ist recht.* «Ich war dreiundzwanzig», errechnet er.

Die Information schwebt immer noch als Frage vor mir. *Mein Vater war ein dreiundzwanzigjähriger Psychiatrie-Patient?* Ich betaste die Ativan-Beruhigungspille, einzige Bewohnerin meiner Hosentasche. Das Taxi rast immer noch auf den kolumbianischen Dschungel zu, wo mich Rebellen jahrzehntelang als Geisel halten werden.

«Ganz schön jung», sagt meine Mutter.

«Ich war in der Irrenanstalt», erzählt mein Vater. «Und sie dachten, ich würde für immer ein *durak* [Idiot] bleiben.»

«Hier lang geht es zur Pestelja-Straße, auf der meine Freundin gewohnt hat», sagt meine Mutter vollkommen zusammenhangslos.

«Ja, kleiner Sohn», fällt mein Vater ihr ins Wort, «es ist eine lange Geschichte. Ich war in dem Krankenhaus da, sie haben entsetzliche Experimente mit mir angestellt, und ich wäre fast gestorben.»

Ich gebe einen zustimmenden Laut von mir. *Aham.*

«Sie haben mir eimerweise Baldrian und Brom eingeflößt, um meine männlichen Triebe auszuschalten.»

«Oho», sage ich. Ich kann mir nicht einmal ansatzweise ausmalen, was er da gerade erzählt.

«Uschas», kommentiert meine Mutter. Grauenhaft.

«Und es gab da drin wirklich Verrückte. Ein alter Mann hat sich jede Woche eingeschissen und die Wände mit seiner Scheiße vollgeschmiert.»

«Piroggen des Zaren!», liest meine Mutter im Vorbeigehen interessiert von einem Schild ab.

«Und dann hat er gebrüllt: ‹Nieder mit Lenin und Stalin!›» Meine Mutter lacht. «Sie haben ihn ruhiggestellt, aber eine Woche später hat er wieder losgelegt. Wir hatten aber auch stille Verrückte. Ich war der stillste von allen.» Meine Mutter lacht und wirft dabei den Kopf in den Nacken. «Dabei hätte ich auch laut sein können. Danach haben sie mir eine *sprawka* [Bescheinigung] über den Aufenthalt ausgestellt, und die Armee wollte mich nicht mehr aufnehmen.»

«Aber wie kam es überhaupt dazu?», fragt meine Mutter.

«Ich saß zu Hause, las ein Buch, und dann fand mich meine Mutter auf dem Fußboden – mit Schaum vorm Mund und zuckend wie ein Epileptiker. Das war der erste und letzte Anfall.»

Das Ativan auf der Zunge, stelle ich die nächste Frage: «Und wie lautete die Diagnose?»

«Verklebte Blutgefäße im Gehirn.» Im selben Moment denke ich schon, was mir mein Psychoanalytiker in Manhattan kurz darauf bestätigen wird: Die sowjetische Diagnose ist völliger Quatsch.

«Als dein Vater um meine Hand angehalten hat», erzählt meine Mutter, «sagte er zu mir: ‹Ich habe ein ärztliches Attest. Ich bin geisteskrank.› Und ich dachte: Na klar, der alte jüdische Trick. Er ist kerngesund. Er will sich nur vorm Wehrdienst drücken. Aber wie sich herausstellte, hatte er die Wahrheit gesagt.

Man ist so naiv, wenn man jung ist. Warum solltest du jemanden heiraten, der dir erzählt, er sei geisteskrank? Aber ich dachte: Er ist so ein kluger, ernsthafter Mann. Das kann nicht sein. Mir wäre doch aufgefallen, wenn er irre wäre. Aber manchmal, besonders jetzt, wo er älter ist, merkt man, dass er wirklich geisteskrank ist.» Meine Mutter lacht. Ihr Lachen klingt noch genauso trillernd wie eh und je; ihre endlosen Sorgen und Enttäuschungen haben es allenfalls ein wenig rauer werden lassen.

Mit Anfang zwanzig hat mein Vater seine Prüfungen verhauen und ist aus Leningrads Fachhochschule geflogen. «Meine Mutter hat ständig an mir rumgenörgelt», sagt er. «‹Was stimmt denn nicht mit dir? Irgendwas stimmt doch nicht mit dir!›»

«Genau wie ich», sagt meine Mutter zu mir und lacht noch mehr. Sie wechselt in ihr Englisch: «Failurtschka! Failurtschka! Failurtschka! Failurtschka!»

Die Augen meines Vaters blicken lebhaft hinter der todschicken Sonnenbrille hervor, seine Zähne sind relativ gerade und weiß für diesen Teil der Welt, sein Bart grau-weiß meliert, so wie meiner stellenweise – sozusagen beschleunigt – auch schon. Ein alter Freund von ihm sagte neulich zu mir: «Du bist deinem Vater wie aus dem Gesicht geschnitten. Von deiner Mutter hast du überhaupt nichts.» Was nicht ganz stimmt. Mein Vater wurde für besser aussehend befunden als ich. Doch wenn man meinem College-Gedicht «Mein Spiegelbild» trauen darf, sind wir beinahe Brüder. Eine Computertomographie unserer Schädel würde das vermutlich bestätigen. Das Ativan löst sich unter meiner Zunge auf, gelangt in meinen Blutkreislauf.

Später erzählt mir mein Vater von einer weiteren «Behandlung» im Krankenhaus: Seine Wirbelsäule wird mit einer Nadel punktiert und Sauerstoff hineingedrückt, um die «verklebten» Blutgefäße in seinem Hirn zu lösen. Bei seiner Entlassung ist er ein Wrack, hat Angst, mit der Tram zu fahren, Angst, sein Zimmer zu verlassen. Die Jahre um Mitte zwanzig sind ein Sumpf aus Depressionen und Angstzuständen. Es ist unmöglich zu sagen, was die Ursache für den Schaum vor seinem Mund und die Krämpfe war, aber mein Analytiker hält einen neurologischen Vorfall, zum Beispiel einen tonisch-klonischen Krampf, für einen möglichen Auslöser. Die Behandlung neurologischer Leiden sieht normalerweise nicht den Aufenthalt in einer Klinik vor, in der Psychopathen die Wände mit ihrer Scheiße beschmieren, wo man Patienten Sauerstoff in die Wirbelsäule injiziert oder einem jungen Mann Brom verabreicht, um seine Erektionen zu unterbinden.

Den Abend verbringen meine Eltern und ich getrennt. Ich treffe meinen guten Freund K in dem südlichen Vorort, in dem er lebt. In einem armenischen Imbiss teilen wir uns einen gut gewürzten Kebab, erzählen uns Witze über einen gewissen pferdegesichtigen Politiker aus der Kremlführung, und ich trinke so viel Wodka, wie ich nur kann. Er muss morgen arbeiten, aber als wir uns umarmen und er mich in eine Straßenbahn steckt, die zurück zum Wosstanija-Platz fährt, will ich mich gar nicht von ihm trennen. Betrunken beobachte ich, wie sich die Stadt vor meinem Tram-Fenster aneinanderfügt, wie das Sowjetische barock wird.

Mein Vater war in der Klapse.

Und deshalb soll ich ihm jetzt verzeihen?

Aber es ging ja nie ums Verzeihen. Sondern ums Verstehen. In der ganzen Psychoanalyse geht es darum zu verstehen.

Was hat er noch gesagt, als ich ihm vor einigen Jahren von meiner Psychoanalyse erzählt habe? «Mir wär lieber, du hättest mir gesagt, dass du schwul bist.»

Dabei weiß er doch Bescheid, oder nicht?

Er weiß, wie es ist, wenn man sich selbst nicht mehr unter Kontrolle hat. Wenn man mit ansehen muss, wie einem die Welt zwischen den Fingern zerrinnt.

Versucht er, mit mir ins Reine zu kommen?

Ich betrete das neue Galeria-Einkaufszentrum, ein Ungetüm am Wosstanija-Platz, voller Polo- und Gap-Läden und all den anderen Kleidermarken aus der Solomon-Schechter-Zeit, die ich nie besessen habe. Es ist traurig, die Hand nach alten Verletzungen auszustrecken und ins Leere zu greifen. Ich höre nur das Klatschen meiner Turnschuhe auf dem kalten Marmor der Galeria, das Echo meiner Schritte, weil ich – zu dieser späten Stunde an einem Wochentag – so gut wie allein dort bin.

Im Hotelzimmer – meine Eltern schlafen genau ein Stockwerk über mir – lege ich den Kopf aufs Kissen und denke an meine Frau. Ich denke an ihre Wärme. Ich denke daran, wie relativ still ihre eigene Immigrantenfamilie ist, eine Stille, nach der ich mich sehne. Meine Frau. Obwohl ich «der Autor» bin, liest sie mehr als ich. Sie faltet die Seiten in einem Buch, wenn sie sich an etwas Wichtiges erinnern möchte.

Ihre Lieblingsbücher sehen aus wie Akkordeons, zeugen von ihrer endlosen Sinnsuche.

Ich denke an meine Mutter und meinen Vater. An ihre ständige Besorgnis. Doch ihre Besorgnis bedeutet, dass sie immer noch leben wollen. Ein Jahr vor meinem vierzigsten Geburtstag spüre ich, dass die zweite Hälfte meines Lebens beginnt. Ich spüre, wie es sich zusammenfaltet. Den Anfang des langen Abschiednehmens. Ich sehe mich auf dem Bahnsteig der Subway am Union Square stehen. Ich bin unsichtbar, nur ein kleines Hindernis, das andere umgehen müssen. Manchmal frage ich mich: Bin ich vielleicht schon tot? Und dann denke ich an meine Frau und spüre das Sausen der Subway Nr. 6, die Gegenwart der anderen, das Leben, das noch in mir steckt.

Warum hat er mir das heute erzählt?

Die Admiralität am Ufer der Newa, Oberkommando der russischen Marine, wurde im selben kreischend klassizistischen Stil errichtet wie das Krankenhaus, in dem mein Vater einen Teil seines Lebens verbrachte. Auf der Admiralität, einer Art Wolkenkratzer des frühen neunzehnten Jahrhunderts, thront eine goldene Turmspitze, wiederum gekrönt von einem kleinen Kriegs-Segelschiff, das auf allen Souvenirs der Gegend auftaucht und dessen Platonischer Körper mich als Kind entzückt hat – eine goldene Ergänzung der Kriegsflotten in der Tschesmensker Kirche. Südwestlich der Admiralität liegt der riesige zentrale Admiraltejski-Bezirk, einst ein prächtiger Stadtteil, heute ein zunehmend schäbiger. Dort kommt meine Mutter her.

Meine Mutter lernte Klavierspielen und gab später selbst Unterricht. Ich glaube, die Liebe zur Musik, die sie und mein opernbesessener Vater teilen, hat es diesen beiden so verschiedenen Menschen ermöglicht, sich ineinander zu verlieben. Wie meine Mutter Zugang zur Musik fand, ist eine etwas andere Geschichte als die meiner Begegnung mit den Wörtern auf Geheiß ihrer Mutter, Großmutter Galja.

«Als ich fünf war», erzählt meine Mutter, während wir die Kolonnaden und Kanäle hinter uns lassen und in die nach Schawarma stinkenden Tiefen ihres Viertels eintauchen, «kaufte mir mein Vater für vierzig Rubel eine Balalaika. Es war unser letztes Geld und eigentlich für Lebensmittel gedacht. Meine Mutter [Großmuttter Galja] nahm die Balalaika und zertrümmerte sie an der Wand. Ich fing an zu weinen. Meine Mutter tröstete mich mit den Worten: ‹Ich weiß, dass du nicht weinst, weil ich die Balalaika kaputt gemacht habe, sondern weil du spürst, wie traurig ich bin. Du bist sehr sensibel.›»

Meine Mutter schreibt ihre Geschichte um. Sie verwandelt ihre balalaikazertrümmernde Mutter in eine Heldin. Soll ich das Gleiche für sie tun? Machen gute Kinder das für ihre Eltern? Und was ist mit guten Schriftstellern?

Ich denke an die Kiewer Koteletts zurück, die sie mir nach meinem Oberlin-Abschluss verkauft hat. Ich sehe Mutters lachendes Gesicht vor mir, während der Zwanzig-Dollar-Schein, den sie mir abgeknöpft hat, in der Tasche ihrer rosafarbenen Bluse verschwindet. Sie freut sich diebisch. Mit ihrem Sohn zu feilschen macht ihr Spaß, vor allem, weil dabei immer er den Kürzeren zieht. Auch in Geldangelegenheiten ist er ein Versager. Und sie lacht, weil sie spürt, dass in diesem Tauschhandel eine gewisse Komik liegt. Sie begreift die Absurdität der Situation. Häufig leitet sie eine Anekdote mit den Worten ein: «Wollt ihr lachen, Leute?» Und dann lacht sie selbst, als wollte sie zeigen, was damit gemeint ist.

Sie lacht. Aber ist sie traurig? Ist sie teilweise traurig? Wie ist es wohl, sie zu sein, in dem Moment, wo sie mein Geld nimmt? Wie fühlt es sich an, dem abgebrannten Sohn ein widerwärtiges Stück totes Huhn zu verkaufen? Wie viele Jahre müssen ins Land ziehen, bevor ich ihretwegen traurig werde? *Ist das der Augenblick? Habe ich sie deshalb hierher zurückkommen lassen?*

Die Balalaika zerschmettert an der Wand. Das fünfjährige Mädchen beginnt zu weinen. Und dann erfüllt, im Hier und Jetzt, der Klang einer Geige die Straße. Wir nähern uns der Akademie, in der meine Mutter später, in der Zeit nach der Balalaika-Zertrümmerung, ihre Musikausbildung erhalten hat. Für die Kamera setzt sie einen feierlichen Blick auf und reckt vier Finger zum Pioniergruß. In der Eingangshalle erinnert eine Gedenktafel an einen Studenten, der im Zweiten Weltkrieg ums Leben gekommen ist. NIEMAND WIRD VERGESSEN, steht darauf. Neben der Gedenktafel befinden sich die üblichen bärtigen Koryphäen des neunzehnten Jahrhunderts, und neben den Koryphäen steht ein neuer Geldautomat. Ein unfassbar russisch aussehender Junge mit ungleich langen zerzausten blonden Haaren und mustergültiger Kartoffelnase rückt unbarmherzig einem Akkordeon zu Leibe.

Ich sehe, wie sich auf dem Gesicht meiner Mutter unmittelbar Enttäuschung breitmacht, Traurigkeit über die Rückkehr, Ernüchterung der Erinnerung. «Früher hat es hier *geglänzt*», sagt sie. «Jetzt sieht alles so ungepflegt aus.»

«Es stinkt ziemlich durchdringend», sagt mein Vater und rümpft die amerikanisierte Nase wegen der Ausdünstungen zahlloser Achselhöhlen.

«Als ich hier zum ersten Mal herkam, habe ich ein Mädchen Klavier spielen hören», sagt meine Mutter. «Das hat mich völlig verzaubert. Ich habe zu meinem Vater gesagt: ‹Hier möchte ich später studieren! Hier *werde* ich später studieren!› Und ich wurde tatsächlich aufgenommen. Das hatte mir niemand zugetraut. Stalin hat eine Menge Geld in diese Dinge gesteckt. Er liebte Musik.»

Wir trotten aus der Musikakademie hinaus auf den fernen Prjaschka-Kanal zu. «Warum sind alle Fenster vernagelt?», fragt meine Mutter, als wir uns dem Haus nähern, in dem sie aufgewachsen ist. SALE verkündet ein Schild auf Englisch. WOHNUNGEN, 228 m². «Guckt mal, es ist alles komplett ausgebrannt!» Tatsächlich ist eins der Fenster zerborsten, der Rahmen drum herum kohlrabenschwarz.

Unsicher blickt meine Mutter in den zerstörten Innenhof des Gebäudes. «Petja Sabaklizki aus unserer Klasse hat in dem Eingang dort drüben gewohnt. Er ist jeden Tag vorausgelaufen und hat dann auf mich gewartet. Und wenn ich nach Hause kam, rief er: ‹Da kommt Jasnizkaja [der Mädchenname meiner Mutter], *die Jüdin*. Da kommt Jasnizkaja, *die Jüdin*!› Das war die erste Sorge meines Lebens.»

Mein Vater wuchs in dem Dorf Olgino auf, nordwestlich des Stadtzentrums, in Petersburgs sogenannter Urlaubsregion am Nordufer des Finnischen Meerbusens. Entlang der zerfurchten Straßen sind mehrere Anwesen im Mafioso-Stil aus rotem Backstein entstanden, die Grundstücksmauern von Überwachungskameras gespickt, aber Olgino macht immer noch den Eindruck eines halb havarierten Bauerndorfs, das in einem trostlosen Außenbezirk vor Anker liegt. Wir könnten ebenso gut in Michigan, Sizilien, Nordafrika oder Pakistan sein. Nur das Wetter verrät unseren Breitengrad.

Heute ist es kalt und regnerisch, doch das Dorf ist in

struppiges Grünzeug gewickelt, über das sich mein Vater ganz eindeutig freut. Wir nähern uns einem maroden grünen Gebäude, das in einem undefinierbaren sowjetischen Bauernhaus-Stil errichtet wurde – eine Mischung aus neuenglischer Farm und russischer *isba*, im Verfall begriffen.

«Hier zog immer eine Herde Kühe vorbei», sagt er. «Jeden Morgen musste ich unsere Kuh Rosa rausschubsen, damit sie mit den anderen Kühen in den Wald geht. Unter der Aufsicht eines Hirten mit Stachelstock. Oi, mein Herz fängt an zu hüpfen!»

Unter seiner Baseballmütze lacht es. Der schneeweiße Spitzbart ist vergnügt. Es sprudelt ohne Punkt und Komma aus ihm heraus: «Unser Haus war eins der größten, fünfzehn bis zwanzig Familien wohnten darin. Hier gab es kleine Gartenparzellen.» Wir laufen an einem riesigen verfaulenden Holzstapel vorbei. «Hier war unsere Veranda.» Wir laufen an zugenagelten Fenstern vorbei. «Hier haben wir Blumen gepflanzt.» Ein einstürzender Ziegelverschlag, der einem alten Suzuki-Jeep Schutz bietet. «Hier hatte Tante Sonja eine kleine Scheune mit Schafen, Schweinen und Kühen. In unserer Scheune war es schön warm, darin konnte man im Winter eine Kuh oder ein Ferkel halten. Hier war das Plumpsklo. Immer voller Scheiße. Gefrorene Scheiße im Winter. Hier wohnte ein Mädchen namens Gelja; wenn sie uns Jungs über den Weg lief, riefen wir immer: ‹Gelja, *opa*! Gelja, *opa*!›, und sie hat gelacht.» Er macht eine anzügliche Geste in Richtung der unsichtbaren Gelja.

«Vorsicht, hier gibt's streunende Hunde», warnt meine Mutter.

Wir kommen an einem alten Störsenderturm vorbei. «Nachdem man mich aus dem Krankenhaus entlassen hatte», sagt mein Vater, «war ich immer noch halb verrückt. Mein Herz ist weiter gestolpert. Meine Mutter und ich haben hier im Sommer ein Zimmer gemietet. Da habe ich von Mai bis November gewohnt und war die meiste Zeit allein. Jeden Tag bin ich ans Meer gegangen» – an den nahen Finnischen Meerbusen – «und bin morgens und abends geschwommen, selbst bei Frost. Das hat mich gerettet. *Das* hat wieder einen echten Menschen aus mir gemacht – aus dem Wrack, das ich vorher war.»

Mein Vater führt seine schwachen Nerven auf das Leben mit Ilja zurück, oder Iljuscha in der Verniedlichungsform, seinen grausamen, launischen Alkoholiker-Stiefvater. Er hat ihn schließlich bezwungen. «Wir haben zusammen in einem fünfzehn Quadratmeter großen Zimmer gehaust», erzählt mein Vater. «Und Ilja war zu allem fähig.»

«Du hast mit ihm gekämpft?», frage ich.

Stolz antwortet er: «Ich hab ihn geschlagen! Bis er geblutet hat! *Bis er geblutet hat!*»

Meine Mutter lacht. «Ein braver kleiner Sohn warst du.»

«Als meine Mutter nach Hause kam, hat sie es bemerkt. Wir haben zwar nichts gesagt, aber an den Gardinen und anderswo klebte Blut. Meine Mutter hat mich natürlich mehr geliebt als ihn.»

Wir kommen an einer Reihe Birken vorbei, die im trüben Grau hell und sauber leuchten. Mein Vater schwenkt auf ein anderes Thema um. «Wollt ihr wissen, warum ich selbst heute noch so stark [*krepki*] bin? Weil ich von sieben bis fünf Uhr hart gearbeitet habe. Und Sport hab ich auch gemacht. Bin Ski gefahren, Schlittschuh gelaufen, gejoggt, geschwommen. Wenn du auf einem Bauernhof arbeitest, brauchst du nicht zusätzlich zu trainieren.

Ich habe die Landarbeit lieben gelernt. Juden durften sie eigentlich nicht verrichten. Und im zaristischen Russland bekamen Juden nicht mal Land, weil man sie für faul und nichtsnutzig hielt.

Ich habe Olgino in sehr guter Erinnerung. Denn im Grunde genommen bin ich ein Landmensch. Ich lese zwar gern und liebe Musik und Kultur. Aber ich mag keine großen Städte. Weder Manhattan noch Leningrad. In die Oper oder ins Museum gehen – schön und gut. Aber ich will von Bäumen, Wäldern, Gras, frischer Luft, Angelgründen und Sonnenschein umgeben sein.»

Wir gehen an den Finnischen Meerbusen, dem mein Vater seine geistige Gesundheit verdankt.

Zurück auf dem Newski Prospekt, nähern wir uns dem rotbraunen Turm der Duma (Stadtrat) in der Altstadt. Es ist der typische Ort für ein erstes Rendezvous in Sankt Petersburg, und meine Eltern bildeten da keine Ausnahme. Sie hatten sich auf den Treppen vor dem italienisch anmutenden Turm verabredet, wo heute Dutzende jugendliche Mädchen und Jungen an Zigaretten ziehen und auf ihre Telefone eintippen. «Bei unserem ersten Treffen habe ich mich gefragt, was sie für ein Wesen ist», sagt mein Vater. «Es sah aus, als käme da etwas Oranges auf mich zu.»

«Ich hatte mir die Wangen mit orangem Puder zugekleistert», erläutert meine Mutter. «Der Freund einer Freundin hatte für alles seine Bezugsquellen. Und zu Silvester hatte er für uns polnischen Puder besorgt, und der war orange. Aber wir waren unheimlich stolz darauf. Ganz Leningrad war orange. Alles, was aus Polen kam, war der letzte Schrei. Und die Verpackung war so hübsch.»

«Also», fährt mein Vater fort, «stand ich da und sah diese orange Person. Und dachte: Das ist keine von uns! Sie muss Ausländerin sein. Sie war gelber als eine Chinesin.»

«Ich sag doch, das war der polnische Puder!»

«Ich trug einen Hut, der aussah wie –»

«Eine gefüllte Teigtasche, eine Pirogge.»

«Der wie eine Pirogge aussah. Von uns auch Chruschtschow-Mütze genannt. Grau und aus Schaf. Und dazu einen schicken französischen Mantel.»

«*Tod*schick», stimmt meine Mutter zu, und ich sauge diesen Dialog in mich auf. Meine Eltern lieben sich immer noch.

Auf dem Rückweg zum Hotel erwähnen sie, dass nur noch eine Restschuld von achtzehntausend Dollar für ihr Haus in Little Neck offen ist und dass sie diese Summe innerhalb weniger Monate begleichen werden. «Jetzt sind wir frei!», sagt mein Vater.

Jetzt sind sie frei.

Wir überqueren den Moskauer Platz.

Neben den Fichten, zwischen denen mein Vater und ich Verstecken gespielt haben, wurden protzige Springbrunnen errichtet. Unter meinem Lenin befindet sich eine provisorische Sommerbühne, von der grauenhafter russischer Pop wummert, irgendetwas über Sonnenstrahlen und «Get closer/closer to my heart». Dort, wo früher der *gastronom* war, prangt jetzt das Nike-Logo. Kinder, die nichts über den Großen Führer wissen, hüpfen auf Lenins Podest hinauf und wieder hinunter, singen dabei, «la la la la la». Ein einsamer Junge in Tarnhose schreibt mit offenem Mund Textnachrichten. Bei den Springbrunnen fasst ein Mann einer Frau an den Hintern, er trägt Shorts und umschlingt die Frau mit seinen nackten Beinen. Das ist mein Andachtsraum – der Moskauer Platz im Juni 2011.

Wir nähern uns dem Haus, in dem wir früher gewohnt

haben; dahinter liegt die Tschesmensker Kirche. Ich atme schwer. Ich muss mal. Mein Vater erzählt mir, wie Franklin D. Roosevelt Amerika in den Ruin getrieben hat.

Wir betreten den Eingang unseres Wohnhauses, von dem der Putz bröckelt. Das Gebäude ist unappetitlich rosa und graubraun gestrichen und mit großen Graffiti-Kringeln geschmückt. Mickrige Kinder hocken um ein paar provisorische Vorratscontainer herum. Der Rasen ist von Unkraut und Gänseblümchen überwuchert.

«Wo war die Rakete?», frage ich, neugierig, was aus meinem rostigen Raumschiff geworden ist, in dem ich Kosmonaut gespielt habe.

«Die stand dort drüben», sagt mein Vater und deutet auf einen mehrfarbigen Standard-Spielplatz mit Schaukeln und Rutschen. Ein schütterer Streifen Sonnenlicht fällt auf den Innenhof, in dem ich meine gesunden Tage verbracht habe. Begierig saugen die struppigen Bäume das spärliche Licht auf.

«Ich hatte immer Albträume von einem riesigen schwarzen Dampfrohr», sage ich.

«Das Rohr, kleiner Sohn, war irgendwo hier in der Nähe.»

«Wovor hattest du denn Angst?», fragt meine Mutter. «Was hast du dir vorgestellt? Als du drei warst, hattest du Angst vor Baumwurzeln.»

«Dazu wäre Freud bestimmt eine Menge eingefallen», kommentiere ich und vergesse, mit wem ich spreche. «Er hätte wahrscheinlich gesagt, es ging um Sexuelles. Das Kind, das heranwächst und befürchtet …» Meine Mutter verzieht das Gesicht. Ich halte den Mund.

Vor uns ragt unser früheres Leben auf. Heller Ziegelstein, Flügelfenster, hier und da ein hölzerner oder eiserner Balkon, entblößte graue Rohre, schwarze Stromkabel.

«Es war groß und dunkel», sagt mein Vater über das Rohr.

«Wie eine Rakete», sage ich. «Ich war überzeugt, das Rohr würde irgendwann explodieren. Und uns alle ins Weltall schießen.»

«Im Ernst?», sagt meine Mutter. «Wie bist du bloß auf so was gekommen?»

Wir gehen zurück zur Straße, die Fassade unseres Riesenwohnblocks bildet eine lange rosa Welle, gesäumt von einer Reihe Eichen.

«Und da drüben, weiter links, stand eine Kirche», sagt mein Vater.

Die Gehwegplatten liegen so schief übereinander wie die Zähne eines Jugendlichen. Eine alte Tram, die nie überholt wurde, fährt mit europäischem Neunzehntes-Jahrhundert-Rattern an uns vorbei. Meine Mutter hinkt auf dem Weg zur Kirche. Mein Vater scherzt, sie hätte beim Mittagessen im Sushi-Restaurant am Moskauer Platz mit dem beiläufig rassistischen Namen «Japontschik» (Kleiner Japse) zu viel Bier getrunken.

«Ich hab nicht zu viel getrunken», protestiert sie, «und auch nicht zu viel gegessen. Ich hab ein Hühnerauge am Fuß.»

«Die alte Frau kann nicht mit uns Schritt halten», sagt mein Vater. «Wir hätten sie besser zu Hause lassen sollen.» Ich lache wiehernd. Das ist ihre Art zu reden. So habe ich nie zu reden gelernt. Weder auf Russisch noch auf Englisch. Die scheinbar witzige Neckerei mit einem kleinen Dolchstoß darin. Dafür habe ich meine Romane.

Mein Vater drückt sie liebevoll. «*Starucha* [alte Frau]», sagt er, «komm, wir packen sie an Armen und Beinen und schmeißen sie auf die Müllkippe.»

«Ich bin nicht betrunken. Ich hab nur halb so viel getrunken wie du.»

«Du hast das ganze Bier getrunken.»

Ihr Geplänkel ist durch und durch gutmütig und könnte den ganzen Nachmittag so weitergehen. Tut es aber nicht.

Wir stehen vor *ihr*. Der Himmel ist so mürrisch grau wie jeden Tag, während *sie* so zuckergussrosa ist wie das Gebäck, das im Lieblingscafé meiner Mutter auf dem Newski kredenzt wird. «Was für eine hübsche Kirche», sage ich. «War hier nicht das Museum der … russischen Flotte drin?»

«Ja, zur Erinnerung an die Seeschlacht bei Çeşme», sagt mein Vater.

«Ich kann mich an *gar nichts* erinnern!», ruft meine Mutter.

Die drei Kirchturmspitzen durchbohren die nördliche Düsternis, davor liegt ein sandiger Platz. Auf einer Bank sitzt ein Betrunkener und hält mit beiden Armen sein Bein umschlungen. Meine Mutter setzt sich auf die andere Bank, um ihr Hühnerauge zu verarzten. «Geht ihr ruhig zu zweit in die Kirche», sagt sie. «Und falls ihr eine Toilette entdeckt, sagt mir Bescheid.»

«Weißt du noch, wie wir deinen Hubschrauber hier haben fliegen lassen?», fragt mein Vater.

«Ja, der Hubschrauber.»

«Wir haben den Hubschrauber ganz, ganz oft fliegen lassen. Du hattest solchen Spaß daran. Und ich auch. Ich hatte auch großen Spaß.»

«Wo hatten wir den Hubschrauber denn her?»

«Wir haben ihn gekauft! Woher sollten wir ihn denn sonst haben? Er ist richtig hoch geflogen, bis zu den Fenstern dort oben.»

«Ich weiß noch, dass er sich einmal irgendwo verfangen hat und stecken geblieben ist.»

«Daran kann ich mich nicht erinnern. Nein, ich glaube nicht. Ganz, ganz oft haben wir ihn fliegen lassen. Du warst überglücklich.»

Wir sind vor einer schweren Holztür angelangt. Mein Vater nimmt seine Kappe ab. Im Innenraum der Kirche ein Gemälde in Rosa und Gold, beleuchtet von Flutlicht. Menschen bekreuzigen sich mit stiller Inbrunst. «In Russland wusste man wirklich, wie man Kirchen baut», bemerkt mein Vater beeindruckt. «Die Sophienkathedrale in Nowgorod ist die bekannteste im postbyzantinischen Stil. Ich war mal da.»

Wir verlassen die Kirche. Und ich denke: *Das war alles?* Das war der ganze Besuch? Das war die Quintessenz von fünfzehn Jahren Panikattacken?

Meine Mutter sitzt immer noch neben einem dreckigen Blumentopf vor der Kirche und behandelt ihre Füße behutsam mit Dr. Scholl. «Du bist eine ulkige alte Frau», sagt mein Vater zu ihr. Sie steht auf und watschelt pinguinartig von der Kirche weg in Richtung Moskauer Platz – zur Metro, die uns zurück zu unserem Hotel bringen wird. Wir kommen an einem Graffito vorbei, das speziell an uns drei Juden gerichtet ist: «Das Slawenreich ist nur für Slawen!»

«Er hat eine viel bessere Haltung als früher», befindet meine Mutter über mich. «Gar nicht mehr wiederzuerkennen. Hat einen ganz anderen Gang. Als wäre er nicht mein Sohn!»

«Er war im Fitnessstudio», sagt mein Vater. «Fass mal seine Arme an. Was hab ich mit ihm rumgestritten, damit er ein bisschen Sport macht, aber ’nen Scheiß hat er getan.»

«Du wolltest einfach nicht», sagt meine Mutter zu mir. «Er hat versucht, mit dir Ball zu spielen. Er hat dir eine kleine Sprossenwand gebaut.» Während ich das schreibe, halte ich ein Foto von mir in der Hand, auf dem ich in unserer Leningrader Wohnung die selbstgezimmerte Sprossenwand meines

Vaters erklimme, in einem Matrosenanzug und mit oberdämlichem Grinsen im Gesicht. Das Foto trägt das Datum 11/1978, und auf der Rückseite verkündet die Handschrift meiner Mutter: «Der berühmte Athlet beim Heimtraining.»

«Damit wollte er dir helfen, deine Höhenangst zu überwinden», sagt meine Mutter. «Und es hat geholfen – du bist hochgeklettert.»

«Ja, du bist ganz nach oben geklettert», sagt mein Vater. «Stück für Stück. Erst hast du's drei oder vier Stufen weit geschafft, dann bis ganz oben. Alles eine Frage des Trainings.»

«Einerseits hat es dir dein Vater richtig beigebracht», sagt meine Mutter, «andererseits hat er dich immer geschubst.»

«Mich geschubst?»

«Er wollte, dass du deine Höhenangst überwindest, aber als du ganz oben angekommen warst, hat er versucht, dich runterzuschubsen. Und bei Freud habe ich gelesen, dass man so etwas niemals tun darf.» *Sie hat Freud gelesen?* «Das erzeugt nur noch größere Angst. Aber das hat dein Vater nicht verstanden. Er war selbst noch jung. Gerade mal dreiunddreißig Jahre – was wusste er schon? Wobei, wenn ich drüber nachdenke, war er wahrscheinlich eher sechsunddreißig, als er dich von der Sprossenwand geschubst hat.* *So* hat er dich von da oben runtergeschubst!», sagt meine Mutter und macht eine Schubsbewegung. Sie lacht. «Er hat dir einen Schrecken eingejagt, und deine Höhenangst ist noch viel schlimmer geworden.»

«Kommt! Kommt!», fordert uns mein Vater auf. «Ich muss euch was zeigen!»

Wir kommen an der Lensowjeta-Straße vorbei. Vor den Fenstern der Wohnblöcke hängen billige Spitzengardinen. Das Hotel Mir, das ich unfairerweise einmal als «das scheuß-

* Er war vierzig.

lichste Hotel der Welt» beschrieben habe, befindet sich auf der einen Straßenseite. Wir bahnen uns den Weg über bucklige Tramschienen und zerzauste Vegetation. Ein rußbedeckter Laster fährt vorbei. Mein Vater beginnt schnell zu sprechen, als hätte er allen Mut dafür zusammengenommen.

«Was ich noch erzählen wollte, kleiner Sohn, eines Tages kamen wir auf dem Weg nach Hause diese Straße entlang, nachdem wir unseren Hubschrauber bei der Kirche haben fliegen lassen, und du hast dich plötzlich wie ein Rowdy aufgeführt [*ty natschal schalit*]. Du wolltest einfach nicht aufhören mit dem Hubschrauber und hast versucht, ihn mitten auf der Straße fliegen zu lassen, obwohl sie voller Menschen war. Ich hab dich zurechtgewiesen, erst ein Mal, dann noch mal, aber du hast gar nicht gehört, da hab ich ausgeholt und dich an der Nase erwischt. Und dann fing das Blut an zu fließen.»

Meine Mutter lacht. «Oi, wie konntest du nur? Ich habe dir meinen Sohn anvertraut, und du machst so was!»

«Als ich als Erwachsener nach Russland zurückgekehrt und hier vorbeigekommen bin, bekam ich auf einmal große Angst», sage ich. «Und ich habe von Hubschraubern geträumt.»

«Wirklich?», fragt mein Vater. Ein Kind lugt traurig hinter den Spitzengardinen einer Erdgeschosswohnung hervor. Wir kommen am Werbeplakat eines Handybetreibers vorbei: MELDE DICH AN UND KOMMUNIZIERE KOSTENLOS.

«Und dann habe ich mir ein Buch über Petersburg gekauft. Ich hatte es im Buchladen durchgeblättert, und als ich die Tschesmensker Kirche sah, bekam ich eine Panikattacke.»

«Ach, Igor, du bist so sensibel», sagt meine Mutter. «Deshalb bist du Schriftsteller.»

«In Russland konntet ihr so was machen», sage ich und meine damit, einem fünfjährigen Kind die Nase blutig zu schlagen. «Aber in Amerika ...»

«In Amerika könnte man das nicht?», fragt meine Mutter.

«Ich wollte dich nicht schlagen», sagt mein Vater. Er sieht nachdenklich aus. «Es war ein Missgeschick. Ich hab mit der Hand herumgefuchtelt und dich an der Nase getroffen.»

«Ich hab dich nur ein Mal verhauen», sagt meine Mutter, «und danach war ich schrecklich traurig. Wahrscheinlich war ich von Anfang an eine amerikanische Mama.»

Es ist Zeit für mich zu schweigen. Es ist Zeit zuzuhören, anstatt zu sprechen. Und es ist Zeit für mich, in den Untergrund zu gehen.

Es ist 2010, ein Jahr vor dieser Reise mit meinen Eltern. Ich bin auf Initiative des amerikanischen Außenministeriums für eine Lesung nach Sankt Petersburg zurückgekehrt. Da ich ein bisschen Zeit zur Verfügung habe, fahre ich mit der Metro in den südlichen Vorort, in dem mein Freund K wohnt, um ihn zu besuchen. Die Petersburger Metro wurde unter Stalin erbaut und ist das verlässlichste Verkehrsmittel der Stadt. Doch an jenem Tag bleibt der Zug kurz vor dem Moskauer Platz stehen.

Ich sehe ein Poster, auf dem ein niedliches Mädchen von etwa fünf Jahren einen Farbpinsel in der Hand hält, die Wangen und Stirn voller weißer Farbkleckser, und schelmisch grinst. Die Bildüberschrift:

WAS WÜRDEN VERANTWORTUNGSVOLLE ELTERN TUN?

a) Sie in die Ecke stellen

b) Sie auf einer Kunstakademie anmelden

b) Vorschlagen, etwas zusammen zu malen

– Für ein Russland ohne Gewalt an Kindern!

Die Panikattacke setzt unmittelbar ein. Ich kriege keine Luft mehr. Ich blicke zur verrußten Decke des Metro-Waggons hinauf, versuche durch den tiefen Tunnel und die sowjetische Verkabelung hindurch in meine Freiheit zu blicken, aber alles, was ich erkennen kann, sind der Moskauer Platz, Lenin, die Tschesmensker Kirche und etwas, das ich nicht artikulieren kann.

Die Kampagne für ein Russland ohne Gewalt an Kindern deutet an, das Schlimmste, wozu russische Eltern fähig sind, sei, ihren verspielten farbverschmierten Fratz in die Ecke zu stellen. Was hätte ich dafür gegeben, in besagter Ecke, einer mythischen, unblutigen Ecke zu stehen.

Doch jetzt gerade gibt es keine Ecke, in der ich mich verstecken kann; in dem überfüllten Zug gibt es nicht mal einen Sitzplatz. Die Metro bewegt sich nicht. Vielleicht setzt sie sich nie wieder in Bewegung! Vielleicht bleibe ich für immer hier drin stecken – mit dem farbverkleckssten feixenden Mädchen. Ich wende mich den anderen Passagieren zu, die durch meine Panikattacke allesamt gesichtslos geworden sind, und formuliere im Geist die passenden Wörter auf Russisch. *«Gosposcha»*, würde ich die mütterlichste und liebenswürdigste Frau in der gesichtslosen Menge ansprechen. «Werte Dame, ich muss diesen Zug sofort verlassen. Bitte geben Sie dem Fahrer Bescheid.»

Aber ich weiß, dass ich das nicht sagen kann. Ich weiß, dass dies nicht mehr meine Stadt ist und diese Menschen nicht mehr meine Landsleute sind. Aber ist Russisch noch meine Sprache? Ich schließe die Augen und rufe mir die Wörter aus den Briefen meines Vaters in Erinnerung.

Guten Tag, mein lieber kleiner Sohn.

Ein winziger Strom Atemluft.

Wie geht es dir? Was machst du? Hast du vor, den «Bärenberg» zu besteigen? Und wie viele Handschuhe hast du im Meer gefunden? Hast du schon Schwimmen gelernt, und wenn ja, planst du fortzuschwimmen, in die Türkei?

Noch ein Atemzug, flach, aber vertraut. Ich flüstere die Wörter vor mich hin, so wie ich in der ersten Klasse auf der jüdischen Schule auf Russisch vor mich hin gebrabbelt habe, weshalb mich die anderen Schüler für einen Spinner hielten.

Eines Tages lief in Hursuf ein U-Boot namens Arzum *aus der Türkei ein. Zwei Marinesoldaten mit Tauchgeräten verließen das Boot und schwammen auf die Küste zu. Von unseren Grenzposten unbemerkt, huschten sie in die Berge, in den Wald. Am nächsten Morgen entdeckten die sowjetischen Grenzposten frische Fußspuren am Strand des Puschkin-Sanatoriums und alarmierten die Grenzwache, die ihre Spürhündin aussandte. Rasch entdeckte die Hündin die beiden Tauchgeräte unter den Felsen. Die Sache war glasklar: der Feind! «Such!», befahlen die Grenzposten, und die Hündin rannte schnurstracks auf das Internationale Pionierlager zu. Fortsetzung folgt – zu Hause.*

Das laute, aber vergnügte Drehen der Räder unter uns. Wir bewegen uns wieder! Wir fahren in die Station am Moskauer Platz ein. Ich lockere meine verängstigten Fäuste, öffne die Augen und blicke in das engelsgleiche Gesicht des fünfjährigen Mädchens mit den Farbklecksern auf Wangen und Stirn.

Kleiner Sohn, in ein paar Tagen sehen wir uns wieder, sei nicht einsam, benimm dich anständig, hör auf deine Mutter und deine Tante Tanja.
Küsse, Papa.

Die Türen öffnen sich, als würden sie von Riesen aufgezogen. «Station Moskowskaja», verkündet eine Stimme vom Band.

Bin ich zu Hause?

«An die Bürgerin Shteyngart P., BENACHRICHTIGUNG, Ihr Ehemann, Unteroffizier Shteyngart Isaak Semjonowitsch, der getreu seinem militärischen Eid für das Sozialistische Vaterland gekämpft und dabei Heldentum und Mut bewiesen hat, ist am 18. Februar 1943 gefallen.»

Wir befinden uns vor dem winzigen Dorf Feklistowo südöstlich von Leningrad, durch das 1943 die deutsche Front verlief. Die Rote Armee unternahm mehrere Versuche, die deutsche Blockade zu durchbrechen und die Belagerung der Stadt zu beenden. Bei einem dieser Versuche wurde der Vater meines Vaters, mein Großvater Isaak, ein Artillerist, getötet.

Rund sechsundzwanzig Millionen Menschen starben im Zweiten Weltkrieg auf russischer Seite, fast fünfzehn Prozent der Gesamtbevölkerung. Es ist nicht übertrieben zu sagen, dass der Boden, über den ich mit meinen Turnschuhen laufe, blutgetränkt war. Es ist nicht übertrieben zu sagen, dass diese Schlachten für jeden Russen, sei es ein amerikanischer oder was auch immer für ein Russe, einen Teil der Familiengeschichte bilden.

Vor dem unauffälligen Massengrab der Soldaten steht zwischen ein paar Feldern und Hütten ein Dorfbewohner mit Hut und verkauft Blumen. «Er wird ihn übers Ohr hauen», prophezeit meine Mutter, als mein Vater mit russischem Geld im Wert von rund vier Dollar aus dem Auto steigt und auf den strohhütigen Mann zusteuert. Als er mit einem bescheidenen Strauß roter Rosen zurückkehrt, sagt meine Mutter zu ihm: «Später holt er sich die Blumen, die du aufs Grab gelegt hast, zurück und verkauft sie noch mal.»

Wir stehen vor einem Monument des sowjetischen Realismus: Ein Soldat trägt ein Gewehr vor der Brust, zu seinen Füßen ein silberner Helm, umwuchert von Unkraut. FÜR DIE SOWJETISCHEN KRIEGER, DIE 1941–44 IM KAMPF FÜR IHR VATERLAND STARBEN.

Die Sonne scheint, es ist der erste schöne Tag auf unserer Reise. Aus den nahegelegenen Bauernhäusern dringt der Geruch gebratener Würstchen. Zwei Großmütter sitzen auf einer Bank beim Massengrab. «Ich komme aus Leningrad», sagt eine der alten Damen. Sie ist in voller Babuschka-Montur, trägt einen schwarzen Regenmantel und ein grünes Tuch um den Kopf gewickelt. «Ich habe hier eine Datscha.»

«Ich wohne hier», sagt Babuschka Nummer zwei.

«Mein Vater ist 1943 hier gestorben», erzählt mein Vater.

Die Omas schweigen einen Moment.

«Da», sagen sie schließlich.

«Im Februar 1943», fügt meine Mutter hinzu. Ich bin gerührt, weil sie sich gemerkt hat, in welchem Monat der Vater ihres Ehemanns gestorben ist. Ich werde es mir ebenfalls merken.

«Vielleicht finden wir sogar seinen Namen, Sohn», sagt mein Vater, als wir die unzähligen Namensinschriften der Gefallenen auf den rosa-weiß gemaserten Marmorplatten durchgehen, die sich um den silbernen Soldaten herumgruppieren. Irgendwo inmitten dieser grünen Weiden, deren Hügel mit Veilchen und Gänseblümchen gesprenkelt sind, liegen die Gebeine meines Großvaters begraben.

«Zumindest ist es ein friedlicher Ort für ein Grab», sagt mein Vater.

«Ein sauberer, stiller Ort», sagt meine Mutter, als zitiere sie gleichzeitig Carver und Hemingway. «Die Luft ist gut.»

Mein Vater nimmt Abschied: «Leb wohl, Vater, leb wohl. Ich werde vor meinem Tod wahrscheinlich nicht wiederkommen. Verzeih mir. Bitte vergib mir alles.»

Ich lache nervös. «Dich trifft keine Schuld», sage ich.

«Ich fühle mich aber irgendwie schuldig», sagt mein Vater. «Weil er nicht lang genug gelebt hat. Er war '43 neunundzwanzig, vielleicht dreißig. Er hat nichts vom Leben gehabt. Wozu das alles? Er hat einen kleinen Sohn hinterlassen und eine Frau.» Er schüttelt den Kopf.

«Ach, Sohn», sagt er zu mir, «warum bin ich mit meiner Mutter nicht schon früher hierhergekommen? Ich weiß nicht, warum ihr diese Dinge so gleichgültig waren. Wir hätten hundertmal herkommen können. Aber sie war natürlich traurig.»

Mir fällt auf, dass er mich nicht mehr «Kleiner Sohn» nennt. Jetzt bin ich einfach sein Sohn. Jetzt bin ich mit ihm auf gleicher Augenhöhe, und unsere Beziehung ist klar.

«Sohn, bitte lies dieses Gedicht für mich vor.» Aus seiner Klettverschluss-Tasche zieht mein Vater ein Heftchen mit jüdischen Totengebeten hervor. «Wo ist das Hauptgebet?», fragt er. *«Baruch ...?»*

Während ich dies aufschreibe, betrachte ich ein Foto meines Vaters, auf dem er mit Anfang siebzig in Gene-Kelly-Pose mit einem Schirm in der Hand und angehobenem rechtem Fuß im Vorhof von Versailles steht, über dem Bund seiner Khakihose bauscht sich eins meiner Stuyvesant-Sweatshirts. Er lächelt meiner Muttter und ihrer Kamera zu, schenkt ihr ein richtiges, amerikanisches Lächeln mit entblößten Zähnen. «Singer in the rain», hat meine Mutter in ihrer sorgfältigen Schrift auf ein Post-it geschrieben und es über das Bild meines tanzenden Vaters geklebt.

Am Tag nach unserem Besuch am Grab meines Großvaters werden wir zu Sankt Petersburgs Großer-Choral-Synagoge gehen. Ich werde meinen Vater fragen, ob er die Synagoge während seiner Zeit in der Sowjetunion jemals besucht hat. «Ja, fünf- oder sechsmal», wird er antworten. «Das erste Mal zur Hochzeit meiner Tante Sima, die sich später das Leben genommen hat. Ich war damals etwa sieben Jahre alt. Und während die Hochzeit stattfand, kam ein Mädchen in die Synagoge. Ich habe sie nie wieder vergessen. Sie war dunkel, dunkel. Hatte ein gutes jüdisches Gesicht. Und eigenartige dunkle Augen, die fast geleuchtet haben. Mein ganzes Leben lang habe ich den Blick dieser Augen auf mir gespürt.»

«Herr, wer wird wohnen in deiner Hütte?», lese ich aus Psalm 15 vor. «Wer wird bleiben auf deinem heiligen Berge? Wer in Unschuld wandelt und Gerechtigkeit übt und die Wahrheit redet von Herzen … Wer solches tut, wird ewiglich nicht wanken!»

Dann beginne ich, das Kaddisch zu sprechen. *«Jit'gadal wejitkadasch sch'me rabba»*, sage ich auf Aramäisch. Mein Vater verneigt sich bei jeder Kadenz sanft vor Gottes Willen.

«בְּעָלְמָא דִּי בְרָא כִרְעוּתֵהּ», sage ich.

«וְיַמְלִיךְ מַלְכוּתֵהּ», singe ich.

Ich kann das Gedicht lesen, aber ich verstehe es nicht. Was aus meinem Mund kommt, ist für mich reines Kauderwelsch. Und wahrscheinlich hört es sich für meinen Vater auch wie Kauderwelsch an.

Ich singe die Wörter, und er sagt nach jeder Strophe «Amen».

Ich singe das Kauderwelsch vor- und rückwärts, verhasple mich, verstümmle die Wörter, lasse sie russischer klingen, amerikanischer, heiliger. Den Namen meines Großvaters Isaak haben wir zwischen den unzähligen Marmorsteinen, auf denen es von Iwans, Nikolais und Alexanders nur so wimmelt, nicht gefunden. Aber die Sonne scheint großzügig. Kühe muhen, und Gras wird gemäht. In der Nähe landet ein kleines Flugzeug – hätten wir ein Familienwappen, würde darauf bestimmt genau so ein kleines Flugzeug prangen. Den nächsten Teil kenne ich gut.

וְאִמְרוּ אָמֵן.

We'imru: Amen.

Darauf sprecht Amen.

И СКАЖЕМ: АМЕН!

Dank

Und ich dachte, Romane zu schreiben sei schwer.

Mein Lektor, David Ebershoff, hat mir die literarische Reise in meine Vergangenheit erleichtert. Er wusste genau, wann ich die Segel setzen und wann ich sie bergen musste, sofern dies eine treffende Metapher ist. (Stimmt sie? Oder müsste es heißen: Die Segel trimmen? Tja, WASP müsste man sein.) Ich danke allen Random-House-Mitarbeitern dafür, dass sie mich immer noch für einen anständigen Menschen und Autor halten, darunter Gina Centrello, Susan Kamil, Barbara Fillon, Maria Braeckel, Sally Marvin, Denise Cronin, Joelle Dieu, Rachel Kind und Toby Ernst. Meine Agentin Denise Shannon sorgt dafür, dass ich solvent bleibe, und ist eine äußerst hilfreiche Probeleserin. Ich danke Dmitry Dolinsky für seinen fachmännischen Rat zum Thema USB-Stick. Patricia Kim hat einen Haufen Fotos von mir in einer Toga gemacht.

Viele haben sich die Zeit genommen, mir in Erinnerung zu rufen, was zwischen den 1980ern und den frühen 1990ern geschah – in einer Zeitspanne, die viele von uns lieber vergessen würden. Zu ihnen zählen Jonathan, J. Z., Ben, Brian, Leo, Maris und Jessica.

Schließlich danke ich meinen Eltern, die mir so viele Geschichten erzählten, dass ich mehrere Bände füllen könnte, und die mir nicht nur liebenswürdig und geduldig meine zahllosen drängenden Fragen beantwortet, sondern mich auch nach Russland begleitet haben, um dort eine Woche lang Fischpastete zu essen und alte Erinnerungen aufleben zu lassen. Und ich möchte mich bei meinen «Ersthelfern» bedanken, die frühe Entwürfe dieses Buchs durchgelesen und mich beraten haben: Doug Choi, Andrew Lewis Conn, Rebecca Godfrey, Lisa Hahn, Cathy Park Hong, Gabe Hudson, Binnie Kirshenbaum, Paul La Farge, Christine Suewon Lee, Kelly Malloy, Jynne Dilling Martin, Caitlin McKenna, Suketu Mehta, John Saffron und John «Rosencranz» Wray.

Weitere Titel von Gary Shteyngart

Absurdistan

Handbuch für den russischen Debütanten

Kleiner Versager

Super Sad True Love Story

Donald Antrim
Die hundert Brüder

99 Brüder (der hundertste kann nicht) versammeln sich in der Bibliothek ihres Vaters, um bei einer leichten Mahlzeit die Vergangenheit zu begraben und zu erörtern, wo denn wohl die verschollene Urne des Vaters abgeblieben sein könnte. Unweigerlich brechen alte Streitereien wieder auf, es kommt zu Unfällen, Gewalt bricht sich Bahn, kein Wunder bei so vielen Männern. Der Plot ist ziemlich zweitrangig in diesem so ungewöhnlichen wie komischen Roman. Aber natürlich spricht Antrim in seinem verrückten Buch über sehr vieles, was für reale Familien genauso gilt.

Mit einem Vorwort von Jonathan Franzen

224 Seiten

«Ein Autor von wilder Intelligenz … ein Albtraum und ein Meisterwerk.»

The New York Times

«Eine Phantasie, die zwischen atavistischem Ritual und inspiriertem Slapstick Kapriolen schlägt.»

Time

Rachel Kushner
Flammenwerfer

1975: Die Hobby-Motorradrennfahrerin Reno (so ihr Spitzname, nach ihrem Geburtsort) kommt nach einem Rekordversuch auf den großen Salzseen nach Manhattan, um in die kreativ explodierende Künstlerszene SoHos einzutauchen. In einer Welt, in der die Grenzen zwischen Leben und Kunst verschwimmen, trifft sie auf eine Schar von Träumern, Revoluzzern und Phantasten: unter ihnen auch Sandro Valera, erfolgreicher Konzeptkünstler und exzentrischer Erbe einer italienischen Reifen- und Motorrad-Dynastie, in den sie sich verliebt. Aber bei einem Besuch bei seiner Familie in deren Sommerresidenz am Comer See gerät sie in den Strudel einer echten Revolte, die sich in Streiks, Straßenkämpfen, Entführung und Mord Bahn bricht …

560 Seiten

«Epischer als alles, was die US-Literatur in letzter Zeit zustande gebracht hat.»

The New York Times

Weitere Informationen finden Sie unter www.rowohlt.de

MIX
Papier aus verantwortungsvollen Quellen
FSC® C083411
FSC
www.fsc.org

Das für dieses Buch verwendete Papier ist FSC®-zertifiziert.